Angela
Claitos
NOV 2011

Tiefe
Wunden

NELE NEUHAUS
Tiefe Wunden

Kriminalroman

Weltbild

Besuchen Sie uns im Internet:
www.weltbild.de

Genehmigte Lizenzausgabe für Verlagsgruppe Weltbild GmbH,
Steinerne Furt, 86167 Augsburg
Copyright der Originalausgabe
© 2009 by Ullstein Buchverlage GmbH, Berlin / Erschienen im
List Taschenbuch Verlag
Umschlaggestaltung:
JARZINA kommunikations-design, Holzkirchen
Umschlagmotiv: © Thomas Jarzina
unter Verwendung eines Motives von
www.istockphoto.com und Corbis Images,
Düsseldorf (© Layne Kennedy)
Gesamtherstellung: CPI Moravia Books s.r.o., Pohorelice
Printed in the EU
ISBN 978-3-86800-993-4

2014   2013   2012   2011
Die letzte Jahreszahl gibt die aktuelle Lizenzausgabe an.

Für Anne

Dieses Buch ist ein Roman.
Alle Charaktere und die Handlung sind von mir
frei erfunden.

Prolog

Niemand aus seiner Familie hatte seine Entscheidung, den Lebensabend in Deutschland zu verbringen, verstanden, am wenigsten er selbst. Ganz plötzlich hatte er gespürt, dass er in dem Land, das über sechzig Jahre so gut zu ihm gewesen war, nicht sterben wollte. Er sehnte sich nach der Lektüre deutscher Zeitungen, nach dem Klang der deutschen Sprache in seinen Ohren. David Goldberg hatte Deutschland nicht freiwillig verlassen, es war damals, 1945, lebensnotwendig gewesen, und er hatte das Beste aus dem Verlust seiner Heimat gemacht. Aber nun gab es nichts mehr, was ihn in Amerika hielt. Das Haus in der Nähe von Frankfurt hatte er kurz nach Sarahs Tod vor beinahe zwanzig Jahren gekauft, um nicht in anonymen Hotels übernachten zu müssen, wenn ihn seine zahlreichen geschäftlichen oder freundschaftlichen Verpflichtungen nach Deutschland führten.

Goldberg stieß einen tiefen Seufzer aus und blickte durch die großen Panoramascheiben auf die Ausläufer des Taunus, die von der untergehenden Sonne in ein goldenes Licht getaucht wurden. Er konnte sich an Sarahs Gesicht kaum mehr erinnern. Überhaupt waren die sechzig Jahre, die er in den USA gelebt hatte, oft aus seinem Gedächtnis wie weggewischt, und er hatte Mühe, sich an die Namen seiner Enkelkinder zu erinnern. Dafür war seine Erinnerung an die Zeit vor Amerika, an die er lange nicht mehr gedacht hatte, umso schärfer. Manchmal, wenn er nach einem kurzen Nickerchen aufwachte, brauchte er Minuten, um zu begreifen, wo er war. Dann betrachtete er mit Verachtung seine knotigen, zittrigen Greisenhände, die schorfige, altersfleckige Haut. Alt zu werden war keine Gnade, so ein Unsinn. Wenigstens hatte ihm das Schicksal erspart, ein sabbernder, hilfloser Pflegefall zu werden, wie so viele seiner Freunde und Weggefährten, die nicht das Glück gehabt hatten, rechtzeitig von einem Herzinfarkt dahingerafft zu werden. Er hatte eine stabile Konstitution, die seine Ärzte immer wieder erstaunte, war lange Jahre geradezu immun gegen die meisten Alterserscheinungen gewesen. Das verdankte er seiner eisernen Disziplin, mit der er jede Herausforderung im Leben gemeistert hatte. Nie hatte er sich gehen lassen, bis heute achtete er auf korrekte Kleidung und ein ordentliches Äußeres. Goldberg schauderte beim Gedanken an seinen letzten, unerfreulichen Besuch in einem Altersheim. Der Anblick der Alten, die in Bademänteln und Hausschlappen mit wirrem Haar und leerem Blick wie Geister aus einer anderen Welt durch die Gänge schlurften oder einfach sinnlos herumsaßen, hatte ihn abgestoßen. Die meisten waren jünger als er, trotzdem hätte er es sich verbeten, wenn man ihn mit ihnen in einen Topf geworfen hätte.

»Herr Goldberg?«

Er fuhr zusammen und wandte den Kopf. Die Pflegerin, deren Anwesenheit und Namen er bisweilen vergaß, stand im Türrahmen. Wie hieß sie noch gleich? Elvira, Edith ... egal. Seine Familie hatte darauf bestanden, dass er nicht alleine lebte, und diese Frau für ihn organisiert. Fünf Bewerberinnen hatte Goldberg abgelehnt. Er wollte nicht mit einer Polin oder einer Asiatin unter einem Dach leben, außerdem spielte das Äußere für ihn eine Rolle. Sie hatte ihm sofort gefallen: groß, blond, energisch. Sie war Deutsche, examinierte Hauswirtschafterin und Krankenschwester. Für alle Fälle, hatte

Goldbergs Ältester Sal gesagt. Er zahlte dieser Frau sicherlich ein fürstliches Gehalt, denn sie ertrug seine Schrullen und beseitigte die Spuren seiner zunehmenden Hinfälligkeit, ohne jemals mit der Wimper zu zucken. Sie trat neben seinen Sessel und blickte ihn prüfend an. Goldberg erwiderte ihren Blick. Sie war geschminkt, der Ausschnitt ihrer Bluse ließ den Ansatz ihrer Brüste sehen, von denen er gelegentlich träumte. Wohin sie wohl ging? Ob sie einen Freund hatte, mit dem sie sich an ihrem freien Abend traf? Sie war höchstens vierzig und sehr attraktiv. Aber er würde sie nicht fragen. Er wollte keine Vertraulichkeit.

»Ist es in Ordnung, wenn ich jetzt gehe?« Ihre Stimme hatte einen leicht ungeduldigen Beiklang. »Haben Sie alles, was Sie brauchen? Ich habe Ihr Abendbrot und die Tabletten vorbereitet und ...«

Goldberg schnitt ihr mit einer Handbewegung das Wort ab. Sie neigte bisweilen dazu, ihn wie ein zurückgebliebenes Kind zu behandeln.

»Gehen Sie nur«, sagte er knapp, »ich komme klar.«

»Morgen früh um halb acht bin ich wieder da.«

Daran zweifelte er nicht. Deutsche Pünktlichkeit.

»Ihren dunklen Anzug für morgen habe ich schon aufgebügelt, auch das Hemd.«

»Ja, ja. Danke.«

»Soll ich die Alarmanlage einschalten?«

»Nein, das mache ich später schon selbst. Gehen Sie nur. Viel Spaß.«

»Danke.« Das klang erstaunt. Er hatte ihr noch nie viel Spaß gewünscht. Goldberg hörte die Absätze ihrer Schuhe über den Marmorboden der Eingangshalle klappern, dann fiel die schwere Haustür ins Schloss. Die Sonne war hinter den Bergen des Taunus verschwunden, es dämmerte. Er starrte mit düsterer Miene hinaus. Da draußen machten sich

Millionen junger Menschen auf den Weg zu Verabredungen, zu unbeschwertem Vergnügen. Früher einmal hatte er zu ihnen gehört, er war ein gutaussehender Mann gewesen, wohlhabend, einflussreich, bewundert. In Elviras Alter hatte er keinen Gedanken an die Greise verschwendet, die mit schmerzenden Knochen ständig fröstelnd in ihren Sesseln saßen, um mit einer Wolldecke über arthritischen Knien dem letzten großen Ereignis in ihrem Leben entgegenzudämmern: dem Tod. Kaum zu fassen, dass es ihn nun auch erwischt hatte. Jetzt war er ein solches Fossil, ein Überbleibsel aus grauer Vorzeit, dessen Freunde, Bekannte und Weggefährten ihm längst vorausgegangen waren. Drei Menschen gab es noch auf dieser Welt, mit denen er über früher sprechen konnte, die sich an ihn erinnerten, als er noch jung und stark gewesen war.

Der Klang der Türglocke riss ihn aus seinen Gedanken. War es schon halb neun? Wahrscheinlich. Sie war immer pünktlich, genau wie diese Edith. Goldberg erhob sich mit einem unterdrückten Stöhnen aus dem Sessel. Sie hatte vor der Geburtstagsfeier morgen noch einmal dringend mit ihm sprechen wollen, unter vier Augen. Kaum zu glauben, dass sie auch schon fünfundachtzig wurde, die Kleine. Er durchquerte mit steifen Schritten Wohnzimmer und Eingangshalle, warf einen kurzen Blick in den Spiegel neben der Tür und glättete mit den Händen sein immer noch ziemlich volles weißes Haar. Auch wenn er wusste, dass sie sich mit ihm streiten würde, so freute er sich, sie zu sehen. Er freute sich immer. Sie war der wichtigste Grund, weshalb er nach Deutschland zurückgekehrt war. Mit einem Lächeln öffnete er die Haustür.

Samstag, 28. April 2007

Oliver von Bodenstein nahm den Topf mit der heißen Milch vom Herd, rührte zwei Löffel Kakaopulver hinein und füllte das dampfende Getränk in eine Kanne. So lange Cosima stillte, verzichtete sie auf ihren geliebten Kaffee, und er zeigte sich gelegentlich solidarisch. Ein heißer Kakao war auch nicht zu verachten. Sein Blick begegnete dem von Rosalie, und er grinste, als er die kritische Miene seiner neunzehnjährigen Tochter sah.

»Das sind mindestens zweitausend Kalorien«, sagte sie und rümpfte die Nase. »Wie könnt ihr nur!«

»Da siehst du mal, was man seinen Kindern zuliebe alles tut«, erwiderte er.

»Auf meinen Kaffee würde ich sicher nicht verzichten«, behauptete sie und nahm demonstrativ einen Schluck aus ihrer Tasse.

»Abwarten.« Bodenstein nahm zwei Porzellanbecher aus dem Schrank und stellte sie neben die Kakaokanne auf ein Tablett. Cosima hatte sich noch einmal hingelegt, nachdem das Baby sie bereits um fünf Uhr aus dem Bett gescheucht hatte. Ihr aller Leben hatte sich seit der Geburt von Sophia Gabriela im vergangenen Dezember komplett verändert. Der erste Schreck über die Nachricht, dass Cosima und er noch einmal Eltern werden würden, war zuerst einer glücklichen Vorfreude, dann aber einiger Besorgnis gewichen. Lorenz und Rosalie waren dreiundzwanzig und neunzehn, längst erwachsen und mit der Schule fertig. Wie würde es sein, das alles noch einmal von vorne durchzumachen? Waren er und Cosima überhaupt dazu in der Lage? Würde das Kind gesund sein? Bodensteins heimliche Sorgen hatten sich als unbegründet erwiesen. Bis zum Tag vor der Niederkunft war Cosima ihrer Arbeit nachgegangen, das positive Ergebnis einer Fruchtwasseruntersuchung hatte sich bei Sophias Geburt bestätigt: Die Kleine war kerngesund. Und jetzt, nach knapp fünf Monaten, fuhr Cosima wieder täglich in ihr Büro, das Baby im MaxiCosi immer dabei. Eigentlich, dachte Bodenstein, war alles viel einfacher als bei Lorenz und Rosalie. Zwar waren sie damals noch jünger und robuster gewesen, aber sie hatten nur wenig Geld und eine kleine Wohnung gehabt. Außerdem hatte er gespürt, dass Cosima darunter litt, ihren heißgeliebten Beruf als Fernsehreporterin aufgeben zu müssen.

»Warum bist du eigentlich so früh auf den Beinen?«, fragte er seine ältere Tochter. »Heute ist doch Samstag.«

»Ich muss um neun im Schloss sein«, entgegnete Rosalie. »Wir haben heute eine Riesenveranstaltung. Champagnerempfang und danach Sechs-Gänge-Menü für dreiundfünfzig Leute. Eine von Omas Freundinnen feiert bei uns ihren 85. Geburtstag.«

»Aha.«

Rosalie hatte sich nach ihrem bestandenen Abitur im vergangenen Sommer gegen ein Studium und stattdessen für eine Lehre als Köchin im noblen Restaurant von Bodensteins Bruder Quentin und seiner Schwägerin Marie-Louise entschieden. Zur Überraschung ihrer Eltern war Rosalie voller Begeisterung bei der Sache. Sie beklagte sich weder über unchristliche Arbeitszeiten noch über ihren strengen und cholerischen Chef. Cosima argwöhnte, dass genau dieser Chef, der temperamentvolle Sterne-Koch Jean-Yves St. Clair, der eigentliche Grund für Rosalies Entscheidung gewesen sei.

»Die haben mindestens zehnmal die Menüfolge, die Weinauswahl und die Anzahl der Gäste geändert.« Rosalie stellte ihre Kaffeetasse in die Spülmaschine. »Bin mal gespannt, ob denen noch was Neues eingefallen ist.«

Das Telefon klingelte. An einem Samstagmorgen um halb neun verhieß das erfahrungsgemäß nichts Gutes. Rosalie ging dran und kam wenig später mit dem tragbaren Telefon zurück in die Küche. »Für dich, Papa«, sagte sie, hielt ihm das Gerät entgegen und verabschiedete sich mit einem kurzen Winken. Bodenstein seufzte. Aus dem Spaziergang im Taunus und einem gemütlichen Mittagessen mit Cosima und Sophia würde wohl nichts werden. Seine Befürchtungen bestätigten sich, als er die angespannte Stimme von Kriminalkommissarin Pia Kirchhoff hörte.

»Wir haben einen Toten. Ich weiß, ich habe heute Bereitschaft, aber vielleicht sollten Sie mal kurz herkommen, Chef. Der Mann war ein hohes Tier, außerdem Amerikaner.«

Das klang stark nach einem verdorbenen Wochenende.

»Wo?«, fragte Bodenstein knapp.

»Sie haben es nicht weit. Kelkheim. Drosselweg 39a. David Goldberg. Seine Haushälterin hat ihn heute Morgen um halb acht gefunden.«

Bodenstein versprach, sich zu beeilen, dann brachte er Cosima den Kakao und verkündete ihr die schlechte Nachricht.

»Leichen am Wochenende gehören verboten«, murmelte Cosima und gähnte herzhaft. Bodenstein lächelte. Noch nie in den vierundzwanzig Jahren ihrer Ehe hatte seine Frau verärgert oder missmutig reagiert, wenn er überraschend wegmusste und damit die Pläne eines Tages ruinierte. Sie setzte sich auf und ergriff den Becher. »Danke. Wo musst du hin?«

Bodenstein nahm ein Hemd aus dem Kleiderschrank. »In

den Drosselweg. Ich könnte eigentlich zu Fuß gehen. Der Mann hieß Goldberg und war Amerikaner. Pia Kirchhoff befürchtet, dass es kompliziert werden könnte.«

»Goldberg«, überlegte Cosima und zog grüblerisch die Stirn in Falten. »Den Namen habe ich erst neulich irgendwo gehört. Aber ich weiß nicht mehr, wo.«

»Es heißt, er sei ein hohes Tier gewesen.« Bodenstein entschied sich für eine blau gemusterte Krawatte und schlüpfte in ein Jackett.

»Ah ja, ich weiß es wieder«, sagte Cosima. »Frau Schönermark vom Blumengeschäft war es! Ihr Mann liefert Goldberg jeden zweiten Tag frische Blumen. Er ist vor einem halben Jahr fest hierhergezogen, früher hat er das Haus nur gelegentlich bewohnt, wenn er zu Besuch in Deutschland war. Sie hat gesagt, sie habe gehört, er sei mal Berater von Präsident Reagan gewesen.«

»Na, dann muss er ja schon etwas älter gewesen sein.« Bodenstein beugte sich über seine Frau und küsste sie auf die Wange. Er war in Gedanken schon bei dem, was ihn erwarten würde. Wie jedes Mal, wenn er zum Fundort einer Leiche gerufen wurde, überfiel ihn diese Mischung aus Herzklopfen und Beklommenheit, die erst verschwand, wenn er die Leiche gesehen hatte.

»Ja, er war ziemlich alt.« Cosima nippte abwesend an ihrem nur noch lauwarmen Kakao. »Aber da war noch etwas ...«

Außer ihm und dem Priester mit seinen beiden verschlafenen Messdienern waren nur einige alte Mütterchen, die entweder die Furcht vor dem nahenden Ende oder die Aussicht auf einen weiteren öden und einsamen Tag so früh in die Kirche getrieben hatte, zur Messe nach St. Leonhard gekommen. Sie saßen verstreut im vorderen Drittel des Kirchenschiffs auf den harten hölzernen Bänken und lauschten der leiernden Stimme des Priesters, der hin und wieder verstohlen gähnte. Marcus Nowak kniete in der hintersten Bank und starrte blicklos vor sich hin. Der Zufall hatte ihn in diese Kirche mitten in Frankfurt geführt. Hier kannte ihn niemand, und er hatte insgeheim gehofft, dass ihm der tröstlich vertraute Ablauf der heiligen Messe sein seelisches Gleichgewicht zurückgeben würde, aber dem war nicht so. Ganz im Gegenteil. Aber wie konnte er das auch erwarten, nachdem er jahrelang keine Kirche mehr betreten hatte? Es kam ihm vor, als müsste ihm jeder ansehen, was er in der vergangenen Nacht getan hatte. Das war keine jener Sünden, die man im Beichtstuhl loswerden und mit zehn Vaterunser wiedergutmachen konnte! Er war nicht würdig, hier zu sitzen und auf Gottes Vergebung zu hoffen, denn seine Reue war nicht echt. Das Blut stieg ihm ins Gesicht, und er schloss die Augen, als er daran dachte, wie sehr es ihm gefallen, wie sehr es ihn berauscht und beglückt hatte. Noch immer sah er sein Gesicht vor sich, wie er ihn angesehen hatte und schließlich vor ihm auf die Knie gegangen war. Mein Gott. Wie hatte er das nur tun können? Er legte seine Stirn auf seine gefalteten Hände und spürte, wie eine Träne über seine unrasierte Wange lief, als ihm die ganze Tragweite bewusst wurde. Nie wieder würde sein Leben so sein wie vorher. Er biss sich auf die Lippen, öffnete die Augen und betrachtete seine Hände mit einem Anflug von Abscheu. In tausend Jahren könnte er diese Schuld nicht abwaschen. Das Schlimmste jedoch war, dass er es wieder tun würde, sobald sich eine passende Gelegenheit ergeben sollte. Wenn seine Frau, seine Kinder oder seine Eltern je davon erfuhren – sie würden ihm nie verzeihen. Er stieß einen so abgrundtiefen Seufzer aus, dass sich zwei der alten Mütterchen aus den vorderen Reihen erstaunt nach ihm umsahen. Rasch senkte er den Kopf wieder auf die Hände und verfluchte seinen Glauben, der ihn zu einem Gefangenen seiner anerzogenen Moralvorstellungen machte. Aber wie er es auch drehen und wenden mochte, es gab keine Entschuldigung, solange er sein Tun nicht ehrlich bereute. Ohne Reue gab es keine Buße, kein Vergeben.

Der alte Mann kniete auf dem spiegelblanken Marmorboden in der Eingangshalle des Hauses, keine drei Meter von der Haustür entfernt. Sein Oberkörper war nach vorne gekippt, sein Kopf lag in einer Lache geronnenen Blutes. Bodenstein mochte sich nicht vorstellen, wie sein Gesicht aussah, oder das, was davon übrig war. Die tödliche Kugel war in den Hinterkopf eingetreten, das kleine dunkle Loch wirkte täuschend unscheinbar. Der Austritt der Kugel hingegen hatte beträchtlichen Schaden angerichtet. Blut und Hirnmasse waren durch den ganzen Raum gespritzt, klebten an der dezent gemusterten Seidentapete, an den Türrahmen, den Bildern und dem großen venezianischen Spiegel neben der Eingangstür.

»Hallo, Chef.« Pia Kirchhoff trat aus der Tür an der Stirnseite des Flures. Sie gehörte seit knapp zwei Jahren zum Team des K11 der Regionalen Kriminalinspektion in Hofheim. Obwohl sonst eine ausgesprochene Frühaufsteherin, sah sie an diesem Morgen ziemlich verschlafen aus. Bodenstein ahnte, weshalb, verkniff sich aber eine Bemerkung und nickte ihr zu: »Wer hat ihn gefunden?«

»Seine Haushälterin. Sie hatte gestern ihren freien Abend, kam heute Morgen gegen halb acht ins Haus.«

Die Kollegen vom Erkennungsdienst trafen ein, warfen von der Haustür aus einen kurzen Blick auf die Leiche und zogen sich draußen weiße Einwegoveralls und -überziehschuhe an.

»Herr Hauptkommissar!«, rief einer der Männer, und Bodenstein wandte sich zur Tür.

»Hier liegt ein Handy.« Der Beamte fischte mit seiner behandschuhten Rechten ein Mobiltelefon aus dem Blumenbeet neben der Haustür.

»Packen Sie es ein«, erwiderte Bodenstein. »Vielleicht haben wir Glück, und es gehört dem Täter.«

Er drehte sich um. Ein Sonnenstrahl, der durch die Haustür fiel, traf den großen Spiegel und ließ ihn für einen Moment aufleuchten. Bodenstein stutzte.

»Haben Sie das hier gesehen?«, fragte er seine Kollegin.

»Was meinen Sie?« Pia Kirchhoff kam näher. Sie hatte ihr blondes Haar zu zwei Zöpfen geflochten und nicht einmal die Augen geschminkt, ein sicheres Indiz dafür, dass sie es heute Morgen eilig gehabt hatte. Bodenstein deutete auf den Spiegel. Mitten in die Blutspritzer war eine Zahl gemalt worden. Pia kniff die Augen zusammen und betrachtete die fünf Ziffern eingehend.

»1-6-1-4-5. Was hat das zu bedeuten?«

»Ich habe keinen blassen Schimmer«, gab Bodenstein zu und ging vorsichtig, um keine Spuren zu zerstören, an der Leiche vorbei. Er betrat nicht sofort die Küche, sondern schaute in die Räume, die sich an den Eingangsbereich und den Flur anschlossen. Das Haus war ein Bungalow, aber größer, als es von außen den Anschein hatte. Die Einrichtung war altmodisch, wuchtige Möbel im Gründerzeitstil, Nussbaum und Eiche mit Schnitzereien. Im Wohnzimmer lagen verblichene Perserteppiche auf beigefarbenem Teppichboden.

»Er muss Besuch gehabt haben.« Pia wies auf den Couchtisch, auf dessen Marmorplatte zwei Weingläser und eine Rotweinflasche standen, daneben ein weißes Porzellanschälchen mit Olivensteinen. »Die Haustür war nicht beschädigt, und bei der ersten oberflächlichen Betrachtung gibt es keine Einbruchspuren. Vielleicht hat er mit seinem Mörder noch etwas getrunken.«

Bodenstein ging zu dem niedrigen Couchtisch, beugte sich

vor und kniff die Augen zusammen, um das Etikett der Weinflasche zu lesen.

»Wahnsinn.« Er streckte schon die Finger nach der Flasche aus, als ihm gerade noch rechtzeitig einfiel, dass er keine Handschuhe trug.

»Was ist?«, fragte Pia Kirchhoff. Bodenstein richtete sich auf.

»Das ist ein 1993er Château Petrus«, antwortete er mit einem ehrfürchtigen Blick auf die unscheinbare grüne Flasche mit dem in der Weinwelt so begehrten roten Schriftzug in der Mitte des Etiketts. »Diese eine Flasche kostet ungefähr so viel wie ein Kleinwagen.«

»Nicht zu fassen.«

Bodenstein wusste nicht, ob seine Kollegin damit die Verrückten meinten, die so viel Geld für eine Flasche Wein bezahlten, oder die Tatsache, dass das Mordopfer kurz vor seinem Tod – vielleicht sogar mit seinem Mörder – einen solch edlen Tropfen getrunken hatte.

»Was wissen wir über den Toten?«, fragte er, nachdem er festgestellt hatte, dass die Flasche nur zur Hälfte geleert worden war. Er empfand echtes Bedauern bei dem Gedanken daran, dass man den Rest achtlos in die Spüle gießen würde, bevor die Flasche ins Labor wanderte.

»Goldberg lebte seit Oktober letzten Jahres hier«, sagte Pia. »Er stammte aus Deutschland, hat aber über sechzig Jahre in den USA gelebt, und da muss er ein ziemlich wichtiger Mann gewesen sein. Die Haushälterin meint, seine Familie sei wohlhabend.«

»Lebte er alleine? Er war doch ziemlich alt.«

»Zweiundneunzig. Aber sehr rüstig. Die Haushälterin hat eine Wohnung im Souterrain. Sie hat zweimal in der Woche einen freien Abend, am Sabbat und an einem Abend ihrer Wahl.«

»Goldberg war Jude?« Bodensteins Blick glitt durch das Wohnzimmer und blieb wie zur Bestätigung auf einem bronzenen siebenarmigen Leuchter hängen, der auf einer Anrichte stand. Die Kerzen der Menora waren noch nicht angezündet worden. Sie betraten die Küche, die im Vergleich zum Rest des Hauses hell und modern war.

»Das ist Eva Ströbel«, stellte Pia ihrem Chef die Frau vor, die am Küchentisch saß und sich nun erhob. »Die Haushälterin von Herrn Goldberg.«

Sie war groß, musste trotz flacher Absätze kaum den Kopf heben, um Bodenstein in die Augen sehen zu können. Er reichte ihr die Hand und musterte das blasse Gesicht der Frau. Der Schreck war ihr deutlich anzusehen. Eva Ströbel erzählte, sie sei vor sieben Monaten von Sal Goldberg, dem Sohn des Ermordeten, als Haushälterin für seinen Vater eingestellt worden. Seitdem wohne sie in der Souterrainwohnung und kümmere sich um den alten Herrn und den Haushalt. Goldberg sei noch sehr selbständig gewesen, geistig rege und überaus diszipliniert. Er habe großen Wert auf einen geregelten Tagesablauf und drei Mahlzeiten am Tag gelegt, das Haus habe er nur selten verlassen. Ihr Verhältnis zu Goldberg sei distanziert, aber gut gewesen.

»Hatte er häufig Besuch?«, wollte Pia wissen.

»Nicht häufig, aber gelegentlich«, erwiderte Eva Ströbel. »Einmal im Monat kommt sein Sohn aus Amerika und bleibt für zwei oder drei Tage. Außerdem hatte er hin und wieder Besuch von Bekannten, aber meistens abends. Namen kann ich Ihnen keine nennen, er hat mir seine Gäste nie vorgestellt.«

»Erwartete er gestern Abend auch Besuch? Im Wohnzimmer auf dem Tisch stehen zwei Gläser und eine Flasche Rotwein.«

»Dann muss jemand da gewesen sein«, sagte die Haushälterin. »Ich habe keinen Wein eingekauft, und es ist auch keiner im Haus.«

»Konnten Sie feststellen, ob irgendetwas fehlt?«

»Ich habe noch nicht nachgesehen. Als ich ins Haus kam und ... und Herrn Goldberg da liegen sah, habe ich die Polizei angerufen und vor der Tür gewartet.« Sie machte eine unbestimmte Handbewegung. »Ich meine, da war das Blut, überall. Da war mir klar, dass ich nichts mehr hätte tun können.«

»Sie haben ganz richtig gehandelt.« Bodenstein lächelte sie freundlich an. »Machen Sie sich deswegen keine Gedanken. Wann haben Sie gestern Abend das Haus verlassen?«

»Gegen acht. Ich habe noch das Abendessen und seine Tabletten vorbereitet.«

»Wann waren Sie wieder zurück?«, erkundigte Pia sich.

»Heute Morgen um kurz vor sieben. Herr Goldberg legte Wert auf Pünktlichkeit.«

Bodenstein nickte. Dann erinnerte er sich an die Ziffern auf dem Spiegelglas.

»Sagt Ihnen die Zahl 16145 etwas?«, erkundigte er sich. Die Haushälterin blickte ihn erstaunt an und schüttelte den Kopf.

In der Halle wurden Stimmen laut. Bodenstein wandte sich zur Tür und stellte fest, dass Dr. Henning Kirchhoff – der stellvertretende Leiter des Zentrums für Rechtsmedizin in Frankfurt und Exmann seiner Kollegin – höchstselbst gekommen war. Früher, während seiner Zeit beim K11 in Frankfurt, hatte Bodenstein oft und gerne mit Kirchhoff zusammengearbeitet. Der Mann war eine Koryphäe in seinem Beruf, ein brillanter Wissenschaftler mit einer an Besessenheit grenzenden Arbeitseinstellung, außerdem einer der wenigen Spezialisten für forensische Anthropologie in Deutschland. Wenn sich herausstellte, dass Goldberg in seinem Leben tatsächlich eine wichtige Persönlichkeit gewesen war, würde das öffentliche und politische Interesse den Druck auf das K11 erheblich erhöhen. Umso besser, wenn ein anerkannter Spezialist wie Kirchhoff Leichenschau und Obduktion vornahm. Denn auf dieser würde Bodenstein bestehen, ganz gleich, wie offensichtlich die Todesursache auch sein mochte.

»Hallo, Henning«, hörte Bodenstein die Stimme von Pia Kirchhoff hinter sich. »Danke, dass du gleich selbst gekommen bist.«

»Dein Wunsch war mir Befehl.« Kirchhoff ging neben der Leiche Goldbergs in die Hocke und betrachtete sie prüfend. »Da hat der alte Knabe den Krieg und Auschwitz überlebt, um in seinem eigenen Haus hingerichtet zu werden. Unglaublich.«

»Kanntest du ihn?« Pia schien überrascht.

»Nicht persönlich.« Kirchhoff blickte auf. »Aber er war in Frankfurt nicht nur bei der Jüdischen Gemeinde hoch geschätzt. Wenn ich mich richtig erinnere, war er ein wichtiger Mann in Washington und über Jahrzehnte Berater des Weißen Hauses, sogar Mitglied des Nationalen Sicherheitsrates. Er hatte mit der Rüstungsindustrie zu tun. Außerdem hat er viel für die Aussöhnung zwischen Deutschland und Israel getan.«

»Woher weißt du das?«, hörte Bodenstein seine Kollegin misstrauisch fragen. »Hast du etwa eben noch schnell seinen Namen gegoogelt, um bei uns Eindruck zu schinden?«

Kirchhoff erhob sich und warf ihr einen gekränkten Blick zu.

»Nein. Das habe ich irgendwo gelesen und abgespeichert.«

Das ließ Pia Kirchhoff gelten. Ihr geschiedener Mann hatte ein fotografisches Gedächtnis und war überdurchschnittlich intelligent. In zwischenmenschlicher Hinsicht hingegen besaß er einige eklatante Schwächen, er war ein Zyniker und Misanthrop.

Der Rechtsmediziner trat zur Seite, damit der Beamte vom Erkennungsdienst die notwendigen Tatortfotos schießen konnte. Pia machte ihn auf die Zahl auf dem Spiegel aufmerksam.

»Hm.« Kirchhoff betrachtete die fünf Ziffern aus nächster Nähe.

»Was könnte das wohl bedeuten?«, fragte Pia. »Das muss der Mörder geschrieben haben, oder?«

»Ist anzunehmen«, bestätigte Kirchhoff. »Jemand hat sie in das Blut gezeichnet, als es noch frisch war. Aber was sie bedeuten – keine Ahnung. Ihr solltet den Spiegel mitnehmen und untersuchen lassen.«

Er wandte sich wieder der Leiche zu. »Ach ja, Bodenstein«, sagte er leichthin. »Ich vermisse Ihre Frage nach dem Todeszeitpunkt.«

»Üblicherweise frage ich frühestens nach zehn Minuten«, entgegnete Bodenstein trocken. »Für einen Hellseher halte ich Sie bei aller Wertschätzung dann doch nicht.«

»Ich würde ganz unverbindlich behaupten, dass der Tod um zwanzig nach elf eingetreten ist.«

Bodenstein und Pia blickten ihn verblüfft an.

»Das Glas seiner Armbanduhr ist gesplittert«, Kirchhoff deutete auf das linke Handgelenk des Toten, »und die Uhr ist stehengeblieben. Tja, es wird wohl hohe Wellen schlagen, wenn bekannt wird, dass Goldberg erschossen wurde.«

Das fand Bodenstein noch ziemlich zurückhaltend ausgedrückt. Die Aussicht, dass eine Antisemitismusdiskussion die Ermittlungen in den Fokus des öffentlichen Interesses rücken könnte, behagte ihm überhaupt nicht.

Die Momente, in denen sich Thomas Ritter vorkam wie ein Schwein, gingen immer schnell vorbei. Der Zweck heiligte schließlich die Mittel. Nach wie vor glaubte Marleen an einen puren Zufall, der ihn an jenem Novembertag in das Bistro in der Goethepassage geführt hatte, wo sie immer zu Mittag aß. Das zweite Mal waren sie sich »zufällig« vor der Praxis des Physiotherapeuten an der Eschersheimer Landstraße begegnet, bei dem sie immer donnerstags um 19:30 Uhr trainierte, um das Handicap ihrer Behinderung auszugleichen. Eigentlich hatte er sich auf eine lange Zeit des Werbens eingestellt, aber es war erstaunlich schnell gegangen. Er hatte Marleen zum Abendessen in Erno's Bistro eingeladen, obwohl das seine finanziellen Möglichkeiten weit überstiegen und den großzügigen Vorschuss des Verlags beängstigend verringert hatte. Behutsam hatte er erkundet, inwieweit sie über seine momentane Situation Bescheid wusste. Zu seiner Erleichterung war sie vollkommen ahnungslos und freute sich nur, einen alten Bekannten wieder getroffen zu haben. Sie war schon immer eine Einzelgängerin gewesen; der Verlust ihres Unterschenkels und die Prothese hatten sie noch zurückhaltender werden lassen. Nach dem Champagner hatte er einen sensationellen 1994 Pomerol Château L'Eglise Clinet bestellt, der ungefähr das kostete, was er seinem Vermieter schuldete. Geschickt hatte er sie dazu gebracht, von sich zu erzählen. Frauen redeten gerne über sich, so auch die einsame Marleen. Er erfuhr von ihrem Job als Archivarin bei einer deutschen Großbank und von ihrer maßlosen Enttäuschung, als sie herausgefunden hatte, dass ihr Ehemann während ihrer Ehe mit seiner Geliebten zwei Kinder gezeugt hatte. Nach zwei weiteren Gläsern Rotwein hatte Marleen jede Zurückhaltung verloren. Hätte sie geahnt, wie viel ihm ihre Körpersprache verriet, so hätte sie sich ganz sicher geschämt. Sie war ausgehungert nach Liebe, nach Aufmerksamkeit und Zärtlichkeit, und spätestens beim Dessert, das sie kaum anrührte, hatte er gewusst, dass er sie noch am selben Abend ins Bett kriegen würde. Geduldig hatte er darauf gewartet, dass sie den Anfang machen würde. Und tatsächlich, eine Stunde später war es so weit gewesen. Ihr atemlos geflüstertes Geständnis, sie habe sich schon vor fünfzehn Jahren in ihn verliebt, hatte ihn nicht überrascht. In der Zeit, in der er im Hause Kaltensee ein und aus gegangen war, hatte er sie, die Lieblingsenkelin ihrer Großmutter, oft genug gesehen und ihr die Komplimente gemacht, die sie von keinem anderen zu hören bekam. Damit hatte er schon damals ihr Herz erobert, als ob er geahnt hätte, dass er es eines Tages brauchen würde. Der Anblick ihrer Wohnung – geschmackvoll eingerichtete hundertfünfzig Quadratmeter Stilaltbau mit Stuckdecken und Parkettfußboden im vornehmen Frankfurter Westend – hatte ihm schmerzlich vor Augen geführt, was er durch die Ächtung der Familie Kaltensee verloren hatte. Er hatte sich geschworen, sich alles zurückzuholen, was sie ihm genommen hatten, und noch viel mehr dazu.

Das war nun ein halbes Jahr her.

Thomas Ritter hatte seine Rache mit Weitsicht und viel Geduld geplant, jetzt ging die Saat auf. Er drehte sich auf den Rücken und streckte träge seine Glieder. Im benachbarten Badezimmer rauschte schon zum dritten Mal hintereinander die Klospülung. Marleen litt unter heftiger Morgenübelkeit, aber für den Rest des Tages fühlte sie sich wohl, so dass ihre Schwangerschaft bisher niemandem aufgefallen war.

»Geht es dir gut, Liebling?«, rief er und unterdrückte ein zufriedenes Grinsen. Für eine Frau mit ihrem scharfen Verstand hatte sie sich überraschend leicht reinlegen lassen. Sie ahnte nicht, dass er gleich nach der ersten Liebesnacht ihre Pille durch wirkungslose Placebos ersetzt hatte. Als er an einem Abend vor etwa drei Monaten nach Hause gekommen war, hatte sie in der Küche gesessen, verheult und hässlich, vor sich auf dem Tisch der positive Schwangerschaftstest. Es war wie ein Sechser im Lotto mit Zusatzzahl. Allein die

Vorstellung, wie *sie* toben würde, wenn *sie* herausfand, dass ausgerechnet *er* ihre geliebte Kronprinzessin geschwängert hatte, war für ihn das reinste Aphrodisiakum gewesen. Er hatte Marleen in die Arme genommen, zuerst ein wenig konsterniert, dann aber hellauf begeistert getan und sie schließlich auf dem Küchentisch gevögelt.

Marleen kehrte aus dem Bad zurück, blass, aber lächelnd. Sie kroch zu ihm unter die Bettdecke und schmiegte sich an ihn. Obwohl ihm der Geruch von Erbrochenem in die Nase stieg, zog er sie enger an sich. »Bist du dir sicher, dass du das tun willst?«

»Aber natürlich«, antwortete sie ernsthaft. »Wenn es dir nichts ausmacht, eine Kaltensee zu heiraten.«

Offenbar hatte sie tatsächlich mit niemandem aus ihrer Familie über ihn und ihren Zustand gesprochen. So ein braves Mädchen! Übermorgen, am Montag, um Viertel vor zehn hatten sie einen Termin beim Standesamt im Römer, und spätestens um zehn gehörte er offiziell zu der Familie, die er aus ganzem Herzen hasste. Oh, wie er sich darauf freute, *ihr* als Marleens angetrauter Ehemann gegenüberzutreten! Er spürte, wie er bei seiner Lieblingsphantasie unwillkürlich eine Erektion bekam. Marleen bemerkte es und kicherte.

»Wir müssen uns beeilen«, flüsterte sie. »In spätestens einer Stunde muss ich bei Omi sein und mit ihr ...«

Er verschloss ihren Mund mit einem Kuss. Zum Teufel mit Omi! Bald, bald, bald war es so weit, der Tag der Rache war zum Greifen nahe! Aber sie würden es erst dann offiziell verkünden, wenn Marleen einen ordentlich dicken Bauch hatte.

»Ich liebe dich«, flüsterte er ohne den Hauch eines schlechten Gewissens. »Ich bin verrückt nach dir.«

Dr. Vera Kaltensee saß, eingerahmt von ihren Söhnen Elard und Siegbert, auf dem Ehrenplatz in der Mitte der prächtig gedeckten Tafel im großen Saal von Schloss Bodenstein und wünschte, dieser Geburtstag wäre endlich vorüber. Selbstverständlich war die gesamte Familie ausnahmslos ihrer Einladung gefolgt, aber das bedeutete ihr wenig, denn ausgerechnet die beiden Männer, in deren Gesellschaft sie diesen Tag gerne gefeiert hätte, fehlten in der Runde. Und daran hatte sie selbst Schuld. Mit dem einen hatte sie sich erst gestern wegen einer Lappalie gestritten – kindisch, dass er ihr das nachtrug und deswegen heute nicht gekommen war –, den anderen hatte sie vor einem Jahr aus ihrem Leben verbannt. Die Enttäuschung über Thomas Ritters hinterhältiges Verhalten nach achtzehn Jahren vertrauensvoller Zusammenarbeit schmerzte noch immer wie eine offene Wunde. Vera mochte es sich nicht eingestehen, aber in Momenten der Selbsterkenntnis ahnte sie, dass dieser Schmerz die Qualität echten Liebeskummers hatte. Peinlich in ihrem Alter und doch war es so. Thomas war achtzehn Jahre lang ihr engster Vertrauter gewesen, ihr Sekretär, ihr Kummerkasten, ihr Freund, aber leider nie ihr Liebhaber. Kaum einen der Männer in ihrem Leben hatte Vera so vermisst wie diesen kleinen Verräter. Etwas anderes war er schließlich nicht. Im Laufe ihres langen Lebens hatte sie feststellen müssen, dass der Spruch »Jeder ist ersetzbar« nicht stimmte. Niemand war einfach so ersetzbar, Thomas schon gar nicht. Nur selten gestattete Vera sich einen Blick zurück. Heute, an ihrem fünfundachtzigsten Geburtstag, erschien es ihr aber durchaus legitim, wenigstens kurz all derer zu gedenken, die sie nach und nach im Stich gelassen hatten. Von einigen Weggefährten hatte sie sich leichten Herzens getrennt, bei anderen war es ihr schwerer gefallen. Sie seufzte tief.

»Geht es dir gut, Mutter?«, erkundigte sich Siegbert, ihr Zweitältester, der zu ihrer Linken saß, sofort besorgt. »Du hast kaum etwas gegessen!«

»Mir geht's gut.« Vera nickte und zwang sich zu einem beruhigenden Lächeln. »Mach dir keine Sorgen, mein Junge.«

Siegbert war immer so bemüht um ihr Wohlergehen und ihre Anerkennung, manchmal tat er ihr deswegen beinahe leid. Vera wandte den Kopf für einen kurzen Seitenblick auf ihren Ältesten. Elard wirkte abwesend, wie so häufig in letzter Zeit, und schien dem Tischgespräch nicht zu folgen. In der vergangenen Nacht hatte er wieder einmal nicht zu Hause übernachtet. Vera war das Gerücht zu Ohren gekommen, er habe eine Affäre mit der talentierten japanischen Malerin, die derzeit von der Stiftung gefördert wurde. Das Mädchen war Mitte zwanzig, fast vierzig Jahre jünger als Elard. Aber im Gegensatz zu dem rundlichen fröhlichen Siegbert, der schon mit fünfundzwanzig Jahren kein Haar mehr auf dem Kopf gehabt hatte, war das Alter mit Elard gnädig gewesen, ja, er sah jetzt, mit dreiundsechzig, beinahe besser aus als früher. Kein Wunder, dass Frauen jeden Alters noch immer auf ihn flogen! Er gab sich stets als Gentleman alter Schule, eloquent, kultiviert und angenehm zurückhaltend. Undenkbar, sich Elard in Badehose am Strand vorzustellen! Selbst im heißesten Sommer kleidete er sich bevorzugt schwarz, und diese anziehende Mischung aus Nonchalance und Melancholie machte ihn seit Jahrzehnten für alle weiblichen Wesen in seiner Umgebung zum Objekt der Begierde. Herta, seine Ehefrau, hatte schon früh resigniert und bis zu ihrem Tod vor einigen Jahren klaglos akzeptiert, dass sie einen Mann wie Elard nie für sich alleine haben würde. Vera indes wusste, dass es hinter der schönen Fassade, die ihr Ältester der Welt präsentierte, ganz anders aussah. Und seit einer Weile glaubte sie, eine Veränderung an ihm festzustellen, eine Unruhe, die sie nie zuvor an ihm bemerkt hatte.

Sie spielte gedankenverloren mit der Perlenkette, die sie um den Hals trug, und ließ ihren Blick weiter schweifen. Links von Elard saß Jutta, ihre Tochter. Sie war fünfzehn Jahre jünger als Siegbert, eine Nachzüglerin und eigentlich nicht mehr geplant gewesen. Ehrgeizig und zielstrebig, wie sie war, erinnerte sie Vera an sich selbst. Jutta hatte nach einer Banklehre Volkswirtschaft und Jura studiert und war vor zwölf Jahren in die Politik gegangen. Seit acht Jahren hatte sie ein Landtagsmandat, war mittlerweile Fraktionsvorsitzende und würde aller Voraussicht nach im nächsten Januar als Spitzenkandidatin für ihre Partei in die Landtagswahlen gehen. Ihr langfristiger Plan war, über den Posten der hessischen Ministerpräsidentin in die Bundespolitik zu gelangen. Vera zweifelte nicht daran, dass ihr das auch gelingen würde. Der Name Kaltensee würde ihr dabei von beträchtlichem Nutzen sein.

Ja, eigentlich konnte sich Vera rundum glücklich schätzen, mit ihrem ganzen Leben, ihrer Familie und ihren drei Kindern, die alle ihren Weg gemacht hatten. Wenn da nicht diese Sache mit Thomas gewesen wäre. Seit sie denken konnte, hatte Vera Kaltensee überlegt gehandelt und geschickt taktiert. Sie hatte ihre Emotionen im Griff gehabt, wichtige Entscheidungen stets mit kühlem Kopf getroffen. Immer. Bis auf dieses eine Mal. Sie hatte die Konsequenzen nicht bedacht, aus Zorn, aus verletztem Stolz und aus Panik völlig überstürzt gehandelt. Vera griff nach dem Glas und trank einen Schluck Wasser. Das Gefühl der Bedrohung verfolgte sie seit jenem Tag, an dem es zur endgültigen Trennung von Thomas Ritter gekommen war, es lag über ihr wie ein Schatten, der sich nicht vertreiben ließ.

Immer war es ihr gelungen, gefährliche Klippen in ihrem Leben mit Weitsicht und Mut zu umsegeln. Sie hatte Krisen gemeistert, Probleme gelöst, Angriffe erfolgreich abgewehrt, aber jetzt fühlte sie sich plötzlich verwundbar, verletzlich und einsam. Sie empfand die gewaltige Verantwortung für ihr

Lebenswerk, für die Firma und die Familie mit einem Mal nicht mehr als Lust, sondern als eine Last, die ihr das Atmen schwermachte. War es nur das Alter, das ihr allmählich zusetzte? Wie viele Jahre hatte sie noch, bis ihre Kraft sie gänzlich im Stich ließ und ihr unweigerlich die Kontrolle entglitt?

Ihr Blick schweifte über ihre Gäste, über fröhliche, sorglose, lächelnde Gesichter, sie hörte das Summen der Stimmen, das Klirren von Besteck und Geschirr aus weiter Ferne. Vera betrachtete Anita, ihre liebe Freundin aus Jugendzeiten, die leider gar nicht mehr ohne Rollstuhl auskam. Nicht zu fassen, wie gebrechlich die resolute, lebenshungrige Anita geworden war! Vera schien es, als sei es erst gestern gewesen, dass sie gemeinsam in der Tanzschule gewesen waren und später dann beim BDM, wie beinahe alle Mädchen damals. Nun kauerte sie in ihrem Rollstuhl wie ein zartes, blasses Gespenst, die glänzende dunkelbraune Haarpracht von einst nur noch weißer Flaum. Anita war eine der Letzten von Veras Freunden und Gefährten aus Jugendzeiten; die allermeisten hatten schon ins Gras gebissen. Nein, es war nicht schön, alt zu werden, zu verfallen und einen nach dem anderen wegsterben zu sehen.

Milde Sonne im Laub, gurrende Tauben. Der See so blau wie der endlose Himmel über den dunklen Wäldern. Der Geruch nach Sommer, nach Freiheit. Junge Gesichter, die mit glänzenden Augen aufgeregt die Regatta verfolgen. Die Jungs in ihren weißen Pullovern schießen als Erste mit ihrem Boot über die Ziellinie. Sie strahlen stolz, winken. Vera kann ihn sehen, er hat das Steuer in der Hand, er ist der Kapitän. Ihr schlägt das Herz bis zum Hals, als er mit einem geschmeidigen Satz auf die Kaimauer springt. Hier bin ich, denkt sie und winkt mit beiden Armen, ich hab dir die Daumen gedrückt, schau mich an! Zuerst glaubt sie, er lächelt sie an, ruft ihm einen Glückwunsch zu und streckt die Arme nach ihm aus. Ihr Herz macht einen Satz, denn er kommt direkt auf sie zu, lächelnd, strahlend. Die Enttäuschung schmerzt wie ein Messerstich, als sie begreift, dass sein Lächeln nicht ihr gilt, sondern Vicky. Die Eifersucht würgt in ihrer Kehle. Er umarmt die andere, legt seinen Arm um ihre Schulter, verschwindet mit ihr in der Menschenmenge, die ihn und seine Mannschaft begeistert feiert. Vera spürt die Tränen in den Augen, die grenzenlose Leere in ihrem Innern. Diese Kränkung, die Zurückweisung vor allen anderen, ist mehr, als sie ertragen kann. Sie wendet sich ab, beschleunigt ihre Schritte. Enttäuschung wird zu Zorn, zu Hass. Sie ballt die Fäuste, läuft den sandigen Weg am Ufer des Sees entlang, nur weg, nur weg!

Erschrocken zuckte Vera zusammen. Woher kamen so plötzlich diese Gedanken, die unerwünschten Erinnerungen? Mit Mühe verkniff sie sich einen Blick auf die Armbanduhr. Sie wollte nicht undankbar erscheinen, aber der ganze Trubel, die stickige Luft und die vielen Stimmen machten sie ganz benommen. Sie zwang sich, ihre Aufmerksamkeit auf das Hier und Jetzt zu richten, so, wie sie es seit sechzig Jahren gehalten hatte. In ihrem Leben hatte es immer nur ein Vorwärts gegeben, kein nostalgisch-verklärtes Zurückblicken auf Vergangenes. Auch aus diesem Grund hatte sie sich niemals vor den Karren irgendeines Vertriebenenbundes oder einer Landsmannschaft spannen lassen. Die Freifrau von Zeydlitz-Lauenburg war spätestens am Tage ihrer Hochzeit mit Eugen Kaltensee für immer verschwunden. Das ehemalige Ostpreußen hatte Vera nie wieder besucht. Wieso auch? Es stand für einen Lebensabschnitt, der für immer vorbei war.

Siegbert klopfte mit einem Messer an sein Glas, das Stimmengewirr verstummte, die Kinder wurden auf ihre Plätze geschickt.

»Was ist?«, fragte Vera ihren zweitältesten Sohn verwirrt.

»Du wolltest vor dem Hauptgang doch eine kurze Ansprache halten, Mutter«, erinnerte er sie.

»Ach ja.« Vera lächelte entschuldigend, »ich war ganz in Gedanken.«

Sie räusperte sich und erhob sich von ihrem Stuhl. Es hatte sie einige Stunden gekostet, die kurze Rede vorzubereiten, aber nun verzichtete Vera auf ihre Notizen.

»Ich freue mich, dass ihr heute alle hierhergekommen seid, um mit mir diesen Tag zu feiern«, sagte sie mit fester Stimme und blickte in die Runde. »Die meisten Menschen schauen an einem Tag wie heute zurück auf ihr Leben. Aber ich möchte euch die Erinnerungen einer alten Frau ersparen, ihr wisst ja sowieso schließlich alles, was es über mich zu wissen gibt.«

Wie erwartet brandete kurzes Gelächter auf. Doch ehe Vera weitersprechen konnte, ging die Tür auf. Ein Mann trat ein und blieb diskret an der hinteren Wand stehen. Vera konnte ihn ohne Brille nicht richtig erkennen und spürte zu ihrer Verärgerung, wie ihr der Schweiß ausbrach und ihre Knie weich wurden. War das etwa Thomas? Besaß er wirklich die Frechheit, heute hier aufzutauchen?

»Was hast du, Mutter?«, fragte Siegbert leise.

Sie schüttelte heftig den Kopf, griff hastig nach ihrem Glas. »Schön, dass ihr alle heute mit mir feiert!«, sagte sie, während sie gleichzeitig krampfhaft überlegte, was sie tun sollte, wenn es sich bei dem Mann tatsächlich um Thomas handeln sollte. »Zum Wohl!«

»Ein Hoch auf Mama!«, rief Jutta und erhob ihr Glas. »Alles Gute zum Geburtstag!«

Alle hoben ihre Gläser und ließen die Jubilarin hochleben, gleichzeitig blieb der Mann neben Siegbert stehen und räusperte sich. Vera wandte mit klopfendem Herzen den Kopf. Es war der Inhaber von Schloss Bodenstein, nicht Thomas! Sie war erleichtert und enttäuscht zugleich und ärgerte sich über ihre heftigen Gefühle. Die Flügeltüren des großen Saales öffneten sich, und die Kellner des Schlosshotels marschierten ein, um den Hauptgang zu servieren.

»Entschuldigen Sie, dass ich störe«, hörte Vera den Mann leise sagen. »Ich soll Ihnen diese Nachricht übergeben.«

»Danke.« Siegbert ergriff das Papier und faltete es auseinander. Vera beobachtete, wie ihm das Blut aus dem Gesicht wich.

»Was ist?«, fragte sie alarmiert. »Was hast du denn?«

Siegbert blickte auf.

»Eine Nachricht von Onkel Jossis Haushälterin.« Seine Stimme klang tonlos. »Es tut mir so leid, Mutter. Ausgerechnet heute. Onkel Jossi ist tot.«

Kriminaldirektor Dr. Heinrich Nierhoff hielt sich nicht damit auf, Bodenstein in sein Büro zu beordern, um wie üblich seine Autorität und seine übergeordnete Position zu betonen, sondern kam in den Besprechungsraum des K11, in dem Kriminaloberkommissar Kai Ostermann und Kriminalassistentin Kathrin Fachinger Vorbereitungen für eine kurzfristig anberaumte Besprechung trafen. Sie hatten nach Pias morgendlichem Rundruf alle privaten Wochenendpläne hintenangestellt und waren ins K11 gekommen. Auf die noch leere Tafel im großen Besprechungsraum hatte Fachinger mit ihrer korrekten Schrift GOLDBERG geschrieben, daneben die geheimnisvolle Zahl 16145.

»Was gibt es, Bodenstein?«, fragte Nierhoff. Auf den ersten Blick wirkte der Leiter der Regionalen Kriminalinspektion unscheinbar: ein untersetzter Mann Mitte fünfzig mit grauem Seitenscheitel, einem kleinen Schnauzbart und weichen Gesichtszügen. Aber dieser erste Eindruck täuschte. Nierhoff war ausgesprochen ehrgeizig und besaß ein sicheres politisches Gespür. Seit Monaten kursierten Gerüchte, er werde über kurz oder lang seinen Chefsessel in der Regionalen Kriminalinspektion mit dem des Regierungspräsidenten in Darmstadt tauschen. Bodenstein bat seinen Chef in sein Büro und berichtete ihm in knappen Worten vom Mord an David Goldberg. Nierhoff hörte schweigend zu und sagte auch nichts, als Bodenstein geendet hatte. Im Kommissariat war bekannt, dass der Kriminaldirektor das Rampenlicht mochte und gerne Pressekonferenzen in großem Stil abhielt; seit dem medienwirksamen Selbstmord von Oberstaatsanwalt Hardenbach vor zwei Jahren hatte es im Main-Taunus-Kreis kein so prominentes Mordopfer mehr gegeben. Bodenstein, der eigentlich angenommen hatte, Nierhoff würde von der Aussicht auf ein Blitzlichtgewitter begeistert sein, war von der zurückhaltenden Reaktion seines Chefs ein wenig überrascht.

»Das könnte eine heikle Angelegenheit werden.« Die unverbindliche Freundlichkeit, die Kriminaldirektor Nierhoff sonst immer zur Schau trug, war aus seiner Miene gewichen, zum Vorschein kam der gewiefte Taktierer. »Ein amerikanischer Staatsbürger jüdischen Glaubens und Überlebender des Holocaust mit einem Genickschuss hingerichtet. Wir sollten Presse und Öffentlichkeit vorerst da raushalten.«

Bodenstein nickte zustimmend.

»Ich erwarte bei den Ermittlungen äußerstes Fingerspitzengefühl. Keine Pannen«, sagte er zu Bodensteins Verärgerung. Seit es das K11 in Hofheim gab, konnte sich Bodenstein an keine Ermittlungspanne in seinem Zuständigkeitsgebiet erinnern.

»Was ist mit der Haushälterin?«, erkundigte sich Nierhoff.

»Was soll mit ihr sein?« Bodenstein verstand nicht ganz.

»Sie hat die Leiche heute Morgen gefunden und stand unter Schock.«

»Vielleicht hat sie etwas damit zu tun. Goldberg war wohlhabend.«

Bodensteins Verstimmung wuchs. »Für eine examinierte Krankenschwester gibt es sicher unauffälligere Möglichkeiten als einen Genickschuss«, bemerkte er mit leichtem Sarkasmus. Nierhoff war seit fünfundzwanzig Jahren mit seiner Karriere beschäftigt und hatte ebenso lange keine Ermittlungen mehr geführt; dennoch fühlte er sich immer wieder bemüßigt, seine Meinung kundzutun. Seine Augen huschten hin und her, während er nachdachte und Nutzen und Nachteile, die aus diesem Fall erwachsen konnten, gegeneinander abwog.

»Goldberg war ein sehr prominenter Mann«, sagte er schließlich mit gesenkter Stimme. »Wir werden äußerst vorsichtig vorgehen müssen. Schicken Sie Ihre Leute heim, und sorgen Sie dafür, dass vorerst keine Information dieses Haus verlässt.«

Bodenstein wusste nicht recht, was er von dieser Strategie halten sollte. Die ersten 72 Stunden waren bei einer Ermittlung immer die wichtigsten. Spuren wurden sehr schnell kalt, das Erinnerungsvermögen von Zeugen immer schwächer, je mehr Zeit verging. Aber natürlich fürchtete Nierhoff genau das, was Dr. Kirchhoff heute Morgen prophezeit hatte: negative Publicity für seine Behörde und diplomatische Verstrickungen. Politisch mochte die Entscheidung durchaus sinnvoll sein, aber Bodenstein hatte kein Verständnis dafür. Er war Ermittler, wollte den Mörder finden und dingfest machen. Ein hochbetagter Greis, der in Deutschland Schreckliches erlebt hatte, war brutal in seinem eigenen Haus ermordet worden, und es widersprach Bodensteins Auffassung von guter Polizeiarbeit völlig, aus taktischen Gründen wertvolle Zeit zu vergeuden. Insgeheim ärgerte er sich darüber, dass er Nierhoff überhaupt eingeschaltet hatte. Der allerdings kannte seinen

Dezernatsleiter besser, als dieser angenommen hatte. »Denken Sie nicht einmal darüber nach, Bodenstein.« Nierhoffs Stimme klang warnend. »Eigenmächtigkeiten könnten einen sehr nachteiligen Einfluss auf Ihre weitere Karriere haben. Sie wollen doch wohl nicht für den Rest Ihres Lebens in Hofheim sitzen und Mördern und Bankräubern hinterherjagen.«

»Wieso nicht? Das ist der Grund, weshalb ich überhaupt Polizist geworden bin«, entgegnete Bodenstein, verärgert über Nierhoffs versteckte Drohung und die beinahe verächtliche Abqualifizierung seiner Arbeit.

Mit seinen nächsten Worten machte es der Kriminaldirektor noch schlimmer, auch wenn es versöhnlich gemeint war. »Ein Mann mit Ihrer Erfahrung und Ihren Begabungen sollte sich der Verantwortung stellen und eine leitende Position übernehmen, Bodenstein, auch wenn es unbequem ist. Denn das ist es, das kann ich Ihnen sagen.«

Bodenstein bemühte sich, die Fassung zu wahren. »Meiner Meinung nach gehören die besten Leute in die *Ermittlung*«, sein Tonfall grenzte an Insubordination, »und nicht hinter irgendeinen Schreibtisch, wo sie ihre Zeit mit politischem Geplänkel vergeuden müssen.«

Der Kriminaldirektor hob die Augenbrauen und schien zu überlegen, ob diese Bemerkung als Beleidigung gemeint war oder nicht.

»Manchmal frage ich mich, ob es nicht ein Fehler von mir war, Ihren Namen beim Innenministerium im Bezug auf die Entscheidung um meine Nachfolge ins Gespräch zu bringen«, sagte er kühl. »Wie mir scheint, fehlt es Ihnen ganz und gar an Ehrgeiz.«

Das verschlug Bodenstein für ein paar Sekunden die Sprache, aber er war zu eiserner Selbstbeherrschung fähig und hatte viel Übung darin, seine Gefühle hinter einer unbeteiligten Miene zu verbergen.

»Machen Sie jetzt keinen Fehler, Bodenstein«, sagte Nierhoff und wandte sich zur Tür. »Ich hoffe, wir haben uns verstanden.«

Bodenstein zwang sich zu einem höflichen Kopfnicken und wartete, bis sich die Tür hinter Nierhoff geschlossen hatte. Dann griff er zu seinem Handy, rief Pia Kirchhoff an und schickte sie direkt nach Frankfurt in die Rechtsmedizin. Er hatte nicht vor, die bereits genehmigte Obduktion abzusagen, egal, wie Nierhoff reagieren würde. Bevor er sich selbst auf den Weg nach Frankfurt machte, schaute er im Besprechungsraum vorbei. Ostermann, Fachinger und die inzwischen eingetroffenen Kriminalkommissare Frank Behnke und Andreas Hasse blickten ihm mehr oder weniger erwartungsvoll entgegen.

»Sie können wieder nach Hause gehen«, sagte er knapp. »Wir sehen uns Montag. Sollte sich etwas ändern, werde ich Sie informieren.«

Damit wandte er sich ab, bevor einer seiner verblüfften Mitarbeiter eine Frage stellen konnte.

Robert Watkowiak trank das Bier aus und wischte sich mit dem Handrücken den Mund ab. Er musste pinkeln, aber er hatte keine Lust, an den halbstarken Idioten vorbeizugehen, die neben der Tür zu den Klos seit einer Stunde Dart spielten. Erst vorgestern hatten sie ihn blöd angemacht und ihm seinen Stammplatz am Tresen streitig machen wollen. Er warf einen Blick in Richtung Dartscheibe. Nicht dass er nicht mit ihnen fertig geworden wäre, aber er war einfach nicht in Stimmung für einen Krach.

»Mach mir noch eins.« Er schob das leere Glas über den klebrigen Tresen. Es war halb vier. Jetzt hockten sie alle zusammen, herausgeputzt wie die Pfingstochsen, soffen Champagner und taten so, als seien sie überglücklich, den Geburtstag der alten Schlange feiern zu dürfen. So ein verlogenes Pack! Eigentlich hatten sie alle nicht viel füreinander übrig, aber bei solchen Anlässen spielten sie die große glückliche Familie. *Ihn* hatte man nicht eingeladen, klar. Davon abgesehen wäre er sowieso nicht hingegangen. In seinen Tagträumen hatte er sich genussvoll ausgemalt, wie er ihr die Einladung verächtlich vor die Füße geworfen und in ihr entsetztes und schockiertes Gesicht gegrinst hätte. Erst gestern hatte er begriffen, dass man ihm diese Genugtuung verwehrt hatte, indem er überhaupt nicht eingeladen wurde.

Die Bedienung schob ihm ein frisches Pils hin und machte einen Strich auf seinem Deckel. Er griff nach dem Glas und bemerkte verärgert, dass seine Hand zitterte. Scheiße! Die ganze bescheuerte Bagage war ihm so was von egal! Sie hatten ihn schon immer wie den letzten Dreck behandelt und ihn spüren lassen, dass er nicht richtig zu ihnen gehörte, weil er ein unerwünschter Bastard war. Sie würden hinter vorgehaltener Hand über ihn tuscheln, sich vielsagende Blicke zuwerfen und die Köpfe schütteln, diese selbstgerechten Spießer! Robert, der Versager. Schon wieder der Führerschein weg wegen der Sauferei. Zum dritten Mal? Nein, schon das vierte Mal! Jetzt geht er wohl wieder ins Gefängnis. Geschieht ihm nur recht. Hat doch alle Chancen gehabt, der Junge, und nichts draus gemacht. Robert schloss seine Hand fest um das Glas und beobachtete, wie seine Fingerknöchel weiß hervortraten. So würden seine Hände aussehen, wenn er sie um ihren faltigen Hühnerhals legte und zudrückte, bis ihr die Augen aus dem Kopf quollen.

Er nahm einen tiefen Schluck. Der erste war immer der beste. Die kalte Flüssigkeit rann durch seine Speiseröhre, und er stellte sich vor, wie sie zischend über diesen glühenden, brennenden Klumpen von Eifersucht und Verbitterung in seinem Inneren floss. Wer behauptete eigentlich, dass Hass kalt war? Viertel vor vier. Verdammt, er musste aufs Klo. Er fingerte eine Zigarette aus dem Päckchen und zündete sie an. Kurti würde schon irgendwann auftauchen. Er hatte es ihm versprochen, gestern Abend. Wenigstens hatte er ihm die Schulden zurückzahlen können, nachdem er Onkel Jossi ein bisschen unter Druck gesetzt hatte. Immerhin war er sein Patenonkel, für irgendetwas musste das ja gut sein.

»Noch eins?«, fragte die Bedienung geschäftsmäßig. Er nickte und blickte in den Spiegel, der hinter dem Tresen an der Wand hing. Der Anblick seines vernachlässigten Äußeren, die fettigen Haare, die ihm auf die Schultern fielen, die glasigen Augen und die Bartstoppeln machten ihn sofort wieder wütend. Und seit dieser Schlägerei mit den Scheißtypen am Höchster Bahnhof fehlte ihm auch noch ein Zahn. Das sah ja total asozial aus! Das nächste Bier kam. Das sechste heute. Allmählich erreichte er Betriebstemperatur. Sollte er Kurti dazu überreden, ihn rüber zu Schloss Bodenstein zu fahren? Bei der Vorstellung, wie sie alle glotzen würden, wenn er lässig reingehen, sich auf den Tisch stellen und in aller Ruhe seine Blase entleeren würde, musste er grinsen. Das hatte er mal in einem Film gesehen, und es hatte ihm gefallen.

»Kannste mir mal dein Handy leihen?«, fragte er die Bedienung und merkte, dass es ihm schwerfiel, deutlich zu sprechen.

»Du hast doch selber eins«, erwiderte sie schnippisch und zapfte ein Bier, ohne ihn anzusehen. Er hatte leider keins mehr. Pech aber auch. Irgendwo musste es ihm aus der Jacke gerutscht sein.

»Hab's verloren«, nuschelte er. »Stell dich nicht so an. Los.«

»Nee.« Sie wandte sich einfach ab und wackelte mit einem vollen Tablett zu den Prolls an der Dartscheibe. Im Spiegel sah er, wie die Tür aufging. Kurti. Na endlich.

»Hey, Alter.« Kurti schlug ihm auf die Schulter und setzte sich auf den Barhocker neben ihm.

»Bestell dir was, ich lad dich ein«, sagte Robert großzügig. Die Kohle von Onkel Jossi würde für ein paar Tage reichen, dann musste er sich nach einer neuen Geldquelle umsehen, und er hatte schon eine gute Idee. Er hatte den lieben Onkel Herrmann schon lange nicht mehr besucht. Vielleicht sollte er Kurti in seine Pläne einweihen. Robert verzog das Gesicht zu einem boshaften Lächeln. Er würde sich schon holen, was ihm zustand.

Bodenstein untersuchte im Büro von Henning Kirchhoff den Inhalt des Kartons, den Pia aus dem Hause Goldberg mit ins Rechtsmedizinische Institut gebracht hatte. Die beiden benutzten Gläser und die Weinflasche waren schon auf dem Weg ins Labor, ebenso der Spiegel, sämtliche Fingerabdrücke und alles, was die Spurensicherung sonst sichergestellt hatte. Unten, im Keller des Instituts, nahm währenddessen Dr. Kirchhoff in Anwesenheit von Pia und einem blutjungen Staatsanwalt, der wie ein Jurastudent im dritten Semester aussah, die Obduktion der Leiche von David Josua Goldberg vor. Bodenstein überflog einige Dankesbriefe von verschiedenen Institutionen und Personen, die Goldberg gefördert und finanziell unterstützt hatte, betrachtete flüchtig einige Fotos in silbernen Rahmen, blätterte ausgeschnittene Zeitungsartikel durch, die sorgfältig gelocht und penibel abgeheftet waren. Eine Taxiquittung vom Januar, ein abgegriffenes Büchlein in hebräischer Schrift. Nicht besonders viel. Offenbar hatte Jossi Goldberg den größten Teil seiner persönlichen Habe woanders aufgehoben. Unter all den Dingen, die für ihren ursprünglichen Besitzer eine Bedeutung gehabt haben mochten, war für Bodenstein nur ein Terminkalender von Interesse. Goldberg hatte eine für sein hohes Alter erstaunlich klare Handschrift besessen, ohne verzitterte, unsichere Buchstaben. Neugierig blätterte Bodenstein zur letzten Woche, in der sich zu jedem Tag Notizen fanden, die ihm aber nicht weiterhalfen, wie er enttäuscht feststellte: ausnahmslos Namen, die fast alle auch noch abgekürzt waren. Lediglich am heutigen Tag war ein Name ganz ausgeschrieben. *Vera 85*, stand da. Bodenstein trug den Terminkalender trotz der mageren Ergebnisse zum Kopierer im Sekretariat des Instituts und begann, sämtliche Seiten seit Januar zu kopieren. Just als er bei der letzten Woche im Leben Goldbergs angelangt war, summte sein Handy.

»Chef«, Pia Kirchhoffs Stimme klang ein wenig verzerrt, weil der Empfang im Keller des Instituts nicht optimal war, »Sie müssen mal herkommen. Henning hat hier etwas Eigenartiges entdeckt.«

»Ich habe dafür keine Erklärung. Absolut nicht. Aber es ist eindeutig. Vollkommen eindeutig«, sagte Dr. Henning Kirchhoff kopfschüttelnd, als Bodenstein den Sektionsraum betrat. Seine professionelle Gelassenheit und aller Zynismus waren ihm abhandengekommen. Auch sein Assistent und Pia wirkten ratlos, der Staatsanwalt kaute aufgeregt an seiner Unterlippe.

»Was haben Sie denn gefunden?«, fragte Bodenstein.

»Etwas Unglaubliches.« Kirchhoff bedeutete ihm, näher an den Tisch zu treten, und reichte ihm eine Lupe. »Mir ist etwas an der Innenseite seines linken Oberarms aufgefallen, eine Tätowierung. Ich konnte es schlecht erkennen, wegen der Leichenflecke am Arm. Er hatte mit der linken Seite auf dem Boden gelegen.«

»Jeder, der in Auschwitz war, hatte doch eine Tätowierung«, erwiderte Bodenstein.

»Aber nicht so eine.« Kirchhoff deutete auf den Arm des

Toten. Bodenstein kniff ein Auge zu und betrachtete die bezeichnete Stelle durch das Vergrößerungsglas.

»Sieht aus wie ... hm ... wie zwei Buchstaben. Frakturschrift. Ein ... A und ein B, wenn ich mich nicht täusche«

»Sie täuschen sich nicht«, Kirchhoff nahm ihm die Lupe aus der Hand.

»Was hat das zu bedeuten?«, wollte Bodenstein wissen.

»Ich gebe meinen Beruf auf, falls ich mich irren sollte«, erwiderte Kirchhoff. »Es ist unglaublich, schließlich war Goldberg Jude.«

Bodenstein begriff nicht, was den Rechtsmediziner so aufregte.

»Jetzt spannen Sie mich nicht auf die Folter«, sagte er ungeduldig. »Was ist denn so außergewöhnlich an einer Tätowierung?«

Kirchhoff blickte Bodenstein über den Rand seiner Halbbrille an.

»Das«, er senkte seine Stimme zu einem konspirativen Flüstern, »ist eine Blutgruppentätowierung, wie sie die Mitglieder der Waffen-SS hatten. Zwanzig Zentimeter über dem Ellbogen auf der Unterseite des linken Oberarms. Weil diese Tätowierung ein eindeutiges Erkennungszeichen war, haben nach dem Krieg viele ehemalige SS-Leute versucht, sie loszuwerden. Dieser Mann hier auch.«

Er holte tief Luft und begann, den Sektionstisch zu umrunden.

»Üblicherweise«, dozierte Kirchhoff wie bei einer Erstsemestervorlesung im Hörsaal, »werden Tätowierungen durch Stechen mit einer Nadel in die mittlere Hautschicht, die sogenannte Dermis, eingebracht. In unserem Fall hier ist die Farbe aber bis in die Subcutis eingedrungen. Oberflächlich war nur noch eine bläuliche Narbe zu erkennen, aber jetzt, nach der Entfernung der obersten Hautschichten, ist die Tätowierung wieder deutlich zu sehen. Blutgruppe AB.«

Bodenstein starrte die Leiche Goldbergs an, die im grellen Licht mit geöffnetem Brustkorb auf dem Sektionstisch lag. Er wagte kaum, daran zu denken, was Kirchhoffs unglaubliche Enthüllung bedeuten und was sie nach sich ziehen konnte.

»Wenn Sie nicht wüssten, um wen es sich hier auf Ihrem Tisch handelt«, sagte er langsam, »was würden Sie vermuten?«

Kirchhoff blieb abrupt stehen.

»Dass der Mann in jüngeren Jahren ein Mitglied der SS gewesen ist. Und zwar ziemlich von Anfang an. Später wurden die Tätowierungen in lateinischer Schrift vorgenommen, nicht in altdeutscher.«

»Kann es sich nicht um eine andere harmlose Tätowierung handeln, die sich im Laufe der Jahre irgendwie ... hm ... verändert hat?«, fragte Bodenstein, obwohl er in dieser Hinsicht keine Hoffnung hegte. Kirchhoff irrte sich so gut wie nie, zumindest konnte Bodenstein sich an keinen Fall erinnern, bei dem der Rechtsmediziner sein Urteil hätte revidieren müssen.

»Nein. Schon gar nicht an dieser Stelle.« Kirchhoff war durch Bodensteins Skepsis nicht gekränkt. Er war sich der Tragweite seiner Entdeckung ebenso bewusst wie jeder der Anwesenden. »Ich habe diese Art der Tätowierung selbst schon auf dem Tisch gehabt, einmal in Südamerika und mehrmals hier. Es gibt für mich keinen Zweifel.«

Es war halb sechs, als Pia die Haustür aufschloss und im Windfang die schmutzigen Schuhe auszog. Sie hatte im Rekordtempo Pferde und Hunde versorgt und beeilte sich, ins Bad zu kommen, um zu duschen und die Haare zu waschen. Im Gegensatz zu ihrem Chef war sie über Nierhoffs Anweisung, vorerst keine Ermittlungen im Fall Goldberg aufzunehmen, ganz und gar nicht böse. Sie hatte schon befürchtet, dass sie Christoph für heute Abend absagen müsste, und das wollte sie auf gar keinen Fall. Vor anderthalb Jahren hatte sie sich von Henning getrennt, vom Gewinn ihres Aktienpakets den Birkenhof in Unterliederbach gekauft und war wieder in ihren Beruf bei der Kriminalpolizei zurückgekehrt. Das Sahnehäubchen auf ihrem Glück war zweifellos Christoph Sander. Zehn Monate war es her, dass sie sich bei einem Mordfall im Kronberger Opel-Zoo kennengelernt hatten. Der Blick aus seinen dunkelbraunen Augen hatte sie wie ein Blitzschlag mitten ins Herz getroffen. Sie war so daran gewöhnt, für alles in ihrem Leben eine rationale Erklärung zu finden, dass sie von der Anziehungskraft, die dieser Mann vom ersten Augenblick an auf sie ausübte, zutiefst verwirrt war. Seit acht Monaten waren sie und Christoph ... ja, was waren sie? Ein Liebespaar? Befreundet? Zusammen? Er übernachtete häufig bei ihr, sie ging in seinem Haus ein und aus und verstand sich gut mit seinen drei erwachsenen Töchtern, aber eigentlich hatten sie bisher recht wenig Alltag miteinander erlebt. Ihn zu sehen, bei ihm zu sein und mit ihm zu schlafen war noch immer eine aufregende Sache.

Pia erwischte sich dabei, wie sie ihr Spiegelbild dämlich angrinste. Sie drehte die Dusche auf und wartete ungeduldig, bis der alte Boiler das Wasser auf eine annehmbare Temperatur gebracht hatte. Christoph war temperamentvoll und leidenschaftlich, bei allem, was er tat. Auch wenn er mitunter ungeduldig und aufbrausend sein konnte, wurde er dabei nie verletzend wie Henning, der ein wahrer Könner war, wenn es darum ging, in offenen Wunden herumzustochern. Nach sechzehn Jahren an der Seite eines introvertierten Genies wie Henning, dem es mühelos gelang, mehrere Tage lang kein Wort zu sagen, der keine Haustiere, keine Kinder und keine spontanen Einfälle mochte, war Pia von Christophs Unkompliziertheit immer wieder aufs Neue fasziniert. Seit sie ihn kannte, hatte sie ein ganz neues Selbstbewusstsein entwickelt. Er liebte sie, wie sie war, auch ungeschminkt und verschlafen, in Stallklamotten und Gummistiefeln, er störte sich weder an einem Pickel noch an ein paar Pfunden zu viel auf ihren Rippen. Und darüber hinaus hatte er wirklich bemerkenswerte Qualitäten als Liebhaber, die er in den fünfzehn Jahren seit dem Tod seiner Frau unglaublicherweise jeder anderen vorenthalten hatte. Pia bekam noch immer Herzklopfen, wenn sie sich an den Abend im menschenleeren Zoo erinnerte, als er ihr seine Zuneigung gestanden hatte.

Heute Abend würde sie das erste Mal ganz offiziell mit ihm ausgehen. Im Zoogesellschaftshaus in Frankfurt sollte ein Galaempfang stattfinden, dessen Einnahmen dem Neubau des Menschenaffenhauses zugutekommen würden. Schon die ganze Woche lang hatte Pia sich Gedanken darüber gemacht, was sie anziehen sollte. Die wenigen Kleider, denen der Sprung aus der Henning-Zeit in ihr neues Leben gelungen war, hatten Größe 38 und passten zu ihrem Schrecken nicht mehr richtig. Sie hatte keine Lust, den ganzen Abend den Bauch einzuziehen, voller Angst, dass bei der nächsten unbedachten Bewegung irgendeine Naht oder der Reißverschluss aufplatzen könnten. Deshalb hatte sie zwei Abende und einen Samstagvormittag im Main-Taunus-Zentrum und auf der Zeil in Frankfurt mit der Suche nach einem passenden Kleid verschwendet. Aber offenbar war man in den Geschäften nur noch auf magersüchtige Kundinnen eingestellt. Vergeblich hatte sie Ausschau nach einer Verkäuferin in ihrem Alter gehalten, die Verständnis für ihre Problemzonen haben mochte, aber Fehlanzeige: Sämtliche Mitarbeiterinnen waren knapp der Minderjährigkeit entwachsene exotische Schönheiten mit Kleidergröße XXS, die ihre Versuche, sich in der engen Umkleidekabine schwitzend in diverse Abendkleider zu zwängen, mit Gleichgültigkeit oder gar Mitleid betrachteten. Bei H&M hatte sie etwas gefunden, nur um peinlich berührt festzustellen, dass sie sich in der Umstandsmodenabteilung befand. Schließlich hatte sie die Nase voll gehabt, sich in dem Bewusstsein, dass Christoph sie so mochte, wie sie war, für ein schlichtes schwarzes Shift-Kleid in Größe 42 entschieden und sich als Belohnung für schweißtreibende Anproben ein Extra-Menü bei McDonald's gegönnt. Inklusive einem McFlurry mit Smarties als Nachtisch.

Als Bodenstein am Abend nach Hause kam, war seine Familie ausgeflogen, nur der Hund bereitete ihm einen stürmischen Empfang. Hatte Cosima ihm gesagt, dass sie weggehen würde? Auf dem Küchentisch fand er eine Nachricht. *Besprechung wegen Neuguinea im Merlin, habe Sophia mitgenommen. Bis später.* Bodenstein seufzte. Cosima hatte im vergangenen Jahr wegen ihrer Schwangerschaft eine lang geplante Filmexpedition in die Urwälder Neuguineas ausfallen lassen müssen. Er hatte heimlich gehofft, dass sie nach Sophias Geburt die abenteuerlichen Reisen aufgeben würde, aber offenbar hatte er sich getäuscht. Im Kühlschrank fand er Käse und eine angebrochene Flasche 96er Château La Tour Blanche. Er machte sich ein Käsebrot, schenkte sich ein Glas Rotwein ein und ging – gefolgt von seinem ewig hungrigen Hund – ins Arbeitszimmer. Zwar hätte Ostermann wahrscheinlich zehnmal schneller dem Internet die gewünschten Informationen entlockt als er, aber er würde sich an Nierhoffs Anweisung halten und keine Mitarbeiter mit Nachforschungen zur Person von David Goldberg beauftragen. Bodenstein klappte sein Laptop auf, legte eine CD der argentinisch-französischen Cellistin Sol Gabetta ein und nippte an dem Wein, der noch ein bisschen zu kalt war. Während er den Klängen von Tschaikowsky und Chopin lauschte, klickte er sich durch Dutzende von Webseiten, durchforstete Zeitungsarchive und notierte sich alles Wissenswerte über den Mann, den man gestern Nacht erschossen hatte.

David Goldberg war 1915 in Angerburg im ehemaligen Ostpreußen als Sohn des Kolonialwarenhändlers Samuel Goldberg und dessen Frau Rebecca geboren, er hatte 1935 Abitur gemacht, danach verlor sich seine Spur bis zum Jahr 1947. In einer Kurzbiographie wurde erwähnt, dass er nach der Befreiung von Auschwitz 1945 über Schweden und England nach Amerika emigriert war. In New York hatte er Sarah Weinstein geheiratet, die Tochter eines angesehenen deutschstämmigen Bankiers. Goldberg war jedoch nicht ins Bankgeschäft eingestiegen, sondern hatte beim amerikanischen Rüstungsriesen Lockheed Martin Karriere gemacht. 1959 war er bereits Direktor der strategischen Planungsabteilung geworden. Als Vorstandsmitglied der mächtigen National Rifle Association hatte er zu den wichtigsten Waffenlobbyisten in Washington gehört, und mehrere Präsidenten hatten ihn als Berater hoch geschätzt. Trotz aller Grausamkeiten, die seiner Familie im Dritten Reich widerfahren waren, hatte er sich Deutschland immer stark verbunden gefühlt und zahlreiche enge Kontakte, besonders nach Frankfurt, gepflegt.

Bodenstein seufzte und lehnte sich zurück. Wer konnte wohl einen Grund haben, einen Zweiundneunzigjährigen zu erschießen?

Einen Raubmord schloss er aus. Der Haushälterin war nicht aufgefallen, dass etwas fehlte, wobei Goldberg ohnehin keine wirklich wertvollen Dinge in seinem Haus aufbewahrt hatte. Die Überwachungsanlage des Hauses war außer Betrieb, und der im Telefon integrierte Anrufbeantworter schien nie benutzt worden zu sein.

*

Im Zoogesellschaftshaus hatte sich die übliche Frankfurter Mischung aus altem Geldadel und schrillen Neureichen eingefunden, pressewirksam garniert mit Prominenz aus Fernsehen, Sport und Halbwelt, die großzügig dazu beitrugen, dass die Menschenaffen ein neues Dach über dem Kopf bekommen würden. Der Edelcaterer hatte dafür gesorgt, dass den verwöhnten Gaumen seiner Gäste nichts fehlte, der Champagner floss in Strömen. Pia schob sich an Christophs Arm durch die Menge. In ihrem kleinen Schwarzen fühlte sie sich einigermaßen wohl. Außerdem hatte sie in einer der zahlreichen unausgepackten Umzugskisten ein Glätteisen gefunden und damit ihre widerspenstigen Haare in eine richtige Frisur verwandelt sowie eine geschlagene halbe Stunde für ein Make-up gebraucht, das so wirkte, als sei sie kaum geschminkt. Christoph, der sie nur mit Jeans und Pferdeschwanz kannte, war unübersehbar tief beeindruckt gewesen.

»Mein Gott«, hatte er gesagt, als sie ihm die Haustür geöffnet hatte. »Wer sind Sie? Und was tun Sie in Pias Haus?«

Dann hatte er sie in die Arme genommen und lange und zärtlich geküsst – allerdings mit der gebotenen Vorsicht, um nichts zu zerstören. Als alleinerziehender Vater dreier Töchter im jungen Erwachsenenalter war er bestens geschult, was den Umgang mit weiblichen Wesen betraf, und machte nur erstaunlich selten Fehler. Er wusste zum Beispiel ganz genau, welch katastrophale Auswirkungen eine einzige unbedachte Bemerkung in Bezug auf Figur, Frisur oder Kleidung haben konnte, und hielt sich wohlweislich damit zurück. Aber seine Komplimente am heutigen Abend waren keine Taktik, sondern ehrlich gemeint. Pia fühlte sich unter seinen anerkennenden Blicken attraktiver als jede dünne Zwanzigjährige.

»Ich kenne hier kaum jemanden«, raunte Christoph ihr zu. »Wer sind diese ganzen Leute? Was haben sie mit dem Zoo zu tun?«

»Das ist die feine Frankfurter Gesellschaft und die, die meinen, dazugehören zu müssen«, erklärte Pia ihm. »Auf jeden Fall werden sie eine Menge Geld hierlassen, und das ist ja wohl Sinn und Zweck der ganzen Veranstaltung. Da drüben an dem Tisch in der Ecke stehen übrigens welche von den wirklich Reichen und Mächtigen hier in der Stadt.«

Wie auf ein Stichwort reckte ausgerechnet eine der Damen an jenem Tisch in diesem Moment den Hals und winkte Pia zu. Sie mochte um die vierzig sein und hatte ein Figürchen, mit dem sie wahrscheinlich in jedem Geschäft der Stadt mühelos ein passendes Abendkleid fand. Pia lächelte höflich und winkte zurück, erst dann sah sie genauer hin.

»Ich bin beeindruckt.« Christoph grinste amüsiert. »Die Reichen und Mächtigen kennen dich. Wer ist das?«

»Das glaube ich ja nicht.« Pia ließ Christophs Arm los. Die zierliche, dunkelhaarige Frau drängte sich durch die Umstehenden und blieb vor ihnen stehen.

»Püppi!«, rief sie laut, breitete die Arme aus und grinste.

»Frosch! Ich fasse es nicht! Was machst du in Frankfurt?«, fragte Pia verblüfft, dann umarmte sie die Frau herzlich. Miriam Horowitz war vor vielen Jahren Pias allerbeste Freundin gewesen. Gemeinsam hatten sie wilde und lustige Zeiten erlebt, sich aber dann aus den Augen verloren, als Pia die Schule gewechselt hatte.

»Frosch hat mich schon lange keiner mehr genannt«, lachte die Frau. »Mensch, das ist ja echt eine Überraschung!«

Die beiden Frauen musterten sich neugierig und erfreut, und Pia stellte fest, dass sich ihre ehemals beste Freundin – abgesehen von ein paar Fältchen hier und da – kaum verändert hatte.

»Christoph, das ist Miriam, früher meine allerallerbeste Freundin.« Pia erinnerte sich an ihre gute Erziehung. »Miri, das ist Christoph Sander.«

»Sehr erfreut.« Miriam reichte ihm die Hand und lächelte. Sie unterhielten sich eine Weile, dann ließ Christoph die beiden erst mal allein und gesellte sich zu einigen Kollegen.

Als Elard Kaltensee aufwachte, fühlte er sich wie gerädert und brauchte ein paar Sekunden, um zu begreifen, wo er war. Er hasste es, am Nachmittag einzuschlafen, das brachte seinen Biorhythmus durcheinander, und doch war es seine einzige Möglichkeit, den Schlaf nachzuholen, der ihm fehlte. Seine Kehle schmerzte, und er hatte einen widerlichen Geschmack im Mund. Über Jahre hinweg hatte er kaum geträumt, und wenn, dann konnte er sich nicht daran erinnern. Aber vor einer Weile hatten sich abscheuliche, beklemmende Alpträume eingestellt, denen er nur mit der Einnahme von Tabletten entgehen konnte. Seine Tagesdosis Tavor lag mittlerweile bei 2 Milligramm, und vergaß er sie auch nur einmal, dann suchten sie ihn heim – verschwommene, unerklärliche Erinnerungen an Angst, an Stimmen und schauriges Gelächter, die ihn schweißgebadet und mit Herzrasen aufwachen ließen und mitunter den ganzen folgenden Tag überschatteten. Elard setzte sich benommen auf und massierte seine Schläfen, hinter denen ein dumpfer Schmerz pochte. Vielleicht würde jetzt alles besser werden, wenn er endlich wieder zur Tagesordnung übergehen konnte. Er war heilfroh, dass mit der Feier im Familienkreis die allerletzte der zahllosen offiziellen, halboffiziellen und privaten Festivitäten zu Ehren des 85. Geburtstages seiner Mutter überstanden waren. Der Rest der Familie hatte wie selbstverständlich von ihm erwartet, dass er sich um alles kümmerte, nur weil er auf dem Mühlenhof lebte und in ihren Augen sonst nichts zu tun hatte. Erst jetzt fiel ihm wieder ein, was geschehen war. Die Nachricht von Goldbergs Tod hatte die Feier auf Schloss Bodenstein abrupt beendet.

Elard Kaltensee verzog das Gesicht zu einem bitteren Lächeln und schwang die Beine über die Bettkante. Beachtliche zweiundneunzig Lenze hatte er auf dem Buckel gehabt, der alte Scheißkerl. Man konnte nicht gerade behaupten, dass er mitten aus dem Leben gerissen worden war. Elard wankte ins Bad, zog sich aus und trat vor den Spiegel. Er betrachtete kritisch sein Spiegelbild. Auch mit dreiundsechzig Jahren war er noch ziemlich gut in Form. Kein Bauchansatz, keine Speckrollen, kein schlabberiger Truthahnhals. Er ließ die Badewanne volllaufen, gab eine Handvoll Badesalz hinein und ließ sich mit einem Seufzer in das duftende warme Wasser gleiten. Goldbergs Tod erschütterte ihn nicht, eigentlich war er sogar ganz froh, dass die Feier dadurch ein frühes Ende gefunden hatte. Er hatte sofort der Bitte seiner Mutter entsprochen, sie nach Hause zu fahren. Da Siegbert und Jutta nur Sekunden später auf dem Mühlenhof eingetroffen waren, hatte er die Gelegenheit genutzt, sich diskret zurückzuziehen. Er brauchte dringend Ruhe, um endlich über die Geschehnisse der letzten Tage nachzudenken.

Elard Kaltensee schloss die Augen und spulte seine Gedanken zurück zum vergangenen Abend, betrachtete mit klopfendem Herzen die ebenso aufwühlende wie beängstigende Sequenz vor seinem inneren Auge wie den Ausschnitt eines Videofilms. Immer und immer wieder. Wie hatte es nur so weit kommen können? Sein ganzes Leben lang hatte er sich mit irgendwelchen Schwierigkeiten privater und beruflicher Natur herumschlagen müssen, aber dies hier drohte ihn ernsthaft aus der Bahn zu werfen. Es bestürzte ihn, weil er einfach nicht begriff, was in ihm vorging. Ihm entglitt die Kontrolle, und es gab niemandem, mit dem er über sein Dilemma sprechen konnte. Wie sollte er mit diesem Geheimnis leben können? Was würden seine Mutter, seine Söhne, seine Schwiegertöchter dazu sagen, sollte es eines Tages herauskommen? Die Tür wurde aufgerissen. Elard fuhr erschrocken hoch und bedeckte seine Blöße mit beiden Händen.

»Herrgott, Mutter«, sagte er ärgerlich. »Kannst du nicht anklopfen?«

Erst dann bemerkte er Veras verstörten Gesichtsausdruck.

»Jossi ist nicht einfach gestorben«, stieß sie hervor und ließ sich auf die Bank neben der Badewanne sinken. »Er wurde *erschossen*!«

»Ach je. Das tut mir leid.« Zu mehr als zu dieser lahmen Floskel konnte sich Elard nicht durchringen. Vera starrte ihn einen Augenblick an.

»Wie herzlos du bist«, flüsterte sie mit zitternder Stimme. Dann verbarg sie das Gesicht in den Händen und begann, leise zu schluchzen.

»Komm, auf unser Wiedersehen müssen wir anstoßen!« Miriam zog Pia mit sich Richtung Bar und bestellte zwei Gläser Champagner.

»Seit wann bist du wieder in Frankfurt?«, fragte Pia. »Das Letzte, was ich von dir gehört habe war, dass du in Warschau lebst. Deine Mutter hat es mir vor ein paar Jahren erzählt, als ich sie zufällig getroffen habe.«

»Paris – Oxford – Warschau – Washington – Tel Aviv – Berlin – Frankfurt«, zählte Miriam im Telegrammstil auf und lachte. »In jeder Stadt habe ich die Liebe meines Lebens getroffen und wieder verlassen. Irgendwie eigne ich mich nicht für eine feste Beziehung. Aber erzähl von dir! Was tust du so? Beruf, Mann, Kinder?«

»Ich bin nach drei Semestern Jura zur Polizei gegangen«, sagte Pia.

»Quatsch!« Miriam riss die Augen auf. »Wie das denn?«

Pia zögerte. Es fiel ihr noch immer schwer, darüber zu reden, auch wenn Christoph meinte, dass es die einzige

Möglichkeit sei, ihr Trauma zu verarbeiten. Beinahe zwanzig Jahre lang hatte sie mit niemandem über dieses schlimmste Erlebnis ihres Lebens gesprochen, nicht einmal mit Henning. Sie wollte nicht immer wieder an ihre Schwäche und die Angst erinnert werden. Miriam besaß allerdings mehr Einfühlungsvermögen, als Pia angenommen hatte, und wurde sofort ernst. »Was ist passiert?«

»Es war im Sommer nach dem Abi«, erwiderte Pia. »Ich habe in Frankreich einen Mann kennengelernt. Er war nett, ein Urlaubsflirt. Wir hatten Spaß. Nach dem Urlaub war die Sache für mich vorbei. Für ihn aber leider nicht. Er verfolgte mich, terrorisierte mich mit Briefen und Anrufen, er lauerte mir überall auf. Und dann brach er in meine Wohnung ein und vergewaltigte mich.«

Sie ließ es gleichmütig klingen, aber Miriam schien zu spüren, welche Kraft es Pia kostete, so ruhig und scheinbar unbeteiligt darüber zu sprechen.

»O mein Gott«, sagte sie leise und ergriff Pias Hand. »Das ist ja entsetzlich.«

»Ja, das war es.« Pia lächelte schief. »Irgendwie dachte ich wohl, als Polizistin wäre ich nicht mehr so angreifbar. Mittlerweile bin ich bei der Kripo, Mordkommission.«

»Und sonst? Was hast du sonst dagegen getan?«, fragte Miriam. Pia verstand, was sie meinte.

»Nichts.« Sie hob die Schultern und wunderte sich, dass es ihr jetzt, da sie einmal damit angefangen hatte, erstaunlich leichtfiel, mit Miriam über den Abschnitt ihrer Lebensgeschichte zu sprechen, der bisher ein Tabu gewesen war. »Ich hatte es nicht einmal meinem Mann erzählt. Irgendwie dachte ich, ich würde schon damit zurechtkommen.«

»Aber es klappte nicht ...«

»Doch. Eine Weile sogar ziemlich gut. Erst letztes Jahr holte mich die ganze Geschichte wieder ein.«

Sie erzählte Miriam in Kurzfassung von den beiden Mordfällen im vergangenen Sommer und von den Ermittlungen, in deren Verlauf sie Christoph kennengelernt hatte und mit ihrer Vergangenheit konfrontiert worden war.

»Christoph will mich dazu überreden, eine Selbsthilfegruppe für Vergewaltigungsopfer zu unterstützen«, schloss sie wenig später. »Aber ich weiß nicht recht, ob ich das tun soll.«

»Doch, unbedingt!« Miriams Tonfall wurde eindringlich. »Ein solches Trauma kann ein ganzes Leben zerstören. Glaub mir, ich weiß, wovon ich spreche. Bei meiner Arbeit im Fritz-Bauer-Institut und im Zentrum gegen Vertreibungen in Wiesbaden habe ich von den schrecklichen Schicksalen der Frauen nach dem Zweiten Weltkrieg im Osten gehört. Was diese Frauen erlebt haben, ist unsäglich. Und die meisten von ihnen haben ihr ganzes Leben lang nicht darüber gesprochen. Das hat sie seelisch zerstört.«

Pia betrachtete die Freundin aufmerksam. Miriam hatte sich wirklich verändert. Keine Spur mehr von dem sorglosen, oberflächlichen Mädchen aus privilegierter Familie. Zwanzig Jahre waren auch eine lange Zeit.

»Was ist das für ein Institut, an dem du arbeitest?«, erkundigte sie sich.

»Ein Studien- und Dokumentationszentrum zur Geschichte und Wirkung des Holocaust, angeschlossen an die Uni«, erklärte Miriam. »Dort halte ich Vorlesungen, organisiere Ausstellungen und so weiter. Schon verrückt, oder? Früher dachte ich immer, ich werde mal Diskobesitzerin oder Springreiterin.« Miriam kicherte plötzlich.

»Kannst du dir unsere Lehrer vorstellen, was die für Augen machen würden, wenn sie wüssten, dass aus uns beiden etwas ganz Anständiges geworden ist?«

»Wo sie uns doch immer wieder prophezeit haben, wir

würden eines Tages mindestens in der Gosse landen«, grinste Pia. Sie bestellten noch zwei Gläser Champagner.

»Was ist mit Christoph?«, fragte Miriam. »Ist das was Ernstes?«

»Ich glaube schon«, erwiderte Pia.

»Er ist ganz schön verliebt.« Miriam zwinkerte ihr zu und beugte sich vor. »Er lässt dich die ganze Zeit nicht aus den Augen.«

Diese Bemerkung ließ augenblicklich wieder Schmetterlinge in Pias Bauch flattern. Der Champagner kam, sie stießen erneut an. Pia erzählte vom Birkenhof und ihren Tieren.

»Wo wohnst du jetzt?«, erkundigte sie sich. »Hier in Frankfurt?«

»Ja.« Miriam nickte. »Bei Oma im Haus.«

Für jemanden, der Miriams Familienverhältnisse nicht kannte, musste sich das spießig anhören, aber Pia wusste es besser. Miriams Oma Charlotte Horowitz war die Grande Dame der allerfeinsten Frankfurter Gesellschaft; ihr »Haus« war eine großartige alte Villa auf einem riesigen Grundstück im Holzhausenviertel, das jedem Grundstücksspekulanten die Tränen der Begehrlichkeit in die Augen trieb. Plötzlich kam Pia ein Gedanke.

»Sag mal, Miri«, wandte sie sich an ihre Freundin, »sagt dir der Name David Josua Goldberg etwas?«

Miriam blickte sie erstaunt an.

»Aber natürlich«, sagte sie. »Jossi Goldberg ist ein alter Bekannter von Oma. Seine Familie unterstützt seit Jahrzehnten zig Projekte der Jüdischen Gemeinde in Frankfurt, weshalb fragst du?«

»Nur so«, wich Pia aus, als sie die Neugier in den Augen der Freundin sah. »Ich kann dir leider im Moment nicht mehr sagen.«

»Polizeigeheimnis?«

»So in etwa. Tut mir leid.«

»Nicht so schlimm.« Miriam hob ihr Glas und lächelte. »Auf unser Wiedersehen nach so langer Zeit! Ich freue mich wirklich!«

»Ich mich auch.« Pia grinste. »Wenn du Lust hast, kommst du mich besuchen, und wir machen mal wieder einen Ausritt, so wie früher.«

Christoph trat zu ihnen an den Stehtisch. Die Selbstverständlichkeit, mit der er Pia den Arm um die Taille legte, ließ ihr Herz einen glücklichen Sprung vollführen. Henning hatte so etwas nie getan, zärtliche Berührungen in der Öffentlichkeit als »geschmacklose Zurschaustellung primitiven Besitzerstolzes« bezeichnet und stets peinlich vermieden. Pia mochte es. Sie leerten zu dritt eine weitere Runde Champagner, dann noch eine. Pia erzählte von ihrem Ausflug in die Umstandsmodenabteilung bei H&M, und sie lachten Tränen darüber. Bevor sie sich versah, war es halb eins, und Pia stellte fest, dass sie sich schon lange nicht mehr so gut und entspannt amüsiert hatte. Henning hätte entweder spätestens ab zehn Uhr nach Hause oder ins Institut gewollt oder in irgendeiner Ecke mit irgendwem wichtige Gespräche geführt, von denen sie automatisch ausgeschlossen war. Diesmal war es anders. Christoph hatte in Pias heimlicher Punktewertung auch in der Kategorie »Ausgehen« die volle Punktzahl erreicht.

Als sie das Zoogesellschaftshaus verließen und sich Hand in Hand auf die Suche nach ihrem Auto machten, lachten sie noch immer, und Pia wusste, dass sie kaum glücklicher sein konnte als in diesem Moment.

Bodenstein fuhr zusammen, als Cosima im Türrahmen seines Arbeitszimmers erschien.

»Hallo«, sagte er. »Und, wie war deine Besprechung?«

Cosima kam näher und legte den Kopf schief.

»Äußerst konstruktiv.« Sie lächelte und küsste ihn auf die Wange. »Keine Angst, ich habe nicht vor, selbst durch den Urwald zu klettern. Aber ich habe Wilfried Dechent als Expeditionsleiter gewinnen können.«

»Ich habe mich schon gefragt, ob du Sophia mitnimmst oder ob ich Urlaub beantragen muss«, erwiderte er und ließ sich seine Erleichterung nicht anmerken. »Wie spät ist es eigentlich?«

»Gleich halb eins.« Sie beugte sich vor und blickte auf den Bildschirm seines Laptops. »Was machst du da?«

»Ich suche Informationen über den Mann, der erschossen wurde.«

»Und?«, erkundigte sie sich. »Hast du etwas herausgefunden?«

»Nicht besonders viel.« Bodenstein fasste kurz zusammen, was er über Goldberg in Erfahrung gebracht hatte. Er besprach sich gerne mit Cosima. Sie besaß einen scharfen Verstand und genügend Distanz zu seinen Fällen, um ihm auf die Sprünge helfen zu können, wenn er bei langwierigen Ermittlungen gelegentlich vor lauter Bäumen den Wald nicht mehr sah. Als er ihr vom Ergebnis der Obduktion berichtete, riss sie überrascht die Augen auf.

»Das glaube ich nicht!«, sagte sie voller Überzeugung. »Das kann nie und nimmer wahr sein!«

»Ich habe es mit eigenen Augen gesehen«, erwiderte Bodenstein. »Kirchhoff hat sich noch nie geirrt. Auf den ersten Blick weist tatsächlich nichts darauf hin, dass Goldberg eine dunkle Vergangenheit hatte. Aber in über sechzig Jahren kann man natürlich viel vertuschen. Sein Terminkalender ist nichtssagend, ein paar Vornamen und Abkürzungen, mehr nicht. Nur unter dem heutigen Datum standen ein Name und eine Zahl.«

Er gähnte und rieb sich den Nacken. »Vera 85. Klingt wie ein Passwort. Mein Passwort bei Hotmail ist zum Beispiel Cosi ...«

»Vera 85?«, unterbrach Cosima ihn und richtete sich auf. »Mir ging heute Morgen schon etwas durch den Kopf, als du Goldbergs Namen erwähnt hast.«

Sie legte ihren Zeigefinger an die Nase und runzelte die Stirn.

»Ach ja? Und was?«

»Vera. Vera Kaltensee. Sie hat heute ihren 85. Geburtstag bei Quentin und Marie-Louise gefeiert. Rosalie hat davon erzählt, und meine Mutter war sogar eingeladen.«

Bodenstein spürte, wie seine Müdigkeit schlagartig verschwand. *Vera 85*. Vera Kaltensee, 85. Geburtstag. Das wäre eine Erklärung für die rätselhafte Notiz im Tagebuch des Toten! Selbstverständlich wusste er, wer Vera Kaltensee war. Für ihre unternehmerischen Leistungen, aber auch für ihr großzügiges soziales und kulturelles Engagement hatte Vera Kaltensee, die in einem Atemzug mit so einflussreichen Frauen wie Aenne Burda oder Friede Springer genannt wurde, zahllose Auszeichnungen und Ehrungen erhalten. Aber was hatte diese Dame untadeligsten Rufes mit einem ehemaligen SS-Angehörigen zu tun? Ihr Name im Zusammenhang mit diesem Mann würde dem ganzen Fall eine zusätzliche Brisanz verleihen, auf die Bodenstein liebend gerne verzichtet hätte.

»Kirchhoff muss sich geirrt haben«, sagte Cosima gerade. »Vera wäre *niemals* mit einem früheren Nazi befreundet gewesen, schon gar nicht, nachdem sie ja durch die Nazis 1945 alles verloren hat, ihre Familie, ihre Heimat, das Schloss in Ostpreußen ...«

»Vielleicht wusste sie es nicht«, gab Bodenstein zurück. »Goldberg hatte die perfekte Legende aufgebaut. Hätte ihn nicht jemand erschossen, und wäre er nicht ausgerechnet bei

Kirchhoff auf dem Tisch gelandet, dann hätte er sein Geheimnis mit ins Grab genommen.«

Cosima kaute nachdenklich an ihrer Unterlippe. »Mein Gott, das ist ja richtig unheimlich!«

»Vor allen Dingen unheimlich schlecht für meine Karriere, wie Nierhoff mir heute ziemlich deutlich mitgeteilt hat«, erwiderte Bodenstein mit einem Anflug von Sarkasmus.

»Wie meinst du das?«

Er wiederholte, was Nierhoff heute in seinem Büro zu ihm gesagt hatte.

Cosima zog erstaunt die Augenbrauen hoch. »Ich wusste gar nicht, dass er aus Hofheim weggehen will.«

»Doch, darüber wird intern schon eine ganze Weile gemunkelt.« Bodenstein schaltete die Schreibtischlampe aus. »Nierhoff fürchtet wohl diplomatische Verwicklungen. Bei einem Fall wie diesem kann er keine Lorbeeren ernten, das ist ihm klar.«

»Aber er kann euch doch nicht einfach die Ermittlungen untersagen! Das ist ja Behinderung der Polizei!«

»Nein«, Bodenstein erhob sich und legte Cosima den Arm um die Schulter, »das ist ganz einfach Politik. Aber egal. Lass uns ins Bett gehen, morgen ist auch noch ein Tag. Vielleicht lässt unsere Prinzessin uns durchschlafen.«

Sonntag, 29. April 2007

Kriminaldirektor Nierhoff war beunruhigt. Äußerst beunruhigt. Am frühen Sonntagmorgen hatte er einen unerfreulichen Anruf von einem ranghohen Beamten des BKA bekommen, der ihm den strikten Befehl erteilt hatte, sämtliche Ermittlungen im Fall Goldberg mit sofortiger Wirkung einzustellen. Obschon Nierhoff nicht scharf darauf war, sich und seine Behörde durch politische Verwicklungen, die leicht aus dem Mordfall erwachsen konnten, ins Kreuzfeuer der Kritik zu bringen, gefiel es ihm überhaupt nicht, wie man ihn behandelte. Er hatte Bodenstein aufs Kommissariat bestellt und berichtete seinem Dezernatsleiter nun unter dem Siegel der Verschwiegenheit, was vorgefallen war.

»Salomon Goldberg ist heute Morgen mit der ersten Maschine aus New York gekommen«, sagte er. »Er verlangte die sofortige Herausgabe der sterblichen Überreste seines Vaters.«

»Von Ihnen?«, fragte Bodenstein erstaunt.

»Nein.« Nierhoff schüttelte ungehalten den Kopf. »Goldberg erschien mit Verstärkung durch zwei Leute von der CIA und dem amerikanischen Generalkonsul beim Polizeipräsidenten. Der hatte natürlich keine Ahnung, um was es überhaupt ging, deshalb hat er sich mit dem Innenministerium und dem BKA in Verbindung gesetzt.«

Der Innenminister persönlich hatte sich der Angelegenheit

angenommen. Man hatte sich im Rechtsmedizinischen Institut getroffen: Nierhoff, ein Staatssekretär aus dem Innenministerium, der Frankfurter Polizeipräsident, Professor Thomas Kronlage, zwei Beamte des BKA, Salomon Goldberg in Begleitung des einflussreichen Vorsitzenden der Frankfurter Jüdischen Gemeinde, des amerikanischen Generalkonsuls und der Geheimdienstleute. Es hatte diplomatischer Ausnahmezustand geherrscht, die Forderung der Amerikaner war unmissverständlich. Sie wollten Goldbergs Leiche, und zwar sofort. Natürlich hatte juristisch gesehen niemand von der Abordnung der deutsch-amerikanischen Obrigkeit das Recht, sich in laufende Ermittlungen in einem Mordfall einzumischen, aber der Innenminister hatte kein Interesse an einem Skandal, schon gar nicht ein halbes Jahr vor der Wahl. Kaum zwei Stunden nach dem Eintreffen von Salomon Goldberg war der Fall Sache des BKA.

»Ich verstehe überhaupt nichts mehr«, schloss Nierhoff konsterniert. Er war durch sein Büro gewandert und blieb nun vor Bodenstein stehen. »Was ist da los?«

Bodenstein hatte nur eine Erklärung für diese ungewöhnliche Aktion an einem Sonntagmorgen in aller Herrgottsfrühe: »Bei der Obduktion gestern wurde an der Innenseite von Goldbergs linkem Oberarm eine Tätowierung festgestellt, die darauf schließen lässt, dass er früher bei der SS war.«

Nierhoff erstarrte, beinahe wäre ihm der Mund aufgeklappt.

»Aber ... aber ... das ist doch Unsinn«, widersprach er. »Goldberg war Überlebender des Holocaust, er war in Auschwitz und hat dort seine ganze Familie verloren.«

»Das sagt zumindest seine Legende.« Bodenstein lehnte sich zurück und schlug die Beine übereinander. »Aber ich vertraue Dr. Kirchhoffs Urteil voll und ganz. Und es wäre eine Erklärung dafür, dass Goldbergs Sohn keine vierundzwanzig

Stunden, nachdem wir die Leiche seines Vaters gefunden haben, mit einer ganzen Streitmacht auftaucht, um uns an weiteren Ermittlungen zu hindern. Entweder Goldberg junior oder jemand anderes hat beste Beziehungen und ein Interesse daran, die sterblichen Überreste seines Vaters so schnell wie möglich verschwinden zu lassen. Goldbergs Geheimnis sollte geheim bleiben. Allerdings waren wir schneller.«

Nierhoff atmete tief durch, ging hinter seinen Schreibtisch und setzte sich.

»Angenommen, Sie haben recht«, sagte er nach einer Weile, »wie konnte Goldbergs Sohn so schnell alle diese Leute mobilisieren?«

»Er kennt eben den richtigen Mann an der richtigen Stelle. Sie wissen doch, wie so etwas geht.«

Nierhoff sah Bodenstein misstrauisch an. »Haben Sie gestern die Angehörigen informiert?«

»Nein. Das hat wahrscheinlich Goldbergs Haushälterin getan.«

»Sie werden den Obduktionsbericht haben wollen.« Nierhoff rieb sich nervös das Kinn. In seinem Innern kämpfte der Polizist gegen den Politiker. »Können Sie sich vorstellen, was daraus werden kann, Bodenstein?«

»Ja, das kann ich.« Bodenstein nickte. Nierhoff sprang wieder auf und setzte seinen Marsch fort. Eine Weile ging er stumm in seinem Büro auf und ab.

»Was soll ich jetzt machen?«, überlegte er laut. »Ich bin erledigt, wenn die Sache an die Öffentlichkeit kommt. Nicht auszudenken, was die Presse daraus macht, wenn irgendetwas durchsickert!«

Bodenstein verzog angesichts dieser selbstmitleidigen Äußerung das Gesicht. Die Aufklärung des Mordfalles interessierte seinen Chef offenbar nicht die Bohne.

»Es kommt nichts an die Öffentlichkeit«, erwiderte er. »Da

niemand Interesse daran hat, die Sache an die große Glocke zu hängen, wird nichts passieren.«

»Sie sagen das so leicht ... Was ist mit dem Obduktionsbericht?«

»Den lassen Sie durch den Reißwolf.«

Nierhoff trat ans Fenster, die Hände hinter dem Rücken gefaltet, und starrte einen Moment hinaus. Dann drehte er sich ruckartig um.

»Ich habe mein Wort gegeben, dass es unsererseits keine Ermittlungen mehr im Fall Goldberg geben wird«, sagte er mit gesenkter Stimme. »Ich verlasse mich darauf, dass Sie das beherzigen.«

»Selbstverständlich«, entgegnete Bodenstein. Ihm war egal, wem der Kriminaldirektor sein Wort gegeben hatte, aber es bedurfte keiner besonderen hellseherischen Fähigkeiten, um zu wissen, was das bedeutete. Der Mordfall Goldberg würde von übergeordneten Stellen unter den Teppich gekehrt werden.

Montag, 30. April 2007

»Ich hab getanzt heut' Nacht, die ganze Nacht heut' Nacht! Ach wär's doch nie vorbei! Ich möcht noch so viel mehr, auch wenn es Sünde wär!«

Es war kurz nach sieben, als Bodenstein verblüfft in der Tür des Besprechungsraumes stehen blieb und seine Kollegin beobachtete, die vor sich hin trällerte und mit einem imaginären Tanzpartner zwischen Tisch und Flip-Chart herumtanzte. Er räusperte sich. »War Ihr Zoodirektor nett zu Ihnen? Es scheint Ihnen ja richtig gutzugehen.«

»Mir geht's blendend!« Pia Kirchhoff drehte sich in einer letzten Pirouette, ließ die Arme sinken und deutete mit einem Grinsen eine Verbeugung an. »Und er ist immer nett zu mir. Soll ich Ihnen einen Kaffee holen, Chef?«

»Ist etwas passiert?« Bodenstein hob die Augenbrauen. »Wollen Sie sich etwa einen Urlaubsantrag unterschreiben lassen?«

»Mein Gott, sind Sie misstrauisch! Nein, ich hab einfach gute Laune«, erwiderte Pia. »Ich habe am Samstagabend eine alte Freundin wiedergetroffen, die Goldberg persönlich gekannt hat, und ...«

»Goldberg ist kein Thema mehr«, unterbrach Bodenstein sie. »Warum, erkläre ich Ihnen später. Sind Sie so gut und rufen die anderen zusammen?«

Wenig später saß das ganze Team des K11 Hofheim um den

Besprechungstisch und lauschte erstaunt Bodensteins knapper Mitteilung, dass der Fall Goldberg für sie abgeschlossen sei. Kriminalkommissar Andreas Hasse, der heute statt einem seiner üblichen braunen Anzüge ein dottergelbes Hemd und einen gemusterten Pullunder zur Cordhose trug, nahm diese Neuigkeit ohne sichtbare Gemütsregung auf. Ihm fehlte jeder Elan, und obwohl er erst Mitte fünfzig war, zählte er schon seit Jahren die Tage bis zu seiner Pensionierung. Auch Behnke kaute gleichgültig auf seinem Kaugummi weiter, in Gedanken offenbar ganz woanders. Da nichts Dringendes anstand, war Bodenstein damit einverstanden, dass seine Mitarbeiter die Kollegen vom K10 bei den Ermittlungen gegen eine osteuropäische Autoschieberbande, die seit Monaten ihr Unwesen im Rhein-Main-Gebiet trieb, unterstützten. Ostermann und Pia Kirchhoff sollten sich um die Aufarbeitung eines ungeklärten Raubüberfalles kümmern. Bodenstein wartete, bis er mit den beiden alleine war, und berichtete ausführlich von seinen Erkenntnissen über Goldbergs Vergangenheit und den seltsamen Ereignissen am Sonntagmorgen, die dazu geführt hatten, dass es für das K11 keinen Fall Goldberg mehr gab.

»Das heißt, wir sind wirklich raus?«, fragte Ostermann ungläubig.

»Offiziell ja.« Bodenstein nickte. »Weder die Amerikaner noch das BKA zeigen ein Interesse an irgendeiner Art der Aufklärung, und Nierhoff ist einfach nur erleichtert, die Angelegenheit vom Hals zu haben.«

»Was ist mit der Auswertung der Spuren im Labor?«, wollte Pia wissen.

»Ich würde mich nicht wundern, wenn sie die vergessen hätten«, entgegnete Bodenstein. »Ostermann, setzen Sie sich gleich mal mit dem Kriminallabor in Verbindung und forschen unauffällig nach. Sollte es schon Ergebnisse geben, holen Sie die persönlich in Wiesbaden ab.«

Ostermann nickte.

»Die Haushälterin hat mir erzählt, dass Goldberg am Donnerstagnachmittag Besuch von einem glatzköpfigen Mann und einer dunkelhaarigen Dame hatte«, sagte Pia. »Am Dienstag war am frühen Abend ein Mann da, dem die Haushälterin noch begegnet ist, als sie gerade gehen wollte. Er hatte sein Auto direkt vor dem Tor geparkt, einen Sportwagen mit Frankfurter Kennzeichen.«

»Na, das ist doch schon mal was. Haben Sie noch mehr?«

»Ja«, Pia sah in ihren Notizen nach. »Goldberg bekam zweimal in der Woche frische Blumen. Am Mittwoch brachte sie nicht wie üblich der Blumenhändler, sondern ein ziemlich ungepflegter Mann, etwa Anfang bis Mitte vierzig. Die Haushälterin hat ihn hereingelassen. Der Mann ist direkt zu Goldberg gegangen und hat ihn geduzt. Das Gespräch konnte sie nicht hören, weil der Mann die Tür zum Wohnzimmer zugemacht hatte, aber dieser Besuch hatte den alten Herrn ziemlich aufgeregt. Er hat der Haushälterin befohlen, demnächst die Blumen an der Haustür entgegenzunehmen und niemanden mehr ins Haus zu lassen.«

»Gut.« Bodenstein nickte. »Ich frage mich nur immer noch, was diese Zahl auf dem Spiegel bedeutet.«

»Eine Telefonnummer«, überlegte Ostermann. »Oder die Nummer eines Schließfachs, ein Passwort, ein Schweizer Nummernkonto oder eine Mitgliedsnummer …«

»Eine Mitgliedsnummer!«, unterbrach Pia ihren Kollegen. »Wenn das Motiv für den Mord tatsächlich in Goldbergs Vergangenheit liegt, könnte die 16145 seine Mitgliedsnummer bei der SS gewesen sein.«

»Goldberg war zweiundneunzig«, gab Ostermann zu bedenken. »Jemand, der seine Mitgliedsnummer von früher kennt, müsste ja fast genauso alt sein.«

»Nicht zwangsläufig«, erwiderte Bodenstein nachdenklich.

»Es würde reichen, dass er über Goldbergs Vergangenheit Bescheid weiß.«

Er erinnerte sich an Fälle von Mördern, die an Tatorten oder ihren Opfern ganz offensichtliche Botschaften hinterließen, als makabres Markenzeichen. Täter, die mit der Polizei ein Spielchen spielen und damit ihre Intelligenz und Raffinesse unter Beweis stellen wollten. War es in diesem Fall genauso? War diese Zahl am Spiegel in Goldbergs Diele ein Zeichen? Wenn ja, was bedeutete es? War es ein Hinweis oder absichtliche Irreführung? Bodenstein konnte sich ebenso wenig einen Reim darauf machen wie seine Kollegen, und er fürchtete, dass der Mord an David Josua Goldberg tatsächlich unaufgeklärt bleiben würde.

Marcus Nowak saß am Schreibtisch seines kleinen Büros und sortierte sorgfältig die Unterlagen, die er für die Besprechung übermorgen brauchte. Endlich schien Bewegung in das Projekt zu kommen, in das er so viel Zeit investiert hatte. Vor kurzem hatte die Stadt Frankfurt das Technische Rathaus zurückgekauft, das im Zuge einer umfangreichen Altstadtsanierung abgerissen werden sollte. Bereits im Sommer 2005 hatte man im Frankfurter Stadtparlament heftig darüber debattiert, welche Architektur an der Stelle des hässlichen Betonklotzes entstehen sollte. Geplant war der Wiederaufbau von Teilen der früheren Altstadt zwischen Dom und Römerberg; sieben der im Krieg zerstörten Fachwerkhäuser von stadthistorischer Bedeutung sollten möglichst originalgetreu rekonstruiert werden. Für einen begabten, aber noch ziemlich unbekannten Restaurator wie Marcus Nowak bedeutete eine solche Aufgabe mehr als nur eine unglaubliche berufliche Herausforderung und eine Auslastung seiner Firma auf Jahre hinaus. Ihm bot sich die einmalige Chance, seinen Namen weit über die Region hinaus bekannt zu machen, denn das ehrgeizige Projekt würde zweifellos große Aufmerksamkeit erregen.

Das Klingeln seines Handys riss Marcus Nowak aus seinen Gedanken. Er suchte unter den Bergen von Plänen, Skizzen, Tabellen und Fotos nach dem Gerät, und sein Herz schlug schneller, als er die Nummer im verkratzten Display erkannte. Auf diesen Anruf hatte er gewartet! Sehnsüchtig und zugleich mit entsetzlich schlechtem Gewissen. Er zögerte einen Moment. Eigentlich hatte er Tina fest versprochen, später zum Sportplatz zu kommen, wo der SV Fischbach wie jedes Jahr ein Festzelt aufgebaut und eine große Party zum Tanz in den Mai organisiert hatte. Nowak betrachtete das Handy und biss sich nachdenklich auf die Unterlippe, aber die Versuchung war zu stark.

»Verdammt«, murmelte er leise und nahm das Gespräch entgegen.

Er hatte den ganzen Tag keinen Tropfen Alkohol getrunken, na ja, fast keinen. Die beiden Prozac hatte er vor einer Stunde mit einem Schlückchen Wodka runtergespült, den roch man nicht. Er hatte Kurti versprochen, nichts zu trinken, und jetzt fühlte er sich richtig gut und glasklar im Kopf. Seine Hände zitterten nicht. Robert Watkowiak grinste sein Spiegelbild an. Was ein ordentlicher Haarschnitt und anständige Klamotten doch ausmachten! Der liebe Onkel Herrmann war ein richtiger deutscher Beamtenspießer und legte größten Wert auf ein sauberes, korrektes Aussehen. Es war also besser, ordentlich gekleidet und glatt rasiert bei ihm aufzutauchen, ohne Schnapsfahne und rote Augen. Zwar wäre er auch so an das Geld gekommen, aber es erschien ihm besser, seinen Wunsch höflich zu äußern.

Nur durch puren Zufall war er vor ein paar Jahren auf das dunkle Geheimnis des Alten gestoßen, das dieser geschickt vor aller Welt verbarg – und seitdem waren sie die besten

Freunde. Was Onkel Jossi und die Stiefmama wohl dazu sagen würden, wenn sie erfuhren, was der liebe Onkel Herrmann in seinem Keller trieb? Watkowiak lachte glucksend und wandte sich vom Spiegel ab. Er war nicht so dumm, es ihnen zu sagen, denn dann wäre diese Einnahmequelle für immer versiegt. Hoffentlich lebte der alte Sack noch lange! Mit einem Lappen fuhr er über die schwarzen Lackschuhe, die er extra gekauft hatte, zusammen mit dem grauen Anzug, dem Hemd und der Krawatte. Dafür hatte er beinahe die Hälfte des Geldes von Onkel Jossi ausgegeben, aber diese Investition würde sich lohnen. Gut gelaunt machte sich Watkowiak um kurz vor acht auf den Weg. Kurti wollte ihn pünktlich um acht am Bahnhof abholen.

Auguste Nowak mochte die Dämmerung, die Blaue Stunde. Sie saß auf der Holzbank hinter ihrem kleinen Häuschen und genoss die abendliche Ruhe und den würzigen Duft des nahen Waldes. Obwohl die Wetternachrichten einen deutlichen Temperaturrückgang mit Regen angekündigt hatten, war die Luft mild, und die ersten Sterne leuchteten am wolkenlosen Abendhimmel. Im Rhododendron zankten sich zwei Amseln, auf dem Dach gurrte eine Taube. Es war schon Viertel nach zehn, und die ganze Familie amüsierte sich beim Tanz in den Mai oben am Sportplatz. Bis auf Marcus, ihren Enkelsohn, der noch immer an seinem Schreibtisch saß. Das sahen sie nicht, diese Neidhammel, die sich das Maul über den Jungen zerrissen, seit er mit seiner Firma Erfolg hatte! Keiner von ihnen war bereit, sechzehn Stunden am Tag zu arbeiten, ohne Wochenende und ohne Urlaub!

Auguste Nowak faltete die Hände im Schoß und überkreuzte die Fußknöchel. Wenn sie es recht bedachte, ging es ihr jetzt so gut wie nie zuvor in ihrem langen arbeits- und sorgenreichen Leben. Helmut, ihr vom Krieg traumatisierter, seelisch kranker Ehemann, der keine Arbeit länger als vier Wochen durchgehalten und die letzten zwanzig Jahre seines Lebens kaum noch einen Schritt vor die Tür gesetzt hatte, war vor zwei Jahren gestorben. Auguste hatte dem Drängen ihres Sohnes nachgegeben und war in das kleine Haus auf dem Firmengelände nach Fischbach gezogen. In dem Dorf im Sauerland hielt sie nach Helmuts Tod nichts mehr. Endlich hatte sie ihre Ruhe und musste nicht länger den ständig laufenden Fernseher und die Gebrechen eines Mannes ertragen, für den sie in den besten Momenten ihrer Ehe allenfalls Gleichgültigkeit empfunden hatte. Auguste hörte das Gartentürchen klappern, wandte den Kopf und lächelte erfreut, als sie ihren Enkelsohn erkannte.

»Hallo, Oma«, sagte Marcus. »Störe ich dich?«

»Du störst mich nie«, erwiderte Auguste Nowak. »Willst du etwas essen? Ich hab noch Gulasch und Nudeln im Kühlschrank.«

»Nein. Danke.«

Schlecht sah er aus, angespannt und um Jahre älter als vierunddreißig. Schon seit Wochen hatte sie den Eindruck, dass ihn etwas belastete.

»Komm, setz dich zu mir.« Auguste klopfte auf das Polster neben sich, aber er blieb stehen. Sie betrachtete sein Mienenspiel. Noch immer konnte sie in seinem Gesicht lesen wie in einem Buch.

»Die anderen tanzen in den Mai«, sagte sie. »Warum gehst du nicht auch hin?«

»Mach ich ja. Ich fahre jetzt hoch zum Sportplatz. Ich wollte nur ...«

Er brach ab, überlegte einen Augenblick und blickte dann stumm zu Boden.

»Wo drückt der Schuh, hm?«, fragte Auguste. »Hat es etwas mit der Firma zu tun? Hast du Geldsorgen?«

Er schüttelte den Kopf, und als er sie endlich anblickte, versetzte es ihr einen Stich. Der Ausdruck von Qual und Verzweiflung in seinen dunklen Augen traf sie mitten ins Herz. Er zögerte noch einen Moment, aber dann setzte er sich neben sie auf die Bank und stieß einen abgrundtiefen Seufzer aus.

Auguste liebte den Jungen, als sei er ihr eigenes Kind. Vielleicht, weil seine Eltern vor lauter Firma und Arbeit nie Zeit für ihren jüngsten Sohn gehabt hatten und er deshalb große Teile seiner Kindheit bei ihr verbracht hatte. Aber vielleicht auch deshalb, weil er ihrem älteren Bruder Ulrich so ähnlich war. Ulrich war handwerklich unglaublich begabt gewesen, ein wahrer Künstler. Er hätte es weit bringen können, hätte der Krieg nicht seine Pläne durchkreuzt und alle Träume zerstört. Im Juni 1944 war er in Frankreich gefallen, drei Tage vor seinem dreiundzwanzigsten Geburtstag. Auch äußerlich erinnerte Marcus sie sehr an ihren geliebten Bruder. Er hatte dieselben feinen ausdrucksstarken Gesichtszüge, das glatte dunkelblonde Haar, das ihm in die dunklen Augen fiel, und einen schönen Mund mit vollen Lippen. Doch obwohl er erst vierunddreißig war, hatten sich schon tiefe Sorgenfalten in sein Gesicht gegraben, und oft kam er Auguste vor wie ein Junge, der viel zu früh die Last eines Erwachsenen zu tragen hatte. Plötzlich legte Marcus seinen Kopf in ihren Schoß, so, wie er es als kleines Kind immer getan hatte, wenn er Trost gesucht hatte. Auguste streichelte sein Haar und summte leise vor sich hin.

»Ich habe etwas wirklich, wirklich Schlimmes getan, Oma«, sagte er mit gepresster Stimme. »Dafür komme ich in die Hölle.«

Sie spürte, wie er schauderte. Die Sonne war hinter den Bergen des Taunus verschwunden, es wurde kühl. Es dauerte noch eine Weile, aber schließlich begann er zu reden, stockend zuerst, dann immer hastiger, offenbar froh, das dunkle

Geheimnis, das auf seiner Seele lastete, endlich mit jemandem teilen zu können.

Auguste Nowak blieb noch eine Weile nachdenklich im Dunkeln sitzen, nachdem ihr Enkelsohn gegangen war. Sein Geständnis hatte sie erschüttert, wenn auch weniger aus moralischen Gründen. Marcus war in dieser Familie von Kleingeistern so fehl am Platze wie ein Eisvogel unter Krähen, und dann hatte er auch noch eine Frau geheiratet, die nicht das geringste Verständnis für einen Künstler wie ihn aufbrachte. Auguste argwöhnte seit einer Weile, dass es um die Ehe ihres Enkels nicht zum Besten bestellt war, aber sie fragte ihn nie danach.

Er kam jeden Tag zu ihr und erzählte ihr von seinen großen und kleinen Sorgen, von neuen Aufträgen, von Erfolgen und Rückschlägen, kurzum, von allem, was ihn bewegte und was ein Mann eigentlich mit seiner Ehefrau besprechen sollte. Sie selbst hatte auch nicht viel übrig für die Familie, die zwar unter einem Dach lebte, aber nicht durch Zuneigung oder Respekt, sondern durch bloße Bequemlichkeit zusammengehalten wurde. Für Auguste waren sie Fremde geblieben, die nichts sagten, wenn sie redeten, und beharrlich darauf bedacht waren, die Fassade eines harmonischen Familienlebens aufrechtzuerhalten.

Als Marcus eine halbe Stunde später zum Sportplatz gefahren war, ging sie ins Haus, band sich ein Kopftuch um, ergriff die dunkle Windjacke, die Taschenlampe und nahm den Schlüssel für Marcus' Büro vom Brett. Obwohl er ihr immer wieder sagte, sie solle es nicht tun, putzte sie regelmäßig in seinem Büro. Untätigkeit passte nicht zu ihr, und Arbeit hielt jung. Ihr Blick fiel in den Spiegel neben der Haustür. Auguste Nowak wusste, was die Jahre mit ihrem Gesicht gemacht hatten, und war dennoch manchmal verblüfft, wenn sie die Falten, den durch fehlende Zahnwurzeln eingefallenen Mund und die schweren Schlupflider sah. Fast fünfundachtzig, dachte sie. Unglaublich, dass sie bald so alt sein sollte! Wenn sie ehrlich war, fühlte sie sich keinen Tag älter als fünfzig. Sie war zäh und kräftig und immer noch gelenkiger als manche Dreißigjährige. Mit sechzig hatte sie den Führerschein gemacht, mit siebzig ihren ersten Urlaub. Sie erfreute sich an Kleinigkeiten, haderte nicht mit ihrem Schicksal. Außerdem hatte sie noch etwas zu erledigen, etwas immens Wichtiges. Der Tod, dem sie schon vor über sechzig Jahren das erste Mal direkt ins Gesicht geschaut hatte, würde sich gedulden müssen, bis sie alles geregelt hatte. Auguste zwinkerte ihrem Spiegelbild zu und verließ das Haus. Sie überquerte den Hof, schloss die Tür zum Bürogebäude auf und betrat Marcus' Büro im Anbau neben der Werkshalle, die er auf der Wiese unterhalb von Augustes Häuschen vor ein paar Jahren gebaut hatte. Die Uhr über dem Schreibtisch zeigte halb zwölf! Sie musste sich beeilen, wenn niemand etwas von ihrem kleinen Ausflug mitbekommen sollte.

Er hörte die stampfenden Bässe der Musik schon, als er über den vollgeparkten Parkplatz ging. Der DJ spielte sämtliche Ballermann-Hits rauf und runter, und die Leute waren besoffener, als Marcus Nowak es um diese Uhrzeit für möglich gehalten hatte. Auf dem Rasenplatz spielten ein paar Kinder, darunter seine eigenen, Fußball, im Festzelt drängten sich ungefähr dreihundert Leute. Die älteren Semester hatten sich an den Tresen des Sportlerheims zurückgezogen, bis auf ein paar Ausnahmen. Marcus wurde übel beim Anblick der beiden deutlich angeheiterten Herren vom Vorstand, die lüstern die jungen Mädchen anglotzten.

»Hey, Nowak!« Eine Hand krachte auf seine Schulter, und

jemand blies ihm seinen Schnapsatem ins Gesicht. »Dass *du* hier auftauchst!«

»Hi, Stefan«, erwiderte Marcus. »Hast du Tina gesehen?«

»Nee, sorry. Aber komm doch rüber zu uns. Trink einen mit, Alter.«

Er fühlte sich am Arm gepackt und folgte dem anderen widerwillig quer durch die schwitzende, ausgelassene Menge in den hinteren Teil des Festzeltes.

»Ey, Leute!«, brüllte Stefan. »Guckt mal, wen ich mitgebracht habe!«

Alle wandten sich zu ihnen um, grölten und feixten. Er blickte in vertraute Gesichter mit glasigen Augen, die ihm verrieten, dass der Alkohol schon eine ganze Weile in Strömen floss. Früher war er einer von ihnen gewesen, sie waren Schul- oder Sportkameraden, Kerbeburschen, hatten zusammen von der E-Jugend bis zur 1. Mannschaft Fußball gespielt, gemeinsam Dienst bei der Freiwilligen Feuerwehr getan und so manches Fest wie dieses gefeiert. Er kannte sie alle, von Kindesbeinen an, aber auf einmal kamen sie ihm vor wie Fremde. Sie rutschten zusammen, er setzte sich grinsend, machte gute Miene zum bösen Spiel. Jemand drückte ihm ein Glas Maibowle in die Hand, man prostete ihm zu, und er trank. Wann hatte es angefangen, dass ihm das alles nicht mehr gefallen hatte? Warum hatte er nicht mehr denselben Spaß an diesen schlichten Vergnügungen wie seine Kumpels von früher? Während die anderen im Fünf-Minuten-Takt die Gläser leerten, hielt er sich an seiner Maibowle fest. Plötzlich spürte er den Vibrationsalarm seines Handys in der Hosentasche. Er pulte das Gerät aus der Jeans, und sein Herz machte einen Satz, als er sah, wer ihm eine SMS geschrieben hatte. Der Inhalt ließ das Blut in sein Gesicht schießen.

»Du, Marcus, isch will dir maln Rat gebn, als guder Freund«, lallte ihm Chris Wiethölter, einer der Jugendtrainer, mit dem er früher in einer Mannschaft gespielt hatte, ins Ohr. »Der Heiko is ganz schön scharf auf die Tina. Da solltest du'n Auge drauf haben.«

»Ja, danke. Mach ich«, erwiderte er abwesend. Was sollte er auf die SMS antworten? Einfach ignorieren? Das Handy ausschalten und sich mit den Kumpels von früher betrinken? Er saß wie gelähmt auf der Bank, hielt das Glas mit der inzwischen lauwarmen Bowle umklammert, unfähig, klar zu denken.

»Ich mein ja nur. So unner Freundn«, nuschelte Wiethölter, kippte sein Bier in einem Zug herunter und rülpste.

»Du hast recht.« Nowak stand auf. »Ich geh mal nach ihr gucken.«

»Ja, mach das, Alter ...«

Tina würde sich nie und nimmer mit Heiko Schmidt oder einem anderen Kerl einlassen, und wenn, wäre es ihm egal, aber er nutzte die Gelegenheit zur Flucht. Er kämpfte sich durch das Gedränge verschwitzter Leiber, nickte hier und da jemandem zu und hoffte, weder seiner Frau noch einer ihrer Freundinnen in die Arme zu laufen. Wann war ihm klar geworden, dass er Tina nicht mehr liebte? Er wusste selbst nicht, was sich verändert hatte. Es musste an ihm liegen, denn Tina war so wie immer. Sie fühlte sich wohl in ihrem Leben, das ihm plötzlich zu eng geworden war. Unauffällig verschwand er aus dem Festzelt und nahm die Abkürzung durch die Vereinskneipe. Zu spät bemerkte er seinen Fehler. Sein Vater, der mit seinen Kumpels am Tresen saß, wie beinahe jeden Abend, hatte ihn schon erspäht.

»He, Marcus!« Manfred Nowak wischte sich mit dem Handrücken den Bierschaum aus dem Schnauzbart. »Komm mal her!«

Marcus Nowak fühlte, wie sich in ihm alles zusammenzog, gehorchte aber. Er erkannte, dass sein Vater schon ordentlich einen im Tee hatte, und wappnete sich innerlich. Ein rascher Blick auf die Uhr an der Wand zeigte ihm, dass es gleich halb zwölf war.

»Ein Weizen für meinen Sohn!«, orderte sein Vater mit dröhnender Stimme, dann wandte er sich an die anderen älteren Herren, die immer noch in Trainingsanzügen und Sportschuhen herumliefen, obwohl ihre bescheidenen sportlichen Erfolge Jahrzehnte zurücklagen.

»Mein Sohn kommt jetzt ganz groß raus! Er baut nämlich die Frankfurter Altstadt wieder auf, Haus für Haus! Da staunt ihr, was?«

Manfred Nowak klopfte Marcus auf den Rücken, aber in seinen Augen lagen weder Anerkennung noch Stolz, sondern purer Hohn. Er fuhr damit fort, ihn zu verspotten, und Marcus sagte keinen Ton, was seinen Vater noch mehr in Fahrt brachte. Die Männer grinsten. Sie wussten alle bestens Bescheid über den Bankrott von Nowaks Bauunternehmen und Marcus' Weigerung, die Firma zu übernehmen, denn in einem Örtchen wie Fischbach blieb nichts verborgen, schon gar nicht eine solch grandiose Niederlage. Die Bedienung stellte das Weizenbier auf den Tresen, doch er rührte es nicht an.

»Prost!«, rief sein Vater und hob das Glas. Alle tranken, bis auf Marcus.

»Was ist? Bist dir wohl zu fein dafür, mit uns zu trinken, was?«

Marcus Nowak sah den trunkenen Zorn in den Augen seines Vaters.

»Ich hab keine Lust mehr auf deine blöden Sprüche«, sagte er. »Erzähl das deinen Freunden, wenn du willst. Vielleicht glaubt es dir noch einer.«

Der lang aufgestaute Groll seines Vaters entlud sich in dem Versuch, seinem jüngsten Sohn eine Ohrfeige zu verpassen, wie früher so häufig. Der Alkohol verlangsamte jedoch seine Bewegungen, und Marcus wich dem Schlag ohne große Mühe aus. Er sah mitleidslos zu, wie sein Vater das Gleichgewicht verlor, mitsamt Barhocker krachend zu Boden ging, und suchte das Weite, bevor er wieder auf die Beine kam. Vor der Tür des Vereinsheims atmete er tief durch und überquerte mit schnellen Schritten den Parkplatz. Er setzte sich ins Auto und gab mit quietschenden Reifen Gas. Keine zweihundert Meter weiter stoppte ihn die Polizei.

»Na«, der eine Beamte leuchtete ihm mit seiner Taschenlampe ins Gesicht, »schön in den Mai getanzt?«

Das klang gehässig. Er erkannte die Stimme. Siggi Nitschke hatte beim SV Ruppertshain in der ersten Mannschaft gespielt, als Marcus über Jahre hinweg Torschützenkönig der Kreisliga gewesen war.

»Hallo, Siggi«, sagte er deshalb.

»Ach, schau an. Der Nowak. Der Herr *Unternehmer*. Führerschein und Fahrzeugpapiere, bitte.«

»Hab ich nicht dabei.«

»So ein Pech aber auch«, spottete Nitschke. »Dann steigen Sie mal aus.«

Marcus seufzte und gehorchte. Nitschke hatte ihn noch nie leiden können, hauptsächlich deshalb, weil er als Fußballspieler immer eine Klasse schlechter gewesen war. Ihn nun angehalten zu haben musste für Nitschke ein innerer Reichsparteitag sein. Er ließ es sich widerspruchslos gefallen, wie ein Schwerverbrecher behandelt zu werden. Sie ließen ihn in den Alkotester blasen und waren offensichtlich sauer, als auf dem Display des Gerätes eine Null erschien.

»Drogen?« So leicht wollte Nitschke ihn nicht entkommen lassen. »Was geraucht? Oder durch die Nase gezogen?«

»Quatsch«, erwiderte Marcus, der keinen Ärger wollte. »So was hab ich noch nie gemacht. Das weißt du genau.«

»Keine plumpen Vertraulichkeiten. Ich bin im Dienst. *Polizeimeister* Nitschke für Sie, verstanden?«

»Ach, lass ihn doch fahren, Siggi«, sagte sein Kollege halblaut. Polizeimeister Nitschke starrte Marcus grimmig an und überlegte angestrengt, wie er ihn doch noch drankriegen konnte. Auf eine Gelegenheit wie diese würde er für den Rest seines Lebens warten müssen.

»Spätestens um zehn Uhr morgen früh legen Sie meinen Kollegen auf dem Kelkheimer Revier Ihren Führerschein und die Fahrzeugpapiere vor«, sagte er schließlich. »Na los, verpiss dich. Hast Glück gehabt.«

Ohne noch etwas zu sagen, stieg Marcus ins Auto, ließ den Motor an, legte den Gurt an und fuhr los. Alle guten Vorsätze hatten sich in Luft aufgelöst. Er ergriff sein Handy und schrieb eine kurze Antwort. *Bin auf dem Weg. Bis gleich.*

Dienstag, 1. Mai 2007

Bodensteins Finger trommelten ungeduldig auf das Lenkrad. In Eppenhain war die Leiche eines Mannes gefunden worden, aber die einzige Straße, die in den entlegenen Kelkheimer Stadtteil führte, war von der Polizei abgesperrt. Die Teilnehmer des Radrennens »Rund um den Henninger Turm« kämpften sich zum zweiten Mal an diesem Vormittag die steile Steigung von Schlossborn nach Ruppertshain hinauf, Hunderte von Menschen säumten die Straßenränder und warteten vor Videoleinwänden in der engen Kurve am Zauberberg. Endlich kamen die ersten Radler in Sicht. Die Vorhut sauste wie eine magentafarbene Wolke vorbei, dann folgte das Hauptfeld in allen Farben des Regenbogens. Dazwischen, daneben und dahinter die Versorgungsfahrzeuge, dicht an dicht, und in der Luft kreiste der Hubschrauber vom Hessischen Fernsehen, das die gesamte Veranstaltung live übertrug.

»Ich kann mir nicht vorstellen, dass das ein gesunder Sport ist«, ließ sich Pia Kirchhoff vom Beifahrersitz aus vernehmen. »Die fahren doch nur in den Abgasen ihrer Begleitfahrzeuge.«

»Sport ist Mord«, bestätigte Bodenstein, dem Leistungssportler beinahe so suspekt waren wie religiöse Fanatiker.

»Fahrradfahren auf jeden Fall. Ganz besonders für Männer. Ich habe neulich irgendwo gelesen, dass Männer, die häufig Fahrrad fahren, impotent werden«, sagte Pia und fügte übergangslos hinzu: »Kollege Behnke fährt übrigens bei den Jedermännern mit. Immerhin die 100-Kilometer-Bergstrecke.«

»Wie darf ich denn das verstehen? Haben Sie etwa Insiderwissen über Behnkes Gesundheitszustand, das Sie mir vorenthalten?« Bodenstein konnte ein belustigtes Grinsen nicht unterdrücken. Noch immer war das Verhältnis zwischen Pia Kirchhoff und Behnke nicht ganz ungetrübt, auch wenn aus der offenen Feindseligkeit zwischen ihnen seit letztem Sommer allmählich kollegiale Akzeptanz geworden war. Erst jetzt begriff Pia, was sie gesagt hatte.

»Um Gottes willen, nein.« Sie lachte verlegen. »Die Straße ist frei.«

Niemand, der Hauptkommissar Oliver von Bodenstein kennenlernte, hätte vermutet, wie versessen er insgeheim auf jede Art von Klatsch und Tratsch war. Rein äußerlich machte Pias Chef, der stets in Anzug und Krawatte auftrat, den Eindruck eines Mannes, der souverän über den Dingen stand und mit aristokratischer Höflichkeit das Privatleben anderer Menschen ignorierte. Aber das täuschte. In Wirklichkeit war seine Neugier geradezu unstillbar und sein Gedächtnis erschreckend gut. Vielleicht machte die Kombination dieser beiden Charaktereigenschaften Bodenstein zu dem brillanten Kriminalbeamten, der er zweifellos war.

»Bitte sagen Sie das Behnke bloß nicht«, bat Pia. »Er könnte es gründlich missverstehen.«

»Das muss ich mir noch mal gut überlegen«, entgegnete Bodenstein grinsend und lenkte seinen BMW in Richtung Eppenhain.

Marcus Nowak wartete im Auto, bis seine Familie das Haus verlassen hatte und davongefahren war, zuerst seine Eltern, dann sein Bruder mit Familie, schließlich auch Tina mit den Kindern. Wie er sie kannte, würden sie alle miteinander jetzt zum Radrennen fahren, also eine ganze Weile weg sein, und das war ihm recht. Das Rennen verpassten sie nie, selbst wenn sie bis in die frühen Morgenstunden gefeiert hatten – der Schein musste gewahrt werden. Er war heute Morgen schon zwölf Kilometer gelaufen, seine übliche Strecke über den Reis bis zum Hofgut Bodenstein, hinauf nach Ruppertshain und durch den Wald in einem großen Bogen wieder zurück. Normalerweise entspannte ihn das Laufen und machte seinen Kopf frei, aber heute hatte er den Gewissensbissen und seinen heftigen Schuldgefühlen nicht weglaufen können. Er hatte es schon wieder getan, obwohl er genau wusste, dass er dafür in der tiefsten Hölle schmoren würde. Er stieg aus seinem Auto, schloss die Haustür auf und rannte die Treppe hoch in seine Wohnung im zweiten Stock. Für einen Moment blieb er mit hängenden Armen mitten im Wohnzimmer stehen. Alles sah aus wie immer an einem frühen Morgen, der Frühstückstisch war noch nicht abgeräumt, Spielzeug lag herum. Beim Anblick der vertrauten Normalität schossen ihm Tränen in die Augen. Dies war nicht mehr seine Welt und würde es nie mehr sein! Woher kam nur plötzlich dieser dunkle Trieb, diese Lust am Verbotenen? Tina, die Kinder, Freunde und Familie – warum setzte er all das aufs Spiel? Bedeutete es ihm wirklich nichts mehr?

Er betrat das Badezimmer und erschrak, als er sein eingefallenes Gesicht und die blutunterlaufenen Augen im Spiegel sah. Gab es für ihn noch einen Weg zurück, wenn niemand davon erfuhr, was er getan hatte? *Wollte* er denn überhaupt zurück? Nackt trat er unter die Dusche und drehte das Wasser auf. Kalt. Eiskalt. Strafe musste sein. Er keuchte durch die zusammengebissenen Zähne, als der eisige Strahl auf seine verschwitzte Haut traf. Er konnte es nicht verhindern, dass die Bilder der vergangenen Nacht wieder auf ihn einstürmten. Wie er vor ihm gestanden und ihn angesehen hatte, erstaunt, nein, entsetzt! Ohne den Blick abzuwenden, war er dann langsam vor ihm in die Knie gegangen, hatte ihm den Rücken zugewandt und zitternd darauf gewartet, dass er ... Aufschluchzend schlug er die Hände vors Gesicht.

»Marcus?«

Er zuckte erschrocken zusammen, als er durch das feuchte Glas schemenhaft die Gestalt seiner Großmutter erkannte. Eilig drehte er das Wasser ab und schlang sich das Handtuch, das er über die Glastür der Dusche gelegt hatte, um seine Hüften.

»Was hast du?«, fragte Auguste Nowak besorgt. »Geht es dir nicht gut?«

Er trat aus der Dusche und begegnete ihrem prüfenden Blick.

»Ich wollte es nicht wieder tun«, stieß er verzweifelt hervor. »Wirklich, Oma, aber ... aber ich ...«

Er verstummte, suchte vergeblich nach einer Erklärung. Die alte Frau nahm ihn in die Arme. Erst sperrte er sich gegen ihre Umarmung, aber dann lehnte er sich gegen sie, atmete ihren vertrauten Geruch ein.

»Warum tue ich so etwas?«, flüsterte er verzweifelt. »Ich weiß einfach nicht, was mit mir los ist! Bin ich nicht normal?«

Sie nahm sein Gesicht in ihre schwieligen Hände und blickte ihn aus ihren erstaunlich jugendlichen Augen bekümmert an.

»Quäl dich doch nicht so, Junge«, sagte sie leise.

»Aber ich verstehe mich selbst nicht mehr«, erwiderte er mit gepresster Stimme. »Und wenn jemand davon erfährt, dann ...«

»Wie soll es denn jemand erfahren? Dich hat doch dort niemand gesehen, oder?« Sie klang wie eine Verschwörerin.

»Ich ... ich glaube nicht.« Er schüttelte den Kopf. Wie

konnte seine Großmutter nur Verständnis für seine Taten haben?

»Na also.« Sie ließ ihn los. »Jetzt zieh dir was an. Und dann kommst du runter zu mir, ich mache dir einen Kakao und ein ordentliches Frühstück. Du hast sicher noch nichts gegessen.«

Wider Willen musste Marcus Nowak lächeln. Das war das Patentrezept seiner Großmutter: Essen half immer. Als er ihr nachblickte, fühlte er sich tatsächlich ein ganz klein wenig getröstet.

Das Haus von Herrmann Schneider war ein repräsentativer, aber verwohnter Walmdachbungalow und lag direkt am Waldrand, umgeben von einem großen, ziemlich ungepflegten Garten. Die Leiche war von einem Zivildienstleistenden des Malteser Hilfsdienstes gefunden worden, der jeden Morgen nach dem alten Herrn schaute. Bodenstein und Pia Kirchhoff erlebten ein schauriges Déjà-vu. Der Mann kniete auf dem Fliesenboden in der Diele seines Hauses, die tödliche Kugel war in seinen Hinterkopf eingedrungen. Es sah aus wie eine Hinrichtung, genau wie bei David Goldberg.

»Bei dem Toten handelt es sich um Herrmann Schneider, geboren am 2. März 1921 in Wuppertal.« Die junge sommersprossige Polizeimeisterin, die mit ihrem Kollegen als Erste vor Ort gewesen war, hatte sich schon gründlich und umfassend informiert. »Lebte seit dem Tod seiner Frau vor ein paar Jahren alleine hier, wurde dreimal täglich vom Pflegedienst besucht, bekam Essen auf Rädern.«

»Haben Sie sich schon bei den Nachbarn umgehört?«

»Selbstverständlich.« Die tüchtige Polizeimeisterin warf Bodenstein einen etwas verärgerten Blick zu. Wie überall im Leben gab es auch innerhalb der Polizei Animositäten. Die Streifenpolizisten waren der Meinung, dass sich die Kripoleute für etwas Besseres hielten und auf sie herabsahen, und im Prinzip hatten sie damit nicht ganz unrecht.

»Die Nachbarin, die direkt nebenan wohnt, hat zwei Männer gesehen, die Schneider so gegen halb neun besucht haben. Um kurz nach elf sind sie wieder gegangen und haben dabei ziemlichen Krach gemacht.«

»Da hat's wohl jemand auf Rentner abgesehen«, bemerkte ihr Kollege. »Schon der zweite innerhalb einer Woche.«

Bodenstein überhörte die flapsige Bemerkung.

»Gibt es Einbruchspuren?«

»Auf den ersten Blick nicht. Sieht so aus, als ob er seinem Mörder die Tür geöffnet hätte. Es wurde auch in der Wohnung nichts durchwühlt«, erwiderte die Polizeimeisterin.

»Danke«, sagte Bodenstein. »Gute Arbeit.«

Pia und er zogen sich Latexhandschuhe an und beugten sich über die Leiche des alten Mannes. Im schummerigen Licht des 40-Watt-Strahlers an der Decke sahen sie beide gleichzeitig, dass die scheinbare Duplizität der Ereignisse kein Zufall war: In die Blutspritzer auf der geblümten Tapete hatte jemand fünf Ziffern gezeichnet. 16145. Bodenstein blickte seine Kollegin an.

»*Den*«, sagte er entschlossen, »lasse ich mir nicht wegnehmen.«

In dem Augenblick traf der Arzt ein. Pia erkannte ihn wieder. Es war der Zwerg, der vor anderthalb Jahren die Leichenschau bei der toten Isabel Kerstner durchgeführt hatte. Der Zwerg erinnerte sich offenbar auch an den ersten Mordfall, den Pia und Bodenstein gemeinsam bearbeitet hatten, und verzog kurz das Gesicht zu einem säuerlichen Lächeln.

»Darf ich mal«, brummte er unhöflich. Entweder war das seine Wesensart, oder er war nachtragend. Bodenstein hatte ihm damals ob seiner Gleichgültigkeit ziemlich unverblümt die Meinung gesagt.

»Passen Sie auf, dass Sie keine Spuren vernichten«, entgegnete Bodenstein genauso unhöflich und erntete dafür einen grimmigen Blick. Er bedeutete Pia mit einem Kopfnicken, ihm in die Küche zu folgen.

»Wer hat den denn gerufen?«, fragte er mit gesenkter Stimme.

»Ich denke mal die Kollegen vom ersten Angriff«, erwiderte sie. Pias Blick blieb an einer Pinnwand neben dem Küchentisch hängen. Sie trat näher und löste eine Karte aus vornehmem Büttenpapier, die zwischen Quittungen, Rezepten und ein paar Postkarten an die Korkplatte gepinnt worden war. *Einladung*, stand darauf. Pia klappte die Karte auseinander und stieß einen überraschten Pfiff aus. »Schau mal einer an!« Sie reichte die Einladungskarte an ihren Chef weiter.

Der Bungalow aus den frühen siebziger Jahren des vergangenen Jahrhunderts versammelte alle stilistischen Geschmacklosigkeiten jener Epoche in der altmodischen Einrichtung, wie Pia bei einem Rundgang feststellte. Furnierte Eiche rustikal im Wohnzimmer, an den Wänden nichtssagende Landschaftsbilder, die keine Rückschlüsse auf den Geschmack der Hausbewohner erlaubten. Das Blümchendekor auf den Wandfliesen in der Küche schmerzte in den Augen, das Gästeklo war komplett in altrosa gehalten. Pia betrat das spartanisch eingerichtete Schlafzimmer. Auf dem Nachttischschränkchen neben der Seite des Bettes, die Schneider benutzt hatte, standen ein paar Medikamentenfläschchen, daneben lag ein aufgeschlagenes Buch. Ein zerlesenes Exemplar von Marion Gräfin Dönhoffs *Namen, die keiner mehr nennt.*

»Und?«, fragte Bodenstein. »Irgendetwas gefunden?«

»Nichts.« Pia zuckte die Schultern. »Kein Arbeitszimmer, noch nicht mal einen Schreibtisch.«

Während die Leiche von Herrmann Schneider in die

Rechtsmedizin transportiert wurde, packten die Beamten vom Erkennungsdienst ihr Handwerkszeug zusammen; auch der Arzt war schon wieder weg, nachdem er die Rektaltemperatur des Toten gemessen und den Todeszeitpunkt mit Hilfe dieses Wertes auf ungefähr ein Uhr morgens geschätzt hatte.

»Vielleicht hatte er ein Büro im Keller«, vermutete Bodenstein. »Lassen Sie uns unten nachsehen.«

Pia folgte ihrem Chef die Kellertreppe hinunter. Hinter der ersten Tür befand sich der Heizungskeller mit einer modernen Ölheizung. Im Keller nebenan standen ordentlich beschriftete Kartons in Regalen, an der anderen Wand lagerten Weinflaschen in Holzkisten. Bodenstein nahm die Flaschen genauer in Augenschein und stieß einen anerkennenden Pfiff aus.

»Hier lagert ein kleines Vermögen.«

Pia ging schon zur nächsten Tür. Sie schaltete das Licht ein und blieb staunend stehen.

»Chef!«, rief sie. »Das müssen Sie sich ansehen!«

»Was ist das denn?« Bodenstein erschien hinter ihr im Türrahmen.

»Sieht aus wie ein Kino.« Pia betrachtete die mit dunkelrotem Samt bespannten Wände, die drei Reihen mit jeweils fünf bequemen Plüschsesseln und den geschlossenen schwarzen Vorhang am anderen Ende des erstaunlich großen Raumes. An der Wand neben der Tür stand ein altmodischer Filmprojektor.

»Na, dann schauen wir doch mal, was sich der alte Knabe im stillen Kämmerlein für Filme angesehen hat.« Bodenstein trat an den Projektor heran, in den eine Filmrolle eingelegt war, und drückte auf gut Glück ein paar Knöpfe. Pia versuchte sich an den Schaltern neben der Tür, und plötzlich glitt der Vorhang zur Seite. Beide zuckten erschrocken zusammen, als aus unsichtbaren Lautsprechern Gewehrfeuer und

Marschmusik ertönten. Sie starrten auf die Leinwand. Panzer rollten über verschneites Land, in flackerndem Schwarzweiß grinsende Gesichter junger Soldaten, die an Flakgeschützen und Maschinengewehren hockten. Flugzeuge vor grauem Himmel.

»Die Wochenschau«, sagte Pia erstaunt. »Er hat hier in seinem Privatkino die *Wochenschau* angesehen? Wie krank muss man denn dazu sein?«

»Damals war er jung.« Bodenstein, der schon befürchtet hatte, ein Pornofilmarchiv vorzufinden, zuckte die Schultern. »Vielleicht hat er sich einfach gerne an diese Zeit erinnert.«

Er ging die Unmengen akkurat beschrifteter Filmspulen durch, die in einem Regal lagerten, und entdeckte darunter zahllose Folgen der deutschen Wochenschau aus den Jahren von 1933 bis 1945, Aufnahmen von Goebbels' Rede im Sportpalast, Filme über die NSDAP-Reichsparteitage in Nürnberg, Leni Riefenstahls »Triumph des Willens«, »Stürme über dem Montblanc« und andere Raritäten, für die Sammler ein Vermögen bezahlen würden. Bodenstein schaltete den Filmprojektor aus.

»Er hat sich diese Filmchen offenbar mit seinem Besuch angesehen.« Pia wies auf drei benutzte Gläser, zwei leere Weinflaschen und einen überquellenden Aschenbecher, die auf einem Tischchen zwischen den Sitzreihen standen. Sie ergriff vorsichtig ein Glas und betrachtete es genau. Ihre Vermutung bestätigte sich: Die Neige auf dem Boden des Glases war noch nicht eingetrocknet. Bodenstein ging zurück in den Flur und rief die Beamten von der Spurensicherung in den Keller, dann folgte er Pia in den nächsten Raum. Dessen Einrichtung verschlug ihnen für ein paar Sekunden die Sprache.

»Um Himmels willen«, stieß Pia angewidert hervor. »Ist das eine Filmkulisse?«

Der fensterlose Raum, der durch die Holzbalkenimitate

an der Decke und den dunkelroten Teppichboden noch niedriger wirkte, als er ohnehin war, wurde von einem wuchtigen Schreibtisch aus dunklem Mahagoni beherrscht. Bücherregale bis an die Zimmerdecke, Aktenschränke, ein schwerer Tresor, an den Wänden eine Hakenkreuzfahne und mehrere gerahmte Fotos von Adolf Hitler und anderen Nazigrößen. Im Gegensatz zum oberen Teil des Hauses, der unpersönlich und fast unbewohnt wirkte, stapelten sich hier die Hinterlassenschaften und Zeugnisse eines langen Menschenlebens. Pia betrachtete eines der Bilder genau und schauderte.

»Dieses Foto hat eine persönliche Widmung von Hitler. Ich komme mir vor wie im Bunker unter der Reichskanzlei.«

»Schauen Sie sich auf dem Schreibtisch um. Wenn wir irgendwo einen Hinweis finden, dann hier.«

»Jawohl, mein Führer!« Pia stand stramm.

»Lassen Sie die Witze.« Bodenstein blickte sich in dem überfüllten, düsteren Raum um, der eine klaustrophobische Wirkung auf ihn ausübte. Pia Kirchhoffs Vergleich mit einem Bunker war gar nicht so weit hergeholt. Während sie sich an den Schreibtisch setzte und mit spitzen Fingern eine Schublade nach der anderen öffnete, nahm Bodenstein wahllos Ordner und Fotoalben aus den Regalen und blätterte in ihnen herum.

»Mein Gott, was ist das denn?« Kröger vom Erkennungsdienst trat ein.

»Gruselig, nicht wahr?« Pia blickte kurz auf. »Könnt ihr bitte den ganzen Kram hier einpacken, wenn ihr alles fotografiert habt? Ich habe keine Lust, länger als nötig in diesem Loch zu hocken.«

»Dazu brauchen wir wohl einen LKW.« Der Beamte sah sich wenig begeistert um und zog eine Grimasse. In der zweiten Schublade von oben stieß Pia auf sorgfältig abgeheftete Kontoauszüge von verschiedenen Banken. Herrmann Schneider hatte eine ordentliche Pension erhalten, aber außerdem fand sich auf den Auszügen einer Schweizer Bank eine regelmäßige Zahlung von fünftausend Euro im Monat. Der aktuelle Stand dieses Kontos belief sich auf hundertzweiundsiebzigtausend Euro.

»Chef«, sagte Pia. »Jemand hat ihm jeden Monat fünftausend Euro überwiesen. KMF. Was bedeutet das wohl?« Sie reichte Bodenstein einen der Ausdrucke.

»Kriegsministerium Frankfurt«, vermutete Kröger.

»Konto meines Führers«, witzelte sein Kollege. Bodenstein spürte, wie das Unbehagen in seinem Innern stärker wurde, denn die Verbindung war nun nicht mehr zu übersehen Die Einladung oben in der Küche, Zahlungen von der KMF, die ominöse Zahl, die der Täter an beiden Tatorten zurückgelassen hatte. Es war an der Zeit, einer sehr angesehenen Dame einen Besuch abzustatten, auch wenn alles ein bloßer Zufall sein mochte.

»KMF bedeutet Kaltensee Maschinenfabrik«, sagte er mit gesenkter Stimme zu Pia. »Schneider hat Vera Kaltensee gekannt. Genau wie Goldberg.«

»Sie hatte offenbar ganz feine Freunde«, antwortete Pia.

»Wir wissen doch gar nicht, ob es wirklich ihre Freunde waren«, gab Bodenstein zu bedenken. »Vera Kaltensee genießt einen untadeligen Ruf, an ihrer Integrität gibt es überhaupt keinen Zweifel.«

»Goldbergs Ruf war auch untadelig«, sagte Pia ungerührt.

»Was wollen Sie damit sagen?«

»Dass nichts so sein muss, wie es auf den ersten Blick scheint.«

Bodenstein blickte nachdenklich auf die Kontoauszüge.

»Ich fürchte, es gibt in Deutschland noch Tausende, die in ihrer Jugend mit den Nazis sympathisiert haben oder selbst welche waren«, sagte er. »Das alles liegt sechzig Jahre zurück.«

»Das rechtfertigt nichts«, entgegnete Pia und erhob sich. »Und dieser Schneider war kein bloßer Sympathisant. Das war ein Vollblut-Nazi. Schauen Sie sich doch nur um.«

»Wir können aber nicht automatisch davon ausgehen, dass Vera Kaltensee von der Nazi-Vergangenheit zweier Bekannter auch gewusst hat«, sagte Bodenstein und stieß einen Seufzer aus. Eine düstere Vorahnung erfüllte ihn. Mochte Vera Kaltensees Ruf auch noch so untadelig sein, sobald die Presse sie erst mit dieser braunen Soße in Verbindung gebracht hatte, würde unweigerlich etwas davon an ihr kleben bleiben.

Er stieg am Parkplatz in Königstein aus dem Bus und schlenderte durch die Fußgängerzone. Es war ein gutes Gefühl, Geld zu haben. Robert Watkowiak betrachtete zufrieden sein Spiegelbild in den Schaufenstern und beschloss, sich von Onkel Herrmanns Kohle als Erstes die Zähne reparieren zu lassen. Mit dem neuen Haarschnitt und dem Anzug fiel er schon nicht mehr auf; keiner der übrigen Passanten blickte sich kopfschüttelnd nach ihm um. Das war ein noch besseres Gefühl. Wenn er ehrlich war, hing ihm das Leben, zu dem man ihn mehr oder weniger gezwungen hatte, aus dem Hals raus. Er brauchte ein Bett, eine Dusche und den Komfort, den er von früher gewohnt war, und er hasste es, bei Moni unterzukriechen. Gestern hatte sie wohl wieder geglaubt, er werde um einen Schlafplatz in ihrer Wohnung betteln, aber da hatte sie sich geirrt. Obwohl sie nichts anderes als eine verlogene Schlampe war, die sich für Geld von jedem bumsen ließ, glaubte sie, was Besseres zu sein. Zugegeben, sie sah nicht schlecht aus, aber wenn sie den Mund aufmachte, zeigte sich, dass sie ein Proletenweib war, vor allem, wenn sie getrunken hatte. Vor ein paar Wochen hatte sie ihn vor seinen Kumpels im Bremslicht derart provoziert, dass er ihr eine geklebt hatte. Da hatte sie endlich die Klappe gehalten. Danach hatte er jedes Mal zugeschlagen, wenn es ihm in den Sinn kam, manchmal sogar ganz ohne Grund. Das Gefühl, Macht über jemanden zu haben, gefiel ihm.

Robert Watkowiak bog Richtung Kurpark ab, ging an der Villa Borgnis vorbei Richtung Rathaus. Schon eine ganze Weile benutzte er das leerstehende Haus neben dem Lottoladen als gelegentlichen Unterschlupf. Der Besitzer duldete stillschweigend seine Anwesenheit. Zwar war alles voller Staub und Dreck, aber es gab Strom, und Klo und Dusche funktionierten – allemal besser, als unter einer Brücke schlafen zu müssen.

Mit einem Seufzer ließ er sich auf der Matratze in dem Zimmer im oberen Stockwerk nieder, streifte die Schuhe von den Füßen und angelte aus seinem Rucksack eine Dose Bier, die er mit ein paar Schlucken leerte. Er rülpste laut. Dann griff er noch mal in den Rucksack und lächelte, als seine Finger das kühle Metall berührten. Der Alte hatte nicht bemerkt, dass er sie eingesteckt hatte. Die Pistole war sicher ein Vermögen wert. Echte Waffen aus dem Zweiten Weltkrieg wurden zu Wahnsinnspreisen gehandelt. Und es gab Freaks, die für solche, mit denen schon mal jemand umgelegt worden war, locker noch mal das Doppelte oder Dreifache hinblätterten. Robert holte die Pistole hervor und betrachtete sie versonnen. Er hatte einfach nicht widerstehen können. Irgendwie hatte er das sichere Gefühl, dass sich in seinem Leben allmählich alles zum Besseren wendete. Morgen konnte er die Schecks einlösen. Und zum Zahnarzt gehen. Oder übermorgen. Heute Abend würde er noch einmal im Bremslicht vorbeischauen. Vielleicht war ja dieser Typ da, der mit dem Militärzeug handelte.

*

Bodenstein bog in Fischbach an der Kreuzung nach rechts ab und fuhr auf die B455 Richtung Eppstein. Er hatte sich entschlossen, sofort mit Vera Kaltensee zu sprechen, bevor sein Chef das aus irgendwelchen taktischen Erwägungen verhindern konnte. Während der Fahrt dachte er über die Frau nach, die zweifellos zu den herausragenden Persönlichkeiten der Gegend gehörte und deren bloße Anwesenheit jede Veranstaltung aufwertete. Vera Kaltensee war eine geborene Freifrau von Zeydlitz-Lauenburg und war, nur mit einem Koffer in der Hand und einem Baby auf dem Arm, damals aus Ostpreußen in den Westen geflüchtet. Dort hatte sie wenig später den Hofheimer Unternehmer Eugen Kaltensee geheiratet und mit ihm gemeinsam die Kaltensee Maschinenfabrik zu einem Weltkonzern ausgebaut. Nach dem Tod ihres Mannes hatte sie die Geschäftsführung übernommen und sich gleichzeitig unermüdlich bei verschiedenen Wohltätigkeitsorganisationen engagiert. Als großzügige Geldgeberin und Spendensammlerin hatte sie nicht nur in Deutschland allerhöchstes Ansehen erworben. Mit ihrer Eugen-Kaltensee-Stiftung förderte sie Kunst, Kultur, Umwelt- und Denkmalschutz und unterstützte hilfsbedürftige Menschen mit zahlreichen sozialen Projekten, die sie zum großen Teil selbst ins Leben gerufen hatte.

Der »Mühlenhof«, wie der herrschaftliche Familiensitz der Kaltensees genannt wurde, verbarg sich im Tal zwischen Eppstein und Lorsbach hinter blickdichten Hecken und einem hohen schwarzen Eisenzaun mit goldenen Spitzen. Bodenstein bog in die Einfahrt ein; das doppelflügelige Eingangstor stand weit offen. Im hinteren Bereich des parkähnlich angelegten Gartens lag das Herrenhaus, links davon befand sich das historische Mühlengebäude.

»Oh! Ich werde neidisch«, rief Pia beim Anblick sattgrüner Rasenflächen, perfekt gestutzter Büsche und sorgfältig angelegter Blumenrabatten. »Wie kriegen die so etwas hin?«

»Mit einer Armee von Gärtnern«, entgegnete Bodenstein trocken. »Ich glaube auch nicht, dass hier irgendwelches Getier einfach über den Rasen laufen darf.«

Pia grinste bei dieser Anspielung. Bei ihr zu Hause auf dem Birkenhof war ständig irgendein Tier dort, wo es eigentlich nicht sein sollte: die Hunde im Ententeich, die Pferde im Garten, die Enten und Gänse auf Erkundungstour im Haus. Der letzte Ausflug ihres Federviehs hatte Pia einen ganzen Nachmittag gekostet, um die grünlichen Hinterlassenschaften in den Zimmern zu beseitigen. Nur gut, dass Christoph in dieser Hinsicht unempfindlich war.

Bodenstein hielt vor der Freitreppe des Herrenhauses an. Als sie ausstiegen und sich umblickten, kam ein Mann um die Hausecke. Er hatte graues Haar und in seinem langen, schmalen Gesicht fielen Pia zuerst die melancholischen Bernhardineraugen auf. Offenbar handelte es sich um den Gärtner, denn er trug eine grüne Latzhose und hielt eine Rosenschere in der Hand.

»Kann ich Ihnen helfen?« Er musterte sie misstrauisch. Bodenstein zog seinen Polizeiausweis hervor.

»Wir sind von der Kriminalpolizei Hofheim und möchten zu Frau Dr. Kaltensee.«

»Ach so.« Umständlich nestelte der Mann aus der Brusttasche seiner Latzhose eine Lesebrille und studierte Bodensteins Ausweis gründlich. Dann verzog er das Gesicht zu einem höflichen Lächeln. »Ich erlebe hier die verrücktesten Sachen, wenn ich mal nicht sofort das Tor zumache. Viele Leute denken, das wäre ein Hotel oder ein Golfclub.«

»Das wundert mich nicht«, entgegnete Pia mit Blick auf die Beete mit blühenden Stauden und Rosen und die kunstvoll beschnittenen Buchsbaumsträucher. »Genauso sieht es hier ja auch aus.«

»Gefällt es Ihnen?« Der Mann war sichtlich geschmeichelt.

»O ja!« Pia nickte. »Machen Sie das etwa alles ganz alleine?«

»Mein Sohn hilft mir gelegentlich«, räumte er bescheiden ein, genoss aber Pias Bewunderung in vollen Zügen.

»Sagen Sie, wo finden wir Frau Dr. Kaltensee?«, unterbrach Bodenstein seine Kollegin, bevor sie sich noch in eine Fachdiskussion über Rasendüngung oder Rosenpflege verwickeln würde.

»Oh, natürlich.« Der Mann lächelte entschuldigend. »Ich werde Sie sofort anmelden. Wie, sagten Sie, ist Ihr Name?«

Bodenstein reichte ihm seine Visitenkarte, und der Mann verschwand in Richtung Haustür.

»Im Gegensatz zum Park ist das Haus aber ziemlich schäbig«, stellte Pia fest. Aus der Nähe betrachtet sah das Gebäude längst nicht mehr so herrschaftlich und prachtvoll aus wie aus der Ferne. Der fleckige Putz war schadhaft und blätterte ab, an manchen Stellen war das Mauerwerk zu sehen.

»Das Haus ist historisch auch nicht so bedeutsam wie die anderen Gebäude hier«, erklärte Bodenstein. »Bekannt ist das Anwesen vor allen Dingen durch die Mühle, die zum ersten Mal im dreizehnten Jahrhundert urkundlich erwähnt wurde, wenn ich mich richtig erinnere. Sie gehörte bis ins frühe zwanzigste Jahrhundert der Familie zu Stolberg-Werningerode, die auch Besitzer der Burg Eppstein waren, bevor sie sie 1929 der Stadt Eppstein schenkten. Ein Cousin der Werningerodes heiratete eine Tochter aus dem Hause Zeydlitz, und so ist dieses Anwesen in den Besitz der Kaltensees gelangt.«

Pia starrte ihren Chef verblüfft an.

»Was ist?«, fragte der.

»Woher wissen Sie das alles? Und was haben Wernige... dingsda und Zeydlitz mit Kaltensees zu tun?«

»Vera Kaltensee ist eine geborene Zeydlitz-Lauenburg«, informierte Bodenstein seine Kollegin. »Ich hatte vergessen,

Ihnen das zu sagen. Alles andere ist einfach Heimatkundewissen.«

»Na klar.« Pia nickte. »Derart fundamentale Details lernt man unter Blaublütern wahrscheinlich gleichzeitig mit dem Gotha auswendig.«

»Höre ich da so etwas wie Sarkasmus in Ihrer Stimme?«, erkundigte Bodenstein sich und grinste.

»Um Gottes willen, nein!« Pia hob beide Hände. »Ah, da kommt der Leibeigene der gnädigen Frau schon herbeigeeilt. Wie begrüßt man sie wohl? Mit einem Hofknicks?«

»Sie sind unmöglich, Frau Kirchhoff.«

Marleen Ritter, geborene Kaltensee, betrachtete den schlichten Goldring am Ringfinger ihrer rechten Hand und lächelte. Ihr war noch immer ganz schwindelig von dem Tempo, in dem sich ihr Leben in den vergangenen Wochen und Monaten so grundlegend zum Positiven verändert hatte. Eigentlich hatte sie sich nach der Scheidung von Marco damit abgefunden, bis ans Ende ihrer Tage allein zu sein. Ihre stämmige Figur war ein Erbe ihres Vaters, abschreckender für jeden potentiellen Verehrer war aber ihr amputierter Unterschenkel. Nicht so für Thomas Ritter! Er kannte sie schließlich seit ihrer Kindheit und hatte das ganze Drama miterlebt: die verbotene Liaison mit Robert, den folgenschweren Unfall, den entsetzlichen Krach, der die ganze Familie tief erschüttert hatte. Thomas hatte sie im Krankenhaus besucht, er hatte sie zu den Arztterminen und zur Physiotherapie chauffiert, wenn ihre Eltern keine Zeit hatten. Immer hatte er tröstende und aufmunternde Worte für das unglückliche dicke Mädchen gefunden, das sie gewesen war. Ja, zweifellos hatte sie sich damals schon in ihn verliebt.

Als sie ihn im vergangenen Dezember zufällig wiedergetroffen hatte, war es ihr wie ein Fingerzeig Gottes erschienen.

Er hatte schlecht ausgesehen, beinahe etwas heruntergekommen, aber er war so zuvorkommend und charmant wie eh und je gewesen. Nie hatte er auch nur ein einziges schlechtes Wort über ihre Omi gesagt, obwohl er allen Grund gehabt hätte, sie zu hassen. Marleen wusste nicht genau, was nach achtzehn Jahren zum Bruch zwischen Thomas und ihrer Großmutter geführt hatte, darüber war in der Familie nur heimlich spekuliert worden, aber es tat ihr sehr leid, denn Thomas war ein ganz besonderer Mann. Es lag an der Großmutter und ihren Beziehungen, dass er nicht mehr den Hauch einer Chance hatte, in Frankfurt einen anständigen Job zu finden, der seinem Können entsprach.

Weshalb hatte er die Stadt nicht einfach verlassen und woanders einen Neuanfang gewagt? Stattdessen hielt er sich mit Mühe als freiberuflicher Journalist über Wasser; seine kleine Wohnung in einem Wohnblock in Frankfurt-Niederrad war ein deprimierendes Loch. Sie hatte ihn gedrängt, zu ihr zu ziehen, aber er hatte erwidert, er wolle ihr nicht auf der Tasche liegen. Das rührte sie sehr. Ihr war es gleichgültig, dass Thomas kaum mehr besaß als das, was er auf dem Leib trug. Es war nicht seine Schuld. Sie liebte ihn aus tiefstem Herzen, sie liebte es, mit ihm zusammen zu sein, mit ihm zu schlafen. Und sie freute sich auf ihr gemeinsames Kind. Marleen zweifelte nicht daran, dass es ihr gelingen würde, Thomas und die Großmutter wieder miteinander zu versöhnen. Schließlich hatte Vera ihr noch nie etwas abgeschlagen. Ihr Handy klingelte mit dem speziellen Rufton, der Thomas vorbehalten war. Er rief sie mindestens zehnmal am Tag an, um sich zu erkundigen, wie es ihr ging.

»Wie geht es dir, mein Schatz?«, fragte er. »Was treibt ihr zwei so?«

Marleen lächelte bei der Anspielung auf das Baby in ihrem Bauch.

»Wir liegen faul auf der Couch«, erwiderte sie. »Ich lese ein bisschen. Was machst du?«

In einer Zeitungsredaktion wurde auch an Feiertagen gearbeitet. Thomas hatte freiwillig den Dienst am 1. Mai übernommen, zugunsten seiner Kollegen, die Familie und Kinder hatten. Das fand Marleen bezeichnend für seinen Charakter. Thomas war rücksichtsvoll und selbstlos.

»Ich muss noch auf zwei aktuelle Sachen warten«, seufzte er. »Es tut mir echt leid, dass ich dich heute den ganzen Tag alleine lasse, aber wenigstens habe ich am Wochenende frei.«

»Mach dir keine Gedanken wegen mir. Mir geht's gut.«

Sie redeten noch eine Weile, dann musste Thomas das Gespräch beenden. Selig betrachtete Marleen wieder den Ring an ihrem Finger. Dann lehnte sie sich zurück, schloss die Augen und überlegte, wie viel Glück sie doch mit diesem Mann gehabt hatte.

Dr. Vera Kaltensee erwartete sie in der Eingangshalle, eine gepflegte Dame mit schneeweißem Haar und wachen hellblauen Augen in einem sonnengebräunten Gesicht, in das ein langes Leben ein Netz tiefer Falten gegraben hatte. Sie hielt sich sehr gerade, das einzige Zugeständnis an ihr Alter war ein Gehstock mit silbernem Knauf.

»Kommen Sie herein.« Ihr Lächeln war herzlich, ihre tiefe Stimme zitterte leicht. »Mein lieber Moormann sagte mir, dass Sie mich in einer wichtigen Angelegenheit sprechen möchten.«

»Ja, das stimmt.« Bodenstein reichte ihr die Hand und erwiderte ihr Lächeln. »Oliver von Bodenstein, Kripo Hofheim. Meine Kollegin, Pia Kirchhoff.«

»Sie sind also der tüchtige Schwiegersohn von meiner lieben Freundin Gabriela«, stellte sie fest und betrachtete ihn prüfend. »Sie schwärmt nur in den höchsten Tönen von Ihnen. Ich hoffe, mein Geschenk zur Geburt Ihrer kleinen Tochter hat guten Anklang gefunden?«

»Aber selbstverständlich. Herzlichen Dank.« Bodenstein konnte sich beim besten Willen nicht an ein Geschenk von Vera Kaltensee zu Sophias Geburt erinnern, aber er nahm an, dass Cosima selbiges mit einem Dankschreiben angemessen gewürdigt hatte.

»Guten Tag, Frau Kirchhoff«, Dr. Vera Kaltensee wandte sich Pia zu und ergriff ihre Hand, »ich freue mich, Sie kennenzulernen.«

Sie beugte sich ein wenig vor.

»Ich habe noch nie eine so hübsche Polizistin getroffen. Was haben Sie für schöne blaue Augen, meine Liebe!«

Pia, die auf solche Komplimente eigentlich misstrauisch reagierte, fühlte sich wider Willen geschmeichelt und lachte verlegen. Sie hatte erwartet, von dieser prominenten, schwerreichen Frau von oben herab behandelt oder gar nicht beachtet zu werden, und war angenehm überrascht, wie normal und unprätentiös Vera Kaltensee auftrat.

»Aber kommen Sie erst einmal herein!« Die alte Dame hakte sich bei Pia unter, als seien sie alte Freundinnen, und führte sie in einen Salon, dessen Wände mit flämischen Wandteppichen bedeckt waren. Vor dem wuchtigen Marmorkamin standen drei Sessel und ein Tischchen, die trotz ihrer Unscheinbarkeit wahrscheinlich wertvoller waren als das gesamte Mobiliar des Birkenhofs. Sie machte eine einladende Geste in Richtung Sessel.

»Bitte«, sagte sie freundlich. »Nehmen Sie Platz. Darf ich Ihnen Kaffee oder eine Erfrischung anbieten?«

»Nein danke«, lehnte Bodenstein höflich ab. Die Nachricht vom Tod eines Menschen überbrachte sich leichter im Stehen als bei einem Tässchen Kaffee.

»Gut. Was führt Sie zu mir? Ein reiner Höflichkeitsbesuch ist es wohl kaum, oder?« Vera Kaltensee lächelte noch immer, aber in ihren Augen erschien ein besorgter Ausdruck.

»Leider nein«, gab Bodenstein zu.

Das Lächeln verschwand aus dem Gesicht der alten Dame. Mit einem Mal wirkte sie auf eine rührende Weise hilflos. Sie setzte sich in einen der Sessel und blickte Bodenstein abwartend an wie ein Schulmädchen den Lehrer.

»Wir wurden heute Morgen zur Leiche von Herrmann Schneider gerufen. In seinem Haus haben wir Hinweise gefunden, dass er Sie kannte, deshalb sind wir hier.«

»Um Gottes willen«, flüsterte Vera Kaltensee entsetzt und wurde kreidebleich. Der Gehstock entglitt ihr, die Finger ihrer rechten Hand schlossen sich um das Medaillon ihrer Halskette. »Wie ist er ... ich meine ... was ... was ist passiert?«

»Er wurde in seinem Haus erschossen.« Bodenstein hob den Gehstock auf und wollte ihn ihr reichen, aber sie achtete nicht darauf. »Wir vermuten, dass es derselbe Täter war, der David Goldberg getötet hat.«

»O nein.« Vera Kaltensee stieß einen erstickten Schluchzer aus und presste eine Hand auf den Mund. In ihren Augen sammelten sich Tränen und rannen über die runzligen Wangen. Pia warf ihrem Chef einen vorwurfsvollen Blick zu, den dieser mit einem kurzen Hochziehen der Augenbrauen beantwortete. Sie ging vor Vera Kaltensee in die Knie und legte mitfühlend ihre Hand auf die der alten Dame.

»Es tut mir leid«, sagte sie leise. »Soll ich Ihnen ein Glas Wasser bringen?«

Vera Kaltensee kämpfte um Beherrschung und lächelte unter Tränen.

»Danke, meine Liebe«, flüsterte sie. »Das wäre sehr freundlich von Ihnen. Da hinten auf der Anrichte müsste eine Karaffe stehen.«

Pia erhob sich und ging zu einem Sideboard, auf dem verschiedene Spirituosen und umgestülpte Gläser standen. Vera Kaltensee lächelte dankbar, als Pia ihr ein Glas Wasser reichte, und nahm einen Schluck.

»Dürfen wir Ihnen ein paar Fragen stellen, oder wäre es Ihnen lieber, wenn wir das auf einen späteren Zeitpunkt verschieben?«, fragte Pia.

»Nein, nein. Es ist schon ... es geht schon wieder.« Vera Kaltensee zauberte ein blütenweißes Taschentuch aus der Tasche ihrer Kaschmirstrickjacke, tupfte sich die Augen ab und schnäuzte sich. »Es ist nur ein Schock, so etwas zu erfahren. Herrmann ist ... ich meine, er war ... so viele Jahre ein guter, enger Freund unserer Familie. Und dann muss er auf eine so grausame Weise sterben!«

Wieder füllten sich ihre Augen mit Tränen.

»Wir haben im Haus von Herrn Schneider eine Einladung zu Ihrer Geburtstagsfeier gefunden«, sagte Pia. »Außerdem gab es regelmäßige Zahlungen der KMF auf sein Konto bei einer Schweizer Bank.«

Vera Kaltensee nickte. Sie hatte sich wieder gefangen und sprach mit leiser, aber fester Stimme.

»Herrmann war ein alter Freund meines verstorbenen Mannes«, erklärte sie. »Nach seiner Pensionierung war er Berater unserer Schweizer Tochtergesellschaft KMF Suisse. Herrmann war früher Finanzbeamter, seine Erfahrungen und Ratschläge waren sehr wertvoll.«

»Was wissen Sie über Herrn Schneider und seine Vergangenheit?« fragte Bodenstein, der noch immer den Gehstock in der Hand hielt.

»Beruflich oder privat?«

»Am besten beides. Wir sind auf der Suche nach jemandem, der einen Grund hatte, Herrn Schneider zu töten.«

»Da kann ich mir beim besten Willen niemanden vorstellen.« Vera Kaltensee schüttelte nachdrücklich den Kopf. »Er war ein so lieber Mensch. Nach dem Tod seiner Frau lebte er ganz allein in seinem Haus, obwohl er nicht gesund war. Aber in ein Seniorenheim wollte er nicht.«

Pia konnte sich denken, weshalb. Dort hätte er kaum die Wochenschau gucken oder ein handsigniertes Foto von Adolf Hitler an die Wand hängen können. Aber sie sagte nichts.

»Wie lange haben Sie Herrn Schneider gekannt?«

»Sehr lange. Er war ein sehr guter Freund von Eugen, meinem verstorbenen Mann.«

»Kannte er auch Herrn Goldberg?«

»Ja, natürlich.« Vera Kaltensee schien ein wenig irritiert. »Wieso fragen Sie das?«

»Wir haben an beiden Tatorten eine Zahl gefunden«, sagte Bodenstein. »16145. Sie wurde in das Blut der Opfer gezeichnet und könnte auf einen Zusammenhang zwischen den beiden Taten hinweisen.«

Vera Kaltensee antwortete nicht sofort. Ihre Hände umklammerten die Lehnen des Sessels. Für den Bruchteil einer Sekunde huschte ein Ausdruck über ihr Gesicht, der Pia verwunderte.

»16145?«, fragte die alte Dame nachdenklich. »Was soll das bedeuten?«

Bevor Bodenstein etwas erwidern konnte, betrat ein Mann den Salon. Er war groß und schlank, fast hager. Mit Anzug, Seidenschal, Dreitagebart und schulterlangem graumelierten Haar wirkte er wie ein alternder Theaterschauspieler. Erstaunt blickte er von Bodenstein zu Pia und schließlich zu Vera. Pia war sicher, ihn von irgendwoher zu kennen.

»Ich wusste nicht, dass du Besuch hast, Mutter«, sagte er und wollte wieder gehen. »Entschuldige bitte die Störung.«

»Bleib hier!« Vera Kaltensees Stimme klang scharf, aber

sie lächelte, als sie sich an Bodenstein und Pia wandte. »Das ist Elard, mein ältester Sohn. Er wohnt hier bei mir im Haus.«

Dann blickte sie ihren Sohn an.

»Elard, das ist Hauptkommissar von Bodenstein von der Kripo Hofheim, der Schwiegersohn von Gabriela. Und das ist seine Kollegin ... bitte verzeihen Sie mir, ich habe mir Ihren Namen nicht gemerkt.«

Bevor Pia etwas sagen konnte, ergriff Elard Kaltensee das Wort. Seine rauchige Stimme hatte einen angenehm melodiösen Klang.

»Frau Kirchhoff«, verblüffte er sie mit einem phänomenalen Namensgedächtnis. »Es ist schon eine Weile her, dass wir uns begegnet sind. Wie geht es Ihrem Gatten?«

Professor Elard Kaltensee, dachte Pia. Natürlich kannte sie ihn! Er war Kunsthistoriker und lange Jahre Dekan seines Fachbereiches an der Frankfurter Universität gewesen. Mit Henning, der als stellvertretender Leiter des rechtsmedizinischen Instituts auch zum Lehrkörper der Uni gehörte, hatte sie gelegentlich Veranstaltungen besucht, an denen auch Elard Kaltensee teilgenommen hatte. Pia erinnerte sich, dass man gemunkelt hatte, er sei kein Kostverächter und habe eine Vorliebe für junge Künstlerinnen. Er musste mittlerweile über sechzig sein, sah aber auf eine etwas verlebte Weise immer noch attraktiv aus.

»Danke der Nachfrage.« Pia unterschlug die Tatsache, dass Henning und sie seit zwei Monaten geschieden waren. »Ihm geht es gut.«

»Herrmann wurde ermordet«, ließ sich Vera Kaltensee vernehmen. Ihre Stimme zitterte wieder. »Deshalb ist die Polizei hier.«

»Ach«, Elard Kaltensee hob die Augenbrauen, »wann denn das?«

»Gestern Nacht«, antwortete Bodenstein. »Er wurde im Flur seines Hauses erschossen.«

»Das ist ja furchtbar.« Professor Kaltensee nahm die Nachricht ohne sichtbare Gemütsregung auf, und Pia überlegte, ob er wohl von der Nazivergangenheit Schneiders Kenntnis hatte. Aber das konnte sie ihn schlecht fragen. Nicht jetzt und nicht hier.

»Ihre Mutter hat uns schon erzählt, dass Herr Schneider ein guter Freund Ihres verstorbenen Vaters war«, sagte Bodenstein. Pia bemerkte den kurzen Blick, den Elard Kaltensee seiner Mutter zuwarf. Sie meinte, etwas wie Belustigung darin zu erkennen.

»Dann stimmt das wohl«, erwiderte er.

»Wir vermuten eine Parallele zum Mord an David Goldberg«, fuhr Bodenstein fort. »An beiden Tatorten sind wir auf eine Zahl gestoßen, die uns ein Rätsel aufgibt. Jemand hat die Ziffern 16145 in das Blut der Opfer gezeichnet.«

Vera Kaltensee gab einen erstickten Laut von sich.

»16145?«, wiederholte ihr Sohn nachdenklich. »Das könnte ...«

»Ach, es ist so schrecklich! Das ist einfach alles zu viel für mich!«, stieß Vera Kaltensee plötzlich hervor und bedeckte ihre Augen mit der rechten Hand. Ihre schmalen Schultern zuckten, sie schluchzte laut. Bodenstein ergriff mitfühlend ihre Linke und sagte leise, man könne das Gespräch auch später weiterführen. Pia betrachtete jedoch nicht sie, sondern ihren Sohn. Elard Kaltensee machte keine Anstalten, seine Mutter zu trösten, deren Schluchzen sich zu einem Weinkrampf steigerte. Stattdessen ging er zum Sideboard und schenkte sich ungerührt einen Cognac ein. Sein Gesicht war gänzlich unbewegt, aber in seinen Augen lag ein Ausdruck, den Pia nicht anders als verächtlich bezeichnen würde.

*

Sein Herz klopfte, und er trat etwas zurück, als er die Schritte auf der anderen Seite der Tür hörte. Dann schwang die Haustür auf. Katharinas Anblick verschlug ihm wieder einmal den Atem. Sie trug ein rosa Leinenkleid und eine weiße Jacke, das glänzende schwarze Haar fiel in großen Locken über ihre Schultern, ihre langen Beine waren sonnengebräunt.

»Hallo, Schatz. Wie geht es dir?« Thomas Ritter zwang sich zu einem Lächeln und ging auf sie zu. Sie musterte ihn kühl von oben bis unten.

»*Schatz*«, wiederholte sie spöttisch, »willst du mich verarschen?«

So schön, wie sie war, so derb konnte sie auch sein. Aber gerade das machte ihren Reiz aus. Erschrocken überlegte Ritter, ob Katharina wohl von ihm und Marleen erfahren haben könnte, dann verwarf er den Gedanken. Sie war seit Wochen entweder im Verlag in Zürich oder auf Mallorca, sie konnte es nicht wissen.

»Komm rein.« Sie wandte sich um, und er folgte ihr durch die weitläufige Wohnung bis hinauf auf die Dachterrasse. Ihm ging durch den Kopf, dass sich Katharina wahrscheinlich königlich darüber amüsieren würde, wenn sie erfuhr, was er getan hatte. Was die Familie Kaltensee betraf, waren sie sich in ihrer Rachsucht einig. Aber ihm war nicht ganz wohl bei der Vorstellung, mit Katharina über Marleen zu lachen.

»Also«, Katharina blieb stehen und bot ihm auch keinen Platz an, »wie weit bist du? Mein Vertriebschef wird allmählich ungeduldig.«

Ritter zögerte.

»Ich bin mit den ersten Kapiteln noch nicht zufrieden«, gab er zu. »Es kommt mir beinahe so vor, als sei Vera 1945 aus dem Nichts in Frankfurt aufgetaucht. Es gibt keine Fotos von früher, keine Familienunterlagen – einfach nichts! Bis jetzt liest sich das ganze Manuskript wie eine x-beliebige Promi-Biographie.«

»Du hast mir doch gesagt, du hättest noch eine ganz heiße Quelle!« Katharina Ehrmann runzelte verärgert die Stirn. »Wieso habe ich das Gefühl, dass du mich hinhalten willst?«

»Das will ich nicht«, antwortete Ritter düster. »Wirklich nicht! Aber Elard weicht mir jedes Mal aus und lässt sich verleugnen.«

Der strahlend blaue Himmel wölbte sich über der Königsteiner Altstadt, aber Ritter hatte keinen Blick für die spektakuläre Aussicht von Katharinas Dachterrasse auf die Burgruine auf der einen und die Villa Andreae auf der anderen Seite.

»Deine Quelle ist Elard?« Katharina schüttelte den Kopf. »Das hättest du mir auch eher sagen können.«

»Was hätte das genützt? Meinst du, dir würde er eher etwas sagen als mir?«

Katharina Ehrmann musterte ihn.

»Wie auch immer«, sagte sie schließlich. »Mach halt etwas aus dem, was ich dir erzählt habe. Das ist doch wohl Sprengstoff genug!«

Ritter nickte und biss sich auf die Unterlippe.

»Ich habe allerdings noch ein kleines Problem«, sagte er verlegen.

»Wie viel brauchst du?«, fragte Katharina Ehrmann mit unbewegtem Gesicht.

Ritter zögerte einen Moment, dann stieß er einen Seufzer aus.

»Fünftausend würden schon mal die größten Löcher stopfen.«

»Du kriegst das Geld, aber nur unter einer Bedingung.«

»Unter welcher?«

Katharina Ehrmann lächelte sardonisch.

»Du schreibst das Buch in den nächsten drei Wochen fertig. Es muss spätestens Anfang September erscheinen, wenn meine Busenfreundin Jutta als Spitzenkandidatin aufgestellt werden will.«

Drei Wochen! Thomas Ritter trat an die Brüstung der Terrasse. Wie hatte er nur in diese beschissene Lage geraten können? Sein Leben war in bester Ordnung gewesen, bis ihm in einem Anfall von Größenwahn sein gesunder Menschenverstand abhandengekommen war. Als er Katharina von seiner Idee, eine Enthüllungsbiographie über Vera zu schreiben, erzählt hatte, hatte er nicht geahnt, welche Begeisterung dieses Vorhaben bei der ehemals besten Freundin von Jutta Kaltensee auslösen würde.

Katharina hatte Jutta nie verziehen, wie eiskalt sie damals von ihr abserviert worden war; sie lechzte nach Rache, obwohl sie das überhaupt nicht nötig hatte. Ihre kurze Ehe mit dem Schweizer Verleger Beat Ehrmann hatte sich für sie in finanzieller Hinsicht mehr als gelohnt, der alte Ehrmann war in grandioser Überschätzung seiner körperlichen Fähigkeiten knapp zwei Jahre nach der Hochzeit mit seiner besten Redakteurin zwischen deren Schenkeln einem Herzinfarkt erlegen, und Katharina hatte alles geerbt: sein Vermögen, seine Immobilien, den Verlag. Aber der Stachel der Kränkung über Juttas eifersüchtige Intrige hatte offenbar tief gesessen. Katharina hatte Thomas Ritter den Mund wässrig gemacht mit der Aussicht auf die Millionen, die eine Skandalbiographie über eine der berühmtesten deutschen Frauen der Zeitgeschichte einbringen würde. Und dadurch hatte er dann alles verloren, was ihm etwas bedeutet hatte: seinen Job, sein Ansehen, seine Zukunft. Vera hatte nämlich von seinem Vorhaben erfahren und ihn rausgeschmissen. Seitdem war er ein gesellschaftlicher Paria, lebte mehr oder weniger von Katharinas Zuwendungen, machte einen Job, den er aus tiefstem Herzen verachtete, und konnte aus eigener Kraft dieser Situation nicht entkommen. Die Idee einer heimlichen Heirat mit Marleen, die ihm in seiner blinden Rachsucht so brillant erschienen war, erwies sich mittlerweile als weitere Falle, in die er getappt war. Manchmal wusste er überhaupt nicht mehr, wem er was sagen durfte. Katharina trat neben ihn.

»Ich muss mir jeden Tag neue Ausreden ausdenken, warum du nicht endlich das verdammte Manuskript ablieferst«, sagte sie mit einer Schärfe, die er an ihr nicht kannte. »Sie wollen jetzt endlich Ergebnisse sehen, dafür, dass wir dir seit Monaten Geld in den Hintern schieben.«

»In drei Wochen kriegst du das komplette Manuskript«, versprach Thomas eilig. »Ich muss den Anfang noch etwas umschreiben, weil ich nicht herausgefunden habe, was ich erhofft hatte. Aber die Sache mit Eugen Kaltensee ist brisant genug.«

»Das hoffe ich für dich.« Katharina Ehrmann legte den Kopf schräg. »Und für mich. Auch wenn es mein Verlag ist, bin ich meinen Geschäftspartnern Rechenschaft schuldig.«

Thomas Ritter gelang ein treuherziges Lächeln. Er war sich seines Aussehens und seiner Wirkung durchaus bewusst. Die Erfahrung hatte ihn gelehrt, dass er etwas an sich hatte, was die Frauen dazu brachte, ihm zu Füßen zu liegen. Die schöne Katharina machte da keine Ausnahme.

»Komm, Schatz.« Er lehnte sich an die Brüstung und streckte die Arme nach ihr aus. »Lass uns später übers Geschäft reden. Ich habe dich vermisst.«

Sie gab noch einen Augenblick die Spröde, dann ließ ihr Widerstand nach, und sie lächelte ebenfalls.

»Es geht um Millionen«, erinnerte sie ihn mit gesenkter Stimme. »Unsere Juristen haben eine Möglichkeit gefunden, die einstweilige Verfügung zu umgehen, indem das Buch in der Schweiz erscheint.«

Ritter ließ seine Lippen an ihrem schlanken Hals abwärtswandern und spürte eine deutliche Regung in seinem Unterleib, als sie sich nun fordernd an ihn presste. Nach dem langweiligen Blümchensex mit Marleen erregte ihn der Gedanke an die gewalttätige Hemmungslosigkeit, mit der Katharina ihn an seine physischen Grenzen zu bringen vermochte.

»Außerdem«, murmelte sie und öffnete seinen Gürtel, »werde ich selbst mit Elard sprechen. Er konnte mir noch nie etwas abschlagen.«

»Haben Sie bemerkt, wie sie reagiert hat, als Sie diese Zahl erwähnt haben?«, fragte Pia, als sie vom Mühlenhof nach Hofheim zum Kommissariat fuhren. Die ganze Zeit grübelte sie schon darüber nach, was sie für einen winzigen Moment im Gesicht von Vera Kaltensee gesehen zu haben glaubte. Angst? Hass? Erschrecken? »Und wie sie mit ihrem Sohn gesprochen hat, so … herrisch.«

»Mir ist nichts aufgefallen.« Bodenstein schüttelte den Kopf. »Und selbst wenn sie irgendwie seltsam reagiert haben sollte, dann ist das doch wohl verständlich. Wir haben ihr mitgeteilt, dass ein alter Freund der Familie erschossen wurde. Woher kennen Sie eigentlich den Sohn von Frau Dr. Kaltensee?«

Pia erklärte es ihm. »Die Nachricht von Schneiders Tod schien ihn ziemlich kaltzulassen«, fügte sie hinzu. »Er wirkte nicht besonders schockiert.«

»Und was schließen Sie daraus?«

»Nichts.« Pia zuckte mit den Schultern. »Höchstens, dass er weder Schneider noch Goldberg besonders leiden konnte. Er hatte auch kein einziges tröstendes Wort für seine Mutter übrig.«

»Vielleicht fand er, sie hätte genug mitfühlende Unterstützung.« Bodenstein hob eine Augenbraue und grinste spöttisch. »Ich hatte schon befürchtet, dass Sie auch in Tränen ausbrechen würden.«

»Ja, verdammt. Das war unprofessionell, ich weiß«, räumte Pia zerknirscht ein. Sie ärgerte sich darüber, dass sie sich von der alten Dame dermaßen hatte einwickeln lassen. Normalerweise wahrte sie genügend Distanz und konnte mitleidslos Tränen sehen. »Schluchzende weißhaarige Omis sind nun mal meine Achillesferse.«

»So, so.« Bodenstein warf ihr einen amüsierten Seitenblick zu. »Bisher dachte ich, Ihre Achillesferse seien psychisch labile junge Männer aus gutem Haus, die unter Mordverdacht stehen.«

Pia verstand die Anspielung auf Lukas van den Berg, aber sie besaß ein mindestens ebenso gutes Gedächtnis wie Bodenstein.

»Wer im Glashaus sitzt, sollte nicht mit Steinen werfen, Chef«, entgegnete sie grinsend. »Wo wir gerade von Schwächen reden: Ich erinnere mich da lebhaft an eine Tierärztin und ihre hübsche Tochter, die ...«

»Schon gut«, unterbrach Bodenstein sie hastig. »Sie verstehen ja wirklich überhaupt keinen Spaß.«

»Sie ja auch nicht.«

Das Autotelefon summte. Es war Ostermann, der ihnen mitteilte, dass die Genehmigung für die Obduktion von Schneiders Leiche vorlag. Außerdem hatte er interessante Neuigkeiten aus dem kriminaltechnischen Labor in Wiesbaden. Tatsächlich hatten die Kollegen des BKA in der Hektik ihrer Vertuschungsbemühungen die Spuren, die zur Auswertung ins Labor gegangen waren, vergessen.

»Das Handy, das im Beet neben Goldbergs Haustür gefunden wurde, gehörte einem Robert Watkowiak«, sagte Ostermann. »Der ist erkennungsdienstlich erfasst, mit Fingerabdrücken und allem. Ein alter Bekannter, der den Ehrgeiz zu besitzen scheint, nach und nach gegen so ziemlich jeden Paragraphen im Strafgesetzbuch zu verstoßen. Ein Mord hat in seiner Sammlung bisher noch gefehlt. Sonst hat er alles hinter sich: Ladendiebstähle, Körperverletzung, Raubüberfall, wiederholte Verstöße gegen das Betäubungsmittelgesetz, Fahren ohne Führerschein, mehrmaliger Entzug der Fahrerlaubnis wegen Trunkenheit am Steuer, versuchte Vergewaltigung und so weiter.«

»Dann lassen Sie ihn aufs Kommissariat bringen«, sagte Bodenstein.

»Das ist nicht so einfach. Er hat keinen festen Wohnsitz, seit er vor einem halben Jahr aus dem Knast entlassen wurde.«

»Und seine letzte Adresse? Wie lautet die?«

»Jetzt wird es interessant«, sagte Ostermann. »Er ist noch immer auf dem Mühlenhof der Familie Kaltensee gemeldet.«

»Wieso denn das?« Pia war verblüfft.

»Vielleicht weil er ein uneheliches Kind vom alten Kaltensee ist«, erwiderte Ostermann. Pia warf Bodenstein einen raschen Blick zu. Konnte es ein Zufall sein, dass schon wieder der Name Kaltensee auftauchte? Ihr Handy meldete sich. Sie kannte die Nummer nicht, die im Display erschien, nahm das Gespräch aber entgegen.

»Hallo, Pia, ich bin's«, hörte sie die Stimme ihrer Freundin Miriam. »Störe ich gerade?«

»Nein, tust du nicht«, antwortete Pia. »Was gibt's?«

»Hast du am Samstagabend schon gewusst, dass Goldberg tot ist?«

»Ja«, sagte Pia. »Ich durfte dir nur noch nichts sagen.«

»O Gott. Wer erschießt denn einen alten Mann wie ihn?«

»Das ist eine gute Frage, auf die wir auch keine Antwort

haben«, erwiderte Pia. »Man hat uns die Ermittlungen in diesem Fall leider abgenommen. Goldbergs Sohn erschien am nächsten Tag mit Verstärkung aus dem amerikanischen Konsulat und aus dem Innenministerium und nahm die Leiche seines Vaters mit. Wir waren etwas erstaunt darüber.«

»Na ja, das mag daran liegen, dass ihr euch nicht mit unseren Bestattungsriten auskennt«, sagte Miriam nach einer kurzen Pause. »Sal, Goldbergs Sohn, ist strenggläubig. Nach jüdischem Ritus soll der Tote möglichst noch am selben Tag bestattet werden.«

»Aha.« Pia blickte Bodenstein an, der das Gespräch mit Ostermann beendet hatte, und legte den Zeigefinger an die Lippen. »Wurde er denn schon beerdigt?«

»Ja. Gleich am Montag. Auf dem jüdischen Friedhof in Frankfurt. Es wird allerdings nach Ablauf der Schiwa noch eine offizielle Trauerfeier geben.«

»Shiva?«, fragte Pia verständnislos. Sie kannte dieses Wort nur als Namen einer hinduistischen Gottheit.

»Schiwa ist hebräisch und bedeutet ›sieben‹«, erklärte Miriam. »Die ›Schiwa‹ ist die siebentägige Trauerperiode, die einem Begräbnis folgt. Sal Goldberg und seine Familie bleiben so lange in Frankfurt.«

Plötzlich hatte Pia einen Einfall.

»Wo bist du gerade?«, fragte sie die Freundin.

»Zu Hause«, erwiderte Miriam. »Warum?«

»Hättest du Zeit, dich mit mir zu treffen? Ich muss dir etwas erzählen.«

Elard Kaltensee stand am Fenster im ersten Stock des großen Hauses und beobachtete, wie das Auto seines Bruders durch das Tor rauschte und vor der Haustür anhielt. Mit einem bitteren Lächeln wandte er sich vom Fenster ab. Vera setzte alles in Bewegung, um die Lage im Griff zu behalten, denn die Einschläge kamen näher, und er selbst war nicht ganz unschuldig daran. Zwar wusste er auch nicht, welche Bedeutung diese Zahl haben mochte, aber er hatte den Verdacht, dass seine Mutter sie kannte. Mit ihrem für sie völlig untypischen Weinkrampf hatte sie sich geschickt weiteren Fragen der Polizei entzogen, um sofort darauf die Zügel in die Hand zu nehmen. Kaum waren die Kripoleute verschwunden, hatte Vera Siegbert angerufen, und der hatte natürlich alles stehen und liegen lassen, um unverzüglich bei Mama anzutreten. Elard streifte die Schuhe von den Füßen, zog das Jackett aus und hängte es über den Herrendiener.

Warum hatte ihn diese Polizistin, Kirchhoffs Frau, so eigenartig angesehen? Mit einem Seufzer setzte er sich auf die Bettkante, vergrub sein Gesicht in den Händen und versuchte, sich jedes Detail des Gesprächs in Erinnerung zu rufen. Hatte er irgendetwas Falsches gesagt, sich auffällig oder verdächtig benommen? Schöpfte die Polizistin Verdacht? Und wenn ja, weshalb? Er fühlte sich elend. Ein weiteres Auto fuhr unten vor. Natürlich, Vera hatte auch Jutta herbeizitiert. Dann würde es nicht mehr lange dauern, bis sie auch ihn nach unten bestellte, zum Familienrat. Allmählich wurde ihm bewusst, dass er unvorsichtig gewesen war und einen riesengroßen Fehler begangen hatte. Der Gedanke an das, was passieren konnte, wenn sie es herausfanden, verursachte ihm Herzschmerzen. Aber es hatte keinen Sinn, sich zu verkriechen. Er musste so weiterleben wie immer und so tun, als sei er völlig ahnungslos. Erschrocken zuckte er zusammen, als sein Handy unerwartet und überlaut klingelte. Zu seiner Überraschung war es Katharina Ehrmann, Juttas beste Freundin.

»Hallo, Elard«, Katharina klang gut gelaunt. »Wie geht's?«
»Katharina!« Elard gab sich gelassener, als er sich fühlte. »Du hast ja lange nichts mehr von dir hören lassen! Was verschafft mir die Ehre deines Anrufes?«

Er hatte Katharina immer gut leiden können, gelegentlich trafen sie sich auf kulturellen Veranstaltungen in Frankfurt oder bei anderen gesellschaftlichen Anlässen.

»Ich muss ein wenig mit der Tür ins Haus fallen«, sagte sie. »Ich brauche deine Hilfe. Können wir uns irgendwo treffen?«

Der dringliche Unterton in ihrer Stimme verstärkte das ungute Gefühl in seinem Inneren.

»Das ist im Moment ungünstig«, erwiderte Elard ausweichend. »Bei uns herrscht gerade Krisenstimmung.«

»Der alte Goldberg ist erschossen worden, das habe ich gehört.«

»Ach ja?« Elard fragte sich, wie sie davon gehört haben konnte. Aus den Zeitungen war der Mord an Onkel Jossi erfolgreich herausgehalten worden. Aber vielleicht hatte Jutta ihr davon erzählt.

»Vielleicht weißt du, dass Thomas ein Buch über deine Mutter schreibt«, fuhr Katharina fort. Elard erwiderte nichts darauf, aber das ungute Gefühl wurde stärker. Natürlich wusste er von dieser Schnapsidee mit dem Buch, die schon für reichlich Zündstoff innerhalb der Familie gesorgt hatte. Am liebsten hätte er das Gespräch einfach weggedrückt, aber das würde nichts nützen. Katharina Ehrmann war bekannt für ihre Beharrlichkeit. Sie würde ihn nicht in Frieden lassen, bevor sie nicht das hatte, was sie haben wollte.

»Du hast sicher gehört, was Siegbert dagegen unternommen hat.«

»Ja, das habe ich. Wieso interessiert dich das?«

»Weil das Buch in meinem Verlag erscheinen soll.«

Diese Neuigkeit verschlug Elard für einen Moment die Sprache.

»Weiß Jutta das?«, fragte er schließlich.

Katharina lachte auf.

»Keine Ahnung. Darauf kann ich auch keine Rücksicht nehmen. Mir geht es ums Geschäft. Eine Biographie über deine Mutter ist Millionen wert. Wir wollen das Buch auf jeden Fall zur Buchmesse im Oktober herausbringen, aber uns fehlt noch wichtiges Hintergrundwissen, von dem ich annehme, dass du es uns besorgen kannst.«

Elard erstarrte. Sein Mund war plötzlich staubtrocken, seine Hände schweißnass.

»Ich weiß nicht, was du meinst«, entgegnete er mit belegter Stimme. Wie konnte Katharina davon wissen? Von Ritter? Und wenn er es ihr erzählt hatte, wem noch? Ach, hätte er geahnt, was das alles nach sich ziehen würde, dann hätte er die Finger davon gelassen!

»Natürlich weißt du, was ich meine!« Katharinas Stimme wurde einige Grade kühler. »Na komm schon, Elard! Niemand wird erfahren, dass du uns geholfen hast. Denk wenigstens darüber nach. Du kannst mich jederzeit anrufen.«

»Ich muss Schluss machen.« Er drückte das Gespräch weg, ohne sich zu verabschieden. Sein Herz raste, ihm war speiübel. Krampfhaft versuchte er, seine Gedanken zu ordnen. Ritter musste Katharina alles erzählt haben, obwohl er hoch und heilig geschworen hatte, den Mund zu halten! Auf dem Flur vor der Zimmertür hörte er Schritte näher kommen, das energische Klappern von hohen Absätzen, wie nur Jutta sie trug. Es war zu spät, um unauffällig aus dem Haus zu verschwinden. Jahre zu spät.

Pia und Miriam trafen sich in einem Bistro in der Schillerstraße, das seit seiner Eröffnung vor knapp zwei Monaten als neuer Geheimtipp in der Frankfurter Gastronomieszene gehandelt wurde. Sie bestellten die Spezialität des Hauses: fettfrei gegrillte Burger mit Fleisch von glücklichen Kühen aus der Rhön. Miriam konnte ihre Neugier kaum verbergen, deshalb kam Pia sofort auf ihr Anliegen zu sprechen.

»Hör zu, Miri. Alles, worüber wir jetzt sprechen, ist absolut vertraulich. Du darfst wirklich mit keiner Menschenseele darüber sprechen, sonst kriege ich den Ärger des Jahrhunderts.«

»Ich sag kein Sterbenswörtchen.« Miriam hob eine Hand wie zum Schwur. »Versprochen.«

»Gut.« Pia lehnte sich vor und senkte die Stimme. »Wie gut hast du Goldberg gekannt?«

»Ich bin ihm ein paarmal begegnet. Seit ich denken kann, war er immer wieder bei uns zu Besuch, wenn er in Frankfurt war«, erwiderte Miriam nach kurzem Überlegen. »Oma war mit Sarah, seiner Frau, sehr eng befreundet und dadurch natürlich auch mit ihm. Habt ihr schon eine Ahnung, wer ihn ermordet hat?«

»Nein«, gab Pia zu. »Es ist ja auch nicht mehr unsere Sache. Und wenn ich ehrlich bin, glaube ich auch nicht, dass das Auftauchen von Goldbergs Sohn mit dem amerikanischen Generalkonsul, Leuten vom BKA, von der CIA und vom Innenministerium im Schlepptau nur etwas mit den jüdischen Bestattungsriten zu tun hatte.«

»CIA? BKA? Das ist nicht dein Ernst!« Miriam staunte.

»Doch. Sie haben uns die Ermittlungen entzogen. Und wir vermuten auch, dass wir den wahren Grund dafür kennen. Goldberg hatte ein ziemlich düsteres Geheimnis, und es kann kaum im Sinne seines Sohnes oder seiner Freunde sein, dass das bekannt wird.«

»Jetzt erzähl schon«, drängte Miriam. »Was für ein Geheimnis? Ich habe gehört, dass er früher ziemlich fragwürdige Geschäfte gemacht haben soll, aber das gilt ja für viele Leute. Hat er etwa Kennedy erschossen?«

»Nein.« Pia schüttelte den Kopf. »Er war Mitglied der SS.«

Miriam starrte sie an, dann stieß sie ein ungläubiges Lachen aus.

»Darüber macht man keine Witze!«, sagte sie. »Jetzt sag schon die Wahrheit.«

»Das *ist* die Wahrheit. Bei der Obduktion wurde eine Blutgruppentätowierung an seinem linken Oberarm festgestellt, wie sie nur Angehörige der SS hatten. Es gibt überhaupt keinen Zweifel.«

Das Lachen verschwand aus Miriams Gesicht.

»Die Tätowierung ist eine Tatsache«, sagte Pia nüchtern. »Er muss irgendwann versucht haben, sie zu entfernen. Aber im Unterhautgewebe war sie deutlich zu erkennen, Blutgruppe AB. Das war seine Blutgruppe.«

»Ja, aber das kann nicht sein, ehrlich, Pia!« Miriam schüttelte den Kopf. »Oma kannte ihn seit sechzig Jahren, jeder hier kannte ihn! Er hat jede Menge Geld für jüdische Einrichtungen gestiftet und viel für die Versöhnung zwischen Deutschen und Juden getan, es kann unmöglich sein, dass er früher ein *Nazi* gewesen sein soll.«

»Und wenn es doch so war?«, gab Pia zu bedenken. »Was, wenn er in Wirklichkeit gar nicht der war, der er zu sein vorgegeben hat?«

Miriam starrte sie schweigend an und kaute an ihrer Unterlippe.

»Du kannst mir helfen«, fuhr Pia fort. »In dem Institut, in dem du arbeitest, hast du doch sicher Zugang zu Akten und Unterlagen über die jüdische Bevölkerung in Ostpreußen. Du könntest mehr über seine Vergangenheit herausfinden.«

Sie sah die Freundin an und konnte förmlich sehen, wie es in ihrem Gehirn arbeitete. Die Möglichkeit, dass ein Mann wie David Goldberg ein solch unglaubliches Geheimnis gehabt und über Jahrzehnte bewahrt haben sollte, war so ungeheuerlich, dass sie sich an diesen Gedanken erst gewöhnen musste.

»Heute Morgen wurde die Leiche eines Mannes namens Herrmann Schneider gefunden«, sagte Pia leise. »Er wurde in seinem Haus ermordet, genau wie Goldberg mit einem Genickschuss. Er war weit über achtzig, lebte allein. Sein Arbeitszimmer im Keller sieht aus wie Hitlers Büro in der Reichskanzlei, mit Hakenkreuzfahne und persönlich signiertem Führerbild, echt schaurig, das sage ich dir. Und wir haben herausgefunden, dass dieser Schneider genauso mit Vera Kaltensee befreundet war wie Goldberg.«

»Mit Vera Kaltensee?« Miriam riss die Augen auf. »Die kenne ich gut! Sie unterstützt seit Jahren das Zentrum gegen Vertreibungen. Jeder weiß, wie sehr sie Hitler und das Dritte Reich gehasst hat. Sie wird es sich nicht gefallen lassen, wenn man versucht, ihre Freunde als ehemalige Nazis hinzustellen.«

»Das wollen wir doch auch nicht«, beschwichtigte Pia. »Niemand behauptet, dass sie etwas über Goldbergs oder Schneiders Vergangenheit wusste. Aber die drei kannten sich sehr lange und sehr gut.«

»Wahnsinn«, murmelte Miriam. »Totaler Wahnsinn!«

»Neben beiden Leichen haben wir eine Zahl gefunden, die der Täter in das Blut seiner Opfer gezeichnet hat. 16145«, fuhr Pia fort. »Wir wissen nicht, was das bedeutet, aber damit steht fest, dass Goldberg und Schneider von ein und derselben Person erschossen wurden. Ich habe irgendwie das Gefühl, dass das Motiv für die Morde in der Vergangenheit der beiden Männer zu suchen ist. Deshalb wollte ich dich bitten, mir zu helfen.«

Miriam wandte ihren Blick nicht von Pias Gesicht. Ihre Augen glänzten aufgeregt, und ihre Wangen röteten sich.

»Es könnte ein Datum sein«, sagte sie nach einer Weile. »Der 16. Januar 1945.«

Pia spürte, wie das Adrenalin durch ihren Körper schoss, und richtete sich ruckartig auf. Natürlich! Dass sie selbst nicht darauf gekommen war! Mitgliedsnummer, Konto- oder Telefonnummer, alles Quatsch! Aber was mochte am 16. Januar 1945 geschehen sein? Und wo? Und wie hing das mit Schneider und Goldberg zusammen? Aber vor allen Dingen: Wer konnte davon wissen?

»Wie kann man mehr darüber erfahren?«, fragte Pia. »Goldberg stammte aus Ostpreußen, genau wie Vera Kaltensee, Schneider kam aus dem Ruhrgebiet. Vielleicht gibt es noch Archive, in denen Hinweise zu finden sind.«

Miriam nickte. »Die gibt es allerdings. Das wichtigste Archiv für Ostpreußen ist das Geheime Staatsarchiv PK in Berlin, und auch in Online-Datenbanken findet man viele alte deutsche Unterlagen. Außerdem gibt es das Standesamt Nr. 1 in Berlin, da liegen alle Standesamtsunterlagen, die aus Ostpreußen gerettet werden konnten, vor allem die der jüdischen Bevölkerung, denn 1939 wurde eine ziemlich detaillierte Volkszählung durchgeführt.«

»Mensch, das wäre wirklich eine Chance!«, begeisterte sich Pia für die Idee. »Wie kann man da Einsicht bekommen?«

»Für die Polizei dürfte das gar kein Problem sein«, vermutete Miriam. Da fiel Pia ein, dass es sehr wohl ein Problem gab.

»Wir dürfen im Mordfall Goldberg offiziell nicht ermitteln«, sagte sie enttäuscht. »Und ich kann meinen Chef zurzeit kaum bitten, mir Urlaub zu geben, damit ich nach Berlin fahren kann.«

»Ich könnte das machen«, schlug Miriam vor. »Ich hab gerade nicht viel zu tun. Das Projekt, an dem ich in den letzten Monaten gearbeitet habe, ist abgeschlossen.«

»Würdest du das echt tun? Das wäre spitze!«

Miriam grinste, wurde dann aber ernst.

»Ich werde versuchen zu beweisen, dass Goldberg auf keinen Fall ein Nazi war«, sagte sie und ergriff Pias Hände.

»Von mir aus auch das.« Pia lächelte. »Hauptsache, wir erfahren etwas über diese Zahl.«

Mittwoch, 2. Mai 2007

Frank Behnke war schlecht gelaunt. Die Euphorie des Vortages über einen hervorragenden elften Platz in der Jedermann-Wertung beim Radrennen »Rund um den Henninger-Turm« war längst verflogen. Der graue Alltag hatte ihn wieder, und das ausgerechnet mit einer neuen Mordermittlung. Eigentlich hatte er gehofft, dass die ereignislose Zeit noch eine Weile andauern würde und er weiterhin pünktlich Feierabend machen könnte. Seine Kollegen hatten sich mit Feuereifer in die Arbeit gestürzt, als ob sie froh wären, endlich wieder Überstunden schieben und die Wochenenden durcharbeiten zu dürfen. Fachinger und Ostermann hatten keine Familie, der Chef eine Frau, die sich um alles kümmerte. Hasses Frau war froh, wenn ihr Mann aus dem Haus war, und die Kirchhoff schien über die erste Phase glühender Verliebtheit mit ihrem neuen Kerl hinweg und wieder scharf darauf zu sein, sich zu profilieren. Keiner von ihnen hatte auch nur einen blassen Schimmer davon, welche Probleme er am Hals hatte! Verließ er abends pünktlich das Büro, musste er sich schiefe Blicke gefallen lassen.

Behnke setzte sich hinter das Steuer des schäbigen Dienstwagens und wartete mit laufendem Motor, bis die Kirchhoff endlich auftauchte und einstieg. Er hätte die Sache alleine erledigen können, aber der Chef hatte darauf bestanden, dass sie mitfuhr. Robert Watkowiaks Fingerabdrücke waren auf einem Glas im Keller des ermordeten Herrmann Schneider gefunden worden, und sein Handy hatte neben der Haustür von Goldberg gelegen. Das konnte kein Zufall sein, deshalb wollte Bodenstein mit dem Kerl reden. Ostermann hatte sich ein bisschen umgehört und herausgefunden, dass Watkowiak seit ein paar Monaten in einem Wohnblock in Niederhöchstadt bei einer Frau hauste.

Behnke versteckte sich hinter seiner Sonnenbrille und sagte keinen Ton, während sie über Bad Soden und Schwalbach nach Niederhöchstadt zum Rotdornweg fuhren. Auch Pia machte keinen Versuch, eine Unterhaltung anzufangen. Die hässlichen Wohnblöcke wirkten wie Fremdkörper inmitten der Siedlung aus Einfamilien- und Reihenhäusern in gepflegten Gärten. Um diese Uhrzeit waren die meisten Parkplätze frei, die Bewohner der Häuser bei der Arbeit. Oder auf dem Sozialamt, dachte Behnke säuerlich. Der Großteil dieser Leute lebte garantiert von Vater Staat, besonders die mit Migrationshintergrund, die einen überproportional großen Anteil der Mieter ausmachten, wie sich an den Namen auf den Klingelschildchen unschwer ablesen ließ.

»M. Krämer«, Pia deutete auf eines der Schilder, »da soll er angeblich wohnen.«

Robert Watkowiak döste vor sich hin. Der Abend gestern war ziemlich gut verlaufen. Moni hatte ihm nichts nachgetragen, und gegen halb zwei waren sie zu ihrer Wohnung gewankt. Sein Bargeld war zwar jetzt aufgebraucht, und der Kerl wegen der Pistole hatte sich auch nicht gemeldet, aber er würde sich gleich auf den Weg machen, um die drei Schecks von Onkel Herrmann zu Kohle zu machen.

»Ey, guck mal.« Moni kam ins Schlafzimmer und hielt ihm ihr Handy entgegen. »Ich hab gestern 'ne total wirre SMS gekriegt. Kapierst du, was das heißen soll?«

Er blinzelte verschlafen und bemühte sich, auf dem Display etwas zu erkennen. SÜSSE, WIR SIND REICH! HAB AUCH DEN ANDEREN ALTEN UM DIE ECKE GEBRACHT. JETZT GEHT'S AB IN DEN SÜDEN!

Auch Robert konnte sich keinen Reim auf die Nachricht machen. Er zuckte die Schultern und schloss wieder die Augen, während Moni sich laut Gedanken darüber machte, wer ihr eine solche Nachricht geschickt haben mochte und warum. Ihm brummte der Schädel, er hatte einen ekligen Geschmack im Mund, und ihre schrille Stimme nervte ihn schon wieder.

»Dann ruf doch da an, wenn du wissen willst, wer's geschrieben hat«, murmelte er. »Lass mich weiterpennen.«

»Kommt nicht in Frage.« Sie zerrte an seiner Bettdecke. »Bis um zehn musst du hier verschwunden sein.«

»Kriegst wohl wieder Besuch, was?« Eigentlich war es ihm egal, auf welche Weise sie sich Geld dazuverdiente, aber es störte ihn, dass er dann immer irgendwo herumsitzen und warten musste, bis der »Besuch« gegangen war. Heute Morgen hatte er überhaupt keine Lust aufzustehen.

»Ich brauch die Kohle«, erwiderte sie. »Bei dir ist ja nichts zu holen.«

Es klingelte an der Tür, die Hunde fingen an zu kläffen. Moni riss gnadenlos die Rollläden hoch.

»Mach, dass du aus dem Bett kommst«, zischte sie nachdrücklich und verließ das Schlafzimmer.

Behnke drückte erneut auf die Klingel und war überrascht, als eine Stimme aus der Sprechanlage »Hallo« krächzte. Im Hintergrund kläfften Hunde.

»Hier ist die Polizei«, sagte Behnke. »Wir wollen zu Robert Watkowiak.«

»Der ist nicht da«, erwiderte die Frauenstimme.

»Lassen Sie uns trotzdem bitte rein.«

Es dauerte eine Weile, bis der Türöffner summte und sie das Haus betreten konnten. In jedem Stockwerk roch es anders und nirgends wirklich angenehm. Die Wohnung von Monika Krämer befand sich im fünften Stock am Ende eines dunklen Flurs. Die Deckenlampe war offenbar kaputt. Behnke klingelte, und die dünne verschrammte Tür ging auf. Eine dunkelhaarige Frau blickte sie misstrauisch an. Auf dem Arm hielt sie zwei winzige Hündchen, in der freien Hand qualmte eine Zigarette, und hinter ihr lief der Fernseher.

»Der Robert ist nich da«, sagte sie nach einem kurzen Blick auf Behnkes Ausweis. »Hab'n schon ewig nich mehr gesehen.«

Behnke drängte sich an ihr vorbei und blickte sich um. Die Zweizimmerwohnung war billig, aber durchaus geschmackvoll möbliert. Eine hübsche weiße Couch, eine indische Holztruhe als Couchtisch. An den Wänden hingen Bilder mit mediterranen Motiven, wie es sie für ein paar Euro im Baumarkt zu kaufen gab, in einer Ecke stand eine große Palme. Auf dem Laminatboden lag ein bunter Teppich.

»Sind Sie die Lebensgefährtin von Herrn Watkowiak?«, erkundigte sich Pia bei der Frau, die höchstens Ende zwanzig war. Sie hatte die gezupften Augenbrauen mit einem dunklen Augenbrauenstift übertrieben gewölbt nachgemalt, was ihr einen dauerhaft ungläubigen Gesichtsausdruck verlieh. Beine und Arme waren kaum dicker als die einer Zwölfjährigen, dafür hatte sie einen beachtlichen Vorbau, den sie in einem tief ausgeschnittenen Hemdchen ohne falsche Bescheidenheit präsentierte.

»Lebensgefährtin? Nee«, erwiderte die Frau. »Der pennt manchmal hier, mehr nich.«

»Und wo ist er jetzt?«

Schulterzucken. Eine neue Menthol-Zigarette. Sie setzte die

zitternden Hündchen auf der schneeweißen Couch ab. Behnke ging in den Nachbarraum. Ein Doppelbett, ein Schrank mit Spiegeltüren und eine Anrichte mit zahlreichen Schubladen. Das Bett war auf beiden Seiten benutzt. Behnke legte seine Hand auf das Laken. Es war noch warm.

»Wann sind Sie aufgestanden?«, wandte er sich an Monika Krämer, die mit verschränkten Armen im Türrahmen stand und ihn nicht aus den Augen ließ.

»Was soll'n das jetzt?« Sie reagierte mit der Aggressivität einer Ertappten.

»Antworten Sie einfach auf meine Frage.« Behnke spürte, dass er kurz davor war, die Geduld zu verlieren. Die Frau ging ihm auf die Nerven.

»Vor 'ner Stunde oder so. Was weiß ich.«

»Und wer hat dann in der rechten Betthälfte gelegen? Das Bettzeug ist noch warm.«

Pia streifte Handschuhe über und öffnete eine Spiegeltür des Schranks.

»He!«, rief Frau Krämer. »Das dürft ihr ohne Durchsuchungsbefehl gar nicht!«

»Na, mit so was hast du wohl Erfahrung.« Behnke musterte sie anzüglich von oben bis unten. Mit ihrem knappen Jeansröckchen und den billigen Lackstiefeln mit schiefgetretenen Absätzen hätte sie an jede Straßenecke im Bahnhofsviertel gepasst.

»Lass die Pfoten vom Schrank!«, keifte Monika Krämer Pia an und drängte sich zwischen sie und das Möbelstück. In dem Moment nahm Behnke eine Bewegung im vorderen Zimmer wahr; für den Bruchteil einer Sekunde sah er die Umrisse eines Mannes, dann knallte die Wohnungstür ins Schloss.

»Scheiße!«, fluchte er und wollte hinterherlaufen, aber Monika Krämer stellte ihm ein Bein. Er stolperte, knallte mit dem Kopf gegen den Türrahmen und krachte in eine Batterie leerer Sektflaschen, die neben der Tür auf dem Boden standen. Eine Flasche zerbrach, ein Splitter bohrte sich in seinen Unterarm. Mit einem Satz war er wieder auf den Beinen, aber die Schlampe fiel ihn an wie eine Furie. Da entlud sich der Zorn, der sich seit dem Morgen in ihm aufgestaut hatte. Die Wucht der Ohrfeige schleuderte das klapperdürre Weibsstück gegen die Wand. Er schlug noch einmal zu, dann packte er sie und drehte ihr einen Arm auf den Rücken. Sie wehrte sich mit erstaunlicher Kraft, trat ihn gegen das Schienbein und spuckte ihm ins Gesicht. Dabei beschimpfte sie ihn auf eine so unflätige Weise, wie er es seit seiner Zeit bei der Sitte im Frankfurter Rotlichtmilieu nicht mehr gehört hatte.

Er hätte das Miststück grün und blau geprügelt, wenn Pia nicht eingeschritten wäre und ihn von ihr weggezerrt hätte. Der ganze Tumult wurde vom hysterischen Kläffen der kleinen Köter begleitet. Schwer atmend richtete Behnke sich auf und betrachtete die heftig blutende Schnittwunde an seinem rechten Unterarm.

»Wer war der Mann, der eben weggelaufen ist?«, fragte Pia die Frau, die mit dem Rücken an der Wand sitzen geblieben war. Blut lief ihr aus der Nase. »War das Robert Watkowiak?«

»Ich sag euch Scheißbullen gar nix!«, fauchte sie und wehrte die Hündchen ab, die panisch auf ihren Schoß klettern wollten. »Ich zeig euch an! Ich kenn nämlich ein paar Anwälte!«

»Hören Sie, Frau Krämer«, Pias Stimme klang erstaunlich ruhig, »wir suchen Robert Watkowiak im Zusammenhang mit einem Mordfall. Sie tun ihm und sich keinen Gefallen, wenn Sie weiterhin lügen. Immerhin haben Sie meinen Kollegen tätlich angegriffen, das macht sich sehr schlecht vor Gericht, das werden Ihnen Ihre Anwälte bestätigen.«

Die Frau überlegte einen Moment. Sie schien den Ernst

ihrer Lage zu begreifen, denn schließlich gab sie zu, dass es Watkowiak war, der aus der Wohnung geflüchtet war.

»Er war auf'm Balkon. Mit Mord hat er nix zu tun.«

»Aha. Und warum ist er dann abgehauen?«

»Weil er keinen Bock auf Bullen hat.«

»Wissen, Sie, wo Herr Watkowiak am Montagabend war?«

»Keine Ahnung. Er ist erst heut früh hier aufgetaucht.«

»Und letzte Woche am Freitagabend? Wo war er da?«

»Weiß nich. Bin doch nich sein Kindermädchen.«

»Gut.« Pia nickte. »Danke für Ihre Hilfe. In Ihrem eigenen Interesse wäre es das Beste, wenn Sie uns anrufen, falls er hier wieder auftauchen sollte.«

Sie reichte Frau Krämer ihre Visitenkarte, die diese achtlos in ihren Ausschnitt steckte.

Pia fuhr Behnke ins Krankenhaus und wartete, während man in der Notfallambulanz den tiefen Schnitt an seinem Arm und die Platzwunde am Kopf mit ein paar Stichen nähte. Sie lehnte am Kotflügel des Dienstwagens und rauchte eine Zigarette, als ihr Kollege mit finsterer Miene durch die Drehtür kam, auf der Stirn ein Pflaster, um den rechten Arm ein leuchtend weißer Verband.

»Und?«, erkundigte sie sich.

»Bin krankgeschrieben«, antwortete er, ohne sie anzusehen. Er setzte sich auf den Beifahrersitz und schob die Sonnenbrille auf die Nase. Pia verdrehte die Augen und trat die Zigarette aus. Seit ein paar Wochen war Behnke wieder völlig ungenießbar. Während der kurzen Fahrt ins Kommissariat sagte er keinen Ton, und Pia überlegte, ob sie Bodenstein von seinem Ausraster berichten sollte. Sie hatte keine Lust, als Petze dazustehen, aber auch wenn ihr Behnkes hitzige Veranlagung durchaus bekannt war, hatte sie sein Kontrollverlust in der Wohnung von Monika Krämer doch überrascht.

Ein Polizeibeamter musste Provokationen ertragen und sich beherrschen können. Auf dem Parkplatz vor dem Kommissariat stieg Behnke ohne ein Wort des Dankes aus.

»Ich fahr nach Hause«, sagte er nur, klaubte seine Dienstwaffe samt Schulterhalfter und seine Lederjacke vom Rücksitz, zog die Bescheinigung des Krankenhauses aus der Gesäßtasche seiner Jeans und hielt sie Pia hin. »Kannst du das Bodenstein geben?«

»Ich würde an deiner Stelle dem Chef kurz Bescheid sagen.« Pia nahm das Papier. »Und es wäre vielleicht besser, wenn du selbst den Bericht schreibst.«

»Kannst du doch auch machen«, brummte er. »Warst ja dabei.«

Er wandte sich ab und ging zu seinem Auto, das auf dem öffentlichen Parkplatz geparkt war. Pia blickte ihm verärgert nach. Eigentlich sollte es ihr egal sein, was Behnke tat. Sie hatte sein mürrisches Benehmen und die Selbstverständlichkeit, mit der er seinen Kollegen in der letzten Zeit Arbeit aufhalste, ziemlich satt. Trotzdem hatte sie keine Lust auf schlechte Stimmung im Team. Bodenstein war ein großzügiger Chef, der seine Autorität selten ausspielte, aber ganz sicher hätte er gerne von Behnke selbst gehört, wie es zu seinen Verletzungen gekommen war.

»Frank!«, rief Pia und stieg aus dem Auto aus. »Warte!«

Er drehte sich widerwillig um und blieb stehen.

»Was ist los mit dir?«, fragte Pia den Kollegen.

»Du warst doch dabei«, erwiderte er.

»Nein, das meine ich nicht.« Pia schüttelte den Kopf. »Irgendetwas ist doch los mit dir. Du bist nur noch mies drauf in letzter Zeit. Kann ich dir irgendwie helfen?«

»Mit mir ist nichts los«, sagte er schroff. »Alles in Ordnung.«

»Das glaub ich dir nicht. Ist etwas mit deiner Familie?«

In seinem Innern schien ein Rollladen herunterzurasseln. Bis hierher und nicht weiter, sagte seine Miene.

»Mein Privatleben geht keinen was an«, gab er zurück.

Pia fand, dass sie ihrer Pflicht als gute Kollegin Genüge getan hatte, und zuckte die Schultern. Behnke war und blieb eben ein sturer Hund.

»Wenn du mal reden willst – du weißt ja, wie du mich erreichst!«, rief sie ihm nach. Da riss er sich die Sonnenbrille von der Nase und kam auf sie zu. Für einen Moment glaubte Pia schon, er werde auf sie losgehen, so wie vorhin auf Monika Krämer.

»Wieso müsst ihr Weiber euch eigentlich immer wie Mutter Teresa aufspielen und euch überall einmischen? Geht's euch dann besser, oder was?«, fuhr er sie zornig an.

»Sag mal, spinnst du?« Pia war sauer. »Ich will dir helfen, weil du mein Kollege bist und weil ich merke, dass irgendetwas nicht stimmt. Aber wenn du keine Hilfe brauchst, dann mach doch, was du willst!«

Sie knallte die Tür des Autos zu und ließ ihren Kollegen stehen. Frank Behnke und sie würden nie Freunde werden.

Thomas Ritter lag mit geschlossenen Augen im heißen Badewasser und spürte, wie sich seine schmerzenden Muskeln langsam entspannten. Er war diese Art der Anstrengung nicht mehr gewöhnt, und ehrlicherweise musste er sich eingestehen, dass er sie auch nicht mehr besonders mochte. Katharinas aggressive Sexualität, die ihn früher fast um den Verstand gebracht hatte, stieß ihn mittlerweile ab. Besonders überrascht hatte ihn sein schlechtes Gewissen, als er am Abend zu Marleen nach Hause gekommen war. Er hatte sich angesichts ihrer freundlichen Arglosigkeit für sein nachmittägliches Treiben zutiefst geschämt, gleichzeitig war er wütend geworden. Sie war eine Kaltensee und damit der Feind. Er hatte sich einzig aus dem Grund an sie herangemacht, Vera zu kränken und zu demütigen, seine Verliebtheit war nur gespielt und Teil des Plans. Wenn er erst sein Ziel erreicht hatte, würde er Marleen mitsamt dem Balg in den Hintern treten. So hatte er sich das in den vielen schlaflosen Nächten auf der klapprigen Schlafcouch in der schäbigen Wohnung ausgemalt. Aber plötzlich waren Gefühle mit im Spiel, Gefühle, die er nicht einkalkuliert hatte.

Nachdem seine Frau damals die Scheidung eingereicht hatte, als der soziale Abstieg offensichtlich wurde, hatte er sich geschworen, keiner Frau mehr zu vertrauen. Katharina Ehrmann und er, das war Geschäft. Sie war die Verlegerin, die ihn für die Lebensgeschichte der Vera Kaltensee bezahlte – und das nicht schlecht –, er war ihr bevorzugter Liebhaber, wenn sie in Frankfurt war. Was sie tat, wenn er außer Reichweite war, war ihm ziemlich egal. Ritter stieß einen Seufzer aus. Er hatte sich in eine wirklich beschissene Lage manövriert. Sollte Katharina von Marleen erfahren, war er unter Umständen seine Geldgeberin los. Erfuhr Marleen von seinem Vertrauensmissbrauch und den Lügengeschichten, die er ihr erzählt hatte, so würde sie ihm nie verzeihen, und er würde sie und sein Kind unweigerlich verlieren. Wie er es auch betrachtete, er saß in der Klemme. Das Telefon klingelte. Ritter öffnete die Augen und tastete nach dem Gerät.

»Ich bin's«, ertönte Katharinas Stimme an seinem Ohr. »Hast du schon gehört? Der alte Schneider ist auch ermordet worden.«

»Was? Wann?« Ritter schoss hoch, das Wasser schwappte mit einem Schwall über den Rand der Badewanne und ergoss sich auf dem Parkettfußboden des Badezimmers.

»In der Nacht von Montag auf Dienstag. Er wurde erschossen, wie Goldberg.«

»Woher weißt du das?«

»Ich weiß es eben.«

»Wer erschießt denn wohl die alten Knacker?« Ritter bemühte sich um einen gleichgültigen Tonfall, erhob sich aus dem Wasser und betrachtete die Bescherung, die er angerichtet hatte.

»Keine Ahnung«, sagte Katharina am anderen Ende der Leitung. »Mein erster Verdacht fiel auf dich, wenn ich ehrlich bin. Du warst doch neulich erst bei ihm und auch bei Goldberg, oder nicht?«

Das verschlug Ritter für einen Augenblick die Sprache. Ihm wurde eiskalt. Woher konnte Katharina das wissen?

»So ein Quatsch«, brachte er dann mühsam heraus und hoffte, dass seine Stimme belustigt klang. »Was hätte ich denn davon?«

»Schweigen?«, schlug Katharina vor. »Du hast sie ja immerhin beide ziemlich unter Druck gesetzt.«

Ritter spürte seinen Herzschlag bis zum Hals. Er hatte mit niemandem über diese Besuche gesprochen, mit wirklich niemandem. Katharina war schwer zu durchschauen und spielte nie mit offenen Karten. Ritter hätte nicht mit Bestimmtheit sagen können, auf wessen Seite sie eigentlich stand, und gelegentlich beschlich ihn das ungute Gefühl, für Katharina nicht viel mehr als ein Werkzeug zur Erfüllung ihrer eigenen Rache an der Familie Kaltensee zu sein.

»Ich habe niemanden unter Druck gesetzt«, erwiderte er nun kühl. »Im Gegensatz zu dir, meine Liebe. Du warst bei Goldberg, und zwar wegen dieser bescheuerten Firmenanteile, um die ihr euch seit Urzeiten streitet. Vielleicht warst du auch bei Herrmann, hast dir ein paar Filme angeguckt und ein Fläschchen Bordeaux mit ihm gepichelt. Du würdest doch alles tun, um den Kaltensees eins reinzuwürgen.«

»Lass es gut sein«, erwiderte Katharina nach einer kurzen Pause ruhig. »Die Polizei hat übrigens Robert im Visier. Würde mich nicht wundern, wenn der es getan hätte, er braucht schließlich immer Kohle. Aber jetzt schreib schön weiter. Vielleicht kriegen wir ja noch ein ganz aktuelles Kapitel über die liebe Familie Kaltensee.«

Ritter legte das Handy neben das Waschbecken, ergriff ein paar Handtücher und wischte das Badewasser auf, bevor der Parkettfußboden Schaden nehmen konnte. In seinem Kopf wirbelten die Informationen durcheinander. Goldberg, der alte Widerling, erschossen. Schneider erschossen. Er wusste, dass Elard die beiden Alten aus unterschiedlichen Gründen zutiefst gehasst hatte. Robert war immer in Geldnot und Siegbert zweifellos hinter den verfluchten Firmenanteilen her. Aber war einer von ihnen fähig, deswegen einen Mord oder auch zwei zu begehen? Die Antwort war eindeutig: ja. Ritter musste grinsen. Eigentlich konnte er sich in aller Ruhe zurücklehnen und abwarten.

»*Time is on my side*«, summte er und hatte keine Ahnung, wie sehr er sich damit irrte.

Monika Krämer zitterte noch immer am ganzen Körper, während sie versuchte, das Nasenbluten mit einem nassen Handtuch und Eiswürfeln zu stoppen. Dieser arrogante, hässliche Scheißbulle hatte ihr richtig weh getan. Zu schade, dass er nicht mit dem Hals in die Flaschen gefallen war! Sie betrachtete ihr Gesicht im Badezimmerspiegel. Vorsichtig berührte sie ihre Nase, aber sie schien nicht gebrochen zu sein. Und das alles wegen Robert! Dieser Idiot musste mal wieder richtigen Mist gebaut haben, von dem er ihr nichts erzählt hatte. Sie hatte die Pistole in seinem Rucksack gesehen, von der er behauptet hatte, er habe sie gefunden. Mord, hatten die Bullen gesagt! Da hörte der Spaß wirklich auf! Monika Krämer hatte überhaupt keine Lust, die Polizei auf der Pelle zu haben, und mit der Begründung würde sie Robert auch endgültig rausschmeißen. Der wirkliche Grund war der, dass er ihr auf die Nerven ging. Es wurde immer schwerer, ihn loszuwerden. Zu dumm auch, dass sie so schlecht nein sagen konnte. Immer wieder hatte sie Mitleid mit ihm und nahm ihn mit nach Hause, obwohl sie sich schon ein Dutzend Mal geschworen hatte, es nicht mehr zu tun. Er hatte nie Geld und war dazu noch eifersüchtig.

Sie ging hinüber ins Schlafzimmer und stopfte das benutzte Bettzeug in den Kleiderschrank. Aus der Kiste unter dem Bett holte sie die Seidenbettwäsche heraus, die sie benutzte, wenn sie »Besuch« erwartete. Vor zwei Jahren hatte sie damit angefangen, in der Zeitung zu inserieren. Der Text »*Manu, 19, ganz privat – knackig und tabulos*« gefiel vielen Männern, und wenn sie erst mal da waren, interessierte sie es nicht mehr, dass sie weder Manu hieß noch neunzehn Jahre jung war. Manche kamen regelmäßig: ein Busfahrer, ein paar Rentner, der Briefträger und der Kassierer von der Bank in seiner Mittagspause. Sie nahm dreißig Euro für das normale Programm, fünfzig Euro für französisch und hundert für Extras, die noch nie jemand gewünscht hatte. Zusammen mit dem Hartz-IV-Geld konnte sie so ganz gut leben, jeden Monat was zurücklegen und sich hin und wieder sogar etwas Besonderes gönnen. Noch zwei, drei Jahre, und sie würde sich ihren Traum erfüllen können: ein kleines Häuschen an einem See in Kanada. Dafür lernte sie auch nebenher Englisch.

Es klingelte. Sie warf einen Blick auf die Uhr in der Küche. Viertel vor zehn. Ihr Donnerstagmorgen-Stammfreier war pünktlich. Er war bei der Müllabfuhr und verbrachte einmal wöchentlich seine Frühstückspause bei ihr. So auch heute. Die fünfzig Euro waren schnell verdientes Geld, eine Viertelstunde später war er wieder verschwunden. Nur fünf Minuten später klopfte es an der Wohnungstür. Das konnte nur Robert sein, denn eigentlich erwartete Monika Krämer erst gegen zwölf wieder Besuch. Was dachte sich dieser Vollidiot dabei, wieder hier aufzutauchen? Die Bullen hockten womöglich unten in ihrem Auto und warteten nur auf ihn! Wütend marschierte sie zur Tür und riss sie auf.

»Was soll das ...«, begann sie, verstummte dann aber, als sie einen grauhaarigen Fremden vor sich stehen sah.

»Hallo«, sagte der Mann. Er hatte einen Schnauzbart, trug eine altmodische Brille mit getönten Gläsern und gehörte eindeutig in die Kategorie »erträglich«. Kein schwitzender Fettsack mit Haaren auf dem Rücken, kein Schmutzfink, der seit Wochen nicht geduscht hatte, und keiner, der hinterher um die Kohle feilschen würde.

»Komm rein«, sagte sie und drehte sich um. Im Vorbeigehen warf sie einen prüfenden Blick in den Spiegel neben der Wohnungstür. Wie neunzehn sah sie zwar nicht mehr aus, aber vielleicht wie dreiundzwanzig. Weggegangen war bis jetzt auf jeden Fall noch nie einer.

»Hier geht's lang.« Monika Krämer deutete in Richtung Schlafzimmer. Der Mann stand immer noch an der Wohnungstür, und ihr fiel auf, dass er Handschuhe trug. Ihr Herz begann zu klopfen. War der Typ pervers?

»An den Händen brauchst du kein Gummi«, versuchte sie zu scherzen. Sie hatte plötzlich ein ungutes Gefühl. »Wo ist Robert?«, fragte er auf einmal. Scheiße! War das auch ein Bulle?

»Keine Ahnung«, erwiderte sie. »Das hab ich deinen Kollegen eben schon gesagt, Mann!«

Ohne sie aus den Augen zu lassen, griff er hinter sich und drehte den Schlüssel der Wohnungstür um. Plötzlich bekam sie Angst. Der war nicht von der Polizei! Mit wem hatte sich Robert denn jetzt schon wieder angelegt? Schuldete er irgendjemandem Geld?

»Du wirst ja wohl wissen, wo er sich rumtreibt, wenn er nicht bei dir ist«, sagte der Fremde. Monika Krämer überlegte kurz und kam zu dem Schluss, dass Robert es nicht wert war, sich wegen ihm in irgendetwas reinziehen zu lassen.

»Er pennt manchmal in so 'nem leerstehenden Haus in Königstein«, erwiderte sie deshalb. »In der Altstadt, am Ende der Fußgängerzone. Kann sein, dass er da hin ist, um sich vor den Bullen zu verstecken. Die suchen ihn ja.«

»Okay.« Der Mann nickte und musterte sie. »Danke.«

Irgendwie sah er traurig aus mit dem Schnauzbart und der dicken Brille. Ein bisschen wie der Typ von der Bank. Monika Krämer entspannte sich und lächelte. Vielleicht konnte sie noch ein Scheinchen rausschlagen.

»Wie wär's?« Sie lächelte kokett. »Für 'n Zwanziger blas ich dir einen.«

Der Mann kam näher, bis er direkt vor ihr stand. Sein Gesichtsausdruck war ruhig, beinahe gleichgültig. Er machte eine schnelle Bewegung mit der rechten Hand, und Monika Krämer spürte einen brennenden Schmerz an ihrem Hals. Sie griff im Reflex an ihre Kehle und blickte ungläubig auf das Blut an ihren Händen. Es dauerte ein paar Sekunden, bis sie begriff, dass es ihr eigenes war. Ihr Mund füllte sich mit einer warmen, kupfrig schmeckenden Flüssigkeit, und sie spürte das Prickeln echter Panik in ihrem Nacken. Was sollte das? Was hatte sie dem Mann getan? Sie wich vor ihm zurück, stolperte über einen der Hunde und verlor das Gleichgewicht. Überall war Blut. Ihr Blut.

»Bitte, bitte nicht«, krächzte sie und hob schützend die Arme vor ihren Körper, als sie das Messer in seiner Hand sah. Die Hunde kläfften wie wild. Sie schlug und trat um sich, wehrte sich verzweifelt und mit einer Kraft, die ihr die Todesangst verlieh.

*

Für niemandem beim K11 war es eine echte Überraschung, dass Dr. Kirchhoff bei der Obduktion der Leiche von Schneider dieselbe Blutgruppentätowierung gefunden hatte wie zuvor bei Goldberg. Überraschender war da schon, dass Schneider am Tage seines Todes einen Barscheck über zehntausend Euro ausgestellt haben sollte, den heute gegen halb zwölf jemand bei der Filiale der Taunus-Sparkasse in Schwalbach einlösen wollte. Die Mitarbeiter der Bank hatten die Auszahlung der ungewöhnlich hohen Summe verweigert und die Polizei eingeschaltet. Auf den Bändern der Überwachungskamera im Schalterraum war der Mann zu erkennen, der seit seiner Flucht am Morgen mit Haftbefehl gesucht wurde. Robert Watkowiak war, als er gemerkt hatte, dass es Probleme gab, ohne den Scheck aus der Bank geflüchtet, um wenig später bei der Nassauischen Sparkasse in Schwalbach aufzutauchen und dort ebenso erfolglos sein Glück mit einem Barscheck über fünftausend Euro zu versuchen. Bodenstein hatte beide Schecks vor sich auf dem Schreibtisch liegen. Ein graphologisches Gutachten würde klären, ob die Unterschrift Schneiders echt war. Die Verdachtsmomente gegen Watkowiak waren auf jeden Fall erdrückend, seine Fingerabdrücke fanden sich an beiden Tatorten.

Es klopfte an der Tür, und Pia Kirchhof trat ein.

»Ein Nachbar von Schneider hat sich gemeldet«, verkündete sie. »Er will Montagnacht gegen halb eins ein verdächtiges Fahrzeug in der Einfahrt von Schneiders Grundstück gesehen haben, als er noch spät mit dem Hund draußen war. Einen hellen Kombi mit einer Werbeaufschrift. Als er eine Viertelstunde später zurückkam, war das Auto weg, und im Haus war kein Licht mehr.«

»Hat er sich das Nummernschild gemerkt?«

»Eine MTK-Nummer. Es war dunkel, das Auto stand ungefähr zwanzig Meter entfernt. Zuerst dachte er, es sei vielleicht das Fahrzeug, mit dem der Zivildienstleistende immer kommt. Aber dann ist ihm ein Firmenlogo aufgefallen.«

»Watkowiak war ja nicht alleine bei Schneider, das beweisen die Gläser mit verschiedenen Fingerabdrücken und die Aussage der Nachbarin. Der andere Typ fährt vielleicht einen Firmenwagen und ist später noch mal zurückgekommen.«

»Leider hat die Datenbank zu den Fingerabdrücken keinen Namen ausgespuckt außer dem von Watkowiak. Und die DNA-Abgleiche dauern noch.«

»Dann müssen wir Watkowiak finden. Behnke soll noch mal zu der Wohnung fahren und die Frau fragen, in welche Kneipen ihr Untermieter zu gehen pflegt.«

Bodenstein bemerkte ein kurzes Zögern an seiner Kollegin und sah sie fragend an.

»Äh, Frank ist nach Hause gefahren«, sagte Pia. »Er ist krankgeschrieben.«

»Wieso denn das?« Bodenstein schien erstaunt über das Verhalten des Mannes, mit dem er seit über zehn Jahren zusammenarbeitete. Behnke war damals als Einziger aus seinem Frankfurter Team mit nach Hofheim gekommen, als Bodenstein die Leitung des neu gegründeten K11 bei der Regionalen Kriminalinspektion übernommen hatte.

»Ich dachte, er hätte mit Ihnen telefoniert«, sagte Pia vorsichtig. »Frau Krämer wollte Behnke daran hindern, Watkowiak zu verfolgen. Dabei ist er in eine Flasche gestürzt und hat sich am Arm und am Kopf verletzt.«

»Aha«, sagte Bodenstein nur. »Dann sollen die Kollegen aus Eschborn alle Kneipen in der Gegend abklappern und mit den Wirten sprechen.«

Pia wartete darauf, dass er noch weitere Fragen stellen würde, aber Bodenstein ging nicht weiter auf Behnkes Verhalten ein. Stattdessen stand er auf und griff nach seinem Jackett.

»Wir fahren noch mal auf den Mühlenhof und sprechen mit

Vera Kaltensee. Ich möchte wissen, was sie uns über Watkowiak sagen kann. Vielleicht weiß sie ja, wo er sein könnte.«

Das große Tor des Anwesens stand zwar offen, aber ein Mann in dunkler Uniform und mit Knopf im Ohr bedeutete Pia anzuhalten und das Fenster herunterzulassen. Ein weiterer Uniformierter stand in der Nähe. Sie präsentierte ihm ihren Ausweis und sagte, dass sie mit Vera Kaltensee sprechen wollten.

»Moment.« Der Sicherheitsmann stellte sich vor die Kühlerhaube und sprach in ein Mikrofon, das er wohl am Jackenaufschlag trug. Nach einer Weile nickte er, trat zur Seite und bedeutete Pia, sie dürfe weiterfahren. Vor dem Herrenhaus parkten drei Autos, ein Klon des ersten Wachmanns vom Tor stoppte ihre Fahrt. Erneute Ausweiskontrolle, erneutes Nachfragen.

»Was geht denn hier ab?«, murmelte Pia. »Das ist doch die reinste Schikane!«

Sie hatte sich fest vorgenommen, beim nächsten Gespräch mit Vera Kaltensee keine Gemütsregung zu zeigen, selbst wenn sich die alte Dame in Weinkrämpfen auf dem Fußboden winden sollte. Die nächste Überprüfung fand an der Haustür statt, und allmählich wurde Pia sauer.

»Was soll denn der ganze Zirkus?«, wandte sie sich an den grauhaarigen Mann, der sie und Bodenstein nun ins Haus eskortierte. Es war derselbe, der sie tags zuvor aufgehalten hatte. Moormann, wenn Pia sich richtig erinnerte. Heute trug er einen dunklen Rollkragenpullover und eine schwarze Jeans.

»Es gab einen Einbruchsversuch. Gestern Abend«, sagte er mit besorgter Miene. »Deshalb wurden die Sicherheitsvorkehrungen verschärft. Die gnädige Frau ist ja oft ganz allein hier im Haus.«

Pia erinnerte sich gut, wie sie sich selbst in ihrem Haus nach einem Einbruch im vergangenen Sommer gefürchtet hatte. Sie hatte Verständnis für Vera Kaltensees Angst. Die alte Dame war immerhin millionenschwer und ziemlich bekannt. Wahrscheinlich hortete sie in diesem Haus Kunstschätze und Schmuck von unschätzbarem Wert, die immer wieder eine Verlockung für Kunsträuber und Einbrecher aller Art darstellten.

»Bitte warten Sie hier.« Moormann blieb vor einer anderen Tür als gestern stehen. Gedämpft drangen erregte Stimmen aus dem Raum, die in dem Moment verstummten, als Moormann anklopfte. Er trat ein und schloss die Tür hinter sich. Bodenstein setzte sich mit gleichmütiger Miene auf einen Sessel mit staubigem Brokatbezug. Pia blickte sich neugierig in der großen Empfangshalle um. Das Sonnenlicht, das durch drei spitzgieblige Kirchenfenster über der Brüstung der Freitreppe fiel, zeichnete bunte Muster auf den schwarzweißen Marmorboden. An der Wand hingen dunkle goldgerahmte Porträts neben drei ungewöhnlichen Jagdtrophäen: ein mächtiger ausgestopfter Elchkopf, der Schädel eines Bären und ein gewaltiges Hirschgeweih. Bei genauerem Hinsehen fiel Pia einmal mehr auf, dass das große Haus nicht sonderlich gut gepflegt war. Der Boden war stumpf, die Tapeten verschossen. Spinnweben verunzierten die Tierköpfe, im Holzgeländer der Treppe fehlten Sprossen. Alles wirkte leicht heruntergekommen, was dem Haus eine Art morbiden Charme verlieh, als sei die Zeit vor sechzig Jahren stehengeblieben.

Plötzlich öffnete sich die Tür, hinter der Moormann verschwunden war, und ein Mann von etwa vierzig Jahren in Anzug und Krawatte verließ den Raum. Er sah alles andere als gut gelaunt aus, nickte Pia und Bodenstein aber höflich zu, bevor er durch die Haustür verschwand. Es dauerte noch etwa drei Minuten, dann kamen zwei weitere Männer heraus, von denen Pia einen sofort erkannte. Dr. Manuel Rosenblatt war ein bekannter Frankfurter Anwalt, der besonders gerne von großen Wirtschaftsbossen engagiert wurde, wenn sie in Bedrängnis geraten waren. Moormann erschien in der geöffneten Tür. Bodenstein erhob sich.

»Frau Dr. Kaltensee lässt bitten«, sagte er.

»Danke«, antwortete Pia und betrat hinter ihrem Chef einen großen Raum, dessen bedrückend wirkende dunkle Holztäfelung etwa fünf Meter hoch bis zur stuckverzierten Decke reichte. Am hinteren Ende befand sich ein Marmorkamin, groß wie ein Garagentor, in der Mitte stand ein wuchtiger Tisch, aus demselben dunklen Holz wie die Wandverkleidung, mit zehn unbequem aussehenden Stühlen. Vera Kaltensee saß aufrecht am Kopfende des Tisches, der mit Papierstößen und aufgeschlagenen Aktenordnern bedeckt war. Obwohl blass und sichtlich angeschlagen, wahrte sie Haltung.

»Frau Kirchhoff! Lieber Herr Bodenstein! Was kann ich für Sie tun?«

Bodenstein gab sich höflich und wohlerzogen, ganz alter Adel. Es fehlte nur noch der Handkuss.

»Herr Moormann sagte eben, es hätte gestern einen Einbruchsversuch gegeben.« Seine Stimme klang besorgt. »Wieso haben Sie mich nicht angerufen, Frau Dr. Kaltensee?«

»Ach Gott, ich wollte Sie nicht mit einer solchen Lappalie belästigen.« Vera Kaltensee schüttelte leicht den Kopf. Ihre Stimme klang unsicher. »Sie haben gewiss genug zu tun.«

»Was ist denn passiert?«

»Nicht der Rede wert. Mein Sohn hat mir einige Leute vom Werkschutz geschickt.« Sie lächelte zittrig. »Jetzt fühle ich mich etwas sicherer.«

Ein untersetzter, etwa sechzigjähriger Mann betrat den Raum. Vera Kaltensee stellte ihn als ihren zweitältesten Sohn Siegbert, den Geschäftsführer der KMF, vor. Siegbert Kaltensee mit seinem rosa Schweinchengesicht, Hängebacken und Glatze wirkte freundlich und umgänglich im Vergleich zu seinem aristokratisch-hageren Bruder Elard. Mit einem Lächeln reichte er erst Pia, dann Bodenstein die Hand, bevor er sich hinter den Stuhl seiner Mutter stellte. Sein grauer Anzug und das schneeweiße Hemd mit der dezent gemusterten Krawatte saßen so perfekt, wie nur Maßanfertigung sitzen konnte. Siegbert Kaltensee schien großen Wert auf Understatement zu legen, in seinem Auftreten wie in seiner Kleidung.

»Wir wollen Sie nicht lange stören«, sagte Bodenstein. »Aber wir sind auf der Suche nach Robert Watkowiak. Es gibt Anhaltspunkte dafür, dass er an beiden Tatorten gewesen ist.«

»Robert?« Vera Kaltensee riss bestürzt die Augen auf. »Sie denken doch nicht, dass er etwas ... *damit* zu tun hat?«

»Nun ja«, räumte Bodenstein ein. »Es ist eine erste Spur. Wir würden uns gerne mit ihm unterhalten. Gestern waren wir in der Wohnung, in der er zurzeit lebt, und da ist er vor meinen Kollegen geflüchtet.«

»Er ist immer noch hier, auf dem Mühlenhof, polizeilich gemeldet«, fügte Pia hinzu.

»Ich wollte ihm nicht auch noch die letzte Tür vor der Nase zuschlagen«, sagte Vera Kaltensee. »Der Junge hat mir Sorgen gemacht, seit er das erste Mal dieses Haus betreten hat.«

Bodenstein nickte. »Ich kenne sein Vorstrafenregister.«

Siegbert Kaltensee sagte nichts. Sein Blick wanderte aufmerksam zwischen Bodenstein und Pia hin und her.

»Wissen Sie«, Vera Kaltensee seufzte tief, »Eugen, mein verstorbener Mann, hat mir lange Jahre Roberts Existenz verschwiegen. Der arme Junge wuchs bei seiner Mutter in ärmlichsten Verhältnissen auf, bis sie sich zu Tode getrunken hatte. Er war schon zwölf, als Eugen mit der Wahrheit über seinen unehelichen Sohn herausrückte. Nachdem ich den

Schock über seine Untreue überwunden hatte, habe ich darauf bestanden, dass Robert bei uns aufwächst. Er konnte ja nichts dafür. Aber ich fürchte, es war für ihn zu spät.«

Siegbert Kaltensee legte eine Hand auf die Schulter seiner Mutter, und sie griff nach ihr. Eine Geste voller Vertrautheit und Zuneigung.

»Robert war schon als Kind verstockt«, fuhr sie fort. »Mir ist es nie gelungen, an ihn heranzukommen, obwohl ich wirklich alles versucht habe. Als er vierzehn war, wurde er das erste Mal beim Ladendiebstahl erwischt. Und damit begann seine unrühmliche Karriere.«

Vera Kaltensee blickte mit kummervoller Miene auf.

»Meine Kinder behaupten, ich hätte ihn zu sehr beschützt, und es hätte ihn vielleicht aufgerüttelt, wenn er früher im Gefängnis gelandet wäre. Aber mir tat der Junge in der Seele leid.«

»Halten Sie ihn für fähig, einen Menschen zu töten?«, fragte Pia.

Vera Kaltensee überlegte einen Augenblick, während ihr Sohn sich noch immer in höflicher Zurückhaltung übte und schwieg.

»Ich wollte, ich könnte aus voller Überzeugung nein sagen«, erwiderte sie schließlich. »Robert hat uns unendlich oft enttäuscht. Ungefähr vor zwei Jahren war er zum letzten Mal hier. Er wollte Geld, wie üblich. Da hat Siegbert ihn schließlich vor die Tür gesetzt.«

Pia sah, dass Vera Kaltensee Tränen in die Augen stiegen, aber sie war gewappnet und betrachtete die alte Dame mit nüchternem Interesse.

»Robert hat von uns wirklich jede Chance bekommen und nie genutzt«, sagte nun Siegbert Kaltensee. Seine hohe Stimme stand in eigenartigem Gegensatz zu seiner kräftigen Erscheinung. »Er hat Mutter immer wieder um Geld angebettelt, außerdem hat er geklaut wie ein Rabe. Mutter war zu gutmütig, um ihn in die Schranken zu weisen, aber mir wurde das irgendwann zu bunt. Ich habe ihm mit einer Anzeige wegen Hausfriedensbruchs gedroht, sollte er jemals wieder den Fuß über diese Türschwelle setzen.«

»Kannte er Herrn Goldberg und Herrn Schneider?«, wollte Pia wissen.

»Natürlich.« Siegbert Kaltensee nickte. »Er kannte sie beide gut.«

»Halten Sie es für möglich, dass er sie um Geld gebeten hat?«

Vera Kaltensee verzog die Miene, als sei ihr dieser Gedanke höchst unangenehm.

»Ich weiß, dass er die beiden in der Vergangenheit regelmäßig angepumpt hat.« Siegbert Kaltensee lachte, ein kurzes Schnauben ohne Heiterkeit. »Er hat wirklich keine Hemmungen.«

»Ach, Siegbert, du bist ungerecht.« Vera Kaltensee schüttelte den Kopf. »Ich mache mir schwere Vorwürfe, weil ich auf dich gehört habe. Ich hätte die Verantwortung übernehmen und Robert in meiner Reichweite behalten sollen. Dann wäre er nicht auf all diese dummen Gedanken gekommen.«

»Darüber haben wir doch schon tausendmal gesprochen, Mutter«, entgegnete Siegbert Kaltensee geduldig. »Robert ist vierundvierzig Jahre alt. Wie lange hättest du ihn denn vor sich selbst beschützen können? Er wollte doch deine Hilfe überhaupt nicht, nur dein Geld.«

»Auf welche dummen Gedanken ist Robert denn gekommen?«, fragte Bodenstein nach, bevor Siegbert Kaltensee und seine Mutter die Diskussion, die sie wohl schon häufig geführt hatten, vertiefen konnten.

Vera Kaltensee lächelte steif.

»Sie kennen doch seine Akte«, sagte sie. »Dabei ist Robert

von seiner Veranlagung her nicht bösartig. Er ist einfach zu vertrauensselig und gerät immer an die falschen Leute.«

Pia beobachtete, wie Siegbert Kaltensee bei diesen Worten in stummer Resignation die Augenbrauen hob. Er dachte wohl dasselbe wie sie. Genau diesen Satz hörte sie immer wieder von Angehörigen. Immer waren andere daran schuld, wenn ein Sohn, eine Tochter, ein Ehemann oder Partner kriminell wurde. Es war so leicht, die Verantwortung auf schlechten Einfluss abzuschieben, um das eigene Versagen zu rechtfertigen. Vera Kaltensee machte da keine Ausnahme. Bodenstein bat sie, ihn anzurufen, sollte Robert Watkowiak sich bei ihr melden.

Robert Watkowiak marschierte schlecht gelaunt den asphaltierten Fußweg von Kelkheim nach Fischbach entlang. Er schimpfte leise vor sich hin und bedachte Herrmann Schneider mit allen Flüchen, die er kannte. Am meisten ärgerte es ihn, dass er sich von dem alten Mistkerl hatte austricksen lassen. Die Schecks seien doch so gut wie Bargeld, hatte er gesagt und ihm bedauernd sein leeres Portemonnaie präsentiert. Von wegen! Diese Spießer auf der Bank hatten ein Riesengeschiss gemacht und herumtelefoniert, wahrscheinlich mit den Bullen. Da hatte er lieber die Flucht ergriffen. Aber jetzt hatte er weder ein Handy noch genug Kohle für den Bus und musste zu Fuß latschen! Vor anderthalb Stunden war er einfach losgelaufen, ohne zu überlegen, wohin eigentlich. Der Schreck heute Morgen, als die Bullen bei Moni aufgetaucht waren, hatte ihn ernüchtert, und der Fußmarsch an der frischen Luft brachte ihm Klarheit über seine Lage: Er war am Ende. Er hatte Hunger, Durst und kein Dach über dem Kopf. Bei Kurti brauchte er nicht aufzutauchen, seine Oma hatte ihn schon mehrfach beschimpft und rausgeschmissen, und andere Freunde gab es nicht mehr. Die einzige Möglichkeit, die er noch hatte, war Vera. Er musste eine Gelegenheit abpassen, mit ihr alleine zu sprechen. Wie man ungesehen auf den Mühlenhof gelangte, wusste er, und er kannte jeden Zentimeter des Hauses. Wenn er ihr erst gegenüberstand, würde er ihr ganz sachlich darlegen, wie es um ihn bestellt war. Vielleicht gab sie ihm ja freiwillig etwas. Wenn nicht, dann würde er die Pistole ziehen und sie ihr an den Kopf halten. Aber so weit würde es nicht kommen. Eigentlich war es ja nicht Vera, die ihm Hausverbot erteilt hatte, sondern Siegbert, dieses überhebliche, dicke Schwein. Der hatte ihn noch nie leiden können, erst recht nicht nach dem Unfall damals, an dem man ihm allein die Schuld gegeben hatte. Dabei war es Marleen gewesen, die am Steuer gesessen hatte, aber das wollte ihm niemand glauben, schließlich war sie erst vierzehn gewesen und so ein liebes, artiges Mädchen! Sie hatte die Idee zu der Spritztour mit Onkel Elards Porsche gehabt, heimlich den Schlüssel entwendet und war losgefahren. Er war nur eingestiegen, um sie von dieser Dummheit abzuhalten. Aber natürlich war die Familie wie selbstverständlich davon ausgegangen, dass er gefahren war, um dem Mädchen zu imponieren! Robert Watkowiak trottete an der Aral-Tankstelle vorbei und überquerte die Straße. Wenn er sich ranhielt, konnte er in einer Stunde am Mühlenhof sein. Plötzlich riss ihn lautes Hupen aus seinen düsteren Gedanken. Ein schwarzer Mercedes hielt neben ihm an. Der Fahrer ließ das Fenster an der Beifahrerseite herunter und beugte sich herüber.

»Hey, Robert! Kann ich dich irgendwohin mitnehmen?«, fragte er. »Na komm schon, steig ein!«

Robert zögerte einen Augenblick, dann zuckte er die Achseln. Alles war besser als Laufen.

»Die Köter kläffen schon den ganzen Tag. Ich hab heute zig Beschwerden gekriegt«, klagte der Hausmeister der Wohnanlage des Rotdornwegs, als er mit Bodenstein und Pia im engen Aufzug in den obersten Stock des Gebäudes fuhr. »Aber die sind oft tagelang nicht da und lassen die Hunde einfach bellen und in die Wohnung kacken.«

Ostermann hatte beim zuständigen Richter Gefahr im Verzug geltend gemacht und den Hausdurchsuchungsbeschluss für die Wohnung von Monika Krämer in kürzester Zeit erhalten. Der Aufzug hielt mit einem Ruck, der Hausmeister öffnete die zerkratzte und beschmierte Tür und quasselte weiter.

»… kaum noch anständige Leute hier in diesem Haus. Die meisten sprechen noch nicht mal deutsch! Aber die Miete zahlt bei denen immer das Sozialamt. Dazu sind sie noch rotzfrech. Eigentlich müsste ich hier das Doppelte verdienen, bei dem ganzen Ärger, den man den ganzen Tag hat.«

Pia verdrehte genervt die Augen. Vor der Wohnung am Ende des düsteren Flures warteten zwei uniformierte Beamte, drei Leute von der Spurensicherung und ein Mann von einem Schlüsselnotdienst. Bodenstein klopfte an die Wohnungstür.

»Hier ist die Polizei!«, rief er. »Öffnen Sie die Tür!«

Keine Reaktion. Der Hausmeister schob ihn beiseite und hämmerte gegen das Holz.

»Macht die Tür auf! Wird's bald!«, rief er. »Ich weiß doch, dass ihr da seid, ihr Penner!«

»Na, jetzt machen Sie mal halblang«, bremste Bodenstein den Mann.

»Eine andere Sprache verstehen die doch nicht«, brummte der Hausmeister. Die Tür der gegenüberliegenden Wohnung wurde einen Spaltbreit geöffnet und gleich wieder geschlossen. Die Polizei war in dieser Wohnanlage offenbar kein ungewöhnlicher Besuch.

»Machen Sie die Tür auf«, sagte Bodenstein zum Hausmeister, der eilfertig nickte. Er versuchte es mit dem Zweitschlüssel, aber vergeblich. Der Mann vom Schlüsselnotdienst hatte das Zylinderschloss innerhalb weniger Sekunden geknackt, die Tür ging trotzdem nicht auf.

»Die haben wohl was von innen dagegengestellt«, vermutete der Schlosser und trat einen Schritt zurück. Zwei Beamte stemmten sich mit ihrem ganzen Gewicht gegen die Sperrholztür und verschafften sich so Zugang zu der Wohnung. Die Hunde kläfften wie die Wahnsinnigen.

»Scheiße«, murmelte einer der beiden, als er erkannte, was ihnen den Zugang erschwert hatte. Direkt hinter der Tür lag der leblose und blutverschmierte Körper der Mieterin Monika Krämer.

»Ich glaub, ich muss kotzen«, stieß der Beamte hervor und drängte sich hastig an Pia vorbei zurück in den Flur. Pia zog wortlos Handschuhe an und beugte sich über die Leiche der jungen Frau, die mit angezogenen Beinen und dem Gesicht zur Tür lag. Die Leichenstarre hatte noch nicht eingesetzt. Pia ergriff die Frau an der Schulter und drehte sie auf den Rücken. Sie hatte in den Jahren ihrer Tätigkeit bei der Kripo schon viele schreckliche Bilder gesehen, aber die Brutalität, mit der man den Körper der jungen Frau verstümmelt hatte, traf sie mit Urgewalt. Man hatte Monika Krämer regelrecht aufgeschlitzt, der Schnitt reichte von der Kehle bis zum Schambein, sogar der Slip war durchgeschnitten worden. Ihre Eingeweide quollen aus der offenen Bauchdecke.

»O Gott«, hörte Pia ihren Chef mit erstickter Stimme hinter sich sagen. Sie warf ihm einen raschen Blick zu. Bodenstein konnte einiges vertragen, aber jetzt war er weiß wie eine Wand. Pia wandte sich wieder der Leiche zu und sah, was Bodenstein so sehr erschüttert hatte. Ihr Magen zog sich zusammen, sie kämpfte gegen den aufsteigenden Brechreiz. Der Mörder hatte sich nicht damit zufriedengegeben, die junge Frau zu töten, er hatte ihr auch noch beide Augen ausgestochen.

»Lassen Sie mich fahren, Chef.« Pia hielt die Hand auf, und Bodenstein reichte ihr widerspruchslos die Autoschlüssel. Sie hatten ihre Arbeit in der Wohnung getan und mit allen Nachbarn nebenan und einen Stock tiefer gesprochen. Mehrere hatten einen heftigen Streit und dumpfe Schläge gegen elf Uhr aus der Wohnung vernommen, aber alle gaben unisono an, dass handgreifliche und lautstarke Streitereien in der Wohnung von Monika Krämer an der Tagesordnung gewesen seien. War Watkowiak in die Wohnung zurückgekehrt, nachdem Pia und Behnke gegangen waren? Hatte er die junge Frau auf diese bestialische Weise ermordet? Sie war nicht sofort tot gewesen, trotz ihrer entsetzlichen Verletzungen hatte sie sich bis zur Tür geschleppt und versucht, in den Flur zu gelangen. Bodenstein rieb sich das Gesicht mit beiden Händen. Er sah so mitgenommen aus, wie Pia es noch nie vorher erlebt hatte.

»Manchmal wünschte ich, ich wäre Förster geworden oder Staubsaugervertreter«, sagte Bodenstein dumpf, nachdem sie schon eine Weile gefahren waren. »Das Mädchen war kaum älter als Rosalie. An so etwas werde ich mich nie im Leben gewöhnen.«

Pia warf ihm einen raschen Seitenblick zu. Sie fühlte sich versucht, ihrem Chef die Hand zu drücken oder irgendeine andere tröstende Geste zu machen, aber sie tat es nicht. Obwohl sie seit zwei Jahren beinahe täglich mit ihm zusammenarbeitete, war noch immer eine Distanz zwischen ihnen, die ihr das verbot. Bodenstein war alles andere als ein kumpelhafter Typ, seine Emotionen verbarg er normalerweise gut. Manchmal fragte Pia sich, wie er das aushielt – die entsetzlichen Bilder, den Druck, der auf ihm lastete und dem er nie wirklich Luft zu machen schien, weder durch Flüche noch durch einen Wutausbruch. Sie vermutete, dass diese übermenschliche Selbstbeherrschung Ergebnis seiner strengen

Erziehung war. Das war wohl das, was man als *Contenance* bezeichnete. Haltung bewahren. Um jeden Preis und in jeder Situation.

»Ich auch nicht«, antwortete sie nun. Sie mochte zwar äußerlich den Eindruck erwecken, als ließe sie das alles unberührt, aber in ihrem Innern sah es völlig anders aus. Auch endlose Stunden in der Rechtsmedizin hatten sie nicht abstumpfen oder gleichgültig gegen die Schicksale und Tragödien der Menschen werden lassen, die sie nur als Leichen kennenlernte. Aus gutem Grund wurden Ersthelfer an Schauplätzen von Katastrophen von Psychologen betreut, denn der Anblick von verstümmelten Toten brannte sich in das Gehirn ein und ließ sich durch nichts vertreiben. Wie Pia, so suchte auch Bodenstein sein Heil in der Routine.

»Diese Nachricht auf ihrem Handy«, sagte er mit sachlicher Stimme, »könnte der Beweis dafür sein, dass Watkowiak tatsächlich hinter den Morden an Goldberg und Schneider steckt.«

Die Spurensicherung hatte im Handy von Monika Krämer eine SMS von Robert Watkowiak vom Vortag um 13:34 Uhr mit dem Wortlaut SÜSSE, WIR SIND REICH! HAB AUCH DEN ANDEREN ALTEN UM DIE ECKE GEBRACHT. JETZT GEHT'S AB IN DEN SÜDEN! gefunden.

»Dann sind unsere Mordfälle wohl gelöst«, folgerte Pia ohne echte Überzeugung. »Watkowiak hat aus Habgier Goldberg und Schneider getötet, die ihn als Stiefsohn von Vera Kaltensee gut kannten und deshalb arglos hereingelassen haben. Danach hat er Monika Krämer als Mitwisserin getötet.«

»Was halten Sie davon?«, fragte Bodenstein. Pia dachte einen Augenblick nach. Sie wünschte sich nichts mehr, als dass es eine so einfache Erklärung für die drei Morde gab, aber insgeheim zweifelte sie daran.

»Ich weiß nicht«, erwiderte sie nach kurzem Nachdenken.

»Mein Gefühl sagt mir, dass mehr hinter der ganzen Sache steckt.«

Der nasse Mist in den Pferdeboxen war schwer wie Blei, der Ammoniakgeruch raubte ihr den Atem, aber Pia achtete ebenso wenig darauf wie auf ihren schmerzenden Rücken und das Ziehen in den Armen. Sie musste sich irgendwie von ihren Gedanken ablenken, und da gab es kaum etwas Besseres als harte körperliche Arbeit. Genug Kollegen suchten in einer solchen Situation Vergessen im Alkohol, und Pia konnte das sogar verstehen. Verbissen schaufelte sie Gabel um Gabel auf den Miststreuer, den sie direkt vor den Stall manövriert hatte, bis die Zinken über den blanken Betonboden schabten. Den letzten Rest kratzte sie mit einer Schaufel heraus, dann hielt sie atemlos inne und wischte sich mit dem Ärmel den Schweiß von der Stirn.

Bodenstein und sie waren ins Kommissariat gefahren und hatten den Kollegen Bericht erstattet. Die Fahndung nach Robert Watkowiak war verschärft worden, eine Weile hatten sie erwogen, die Bevölkerung mittels eines Appells über den lokalen Rundfunk in die Suche mit einzubeziehen. Pia war gerade mit der Arbeit fertig, als ihre Hunde, die jede ihrer Bewegungen aufmerksam verfolgt hatten, aufsprangen und freudig bellend davonrannten. Nur Sekunden später hielt der grüne Pick-up vom Opel-Zoo neben dem Traktor, und Christoph stieg aus. Seine Miene war besorgt, als er nun mit raschen Schritten auf Pia zukam.

»Hey, meine Süße«, sagte er leise und schloss sie fest in die Arme. Pia lehnte sich an ihn und spürte, wie ihr die Tränen in die Augen schossen und über ihre Wangen liefen. Es war so erleichternd, für einen Moment schwach sein zu dürfen. Bei Henning hatte sie sich das nie erlaubt.

»Ich bin froh, dass du da bist«, murmelte sie.

»So schlimm?«

Sie spürte seinen Mund in ihrem Haar und nickte stumm. Eine ganze Weile hielt Christoph sie fest und streichelte ihr tröstend über den Rücken.

»Du legst dich jetzt in die Badewanne«, sagte er bestimmt. »Ich hole die Pferde rein und füttere sie. Außerdem habe ich uns was zum Essen mitgebracht. Deine Lieblingspizza.«

»Mit extra Thunfisch und Sardellen?« Pia hob den Kopf und lächelte zaghaft. »Du bist ein Schatz.«

»Ich weiß.« Er zwinkerte ihr zu und küsste sie. »Und jetzt ab mit dir in die Wanne.«

Als sie eine halbe Stunde später mit feuchten Haaren in einen Frotteebademantel gewickelt aus dem Badezimmer kam, fühlte sie sich trotz des ausgiebigen Bades noch immer innerlich verschmutzt. Die Brutalität des Mordes war entsetzlich genug. Dass sie noch ein paar Stunden zuvor mit der jungen Frau gesprochen hatte, machte die ganze Situation bedeutend schlimmer. Hatte Monika Krämer sterben müssen, weil die Polizei bei ihr aufgetaucht war?

Christoph hatte mittlerweile auch die Hunde gefüttert, in der Küche den Tisch gedeckt und eine Flasche Wein geöffnet. Der verführerische Duft nach Pizza erinnerte Pia daran, dass sie heute den ganzen Tag nichts gegessen hatte.

»Möchtest du darüber reden?«, fragte Christoph, als sie am Küchentisch saßen und lauwarme Pizza al Tonno mit den Fingern aßen. »Vielleicht tut dir das gut.«

Pia blickte ihn an. Seine Sensibilität war unglaublich. Natürlich tat es gut zu reden. Es loszuwerden, zu teilen war eigentlich das einzige Mittel, um das Erlebte zu verarbeiten.

»So etwas Grauenhaftes habe ich noch nie gesehen«, sagte sie und seufzte. Christoph schenkte ihr noch etwas Wein nach und lauschte aufmerksam, als Pia sachlich schilderte, was heute geschehen war. Sie erzählte von ihrem morgendlichen

Besuch in der Wohnung von Monika Krämer, von Watkowiaks Flucht und Behnkes Ausraster.

»Weißt du«, sagte sie und trank einen Schluck Wein, »man kann alles bis zu einem gewissen Grad nachvollziehen, auch wenn es immer furchtbar ist. Aber diese wahnsinnige Brutalität, diese Grausamkeit, mit der das Mädchen umgebracht wurde, das macht mich wirklich fertig.«

Pia aß das letzte Stück Pizza und wischte die fettigen Finger an einem Stück Küchenrolle ab. Sie fühlte sich völlig ausgelaugt und gleichzeitig bis zum Platzen angespannt. Christoph stand auf und räumte die leeren Pizzaschachteln in den Mülleimer. Dann trat er hinter Pia, legte seine Hände auf ihre Schultern und begann sanft, ihre verkrampfte Nackenmuskulatur zu massieren.

»Das einzig Gute an so einer Sache ist, dass ich dann glasklar den Sinn meiner Arbeit erkenne.« Pia schloss die Augen. »Das Schwein, das das getan hat, will ich finden und für immer hinter Schloss und Riegel bringen.«

Christoph beugte sich über sie und küsste ihre Wange.

»Du siehst wirklich fertig aus«, sagte er leise. »Es tut mir so leid, dass ich dich ausgerechnet jetzt allein lassen muss.«

Pia wandte sich zu ihm um. Morgen schon würde er nach Südafrika fliegen. Seine einwöchige Reise nach Kapstadt zur Konferenz der World Association of Zoos and Aquariums, kurz WAZA, war seit Monaten geplant. Pia vermisste ihn schon jetzt mit jeder Faser ihres Herzens.

»Es sind ja nur acht Tage.« Sie gab sich cooler, als sie sich in Wirklichkeit fühlte. »Und ich kann dich jederzeit anrufen.«

»Du rufst mich aber wirklich an, wenn irgendetwas ist, oder?« Christoph zog sie an sich. »Versprichst du mir das?«

»Hoch und heilig.« Pia schlang ihre Arme um seinen Hals. »Aber noch bist du ja da. Und das sollten wir ausnutzen.«

»Findest du?«

Statt einer Antwort gab sie ihm einen Kuss. Am liebsten hätte sie ihn nie wieder losgelassen. Henning war früher oft auf Reisen gewesen, manchmal hatte sie ihn tagelang nicht erreichen können, aber das hatte sie weder beunruhigt noch gestört. Bei Christoph war das anders. Seit sie sich kannten, waren sie kaum länger als vierundzwanzig Stunden voneinander getrennt gewesen, und der bloße Gedanke daran, dass sie nicht einfach mal kurz bei ihm im Zoo vorbeifahren konnte, erfüllte sie mit einem schmerzlichen Gefühl der Verlassenheit.

Er schien ihr dringendes Verlangen zu spüren, wie eine Strahlung, die von ihrem Körper ausging. Obwohl es natürlich nicht das erste Mal war, dass sie mit ihm schlief, klopfte ihr Herz zum Zerspringen, als sie ihm ins Schlafzimmer folgte und zusah, wie er sich eilig seiner Kleider entledigte. Einen Mann wie Christoph hatte sie noch nie gehabt – einen Mann, der alles forderte und alles gab, der ihr keinen verschämten Rückzug, keine Verlegenheit und keinen vorgetäuschten Orgasmus gestattete. Pia war geradezu süchtig nach der Heftigkeit, mit der ihr Körper auf seinen reagierte. Für Zärtlichkeit war später Zeit, jetzt wünschte sie nichts sehnlicher, als in seinen Armen den ganzen grässlichen Tag zu vergessen.

Donnerstag, 3. Mai 2007

Bodenstein fühlte sich wie gerädert, als er sich um kurz vor acht die Treppe zu den Büros des K11 in den ersten Stock hinaufschleppte. Das Baby hatte die halbe Nacht geschrien. Cosima war zwar rücksichtsvoll ins Gästezimmer umgezogen, aber er hatte trotzdem kaum Schlaf gefunden. Dann hatte ihn ein Unfall auf der B519 kurz vor der Ortseinfahrt Hofheim eine geschlagene halbe Stunde aufgehalten, und zu allem Unglück trat Kriminaldirektor Nierhoff ausgerechnet in dem Moment aus seiner Bürotür, als Bodenstein die letzten Stufen nahm.

»Guten Morgen, guten Morgen.« Nierhoff lächelte leutselig und rieb sich die Hände. »Glückwunsch! Das ging ja wirklich schnell. Wirklich gute Arbeit, Bodenstein.«

Der blickte seinen Chef irritiert an und begriff, dass Nierhoff ihm aufgelauert hatte. Bodenstein konnte es überhaupt nicht leiden, auf diese Art überfallen zu werden, bevor er nicht wenigstens einen Schluck Kaffee getrunken hatte.

»Guten Morgen«, sagte er. »Wovon sprechen Sie?«

»Wir gehen gleich mit der Nachricht an die Presse«, fuhr Nierhoff unbeirrt fort. »Ich habe unseren Pressesprecher schon instruiert und sämtliche ...«

»Mit was wollen Sie an die Presse gehen?«, unterbrach Bodenstein den Redefluss des Kriminaldirektors. »Habe ich irgendetwas verpasst?«

»Die Morde sind aufgeklärt«, frohlockte Nierhoff. »Sie haben doch den Täter ermittelt. Damit ist die Sache vom Tisch.«

»Wer behauptet das?« Bodenstein nickte zwei Kollegen zu, die an ihm vorbeigingen.

»Kollegin Fachinger«, erwiderte Nierhoff, »sie sagte mir, dass ...«

»Moment.« Bodenstein war es egal, ob er unhöflich war oder nicht. »Wir haben gestern die Leiche einer Bekannten des Mannes gefunden, der irgendwann an beiden Tatorten war, aber uns fehlen bisher sowohl die Mordwaffe als auch ein eindeutiger Beweis dafür, dass er die Morde tatsächlich begangen hat. Wir haben die Fälle ganz und gar noch nicht gelöst.«

»Wieso wollen Sie es so kompliziert machen, Bodenstein? Der Mann hat aus Habgier getötet, alle Spuren weisen darauf hin. Und dann hat er seine Mitwisserin getötet. Wir werden ihn früher oder später fassen, und dann kriegen wir ein Geständnis.« Für Nierhoff schien die Sachlage glasklar. »Die Pressekonferenz ist für elf Uhr anberaumt. Ich hätte Sie gerne dabei.«

Bodenstein konnte es nicht fassen. Der Tag schien sich tatsächlich noch schlechter zu entwickeln, als er begonnen hatte.

»Pünktlich um elf unten im großen Besprechungsraum«, der Kriminaldirektor ließ keinen Einwand zu. »Danach möchte ich Sie in meinem Büro sprechen.«

Damit verschwand er mit einem zufriedenen Lächeln.

Bodenstein riss verärgert die Tür zum Büro von Hasse und Fachinger auf. Beide waren schon da und saßen hinter ihren Schreibtischen. Hasse drückte rasch auf eine Taste seiner Computertastatur, aber Bodenstein war es in diesem Moment egal, ob er wieder privat im Internet surfte, auf der Suche nach einem passenden Ort in südlichen Gefilden für die Zeit nach seiner Pensionierung.

»Frau Fachinger«, wandte sich Bodenstein an seine jüngste Mitarbeiterin, ohne sich mit einem Gruß aufzuhalten, »kommen Sie mit in mein Büro.«

So verärgert er auch war, er wollte sie nicht in Gegenwart eines Kollegen zur Rede stellen.

Wenig später betrat sie sein Büro mit einem ängstlichen Gesichtsausdruck und schloss behutsam die Tür hinter sich. Bodenstein setzte sich hinter seinen Schreibtisch, forderte sie aber nicht auf, Platz zu nehmen.

»Wie kommen Sie dazu, dem Kriminaldirektor zu erzählen, wir hätten die beiden Mordfälle gelöst?«, fragte er scharf und musterte seine Kollegin. Sie war noch jung und sehr tüchtig, doch mangelte es ihr an Selbstvertrauen, und sie neigte bisweilen dazu, vor lauter Eifer Fehler zu machen.

»*Ich?*« Kathrin Fachinger lief blutrot an. »Was soll ich ihm denn erzählt haben?«

»Ja, das würde ich auch gerne wissen!«

»Er ... er kam gestern Abend in ... in den Besprechungsraum«, stotterte Kathrin Fachinger nervös. »Er hat Sie gesucht und wollte wissen, wie die Ermittlungen laufen. Ich sagte ihm, dass Sie und Pia bei der Leiche der Freundin von dem Mann seien, der an beiden Tatorten Spuren hinterlassen hat.«

Bodenstein blickte seine Mitarbeiterin an. Sein Zorn verrauchte so schnell, wie er gekommen war.

»Mehr habe ich nicht gesagt«, beteuerte Kathrin Fachinger. »Wirklich nicht, Chef. Das schwöre ich Ihnen.«

Bodenstein glaubte ihr. Nierhoff hatte es so eilig, diesen Fall aufgeklärt zu sehen, dass er sich die Ermittlungsergebnisse zusammenpuzzelte, wie es ihm gefiel. Das war ungeheuerlich – und seltsam.

»Ich glaube Ihnen«, sagte Bodenstein, »entschuldigen Sie

bitte meinen Ton, aber ich war etwas verärgert. Ist Behnke schon da?«

»Nein.« Kathrin Fachinger schien sich unbehaglich zu fühlen. »Er ... er ist doch krankgeschrieben.«

»Ach ja. Und Frau Kirchhoff?«

»Sie hat ihren Freund heute Morgen an den Flughafen gebracht und ist danach gleich in die Rechtsmedizin gefahren. Die Obduktion von Monika Krämer fängt um acht an.«

»Wie siehst du denn aus?«, begrüßte Dr. Henning Kirchhoff seine geschiedene Frau um kurz nach acht im Sektionsraum 2 des Rechtsmedizinischen Instituts. Pia warf einen schnellen Blick in den Spiegel über dem Handwaschbecken. Eigentlich fand sie, dass sie ziemlich gut aussah – dafür, dass sie die halbe Nacht nicht geschlafen und bis vor zehn Minuten im Auto geheult hatte. Im Chaos am Flughafen war der Abschied von Christoph viel zu knapp ausgefallen. Vor der Halle B hatten zwei Kollegen aus Berlin und Wuppertal, die auch zum Kongress nach Südafrika fliegen würden, auf ihn gewartet, und Pia hatte mit einem Anflug von Eifersucht festgestellt, dass der Kollege aus Berlin eine Kollegin war, noch dazu eine ziemlich attraktive. Eine letzte Umarmung, ein flüchtiger Abschiedskuss, dann war er mit den beiden in der Halle verschwunden. Pia hatte ihm hinterhergestarrt, nicht gefasst auf das überwältigende Gefühl der Leere. »Erinnerst du dich an meine Freundin Miriam?«, fragte sie Henning.

»Fräulein Horowitz und ich sind uns glücklicherweise vor vielen Jahren nur ein einziges Mal begegnet.« Das klang etwas säuerlich, und Pia fiel ein, dass Miriam Henning damals einen »humorlosen Dr. Frankenstein« genannt hatte, woraufhin er sie abfällig als »dümmliches Partyhuhn« bezeichnet hatte. Pia erwog kurz, Henning von Miriams beruflichem Werdegang zu erzählen, ließ es dann aber sein.

»Egal«, sagte sie. »Ich habe sie zufällig neulich wiedergetroffen. Sie arbeitet am Fritz-Bauer-Institut.«

»Wahrscheinlich hat Papi ihr die Stelle besorgt.« Henning erwies sich wieder einmal als nachtragend, aber Pia achtete nicht darauf.

»Ich habe sie gebeten, Nachforschungen über Goldberg anzustellen. Sie wollte natürlich erst nicht glauben, dass er ein Nazi gewesen sein soll, aber dann ist sie im Archiv des Instituts auf Unterlagen über Goldberg und seine Familie gestoßen. Die Nazis hatten ja alles akribisch dokumentiert.«

Ronnie trat neben Pia an den Tisch, auf dem schon die gewaschene und entkleidete Leiche von Monika Krämer lag, die hier, in dieser klinischen Umgebung, allen Schrecken verloren hatte. Pia berichtete, dass Goldberg, seine Familie und alle jüdischen Einwohner von Angerburg im März 1942 ins KZ Plaszow deportiert worden waren. Während Goldbergs Familie dort umgekommen war, hatte er überlebt, bis das KZ im Januar 1945 geräumt wurde. Man hatte alle Häftlinge nach Auschwitz gebracht, wo Goldberg im Januar 1945 in der Gaskammer ermordet wurde. Es war ganz still im Sektionsraum. Pia sah die beiden Männer erwartungsvoll an.

»Ja, und?«, fragte Henning herablassend. »Wo bleibt die Sensation?«

»Verstehst du nicht?« Pia ärgerte sich über seine Reaktion. »Das ist der Beweis dafür, dass der, den du hier auf dem Tisch hattest, ganz sicher nicht David Josua Goldberg war.«

»Ist ja toll!« Henning zuckte unbeeindruckt die Schultern. »Wo bleibt übrigens dieser Staatsanwalt? Ich hasse Unpünktlichkeit wie die Pest!«

»Hier ist er schon«, ertönte eine weibliche Stimme. »Guten Morgen allerseits.«

Staatsanwältin Valerie Löblich stolzierte hocherhobenen Hauptes herein, nickte Ronnie Böhme zu und übersah Pia, die wiederum Hennings plötzliches Unbehagen mit Interesse registrierte.

»Guten Morgen, Frau Löblich«, sagte er nur.

»Guten Morgen, Herr Dr. Kirchhoff«, erwiderte die Staatsanwältin kühl. Die Förmlichkeit, mit der sie sich begrüßten, entlockte Pia ein Grinsen. Sie dachte an ihre letzte Begegnung mit Staatsanwältin Löblich im Wohnzimmer von Hennings Wohnung, die nur als äußerst kompromittierend bezeichnet werden konnte. Damals hatten Valerie Löblich und auch Henning erheblich weniger Kleidung am Leib gehabt als jetzt.

»Dann können wir ja anfangen.« Kirchhoff vermied jeden Blickkontakt mit Staatsanwältin Löblich oder Pia und verfiel in hektische Betriebsamkeit. Er hatte Pia seinerzeit versichert, dass es trotz aller Bemühungen der Löblich bei dieser einen Begegnung geblieben war, und sie wusste, dass die Staatsanwältin ihr die Schuld daran gab. Sie hielt sich im Hintergrund, während Henning die äußere Leichenschau vornahm und seine Kommentare in das Mikrofon an seinem Hals diktierte.

»Sie hat sich jetzt einen Richter angelacht«, raunte Ronnie Pia zu und wies mit einem Kopfnicken auf die Staatsanwältin, die mit verschränkten Armen direkt am Sektionstisch stand. Pia zuckte die Schultern. Es war ihr herzlich gleichgültig. Ein leichtes Ziehen in Oberschenkeln und Rücken erinnerte sie an die vergangene leidenschaftliche Nacht, und sie rechnete nach, wann Christoph in Kapstadt landen würde. Er hatte versprochen, ihr sofort nach der Landung eine SMS zu schreiben. Ob er wohl daran dachte? Pias Gedanken schweiften ab. Sie bekam kaum mit, was Henning tat.

Er erweiterte den brutalen Schnitt, den der Mörder dem Mädchen zugefügt hatte, entnahm die einzelnen Organe und sezierte dann das Herz. Ronnie brachte Proben vom Mageninhalt ins Labor im oberen Stockwerk. Während der ganzen

Zeit sprach niemand ein Wort, abgesehen von Henning, der seine Arbeit mit halblauter Stimme für das Obduktionsprotokoll kommentierte.

»Pia!«, rief er auf einmal scharf. »Schläfst du?«

Unsanft aus ihren Gedanken gerissen, machte sie einen Schritt nach vorne. Gleichzeitig trat auch die Staatsanwältin näher an den Tisch.

»Ihr müsst nach einem Messer mit einer etwa zehn Zentimeter langen Hawkbill-Klinge suchen«, sagte Kirchhoff zu seiner Exfrau. »Der Täter hat den Schnitt mit viel Kraft und ohne zu zögern ausgeführt. Die Klinge hat dabei die inneren Organe verletzt und Schnittspuren auf den Rippen hinterlassen.«

»Was ist eine Hawkbill-Klinge?«, fragte die Staatsanwältin.

»Ich bin nicht Ihr Nachhilfelehrer. Machen Sie Ihre Hausaufgaben«, fuhr Kirchhoff sie an, und da tat sie Pia plötzlich leid.

»Hawkbill-Klingen sind halbmondförmig gebogen«, erklärte sie deshalb. »Sie stammen aus Indonesien und wurden ursprünglich beim Fischfang benutzt. Zum Schneiden sind solche Klingen nicht geeignet, sie werden ausschließlich für Kampfmesser verwendet.«

»Danke.« Staatsanwältin Löblich nickte Pia zu.

»So ein Messer kann man nicht im Supermarkt kaufen.« Kirchhoffs Laune hatte sich aus unerfindlichen Gründen schlagartig verschlechtert. »Zuletzt habe ich solche Schnittverletzungen bei Opfern der UÇK im Kosovo gesehen.«

»Was ist mit ihren Augen?« Pia bemühte sich um Sachlichkeit, aber sie schauderte bei dem Gedanken daran, was die Frau vor ihrem Tod hatte durchmachen müssen.

»Was soll damit sein?«, blaffte ihr Exmann gereizt. »So weit bin ich noch nicht.«

Pia und die Staatsanwältin wechselten einen verständnisinnigen Blick, der Kirchhoff nicht entging. Er begann, den Unterleib der Frau zu untersuchen, entnahm Proben und murmelte nur noch unverständlich vor sich hin. Pia bedauerte die Sekretärin, die das Obduktionsprotokoll schreiben durfte. Zwanzig Minuten später betrachtete Kirchhoff die bläulichen Lippen der Toten mit einem Vergrößerungsglas, dann untersuchte er eingehend die Mundhöhle.

»Was ist denn?«, fragte Valerie Löblich ungeduldig. »Machen Sie es doch nicht unnötig spannend.«

»Bitte noch einen Moment Geduld, werte Frau Staatsanwältin«, erwiderte Kirchhoff spitz. Er ergriff ein Skalpell, sezierte die Speiseröhre und den Kehlkopf. Dann nahm er mit hochkonzentrierter Miene mehrere Proben mit einem Wattestäbchen und reichte eine nach der anderen seinem Assistenten. Schließlich ergriff er eine UV-Lampe und leuchtete damit in den Mund und in die freigelegte Speiseröhre der Toten.

»Oha!«, machte er und richtete sich auf. »Möchten Sie mal schauen, Frau Staatsanwältin?«

Valerie Löblich nickte eifrig und trat näher.

»Sie müssen näher herangehen«, sagte Kirchhoff. Pia ahnte, was es dort zu sehen gab, und schüttelte den Kopf. Heute trieb es Henning wirklich zu weit! Auch Ronnie wusste Bescheid und unterdrückte mit Mühe ein Grinsen.

»Ich sehe nichts«, sagte die Staatsanwältin.

»Fallen Ihnen nicht die bläulich schimmernden Stellen auf?«

»Doch.« Sie hob den Kopf und runzelte die Stirn. »Wurde sie vergiftet?«

»Tja. Ob das Sperma vergiftet war, kann ich im Moment nicht beurteilen.« Kirchhoff grinste spöttisch. »Aber das werden wir im Labor feststellen.«

Der Staatsanwältin schoss das Blut ins Gesicht, als sie

begriff, dass sie Opfer eines Scherzes an unpassender Stelle geworden war. »Weißt du was, Henning, du bist ein Arschloch!«, zischte sie erbost. »Der Tag, an dem du selbst auf diesem Tisch liegst, kommt schneller, als du denkst, wenn du so weitermachst!«

Sie drehte sich auf dem Absatz um und marschierte hinaus. Kirchhoff blickte ihr nach, dann zuckte er die Schultern und sah Pia an.

»Du hast es gehört«, sagte er mit unschuldiger Miene. »Eine glatte Morddrohung. Na ja. Haben einfach keinen Humor, diese Staatsanwältinnen.«

»Das war auch wirklich nicht gut«, erwiderte Pia. »Wurde sie vergewaltigt?«

»Wer? Die Löblich?«

»Kein bisschen komisch, Henning«, sagte Pia scharf. »Also?«

»Mein Gott«, rief er ungewöhnlich heftig, nachdem er sich vergewissert hatte, dass sein Assistent nicht im Raum war. »Die regt mich auf! Sie lässt mich einfach nicht in Ruhe, dauernd ruft sie an und quakt blödes Zeug!«

»Vielleicht hast du ihr Anlass zu falschen Hoffnungen gegeben.«

»*Du* hast ihr Anlass zu falschen Hoffnungen gegeben«, warf er ihr vor. »Indem du mich zu einer Scheidung gedrängt hast!«

»Ich glaube, du spinnst.« Pia schüttelte entgeistert den Kopf. »Aber nach deiner Einlage heute bist du sie wohl los.«

»So viel Glück habe ich nicht. Die taucht spätestens in einer Stunde wieder hier auf.«

Pia musterte ihren Exmann scharf.

»Ich könnte wetten, du hast mich angelogen«, sagte sie.

»Wie meinst du das denn?«, fragte er betont arglos.

»Das Intermezzo im letzten Sommer auf dem Wohnzimmertisch war nicht das einzige Mal, wie du mir weismachen wolltest. Hab ich recht?«

Kirchhoff machte eine ertappte Miene. Aber bevor er etwas sagen konnte, kehrte Ronnie Böhme zurück in den Sektionssaal, und sein Verhalten wurde sofort wieder professionell.

»Sie wurde nicht vergewaltigt. Aber sie hatte vor ihrem Tod Oralverkehr«, erklärte er. »Danach wurden ihr die anderen Verletzungen zugefügt, die zweifellos todesursächlich waren. Sie ist verblutet.«

»Monika Krämer ist an den schweren Verletzungen verblutet, die ihr mit einem Messer mit einer Hawkbill-Klinge zugefügt wurden«, berichtete Pia ihren Kollegen eine Stunde später im Besprechungsraum. »In Mundhöhle und Speiseröhre wurden Spuren von Sperma festgestellt. Da wir ja die DNA von Watkowiak im Computer haben, werden wir spätestens in ein paar Tagen wissen, ob es von ihm stammt. Ob sich unter den sichergestellten Spuren, Fasern und Haaren auch die DNA einer dritten Person befindet, müssen wir abwarten. Die Kollegen von der Kriminaltechnik arbeiten unter Hochdruck daran.«

Bodenstein warf Kriminaldirektor Nierhoff einen raschen Blick zu und hoffte, dass sein Chef erkannte, wie überaus dünn die Beweislage war. Unten warteten die Journalisten, die Nierhoff in großer Zahl eingeladen hatte, um sich mit der rasanten Aufklärung der Morde an Goldberg und Schneider zu brüsten.

»Der Mann hat sich einer Mitwisserin entledigt, nachdem er ihr vorher von den begangenen Morden erzählt hat.« Nierhoff erhob sich. »Ein deutlicher Beweis für seine Gewaltbereitschaft. Gute Arbeit, Kollegen. Bodenstein, Sie denken dran: um zwölf in meinem Büro.«

Schon hatte er den Raum verlassen und eilte mit großen

Schritten zur Pressekonferenz, ohne darauf zu bestehen, dass Bodenstein ihn begleitete. Einen Moment war es ganz still.

»Was erzählt er denn jetzt wohl da unten?«, fragte Ostermann.

»Keine Ahnung.« Bodenstein hatte resigniert. »Auf jeden Fall wird eine Falschmeldung zu diesem Zeitpunkt keinen Schaden anrichten.«

»Sie halten Watkowiak also nicht für den Mörder von Goldberg und Schneider?«, fragte Kathrin Fachinger schüchtern.

»Nein«, erwiderte Bodenstein. »Er ist ein Gewohnheitsverbrecher, aber kein Mörder. Und ich glaube auch nicht, dass er Frau Krämer umgebracht hat.«

Fachinger und Ostermann sahen ihren Chef erstaunt an.

»Ich habe die Befürchtung, dass ein Dritter die Finger im Spiel hat. Damit wir nicht weiter herumschnüffeln, musste schnell ein Täter her, dem man die Morde an Goldberg und Schneider in die Schuhe schieben kann.«

»Sie denken, dass der Mord an Monika Krämer ein Auftragsmord gewesen sein könnte?« Ostermann zog die Augenbrauen hoch.

»So etwas vermute ich«, bestätigte Bodenstein. »Dafür sprechen das professionelle Vorgehen und der Einsatz eines Kampfmessers. Die Frage ist: Würde Goldbergs Familie so weit gehen? Immerhin hatten sie innerhalb von vierundzwanzig Stunden das BKA, das Innenministerium, den amerikanischen Generalkonsul, den Frankfurter Polizeipräsidenten und die CIA mobilisiert, um zu verhindern, dass herauskommt, was wir schon herausgefunden hatten, nämlich dass der ermordete Goldberg alles andere als ein jüdischer Überlebender des Holocaust war.« Er sah seine Kollegen eindringlich an. »Eins ist klar: Irgendjemand, der viel zu verlieren hat, scheut vor nichts zurück. Deshalb müssen wir bei unseren weiteren Ermittlungen sehr, sehr vorsichtig sein, um nicht noch mehr unschuldige Menschen in Gefahr zu bringen.«

»Dann ist es doch sogar gut, dass Nierhoff jetzt verkündet, wir hätten den Täter gefunden«, bemerkte Ostermann, und Bodenstein nickte.

»Genau. Deshalb halte ich ihn auch nicht davon ab. Der mögliche Auftraggeber des Mordes an Monika Krämer wird sich in Sicherheit wiegen.«

»Auf ihrem Handy wurden übrigens mehrere alte SMS von Watkowiak gefunden«, sagte Pia nun. »Alle in Groß- und Kleinschreibung, und nicht einmal hat er sie als ›Süße‹ bezeichnet. Die SMS, die wir gefunden haben, stammte nicht von ihm. Jemand hat unter falschem Namen ein Handy gekauft, wahrscheinlich ein Prepaid-Gerät, und die SMS an Monika Krämer verschickt, um den Mordverdacht auf Watkowiak zu lenken.«

Jeder begriff die Tragweite dieser Schlussfolgerung, und für eine Minute herrschte Schweigen im Raum. Watkowiak mit seinem ellenlangen Vorstrafenregister war ein wunderbar glaubhafter Mordverdächtiger.

»Wer weiß denn überhaupt, dass wir Watkowiak als Täter im Visier haben?«, fragte Kathrin Fachinger. Bodenstein und Pia wechselten einen raschen Blick. Das war eine gute Frage. Nein, es war *die* Frage, die es zu beantworten galt, falls es tatsächlich nicht Watkowiak gewesen war, der Monika Krämer erst geblendet und dann regelrecht abgeschlachtet hatte.

»Vera Kaltensee und ihr Sohn Siegbert auf jeden Fall«, sagte Pia in die schweigende Runde und dachte an die Männer in den martialischen schwarzen Uniformen auf dem Mühlenhof. »Und wahrscheinlich auch der Rest der Familie Kaltensee.«

»Ich glaube nicht, dass Vera Kaltensee etwas damit zu tun hat«, widersprach Bodenstein. »So etwas passt überhaupt nicht zu ihr.«

»Nur weil sie eine große Wohltäterin ist, muss sie noch lange kein Engel sein«, entgegnete Pia, die als Einzige ahnte, weshalb ihr Chef die alte Dame so unbedingt in gutem Licht sehen wollte. Bodenstein, der durch seine Arbeit sämtliche Abstufungen der Gesellschaft vom Bodensatz bis hin zur Oberschicht kannte, war noch immer seinem anerzogenen Klassendenken verhaftet. Seine gesamte Familie gehörte zum Adel wie die geborene Freifrau von Zeydlitz-Lauenburg.

»Hat jemand Interesse an Laborergebnissen?« Ostermann klopfte auf den Hefter, der vor ihm lag.

»Natürlich.« Bodenstein beugte sich vor. »Gibt es etwas über die Tatwaffe?«

»Ja.« Ostermann schlug den Hefter auf. »Es handelte sich eindeutig um dieselbe Waffe. Die Munition ist etwas ganz Besonderes, nämlich in beiden Fällen eine 9×19-Parabellum-Patrone, hergestellt irgendwann zwischen 1939 und 1942. Das konnten sie im Labor anhand der Metalllegierung feststellen, die seitdem in dieser Zusammensetzung nicht mehr verwendet wird.«

»Unser Mörder benutzt also eine Neun-Millimeter-Waffe und Munition aus dem Zweiten Weltkrieg«, wiederholte Pia. »Wo bekommt man so etwas her?«

»Das Zeug kann man im Internet bestellen«, behauptete Hasse. »Und wenn nicht da, dann auf Waffenbörsen. Ich finde es nicht so ungewöhnlich, wie es erst mal klingt.«

»Okay, okay«, erstickte Bodenstein die Diskussion im Keim. »Was gibt es sonst noch, Ostermann?«

»Die Unterschriften von Schneider auf den Schecks waren echt. Und die geheimnisvolle Zahl wurde in beiden Fällen von derselben Person gezeichnet, sagt der Graphologe. Die DNA an dem Rotweinglas in Goldbergs Wohnzimmer gehört zu einer Frau, die Abgleichung der DNA und auch der Fingerabdrücke hat nichts ergeben. Der Lippenstift ist nichts

Besonderes – ein handelsübliches Produkt des Herstellers ›Maybelline Jade‹ –, aber außer dem Lippenstift wurden noch Spuren von Aciclovir gefunden.«

»Und was ist das?«, erkundigte sich Kathrin Fachinger.

»Ein Wirkstoff gegen Lippenherpes. Ist zum Beispiel in Zovirax enthalten.«

»Na, das ist ja mal eine Nachricht«, murrte Hasse. »Der Mörder wurde durch seinen Herpes überführt. Kann mir schon die Schlagzeile vorstellen.«

Bodenstein musste wider Willen grinsen, aber das Grinsen verging ihm bei Pias nächsten Worten.

»Vera Kaltensee hatte ein Pflaster auf der Lippe. Zwar hatte sie Lippenstift drübergemalt, aber ich hab's genau gesehen. Erinnern Sie sich, Chef?«

Bodenstein runzelte die Stirn, er warf Pia einen zweifelnden Blick zu.

»Möglich. Aber ich könnte es nicht beschwören.«

In dem Moment klopfte es an der Tür, die Sekretärin des Kriminaldirektors steckte den Kopf herein.

»Der Chef ist von der Pressekonferenz zurück und erwartet Sie, Herr Hauptkommissar«, überbrachte sie ihre Botschaft. »Dringend.«

Der Auftrag war unmissverständlich. Die Kiste samt Inhalt musste *unbedingt* gefunden werden. Weshalb, das war ihm gleichgültig. Er wurde nicht dafür bezahlt, dass er sich Gedanken über irgendwelche Beweggründe machte. Er hatte noch nie Skrupel gehabt, einen Befehl zu befolgen. Das war sein Job. Es dauerte anderthalb Stunden, bis Ritter endlich das hässliche, gelb gestrichene Mietshaus verließ, in dem er seit seinem folgenreichen Sündenfall hauste. Der Mann beobachtete mit boshafter Genugtuung, wie Ritter mit einer umgehängten Laptop-Tasche und dem Handy am Ohr die

Straße überquerte und zur S-Bahn-Haltestelle Schwarzwaldstraße ging. Die Zeiten waren vorbei, in denen sich der arrogante Typ herumchauffieren ließ.

Er wartete, bis Ritter aus seinem Blickfeld verschwunden war, dann stieg er aus und betrat das Haus. Ritters Wohnung lag im dritten Stock. Für die lächerlichen Sicherheitsvorrichtungen an der Wohnungstür benötigte der Mann exakt zweiundzwanzig Sekunden, ein Kinderspiel. Er zog sich Handschuhe an und blickte sich um. Wie musste sich ein Mann wie Thomas Ritter, der an ein Leben im Luxus gewöhnt war, in einer solchen Bude fühlen? Ein Zimmer mit Blick auf das Nachbargebäude, ein Badezimmer mit Dusche und Klo ohne Tageslicht, ein winziger Flur und eine Küche, die dieser Bezeichnung spottete. Er öffnete die Türen des einzigen Schranks, arbeitete sich systematisch durch Stapel mit sauberer und weniger sauberer Kleidung, Unterwäsche, Socken und Schuhe. Nichts. Kein Hinweis auf eine Kiste oder auf die Familie. Das Bett sah aus, als sei es eine Weile nicht benutzt worden, es war nicht einmal bezogen. Als Nächstes wandte er sich dem Schreibtisch zu. Es gab keinen Festnetzanschluss, also auch keinen Anrufbeantworter, der etwas verraten konnte. Auf dem Schreibtisch lag zu seiner Enttäuschung nur uninteressantes Zeug herum, alte Zeitungen und Sexmagazine der billigsten Art. Eines steckte er sich ein. Etwas inspirierende Lektüre für langweilige Wartestunden im Auto konnte nicht schaden.

Er blätterte akribisch die Stapel handschriftlicher Notizen durch und stellte fest, dass sich Ritters Niveau erheblich verschlechtert hatte. »*Raschelnde Laken, quietschende Muschis und atemlose Orgasmusschreie*«, entzifferte er und musste grinsen. So weit war er also gesunken, der Herr Doktor, der früher hochgeistige Reden verfasst hatte. Heute schrieb er platte Kurzgeschichten mit pornographischem Inhalt. Der

Mann blätterte weiter. Er stutzte, als er auf einem gelben Post-it einen flüchtig hingekritzelten Namen, eine Mobilfunknummer und ein Wort las, das ihn augenblicklich elektrisierte. Mit seiner Digitalkamera fotografierte er den Zettel und deckte anschließend die anderen Unterlagen wieder darüber. Der Besuch in Ritters Wohnung war doch keine Zeitverschwendung gewesen.

Katharina Ehrmann stand in Slip und BH in ihrem begehbaren Kleiderschrank und überlegte, was sie anziehen sollte. Sie hatte sich nie für besonders eitel gehalten, bis sie nach dem plötzlichen Tod ihres Mannes die trauernde Witwe gespielt und eine Weile auf Make-up verzichtet hatte. Der Blick in den Spiegel war jedes Mal ein Schock gewesen. Ein Schock, den sie sich gerne ersparte, zumal sie nicht mehr von einem mickrigen Angestelltensalär leben musste. Kurz nach ihrem vierzigsten Geburtstag vor ein paar Jahren hatte sie damit begonnen, dem Alter entgegenzuwirken. Mit Stunden im Fitnesszentrum, Lymphdrainagen und Darmreinigungen hatte es angefangen, mittlerweile waren vierteljährliche Botoxbehandlungen und sündhaft teure Faltenunterspritzungen mit Kollagen und Hyaluronsäure dazugekommen. Aber es lohnte sich. Verglichen mit gleichaltrigen Frauen sah sie zehn Jahre jünger aus. Katharina lächelte ihrem Spiegelbild zu. In Königstein lebten viele wohlhabende Leute, die diskreten Privatkliniken, die sich auf jede Art des Anti-Aging eingestellt hatten, schossen wie Pilze aus dem Boden.

Aber deshalb war sie nicht in den kleinen Taunusort zurückgekehrt. Der Grund ihrer Rückkehr war weitaus pragmatischer. Sie wollte nicht in Frankfurt wohnen, brauchte aber ein Haus in der Nähe des Flughafens, weil sie viel Zeit in Zürich oder in ihrer Finca auf Mallorca verbrachte. Der Kauf des großen Hauses mitten in der Königsteiner Altstadt, nur ein paar hundert Meter entfernt von der Hütte, in der sie als arme Gastwirtstochter aufgewachsen war, war für sie ein Triumph gewesen. Hier hatte der Mann gewohnt, der ihren Vater damals in den Bankrott getrieben hatte. Nun war er selbst pleite, und Katharina hatte sein Haus für einen Spottpreis erstanden. Sie lächelte. Man sieht sich immer zweimal im Leben, dachte sie.

Ein prickelnder Schauer lief ihr über den Rücken, als sie an den Tag dachte, an dem Thomas Ritter ihr von seinem Vorhaben erzählt hatte, eine Biographie über Vera Kaltensee zu schreiben. In hoffnungsloser Selbstüberschätzung hatte er angenommen, Vera würde von seiner Idee begeistert sein, aber das Gegenteil war der Fall gewesen. Vera hatte nicht lange gefackelt und ihn nach achtzehn Jahren fristlos entlassen. Bei einer zufälligen Begegnung hatte sich Ritter selbstmitleidig über diese Ungerechtigkeit beklagt, und da hatte Katharina ihre Gelegenheit, sich an Vera und der ganzen Kaltensee-Sippe zu rächen, erkannt. Gierig hatte sich Ritter auf das Angebot gestürzt, das Katharina ihm gemacht hatte.

Nun, anderthalb Jahre später, hatte Ritter zwar einen Vorschuss in fünfstelliger Höhe erhalten, aber bisher nichts Bestseller-Verdächtiges zu Papier gebracht. Obwohl Katharina gelegentlich mit ihm ins Bett ging, ließ sie sich keinesfalls von seinen großen Sprüchen und Versprechungen blenden. Nach einer nüchternen Analyse dessen, was Ritter bisher abgeliefert hatte, wusste sie, dass sein Geschreibsel meilenweit von dem skandalösen Enthüllungsbericht entfernt war, den er ihr vor Monaten vollmundig versprochen hatte. Es war an der Zeit gewesen einzugreifen.

Sie war nach wie vor gut informiert, was die Familie Kaltensee betraf, denn sie hielt den freundschaftlichen Kontakt zu Jutta aufrecht, als ob nie etwas gewesen sei, und Jutta in ihrer Eitelkeit zweifelte nicht an Katharinas Aufrichtigkeit. Durch Ritter wusste Katharina um die Umstände, die zu seiner fristlosen Kündigung geführt hatten. Ein höchst aufschlussreiches Gespräch mit Veras nicht sonderlich loyaler Haushälterin hatte sie schließlich darauf gebracht, Elard zu kontaktieren. Zwar wusste sie nicht mit Sicherheit, wie hilfreich Juttas ältester Bruder sein würde, aber er war zumindest bei dem Eklat im Sommer vorigen Jahres dabei gewesen. Während Katharina noch darüber nachdachte, summte ihr Handy.

»Hallo, Elard«, sagte sie. »Das war wohl Gedankenübertragung.«

Elard Kaltensee sparte sich diesmal die Umständlichkeiten und kam sofort zur Sache.

»Wie hast du dir die Übergabe vorgestellt?«, fragte er.

»Aus deinen Worten schließe ich, dass du etwas für mich hast«, erwiderte Katharina. Sie war neugierig, was Elard herausrückte.

»Jede Menge«, sagte Elard. »Ich will das Zeug loswerden. Also?«

»Treffen wir uns bei mir«, schlug Katharina vor.

»Nein. Ich schicke dir die Sachen. Morgen Mittag.«

»Einverstanden. Wo?«

»Das sage ich dir noch. Auf Wiedersehen.«

Und schon hatte er aufgelegt. Katharina lächelte zufrieden. Alles lief wie am Schnürchen.

Bodenstein knöpfte sein Jackett zu und klopfte an die Bürotür seines Chefs, bevor er eintrat. Überrascht sah er, dass Nierhoff rothaarigen Damenbesuch hatte, und wollte sich schon wieder entschuldigen, aber der Kriminaldirektor sprang auf und kam auf ihn zu. Er schien noch immer unter der berauschenden Wirkung einer in seinen Augen hoch erfolgreichen Pressekonferenz zu stehen.

»Kommen Sie herein, Bodenstein!«, rief er leutselig. »Kommen Sie nur! Es mag für Sie ein wenig unerwartet kommen, aber ich möchte Ihnen meine Nachfolgerin im Amt vorstellen!«

In dem Moment drehte sich die Frau um, und Bodenstein erstarrte. Der schwarze Tag raste mit der Geschwindigkeit eines ICE auf den absolut schwärzesten Tiefpunkt zu.

»Hallo, Oliver.«

Ihre raue Stimme war unverwechselbar, genauso wie das Unbehagen, das der kühle, berechnende Blick aus den hellen Augen in ihm auslöste.

»Hallo, Nicola.« Er hoffte, dass sie nicht bemerkt hatte, wie ihm für den Bruchteil einer Sekunde die Gesichtszüge entgleist waren.

»Wie?« Nierhoff schien enttäuscht. »Sie kennen sich?«

»Allerdings.« Nicola Engel erhob sich und hielt Bodenstein ihre Hand hin, die dieser kurz schüttelte. Vor seinem inneren Auge lief ein Film mit düsteren Erinnerungen ab, und ein Blick in Nicolas Augen machte ihm klar, dass auch sie nichts vergessen hatte.

»Wir waren zusammen auf der Polizeischule«, erklärte sie dem verblüfften Kriminaldirektor.

»Aha«, sagte der nur. »Nehmen Sie Platz, Bodenstein.«

Bodenstein gehorchte. Er versuchte, sich an die letzte Begegnung mit der Frau zu erinnern, die in Zukunft seine Chefin sein würde.

»... hatte Ihren Namen ja mehrfach ins Gespräch gebracht«, drang die Stimme des Kriminaldirektors an sein Ohr. »Aber aus dem Innenministerium kam der Vorschlag, jemandem von außerhalb die Leitung der RKI zu übertragen. Sie sind meines Wissens ohnehin nicht sehr erpicht darauf, in den gehobenen Dienst zu wechseln und Behördenleiter zu werden. Politik ist ja nicht so Ihr Gebiet.«

Bodenstein meinte bei diesen Worten ein spöttisches Aufblitzen in Nicolas Augen zu erkennen, gleichzeitig fiel ihm alles wieder ein. Es war ungefähr zehn Jahre her; sie hatten mitten in hoffnungslos festgefahrenen Ermittlungen zu einer brutalen Mordserie im Rotlichtmilieu gesteckt, die bis heute unaufgeklärt geblieben war. Das gesamte Frankfurter K11 hatte unter unglaublichem Druck gestanden. Ein V-Mann, den sie in eine der rivalisierenden Banden hatten einschleusen können, war angeblich durch einen weiteren V-Mann im Milieu enttarnt und daraufhin auf offener Straße erschossen worden.

Bodenstein war sich bis heute sicher, dass die Enttarnung auf einen gravierenden Fehler von Nicola zurückging, die damals innerhalb des K11 eine andere Abteilung geleitet hatte. Nicola, ehrgeizig und rücksichtslos, hatte Bodensteins Leute verantwortlich machen wollen. Der Machtkampf war schließlich durch die nachdrückliche Intervention des Polizeipräsidenten beendet worden. Nicola war von Frankfurt nach Würzburg gegangen, hatte es dort zur Vizepräsidentin des Polizeipräsidiums Unterfranken gebracht und galt als kompetent und unbestechlich. Mittlerweile war sie Kriminalrätin, wie Bodenstein erfuhr, und zum 1. Juni 2007 würde sie seine neue Chefin sein. Er wusste ganz und gar nicht, was er davon halten sollte.

»Frau Dr. Engel hat sich bereits in Würzburg beurlauben lassen und wird ab sofort von mir eingearbeitet«, schloss Nierhoff seine Rede, von der Bodenstein nur Bruchstücke mitbekommen hatte. »Ich werde sie am nächsten Montag offiziell allen Mitarbeitern vorstellen.«

Er blickte seinen Dezernatsleiter erwartungsvoll an, aber Bodenstein sagte nichts und stellte auch keine Fragen.

»War's das?«, sagte er nur und stand auf. »Ich muss zurück in die Besprechung.«

Nierhoff nickte konsterniert.

»Unser K11 hat gerade die Ermittlungen in zwei Mordfällen so gut wie abgeschlossen«, erklärte er seiner Nachfolgerin stolz – wohl in der Hoffnung, Bodenstein würde irgendwie darauf eingehen.

Nicola Engel erhob sich ebenfalls und hielt Bodenstein die Hand hin.

»Ich freue mich auf eine gute Zusammenarbeit«, sagte sie, aber der Ausdruck in ihren Augen strafte diese Behauptung Lügen. Von nun an würde ein anderer Wind bei der Regionalen Kriminalinspektion wehen, das war Bodenstein klar. Inwieweit sich Dr. Nicola Engel in seine Arbeit einmischen würde, blieb abzuwarten.

»Ich mich auch«, erwiderte er und schüttelte ihre Hand.

Die Besprechung mit dem Architekten und den anderen Handwerkern war gut verlaufen; nach einem Jahr der Planung konnten die Arbeiten am Idsteiner Hexenturm Anfang nächster Woche endlich beginnen. Marcus Nowak war guter Dinge, als er am frühen Abend sein Büro betrat. Es war immer ein aufregender Moment, wenn ein Projekt in die akute Bauphase kam und es richtig losging. Er setzte sich an seinen Schreibtisch, schaltete den Computer ein und sah die Post des Tages durch. Zwischen all den Rechnungen, Angeboten, Werbesendungen und Katalogen steckte ein Briefumschlag aus Umweltpapier, der üblicherweise nichts Gutes verhieß.

Er riss den Umschlag auf, überflog den Inhalt und schnappte ungläubig nach Luft. Eine Ladung zur Kelkheimer Polizei! Man warf ihm gefährliche Körperverletzung vor. Das konnte ja wohl nicht wahr sein! Heißer Zorn kochte in ihm hoch, und in einem wütenden Impuls zerknüllte er den Brief und feuerte ihn in den Papierkorb. Gleichzeitig klingelte das Telefon auf dem Schreibtisch. Tina! Sie hatte ihn sicherlich vom Küchenfenster aus ins Büro gehen sehen. Widerstrebend nahm er den Hörer ab. Wie erwartet musste er sich dafür rechtfertigen, dass er nicht mit ihr zum Open-Air-Konzert im Kelkheimer Schwimmbad gehen würde. Tina wollte einfach nicht akzeptieren, dass er keine Lust hatte. Sie war gekränkt, und noch während sie in einem weinerlichen Tonfall gebetsmühlenartig die üblichen Vorwürfe herunterspulte, meldete sich Marcus' Handy mit einem Piepton.

»Das nächste Mal komme ich mit«, versprach er seiner Frau, ohne es zu meinen, und klappte sein Handy auf. »Wirklich. Sei nicht böse ...«

Als er die eingegangene Kurzmitteilung las, flog ein erfreutes Lächeln über sein Gesicht. Tina schimpfte und bettelte noch immer, während er mit dem Daumen der rechten Hand eine Antwort tippte.

Alles klar, schrieb er. *Bin spätestens um 12 bei dir. Muss vorher noch was erledigen. Bis dann.*

Die Vorfreude rieselte durch seinen Körper. Er würde es wieder tun, heute Nacht. Das schlechte Gewissen und die Schuldgefühle, die ihn so sehr gequält hatten, waren kaum mehr als ein schwächer werdendes Echo irgendwo tief in seinem Innern.

Freitag, 4. Mai 2007

»Wir sollten die Polizei verständigen.« Die Hausdame Parveen Multani war ernsthaft besorgt. »Ihr muss etwas zugestoßen sein. Alle ihre Medikamente sind da. Wirklich, Frau Kohlhaas, ich habe ein schlechtes Gefühl bei der Sache.«

Sie hatte um halb acht morgens festgestellt, dass eine Bewohnerin fehlte, und es gab keine Erklärung dafür. Renate Kohlhaas, die Leiterin der vornehmen Seniorenresidenz *Taunusblick*, war verärgert. Ausgerechnet an einem Tag wie heute musste so etwas geschehen! Um elf Uhr wurde eine Abordnung der amerikanischen Betreiberfirma des Hauses zur Qualitätskontrolle erwartet. Sie dachte nicht im Traum daran, die Polizei zu rufen, denn sie wusste genau, welch verheerenden Eindruck das unbemerkte Verschwinden einer Bewohnerin aus ihrem Verantwortlichkeitsbereich auf die Geschäftsleitung machen würde.

»Ich kümmere mich darum«, sagte sie mit einem beruhigenden Lächeln zu der Hausdame. »Sie gehen an Ihre Arbeit und sprechen bitte vorerst mit niemandem über das Thema. Wir werden Frau Frings sicher schnell wiederfinden.«

»Aber sollten Sie nicht besser …«, begann Parveen Multani, doch die Direktorin schnitt ihr mit einer Handbewegung das Wort ab.

»Ich nehme die Angelegenheit selbst in die Hand.« Sie geleitete die besorgte Hausdame zur Tür, setzte sich an ihren

Computer und rief das Stammblatt der verschwundenen Bewohnerin auf. Anita Frings lebte seit fast fünfzehn Jahren im *Taunusblick*. Sie war achtundachtzig und seit geraumer Zeit durch eine starke Arthritis mehr oder weniger an den Rollstuhl gefesselt. Zwar hatte sie keine Angehörigen, die Probleme machen konnten, aber alle Alarmglocken im Kopf der Direktorin begannen zu schrillen, als sie den Namen der Person las, die im Falle von Krankheit oder Tod benachrichtigt werden sollte. Ihr standen echte Probleme ins Haus, wenn die Oma nicht ganz bald wieder unversehrt in ihrer Wohnung im dritten Stock saß.

»Das hat ja noch gefehlt«, murmelte sie und griff zum Telefon. Ihr blieben noch knapp zwei Stunden Zeit, um Anita Frings zu finden. Die Polizei war in diesem Augenblick ganz sicher die falsche Wahl.

Bodenstein stand mit verschränkten Armen vor der großen Tafel im Besprechungsraum des K11. David Goldberg. Herrmann Schneider. Monika Krämer. Und trotz der Aufrufe im regionalen Rundfunk, zu denen er sich gestern entschlossen hatte, weiterhin keine Spur von Robert Watkowiak. Seine Augen folgten den Pfeilen und Kreisen, die Fachinger mit dem Filzstift gemalt hatte. Gemeinsamkeiten gab es einige. Zum Beispiel hatten Goldberg und Schneider enge Beziehungen zur Familie Kaltensee gehabt, waren mit derselben Waffe getötet worden und hatten in jüngeren Jahren zur SS gehört. Aber das brachte ihn nicht weiter. Bodenstein stieß einen Seufzer aus. Es war einfach zum Verrücktwerden. Wo sollte er ansetzen? Mit welcher Begründung konnte er ein weiteres Gespräch mit Vera Kaltensee führen? Da ihm die Ermittlungen im Mordfall Goldberg offiziell entzogen worden waren, durfte er natürlich nicht über die Laborergebnisse und die DNA-Spur am Weinglas sprechen. Watkowiaks Freundin musste nicht zwangsläufig von demselben Täter ermordet worden sein, der Goldberg und Schneider erschossen hatte. Es gab keine Augenzeugen, keine Fingerabdrücke, keine Spuren – außer denen von Robert Watkowiak. Der schien der ideale Täter zu sein: Er hatte an allen Tatorten Spuren hinterlassen, hatte die Mordopfer gekannt und dringend Geld gebraucht. Er mochte Goldberg ermordet haben, weil der nichts rausgerückt hatte, Schneider, weil der ihm mit einer Anzeige gedroht hatte, und Monika Krämer, weil sie ein Risiko war. Auf den ersten Blick passte es wirklich perfekt. Nur die Mordwaffen fehlten.

Die Tür ging auf. Bodenstein war nicht sonderlich überrascht, seine zukünftige Chefin zu sehen.

»Hallo, Frau Dr. Engel«, sagte er höflich.

»Ich dachte mir schon, dass dir Förmlichkeit lieber ist.« Sie musterte ihn mit hochgezogenen Augenbrauen. »Also gut. Hallo, Herr von Bodenstein.«

»Das ›von‹ dürfen Sie gerne weglassen. Was kann ich für Sie tun?«

Kriminalrätin Nicola Engel blickte an ihm vorbei auf die Tafel und legte die Stirn in Falten.

»Ich dachte, die Fälle Goldberg und Schneider seien aufgeklärt.«

»Ich fürchte, nicht.«

»Kriminaldirektor Nierhoff sagte, dass die Beweise gegen den Mann, der seine Lebensgefährtin getötet hat, geradezu erdrückend seien.«

»Watkowiak hat Spuren hinterlassen, mehr nicht«, korrigierte Bodenstein. »Allein die Tatsache, dass er irgendwann einmal an den Tatorten gewesen ist, macht ihn in meinen Augen nicht automatisch zum Mörder.«

»Aber so stand es heute Morgen in den Zeitungen.«

»Papier ist geduldig.«

Bodenstein und Nicola Engel sahen sich an. Dann wandte sie den Blick ab, verschränkte die Arme vor der Brust und lehnte sich an einen der Tische.

»Ihr habt also euren Vorgesetzten gestern mit unrichtigen Informationen in die Pressekonferenz gehen lassen«, stellte sie fest. »Gibt es dafür einen speziellen Grund, oder ist das hier so Usus?«

Bodenstein reagierte nicht auf diese Provokation.

»Die Informationen waren nicht unrichtig«, antwortete er. »Aber leider lässt sich der Herr Kriminaldirektor oft nicht bremsen, besonders dann nicht, wenn er einen schnellen Ermittlungserfolg für notwendig hält.«

»Oliver! Als zukünftige Leiterin dieser Behörde will ich wissen, was sich hier im Hause abspielt. Also: Warum gab es gestern eine PK, wenn die Fälle noch nicht aufgeklärt sind?« Ihre Stimme klang scharf und erinnerte Bodenstein unangenehm an einen anderen Fall und einen anderen Ort. Trotzdem wollte er nicht vor ihr kuschen und wenn sie hundertmal seine Chefin werden würde.

»Weil Nierhoff es so wollte und mir nicht zugehört hat«, entgegnete er mit derselben Schärfe. Sein Gesichtsausdruck war ruhig, beinahe gleichgültig. Ein paar Sekunden lang starrten sie einander an. Sie ruderte zurück, bemüht um einen gelassenen Tonfall.

»Du nimmst also nicht an, dass alle drei Personen vom selben Täter getötet wurden?«

Bodenstein ignorierte die vertrauliche Anrede. Als erfahrener Polizist kannte er sich mit Verhörtaktiken bestens aus und ließ sich vom Wechsel zwischen Aggression und Versöhnlichkeit nicht verunsichern.

»Goldberg und Schneider wurden von derselben Person getötet. Meine Theorie ist, dass jemand keine weiteren Ermittlungen wünscht und deshalb unseren Verdacht auf

Watkowiak lenken will, den wir noch nicht gefunden haben. Aber das ist bisher reine Spekulation.«

Nicola Engel trat vor die Tafel.

»Wieso hat man euch den Fall Goldberg entzogen?«

Sie war klein und zierlich, dennoch konnte sie eine einschüchternde Wirkung auf andere Menschen haben, wenn sie es darauf anlegte. Bodenstein fragte sich, wie seine Kollegen – insbesondere Behnke – mit dieser neuen Chefin zurechtkommen würden. Ihm war klar, dass sich Frau Dr. Engel nicht wie Nierhoff mit schriftlichen Berichten zufriedengeben würde, dazu kannte er sie viel zu gut. Sie war schon früher eine Perfektionistin mit ausgeprägtem Kontrollzwang gewesen, die genauestens informiert werden wollte und gerne Intrigen witterte.

»Jemand, der über viel Einfluss an den richtigen Stellen verfügt, fürchtet, dass etwas ans Licht kommen könnte, was besser verborgen bleiben sollte.«

»Und was kann das sein?«

»Die Tatsache, dass Goldberg in Wirklichkeit kein jüdischer Überlebender des Holocaust war, sondern ein ehemaliges Mitglied der SS, was eine Blutgruppentätowierung an seinem Arm eindeutig beweist. Bevor sie uns die Leiche wegnehmen konnten, hatte ich eine Obduktion machen lassen.«

Nicola Engel ließ seine Erläuterung unkommentiert. Sie ging um den Tisch herum und blieb an der Kopfseite stehen.

»Hast du Cosima erzählt, dass ich deine Chefin werde?«, fragte sie in beiläufigem Tonfall. Bodenstein war von dem übergangslosen Themawechsel nicht überrascht. Er hatte damit gerechnet, früher oder später mit der Vergangenheit konfrontiert zu werden.

»Ja«, antwortete er.

»Und? Was sagt sie?«

Er fühlte sich für einen Moment versucht, ihr die wenig

schmeichelhafte Wahrheit zu sagen, aber es wäre unklug, sich Nicola zur Feindin zu machen. Sie deutete sein Zögern falsch.

»Du hast ihr überhaupt nichts gesagt«, erwiderte sie mit einem triumphierenden Blitzen in den Augen. »Das hätte ich mir denken können! Feigheit war schon immer deine große Schwäche. Du hast dich wirklich nicht verändert.«

Die starken Emotionen hinter diesen Worten verblüfften und alarmierten ihn gleichermaßen. Die Zusammenarbeit mit Nicola Engel würde nicht einfach werden. Bevor er sie über ihre Fehleinschätzung aufklären konnte, erschien Ostermann in der Tür. Er warf Dr. Engel einen raschen Blick zu, aber als Bodenstein keine Anstalten machte, ihm die Frau vorzustellen, begnügte er sich mit einem höflichen Kopfnicken.

»Es ist dringend«, sagte er zu Bodenstein.

»Ich komme sofort«, erwiderte der.

»Lassen Sie sich nicht aufhalten, Herr Bodenstein.« Nicola Engel lächelte zufrieden wie eine Katze. »Wir sehen uns ja sicher noch.«

Die alte Frau war blutüberströmt und splitternackt. Man hatte sie an den Handgelenken gefesselt und ihr als Knebel einen Strumpf in den Mund gestopft.

»Genickschuss«, erklärte der Notarzt, den die uniformierten Kollegen, die zuerst am Tatort eingetroffen waren, verständigt hatten. »Der Tod ist ungefähr vor zehn Stunden eingetreten.«

Er wies auf die nackten Beine der Frau.

»Außerdem wurden ihr noch die Kniescheiben durchschossen.«

»Danke.« Bodenstein verzog das Gesicht. Der Mörder von Goldberg und Schneider hatte ein drittes Mal zugeschlagen, daran gab es keinen Zweifel, denn er hatte die Zahl 16145 mit dem Blut seines Opfers auf dessen nackten Rücken gemalt. Er hatte sich auch nicht die Mühe gemacht, die Leiche zu vergraben; wahrscheinlich war es ihm wichtig, dass sie schnell gefunden wurde.

»Diesmal hat er sein Opfer ins Freie gebracht.« Pia streifte sich Latexhandschuhe über, ging in die Hocke und betrachtete die Leiche eingehend. »Warum?«

»Sie wohnte in der Seniorenresidenz *Taunusblick*«, mischte sich der Einsatzleiter der Schutzpolizei ein. »Sicher wollte er nicht riskieren, dass jemand die Schüsse hört.«

»Woher wissen Sie das?«, fragte Pia überrascht.

»Steht da drauf.« Er wies auf einen Rollstuhl, der ein paar Meter entfernt in einem Gebüsch stand. Bodenstein betrachtete die Leiche, die der Hund eines Spaziergängers gefunden hatte, und verspürte eine Mischung aus tiefem Mitgefühl und hilflosem Zorn. Was hatte die alte Frau in den letzten Minuten ihres langen Lebens durchgemacht, welche Angst und welche Demütigungen hatte sie ausstehen müssen! Der Gedanke, dass irgendwo ein Mörder herumlief, der zunehmend sadistischer agierte, war beunruhigend. Diesmal hatte er sogar riskiert, bemerkt zu werden. Wieder überkam Bodenstein das irritierende Gefühl der Machtlosigkeit. Er hatte keinen blassen Schimmer, wo er den Hebel ansetzen musste. Mittlerweile waren es vier Morde innerhalb einer Woche.

»Sieht fast danach aus, als ob wir es mit einem Serientäter zu tun hätten«, sagte Pia in diesem Augenblick auch noch zu allem Überfluss. »Die Presse wird uns in Stücke reißen, wenn das so weitergeht.«

Ein Polizeibeamter bückte sich unter dem Absperrband hindurch und nickte Bodenstein grüßend zu.

»Es liegt keine Vermisstenmeldung vor«, berichtete er. »Die Spusi ist unterwegs.«

»Danke.« Bodenstein nickte. »Wir gehen hoch zu diesem

Altersheim und fragen dort nach. Vielleicht haben sie nur noch nicht bemerkt, dass die Frau fehlt.«

Wenig später betraten sie das großzügige Foyer, und Pia staunte nicht schlecht über den glänzenden Marmorboden und die bordeauxroten Teppichläufer. Das einzige Altersheim, das sie von innen kannte, war das Pflegeheim, in dem ihre Großmutter die letzten Jahre ihres Lebens verbracht hatte. Sie erinnerte sich an Kunststoffböden, hölzerne Handläufe an den Wänden und den Geruch von Urin und Desinfektionsmitteln. Der *Taunusblick* hingegen wirkte wie ein Grandhotel mit dem langen Empfangstresen aus poliertem Mahagoniholz, dem üppigen Blumenschmuck überall, Hinweistafeln mit goldenen Lettern und leiser Hintergrundmusik. Die junge Empfangsdame strahlte sie freundlich an und erkundigte sich nach ihren Wünschen.

»Wir möchten gerne mit dem Direktor sprechen«, sagte Bodenstein und präsentierte seine Kripo-Marke. Die junge Frau hörte auf zu lächeln und griff nach dem Telefon.

»Ich werde Frau Kohlhaas sofort verständigen. Einen kleinen Moment bitte.«

»Das hier bezahlt wohl keine Krankenkasse, oder?«, flüsterte Pia ihrem Chef zu. »Ist ja Wahnsinn!«

»Der *Taunusblick* ist richtig teuer«, bestätigte Bodenstein. »Es gibt Leute, die sich schon zwanzig Jahre vor ihrem Einzug hier einkaufen. Eine Wohnung kostet locker dreitausend Euro im Monat.«

Pia dachte an ihre Großmutter und verspürte ein schlechtes Gewissen. Das Pflegeheim, in dem sie nach einem arbeitsreichen Leben bei klarem Verstand ihre letzten drei Jahre zwischen Demenzkranken und Schwerstpflegefällen hatte verbringen müssen, war das Einzige gewesen, das sich die Familie hatte leisten können. Pia schämte sich, weil sie ihre Oma so selten besucht hatte, aber der Anblick der alten Menschen in Bademänteln, die mit leerem Gesichtsausdruck verloren herumsaßen, hatte sie furchtbar deprimiert. Das lieblos zubereitete Essen, der Verlust der Individualität, die unzureichende Betreuung durch schlechtgelauntes und chronisch überarbeitetes Pflegepersonal, dem für persönliche Gespräche die Zeit fehlte – so sollte ein Leben nicht enden müssen. Die Leute, die sich einen Lebensabend im *Taunusblick* leisten konnten, waren wahrscheinlich ihr ganzes Leben schon privilegiert gewesen. Noch eine Ungerechtigkeit mehr.

Bevor Pia etwas in dieser Art zu ihrem Chef äußern konnte, erschien die Direktorin in der Halle. Renate Kohlhaas war eine dürre Person Ende vierzig mit einer modernen eckigen Brille, elegantem Hosenanzug und angegrautem Bubikopf. Ihre Kleider verströmten den Geruch von Zigarettenrauch, ihr Lächeln wirkte nervös.

»Wie kann ich Ihnen helfen?«, fragte sie höflich.

»Vor etwa einer Stunde hat ein Spaziergänger im Eichwald die Leiche einer älteren Dame gefunden«, erwiderte Bodenstein. »Ganz in der Nähe stand ein Rollstuhl des *Taunusblicks*. Wir möchten gerne wissen, ob es sich bei der Toten um eine Bewohnerin Ihres Hauses handeln könnte.«

Pia bemerkte ein erschrockenes Aufflackern in den Augen der Direktorin.

»Tatsächlich vermissen wir eine Bewohnerin«, gab sie nach kurzem Zögern zu. »Ich habe gerade die Polizei verständigt, nachdem wir das ganze Haus ergebnislos abgesucht haben.«

»Wie ist der Name der vermissten Dame?«, erkundigte sich Pia.

»Anita Frings. Was ist passiert?«

»Wir gehen davon aus, dass sie einem Gewaltverbrechen zum Opfer gefallen ist«, sagte Bodenstein vage. »Könnten Sie uns bei der Identifizierung behilflich sein?«

»Ich bedaure, aber ...« Die Direktorin schien zu merken, wie eigenartig ihre Ablehnung wirken musste, und brach ab. Ihr Blick huschte hin und her, sie wurde zunehmend nervöser.

»Ah, Frau Multani!«, rief sie plötzlich mit deutlicher Erleichterung und winkte einer Frau, die gerade aus dem Aufzug trat. »Frau Multani ist unsere Hausdame und somit Ansprechpartnerin für alle Bewohnerinnen und Bewohner. Sie wird Ihnen weiterhelfen.«

Pia entging nicht der scharfe Blick, mit dem die Direktorin ihre Untergebene bedachte, bevor sie mit klackenden Absätzen entschwand. Sie stellte sich und ihren Chef vor und reichte der Hausdame die Hand. Frau Multani war eine asiatische Schönheit mit glänzendem lackschwarzen Haar, schneeweißen Zähnen und besorgt blickenden samtigen Augen, die allein durch ihr Aussehen wohl sämtlichen männlichen Bewohnern des Seniorenstifts den Spätherbst des Lebens versüßte. In ihrem schlichten dunkelblauen Kostüm und der weißen Bluse wirkte sie wie eine Stewardess von Cathay Pacific.

»Haben Sie Frau Frings gefunden?«, fragte sie in nahezu akzentfreiem Deutsch. »Wir vermissen sie seit heute früh.«

»Ach ja? Weshalb haben Sie dann nicht die Polizei gerufen?«, wollte Pia wissen. Die Hausdame blickte sie verwirrt an, dann wandte sie sich in die Richtung, in die die Direktorin verschwunden war.

»Aber ... Frau Kohlhaas sagte doch ... ich meine, sie wollte die Polizei gleich um halb acht verständigen.«

»Das hat sie dann wohl vergessen. Offenbar hatte sie wichtigere Dinge zu erledigen.«

Frau Multani zögerte, zeigte sich aber loyal.

»Wir haben heute wichtigen Besuch von der Geschäftsführung im Haus«, versuchte sie das Verhalten ihrer Vorgesetzten zu entschuldigen. »Ich stehe Ihnen aber gerne zur Verfügung.«

»O mein Gott.« Die Hausdame legte beim Anblick der Leiche entsetzt beide Hände vor Mund und Nase. »Ja, das ist Frau Frings. Wie furchtbar!«

»Kommen Sie.« Bodenstein ergriff die schockierte Frau behutsam am Ellbogen und führte sie zurück auf den Waldweg. Der Einsatzleiter hatte also recht gehabt: Der Täter hatte den Mord im Wald begangen, weil in der Seniorenresidenz zu viele Leute die Schüsse hätten hören können. Bodenstein und Pia folgten Frau Multani zurück in den *Taunusblick* und fuhren mit dem Aufzug in den dritten Stock, in dem die Wohnung von Anita Frings lag. Sie versuchten nachzuvollziehen, wie der Mörder in diesem Fall vorgegangen war. Wie war es ihm gelungen, die gebrechliche alte Dame unbemerkt aus dem Gebäude zu bringen?

»Gibt es hier irgendein Überwachungssystem?«, fragte Pia. »Kameras?«

»Nein«, erwiderte Frau Multani nach kurzem Zögern. »Viele Bewohner hätten das zwar gerne, aber bisher hat die Verwaltung sich noch nicht dazu entschlossen.«

Sie berichtete, dass am Abend zuvor im *Taunusblick* eine große Veranstaltung stattgefunden habe, eine Open-Air-Theateraufführung im Park des Hauses mit anschließendem Feuerwerk, zu der viele Gäste und Besucher von außerhalb gekommen waren.

»Wann war das Feuerwerk?«, fragte Pia.

»Etwa um Viertel nach elf«, erwiderte Frau Multani. Bodenstein und Pia wechselten einen Blick. Von der Zeit her passte es. Der Mörder hatte die Gelegenheit genutzt, die alte Dame im Schutze der Dunkelheit in den Wald zu bringen und dort während des Feuerwerks die drei Schüsse abzufeuern.

»Wann ist Ihnen aufgefallen, dass Frau Frings verschwunden war?«, wollte Pia wissen. Frau Multani blieb vor einer Wohnungstür stehen.

»Ich habe sie beim Frühstück vermisst«, sagte sie. »Frau Frings war immer eine der Ersten. Sie war zwar auf den Rollstuhl angewiesen, legte aber großen Wert auf Selbständigkeit. Ich habe bei ihr angerufen, und als sie nicht ans Telefon ging, habe ich nach ihr geschaut.«

»Um wie viel Uhr war das ungefähr?«, wollte Pia wissen.

»Wenn ich ehrlich bin, ich weiß es nicht mehr genau.« Die Hausdame war ganz grau im Gesicht. »Es muss ungefähr halb acht oder acht gewesen sein. Ich habe überall nachgesehen und dann die Direktorin informiert.«

Pia warf einen Blick auf ihre Uhr. Jetzt war es elf. Gegen zehn war die Meldung über den Leichenfund eingegangen. Aber was war in den drei Stunden seit acht Uhr passiert? Es hatte keinen Sinn, Frau Multani deswegen zu befragen. Die Frau war vollkommen durcheinander. Sie schloss die Wohnung auf und ließ Bodenstein und Pia den Vortritt. Pia blieb in der Tür zum Wohnzimmer stehen und schaute sich um. Heller Teppichboden, ein Perserteppich in der Mitte, eine Plüschcouch mit Spitzenkissen, ein Fernsehsessel, ein wuchtiger Wohnzimmerschrank, eine Anrichte mit dekorativen Schnitzereien.

»Hier stimmt etwas nicht«, ertönte hinter ihr die Stimme der Hausdame. Sie deutete auf die Anrichte. »Da standen immer Fotos, und auch die gerahmten Bilder an der Wand fehlen. Und im Bücherregal hatte sie ihre Fotoalben und Aktenordner. Die sind alle weg. Das gibt es doch nicht! Ich war heute Morgen noch hier, da war alles so wie immer.«

Pia erinnerte sich daran, wie schnell man ihnen den Fall Goldberg aus der Hand genommen hatte. Wollte hier schon wieder jemand etwas vertuschen? Aber wer konnte so rasch vom Tod der alten Dame erfahren haben?

»Warum, glauben Sie, hat die Direktorin nicht sofort die Polizei gerufen, nachdem sie vom Fehlen einer Bewohnerin unterrichtet wurde?«, fragte Pia.

Die Hausdame zuckte die Schultern.

»Ich bin davon ausgegangen, dass sie es tun würde. Sie hat zu mir gesagt, dass sie ...« Sie brach ab, schüttelte hilflos den Kopf.

»Gab es hier im Haus schon öfter Einbrüche?«

Pias Frage war Frau Multani sichtlich unangenehm.

»Der *Taunusblick* ist ein offenes Haus«, erwiderte sie ausweichend. »Die Bewohner können kommen und gehen, wie sie möchten. Wir haben nichts gegen Besucher, und unsere Restaurants und Veranstaltungen sind öffentlich. Eine wirkliche Kontrolle ist da schwierig.«

Pia verstand. Der Luxus der Freiheit hatte ihren Preis. Von einer Atmosphäre der Geborgenheit konnte keine Rede sein, und der hotelähnliche Charakter des Hauses öffnete kriminellen Subjekten Tür und Tor. Sie nahm sich vor, Erkundigungen über gemeldete Einbrüche und Diebstähle im *Taunusblick* einzuholen.

Bodenstein beorderte per Handy die Spurensicherung in die Wohnung. Dann fuhren er und Pia in Begleitung von Frau Multani wieder mit dem Aufzug hinunter ins Erdgeschoss. Die Hausdame erzählte, Anita Frings sei seit fünfzehn Jahren Bewohnerin des Hauses. »Früher hat sie gelegentlich Freunde besucht und außer Haus übernachtet«, sagte die Hausdame. »Aber das konnte sie ja schon seit längerem nicht mehr.«

»Hatte sie hier im Haus Freunde?«, wollte Pia wissen.

»Nein, nicht wirklich«, antwortete Frau Multani nach kurzem Überlegen. »Sie war zurückhaltend und blieb lieber für sich.«

Der Aufzug hielt mit einem sanften Ruck. Im Foyer trafen sie die Direktorin im Gespräch mit einer Gruppe von Geschäftsleuten an. Renate Kohlhaas schien wenig erfreut über eine erneute Begegnung mit der Kripo, entschuldigte sich aber bei ihren Besuchern und kam auf Bodenstein und Pia zu.

»Es tut mir leid, dass ich nur wenig Zeit habe«, sagte sie. »Wir haben Besuch von unserer externen Prüfstelle. Einmal jährlich gibt es eine Pflegequalitätsprüfung, um die Zertifizierung unseres Qualitätsmanagements aufrechtzuerhalten.«

»Wir stören nicht lange«, versicherte Pia. »Bei der Toten, die gefunden wurde, handelt es sich übrigens um Ihre Bewohnerin Anita Frings.«

»Ja, das habe ich schon gehört. Entsetzlich.«

Die Direktorin bemühte sich um den Eindruck angemessener Betroffenheit, aber sie war vor allem merklich verärgert über die Unannehmlichkeiten, die der Mord an einer Bewohnerin mit sich brachte. Wahrscheinlich befürchtete sie einen Imageschaden für ihre vornehme Seniorenresidenz, wenn Einzelheiten in der Öffentlichkeit bekannt wurden. Sie führte Bodenstein und Pia in einen kleinen Raum hinter dem Empfang.

»Was kann ich noch für Sie tun?«, fragte sie.

»Warum haben Sie so lange mit dem Anruf bei der Polizei gewartet?«, fragte Pia. Frau Kohlhaas sah sie irritiert an.

»Ich habe gar nicht gewartet«, erwiderte sie. »Nachdem Frau Multani mich verständigt hatte, habe ich unverzüglich bei der Polizei angerufen.«

»Ihre Hausdame sagte uns, dass sie das Fehlen von Frau Frings ungefähr zwischen halb acht und acht gemeldet hat«, schaltete sich Bodenstein ein. »Wir wurden allerdings erst um zehn Uhr benachrichtigt.«

»Es war nicht halb acht oder acht«, widersprach die Direktorin. »Frau Multani sagte mir ungefähr gegen Viertel nach neun Bescheid.«

»Sind Sie sicher?« Pia war misstrauisch, konnte sich aber auch nicht erklären, welches Interesse Frau Kohlhaas daran haben sollte, mit einem Anruf bei der Polizei zwei Stunden zu warten.

»Natürlich bin ich sicher«, entgegnete die Direktorin.

»Haben Sie schon die Angehörigen von Frau Frings benachrichtigt?«, fragte Bodenstein. Frau Kohlhaas zögerte ein paar Sekunden.

»Frau Frings hatte keine Angehörigen«, antwortete sie dann.

»Wirklich niemanden?«, hakte Pia nach. »Es muss doch irgendjemanden geben, der im Todesfall benachrichtigt werden soll. Ein Anwalt oder ein Bekannter.«

»Ich habe selbstverständlich meine Sekretärin sofort gebeten, mir die entsprechende Telefonnummer herauszusuchen«, entgegnete die Direktorin. »Aber es gibt niemanden. Tut mir leid.«

Pia ließ das Thema auf sich beruhen.

»In der Wohnung von Frau Frings fehlen nach Aussage Ihrer Hausdame verschiedene Gegenstände«, fuhr sie fort. »Wer könnte sie entwendet haben?«

»Das kann nicht stimmen!« Direktorin Kohlhaas gab sich entrüstet. »In unserem Haus wird nichts gestohlen.«

»Wer hat einen Schlüssel für die Wohnungen der Bewohner?«, fragte Pia.

»Die Bewohner selbst, die Hausdame, gelegentlich Angehörige«, erwiderte die Direktorin mit deutlichem Unbehagen. »Ich hoffe, Sie wollen Frau Multani nichts unterstellen. Sie war immerhin die Einzige, die wusste, dass Frau Frings verschwunden war.«

»Sie wussten es auch«, entgegnete Pia ungerührt. Renate Kohlhaas wurde erst rot, dann blass.

»Das habe ich jetzt nicht gehört«, sagte sie kühl. »Bitte entschuldigen Sie mich. Ich muss mich um meinen Besuch kümmern.«

In der Wohnung von Anita Frings fand sich nicht mehr der kleinste Hinweis auf die Frau, die die letzten fünfzehn Jahre ihres Lebens in diesen vier Wänden verbracht hatte – kein Foto, kein Brief, kein Tagebuch. Bodenstein und Pia konnten sich keinen Reim darauf machen. Wer hatte ein Interesse an den Hinterlassenschaften einer Achtundachtzigjährigen?

»Wir sollten davon ausgehen, dass Frau Frings Goldberg und Schneider gekannt hat«, sagte Bodenstein. »Diese Zahl hat eine Bedeutung, die wir nur noch nicht verstehen. Und es ist anzunehmen, dass sie auch Vera Kaltensee kannte.«

»Wieso hat die Direktorin erst so spät die Polizei angerufen, wenn Anita Frings doch schon seit dem Morgen vermisst wurde?«, überlegte Pia laut. »Sie benimmt sich irgendwie komisch, und ich glaube nicht, dass das nur mit dem wichtigen Besuch zu tun hat.«

»Welches Interesse sollte sie am Tod von Frau Frings haben?«

»Ein großzügiges Erbe zugunsten des Hauses?«, mutmaßte Pia. »Vielleicht hat sie die Wohnung ausräumen lassen, damit man keinen Hinweis auf mögliche Erben findet.«

»Aber da konnte sie doch noch gar nicht wissen, ob Frau Frings tatsächlich tot war«, widersprach Bodenstein.

Sie gingen zum Büro der Direktorin. Im Vorzimmer thronte eine kleine Dicke weit jenseits der fünfzig. Mit der blondierten und mit Haarspray festbetonierten Fönwelle sah sie aus wie eine der fröhlichen Jacob Sisters, entpuppte sich aber als wahrer Zerberus.

»Ich bedaure«, sagte sie würdevoll. »Die Direktorin ist nicht am Platz, und ich darf Ihnen keine Informationen über eine Bewohnerin geben.«

»Dann rufen Sie Frau Kohlhaas an und lassen sich eine Erlaubnis geben!«, fuhr Pia sie brüsk an. Ihre Geduld war erschöpft. »Wir haben nicht den ganzen Tag Zeit!«

Die Sekretärin musterte Pia unbeeindruckt über den Rand ihrer Halbbrille, an der eine altmodische Goldkette befestigt war.

»Wir haben Besuch aus der Hauptverwaltung«, entgegnete sie kühl. »Frau Kohlhaas ist irgendwo im Gebäude unterwegs. Ich kann sie nicht erreichen.«

»Wann wird sie zurück sein?«

»Etwa gegen fünfzehn Uhr.« Die Sekretärin blieb unnachgiebig. Bodenstein intervenierte mit einem gewinnenden Lächeln.

»Ich weiß, dass wir ungelegen kommen, gerade wenn so wichtiger Besuch im Hause ist«, umschmeichelte er den Vorzimmerdrachen. »Aber eine Bewohnerin ist gestern Nacht entführt und brutal ermordet worden. Wir brauchen eine Adresse oder Telefonnummer der Angehörigen, um sie zu informieren. Wenn Sie uns weiterhelfen, müssen wir Frau Kohlhaas gar nicht weiter belästigen.«

Bodensteins Höflichkeit hatte Erfolg, wo Pias schroffe Art versagt hatte. Der alte Haudegen wurde wachsweich.

»Ich kann Ihnen alle notwendigen Angaben aus der Akte von Frau Frings heraussuchen«, flötete sie.

»Das wäre uns eine große Hilfe.« Bodenstein zwinkerte ihr zu. »Und wenn Sie dann noch ein aktuelles Foto von Frau Frings hätten, sind Sie uns sofort los.«

»Schleimer«, murmelte Pia, und Bodenstein grinste verstohlen. Die Sekretärin klapperte auf der Tastatur ihres Computers herum, und Sekunden später schossen zwei Blätter aus dem Laserdrucker.

»Bitte sehr.« Sie strahlte Bodenstein an und reichte ihm eines der Blätter. »Das dürfte Ihnen weiterhelfen.«

»Was ist mit dem zweiten Blatt?«, fragte Pia.

»Das sind interne Informationen«, sagte die Sekretärin hoheitsvoll. Als Pia die Hand ausstreckte, vollführte sie mit ihrem Stuhl eine elegante Drehung nach links und ließ das Blatt mit einem gezierten Lächeln durch einen Reißwolf. »Ich habe meine Anweisungen.«

»Und ich habe in einer Stunde einen Durchsuchungsbeschluss«, sagte Pia mit aufflammendem Zorn. Vielleicht war es doch nicht so erstrebenswert, wie es auf den ersten Blick scheinen mochte, seinen Lebensabend in diesem Seniorenstift zu verbringen.

»Die Sachen sind auf dem Weg«, verkündete Elard. »Um kurz nach zwölf vor dem alten Haus deiner Eltern. Ist das in Ordnung?«

Katharina warf einen Blick auf ihre Armbanduhr.

»Ja, wunderbar. Vielen Dank«, erwiderte sie. »Ich rufe Thomas gleich an, damit er hierherkommt. Glaubst du, es ist etwas Verwertbares dabei?«

»Da bin ich sicher. Unter anderem neun Tagebücher von Vera.«

»Tatsächlich? Dann stimmte das Gerücht ja doch.«

»Ich bin froh, wenn ich alles los bin. Also, ich wünsche dir noch ...«

»Moment«, sagte Katharina, bevor Elard das Gespräch beenden konnte. »Was glaubst du, wer die beiden Alten erschossen hat?«

»Mittlerweile sind es drei«, berichtigte sie Elard.

»Drei?« Katharina richtete sich auf.

»Ach, du weißt es sicher noch nicht.« Elards Stimme klang beinahe vergnügt, als würde er eine lustige Anekdote zum Besten geben. »Gestern Nacht ist die liebe Anita ermordet worden. Genickschuss. Wie die anderen beiden auch.«

»Das scheint dir ja nicht gerade das Herz zu brechen«, stellte Katharina fest.

»Stimmt. Ich konnte sie alle drei nicht leiden.«

»Ich auch nicht. Aber das weißt du ja.«

»Goldberg, Schneider und die liebe Anita«, sagte Elard verträumt. »Jetzt fehlt nur noch Vera.«

Sein Tonfall ließ Katharina aufhorchen. Konnte es nicht durchaus Elard gewesen sein, der die drei engsten und ältesten Freunde seiner Mutter erschossen hatte? Motive hatte er zumindest genügend. Er war ihr schon immer wie ein Außenseiter in der Familie vorgekommen, von seiner Mutter mehr geduldet als geliebt.

»Hast du einen Verdacht, wer es getan haben könnte?«, wiederholte sie ihre Frage.

»Leider nein«, erwiderte Elard leichthin. »Es ist mir auch egal. Aber wer immer es getan hat, er hätte es dreißig Jahre früher tun sollen.«

Am frühen Nachmittag hatte Pia mit rund zwanzig Bewohnern des *Taunusblicks* gesprochen, die nach Angaben von Frau Multani in engerem Kontakt mit Frau Frings gestanden hatten, außerdem mit einigen Mitarbeitern des Pflegepersonals. Das alles hatte unbefriedigend wenig ergeben, auch der Auszug aus der Akte, den sich der Chef von der Vorzimmerdame erschleimt hatte, gab nicht viel her. Anita Frings hatte keine Kinder oder Enkelkinder und schien aus einem Leben gerissen worden zu sein, in dem sie keine erkennbaren Spuren hinterlassen hatte. Der Gedanke, dass sie niemandem fehlen und keine Angehörigen ihren Tod betrauern würden, war bedrückend. Ein Menschenleben war einfach erloschen und schon vergessen, ihr Appartement im *Taunusblick* würde renoviert und umgehend an den Nächsten auf der Warteliste vermietet werden. Aber Pia war fest entschlossen, mehr über die alte Dame herauszufinden. Ohne sich dabei von einer wichtigtuerischen Sekretärin und einer unkooperativen Direktorin aufhalten zu lassen. Sie bezog Stellung in der Eingangshalle mit direktem Blick auf die Tür zum Vorzimmer der Direktorin und übte sich in Geduld. Nach einer Dreiviertelstunde wurde sie belohnt: Der Zerberus verspürte offenbar ein menschliches Bedürfnis und verließ das Büro, ohne abzuschließen.

Pia wusste, dass die unerlaubte Beschlagnahmung von Beweismaterial gegen jede Dienstregel verstieß, aber das war ihr egal. Sie vergewisserte sich, dass sie unbeobachtet war, überquerte den Flur und betrat das Vorzimmer. Mit ein paar Schritten war sie hinter dem Schreibtisch und öffnete den Reißwolf. Sehr viel hatte die alte Hexe heute noch nicht vernichtet. Pia klaubte die geschredderte Papierwolle aus dem Auffangbehälter und stopfte sie unter ihr T-Shirt. In weniger als sechzig Sekunden hatte sie das Büro wieder verlassen und schlenderte mit klopfendem Herzen durch die Eingangshalle hinaus ins Freie. Sie ging am Waldrand entlang zu ihrem Auto, das sie in der Nähe des Leichenfundortes abgestellt hatte.

Als sie die Fahrertür ihres Autos aufschloss und die piksende Papierwolle unter ihrem T-Shirt hervorzog, wurde ihr bewusst, dass Christophs Haus nur ein paar hundert Meter entfernt lag. Er war erst seit vierundzwanzig Stunden weg, aber sie vermisste ihn so sehr, dass es weh tat. Pia war froh über die Ablenkung, die ihr die Arbeit im Augenblick bot, denn so konnte sie nicht lange darüber nachgrübeln, wie Christoph in Südafrika wohl seine Abende verbrachte. Das Summen ihres Handys schreckte sie aus ihren Gedanken. Obwohl Bodenstein ihr mehrfach eingeschärft hatte, während der Fahrt nicht zu telefonieren, nahm sie das Gespräch entgegen.

»Pia, ich bin's, Miriam.« Ihre Freundin klang aufgewühlt. »Hast du gerade Zeit?«

»Ja, habe ich. Ist etwas passiert?«, fragte Pia.

»Das weiß ich noch nicht«, antwortete Miriam. »Hör zu. Ich habe Oma erzählt, auf was ich im Institut gestoßen bin und dass ich den Verdacht hätte, Goldberg habe seine Lebensgeschichte verändert. Sie hat mich ganz komisch angeguckt, ich dachte erst, sie wäre sauer auf mich, aber dann hat sie mich gefragt, weshalb ich in Goldbergs Vergangenheit herumstöbern würde. Ich hoffe, du bist nicht böse, dass ich das getan habe.«

»Wenn's was bringt, sicher nicht.« Pia klemmte das Handy zwischen Schulter und Kinn, um die Hand zum Schalten frei zu haben.

»Also, Oma hat erzählt, dass sie und Sarah, Goldbergs Frau, zusammen in Berlin zur Schule gegangen sind. Sie waren sehr gute Freundinnen. Die Familie von Sarah ist 1936 nach Amerika ausgewandert, nachdem Sarah ein schlimmes Erlebnis mit drei betrunkenen Kerlen hatte. Oma sagte, dass Sarah überhaupt nicht jüdisch ausgesehen habe, sie war groß und blond, und alle Jungs waren verrückt nach ihr. An einem Abend waren sie im Kino, und auf dem Nachhauseweg ist Sarah von drei Typen angepöbelt worden. Es hätte böse ausgehen können, wenn nicht ein junger SS-Mann dazugekommen wäre. Er hat sie nach Hause gebracht, und Sarah hat ihm als Dank für die Rettung das Medaillon von ihrer Kette geschenkt. Sie hatte sich noch ein paarmal heimlich mit dem Mann getroffen, aber dann ging ihre Familie aus Berlin weg. Elf Jahre später hat sie dieses Medaillon wiedergesehen. An einem Juden namens David Josua Goldberg, der in der Bank ihres Vaters in New York vor ihr stand! Sarah hat ihren damaligen Retter sofort erkannt und wenig später geheiratet. Sie hat außer meiner Oma nie jemandem erzählt, dass sie über die wahre Identität ihres Mannes Bescheid wusste!«

Pia hatte der Geschichte schweigend und mit wachsendem Unglauben gelauscht. Das war der endgültige Beweis für die große Lüge im Leben des David Goldberg, einer Lüge, die im Laufe der Jahrzehnte gigantische Dimensionen angenommen hatte.

»Kann sich deine Oma noch an seinen richtigen Namen erinnern?«, fragte sie aufgeregt.

»Nicht mehr genau«, sagte Miriam. »Otto oder Oskar, meint sie. Aber sie weiß noch, dass er auf der SS-Junkerschule in Bad Tölz und Angehöriger der Leibstandarte Adolf Hitlers gewesen ist. Ich bin mir sicher, dass man darüber etwas herausfinden kann.«

»Mensch, Miri, du bist klasse.« Pia grinste. »Was hat deine Oma sonst noch erzählt?«

»Sie hat Goldberg nie wirklich leiden können«, fuhr Miriam mit bebender Stimme fort. »Aber sie musste Sarah bei allem, was ihr heilig war, schwören, über alles zu schweigen. Sarah wollte nicht, dass ihre Söhne jemals von der Vergangenheit ihres Vaters erfahren.«

»Aber offenbar wussten sie es«, sagte Pia. »Wie lässt es sich sonst erklären, dass sein Sohn schon einen Tag später mit solcher Verstärkung hier aufmarschiert ist?«

»Vielleicht doch mit religiösen Gründen«, vermutete Miriam. »Oder damit, dass Goldberg wirklich allerbeste Verbindungen hatte. Oma kann sich erinnern, dass er mehrere Pässe besessen hatte und selbst während der kältesten Phase des Kalten Krieges völlig ungehindert in den Ostblock reisen konnte.«

Sie machte eine Pause.

»Weißt du, was mich an der ganzen Sache wirklich schockiert?«, fragte sie, beantwortete ihre Frage aber sofort selbst. »Nicht etwa, dass er kein Jude und früher Nazi war. Wer weiß, wie ich selbst in seiner Situation gehandelt hätte. Überlebenswille ist menschlich. Was mich echt erschüttert, ist, dass man sechzig Jahre lang mit einer solchen Lüge durchkommen kann …«

Bis man bei Henning Kirchhoff auf dem Tisch landet, dachte Pia, sagte es aber nicht laut.

»... und dass es nur noch einen einzigen Menschen auf der ganzen Welt gibt, der die Wahrheit kannte.«

Daran zweifelte Pia allerdings. Es gab mindestens noch zwei Menschen, die diese Wahrheit kannten. Nämlich den Mörder von Goldberg, Schneider und Anita Frings und denjenigen, der verhindern wollte, dass alles ans Licht kam.

Thomas Ritter zog an seiner Zigarette und warf missmutig einen Blick auf die Uhr. Viertel nach zwölf. Katharina hatte ihn angerufen und gesagt, er solle um elf in Königstein auf dem Parkplatz vor dem Luxemburgischen Schloss sein. Jemand werde kommen und ihm etwas geben. Er war pünktlich gewesen und wartete nun seit einer geschlagenen Stunde mit zunehmender Verärgerung. Ritter wusste selbst um die Schwächen des Manuskripts, aber es verletzte ihn, dass Katharina seine Arbeit als Larifari bezeichnet hatte. Keine skandalösen Enthüllungen, keine Bestsellerqualität. Verdammt! Zwar hatte Katharina versprochen, ihm neues Material zu besorgen, aber er konnte sich nicht vorstellen, was sie so plötzlich noch aus dem Hut zaubern wollte. Hatte sie Beweise, dass der tödliche Unfall von Eugen Kaltensee doch ein Mord gewesen war? Auf jeden Fall hatte Katharinas Vertriebschef eine Erstauflage von hundertfünfzigtausend Exemplaren in Aussicht gestellt, die Marketingleute des Verlages planten eine Strategie, vereinbarten Interviewtermine mit den größten deutschen Zeitschriften und verhandelten mit der BILD-Zeitung über einen exklusiven Vorabdruck. Das alles setzte Ritter enorm unter Druck.

Er schnippte die Zigarette aus dem geöffneten Fenster zu den anderen Kippen, die er schon geraucht hatte, und begegnete dem strafenden Blick einer Oma, die ihren altersschwachen Pudel hinter sich herschleifte. Ein orangefarbener Mercedes-Pritschenwagen bog auf den Parkplatz ein und hielt an. Der Fahrer stieg aus und blickte sich suchend um. Erstaunt erkannte Ritter Marcus Nowak, den Restaurator, der vor zwei Jahren die alte Mühle auf dem Kaltensee'schen Mühlenhof wieder auf Vordermann gebracht hatte und zum Dank dafür aufs Übelste verleumdet und ausgetrickst worden war. Nicht zuletzt durch ihn war es schließlich zu dem Zerwürfnis mit Vera gekommen, das Ritters Existenz von einem Tag auf den anderen vollkommen ruiniert und ihn selbst zu einem Geächteten gemacht hatte. Nowak hatte ihn nun auch erblickt und kam auf ihn zu.

»Hallo«, sagte er und blieb neben Ritters Auto stehen.

»Was wollen Sie?« Ritter musterte ihn misstrauisch und machte keine Anstalten auszusteigen. Er hatte keine Lust, von Nowak erneut in irgendetwas hineingezogen zu werden.

»Ich soll Ihnen was geben«, erwiderte Nowak sichtlich nervös. »Außerdem kenne ich jemanden, der Ihnen mehr über Vera Kaltensee erzählen kann. Fahren Sie hinter mir her.«

Ritter zögerte. Er wusste, dass Nowak ebenso wie er ein Opfer der Familie Kaltensee war, trotzdem traute er ihm nicht. Was hatte der Mann mit den Informationen zu tun, die Katharina ihm versprochen hatte? Er durfte sich keine Fehler erlauben, schon gar nicht jetzt während dieser hochsensiblen letzten Phase seines Plans. Dennoch war er neugierig. Er atmete tief durch und bemerkte, dass seine Hände zitterten. Egal, er brauchte dieses Material, von dem Katharina behauptet hatte, es sei sensationell. Marleen käme erst in ein paar Stunden nach Hause, und er hatte nichts Besseres zu tun, da konnte ein Gespräch mit diesem Jemand, den Nowak kannte, nicht schaden.

Bodensteins Schwägerin Marie-Louise kniff die Augen zusammen und betrachtete das undeutliche Schwarzweißfoto, das ihm die Sekretärin von Direktorin Kohlhaas überlassen hatte.

»Wer soll das sein?«, erkundigte sie sich.

»Kann es sein, dass diese Frau am vergangenen Samstag auf der Geburtstagsfeier von Vera Kaltensee gewesen ist?«, fragte Bodenstein. Pia hatte ihn auf die Idee gebracht, sich an das Personal des Schlosshotels zu wenden. Sie war fest davon überzeugt, dass der Mörder nicht wahllos tötete und es eine Verbindung zwischen Anita Frings und Vera Kaltensee gab.

»Ich bin mir nicht sicher«, erwiderte Marie-Louise. »Wieso musst du das wissen?«

»Die Frau wurde heute Morgen tot aufgefunden.« Seine Schwägerin würde ohnehin nicht lockerlassen, bis sie erfahren hatte, worum es ging.

»Dann kann es wohl kaum etwas mit unserem Essen zu tun gehabt haben.«

»Ganz sicher nicht. Also, was meinst du?«

Marie-Louise begutachtete nochmals das Foto und zuckte die Schultern.

»Wenn du erlaubst, frage ich mal das Servicepersonal«, sagte sie. »Komm mit. Willst du eine Kleinigkeit essen?«

Dieses verlockende Angebot konnte Bodenstein, der, was das Essen betraf, unter regelmäßig wiederkehrenden Anfällen erschreckender Disziplinlosigkeit litt, unmöglich ausschlagen. Er folgte der Schwägerin bereitwillig in die großzügige Restaurantküche, in der schon rege Betriebsamkeit herrschte. Um die ausgefallenen kulinarischen Kreationen von Maître Jean-Yves St. Clair vorzubereiten, bedurfte es mehrerer Stunden täglich, aber das Ergebnis war jedes Mal sensationell.

»Hallo, Papa.« Rosalie stand für Bodensteins Geschmack etwas zu dicht und mit etwas zu roten Wangen neben dem großen Meister, der sich nicht zu schade war, selbst das Gemüse zu schnippeln. St. Clair blickte auf und grinste.

»Ah, Olivier! Kontrolliert die Kriminalpolizei jetzt schon die Gastronomie?«

Eher fünfunddreißigjährige Starköche, die neunzehnjährigen Lehrlingen den Kopf verdrehen, dachte Bodenstein, sagte aber nichts. Seines Wissens verhielt sich St. Clair Rosalie gegenüber vollkommen korrekt – zu ihrem tiefen Bedauern. Er unterhielt sich mit dem Franzosen und erkundigte sich nach Rosalies Fortschritten. Marie-Louise hatte ihm unterdessen einen Teller mit allerhand leckeren Dingen zurechtgemacht, und während er eine unglaublich klingende Variation von Hummer, Kalbsbries und Blutwurst aß, zeigte sie das Foto ihrem Personal.

»Ja, die war am Samstag da«, erinnerte sich eine junge Frau vom Service. »Das war die im Rollstuhl.«

Rosalie warf ebenfalls einen neugierigen Blick auf das Bild.

»Stimmt«, bestätigte sie. »Du hättest übrigens nur Oma fragen müssen, die hat nämlich neben ihr gesessen.«

»Ach, tatsächlich?« Bodenstein nahm das Blatt wieder an sich.

»Was ist mit ihr?«, fragte Rosalie neugierig.

»Rosalie! Soll ich selber alles Gemüse putzen?«, brüllte St. Clair aus den Tiefen der Küche, und das Mädchen verschwand wie der Blitz. Bodenstein und seine Schwägerin wechselten einen Blick.

»Lehrjahre sind keine Herrenjahre.« Marie-Louise erlaubte sich ein belustigtes Lächeln, bevor sie wieder die Stirn furchte, weil ihr irgendetwas einfiel, was sie noch zu erledigen hatte, bevor der Betrieb in einer Stunde losging. Bodenstein bedankte sich für den Imbiss und verließ gestärkt das Schloss.

Professor Elard Kaltensee entschuldigte seine Mutter, als Bodenstein am frühen Abend auf dem Mühlenhof erschien. Die

Nachricht vom gewaltsamen Tod der Freundin habe sie so sehr mitgenommen, dass sie sich von ihrem Arzt ein Beruhigungsmittel habe verabreichen lassen und nun schlafe.

»Kommen Sie herein.« Kaltensee machte zwar den Eindruck, als sei er gerade dabei gewesen, das Haus zu verlassen, dennoch schien er nicht in Eile. »Darf ich Ihnen etwas zu trinken anbieten?«

Bodenstein folgte ihm in den Salon, lehnte einen Drink jedoch höflich ab. Sein Blick wanderte zu den Fenstern, vor denen bewaffnete Sicherheitsleute zu zweit auf und ab patrouillierten.

»Sie haben die Sicherheitsvorkehrungen erheblich verstärkt«, bemerkte er. »Gibt es dafür einen Grund?«

Elard Kaltensee schenkte sich einen Cognac ein und blieb mit geistesabwesender Miene hinter einem der Sessel stehen. Der Tod von Anita Frings berührte ihn offenbar so wenig wie der von Goldberg oder Schneider, aber irgendetwas beschäftigte ihn. Seine Hand, die das Cognacglas hielt, zitterte, und er sah übernächtigt aus.

»Meine Mutter litt schon immer unter Verfolgungswahn. Jetzt glaubt sie, dass sie die Nächste sein könnte, die mit einem Genickschuss hinter ihrer Haustür liegt«, sagte er. »Deshalb hat mein Bruder seine Truppen aufmarschieren lassen.«

Bodenstein war verblüfft über den Zynismus, der aus Kaltensees Worten sprach.

»Was können Sie mir über Anita Frings sagen?«, erkundigte er sich.

»Nicht viel.« Kaltensee blickte ihn aus geröteten Augen nachdenklich an. »Sie war eine Jugendfreundin meiner Mutter aus Ostpreußen und lebte in der DDR. Nach dem Tod ihres Mannes kurz nach der Wende ist sie in den *Taunusblick* gezogen.«

»Wann haben Sie sie das letzte Mal gesehen?«

»Am Samstag, auf der Geburtstagsfeier meiner Mutter. Ich habe nie viel mit ihr gesprochen, es wäre übertrieben zu behaupten, ich hätte sie gekannt.«

Elard Kaltensee nahm einen Schluck Cognac.

»Wir haben leider noch überhaupt keine Ahnung, in welche Richtung wir in den Mordfällen Schneider und Anita Frings ermitteln sollen«, gab Bodenstein offen zu. »Es wäre sehr hilfreich, wenn Sie mir mehr über die Freunde Ihrer Mutter sagen könnten. Wer könnte ein Interesse am Tod dieser drei Herrschaften haben?«

»Das weiß ich beim besten Willen nicht«, erwiderte Kaltensee mit höflichem Desinteresse.

»Goldberg und Schneider wurden mit derselben Waffe getötet«, sagte Bodenstein. »Die Munition stammte aus dem Zweiten Weltkrieg. Und an allen drei Tatorten wurde die Zahl 16145 hinterlassen. Wir gehen davon aus, dass es sich um ein Datum handelt, das wir uns aber nicht erklären können. Was sagt Ihnen der 16. Januar 1945?«

Bodenstein beobachtete die ausdruckslose Miene seines Gegenübers und wartete vergeblich auf ein äußerliches Zeichen irgendeiner Gefühlsregung.

»Am 16. Januar 1945 wurde Magdeburg von den Alliierten zerbombt«, sagte Kaltensee, nun ganz Historiker. »Hitler verließ an diesem Tag sein heimliches Hauptquartier in der Wetterau und zog mit seinem Stab in den Bunker unter der Reichskanzlei, den er nicht mehr verlassen sollte.«

Er machte eine nachdenkliche Pause.

»Im Januar 1945 sind meine Mutter und ich aus Ostpreußen geflüchtet. Ob es genau der Sechzehnte war, weiß ich nicht.«

»Können Sie sich daran erinnern?«

»Nur sehr vage. Es sind keine bildhaften Erinnerungen,

dafür war ich wohl zu jung. Manchmal denke ich, dass das, was ich für eine Erinnerung halte, im Laufe der Jahre in meinem Kopf durch Filme und Fernsehberichte entstanden ist.«

»Wie alt waren Sie damals, wenn ich das fragen darf?«

»Sie dürfen.« Kaltensee drehte das nunmehr leere Glas in den Händen. »Ich bin am 23. August 1943 geboren.«

»Dann können Sie sich wohl kaum an irgendetwas erinnern«, entgegnete Bodenstein. »Sie waren nicht einmal zwei Jahre alt.«

»Eigenartig, nicht wahr? Allerdings war ich inzwischen mehrere Male in meiner alten Heimat. Vielleicht bilde ich mir das alles auch nur ein.«

Bodenstein überlegte, ob Elard Kaltensee von Goldbergs Geheimnis wusste. Er konnte den Mann nur schwer einschätzen. Plötzlich fiel ihm etwas ein.

»Kannten Sie eigentlich Ihren leiblichen Vater?«, fragte er, und ihm entging nicht das Erstaunen, das kurz in Kaltensees Augen aufblitzte.

»Wie kommen Sie denn darauf?«

»Sie können nicht der Sohn von Eugen Kaltensee sein.«

»Stimmt. Meine Mutter hat es allerdings nie für nötig befunden, mir die Identität meines Erzeugers mitzuteilen. Ich wurde von meinem Stiefvater adoptiert, als ich fünf Jahre alt war.«

»Wie hießen Sie bis dahin?«

»Zeydlitz-Lauenburg. Wie meine Mutter. Sie war nicht verheiratet.«

Irgendwo im Haus verkündete eine Uhr mit sieben melodiösen Schlägen die Stunde.

»Könnte Goldberg Ihr Vater gewesen sein?«, wollte Bodenstein wissen. Kaltensee verzog das Gesicht zu einem gequälten Lächeln.

»Um Gottes willen! Allein die Vorstellung wäre für mich schrecklich.«

»Warum das?«

Elard Kaltensee wandte sich zum Sideboard und schenkte sich einen weiteren Cognac ein.

»Goldberg konnte mich nicht leiden«, erklärte er dann. »Und ich ihn auch nicht.«

Bodenstein wartete darauf, dass er weitersprach, aber das tat er nicht.

»Woher kannte Ihre Mutter ihn?«, fragte er dann.

»Er stammte wohl aus dem Nachbarort; er machte zusammen mit dem Bruder meiner Mutter, nach dem ich benannt wurde, Abitur.«

»Eigenartig«, sagte Bodenstein. »Dann müsste Ihre Mutter es doch eigentlich gewusst haben.«

»Was meinen Sie?«

»Dass Goldberg in Wirklichkeit kein Jude war.«

»Wie bitte?« Kaltensees Verblüffung schien echt.

»Bei der Obduktion wurde eine Blutgruppentätowierung an seinem linken Oberarm gefunden, wie sie nur Angehörige der SS hatten.«

Kaltensee starrte Bodenstein an, an seiner Schläfe pochte eine Ader.

»Umso schlimmer, wenn er mein Vater gewesen wäre«, sagte er ohne die Spur eines Lächelns.

»Wir nehmen an, dass uns die weiteren Ermittlungen im Fall Goldberg aus diesem Grunde entzogen wurden«, fuhr Bodenstein fort. »Jemand hat Interesse daran, dass Goldbergs wahre Identität geheim bleibt. Aber wer?«

Elard Kaltensee antwortete nicht. Die Schatten unter seinen geröteten Augen schienen sich vertieft zu haben, er sah richtiggehend schlecht aus. Schwer ließ er sich in einen der Sessel sinken und fuhr sich mit der Hand über das Gesicht.

»Glauben Sie, Ihre Mutter kannte Goldbergs Geheimnis?«
Kaltensee sann einen Augenblick über diese Möglichkeit nach.

»Wer weiß«, sagte er dann bitter. »Eine Frau, die ihrem Sohn nicht verrät, wer sein leiblicher Vater ist, ist durchaus in der Lage, der ganzen Welt sechzig Jahre lang Theater vorzuspielen.«

Elard Kaltensee mochte seine Mutter nicht. Aber aus welchem Grund lebte er dann mit ihr unter einem Dach? Hegte er die Hoffnung, sie werde ihm doch noch eines Tages seine wahre Herkunft enthüllen? Oder steckte mehr dahinter? Nur wenn ja: was?

»Schneider war früher auch bei der SS«, sagte Bodenstein. »Der Keller seines Hauses ist ein richtiges Nazi-Museum. Er hatte ebenfalls diese Tätowierung.«

Elard Kaltensee starrte stumm vor sich hin, und Bodenstein hätte sehr viel mehr als nur einen Penny dafür gegeben, seine Gedanken lesen zu können.

Pia breitete die Papierwolle aus dem Reißwolf des Sekretariats auf dem Küchentisch aus und machte sich an die Arbeit. Akribisch glättete sie einen schmalen Papierstreifen nach dem anderen, legte sie nebeneinander, aber die verfluchte Wolle ringelte sich unter ihren Fingern auf und weigerte sich beharrlich, ihr Geheimnis preiszugeben. Pia spürte, wie ihr der Schweiß ausbrach. Geduld war noch nie ihre Stärke gewesen, und nach einer Weile musste sie einsehen, dass es keinen Sinn hatte, was sie da tat. Sie kratzte sich nachdenklich am Kopf und überlegte, wie sie sich die Arbeit erleichtern konnte. Ihr Blick fiel auf ihre vier Hunde, dann auf die Uhr. Besser, sie kümmerte sich zuerst um die Tiere, bevor sie einen Wutanfall bekam und den ganzen Papierberg in den Mülleimer stopfte. Eigentlich hatte sie heute Abend das Durcheinander von schmutzigen Schuhen, Jacken, Eimern und Pferdehalftern im Windfang aufräumen wollen, aber das musste warten.

Pia marschierte zum Stall, mistete die Boxen aus und streute frisches Stroh ein. Dann holte sie die Pferde von der Koppel herein. In Kürze war es Zeit, Heu zu machen, wenn das Wetter ihr keinen Strich durch die Rechnung machte. Auch hätten längst wieder einmal die Grünstreifen links und rechts von der Auffahrt gemäht werden müssen. Als sie die Tür zur Futterkammer öffnete, waren wie aus dem Nichts die beiden Katzen zur Stelle, die vor ein paar Monaten beschlossen hatten, ab sofort auf dem Birkenhof zu leben. Der schwarze Kater sprang auf das Regal über der Arbeitsfläche, auf der Pia das Futter zusammenmischte. Bevor sie es verhindern konnte, hatte er eine Reihe von Flaschen und Dosen heruntergefegt und brachte sich mit einem Satz in Deckung.

»Du bist echt ein Trottel!«, rief Pia dem Kater nach. Sie bückte sich, und als sie die Sprühflasche mit Schweifspray aufhob, hatte sie einen Einfall. Rasch fütterte sie Hunde, Katzen, Federvieh und Pferde und lief dann zurück ins Haus. Sie leerte den Rest des Schweifsprays ins Spülbecken und füllte die Flasche mit klarem Wasser. Dann legte sie die Papierstreifen auf ein Küchenhandtuch, kämmte sie mit den Fingern durch und sprühte sie mit Wasser ein. Zum Schluss deckte sie ein weiteres Handtuch darüber. Vielleicht war ihre Mühe umsonst, vielleicht aber auch nicht. Die Geheimnistuerei der Vorzimmerdame hatte auf jeden Fall ihr Misstrauen geweckt. Ob sie wohl bemerkt hatte, dass man ihr den Reißwolf ausgeräumt hatte? Pia kicherte bei dem Gedanken daran und machte sich auf die Suche nach dem Dampfbügeleisen.

Früher, bei Henning, hatte jedes Gerät seinen festen Platz gehabt, die Schränke waren immer akkurat aufgeräumt gewesen. Auf dem Birkenhof herrschte das Zufallsprinzip. Einige Umzugskisten hatte Pia auch nach über zwei Jahren noch nicht ausgeräumt. Irgendwie kam immer etwas dazwischen. Schließlich fand sie das Bügeleisen im Schlafzimmerschrank und machte sich daran, die feuchten Papierstreifen glatt zu bügeln. Zwischendurch verzehrte sie eine Gemüselasagne aus der Mikrowelle und einen Fertigsalat, beides zwar nur die Illusion einer vitaminreichen, gesunden Ernährung, aber immer noch besser als ein Döner oder Fastfood. Das Zusammensetzen der Streifen forderte Pia alles an Geduld und Feinmotorik ab, was sie besaß, sie fluchte immer wieder über ihre Ungeschicklichkeit und zittrigen Finger, aber schließlich hatte sie es geschafft.

»Danke, du fette schwarze Katze«, murmelte sie und grinste. Das Blatt enthielt sensible Krankendaten von Anita Maria Frings geborene Willumat. Dazu ihre letzte Adresse in Potsdam, vor Einzug in den *Taunusblick*. Zunächst konnte Pia nicht recht nachvollziehen, weshalb die Sekretärin ihnen das Blatt nicht einfach ausgehändigt hatte, doch dann sprang ihr ein Name ins Auge. Sie warf einen Blick auf die Küchenuhr. Kurz nach neun. Noch nicht zu spät, um Bodenstein anzurufen.

Bodensteins stumm geschaltetes Handy vibrierte in der Innentasche seines Jacketts. Er zog es hervor und erkannte den Namen seiner Kollegin im Display. Elard Kaltensee saß noch immer stumm da, das leere Cognacglas in der Hand und starrte vor sich hin.

»Ja?«, meldete sich Bodenstein mit gedämpfter Stimme.

»Chef, ich habe etwas herausgefunden.« Pia Kirchhoff klang aufgeregt. »Waren Sie schon bei Vera Kaltensee?«

»Ich bin gerade dort.«

»Fragen Sie sie, woher sie von Anita Frings' Tod weiß und wann sie es erfahren hat. Ich bin gespannt, was sie Ihnen antwortet. Vera Kaltensee ist nämlich im Computer vom

Taunusblick als die Person eingetragen, die bei einem Notfall benachrichtigt werden soll. Sie war Anita Frings' Vormund und hat das Heim auch bezahlt. Erinnern Sie sich, wie die Hausdame sich darüber gewundert hat, dass man uns noch nicht informiert hatte? Bestimmt hat die Direktorin erst Vera Kaltensee angerufen, um sich Instruktionen geben zu lassen.«

Bodenstein lauschte angespannt und fragte sich, woher seine Kollegin das plötzlich alles wusste.

»Vielleicht durfte sie uns nicht eher informieren, weil die Kaltensees erst sicherheitshalber die Wohnung von Frau Frings ausräumen lassen wollten!«

Ein Auto rollte an den Fenstern vorbei, dann ein zweites. Reifen knirschten auf dem Kies.

»Ich muss Schluss machen«, unterbrach Bodenstein den Redefluss seiner Kollegin. »Ich melde mich gleich noch mal.«

Sekunden später öffnete sich die Tür zum Salon, und eine große, dunkelhaarige Frau kam herein, gefolgt von Siegbert Kaltensee. Elard Kaltensee blieb im Sessel sitzen, blickte nicht einmal auf.

»Guten Abend, Herr Hauptkommissar.« Siegbert Kaltensee reichte Bodenstein mit einem sparsamen Lächeln die Hand. »Darf ich vorstellen: meine Schwester Jutta.«

Sie wirkte in natura ganz anders als die toughe Politikerin, die Bodenstein bisher nur aus dem Fernsehen gekannt hatte: weiblicher, hübscher, ja, unerwartet attraktiv. Obwohl sie nicht unbedingt seinem Frauentyp entsprach, fühlte er sich auf den ersten Blick von ihr angezogen. Bevor sie ihm überhaupt die Hand geben konnte, hatte Bodenstein sie schon mit den Augen ausgezogen und sie sich nackt vorgestellt. Seine unanständigen Gedanken waren ihm peinlich, er errötete beinahe unter ihrem forschenden Blick aus blauen Augen, mit dem sie ihn ihrerseits taxierte. Was sie sah, schien ihr zu gefallen.

»Meine Mutter hat viel von Ihnen erzählt. Ich freue mich, Sie endlich persönlich kennenzulernen.« Sie lächelte mit angemessenem Ernst, ergriff Bodensteins Hand und hielt sie einen Moment länger fest als nötig. »Auch wenn die Umstände traurig sind.«

»Eigentlich wollte ich nur kurz mit Ihrer Frau Mutter sprechen.« Bodenstein bemühte sich, den innerlichen Aufruhr, den ihr Anblick in ihm ausgelöst hatte, niederzukämpfen. »Aber Ihr Bruder sagte mir, dass sie unpässlich ist.«

»Anita war Mamas älteste Freundin.« Jutta Kaltensee ließ seine Hand los und stieß einen bekümmerten Seufzer aus. »Die Ereignisse der letzten Tage haben sie furchtbar mitgenommen. Ich mache mir allmählich ernsthafte Sorgen. Mama ist nicht mehr so robust, wie sie sich gibt. Wer tut so etwas nur?«

»Um das herauszufinden, brauche ich Ihre Hilfe«, sagte Bodenstein. »Hätten Sie einen Augenblick Zeit, mir ein paar Fragen zu beantworten?«

»Selbstverständlich«, sagten Siegbert und Jutta Kaltensee wie aus einem Mund. Ganz unvermittelt erwachte ihr Bruder Elard aus dem Zustand dumpfen Brütens. Er erhob sich, stellte das leere Glas auf ein Beistelltischchen und richtete den blutunterlaufenen Blick auf seine Geschwister, die er beide um Haupteslänge überragte.

»Habt ihr gewusst, dass Goldberg und Schneider bei der SS waren?«

Siegbert Kaltensee reagierte nur mit einem kurzen Hochziehen der Augenbrauen, aber auf dem Gesicht seiner Schwester glaubte Bodenstein einen Ausdruck des Erschreckens zu sehen.

»Onkel Jossi ein Nazi? Unsinn!« Sie lachte ungläubig und

schüttelte den Kopf. »Was redest du denn da, Elard? Bist du etwa betrunken?«

»Ich war seit Jahren nicht nüchterner.« Kaltensee starrte erst seine Schwester, dann seinen Bruder hasserfüllt an. »Deshalb merke ich es vielleicht auch so deutlich. Diese verlogene Familie kann man nur im Suff ertragen!«

Das Verhalten ihres ältesten Bruders war Jutta sichtlich peinlich, sie warf Bodenstein einen verlegenen Blick zu und lächelte entschuldigend.

»Sie hatten Blutgruppentätowierungen, wie sie bei der SS üblich waren«, fuhr Elard Kaltensee mit düsterer Miene fort. »Und je länger ich darüber nachdenke, desto sicherer bin ich, dass es die Wahrheit ist. Gerade Goldberg, der ...«

»Ist das wahr?«, unterbrach Jutta ihren Bruder und sah Bodenstein an.

»Ja, das stimmt«, bestätigte er nickend. »Bei der Obduktion wurden die Tätowierungen festgestellt.«

»Das gibt's doch nicht!« Sie wandte sich an ihren Bruder Siegbert, ergriff dessen Hand, als ob sie bei ihm Schutz suchte. »Ich meine, bei Herrmann würde es mich nicht wundern, aber doch nicht Onkel Jossi!«

Elard Kaltensee öffnete den Mund zu einer Entgegnung, aber sein Bruder kam ihm zuvor.

»Haben Sie eigentlich Robert ausfindig gemacht?«, fragte Siegbert.

»Nein, wir haben ihn bisher noch nicht gefunden.« Einer unbestimmten Intuition folgend verschwieg Bodenstein den Geschwistern den brutalen Mord an Monika Krämer. Ihm fiel auf, dass Elard Kaltensee überhaupt nicht nach Watkowiak gefragt hatte.

»Ach, Herr Kaltensee«, wandte er sich an den Professor. »Wann und von wem haben Sie vom Tod von Anita Frings erfahren?«

»Meine Mutter bekam heute Morgen einen Anruf«, erwiderte Elard Kaltensee. »Ungefähr gegen halb acht. Es hieß, Anita sei aus ihrem Zimmer verschwunden. Ein paar Stunden später kam dann die Nachricht, sie sei tot.«

Bodenstein war über diese ehrliche Antwort erstaunt. Entweder besaß der Professor nicht genug Geistesgegenwart, um zu lügen, oder er war tatsächlich arglos. Vielleicht irrte sich Pia Kirchhoff auch, und die Kaltensees hatten gar nichts damit zu tun, dass die Wohnung der alten Dame ausgeräumt worden war.

»Wie hat Ihre Mutter reagiert?«

Kaltensees Handy klingelte. Er schaute kurz auf das Display, seine ausdruckslose Miene belebte sich.

»Sie entschuldigen mich«, sagte er unvermittelt. »Ich muss in die Stadt. Ein wichtiger Termin.«

Und damit war er verschwunden, grußlos und ohne Händedruck. Jutta sah ihm kopfschüttelnd nach.

»Seine Affären mit Mädchen, die kaum halb so alt sind wie er, scheinen ihm allmählich an die Substanz zu gehen«, bemerkte sie spöttisch. »Er ist schließlich nicht mehr der Jüngste.«

»Elard steckt im Augenblick in einer Sinnkrise«, erklärte Siegbert Kaltensee. »Sie müssen ihm sein Benehmen nachsehen. Nach seiner Emeritierung vor einem halben Jahr ist er in ein tiefes Loch gefallen.«

Bodenstein betrachtete die Geschwister, die sich trotz des Altersunterschiedes sehr nahezustehen schienen. Siegbert Kaltensee war schwer einzuschätzen. Aufmerksam, fast übertrieben höflich, ließ er sich nicht anmerken, was er von seinem älteren Bruder hielt.

»Wann haben Sie von Frau Frings' Tod erfahren?«, fragte Bodenstein.

»Elard hat mich gegen halb elf angerufen.« Siegbert runzelte bei der Erinnerung daran die Stirn. »Ich war geschäftlich in Stockholm und habe dann sofort den nächsten Flug nach Hause genommen.«

Seine Schwester setzte sich auf einen Stuhl, nahm ein Päckchen Zigaretten aus der Tasche ihres Blazers, zündete sich eine an und inhalierte tief.

»Schlechte Angewohnheit.« Sie zwinkerte Bodenstein verschwörerisch zu. »Verraten Sie das bloß nicht meinen Wählern. Oder meiner Mutter.«

»Versprochen.« Bodenstein nickte lächelnd. Siegbert Kaltensee schenkte sich einen Bourbon ein und bot Bodenstein ebenfalls einen Drink an, den dieser wiederum ablehnte.

»Mir hat Elard übrigens eine SMS geschickt«, sagte Jutta nun. »Ich war in einer Plenarsitzung und hatte deshalb das Handy leise gestellt.«

Bodenstein schlenderte zu einer Anrichte, auf der Familienfotos in silbernen Rahmen standen.

»Haben Sie schon einen Verdacht, wer die drei Morde begangen haben könnte?«, erkundigte sich Siegbert Kaltensee.

Bodenstein schüttelte den Kopf.

»Leider nicht«, sagte er. »Sie kannten die drei gut. Wer könnte ein Interesse an ihrem Tod gehabt haben?«

»Überhaupt niemand«, behauptete Jutta Kaltensee und zog an ihrer Zigarette. »Sie haben keiner Menschenseele etwas zuleide getan. Ich kannte Onkel Jossi zwar nur als alten Mann, aber er war immer sehr nett zu mir. Er hat nie vergessen, mir ein Geschenk mitzubringen.«

Sie lächelte versonnen.

»Kannst du dich an den Gauchosattel erinnern, Berti?«, fragte sie ihren Bruder. Der verzog das Gesicht bei der Nennung dieses kindlichen Spitznamens.

»Ich glaube, ich war acht oder neun Jahre alt, konnte das

Ding kaum hochheben. Aber mein Pony musste dran glauben ...«

»Du warst zehn.« Kaltensee korrigierte seine jüngere Schwester mit freundlicher Zuneigung. »Und der Erste, der dich mit dem Sattel durch das Wohnzimmer getragen hat, war ich.«

»Stimmt. Mein großer Bruder hat immer alles getan, was ich wollte.«

Die Betonung lag auf dem Wort »alles«. Sie ließ den Zigarettenrauch durch die Nase entweichen und schenkte Bodenstein ein Lächeln, in dem mehr als nur gewöhnliche Neugier lag. Ihm wurde unwillkürlich heiß.

»Gelegentlich«, fügte sie hinzu, ohne ihn aus den Augen zu lassen, »habe ich diese Wirkung auf Männer.«

»Jossi Goldberg war ein sehr aufmerksamer, freundlicher Mensch«, ließ sich nun Siegbert Kaltensee vernehmen und trat mit einem Glas Bourbon in der Hand neben seine Schwester. Die Geschwister erzählten abwechselnd und charakterisierten Goldberg und Schneider ganz anders, als Elard es getan hatte. Alles klang ganz natürlich, und dennoch fühlte sich Bodenstein wie der Zuschauer eines Theaterstücks.

»Herrmann und seine Frau waren ganz liebe Menschen.« Jutta Kaltensee drückte ihre Zigarette in einem Aschenbecher aus. »Wirklich. Ich habe sie sehr gemocht. Anita habe ich erst Ende der achtziger Jahre kennengelernt. Ich war sehr überrascht, dass mein Vater sie mit einem Firmenanteil bedacht hatte. Über sie kann ich Ihnen leider gar nichts sagen.«

Sie stand auf.

»Anita war die älteste Freundin unserer Mutter«, ergänzte Siegbert Kaltensee. »Sie kannten sich schon als kleine Mädchen und haben nie den Kontakt verloren, obwohl Anita bis zur Wende in der DDR lebte.«

»Aha.« Bodenstein nahm eines der gerahmten Fotos in die Hand und betrachtete es nachdenklich.

»Das Hochzeitsfoto meiner Eltern.« Jutta Kaltensee trat neben ihn, griff nach einem anderen Bild. »Und hier ... ach je, Berti, wusstest du, dass Mama dieses Foto gerahmt hat?«

Sie grinste belustigt, ihr Bruder lächelte auch.

»Das war nach Elards Abitur«, erklärte er. »Ich hasse dieses Foto.«

Bodenstein konnte verstehen, warum. Elard Kaltensee war auf dem Bild etwa achtzehn. Er war groß, schlank und auf eine dunkle Art sehr gut aussehend. Sein jüngerer Bruder wirkte auf dem Bild wie ein rundliches Schweinchen mit spärlichem farblosen Haar und dicken Backen.

»Das bin ich an meinem siebzehnten Geburtstag.« Jutta tippte auf ein weiteres Bild und warf Bodenstein einen kurzen Seitenblick zu. »Rank und schlank. Mama hat mich damals zum Arzt geschleppt, weil sie dachte, ich hätte Magersucht. Dazu neige ich nun leider wirklich nicht.«

Sie strich sich mit beiden Händen über ihre Hüften, an denen Bodenstein nichts auszusetzen fand, und kicherte. Verblüfft stellte er fest, dass es ihr mit dieser beiläufigen Geste gelungen war, sein Interesse auf ihren Körper zu lenken, als habe sie gewusst, was er sich bei ihrem Anblick ausmalte. Während Bodenstein noch überlegte, ob sie dies mit Absicht getan hatte, wies sie auf ein anderes Foto. Jutta und eine junge Frau mit schwarzem Haar, beide etwa Mitte zwanzig, strahlten in die Kamera. »Meine beste Freundin Katharina«, erklärte sie. »Und das sind Kati und ich in Rom. Alle haben uns ›die Zwillinge‹ genannt, weil wir unzertrennlich waren.«

Bodenstein betrachtete die Aufnahme. Juttas Freundin sah aus wie ein Fotomodell. Gegen sie wirkte die Jutta von damals wie eine graue Maus. Bodenstein tippte auf ein anderes

Bild, auf dem eine junge Jutta mit einem etwa gleichaltrigen Mann zu sehen war.

»Wer ist das neben Ihnen?«, erkundigte er sich.

»Robert«, erwiderte Jutta. Sie stand so dicht neben ihm, dass er ihr Parfüm riechen konnte und eine Andeutung von Zigarettenrauch. »Wir sind genau gleich alt, ich bin nur einen Tag älter als er. Das hat Mama immer sehr gekränkt.«

»Warum?«

»Überlegen Sie doch mal.« Sie sah ihn an, ihr Gesicht war seinem so nah, dass er die dunklen Sprenkel in ihren blauen Augen erkennen konnte. »Mein Vater hatte sie und eine andere Frau beinahe am selben Tag geschwängert.«

Die unverblümte Erwähnung dieses doch recht intimen Sachverhalts machte Bodenstein verlegen. Sie schien es zu bemerken und lächelte anzüglich.

»Robert traue ich übrigens am ehesten die Taten zu«, ließ sich Siegbert Kaltensee aus dem Hintergrund vernehmen. »Ich weiß, dass er unsere Mutter und ihre Freunde immer wieder angeschnorrt hat, auch nachdem ich ihm Hausverbot erteilt hatte.«

Jutta stellte die Bilderrahmen zurück.

»Er ist völlig abgerutscht«, bestätigte sie bedauernd. »Er hat noch nicht einmal mehr einen festen Wohnsitz, seit er aus dem Gefängnis entlassen wurde. Schon traurig, dass es so weit mit ihm gekommen ist, dabei hatte er wirklich alle Chancen.«

»Wann haben Sie das letzte Mal mit ihm gesprochen?«, fragte Bodenstein. Die Geschwister sahen sich nachdenklich an.

»Das ist schon eine Weile her«, erwiderte Jutta schließlich. »Ich glaube, das war während meines letzten Wahlkampfs. Wir hatten einen Stand in der Fußgängerzone in Bad Soden, da stand er plötzlich vor mir. Ich habe ihn zuerst gar nicht erkannt.«

»Wollte er nicht sogar Geld von dir?« Siegbert Kaltensee gab ein verächtliches Schnauben von sich. »Ihm ging es immer nur um Geld, Geld, Geld. Ich habe ihn nie mehr gesehen, seitdem ich ihn rausgeworfen habe. Ich glaube, er hat begriffen, dass es bei mir nichts mehr zu holen gibt.«

»Man hat uns die Ermittlungen im Fall Goldberg entzogen«, sagte Bodenstein nun. »Und heute wurde die Wohnung von Frau Frings komplett ausgeräumt, bevor wir uns dort umschauen konnten.«

Die Geschwister Kaltensee sahen ihn an, offenkundig erstaunt über den abrupten Themenwechsel.

»Warum sollte jemand die Wohnung ausräumen?«, fragte Siegbert.

»Ich habe das Gefühl, jemand will unsere Ermittlungen behindern.«

»Weshalb denn das?«

»Tja. Das ist wohl die Gretchenfrage. Ich weiß es nicht.«

»Hm«, Jutta sah ihn nachdenklich an, »Anita war zwar nicht reich, aber sie hatte einigen Schmuck. Vielleicht waren es Leute aus dem Altersheim. Anita hatte keine Kinder, und das wussten sie sicher.«

Daran hatte Bodenstein selbst kurz gedacht. Aber deswegen hätte man nicht die Wohnung bis auf die Möbel ausräumen müssen.

»Es kann ja kein Zufall sein, dass sie alle drei auf dieselbe Weise umgebracht wurden«, fuhr Jutta in ihren Überlegungen fort. »Onkel Jossi hatte ganz sicher eine bewegte Vergangenheit, in der er sich nicht nur Freunde gemacht hat. Aber Onkel Herrmann? Oder Anita? Das kann ich nicht verstehen.«

»Was uns zu denken gibt, ist diese Zahl, die der Täter an

allen drei Tatorten hinterlassen hat. 1-6-1-4-5. Es scheint mir ein Hinweis zu sein. Aber worauf?«

In diesem Moment ging die Tür auf. Jutta zuckte erschrocken zusammen, als Moormann im Türrahmen erschien.

»Können Sie nicht anklopfen?«, herrschte sie den Mann an.

»Ich bitte um Verzeihung.« Moormann nickte Bodenstein höflich zu, sein Pferdegesicht blieb ausdruckslos. »Der gnädigen Frau geht es schlechter. Ich wollte die Herrschaften nur informieren, bevor ich jetzt den Notarzt rufe.«

»Danke, Moormann«, sagte Siegbert. »Wir kommen sofort nach oben.«

Moormann deutete eine Verbeugung an und verschwand.

»Entschuldigen Sie mich bitte.« Siegbert Kaltensee wirkte plötzlich sehr besorgt. Er nestelte eine Visitenkarte aus der Innentasche seines Jacketts und reichte sie Bodenstein. »Wenn Sie noch Fragen haben, rufen Sie mich an.«

»Natürlich. Richten Sie Ihrer Mutter meine Genesungswünsche aus.«

»Danke. Kommst du, Jutta?«

»Ja, sofort.« Sie wartete, bis ihr Bruder gegangen war, dann zog sie mit fahrigen Fingern eine Zigarette aus dem Päckchen.

»Furchtbar, dieser Moormann!« Sie war ganz blass im Gesicht, tat einen tiefen Zug. »Schleicht überall lautlos herum und erschreckt mich jedes Mal fast zu Tode, dieser alte Spion!«

Bodenstein wunderte sich. Jutta war in diesem Haus aufgewachsen und sicher seit ihrer Kindheit an diskretes Hauspersonal gewöhnt. Sie gingen durch die Eingangshalle zur Haustür. Jutta Kaltensee blickte sich argwöhnisch um.

»Es gibt da übrigens noch jemanden, mit dem Sie sich unterhalten sollten«, sagte sie mit gesenkter Stimme. »Thomas

Ritter, der ehemalige Assistent meiner Mutter. Dem traue ich alles zu.«

Bodenstein ging nachdenklich zu seinem Auto. Elard Kaltensee mochte weder seine Mutter noch seine Geschwister, die seine Abneigung beide mit Herablassung erwiderten. Weshalb lebte er dann auf dem Mühlenhof? Siegbert und Jutta Kaltensee hatten sich höflich und hilfsbereit verhalten und ohne zu zögern auf jede seiner Fragen geantwortet, aber auch sie beide schienen erstaunlich wenig betroffen vom brutalen Ableben der drei Alten, die sie angeblich so sehr geschätzt hatten. Bodenstein blieb neben seinem Auto stehen. Irgendetwas hatte ihn während seines Gesprächs mit den beiden Kaltensees stutzig werden lassen, nur was? Die Dämmerung senkte sich herab, mit einem Zischen starteten die Rasensprenger, die für das saftige Grün der weitläufigen Rasenflächen verantwortlich waren. Und da fiel es ihm ein. Es war nur ein Nebensatz gewesen, den Jutta Kaltensee gesagt hatte, aber er konnte durchaus wichtig sein.

Samstag, 5. Mai 2007

Bodenstein blickte auf die zusammengeklebten Papierstreifen, die Pia Kirchhoff ihm in die Hand gedrückt hatte, und lauschte ungläubig ihrer Erklärung, wie sie an dieses Beweismaterial gelangt war. Sie standen vor der Haustür seines Hauses, hinter der hektische Betriebsamkeit herrschte. Er konnte sich in dieser Phase der Ermittlungen eigentlich keinen freien Tag erlauben, aber es wäre unweigerlich zu einer mittelschweren Familienkrise gekommen, wenn er am Tag der Taufe seiner jüngsten Tochter ins Kommissariat gefahren wäre.

»Wir müssen unbedingt mit Vera Kaltensee sprechen«, drängte Pia. »Sie muss uns mehr über die drei Toten erzählen. Was, wenn das jetzt so weitergeht?«

Bodenstein nickte. Er erinnerte sich an das, was Elard Kaltensee gesagt hatte. *Meine Mutter glaubt, sie könnte die Nächste sein.*

»Außerdem bin ich mir ganz sicher, dass sie die Wohnung von Anita Frings hat ausräumen lassen. Ich würde gerne wissen, weshalb.«

»Wahrscheinlich hatte Frau Frings ein ähnliches Geheimnis wie Goldberg und Schneider«, vermutete Bodenstein. »Aber leider können wir ein Gespräch mit ihr vorerst vergessen. Ich habe eben mit ihrer Tochter telefoniert, und die hat mir gesagt, dass der Notarzt Vera gestern Abend noch ins Krankenhaus geschickt hat. Sie liegt mit einem Nervenzusammenbruch in der geschlossenen Psychiatrie.«

»Quatsch. Sie ist nicht der Typ für einen Nervenzusammenbruch.« Pia schüttelte den Kopf. »Sie taucht unter, weil es eng für sie wird.«

»Ich bin mir nicht so sicher, ob Vera Kaltensee dahintersteckt.« Bodenstein kratzte sich nachdenklich am Kopf.

»Wer denn sonst?«, fragte Pia. »Bei Goldberg hätte es sein Sohn sein können, vielleicht auch der amerikanische Geheimdienst, der nicht wollte, dass irgendetwas über den Mann publik wird. Aber bei dieser alten Frau? Was hatte sie denn wohl zu verbergen?«

»Wir denken womöglich falsch«, sagte er. »Vielleicht ist die Lösung viel banaler, als wir annehmen. Diese Zahl zum Beispiel kann auch nur eine falsche Fährte sein, die der Täter gelegt hat, um uns zu verwirren. Ostermann muss auf jeden Fall mehr über die KMF herausfinden. Jutta Kaltensee hat gestern irgendwelche Anteile erwähnt, die ihr Vater Anita Frings überschrieben hat.«

Er hatte Pia gestern nach seinem Besuch auf dem Mühlenhof angerufen und ihr in knappen Worten geschildert, was er von den Geschwistern Kaltensee Widersprüchliches über die Charaktere von Goldberg und Schneider erfahren hatte. Allerdings hatte er ihr verschwiegen, dass Jutta ihn am späten Abend noch angerufen hatte. Er wusste selbst nicht recht, was er von diesem Telefonat halten sollte.

»Sie meinen, dass es um Geld ging?«

»Im weiteren Sinne. Vielleicht.« Bodenstein zuckte ratlos die Schultern. »Ganz zum Schluss hat Jutta Kaltensee mir noch geraten, mit dem früheren Assistenten ihrer Mutter zu sprechen. Das sollten wir auf jeden Fall tun, schon allein, um die Familie Kaltensee aus einem anderen Blickwinkel zu sehen.«

»Okay.« Pia nickte. »Ich nehme mir jetzt die Hinterlassenschaften von Schneider vor. Vielleicht finde ich einen Hinweis.«

Sie wollte gerade gehen, als ihr noch etwas einzufallen schien. Aus ihrer Tasche förderte sie ein Päckchen zutage, das sie Bodenstein überreichte.

»Für Sophia«, sagte sie und lächelte. »Mit den besten Wünschen vom K11.«

Den ganzen Vormittag lang arbeitete sich Pia durch die Berge von Akten und Unterlagen, die in Schneiders Haus sichergestellt worden waren, während Ostermann mit allen ihm zur Verfügung stehenden Mitteln Informationen über die KMF einholte, wie Bodenstein es angeordnet hatte.

Es war gegen Mittag, als Pia einigermaßen frustriert aufgab.

»Der Kerl hat das halbe Finanzamt in seinem Keller archiviert«, seufzte sie. »Ich frage mich echt, warum!«

»Möglicherweise haben ihm diese Unterlagen die treue Freundschaft der Kaltensees und anderer eingetragen«, mutmaßte Ostermann.

»Wie meinst du das? Erpressung?«

»Zum Beispiel«, Ostermann setzte seine Brille ab und rieb sich die Augen mit Daumen und Zeigefinger. »Vielleicht waren es Druckmittel. Denk nur an die Zahlungen der KMF auf Schneiders Schweizer Konto.«

»Ich weiß nicht«, zweifelte Pia. »Auf jeden Fall glaube ich nicht, dass diese Unterlagen das Motiv für den Mord gewesen sind.«

Sie schloss einen Ordner mit einem Knall und warf ihn auf den Boden zu einem Haufen anderer Aktenordner.

»Hast du etwas herausfinden können?«

»Eine Menge.« Ostermann klemmte den Bügel seiner

Brille zwischen die Zähne und wühlte in einem Berg Papier, bis er das richtige Blatt gefunden hatte. »Die KMF ist eine Unternehmensgruppe mit weltweit über 3000 Mitarbeitern, Vertretungen in 169 Ländern und umfasst ungefähr dreißig Gruppengesellschaften. Der Vorstandsvorsitzende ist Siegbert Kaltensee. Im Konzern sind 40 Prozent Eigenkapital.«

»Was machen die überhaupt?«

»Sie stellen Strangpressen für die Bearbeitung von Aluminium her. Der Gründer der Firma hat den Urtyp dieser Pressen erfunden, mit denen man Aluminium in verschiedene Profile formen kann. Die KMF hat bis heute die Patente an dieser Strangpresse und allen daraus entstandenen Neuentwicklungen. Über hundert insgesamt. Scheint eine einträgliche Sache zu sein.«

Er erhob sich von seinem Schreibtischstuhl. »Ich hab Hunger. Soll ich uns einen Döner besorgen?«

»Ja, das wäre prima.« Pia widmete sich der nächsten Kiste. Die Kollegen von der Spurensicherung hatten sie mit der Aufschrift »Inhalt Schrank, unten links« gekennzeichnet, und sie enthielt einige Schuhkartons, die ordentlich mit Paketkordel zugebunden waren. Im ersten Karton befanden sich Reiseerinnerungen, Bordkarten für ein Kreuzfahrtschiff, Postkarten mit Motiven exotischer Länder, eine Tanzkarte, Menükarten, Einladungen zu Taufen, Hochzeiten, Geburtstagen, Beerdigungen und andere Andenken, die für niemanden außer Schneider irgendeinen Wert hatten. Der zweite Karton enthielt sauber gebündelte handgeschriebene Briefe. Pia schnitt das Band durch und faltete einen auseinander. Er war am 14. März 1941 geschrieben worden. *Lieber Sohn*, entzifferte sie mühsam die verblichene altmodische Handschrift, *wir hoffen und beten jeden Tag, dass es dir gutgeht und dass du gesund und an einem Stück zu uns zurückkehrst. Hier ist alles so friedlich wie immer, alles geht seinen üblichen*

Gang, und man sollte kaum glauben, dass Krieg ist! Es folgten Berichte über Bekannte und Nachbarn, Alltägliches, das den Empfänger des Briefes wohl interessiert haben mochte. Unterschrieben war der Brief mit *Mutter*. Pia zog wahllos Briefe aus den Stapeln, Schneiders Mutter schien eine eifrige Schreiberin gewesen zu sein. Ein Brief steckte sogar noch im Umschlag. »*Käthe Kallweit, Steinort, Landkreis Angerburg*« war der Absender. Pia starrte auf den Briefumschlag, der an einen Hans Kallweit adressiert war. Diese Briefe kamen gar nicht von Schneiders Mutter! Aber weshalb hatte er sie dann wohl aufgehoben? Eine vage Erinnerung regte sich in ihr, ließ sich aber nicht greifen. Sie las weiter in den Briefen. Ostermann kam zurück, brachte Döner mit extra Fleisch und Schafskäse mit, den Pia neben sich auf den Tisch legte, ohne ihn anzurühren. Ostermann begann zu essen, und bald roch der ganze Besprechungsraum wie eine Dönerbude.

Am 26. Juni 1941 schrieb Käthe Kallweit an ihren Sohn ... *hat der Schlageter vom Schloss dem Vater erzählt, dass ein ganzer Flügel für Ribbentrop und seine Leute requiriert worden ist. Er sagte, es habe etwas mit der Baustelle von der Askania bei Görlitz zu tun ...* Dann war eine Passage von der Zensur geschwärzt worden. ... *hat uns dein Freund Oskar besucht und deine Grüße ausgerichtet. Er sagt, dass er jetzt öfter hier in der Gegend zu tun hat und versuchen will, uns dann regelmäßig zu besuchen ...*

Pia hielt inne. Vera Kaltensee hatte behauptet, Schneider sei ein alter Freund ihres verstorbenen Mannes gewesen, aber Elard Kaltensee hatte dazu nur »Dann stimmt das wohl« gesagt und seiner Mutter einen seltsamen Blick zugeworfen. Und Miriams Oma meinte sich zu erinnern, dass der falsche Goldberg früher Otto oder Oskar geheißen habe.

»Was sind das für Briefe?«, erkundigte sich Ostermann kauend. Pia nahm sich noch einmal den letzten Brief vor.

… hat uns dein Freund Oskar besucht …, las sie. Ihr Herz begann, aufgeregt zu klopfen. Näherte sie sich dem Geheimnis?

»Herrmann Schneider hat ungefähr zweihundert Briefe von einer Käthe Kallweit aus Ostpreußen aufgehoben, und ich frage mich, weshalb«, sagte sie und rieb sich nachdenklich die Nasenspitze. »Angeblich ist er in Wuppertal geboren und dort zur Schule gegangen, aber diese Briefe kommen aus Ostpreußen.«

»Was denkst du?« Ostermann wischte sich den Mund mit dem Handrücken ab und kramte in seinen Schubladen nach einer Küchenrolle.

»Dass auch Schneider seine Identität gefälscht hat. Der falsche Goldberg hieß eigentlich Oskar und war auf der SS-Junkerschule in Bad Tölz.« Pia blickte auf. »Und dieser Oskar war wiederum ein Freund von Hans Kallweit aus Steinort in Ostpreußen, dessen Korrespondenz wir im Schrank von Herrmann Schneider gefunden haben.«

Sie zog Tastatur und Maus ihres Computers hervor. Bei *Google* gab sie die Stichworte ein, die sie in den Briefen gefunden hatte. »Ostpreußen« und »Steinort«, »Ribbentrop« und »Askania« und fand eine ausgesprochen informative Seite über das ehemalige Ostpreußen. Beinahe eine Stunde lang vertiefte sie sich in Geschichte und Geographie eines verlorenen Landes und stellte beschämt fest, wie rudimentär ihre Kenntnisse der jüngeren deutschen Vergangenheit waren. Die Baustelle der Wolfsschanze, Hitlers Hauptquartier im Osten, hatte den Tarnnamen »Chemische Werke Askania« gehabt, und niemand aus der Bevölkerung hatte geahnt, was sich in den dichten masurischen Wäldern unweit des Dörfchens Görlitz im Landkreis Rastenburg abspielte. Außenminister von Ribbentrop hatte tatsächlich ab Sommer 1941, als Hitler die Wolfsschanze bezogen hatte, einen Flügel des Schlosses Steinort der Familie Lehndorff für sich und seinen Stab requirieren lassen. Käthe Kallweit aus Steinort hatte irgendeine Beziehung zu dem Schloss gehabt – womöglich hatte sie dort als Dienstmädchen gearbeitet – und ihrem Sohn in ihren Briefen vom alltäglichen Klatsch und Neuigkeiten berichtet. Unwillkürlich schauderte Pia bei der Vorstellung, wie die Frau vor gut fünfundsechzig Jahren an ihrem Küchentisch gesessen und diesen Brief an ihren Sohn an der Front geschrieben haben musste. Pia notierte sich ein paar Stichwörter und ihre Informationsquellen aus dem Internet, dann griff sie zum Telefon und wählte Miriams Handynummer.

»Wie kriege ich etwas über gefallene deutsche Soldaten heraus?«, erkundigte sie sich nach einer kurzen Begrüßung bei der Freundin.

»Zum Beispiel über die Kriegsgräberfürsorge«, erwiderte Miriam. »Wonach suchst du genau? Ach, ich muss dich warnen. Das Gespräch könnte teuer werden. Ich bin seit gestern Abend in Polen.«

»Wie bitte? Was tust du denn da?«

»Diese Goldberg-Sache hat meine Neugier geweckt«, gab Miriam zu. »Ich dachte, ich recherchiere mal ein bisschen vor Ort.«

Für einen Moment war Pia sprachlos.

»Und das heißt?«, fragte sie schließlich.

»Ich bin in Wegorzewo«, sagte Miriam, »dem ehemaligen Angerburg am Mauersee. Der echte Goldberg ist hier geboren. Es hat Vorteile, wenn man polnisch spricht. Der Bürgermeister selbst hat mir das Stadtarchiv aufgeschlossen.«

»Du bist ja total verrückt.« Pia musste grinsen. »Dann viel Erfolg. Und danke für den Tipp.«

Sie klickte sich durch das Internet, bis sie auf einer Webseite mit dem Titel *Weltkriegsopfer.de* angelangt war. Dort gab es einen Link zur Gräbersuche online. Sie gab den vollen Namen des Ermordeten Herrmann Schneider sowie Geburtsdatum und -ort ein. Pia starrte wartend auf den Monitor. Sekunden später las sie mit Verblüffung, dass Herrmann Ludwig Schneider, geboren am 2. März 1921 in Wuppertal, Ritterkreuzträger, Oberleutnant und Staffelkapitän der 6. Staffel des Jagdgeschwaders 400, am 24. Dezember 1944 im Luftkampf bei Hausen-Oberaula gefallen war. Er hatte eine Focke-Wulf FW 190A-8 geflogen, seine sterblichen Überreste waren auf dem Hauptfriedhof in Wuppertal beigesetzt worden.

»Das gibt's doch wohl nicht«, rief sie und erzählte Ostermann, was sie soeben gefunden hatte. »Der echte Herrmann Schneider ist seit dreiundfünfzig Jahren tot!«

»Herrmann Schneider ist ein ideales Pseudonym. Ein gebräuchlicher Name.« Ostermann runzelte die Stirn. »Wenn ich meine Identität fälschen wollte, dann würde ich mir auch einen möglichst unauffälligen Namen aussuchen.«

»Stimmt.« Pia nickte. »Aber wie kam unser Schneider an die Daten des echten Schneider?«

»Vielleicht haben sich die beiden gekannt, waren in einer Einheit. Als unser Schneider nach dem Krieg eine neue Identität brauchte, erinnerte er sich an seinen inzwischen gefallenen Freund und schlüpfte in seine.«

»Aber was ist mit der Familie des echten Schneider?«

»Die hatten ihren Schneider längst beerdigt, und damit war für sie die Sache erledigt.«

»Aber das ist doch viel zu leicht herauszufinden«, zweifelte Pia. »Ich habe ihn in Sekundenschnelle gefunden.«

»Du musst dich in die Zeit zurückversetzen«, entgegnete Ostermann. »Der Krieg ist vorbei, es herrscht Chaos. Ein Mann in Zivil taucht ohne Papiere bei den Offiziellen der Besatzungsmacht auf und behauptet, er heiße Herrmann

Schneider. Vielleicht hatte er sich sogar den Wehrpass vom echten Herrmann besorgt. Wer weiß? Vor sechzig Jahren konnte man nicht absehen, dass man eines Tages per Computer Dinge in ein paar Sekunden finden kann, für die man früher einen Detektiv, sehr viel Glück und eine Menge Geld, Zeit und Zufälle gebraucht hätte. Ich hätte ganz sicher auch die Identität eines Bekannten genommen, über den ich etwas weiß. Nur für den Fall eines Falles. Außerdem hätte ich darauf geachtet, mich aus dem Licht der Öffentlichkeit fernzuhalten. Das hat unser Schneider getan. Er war sein Leben lang die Unauffälligkeit in Person.«

»Nicht zu fassen.« Pia machte sich Notizen. »Dann suchen wir nach einem Hans Kallweit aus Steinort in Ostpreußen. Steinort liegt ganz in der Nähe von Angerburg, woher der echte Goldberg stammte. Und wenn deine Theorie stimmt, dann könnte der falsche Goldberg – Oskar – tatsächlich jemand gewesen sein, der den echten von früher kannte.«

»Genau.« Ostermann warf einen begehrlichen Blick auf Pias inzwischen kalten Döner auf dem Schreibtisch. »Isst du den noch?«

»Nein.« Pia schüttelte abwesend den Kopf. »Greif zu.«

Das ließ Ostermann sich nicht zweimal sagen. Pia war schon wieder im Internet unterwegs. Anita und Vera waren Freundinnen gewesen, der falsche Schneider – Hans Kallweit – und der falsche Goldberg – Oskar – ebenfalls. Keine drei Minuten später hatte sie eine Kurzbiographie von Vera Kaltensee auf dem Bildschirm.

Geboren am 14. Juli 1922 in Lauenburg am Dobensee, Landkreis Angerburg, las sie. *Eltern: Freiherr Heinrich Elard von Zeydlitz-Lauenburg und Freifrau Hertha von Zeydlitz-Lauenburg, geborene von Pape. Geschwister: Heinrich (*1898 †1917), Meinhard (*1899 †1917), Elard (*1917, seit Januar 1945 vermisst.) Im Januar 1945 geflüchtet, der*

Rest der Familie starb bei einem russischen Angriff auf den Lauenburger Treck.

Sie klickte wieder die informative Ostpreußenseite an, gab »Lauenburg« ein und fand einen Verweis auf einen winzigen Ort namens Doba am Dobensee, in dessen Nähe sich die Ruinen des ehemaligen Schlosses der Familie Zeydlitz-Lauenburg befanden.

»Vera Kaltensee und Anita Frings stammten aus derselben Ecke in Ostpreußen wie der falsche Goldberg und der falsche Schneider«, sagte Pia zu ihrem Kollegen. »Wenn du mich fragst, kannten sich alle vier von früher.«

»Kann schon sein«, Ostermann stützte die Ellbogen auf den Schreibtisch und sah Pia an, »aber warum haben sie so ein Geheimnis daraus gemacht?«

»Gute Frage.« Pia knabberte an ihrem Kugelschreiber. Sie überlegte einen Moment, dann griff sie nach ihrem Handy und rief noch einmal Miriam an. Die Freundin meldete sich Sekunden später.

»Hast du etwas zu schreiben da?«, fragte Pia. »Wenn du schon am Suchen bist, dann halte auch mal Ausschau nach einem Hans Kallweit aus Steinort und einer Anita Maria Willumat.«

Das Frankfurter Kunsthaus, eine der ersten Adressen für nationale und internationale zeitgenössische Kunst, befand sich in einem historischen Stadthaus direkt am Römerberg. Pia musste feststellen, wie unpraktisch ihr Geländewagen an einem Samstagnachmittag in der Stadt war. Die Parkhäuser rings um Römer und Hauptwache waren belegt, und eine Parklücke für den klotzigen Nissan zu finden erwies sich als aussichtslos. Schließlich fuhr sie entnervt direkt auf den großen Platz vor dem Frankfurter Rathaus. Es dauerte keine Minute, bis zwei eifrige Politessen auftauchten und ihr bedeuteten, auf der Stelle das Auto wegzufahren. Pia stieg aus und zeigte den Damen Ausweis und Kripomarke.

»Ist die auch echt?«, fragte die eine misstrauisch, und Pia sah sie im Geiste schon in die Marke beißen, um zu überprüfen, ob diese nicht vielleicht aus Schokolade war.

»Natürlich ist die echt«, sagte sie ungeduldig.

»Was glauben Sie, was wir hier alles gezeigt kriegen!« Die Politesse gab ihr Ausweis und Marke zurück. »Wenn wir das alles aufheben würden, könnten wir ein eigenes Museum aufmachen.«

»Ich bleibe auch nicht lange hier stehen«, versicherte Pia und machte sich auf den Weg zum Kunsthaus, das am Samstagnachmittag natürlich geöffnet hatte. Sie selbst konnte zeitgenössischer Kunst nicht viel abgewinnen und war erstaunt darüber, wie viele Menschen sich im Foyer, in den Ausstellungsräumen und auf den Treppen drängten, um die Kunstwerke eines chilenischen Bildhauers und Malers zu bestaunen, dessen Namen Pia noch nie zuvor gehört hatte. Das Café im Erdgeschoss des Kunsthauses war ebenfalls proppenvoll. Pia blickte sich um und kam sich wie eine echte Kulturbanausin vor. Keiner der Künstlernamen auf den Prospekten und Flyern war ihr auch nur annähernd bekannt, und sie fragte sich, was all diese Menschen in den Klecksen und Strichen sahen.

Sie bat die junge Dame am Infostand, Professor Kaltensee darüber zu informieren, dass sie da sei, und verkürzte sich ihre Wartezeit damit, indem sie in einer Broschüre mit dem Programm des Frankfurter Kunsthauses blätterte. Außer der sogenannten »Contemporary Art« in allen Formen unterstützte und förderte die Eugen-Kaltensee-Stiftung, der übrigens die Immobilie auch gehörte, junge und talentierte Musiker und Schauspieler. In einem der oberen Stockwerke gab es sogar einen eigenen Konzertsaal und Wohn- und Arbeitsräume, die Künstlern aus dem In- und Ausland für einen gewissen Zeitraum zur Verfügung gestellt wurden. Zog man den Ruf von Professor Kaltensee in Betracht, handelte es sich dabei wohl vornehmlich um junge Künstler*innen*, die dem Direktor des Frankfurter Kunsthauses in physischer Hinsicht gefielen. In dem Augenblick, in dem sie das dachte, sah sie Elard Kaltensee die Treppe herunterkommen. Neulich auf dem Mühlenhof hatte der Mann keinen besonderen Eindruck auf sie gemacht, aber heute wirkte er völlig verändert. Er war von Kopf bis Fuß in schlichtes Schwarz gekleidet wie ein Priester oder Magier, eine düstere eindrucksvolle Gestalt, vor der sich die Menge respektvoll teilte.

»Hallo, Frau Kirchhoff.« Er blieb vor ihr stehen und reichte ihr die Hand, ohne zu lächeln. »Bitte entschuldigen Sie, dass ich Sie habe warten lassen.«

»Das macht nichts. Danke, dass Sie so kurzfristig für mich Zeit gefunden haben«, erwiderte Pia. Aus der Nähe betrachtet sah Elard Kaltensee auch heute erschöpft aus. Unter seinen geröteten Augen lagen dunkle Schatten, der Dreitagebart bedeckte eingefallene Wangen. Pia hatte den Eindruck, dass er sich für eine Rolle verkleidet hatte, die ihm nicht mehr behagte.

»Kommen Sie«, sagte er, »gehen wir hoch in meine Wohnung.«

Sie folgte ihm neugierig die knarrenden Treppen hinauf bis in den vierten Stock. Über diese Wohnung im Dachgeschoss des Hauses kursierten seit Jahren in der Frankfurter Gesellschaft die wildesten Gerüchte. Angeblich hatten hier ausschweifende Partys stattgefunden, man munkelte hinter vorgehaltener Hand von orgiastischen Sauf- und Koksgelagen mit prominenten Gästen aus der Kunst- und Politikszene der Stadt. Kaltensee öffnete eine Tür und ließ Pia höflich den Vortritt. In dem Moment klingelte sein Handy.

»Entschuldigen Sie mich.« Er blieb im Treppenhaus zurück. »Ich komme sofort.«

In der Wohnung herrschte dämmeriges Zwielicht. Pia sah sich in dem großen Raum mit offenen Deckenbalken und abgetretenem Dielenboden um. Vor den bis zum Boden reichenden Fenstern stand ein überladener Schreibtisch aus dunklem Mahagoniholz, auf jeder verfügbaren Fläche stapelten sich Bücher und Kataloge. In einer Ecke gähnte ein offener Kamin mit rußigem Schlund, davor gruppierte sich eine lederne Couchgarnitur um einen niedrigen hölzernen Couchtisch. Die Wände wirkten wie frisch gestrichen, sie waren grellweiß und leer, bis auf zwei überdimensionale gerahmte Fotos, von denen eines die ziemlich appetitliche Rückansicht eines nackten Mannes zeigte, das andere eine Augen- und eine Mundpartie, Nase und Kinn waren von gespreizten Fingern verdeckt.

Pia schlenderte weiter durch die Wohnung. Der narbige Eichenholzfußboden knarrte unter ihren Schritten. Eine Küche, von der aus eine Glastür auf einen Dachbalkon führte. Das Badezimmer, ganz in weiß gehalten, auf den Fliesen noch feuchte Fußabdrücke. Ein benutztes Handtuch neben der Dusche, eine achtlos fallen gelassene Jeans, der Duft von Rasierwasser. Pia fragte sich, ob sie Elard Kaltensee vielleicht bei einem Schäferstündchen mit einer seiner Künstlerinnen gestört hatte, denn die Jeans passte als Kleidungsstück nicht zu ihm.

Sie konnte der Versuchung nicht widerstehen und warf einen neugierigen Blick in den angrenzenden Raum, der nur durch einen schweren Samtvorhang abgeteilt war. Sie sah ein breites zerwühltes Bett, eine Kleiderstange, an der ausschließlich schwarze Kleidungsstücke hingen. Eine vergoldete Buddha-Figur diente als Fuß für einen Glastisch, auf dem in einem silbernen Sektkühler ein Strauß halb vertrockneter Rosen stand; ihr Duft hing schwer und süß in der Luft. Auf dem Boden neben dem Bett standen ein altertümlicher Überseekoffer und ein wuchtiger, mehrarmiger Kerzenleuchter aus Bronze. Die Kerzen waren heruntergebrannt und hatten ein skurriles Gebilde aus Wachs auf dem Holz des Fußbodens hinterlassen. Nicht gerade die Liebeshöhle, die Pia erwartet hatte. Ihr Adrenalinspiegel schoss unwillkürlich in die Höhe, als ihr Blick auf dem Nachttisch eine Pistole streifte. Mit angehaltenem Atem wagte sie sich einen Schritt näher und beugte sich über das Bett. Gerade als sie nach der Pistole greifen wollte, nahm sie eine Bewegung direkt hinter sich wahr. Sie verlor vor Schreck das Gleichgewicht und fand sich auf dem Bett liegend wieder. Vor ihr stand Elard Kaltensee und musterte sie mit einem eigentümlichen Ausdruck in den Augen.

Sie roch, dass er getrunken hatte, und das nicht zu knapp. Aber bevor sie etwas sagen konnte, nahm er ihr Gesicht in seine Hände und verschloss ihren Mund mit einem so leidenschaftlichen Kuss, dass ihre Knie weich wurden. Seine Hände glitten unter Marleens Bluse, öffneten ihren BH und umfassten ihre Brüste.

»Herrgott, ich bin verrückt nach dir«, flüsterte Thomas Ritter heiser. Er drängte sie Richtung Bett, das Herz schlug ihr bis zum Hals. Ohne seinen Blick von ihren Augen abzuwenden, öffnete er den Reißverschluss seiner Hose und ließ sie herunter, im nächsten Augenblick war er über ihr und drückte sie mit seinem ganzen Gewicht auf das Bett. Er presste seinen Unterleib gegen ihren, und sofort reagierte ihr Körper auf sein Verlangen. Ströme innerer Erregung zuckten durch ihren Körper, und auch wenn sie sich den Verlauf des Nachmittags etwas anders vorgestellt hatte, so begann es doch, ihr zu gefallen. Marleen Ritter streifte die Schuhe von den Füßen und wand sich mit fiebriger Ungeduld aus ihren Jeans, ohne den Kuss zu unterbrechen. Erst da fiel ihr ein, dass sie heute ausgerechnet einen dieser hässlichen Liebestöter angezogen hatte, aber das schien ihr Mann nicht einmal zu bemerken. Sie keuchte auf und schloss die Augen, als er ohne jede Zärtlichkeit in sie eindrang. Es musste ja nicht immer die pure Romantik mit Kerzenlicht und Rotwein sein ...

»Enttäuscht?«

Elard Kaltensee ging zu einer kleinen Bar in einer Ecke des Raumes und nahm zwei Gläser aus einem Regal. Pia wandte sich zu ihm um. Sie war froh, dass er ohne weiteren Kommentar über die peinliche Situation vorhin hinweggegangen war und ihr die indiskrete Schnüffelei in seiner Wohnung nicht übelzunehmen schien. Die alte Duellpistole, die er ihr in die Hand gedrückt hatte, war ein wirklich schönes Stück mit wahrscheinlich erheblichem Sammlerwert. Allerdings handelte es sich dabei ganz sicher nicht um die Waffe, mit der kürzlich drei Menschen erschossen worden waren.

»Wieso sollte ich enttäuscht sein?«, fragte Pia zurück.

»Ich weiß, was über diese Wohnung schon geredet wurde«, erwiderte er und bot ihr mit einer Handbewegung einen Platz auf dem Ledersofa an. »Möchten Sie etwas trinken?«

»Was trinken Sie?«

»Cola light.«

»Das ist für mich auch okay.«

Er öffnete einen kleinen Kühlschrank, nahm eine Flasche Cola heraus und schenkte beide Gläser voll, die er auf dem niedrigen Tisch abstellte. Er setzte sich Pia gegenüber auf die Couch.

»Gab es diese legendären Partys wirklich?«, wollte Pia wissen.

»Es gab jede Menge Partys, aber längst nicht solche Orgien, wie kolportiert wurde. Die letzte fand irgendwann gegen Ende der Achtziger statt«, antwortete er. »Dann wurde mir das alles zu anstrengend. Eigentlich bin ich ein Spießer, der gerne abends mit einem Glas Rotwein vor dem Fernseher sitzt und um zehn ins Bett geht.«

»Ich dachte, Sie wohnen auf dem Mühlenhof«, sagte Pia.

»Hier war kein Wohnen mehr möglich.« Elard Kaltensee betrachtete nachdenklich seine Hände. »Alles, was sich der Frankfurter Kunstszene für zugehörig hielt, meinte, mich ständig belagern zu müssen. Irgendwann hatte ich keine Lust mehr auf diesen Zirkus, auf die Menschen, die mich bedrängten. Von einem Tag auf den anderen waren sie mir zuwider, diese wichtigtuerischen, ahnungslosen Kunstsammler, selbsternannte Experten, die wie besessen das kaufen, was gerade angesagt ist, und dafür horrende Summen bezahlen. Aber noch schlimmer fand ich die lebensuntüchtigen, talentfreien Möchtegern-Künstler mit ihren aufgeblähten Egos, ihrer wirren Weltanschauung und einem diffusen Kunstverständnis, die stunden-, ja nächtelang auf mich einlaberten, um mich davon zu überzeugen, dass sie einzig und allein der Stiftungsgelder und Stipendien würdig seien. Unter tausend gibt es einen, der es wirklich wert ist, gefördert zu werden.«

Er stieß ein Geräusch aus, das eher ein Schnauben als ein Lachen war.

»Sie nahmen wohl an, ich sei ganz versessen darauf, bis in die Morgenstunden mit ihnen zu diskutieren, aber im Gegensatz zu diesem Volk musste ich morgens um acht Vorlesungen an der Uni halten. Deshalb bin ich vor drei Jahren auf den Mühlenhof geflüchtet.«

Einen Moment sprach keiner von ihnen. Kaltensee räusperte sich.

»Aber Sie wollen etwas von mir wissen«, sagte er förmlich. »Wie kann ich Ihnen helfen?«

»Es geht um Herrmann Schneider.« Pia öffnete ihre Tasche und holte ihren Notizblock heraus. »Wir sichten gerade seinen Nachlass und sind dabei auf Ungereimtheiten gestoßen. Nicht nur Goldberg, sondern auch er scheint nach dem Krieg eine falsche Identität angenommen zu haben. Schneider stammte in Wirklichkeit nicht aus Wuppertal, sondern aus Steinort in Ostpreußen.«

»Aha.« Falls Kaltensee überrascht war, ließ er es sich nicht anmerken.

»Als Ihre Mutter uns erzählte, dass Schneider ein Freund ihres verstorbenen Mannes gewesen sei, reagierten Sie mit den Worten ›Dann stimmt das wohl‹. Ich hatte aber das Gefühl, dass Sie etwas anderes sagen wollten.«

Elard Kaltensee hob die Augenbrauen.

»Sie sind eine genaue Beobachterin.«

»Eine Grundvoraussetzung für meinen Job«, bestätigte Pia.

Kaltensee trank einen weiteren Schluck seiner Cola. »In meiner Familie gibt es viele Geheimnisse«, sagte er ausweichend. »Meine Mutter behält so einiges für sich. Zum Beispiel verschweigt sie mir bis heute den Namen meines leiblichen Vaters und, wie ich manchmal argwöhne, mein wirkliches Geburtsdatum.«

»Wieso sollte sie das tun, und wie kommen Sie darauf?« Pia war erstaunt.

Kaltensee beugte sich vor und stützte die Ellbogen auf seine Knie.

»Ich kann mich an Dinge, Orte und Menschen erinnern, an die ich mich eigentlich nicht erinnern dürfte. Und das nicht etwa, weil ich übersinnliche Fähigkeiten besitze, sondern weil ich älter als sechzehn Monate gewesen sein muss, als wir Ostpreußen verließen.«

Er rieb sich nachdenklich die unrasierte Wange und starrte

vor sich hin. Pia schwieg und wartete darauf, dass er weitersprach.

»Fünfzig Jahre lang habe ich nicht sehr viel über meine Herkunft nachgedacht«, sagte er nach einer Weile. »Ich hatte mich damit abgefunden, dass ich keinen Vater hatte und keine Heimat. Vielen Menschen meiner Generation ist es so ergangen. Väter sind im Krieg geblieben, Familien wurden zerrissen und mussten flüchten. Mein Schicksal war nicht einzigartig. Aber dann bekam ich eines Tages eine Einladung von unserer Partneruniversität in Krakau, zu einem Seminar. Ich dachte mir nichts dabei und fuhr hin. An einem Wochenende machte ich mit einigen Kollegen einen Ausflug nach Olszytn, dem früheren Allenstein, um dort die gerade neu eröffnete Universität zu besichtigen. Bis dahin hatte ich mich wie ein einfacher Tourist in Polen gefühlt, aber ganz plötzlich ... ganz plötzlich hatte ich das sichere Gefühl, diese Eisenbahnbrücke und die Kirche schon einmal gesehen zu haben. Ich konnte mich sogar daran erinnern, dass es im Winter gewesen sein muss. Kurz entschlossen habe ich mir ein Auto geliehen und bin von Olszytn aus Richtung Osten gefahren. Es war ...«

Er brach ab, schüttelte den Kopf und holte tief Luft.

»Hätte ich es nur gelassen!«

»Warum?«

Elard Kaltensee stand auf und trat ans Fenster. Als er weitersprach, klang seine Stimme bitter.

»Bis zu diesem Zeitpunkt war ich ein einigermaßen zufriedener Mann mit zwei anständigen Kindern, gelegentlichen Affären und einem Beruf, der mich ausfüllte. Ich glaubte zu wissen, wer ich war und wo ich hingehörte. Aber seit dieser Reise hat sich alles verändert. Seitdem habe ich das Gefühl, in wichtigen Bereichen meines Lebens völlig im Dunkeln zu tappen. Trotzdem habe ich mich nie getraut, ernsthaft zu suchen. Heute glaube ich, ich hatte einfach Angst davor, Dinge zu erfahren, die noch mehr zerstören würden.«

»Was denn zum Beispiel?«, fragte Pia. Kaltensee wandte sich zu ihr um, und der Ausdruck unverhüllter Seelenqual auf seinem Gesicht traf sie unvorbereitet. Er war labiler, als es nach außen sichtbar war.

»Ich gehe mal davon aus, dass Sie Ihre Eltern und Großeltern kennen«, sagte er. »Sie haben sicher schon oft den Satz gehört ›Das kann sie nur von ihrem Vater haben, oder von ihrer Mutter oder von Oma oder Opa‹. Habe ich recht?«

Pia nickte, verblüfft über diese plötzliche Vertraulichkeit.

»*Ich* habe das nie gehört. Warum nicht? Meine erste Annahme war, dass meine Mutter vielleicht vergewaltigt wurde, wie viele Frauen damals. Aber das wäre kein Grund gewesen, mir nichts über meine Herkunft zu erzählen. Dann kam mir ein weitaus schlimmerer Verdacht. Vielleicht war mein Erzeuger ein Nazi, der irgendwelche entsetzlichen Gräueltaten auf dem Gewissen hat. War meine Mutter vielleicht mit einem Kerl in schwarzer SS-Uniform, der eine Stunde zuvor noch unschuldige Menschen gefoltert und hingerichtet hat, im Bett gewesen?« Elard Kaltensee redete sich in Rage, er schrie beinahe, und Pia beschlich ein mulmiges Gefühl, als er nun direkt vor ihr stehen blieb. Schon einmal war sie alleine mit einem Mann gewesen, der sich als Psychopath entpuppt hatte. Die Fassade distanzierter Höflichkeit bröckelte, Kaltensees Augen glänzten wie im Fieber, und er ballte die Hände zu Fäusten.

»Es gibt für mich keine andere Erklärung für ihr Schweigen als diese! Können Sie auch nur *ansatzweise* verstehen, wie mich dieser Gedanke, diese Ungewissheit meiner Herkunft, quält, Tag und Nacht? Je mehr ich darüber nachdenke, desto deutlicher spüre ich diese ... diese Dunkelheit in mir, diesen Zwang, Dinge zu tun, die ein normaler, ausgeglichener Mensch nicht tut! Und ich frage mich: Warum ist das so? Woher kommt dieses Verlangen, diese Sehnsucht? Welche Gene habe ich in mir? Die eines Massenmörders oder die eines Vergewaltigers? Wäre es anders, wenn ich in einer richtigen Familie aufgewachsen wäre, mit einem Vater und einer Mutter, die mich mit allen meinen Stärken und Schwächen geliebt hätten? Jetzt erst merke ich, was mir gefehlt hat! Ich spüre diesen schwarzen unheilvollen Riss, der sich durch mein ganzes Leben zieht! Sie haben mir meine Wurzeln genommen und mich zu einem Feigling gemacht, der sich nie getraut hat, Fragen zu stellen!«

Er fuhr sich mit dem Handrücken über den Mund, ging zurück zum Fenster, stemmte die Hände auf das Fensterbrett und lehnte die Stirn an die Glasscheibe. Pia saß stocksteif da und sagte keinen Ton. Wie viel Selbstekel, wie viel Verzweiflung hinter jedem seiner Worte stand!

»Ich *hasse* sie dafür, dass sie mir das angetan haben«, fuhr er mit gepresster Stimme fort. »Ja, manchmal habe ich sie so sehr gehasst, dass ich sie am liebsten umgebracht hätte!«

Seine letzten Worte versetzten Pia in höchste Alarmbereitschaft. Kaltensee benahm sich mehr als seltsam. War er womöglich psychisch krank? Was sonst konnte einen Menschen dazu veranlassen, einer Polizistin gegenüber so unverhohlen Mordabsichten zu äußern?

»Von wem sprechen Sie?«, fragte sie nun. Ihr war aufgefallen, dass er im Plural gesprochen hatte. Kaltensee fuhr herum und starrte sie an, als würde er sie das erste Mal sehen. Sein starrer Blick aus blutunterlaufenen Augen hatte etwas Wahnsinniges. Was sollte sie tun, wenn er sich nun auf sie stürzte, um sie zu würgen? Ihre Dienstwaffe hatte sie leichtsinnigerweise zu Hause im Schrank gelassen, und niemand wusste, dass sie hierhergefahren war.

»Von denen, die Bescheid wissen«, erwiderte er rau.

»Und wer ist das?«

Er ging zur Couch und setzte sich hin. Plötzlich schien er wieder zur Besinnung gekommen zu sein, denn er lächelte, als ob nichts gewesen wäre.

»Sie haben Ihre Cola gar nicht getrunken«, stellte er fest und schlug die Beine übereinander. »Möchten Sie Eiswürfel?«

Pia ging nicht darauf ein.

»Wer weiß Bescheid?«, insistierte sie, obwohl ihr Herz in der Gewissheit, einem dreifachen Mörder gegenüberzusitzen, heftig klopfte.

»Es spielt keine Rolle mehr«, erwiderte er ruhig, fast heiter und trank seine Cola light aus. »Jetzt sind sie ja alle tot. Bis auf meine Mutter.«

Erst als sie wieder in ihrem Auto saß, fiel Pia ein, dass sie vergessen hatte, Kaltensee noch einmal nach der Bedeutung der ominösen Zahl und nach Robert Watkowiak zu fragen. Sie war immer stolz auf ihre gute Menschenkenntnis gewesen, aber bei Elard Kaltensee hatte sie völlig danebengelegen. Sie hatte ihn für einen kultivierten, gelassenen und charmanten Mann gehalten, der mit sich und der Welt im Reinen war. Auf den unerwarteten Blick in die düsteren Abgründe seiner inneren Zerrissenheit war sie nicht vorbereitet gewesen. Pia wusste nicht, was sie mehr erschreckt hatte: sein heftiger Ausbruch, der Hass hinter seinen Worten oder der abrupte Wechsel zu heiterer Normalität. »›Möchten Sie Eiswürfel‹«, murmelte sie. »So was!«

Verärgert bemerkte sie, dass ihr Bein zitterte, wenn sie die Kupplung trat. Sie zündete sich eine Zigarette an und bog auf die Alte Brücke ab, die über den Main nach Sachsenhausen führte. Allmählich wurde sie wieder ruhiger. Nüchtern betrachtet war es durchaus denkbar, dass Elard Kaltensee die drei Freunde seiner Mutter erschossen hatte, weil sie ihm nicht die Wahrheit über seine Herkunft hatten sagen wollen und er ihnen die Schuld an seinem Unglück gab. Nach der Szene eben traute sie es dem Mann ohne weiteres zu. Vielleicht hatte er zuerst ruhig und sachlich mit ihnen geredet und war dann ausgerastet, als er gemerkt hatte, dass sie ihm nichts sagen würden. Anita Frings hatte ihn gut gekannt, sie hätte sich wahrscheinlich nicht dagegen gewehrt, wenn er sie mit dem Rollstuhl aus dem Gebäude gefahren hätte. Und auch Goldberg und Schneider hätten ihn arglos hereingelassen. Die Zahl 16145 hatte sowohl für Elard Kaltensee als auch die drei Getöteten eine Bedeutung. Womöglich handelte es sich dabei tatsächlich um das Datum der Flucht! Je länger Pia über alles nachdachte, desto schlüssiger erschien es ihr.

Sie fuhr im Schritttempo die Oppenheimer Landstraße Richtung Schweizer Platz entlang und starrte nachdenklich aus dem Fenster. Es hatte angefangen zu regnen, die Scheibenwischer schrammten über die Windschutzscheibe. Auf dem Beifahrersitz summte ihr Handy.

»Kirchhoff«, meldete sie sich knapp.

»Wir haben Robert Watkowiak gefunden«, hörte sie die Stimme ihres Kollegen Ostermann. »Allerdings als Leiche.«

Marleen Ritter lag auf der Seite, den Kopf in die Hand gestützt, und betrachtete nachdenklich das Gesicht ihres schlafenden Ehemannes. Eigentlich hätte sie sauer auf ihn sein sollen: Erst hatte er sich beinahe vierundzwanzig Stunden nicht bei ihr gemeldet, dann war er mit einer Fahne aufgetaucht und ohne weitere Erklärung über sie hergefallen. Aber es war ihr einfach unmöglich, sich über ihn zu ärgern, schon gar nicht jetzt, wo er wieder da war und friedlich schnarchend neben ihr auf dem Bett lag.

Sie betrachtete zärtlich die klaren Konturen seines Profils, sein dichtes zerzaustes Haar und wunderte sich wieder einmal darüber, dass sich dieser gutaussehende, intelligente und wunderbare Mann ausgerechnet in sie verliebt hatte. Thomas hätte zweifellos bei ganz anderen Frauen die besten Chancen. Dennoch hatte er sich für sie entschieden, und das erfüllte sie mit einem warmen, tiefen Glücksgefühl. In ein paar Monaten, wenn das Baby da war, würden sie eine richtige Familie sein, und spätestens dann – da war sie sich ganz sicher – würde ihre Oma Thomas alles verzeihen. Das, was zwischen Thomas und ihrer Großmutter vorgefallen sein mochte, war der einzige Schatten über ihrem Glück, aber er würde sicher alles tun, um die Sache wieder ins Lot zu bringen, denn er trug Vera nichts nach. Er bewegte sich im Schlaf, und Marleen beugte sich vor, um die Decke über seine Blöße zu ziehen.

»Geh nicht weg.« Er streckte mit geschlossenen Augen die Hand nach ihr aus. Marleen lächelte. Sie schmiegte sich an ihn und streichelte seine unrasierte Wange. Er wälzte sich mit einem Stöhnen auf die Seite und legte schwer einen Arm über sie.

»Tut mir leid, dass ich mich nicht bei dir gemeldet habe«, murmelte er undeutlich. »Aber ich habe in den letzten vierundzwanzig Stunden so viel Unglaubliches erfahren, dass ich wohl mein Manuskript total umschreiben muss.«

»Was für ein Manuskript?«, fragte Marleen erstaunt. Er schwieg eine Weile, dann öffnete er die Augen und blickte sie an.

»Ich war nicht ganz ehrlich zu dir«, gab er zu und lächelte zerknirscht. »Vielleicht, weil ich mich geschämt habe. Nachdem Vera mich vor die Tür gesetzt hatte, war es für mich ziemlich schwer, einen neuen Job zu kriegen. Und um irgendwie zu Geld zu kommen, habe ich angefangen, Romane zu schreiben.«

Marleen roch seinen schalen Alkoholatem.

»Aber daran ist doch nichts Ehrenrühriges«, erwiderte sie. Wenn er so lächelte, war er einfach zum Anbeißen süß.

»Na ja.« Er seufzte und kratzte sich verlegen am Ohr, »für das, was ich schreibe, kriege ich keinen Literatur-Nobelpreis. Aber immerhin sechshundert Euro pro Manuskript. Ich schreibe Groschenromane. Arztromane. Herzschmerz. Du weißt schon.«

Das verschlug Marleen für einen Augenblick die Sprache. Aber dann fing sie an zu lachen.

»Du lachst mich aus«, sagte Thomas gekränkt.

»Ach Quatsch!« Sie schlang die Arme um seine Mitte und kicherte. »Ich liebe Dr. Stefan Frank! Vielleicht hab ich ja schon etwas von dir gelesen.«

»Möglich.« Er grinste. »Allerdings schreibe ich unter Pseudonym.«

»Verrätst du es mir?«

»Nur wenn du mir irgendwas Leckeres zu essen machst. Ich sterbe vor Hunger.«

»Kannst du das übernehmen, Pia?«, fragte Ostermann. »Der Chef hat doch heute Taufe.«

»Ja, klar. Wo muss ich hin? Wer hat ihn gefunden?« Pia hatte seit einer Ewigkeit den rechten Blinker gesetzt, aber diese sturen Deppen hinter ihr ließen sie nicht einfädeln. Endlich tat sich eine kleine Lücke auf, sie trat heftig auf das Gaspedal und zwang ihren Hintermann damit zum Bremsen. Promptes Gehupe war die Antwort auf ihr rücksichtsloses Manöver.

»Du wirst es nicht glauben: ein Immobilienmakler! Er wollte einem Ehepaar das Haus zeigen, und da hockt Watkowiak tot in einer Ecke. Bestimmt nicht gerade verkaufsfördernd.«

»Sehr witzig.« Pia war nach ihrem Erlebnis mit Elard Kaltensee nicht nach Scherzen zumute.

»Der Makler sagte, das Haus habe seit Jahren leer gestanden. Watkowiak muss eingebrochen sein, um es gelegentlich als Unterschlupf zu benutzen. Es liegt in der Königsteiner Altstadt. Hauptstraße 75.«

»Ich bin schon unterwegs.«

Als sie am Hauptbahnhof vorbei war, wurde der Verkehr flüssiger. Pia legte die Robbie-Williams-CD ein, für die sie von ihren Kollegen lauthals verspottet worden war, und fuhr zu den Klängen von *Feel* an der Messe vorbei auf die Autobahn. Ihr Musikgeschmack war stark stimmungsabhängig. Bis auf Jazz und Rap mochte sie beinahe alles, und ihre CD-Sammlung reichte von Abba über die Beatles, Madonna, Meat Loaf, Shania Twain bis hin zu U2 und ZZ-Top. Heute war sie in Stimmung für Robbie. Am Main-Taunus-Zentrum bog sie auf die B8 ab und war eine Viertelstunde später in Königstein. Sie kannte die verwinkelten Gassen der Altstadt noch aus ihrer Schulzeit und musste niemanden nach der Adresse fragen. Schon als sie in die Kirchstraße einbog, sah sie ganz oben zwei Streifenwagen und einen Notarztwagen stehen. Das Haus mit der Nummer 75 lag zwischen einem Geschäft für Damenmode und einem Lottoladen. Es stand seit Jahren leer. Mit vernagelten Fenstern und Türen, abblätterndem Putz und einem schadhaften Dach war es zu einem hässlichen Schandfleck im Herzen Königsteins geworden. Der Makler war noch da, ein braungebrannter Mittdreißiger mit Gelfrisur und Lackschuhen, der dem Klischee seines Berufsstandes auf fast schon lächerliche Weise entsprach. Es hatte sich eingeregnet, und Pia schlug die Kapuze ihrer grauen Sweatjacke über den Kopf.

»Jetzt hatte ich endlich mal Interessenten, und dann das!«, beschwerte er sich bei Pia, als sei es ihre Schuld. »Die Frau hat fast einen Nervenzusammenbruch bekommen, als sie die Leiche gesehen hat!«

»Vielleicht hätten Sie vorher mal nach dem Rechten sehen

sollen«, unterbrach Pia den Makler ungerührt. »Wem gehört das Haus?«

»Einer Kundin hier aus Königstein.«

»Ich hätte gern Namen und Adresse«, sagte Pia. »Aber vielleicht möchten Sie Ihre Kundin ja lieber selbst über den fehlgeschlagenen Besichtigungstermin informieren.«

Der Makler hörte den Sarkasmus in ihrer Stimme und warf ihr einen finsteren Blick zu. Er förderte aus seinem Sakko ein Blackberry zutage, tippte darauf herum und notierte Name und Adresse der Hausbesitzerin auf der Rückseite einer seiner Visitenkarten. Pia steckte die Karte ein und blickte sich im Hof um. Das Grundstück war größer, als es zuerst den Anschein hatte, und grenzte mit der Rückseite an den Kurpark. Der marode Zaun war ein wenig geeignetes Mittel, um Unbefugten den Zugang zu verwehren. Vor der Hintertür stand ein uniformierter Kollege. Pia nickte ihm zu und betrat das Gebäude, nachdem sie den Makler abgewimmelt hatte. Das Haus sah von innen nicht viel besser aus als von außen.

»Hallo, Frau Kirchhoff.« Der Notarzt, den Pia von anderen Tatorten kannte, packte seine Sachen schon wieder zusammen. »Sieht auf den ersten Blick nach einer versehentlichen Selbsttötung aus. Er hat wohl eine halbe Apotheke intus und mindestens eine Flasche Wodka.«

Er wies mit einem Kopfnicken hinter sich.

»Danke.« Pia ging an ihm vorbei und begrüßte die anwesenden Streifenpolizisten. Der Raum mit dem abgetretenen Dielenboden war wegen der vernagelten Fensterläden ziemlich düster – und vollkommen leer. Es roch nach Urin, nach Erbrochenem und nach Verwesung. Pia spürte beim Anblick des Toten Ekel in sich aufsteigen. Der Mann lehnte mit dem Rücken an der Wand, umschwärmt von Schmeißfliegen, Augen und Mund weit geöffnet. Eine weißliche Substanz bedeckte sein Kinn und war auf sein Hemd getropft und eingetrocknet, wahrscheinlich Erbrochenes. Er trug schmutzige Tennissocken, ein blutbeflecktes weißes Hemd und eine schwarze Jeans. Seine Schuhe – nagelneue, teuer aussehende Lederschuhe – standen neben ihm. Dem Immobilienmakler sei Dank war die Leiche gefunden worden, bevor Passanten durch Verwesungsgeruch auf sie aufmerksam geworden wären und man den Todeszeitpunkt nur noch mit Hilfe eines Entomologen hätte ermitteln können. Pias Blick wanderte über eine stattliche Anzahl leerer Bier- und Wodkaflaschen neben dem Toten. Daneben lagen ein geöffneter Rucksack, Medikamentenpackungen und ein Stapel Geldscheine. Irgendetwas an dem Bild, das sich ihr bot, störte Pia.

»Wie lange ist er schon tot?«, erkundigte sie sich und streifte Handschuhe über.

»Grob geschätzt etwa vierundzwanzig Stunden«, antwortete der Notarzt. Pia rechnete zurück. Falls das stimmte, konnte Watkowiak ohne weiteres den Mord an Anita Frings begangen haben. Die Kollegen von der Spurensicherung trafen ein, grüßten Pia mit einem Kopfnicken und warteten auf Anweisungen.

»Übrigens ist das Blut an seinem Hemd möglicherweise nicht sein eigenes«, sagte der Notarzt hinter ihr. »Er hat keine äußerliche Verletzung am Körper, soweit ich das im Moment beurteilen kann.«

Pia nickte und versuchte nachzuvollziehen, was hier geschehen war. Watkowiak war irgendwann am vergangenen Nachmittag in das Haus eingedrungen, beladen mit einem Rucksack, sieben Flaschen Bier, drei Flaschen Wodka und einer Einkaufstüte voller Medikamente. Er hatte sich auf den Boden gesetzt, gewaltige Mengen von Bier und Wodka in sich hineingeschüttet und dazu Tabletten genommen. Als die Wirkung von Alkohol und Antidepressiva eingesetzt hatte, hatte er das Bewusstsein verloren. Aber wieso waren seine

Augen geöffnet? Weshalb saß er aufrecht an der Wand und war nicht seitlich weggekippt?

Sie bat die Kollegen, für mehr Licht zu sorgen, und ging durch die anderen Räume des Hauses. Im oberen Stockwerk fand sie Anzeichen dafür, dass ein Raum und das angrenzende Badezimmer gelegentlich benutzt worden waren: In der Ecke lag eine Matratze mit schmutzigem Bettzeug auf dem Boden, es gab eine abgewetzte Couch und einen niedrigen Tisch, sogar einen kleinen Fernseher und einen Kühlschrank. Über einem Stuhl hingen Kleidungsstücke, im Badezimmer befanden sich Utensilien zur Körperpflege und Handtücher. Im Erdgeschoss jedoch war alles von einer mehrjährigen Staubschicht bedeckt. Warum hatte sich Watkowiak auf den blanken Fußboden gesetzt, um zu trinken, nicht auf die Couch oben? Plötzlich wusste Pia, was ihr vorhin so eigenartig vorgekommen war: Der Dielenboden des Raumes, in dem die Leiche von Watkowiak lag, war blitzsauber! Watkowiak hatte wohl kaum selbst den Boden gekehrt, bevor er sich zugedröhnt hatte. Als sie zum Fundort der Leiche zurückkehrte, erblickte sie dort eine zierliche rothaarige Frau, die sich neugierig umsah. In ihrem eleganten weißen Leinenkostüm und den hochhackigen Pumps wirkte sie fehl am Platze.

»Dürfte ich erfahren, wer Sie sind und was Sie hier zu suchen haben?«, fragte Pia wenig freundlich. »Das hier ist ein Tatort.«

Aufdringliche Schaulustige konnte sie überhaupt nicht gebrauchen.

»Das ist kaum zu übersehen«, erwiderte die Frau. »Mein Name ist Nicola Engel. Ich bin die Nachfolgerin von Kriminaldirektor Nierhoff.«

Pia starrte sie verblüfft an. Niemand hatte ihr von Nierhoffs Nachfolgerin erzählt.

»Aha«, sagte sie etwas ruppiger, als es eigentlich ihre Art war. »Und weshalb sind Sie hier? Um mir das zu sagen?«

»Um Sie bei Ihrer Arbeit zu unterstützen.« Die Rothaarige lächelte liebenswürdig. »Ich habe zufällig mitbekommen, dass Sie allein auf weiter Flur sind. Und da ich im Moment nichts Besseres zu tun habe, dachte ich, ich schaue mal vorbei.«

»Können Sie sich ausweisen?« Pia blieb misstrauisch. Sie fragte sich, ob Bodenstein über eine Nachfolgerin des Chefs Bescheid wusste oder ob diese Behauptung ein plumper Trick einer dreisten Reporterin war, um eine Leiche live zu sehen. Das Lächeln der Frau blieb unverändert freundlich. Sie griff in ihre Handtasche und präsentierte Pia einen Polizeiausweis. »*Kriminalrätin Dr. Nicola Engel*«, las Pia, »*Polizeipräsidium Aschaffenburg.*«

»Wenn Sie zuschauen möchten, habe ich nichts dagegen.« Pia gab ihr den Ausweis zurück und zwang sich zu einem Lächeln. »Ach ja, ich bin Pia Kirchhoff vom K11 der RKI Hofheim. Wir hatten ein paar harte Tage, entschuldigen Sie bitte, dass ich nicht höflicher war.«

»Kein Problem.« Dr. Engel lächelte noch immer. »Machen Sie einfach Ihren Job.«

Pia nickte und wandte sich wieder dem Toten zu. Der Fotograf hatte die Leiche aus allen Winkeln fotografiert, ebenso die Flaschen, die Schuhe und den Rucksack. Die Beamten von der Spurensicherung begannen, alles einzutüten, was irgendwie von Interesse sein konnte. Pia bat einen Kollegen, die Leiche auf die Seite zu drehen. Das erwies sich aufgrund der bereits eingetretenen Leichenstarre als etwas schwierig, gelang aber schließlich. Pia hockte sich neben die Leiche und begutachtete Rücken, Hinterteil und Handflächen des Toten. Alles voller Staub. Das konnte nur bedeuten, dass jemand saubergemacht hatte, *nachdem* Watkowiak abgelegt worden war. Und das wiederum bedeutete, dass sie möglicherweise keinen erfolgreichen Suizid vor sich hatte, sondern einen nicht minder erfolgreichen Mord. Sie verschwieg Dr. Engel ihre Vermutung und untersuchte stattdessen den Inhalt des Rucksacks, der Nierhoffs Theorie von Watkowiak als Mörder zu bestätigen schien: ein Messer mit einer gebogenen Klinge und eine Pistole. Waren das die Waffen, mit denen Monika Krämer und die drei alten Leute getötet worden waren? Pia kramte weiter und fand eine Goldkette mit einem altmodischen Medaillon, eine Sammlung von Silbermünzen und einen massiven Goldarmreif. Diese Wertsachen konnten aus dem Besitz von Anita Frings stammen.

»Dreitausendvierhundertsechzig Euro«, verkündete Dr. Engel, die das Geld gezählt hatte, und ließ sich von einem Beamten einen Plastikbeutel geben, in den sie das Geld steckte. »Was ist das?«

»Sieht aus wie das Messer, mit dem Monika Krämer getötet wurde«, erwiderte Pia düster. »Und das hier könnte die Waffe sein, mit der drei Menschen erschossen wurden. Es ist eine 08.«

»Dann dürfte der Mann der gesuchte Mörder sein.«

»Es soll zumindest so aussehen.« Pia verzog nachdenklich das Gesicht.

»Sie zweifeln daran?«, fragte die Kriminalrätin. Sie hatte ihr leutseliges Lächeln abgelegt und wirkte aufmerksam und konzentriert. »Wieso?«

»Weil es mir zu einfach vorkommt«, erwiderte Pia. »Und weil hier irgendetwas nicht stimmt.«

Pia überlegte kurz, ob sie ihren Chef bei der Familienfeier stören sollte, entschied sich dann aber für einen Anruf. Sie fühlte sich nicht in der Lage für höflichen Smalltalk. Bodensteins Sohn ging ans Telefon und reichte Pia weiter. In knappen Worten berichtete sie von ihrem Besuch bei Elard Kaltensee, vom Leichenfund und ihren Zweifeln an einem Selbstmord Watkowiaks.

»Von wo aus rufen Sie an?«, erkundigte er sich. Pia fürchtete schon, er wolle sie einladen, zum Abendessen vorbeizukommen.

»Vom Auto aus«, sagte sie. Im Hintergrund ertönte schallendes Gelächter, das sich entfernte, dann hörte Pia eine Tür klappen, und es wurde ruhiger.

»Ich habe ein paar interessante Dinge von meiner Schwiegermutter erfahren«, erzählte Bodenstein. »Sie kennt Vera Kaltensee seit Jahren, sie verkehren ja in denselben gesellschaftlichen Kreisen. Und sie war auch auf Veras Geburtstagsfeier am vergangenen Samstag, obwohl sie keine Busenfreundinnen sind. Aber der Name meiner Schwiegermutter macht eben auf jeder Gästeliste was her.«

Cosima von Bodensteins Blut war noch ein wenig blauer als das ihres Gatten, das wusste Pia. Ihre Großeltern väterlicherseits hatten den letzten Kaiser noch persönlich gekannt, der Vater ihrer Mutter war ein italienischer Fürst gewesen, der Anspruch auf den Thron gehabt hätte.

»Meine Schwiegermutter hat sich ziemlich kritisch über Veras verstorbenen Mann geäußert«, fuhr Bodenstein fort. »Eugen Kaltensee hatte es im Dritten Reich zu einem Vermögen gebracht, weil seine Firma die Wehrmacht belieferte. Später wurde er von den Alliierten als Mitläufer eingestuft und war nach 1945 schnell wieder gut im Geschäft. Sein Geld hatte er während des Krieges in die Schweiz transferiert, wie es auch Veras Familie getan hatte. Als er Anfang der 80er Jahre starb, wurde übrigens Elard Kaltensee verdächtigt, seinen Stiefvater getötet zu haben. Die Ermittlungen verliefen im Sande, später wurde auf Unfall erkannt.«

Pia fröstelte unwillkürlich, als sie den Namen Elard Kaltensee hörte.

»Sohn Siegbert musste nach einem familieninternen Eklat 1964 in die USA, wo er studierte. Er kehrte erst 1973 mit Frau und Kindern zurück. Er ist alleiniger Geschäftsführer der KMF. Und Jutta Kaltensee hatte angeblich während ihres Studiums ein lesbisches Verhältnis, das sie ausgerechnet mit einem Angestellten ihrer Mutter beendete.«

»Haben Sie auch etwas anderes als Familientratsch erfahren?«, fragte Pia mit leichter Ungeduld. »Ich muss noch den Staatsanwalt wegen der Obduktion von Watkowiak erreichen.«

»Meine Schwiegermutter konnte Goldberg und Schneider nicht besonders leiden«, fuhr Bodenstein fort, ohne beleidigt zu sein. »Sie bezeichnet Goldberg als einen unangenehmen, rücksichtslosen Menschen, nennt ihn einen schmierigen Waffenhändler und Wichtigtuer. Angeblich besaß er mehrere Pässe und konnte selbst während des Kalten Krieges ungehindert in den Ostblock reisen.«

»Da ist sie ja mit Elard Kaltensee einer Meinung.« Pia hatte den Parkplatz vor dem Kommissariat erreicht und stellte den Motor ab. Sie ließ das Fenster ein Stück herunter und zündete sich eine ihrer Notfall-Zigaretten an, von denen sie heute schon zwölf geraucht hatte. »Ich habe übrigens den echten Schneider ausfindig gemacht. Er war Pilot bei der Luftwaffe und ist bei einer Luftschlacht 1944 gefallen. Unser Herrmann Schneider stammte in Wirklichkeit nämlich auch aus Ostpreußen und hieß wahrscheinlich Hans Kallweit.«

»Ist ja interessant.« Bodenstein schien wenig überrascht. »Meine Schwiegermutter ist nämlich fest davon überzeugt, dass die vier sich allesamt von früher kannten. Zu vorgerückter Stunde pflegte Vera ihre Freundin Anita ›Mia‹ zu nennen, außerdem machten sie hin und wieder Bemerkungen über Heimatabende und schwelgten gerne in Erinnerungen.«

»Irgendjemand muss das ebenfalls gewusst haben«, überlegte Pia. »Und ich vermute, Elard Kaltensee. Er könnte unser Mörder sein, denn er leidet offenbar sehr darunter, nichts über seine Herkunft zu wissen. Vielleicht hat er die drei Freunde seiner Mutter aus Wut darüber, dass sie ihm nichts gesagt haben, erschossen.«

»Das erscheint mir doch etwas sehr konstruiert«, sagte Bodenstein. »Anita Frings lebte in der DDR. Laut meiner Schwiegermutter waren sie und ihr Mann beide beim Ministerium für Staatssicherheit, Herr Frings sogar in einer ziemlich bedeutenden Position. Und entgegen den Behauptungen der Direktorin vom *Taunusblick* hatte sie einen Sohn.«

»Vielleicht ist der schon tot«, mutmaßte Pia. Ihr Handy meldete sich mit der Anklopffunktion. Sie warf einen raschen Blick darauf: Miriam.

»Ich kriege gerade einen Anruf«, sagte sie zu ihrem Chef.

»Aus Südafrika?«

»Wie bitte?« Pia war für einen Moment perplex.

»Ist Ihr Zoodirektor nicht in Südafrika?«

»Wie kommen Sie denn darauf?«

»Ist er's?«

»Ja. Aber er war's nicht, der eben versucht hat, mich zu erreichen.« Pia war nicht besonders erstaunt darüber, dass ihr Chef schon wieder bestens informiert zu sein schien.

»Das war meine Freundin Miriam aus Polen. Sie sitzt im Stadtarchiv von Wegorzewo, dem ehemaligen Angerburg, und sucht nach Spuren des echten Goldberg und auch des echten Schneider. Vielleicht hat sie etwas gefunden.«

»Was hat Ihre Freundin mit Goldberg zu tun?«, wollte Bodenstein wissen. Pia klärte ihn über die Zusammenhänge auf. Dann versprach sie ihm, zur Obduktion von Watkowiak zu gehen, falls diese schon am nächsten Tag stattfinden sollte, und beendete das Gespräch, um Miriam zurückzurufen.

Sonntag, 6. Mai 2007

Das Klingeln des Telefons neben ihrem Bett schreckte Pia aus dem Tiefschlaf. Es war stockdunkel und stickig im Zimmer. Sie drückte verwirrt auf den Schalter der Nachttischlampe und griff nach dem Hörer.

»Wo bleibst du?«, tönte die gereizte Stimme ihres Exmannes dicht an ihrem Ohr. »Wir warten hier auf dich! Du warst es schließlich, die es so eilig hatte mit der Sektion.«

»Henning, mein Gott«, murmelte Pia. »Es ist mitten in der Nacht!«

»Es ist Viertel nach neun«, berichtigte er sie. »Beeil dich gefälligst.«

Und schon hatte er aufgelegt. Pia kniff die Augen zusammen und blickte auf den Wecker. Tatsächlich! Viertel nach neun! Sie warf die Bettdecke zurück, sprang auf und taumelte zum Fenster. Gestern Nacht musste sie die Rollläden versehentlich ganz heruntergelassen haben, deshalb war es im Schlafzimmer so dunkel wie in einem Sarg. Eine schnelle Dusche weckte ihre Lebensgeister, dennoch fühlte sie sich, als sei sie von einem Bus überfahren worden.

Der Staatsanwalt hatte die Genehmigung für eine rasche Obduktion der Leiche von Robert Watkowiak erteilt, nachdem Pia ihn mehr oder weniger dazu genötigt hatte. Als Argument hatte sie angeführt, dass sich die Medikamente, mit denen sich der Mann absichtlich oder unabsichtlich das

Leben genommen hatte, abbauen und nicht mehr nachweisbar sein könnten, wenn man zu lange warte. Henning hatte säuerlich reagiert, als Pia ihn angerufen und gebeten hatte, die Obduktion am nächsten Tag durchzuführen. Und als sie schließlich um kurz nach neun nach Hause gekommen war, hatte sie zu allem Überfluss feststellen müssen, dass die beiden Jährlinge aus der Koppel ausgebrochen waren und sich in den Obstplantagen des benachbarten Elisabethenhofs die unreifen Äpfel schmecken ließen. Nach einer schweißtreibenden Jagd hatte sie gegen elf beide Ausreißer sicher im Stall und war völlig erschöpft ins Haus gewankt. Im Kühlschrank hatte sie nur noch einen abgelaufenen Joghurt und einen halben Camembert gefunden. Der einzige Lichtblick war ein Anruf von Christoph gewesen, bevor sie wie eine Tote ins Bett gefallen war. Und jetzt hatte sie den Beginn der Obduktion verschlafen! Bei einem Blick in den Kleiderschrank stellte sie fest, dass ihr Vorrat an frischer Unterwäsche ziemlich zusammengeschmolzen war, und stopfte noch schnell Sechzig-Grad-Schmutzwäsche in die Waschmaschine. Keine Zeit für ein Frühstück, und die Pferde würden in ihren Boxen bleiben müssen, bis sie aus Frankfurt zurückkam. Pech.

Es war kurz vor zehn, als Pia in der Rechtsmedizin eintraf und wieder die Löblich als Vertreterin der Staatsanwaltschaft antraf. Diesmal trug sie kein schickes Kostüm, sondern Jeans und ein zu großes T-Shirt, das Pia unschwer als eines von Henning identifizierte. Die Folgerung aus dieser Tatsache gab Pias angegriffener Psyche den Rest.

»Dann können wir ja endlich anfangen«, war Hennings einziger Kommentar. Pia fühlte sich urplötzlich fremd in diesem Raum, in dem sie und Henning unzählige gemeinsame Stunden zugebracht hatten. Ihr wurde zum ersten Mal wirklich bewusst, dass sie in seinem Leben nichts mehr verloren hatte. Zwar war sie es, die ihn verlassen hatte, und wenn er nun dasselbe tat wie sie und sich einen neuen Partner suchte, dann hatte sie das zu akzeptieren. Dennoch versetzte es ihr einen Schock, dem sie in ihrem derzeitigen Zustand nicht gewachsen war.

»Entschuldigung«, murmelte sie. »Ich bin gleich wieder da.«

»Bleib hier!«, sagte Henning scharf, aber Pia flüchtete aus dem Sektionsraum ins Nebenzimmer. Dorit, die Laborantin, die extra gekommen war, um die Schnellanalysen durchzuführen, hatte wie üblich Kaffee gekocht. Pia nahm einen Porzellanbecher und goss sich Kaffee ein. Er schmeckte bitter wie Galle. Sie stellte die Tasse ab, schloss die Augen und rieb ihre Schläfen mit den Fingern, um den Druck in ihrem Kopf zu mildern. Selten hatte sie sich so erschöpft und demoralisiert gefühlt wie an diesem Morgen, was auch daran liegen mochte, dass sie ihre Tage bekommen hatte. Zu ihrem Ärger spürte sie, dass Tränen hinter ihren Augenlidern brannten. Wenn doch nur Christoph da gewesen wäre, mit dem sie hätte reden und lachen können! Sie presste die Handballen auf die Augen und kämpfte gegen die aufsteigenden Tränen.

»Alles okay mit dir?« Hennings Stimme ließ sie zusammenzucken. Sie hörte, wie er die Tür hinter sich schloss.

»Ja«, erwiderte sie, ohne sich umzudrehen. »Es war alles nur ... ein bisschen viel in den letzten Tagen.«

»Wir können die Obduktion auf heute Nachmittag verschieben«, bot er an. Damit er mit der Löblich noch mal ins Bett kriechen konnte, während sie alleine herumsaß?

»Nein«, sagte sie schroff. »Es geht schon.«

»Guck mich mal an.« Das klang so mitfühlend, dass ihr die Tränen, die sie fast niedergekämpft hatte, nun doch in die Augen schossen. Sie schüttelte stumm den Kopf wie ein trotziges kleines Kind. Und dann tat Henning etwas, was er in den Jahren, in denen sie verheiratet gewesen waren, nie getan hatte. Er nahm sie einfach in die Arme und hielt sie fest an sich gedrückt. Pia stand stocksteif da. Sie wollte sich vor ihm keine Blöße geben. Schon gar nicht, wenn sie daran dachte, dass er es womöglich seiner Geliebten erzählen würde.

»Ich kann es nicht mit ansehen, wenn du unglücklich bist«, sagte er leise. »Wieso kümmert sich dein Zoodirektor nicht besser um dich?«

»Weil er in Südafrika ist«, murmelte sie und ließ zu, dass er sie an den Schultern nahm, umdrehte und ihr Kinn anhob.

»Augen aufmachen«, kommandierte er. Sie gehorchte und stellte verwundert fest, dass er ernsthaft besorgt aussah.

»Die Fohlen sind gestern Abend abgehauen, Neuville hat sich dabei verletzt. Ich musste sie zwei Stunden durch die Gegend jagen«, flüsterte sie, als sei das die Erklärung für ihren jämmerlichen Zustand. Und dann liefen ihr wirklich die Tränen über das Gesicht. Henning zog sie in seine Arme und streichelte tröstend ihren Rücken.

»Deine Freundin wird sicher sauer sein, wenn sie uns so sieht«, sagte sie dumpf in den Stoff seines grünen Kittels.

»Sie ist nicht meine Freundin«, antwortete er. »Du bist doch nicht etwa eifersüchtig?«

»Ich hab kein Recht dazu. Ich weiß. Aber trotzdem.«

Er schwieg einen Moment, und als er weitersprach, klang seine Stimme verändert.

»Weißt du was«, sagte er leise, »wir bringen das jetzt hier hinter uns, dann gehen wir beide ordentlich frühstücken. Und wenn du willst, komme ich mit auf den Birkenhof und schaue nach Neuville.«

Dieses Angebot war rein freundschaftlich gemeint, kein plumper Annäherungsversuch. Henning war im letzten Jahr bei der Geburt des Fohlens dabei gewesen und ein Pferdeliebhaber wie sie selbst. Die Aussicht, den Tag nicht allein verbringen zu müssen, war verlockend, dennoch widerstand

Pia der Versuchung. In Wirklichkeit wollte sie Hennings Mitgefühl gar nicht, und es wäre unfair, ihm Hoffnungen zu machen, nur weil sie sich beschissen und einsam fühlte. Das hatte er nicht verdient. Sie atmete tief durch, um wieder einen klaren Kopf zu bekommen.

»Danke, Henning«, sagte sie und wischte sich mit dem Handrücken die Tränen ab. »Das ist sehr lieb von dir. Ich bin froh, dass wir uns immer noch so gut verstehen. Aber ich muss später noch ins Büro.«

Das stimmte zwar nicht, klang aber nicht so sehr nach Zurückweisung.

»Okay.« Henning ließ sie los. In seinen Augen lag ein schwer zu deutender Ausdruck. »Dann trink erst mal in Ruhe deinen Kaffee. Lass dir Zeit. Ich warte auf dich.«

Pia nickte und fragte sich, ob er sich wohl der Doppeldeutigkeit seiner Worte bewusst war.

Montag, 7. Mai 2007

»Robert Watkowiak wurde ermordet«, verkündete Pia bei der morgendlichen Besprechung im K11 ihren Kollegen. »Die Einnahme von Alkohol und Tabletten erfolgte nicht freiwillig.«

Vor ihr lag das vorläufige Obduktionsergebnis, das nicht nur sie gestern ziemlich überrascht hatte. Die Schnellanalyse von Blut und Urin des Toten hatte eine hochgradige Intoxikation ergeben. Todesursächlich war zweifellos die hohe Konzentration der trizyklischen Antidepressiva in Kombination mit einem Blutalkoholgehalt von 3,9 Promille, die zu einem Atem- und Kreislaufstillstand und somit zum Tode geführt hatte. Allerdings hatte Henning am Kopf, an den Schultern und Handgelenken der Leiche Blutergüsse und Unterblutungen festgestellt und vermutet, man habe Watkowiak festgehalten und gefesselt. Feine, unterblutete Längsrisse im Gewebe der Speiseröhre und Spuren von Vaseline hatten seinen Verdacht erhärtet, dass man dem Mann den tödlichen Cocktail gewaltsam mittels eines Tubus verabreicht hatte. Weitere Proben wurden im kriminaltechnischen Labor in Wiesbaden untersucht, aber Henning hatte eindeutig auf Tod durch Fremdverschulden erkannt.

»Außerdem war der Fundort nicht der Tatort.« Sie reichte die Fotos herum, die die Kollegen von der Spurensicherung aufgenommen hatten. »Jemand war so clever, den Fußboden sauberzumachen, um keine Spuren zu hinterlassen. Allerdings nicht clever genug, denn das ist demjenigen wohl erst eingefallen, nachdem er Watkowiak abgelegt hatte. Seine Kleidung war voller Staub.«

»Damit haben wir einen fünften Mord«, stellte Bodenstein fest.

»Und fangen wieder bei null an«, ergänzte Pia deprimiert. Sie fühlte sich wie gerädert. Die Alpträume der vergangenen Nacht, in denen Elard Kaltensee und eine 08 eine beängstigende Rolle gespielt hatten, steckten ihr noch immer in den Knochen. »Falls wir überhaupt schon mal weiter waren.«

Sie waren sich einig, dass der Mörder von Goldberg, Schneider und Frings ein anderer war als der, der Monika Krämer getötet hatte. Aber zu Pias Enttäuschung hatte sich niemand aus dem Team ihrem Verdacht, Elard Kaltensee könnte der dreifache Mörder sein, anschließen wollen. Sie musste zugeben, dass ihre Begründungen, die sie am Samstag noch für absolut schlüssig gehalten hatte, ziemlich weit hergeholt klangen.

»Es ist doch eindeutig«, sagte Behnke. Er war pünktlich um sieben Uhr eingetroffen und saß nun mürrisch und mit verquollenen Augen am Tisch im Besprechungsraum. »Watkowiak hat die drei Alten erschossen, um an Geld zu kommen. Das hat er der Krämer erzählt. Als sie gedroht hat, es auszuplaudern, hat er sie umgebracht.«

»Und weiter?«, fragte Pia. »Wer hat *ihn* getötet?«

»Keine Ahnung«, gab Behnke griesgrämig zu. Bodenstein erhob sich und ging zu der Wandtafel, die mittlerweile von oben bis unten beschrieben und mit Tatortfotos beklebt war. Er verschränkte die Hände hinter dem Rücken und betrachtete kritisch das Durcheinander aus Linien und Kreisen.

»Wischen Sie alles weg«, sagte er zu Kathrin Fachinger. »Wir müssen ganz von vorne anfangen. Irgendwo haben wir etwas übersehen.«

Es klopfte an der Tür. Eine Beamtin von der Wache trat ein.

»Es gibt Arbeit für euch. Gestern Nacht gab's in Fischbach eine gefährliche Körperverletzung.« Sie reichte Bodenstein einen dünnen Hefter. »Der Geschädigte hat mehrere Stichverletzungen im Oberkörper. Er liegt hier in Hofheim im Krankenhaus.«

»Auch das noch«, murrte Behnke. »Als hätten wir mit fünf Toten nicht genug am Hals.«

Sein Gemecker nützte nichts. Das K11 war zuständig, egal, wie viele Morde auf Aufklärung warteten.

»Tut mir leid«, sagte die Beamtin alles andere als mitleidig und ging wieder. Pia streckte die Hand nach dem Hefter aus. In keinem der fünf Mordfälle ging es voran, sie mussten auf die Ergebnisse aus dem Labor warten, und das konnte Tage, wenn nicht sogar Wochen dauern. Bodensteins Strategie, die Presse vorerst weitgehend aus den Ermittlungen herauszuhalten, hatte einen gravierenden Nachteil: Es würde keine Hinweise aus der Bevölkerung geben, denen sie nachgehen konnten, weder unsinnige noch hilfreiche. Pia überflog das Protokoll der Streife, die dem anonymen Notruf um 2:48 Uhr gefolgt war und den schwerverletzten Mann namens Marcus Nowak in seinem verwüsteten Büro gefunden hatte.

»Wenn keiner etwas dagegen hat, mache ich das.« Sie war nicht besonders erpicht darauf, den ganzen Tag tatenlos an ihrem Schreibtisch zu sitzen, auf Laborergebnisse zu warten und von Behnkes negativer Ausstrahlung kontaminiert zu werden. Und ihre eigenen düsteren Gedanken bekämpfte sie lieber mit Aktivität.

Eine Stunde später sprach Pia mit der Oberärztin der Plastischen Chirurgie des Hofheimer Krankenhauses. Dr. Heidrun van Dijk sah übernächtigt aus und hatte Ringe unter den Augen. Pia wusste, dass die Ärzte, die über das Wochenende Dienst hatten, nicht selten unmenschliche Zweiundsiebzig-Stunden-Schichten schoben.

»Ich darf Ihnen leider keine Einzelheiten sagen.« Die Ärztin suchte die Krankenakte von Nowak heraus. »Nur so viel: Das war keine Wirtshausschlägerei. Die Typen, die ihn so zugerichtet haben, die wussten, was sie taten.«

»Wie meinen Sie das?«

»Man hat nicht einfach auf ihn eingeprügelt. Seine rechte Hand wurde zerquetscht. Wir haben letzte Nacht sofort operiert, aber ich kann nicht sagen, ob wir nicht doch noch amputieren müssen.«

»Ein Racheakt?« Pia runzelte die Stirn.

»Eher Folter.« Die Ärztin zuckte die Achseln. »Das waren Profis.«

»Ist er außer Lebensgefahr?«, wollte Pia wissen.

»Sein Zustand ist stabil. Die OP hat er gut überstanden.«

Sie gingen den Flur entlang, bis Dr. van Dijk vor einer Tür stehen blieb, hinter der eine aufgebrachte Frauenstimme zu hören war.

»... du überhaupt um diese Uhrzeit im Büro gemacht? Wo bist du gewesen? Jetzt sag doch endlich was!«

Die Stimme brach ab, als die Ärztin die Tür öffnete und eintrat. In dem großen hellen Raum stand nur ein Bett. Auf einem Stuhl mit dem Rücken zum Fenster saß eine alte Frau, eine um mindestens fünfzig Jahre jüngere Frau stand vor ihr. Pia stellte sich vor.

»Christina Nowak«, sagte die Jüngere. Pia schätzte sie auf Mitte dreißig. Unter anderen Umständen mochte sie sehr hübsch sein, mit klaren Gesichtszügen, glänzendem braunen Haar und einer sportlichen Figur. Aber jetzt war sie blass, ihre Augen vom Weinen gerötet.

»Ich muss mit Ihrem Mann sprechen«, sagte Pia. »Allein.«

»Bitte. Viel Glück dabei.« Christina Nowak kämpfte gegen neue Tränen. »Mit mir redet er auf jeden Fall nicht.«
»Könnten Sie bitte einen Moment draußen warten?«
Christina Nowak blickte auf ihre Armbanduhr. »Ich muss eigentlich zur Arbeit«, sagte sie unsicher. »Ich bin Kindergärtnerin, und wir machen heute einen Ausflug in den Opel-Zoo, auf den sich die Kinder die ganze Woche gefreut haben.«
Die Erwähnung des Opel-Zoos versetzte Pia einen Stich. Unwillkürlich fragte sie sich, was sie tun würde, wenn Christoph schwer verletzt in einem Krankenbett liegen und nicht mit ihr sprechen würde.
»Wir können uns auch später unterhalten.« Sie kramte in ihrer Tasche nach einer Visitenkarte und reichte sie Christina Nowak. Die warf einen Blick auf die Karte.
»Sie sind Immobilienmaklerin?«, fragte sie misstrauisch. »Sie sagten doch, Sie wären von der Kripo.«
Pia nahm ihr die Visitenkarte aus der Hand und stellte fest, dass es sich dabei um die handelte, die ihr der Makler am Samstag gegeben hatte.
»Entschuldigung.« Sie zog die richtige Karte aus der Tasche. »Können Sie heute Nachmittag gegen drei aufs Kommissariat kommen?«
»Natürlich.« Christina Nowak gelang ein zittriges Lächeln. Sie sah noch einmal zu ihrem schweigenden Ehemann hinüber, biss sich auf die Lippen und ging hinaus. Die alte Frau, die ebenfalls die ganze Zeit keinen Ton gesagt hatte, folgte ihr. Erst jetzt wandte Pia sich dem Verletzten zu. Marcus Nowak lag auf dem Rücken, ein Schlauch steckte in seiner Nase, ein anderer in seiner Armbeuge. Sein geschwollenes Gesicht war von Blutergüssen entstellt. Über dem linken Auge befand sich eine Naht, eine zweite zog sich vom linken Ohr bis fast zum Kinn. Der rechte Arm lag in einer Schiene, sein Oberkörper und die verletzte Hand waren dick bandagiert. Pia setzte sich

auf den Stuhl, auf dem vorhin die alte Frau gesessen hatte, und rückte ihn ein Stück näher an das Bett.

»Hallo, Herr Nowak«, sagte sie. »Mein Name ist Pia Kirchhoff von der Kripo Hofheim. Ich werde Sie nicht lange behelligen, aber ich muss wissen, was gestern Nacht passiert ist. Können Sie sich an den Überfall erinnern?«

Der Mann öffnete mühsam die Augen, seine Lider flatterten. Er schüttelte leicht den Kopf.

»Man hat Sie schwer verletzt.« Pia beugte sich vor. »Mit ein bisschen weniger Glück würden Sie jetzt nicht hier im Bett, sondern in einem Kühlfach im Leichenschauhaus liegen.«

Schweigen.

»Haben Sie jemanden erkannt? Weshalb wurden Sie überfallen?«

»Ich ... ich kann mich an nichts erinnern«, murmelte Nowak undeutlich. Das war immer eine gute Ausrede. Pia ahnte, dass der Mann sehr genau wusste, von wem und warum er krankenhausreif geschlagen worden war. Hatte er Angst? Einen anderen Grund für sein Schweigen konnte es kaum geben.

»Ich will keine Anzeige erstatten«, sagte er leise.

»Ist auch nicht nötig«, erwiderte Pia. »Gefährliche Körperverletzung ist ein Offizialdelikt und wird automatisch von der Staatsanwaltschaft verfolgt. Es wäre für uns deshalb sehr hilfreich, wenn Sie sich an irgendetwas erinnern könnten.«

Er antwortete nicht und drehte den Kopf zur Seite.

»Denken Sie in Ruhe darüber nach.« Pia stand auf. »Ich komme später noch mal vorbei. Gute Besserung.«

Es war neun Uhr, als Kriminaldirektor Nierhoff mit unheilverkündender Miene in Bodensteins Büro rauschte, dicht gefolgt von Nicola Engel.

»Was ... ist ... das!?« Nierhoff pfefferte die aktuelle Ausgabe der Bildzeitung auf Bodensteins Schreibtisch und tippte mit dem Zeigefinger auf den halbseitigen Artikel auf Seite drei, als wolle er das Papier durchbohren. »Ich wünsche eine Erklärung, Bodenstein!«

GRAUSAMER MORD AN RENTNERIN lautete die fette Schlagzeile. Wortlos ergriff Bodenstein die Zeitung und überflog den Rest des reißerisch formulierten Artikels. *Vier Leichen innerhalb einer Woche, die Polizei ratlos und ohne heiße Spur, dafür mit einer offensichtlichen Lügengeschichte. Robert W., Neffe der bekannten Unternehmerin Vera Kaltensee und mutmaßlicher Mörder der Rentner David G. (92) und Herrmann S. (88) sowie seiner Lebensgefährtin Monika K. (26), ist noch immer verschwunden. Am Freitag hat der Serienmörder ein viertes Mal zugeschlagen und die gehbehinderte Rentnerin Anita F. (88) mit einem Genickschuss getötet. Die Polizei tappt im Dunkeln, gibt keine Informationen. Einzige Gemeinsamkeit: Alle Ermordeten standen in enger Beziehung zur Hofheimer Millionärin Vera Kaltensee, die nun auch um ihr Leben fürchten muss ...*

Die Buchstaben verschwammen vor seinen Augen, aber Bodenstein zwang sich, den Artikel zu Ende zu lesen. Das Blut pochte ihm so sehr in den Schläfen, dass er keinen klaren Gedanken fassen konnte. Wer hatte diese verdrehte Geschichte an die Presse gegeben? Er blickte auf, direkt in die grauen Augen von Nicola Engel, die ihn spöttisch und abwartend musterte. Hatte sie die Presse informiert, um den Druck, der ohnehin schon auf ihm lastete, noch zu erhöhen?

»Ich will wissen, wie diese Geschichte in die Presse kommt!« Kriminaldirektor Nierhoff versah jedes Wort mit einem Ausrufezeichen; er war so wütend, wie Bodenstein ihn zuvor nie erlebt hatte. Fürchtete er einen Gesichtsverlust vor seiner Nachfolgerin oder Konsequenzen aus einer ganz anderen Richtung? Immerhin hatte er die Einmischung und

Vertuschung im Fall Goldberg nur zu bereitwillig akzeptiert, nicht ahnend, dass diesem Mord noch zwei weitere, sehr ähnliche, folgen würden.

»Das weiß ich nicht«, antwortete Bodenstein. »Sie waren es, der mit den Journalisten gesprochen hat.«

Nierhoff schnappte nach Luft.

»Ich habe der Presse etwas völlig anderes mitgeteilt«, zischte er. »Und zwar etwas Falsches! Ich hatte mich auf Sie verlassen!«

Bodenstein warf Nicola Engel einen raschen Blick zu und wunderte sich nicht, dass sie ziemlich zufrieden aussah. Wahrscheinlich steckte sie doch dahinter.

»Sie hatten mir nicht zugehört«, entgegnete Bodenstein seinem Chef. »Ich war gegen diese Pressekonferenz, aber Sie waren ja ganz wild darauf, die Fälle geklärt zu sehen!«

Nierhoff grabschte nach der Zeitung. Er war krebsrot im Gesicht.

»Das hätte ich Ihnen nicht zugetraut, Bodenstein«, stieß er hervor und wedelte mit der Zeitung vor dessen Gesicht herum. »Ich werde dort in der Redaktion anrufen und herausfinden, woher die Informationen gekommen sind. Und wenn Sie oder Ihre Leute dahinterstecken, Bodenstein, dann machen Sie sich auf ein Disziplinarverfahren und Ihre Suspendierung gefasst!«

Er ließ seine Amtsnachfolgerin stehen und verschwand mitsamt Zeitung. Bodenstein zitterte am ganzen Körper vor Zorn. Viel mehr als der Zeitungsartikel ärgerte ihn Nierhoffs ungerechtfertigte Unterstellung, er habe ihn hintergangen, um ihn in der Öffentlichkeit bloßzustellen.

»Was nun?«, fragte Nicola Engel. Bodenstein empfand ihre mitfühlend gestellte Frage als Gipfel der Heuchelei. Für einen Augenblick war er versucht, sie aus seinem Büro zu werfen.

»Wenn du denkst, du kannst auf diese Weise meine Ermittlungen behindern«, sagte er mit mühsam gesenkter Stimme, »dann versichere ich dir, dass dieser Schuss nach hinten losgehen wird.«

»Was willst du damit andeuten?« Nicola Engel lächelte harmlos.

»Dass du diese Informationen an die Presse lanciert hast«, erwiderte er. »Ich erinnere mich nämlich noch sehr gut an einen anderen Fall, in dem die voreilige Benachrichtigung der Presse dazu geführt hat, dass einer unserer Leute enttarnt und ermordet wurde.«

Er bereute die Anschuldigung in dem Moment, in dem er sie ausgesprochen hatte. Damals hatte es kein Disziplinarverfahren, keine interne Untersuchung und noch nicht einmal eine Aktennotiz gegeben. Aber Nicola war über Nacht von dem Fall abgezogen worden, und das war für Bodenstein Bestätigung genug gewesen. Das Lächeln auf ihrem Gesicht wurde frostig.

»Pass auf, was du sagst«, entgegnete sie leise. Bodenstein war bewusst, dass er sich auf gefährliches Terrain begab, aber er war zu aufgebracht und zu wütend, um vernünftig zu sein. Außerdem hatte ihm diese Sache schon viel zu lange auf der Seele gebrannt.

»Ich lasse mich von dir nicht einschüchtern, Nicola.« Er blickte aus der vollen Höhe seiner einsachtundachtzig auf sie hinunter. »Und ich dulde auch nicht, dass du meine Mitarbeiter ohne Rücksprache mit mir bei ihrer Arbeit überwachst. Ich weiß besser als jeder andere, wozu du fähig bist, wenn du ein Ziel erreichen willst. Vergiss nicht, wie lange wir uns schon kennen.«

Unerwartet wich sie vor ihm zurück. Ganz plötzlich spürte er, wie sich das Kräfteverhältnis zu seinen Gunsten neigte, und offensichtlich hatte sie es auch bemerkt. Sie wandte sich ruckartig ab und verließ wortlos sein Büro.

Nowaks Großmutter erhob sich von dem Plastikstuhl im Wartebereich der Station, als Pia durch die Milchglastür kam. Sie mochte etwa im gleichen Alter wie Vera Kaltensee sein – aber welch ein Unterschied zwischen der gepflegten, vornehmen Dame und dieser vierschrötigen Frau mit kurzgeschnittenem eisgrauen Haar und abgearbeiteten Händen, die deutliche Spuren von Arthritis zeigten. Zweifellos hatte Auguste Nowak in ihrem langen Leben einiges erlebt und mitgemacht.

»Setzen wir uns einen Moment.« Pia wies auf eine Sitzgruppe am Fenster. »Danke, dass Sie gewartet haben.«

»Ich kann den Jungen doch nicht alleine lassen«, erwiderte die alte Frau. Auf ihrem runzligen Gesicht lag ein besorgter Ausdruck. Pia bat sie um ein paar Angaben zu ihrer Person und machte sich Notizen. Es war Auguste Nowak gewesen, die in der Nacht die Polizei gerufen hatte. Ihr Schlafzimmer ging zum Hof, wo sich Werkstatt und Büro der Firma ihres Enkelsohnes befanden. Gegen zwei Uhr morgens hatte sie Geräusche vernommen, war aufgestanden und hatte aus dem Fenster geschaut.

»Ich schlafe seit Jahren nicht mehr gut«, erklärte die alte Frau. »Als ich aus dem Fenster geguckt habe, habe ich Licht in Marcus' Büro gesehen, und das Hoftor stand offen. Vor dem Büro stand ein dunkles Auto, ein Transporter. Ich hatte ein ungutes Gefühl und bin hinausgegangen.«

»Das war aber leichtsinnig von Ihnen«, bemerkte Pia. »Hatten Sie keine Angst?«

Die alte Frau machte eine wegwerfende Handbewegung.

»Ich habe vom Flur aus das Außenlicht eingeschaltet«, fuhr sie fort, »und als ich aus der Haustür kam, stiegen sie gerade in ihr Auto. Es waren drei. Sie fuhren direkt auf mich zu, als wollten sie mich überfahren, dabei haben sie einen der Betonkübel gerammt, die als Schutz vor dem Gartenzaun stehen. Ich wollte mir noch das Kennzeichen merken, aber sie hatten keins an ihrem Auto, diese Verbrecher.«

»Kein Kennzeichen?« Pia, die sich Notizen gemacht hatte, blickte überrascht auf. Die alte Frau schüttelte den Kopf.

»Was macht Ihr Enkelsohn beruflich?«

»Er ist Restaurator«, erwiderte Auguste Nowak. »Er saniert und restauriert alte Gebäude. Seine Firma hat einen sehr guten Ruf, er hat viele Aufträge. Aber seit er Erfolg hat, ist er nicht mehr besonders beliebt.«

»Wieso?«, fragte Pia nach.

»Wie heißt es so schön«, die alte Frau schnaubte verächtlich, »Neid musst du dir erarbeiten, Mitleid bekommst du umsonst.«

»Glauben Sie, dass Ihr Enkelsohn die Leute kannte, die ihn letzte Nacht überfallen haben?«

»Nein«, Auguste Nowak schüttelte den Kopf, ihr Tonfall wurde bitter, »das glaube ich nicht. Von seinen Bekannten traut sich so was keiner.«

Pia nickte.

»Die Ärztin hält die Verletzungen für das Ergebnis einer Art Folter«, sagte sie. »Warum sollte jemand Ihren Enkelsohn foltern? Hat er etwas zu verbergen? Wurde er in der letzten Zeit bedroht?«

Auguste Nowak blickte sie aufmerksam an. Sie mochte eine einfache Frau sein, aber sie war nicht schwer von Begriff.

»Darüber weiß ich nichts«, wich sie aus.

»Wer könnte es dann wissen? Seine Frau?«

»Das glaube ich kaum.« Die Alte lächelte bitter. »Aber Sie können sie ja heute Nachmittag fragen, wenn sie von der Arbeit kommt. Die ist ihr ja wichtiger als ihr Mann.«

Pia bemerkte den leichten Sarkasmus in ihrer Stimme. Sie erlebte es nicht zum ersten Mal, dass sich hinter der Fassade der Normalität eine abgrundtief zerstrittene Familie verbarg.

»Und Sie wissen wirklich nichts darüber, ob Ihr Enkelsohn irgendwie in Schwierigkeiten steckt?«

»Nein, tut mir leid.« Die alte Frau schüttelte bedauernd den Kopf. »Wenn er Probleme mit der Firma hätte, dann hätte er mir sicher davon erzählt.«

Pia bedankte sich bei Auguste Nowak und bat sie, später für ein Protokoll aufs Kommissariat zu kommen. Dann bestellte sie ein Team der Spurensicherung nach Fischbach in die Firma von Marcus Nowak und machte sich auf den Weg zum Ort des Geschehens.

Die Firma von Marcus Nowak lag am Ortsrand von Fischbach, direkt an einer für den öffentlichen Verkehr gesperrten Straße, die von Anwohnern gerne als nächtlicher Promilleweg benutzt wurde. Als Pia auf dem Betriebsgelände eintraf, fand sie Nowaks Mitarbeiter in einer heftigen Diskussion vor der verschlossenen Tür eines Anbaus, in dem sich wohl die Büros befanden.

Pia hob ihren Ausweis. »Guten Morgen. Pia Kirchhoff, Kriminalpolizei.« Das Stimmengewirr verstummte.

»Was ist denn hier los?«, erkundigte sie sich. »Gibt es Probleme?«

»Wohl mehr als genug«, sagte ein junger Mann in einem karierten Wollhemd und blauer Arbeitshose. »Wir können nicht rein, dabei sind wir eh schon zu spät! Der Vater vom Chef hat gesagt, wir müssten warten, bis die Polizei hier ist.«

Er wies mit einem Kopfnicken auf einen Mann, der mit großen Schritten über den Hof marschiert kam.

»Die Polizei *ist* jetzt hier.« Pia war es ganz recht, dass nicht Dutzende von Leuten am Tatort herumgetrampelt waren, bevor die Spurensicherung ihre Arbeit tun konnte. »Ihr Chef wurde gestern Nacht überfallen. Er liegt im Krankenhaus und bleibt dort wohl noch eine Weile.«

Das verschlug den Männern für einen Moment die Sprache.

»Lasst misch emol dorsch!«, ertönte eine Stimme, und die Männer gehorchten sofort. »*Sie* sin die Polizei?«

Der Mann musterte Pia misstrauisch von Kopf bis Fuß. Er war groß und stattlich, mit einer gesunden Gesichtsfarbe und einem akkurat getrimmten Schnauzer unter der knolligen Nase. Ein befehlsgewohnter Patriarch, der sich mit weiblicher Autorität schwertat.

»Allerdings.« Sie präsentierte ihm ihren Ausweis. »Und wer sind Sie?«

»Nowak, Manfred. Meim Sohn geheert die Ferma.«

»Wer kümmert sich um die Geschäfte, solange Ihr Sohn das nicht tun kann?«, wollte Pia wissen. Nowak senior zuckte die Schultern.

»Wir wissen, was wir tun müssen«, schaltete sich der junge Mann ein. »Wir brauchen nur das Werkzeug und die Autoschlüssel.«

»Halt disch jetzemol zurick«, blaffte Nowak senior.

»Das werd ich nicht!«, entgegnete der Jüngere hitzig. »Sie glauben wohl, Sie könnten Marcus jetzt endlich mal eins reinwürgen! Zu sagen haben Sie hier mal grad überhaupt nichts!«

Nowak senior lief rot an. Er stemmte die Arme in die Seiten und öffnete schon den Mund zu einer heftigen Erwiderung.

»Beruhigen Sie sich!«, sagte Pia. »Schließen Sie bitte die Tür auf. Dann möchte ich mich mit Ihnen und Ihrer Familie über die letzte Nacht unterhalten.«

Nowak senior warf ihr einen feindseligen Blick zu, tat aber, was sie verlangt hatte.

»Sie kommen mit«, bedeutete Pia dem jungen Mann.

Im Büro herrschte völlige Verwüstung. Aktenordner waren aus den Regalen gerissen, Schubladen und ihr Inhalt lagen umgedreht auf dem Boden, der Computerbildschirm, Drucker, Fax und Kopierer waren zertrümmert, Schränke standen offen und waren durchwühlt.

»Ach du liebe Scheiße«, entfuhr es dem Vorarbeiter.

»Wo sind die Autoschlüssel?«, fragte Pia ihn. Er wies auf einen Schlüsselkasten links neben der Bürotür, und Pia gestattete ihm mit einer Geste, den Raum zu betreten. Als er alle benötigten Schlüssel an sich genommen hatte, folgte sie ihm einen Flur entlang durch eine schwere Sicherheitstür in die Werkshalle. Hier schien auf den ersten Blick alles in Ordnung zu sein, aber der junge Mann stieß einen unterdrückten Fluch aus.

»Was ist?«, wollte Pia wissen.

»Das Lager.« Der Mann zeigte auf eine weit geöffnete Tür auf der gegenüberliegenden Seite. Wenig später standen sie auch hier in einem Chaos von umgekippten Regalen und zerstörtem Material.

»Wie haben Sie das eben eigentlich gemeint, als Sie sagten, Manfred Nowak könnte seinem Sohn jetzt endlich mal eins reinwürgen?«, erkundigte Pia sich bei Nowaks Vorarbeiter.

»Der Alte hat tierisch Zorn auf den Marcus«, erklärte der junge Mann mit unverhohlener Abneigung. »Er hat's ihm total übelgenommen, dass der damals nicht die Baufirma und die ganzen Schulden übernommen hat. Ich kann's gut verstehen. Die Firma war pleite, weil jeder in die Kasse gegriffen hat und keiner Ahnung von Buchhaltung hatte. Der Marcus, der ist aus anderem Holz geschnitzt als der Rest von denen. Der ist echt clever, und er kann was. Es macht Spaß, mit ihm zu arbeiten.«

»Arbeitet Herr Nowak bei seinem Sohn in der Firma?«

»Nee, das wollte er nicht.« Der junge Mann schnaubte abfällig. »Genauso wenig wie dem Marcus seine beiden älteren Brüder. Die gehen lieber aufs Arbeitsamt.«

»Seltsam, dass gestern Nacht niemand von der Familie etwas gehört haben will«, sagte Pia nun. »Das muss doch ein Höllenlärm gewesen sein.«

»Vielleicht haben sie's nicht hören wollen.« Der junge Mann schien von der ganzen Familie seines Chefs nicht viel zu halten. Sie verließen das Lager und gingen durch die Werkshallen zurück. Unvermittelt blieb der Vorarbeiter stehen.

»Wie geht's dem Chef wirklich?«, fragte er. »Sie haben eben gesagt, er würde für eine Weile im Krankenhaus bleiben. Stimmt das?«

»Ich bin zwar keine Ärztin«, antwortete Pia, »aber so, wie ich es verstanden habe, ist er wohl ernsthaft verletzt. Er liegt in Hofheim im Krankenhaus. Kommen Sie vorübergehend ohne ihn aus?«

»Ein paar Tage schon.« Der junge Mann zuckte die Achseln. »Aber Marcus ist an einem großen Auftrag dran. Da weiß nur er Bescheid. Und Ende der Woche ist da ein wichtiger Termin.«

Die Familie von Marcus Nowak gab sich abweisend bis desinteressiert. Niemand dachte daran, Pia ins Haus zu bitten, deshalb fand die Befragung vor der Eingangstür des großen Hauses statt, das direkt an das Firmengelände grenzte. Einen Steinwurf entfernt stand ein kleines Häuschen inmitten eines gepflegten Gärtchens. Pia erfuhr, dass dort Nowaks Großmutter wohnte. Manfred Nowak antwortete wie selbstverständlich auf jede Frage, die Pia stellte, ungeachtet dessen, an wen sie gerichtet war. Einmütiges, wenn auch gleichgültiges Kopfnicken bestätigte jede seiner Behauptungen. Seine Frau wirkte verhärmt und älter, als sie sein mochte. Sie vermied jeden Blickkontakt und hielt den schmallippigen Mund fest zusammengepresst. Die Brüder von Marcus Nowak waren etwa Anfang vierzig, beide schwerfällig, etwas linkisch und in physischer Hinsicht genaue Abbilder ihres Vaters, allerdings ohne dessen Selbstbewusstsein. Der Ältere, der die wässrigen Augen eines Trinkers hatte, lebte mit seiner Familie ebenfalls in dem großen Haus neben dem Firmengelände, der andere zwei Häuser weiter. Weshalb sie um diese Uhrzeit an einem Montagmorgen zu Hause und nicht bei der Arbeit waren, wusste Pia nun. Keiner von ihnen wollte etwas von den nächtlichen Vorgängen mitbekommen haben, alle Schlafzimmer gingen angeblich nach hinten, zum Waldrand. Erst als Notarzt und Polizei gekommen waren, hatte man bemerkt, dass etwas geschehen sein musste. Im Gegensatz zu Auguste Nowak hatte ihr Sohn sofort mehrere Verdächtige bei der Hand. Pia notierte zwar die Namen eines beleidigten Kneipenwirts und eines gekündigten Mitarbeiters, aber es erschien ihr überflüssig, sie zu überprüfen. Wie die Ärztin im Krankenhaus bemerkt hatte: Der Überfall auf Marcus Nowak war professionelle Arbeit gewesen. Pia dankte der Familie für ihre Unterstützung und ging wieder hinüber in Nowaks Büro, wo gerade die Kollegen der Spurensicherung mit ihrer Arbeit begonnen hatten. Die Worte von Auguste Nowak kamen ihr in den Sinn. *Neid musst du dir erarbeiten, Mitleid bekommst du umsonst.* Wie wahr.

Bei ihrer Rückkehr ins Kommissariat zwei Stunden später bemerkte Pia sofort, dass etwas vorgefallen sein musste. Ihre Kollegen saßen mit angespannten Mienen an ihren Schreibtischen und blickten kaum auf.

»Ist etwas passiert?«, fragte Pia. Ostermann klärte sie in knappen Worten über den Zeitungsartikel und Bodensteins Reaktion auf. Der Chef hatte nach einem heftigen Wortwechsel mit Nierhoff hinter geschlossenen Türen einen für ihn völlig untypischen Wutanfall bekommen und einen nach dem anderen verdächtigt, Informationen an die Presse herausgegeben zu haben.

»Von uns war's sicher keiner«, sagte Ostermann. »Auf deinem Schreibtisch liegt übrigens das Protokoll von einer Frau Nowak. Die war gerade eben hier.«

»Danke.« Pia stellte ihre Tasche auf dem Schreibtisch ab und warf einen kurzen Blick auf das Protokoll, das der KvD aufgenommen hatte. Außerdem klebte ein gelber Zettel auf ihrem Telefon mit dem Hinweis »Dringend zurückrufen!«. Eine Telefonnummer mit der Vorwahl 0048 für Polen. Miriam. Beides musste bis später warten. Sie ging zu Bodensteins Büro. Gerade als sie anklopfen wollte, wurde die Tür aufgerissen, und Behnke stürmte mit wachsbleichem Gesicht an ihr vorbei. Pia betrat das Büro ihres Chefs.

»Was ist denn mit dem los?«, fragte sie. Bodenstein antwortete nicht. Er sah auch nicht unbedingt gutgelaunt aus.

»Was war im Krankenhaus?«, wollte er wissen.

»Marcus Nowak, Restaurator aus Fischbach«, erwiderte Pia. »Er wurde gestern Nacht in seinem Büro von drei Männern überfallen und gefoltert. Leider sagt er keinen Ton, und von seiner Familie scheint niemand einen blassen Schimmer zu haben, wer oder was hinter diesem Überfall stecken könnte.«

»Geben Sie die Sache an die Kollegen vom K10 weiter.« Bodenstein kramte in einer Schublade seines Schreibtisches. »Wir haben genug zu tun.«

»Moment«, sagte Pia. »Ich bin noch nicht fertig. In Nowaks Büro haben wir eine Ladung von den Kelkheimer Kollegen gefunden. Er wird der fahrlässigen Körperverletzung zum Nachteil von Vera Kaltensee beschuldigt.«

Bodenstein hielt inne und blickte auf. Sein Interesse war schlagartig geweckt.

»Von Nowaks Telefon aus wurde in den vergangenen Tagen mindestens dreißigmal die Nummer von Kaltensees Anschluss auf dem Mühlenhof gewählt. Gestern Nacht hat er fast eine halbe Stunde lang mit unserem Freund Elard telefoniert. Es mag Zufall sein, aber irgendwie finde ich es schon eigenartig, dass wieder der Name Kaltensee auftaucht.«

»Allerdings.« Bodenstein rieb sich nachdenklich das Kinn.

»Erinnern Sie sich, dass man uns die Anwesenheit des Werkschutzes auf dem Anwesen mit einem Einbruchsversuch erklärt hat?«, fragte Pia. »Vielleicht steckte Nowak dahinter.«

»Wir gehen der Sache auf den Grund.« Bodenstein griff nach dem Telefon und tippte eine Nummer ein. »Ich habe eine Idee.«

Eine gute Stunde später bremste Bodenstein vor dem Tor des Anwesens von Gräfin Gabriela von Rothkirch im Bad Homburger Hardtwald, der wohl vornehmsten Wohngegend im vorderen Taunus. Hinter hohen Mauern und dichten Hecken lebte hier die wirkliche High Society in herrschaftlichen Villen auf jeweils mehreren tausend Quadratmeter großen Parkgrundstücken. Seit Cosima und ihre Geschwister nach und nach ausgezogen waren und ihr Gatte verstorben war, bewohnte die Gräfin die prächtige Achtzehn-Zimmer-Villa ganz allein; ein altes Hausmeisterehepaar lebte im angrenzenden Gästehaus, mittlerweile eher Freunde als Angestellte. Bodenstein schätzte seine Schwiegermutter sehr. Sie führte ein erstaunlich spartanisches Leben, spendete große Summen aus diversen Familienstiftungen, tat dies aber im Gegensatz zu Vera Kaltensee diskret und ohne großes Aufhebens. Bodenstein führte Pia um das Haus herum in den weitläufigen Garten. Sie fanden die Gräfin in einem ihrer drei Gewächshäuser, damit beschäftigt, Tomatensetzlinge umzutopfen.

»Ah, da seid ihr ja«, sagte sie und lächelte. Bodenstein musste grinsen, als er seine Schwiegermutter in verblichenen

Jeans, einer ausgeleierten Strickjacke und einem Schlapphut erblickte.

»Mein Gott, Gabriela.« Er küsste seine Schwiegermutter auf beide Wangen, ehe er sie und Pia einander vorstellte. »Ich wusste gar nicht, welche Ausmaße deine Gemüsezucht angenommen hat. Was machst du mit dem ganzen Zeug? Das kannst du doch unmöglich alles alleine essen!«

»Das, was ihr nicht esst, bekommt die Bad Homburger Tafel«, erwiderte die Gräfin. »So kommt mein Hobby noch jemandem zugute. Aber jetzt erzähl schon – worum geht es?«

»Haben Sie schon einmal den Namen Marcus Nowak gehört?«, fragte Pia.

»Nowak, Nowak.« Die Gräfin hieb ein Messer in einen der Säcke, die neben ihr auf dem Arbeitstisch lagen, und zog es mit einem Ruck durch das Plastik. Fette schwarze Erde quoll auf den Tisch, und Pia dachte unwillkürlich an Monika Krämer. Sie begegnete dem Blick ihres Chefs und wusste, dass er dieselbe Assoziation hatte wie sie. »Ja, natürlich! Das ist der junge Restaurator, der vor zwei Jahren die alte Mühle auf dem Mühlenhof restauriert hat, nachdem Vera Auflagen vom Denkmalschutzamt bekommen hatte.«

»Das ist ja interessant«, sagte Bodenstein. »Irgendetwas muss vorgefallen sein, denn sie hat ihn wegen fahrlässiger Körperverletzung verklagt.«

»Davon habe ich gehört«, bestätigte die Gräfin. »Es hat wohl einen Unfall gegeben, bei dem Vera verletzt wurde.«

»Was ist passiert?« Bodenstein öffnete sein Jackett und lockerte die Krawatte. Im Gewächshaus herrschten mindestens achtundzwanzig Grad bei neunzig Prozent Luftfeuchtigkeit. Pia hatte ihren Block hervorgeholt und machte sich Notizen.

»Ich weiß leider nichts Genaues.« Die Gräfin stellte die

fertig umgetopften Pflanzen auf ein Brett. »Vera redet nur ungern über ihre Niederlagen. Auf jeden Fall hat sie nach dieser Sache ihren Dr. Ritter gefeuert und mehrere Prozesse mit Nowak geführt.«

»Wer ist Dr. Ritter?«, wollte Pia wissen.

»Thomas Ritter war lange Jahre Veras persönlicher Assistent und Mädchen für alles«, erklärte Gabriela von Rothkirch. »Ein intelligenter, gutaussehender Mann. Vera hat ihn nach der fristlosen Kündigung überall so schlechtgemacht, dass er nirgendwo mehr einen Job bekommen hat.«

Sie hielt inne und kicherte.

»Ich hatte immer die Vermutung, dass sie scharf auf ihn war. Aber mein Gott, der Junge war ein smartes Kerlchen und Vera eine alte Schachtel! Dieser Nowak ist übrigens auch ein ziemlich hübscher Bursche. Ich habe ihn zwei- oder dreimal gesehen.«

»Er *war* ein hübscher Bursche«, korrigierte Pia. »Gestern Nacht wurde er überfallen und übel zugerichtet. Nach Meinung der behandelnden Ärzte hat man ihn gefoltert. Seine rechte Hand ist so stark gequetscht, dass sie eventuell amputiert werden muss.«

»Großer Gott!« Die Gräfin hielt entsetzt mit ihrer Arbeit inne. »Der arme Mann!«

»Wir müssen herausfinden, weshalb Vera Kaltensee ihn angezeigt hat.«

»Da solltet ihr am besten mit Dr. Ritter sprechen. Und mit Elard. Soweit ich weiß, waren sie bei dem Vorfall dabei.«

»Elard Kaltensee wird uns wohl kaum etwas Nachteiliges über seine Mutter erzählen«, vermutete Bodenstein und zog das Jackett ganz aus. Der Schweiß lief ihm über das Gesicht.

»Da wäre ich mir nicht so sicher«, entgegnete die Gräfin. »Elard und Vera sind sich nicht besonders zugetan.«

»Aber warum lebt er denn dann mit ihr unter einem Dach?«

»Wahrscheinlich, weil es bequem ist«, vermutete Gabriela von Rothkirch. »Elard ist kein Mensch, der bei irgendetwas die Initiative ergreift. Er ist ein brillanter Kunsthistoriker, und seine Meinung ist in der Kunstwelt hoch geschätzt, aber im wahren Leben ist er eher unbeholfen – kein Macher, wie Siegbert. Elard geht gerne den bequemsten Weg und möchte mit allen gut Freund sein. Wenn das nicht geht, dann weicht er aus.«

Pia hatte einen ganz ähnlichen Eindruck von Elard Kaltensee gewonnen. Nach wie vor war er ihr bevorzugter Verdächtiger.

»Halten Sie es für möglich, dass Elard die Freunde seiner Mutter getötet haben könnte?«, fragte sie deshalb, obwohl Bodenstein sofort die Augen verdrehte. Die Gräfin aber blickte Pia unverwandt an.

»Elard ist schwer einzuschätzen«, sagte sie. »Ich bin mir sicher, dass er hinter seiner höflichen Fassade etwas verbirgt. Sie müssen bedenken, dass er nie einen Vater hatte, keine Wurzeln. Das macht ihm zu schaffen, besonders jetzt, in dem Alter, in dem man begreift, dass womöglich nicht mehr viel kommt. Und Goldberg und Schneider hat er zweifellos nie leiden können.«

Marcus Nowak hatte Besuch, als Bodenstein und Pia eine Stunde später das Krankenzimmer betraten. Pia erkannte den jungen Vorarbeiter von heute Morgen wieder. Er saß auf dem Stuhl neben dem Bett seines Chefs, hörte ihm zu und machte sich eifrig Notizen. Nachdem er mit dem Versprechen, später am Abend noch einmal wiederzukommen, verschwunden war, stellte Bodenstein sich Nowak vor.

»Was ist gestern Nacht passiert?«, fragte er ohne große

Einleitung. »Und kommen Sie mir jetzt nicht damit, dass Sie sich nicht erinnern können. Das nehme ich Ihnen nicht ab.«

Nowak schien nicht sonderlich begeistert, schon wieder die Kripo zu sehen, und tat das, was er gut konnte: Er schwieg. Bodenstein hatte sich auf den Stuhl gesetzt, Pia lehnte am Fensterbrett und hatte ihr Notizbuch aufgeschlagen. Sie betrachtete Nowaks übel zugerichtetes Gesicht. Ihr war beim letzten Mal nicht aufgefallen, was für einen schönen Mund er hatte. Volle Lippen, weiße regelmäßige Zähne und feingeschnittene Gesichtszüge. Bodensteins Schwiegermutter hatte recht. Unter normalen Umständen war er sicher ein ziemlich hübscher Mann.

»Herr Nowak«, Bodenstein beugte sich vor, »meinen Sie, wir sind zum Spaß hier? Oder ist es Ihnen egal, wenn die Männer, denen Sie möglicherweise den Verlust Ihrer rechten Hand verdanken, straffrei ausgehen?«

Nowak schloss die Augen und schwieg beharrlich.

»Wieso hat Frau Kaltensee Sie wegen fahrlässiger Körperverletzung angezeigt?«, fragte Pia. »Warum haben Sie in den letzten Tagen ungefähr dreißigmal bei ihr angerufen?«

Schweigen.

»Kann es sein, dass der Überfall auf Sie etwas mit der Familie Kaltensee zu tun hat?«

Pia bemerkte, wie Nowak seine unverletzte Hand bei dieser Frage zu einer Faust ballte. Treffer! Sie nahm einen zweiten Stuhl, stellte ihn auf die andere Seite des Bettes und setzte sich. Ihr erschien es fast ein bisschen unfair, den Mann, der vor kaum achtzehn Stunden Entsetzliches erlebt hatte, so in die Mangel zu nehmen. Sie selbst wusste nur zu gut, wie furchtbar es war, in seinen eigenen vier Wänden überfallen zu werden. Trotzdem – sie hatten fünf Morde aufzuklären, und Marcus Nowak hätte leicht die sechste Leiche sein können.

»Herr Nowak.« Sie ließ ihre Stimme freundlich klingen.

»Wir wollen Ihnen helfen, wirklich. Es geht um sehr viel mehr als den Überfall auf Sie. Bitte schauen Sie mich doch mal an.«

Nowak gehorchte. Der Ausdruck der Verletzlichkeit in seinen dunklen Augen berührte Pia. Der Mann war ihr irgendwie sympathisch, obwohl sie ihn gar nicht kannte. Es passierte ihr gelegentlich, dass sie für einen Menschen, in dessen Leben sie durch ihre Ermittlungen plötzlich Einblick erhielt, mehr Mitgefühl und Verständnis empfand, als für ihre Objektivität gut sein mochte. Während sie noch darüber nachdachte, weshalb sie den Mann mochte, der sich so hartnäckig weigerte, irgendetwas preiszugeben, fiel ihr wieder ein, was ihr am Morgen beim Anblick von Nowaks Fahrzeugen durch den Kopf geschossen war. Ein Zeuge hatte in der Nacht von Schneiders Ermordung in der Einfahrt von dessen Haus ein Auto mit einer Firmenaufschrift gesehen.

»Wo waren Sie in der Nacht vom 30. April auf den 1. Mai?«, fragte sie unvermittelt. Nowak war von dieser Frage ebenso überrascht wie Bodenstein.

»Ich war beim Tanz in den Mai. Auf dem Sportplatz in Fischbach.«

Seine Stimme klang etwas undeutlich, was an den Blutergüssen und seiner aufgeplatzten Unterlippe liegen mochte, aber immerhin hatte er etwas gesagt.

»Sie waren nicht zufällig danach noch kurz in Eppenhain?«

»Nein. Was sollte ich denn da machen?«

»Wie lange waren Sie auf diesem Fest? Wo waren Sie danach?«

»Weiß ich nicht genau. Bis um eins oder halb zwei. Danach war ich zu Hause«, erwiderte Nowak.

»Und am Abend des 1. Mai? Waren Sie da vielleicht auf dem Mühlenhof bei Frau Kaltensee?«

»Nein«, sagte Nowak. »Warum auch?«

»Um mit Frau Dr. Kaltensee zu reden. Weil sie Sie angezeigt hat. Oder vielleicht, weil Sie Frau Kaltensee einschüchtern wollten.«

Endlich kam Nowak aus der Reserve.

»Nein!«, erwiderte er gereizt. »Ich war nicht auf dem Mühlenhof! Und warum sollte ich Frau Kaltensee einschüchtern wollen?«

»Sagen Sie es mir. Wir wissen, dass Sie die Mühle restauriert haben. Dabei kam es zu einem Unfall, an dem Frau Kaltensee Ihnen ganz offensichtlich die Schuld gibt. Was ist da los zwischen Ihnen und Frau Kaltensee? Was ist damals passiert? Weshalb gab es Prozesse?«

Es dauerte einen Moment, bis sich Nowak zu einer Antwort durchringen konnte.

»Sie ist auf die Baustelle gegangen und durch den frischen Lehmboden gebrochen, obwohl ich sie gewarnt hatte«, erklärte er schließlich. »Sie hat mir die Schuld an ihrem Unfall gegeben und deshalb meine Rechnung nicht bezahlt.«

»Vera Kaltensee hat Sie bis heute nicht für Ihre Arbeit entlohnt?«, fragte Pia nach. Nowak zuckte mit den Schultern und starrte auf seine gesunde Hand.

»Wie viel schuldet sie Ihnen?«, wollte Pia wissen.

»Weiß ich nicht.«

»Ach kommen Sie, Herr Nowak! Sie wissen es ganz sicher auf den Cent genau. Erzählen Sie uns nichts! Also, wie viel Geld schuldet Ihnen Frau Kaltensee für Ihre Arbeiten an der Mühle?«

Marcus Nowak zog sich wieder in sein Schneckenhaus zurück und schwieg.

»Ein Anruf bei den Kollegen in Kelkheim reicht, und ich bekomme Einblick in die Klageschrift«, sagte Pia. »Also?«

Nowak dachte kurz darüber nach, dann seufzte er.

»Hundertsechzigtausend Euro«, sagte er widerstrebend. »Ohne Zinsen.«

»Das ist viel Geld. Können Sie auf eine solche Summe verzichten?«

»Nein, natürlich nicht. Aber ich werde das Geld schon bekommen.«

»Und wie wollen Sie das hinkriegen?«

»Ich werde es einklagen.«

Eine Weile war es ganz still in dem Krankenzimmer.

»Ich frage mich«, sagte Pia in die Stille, »wie weit Sie gehen würden, um an Ihr Geld zu kommen.«

Schweigen. Bodensteins Blick signalisierte ihr, so weiterzumachen.

»Was haben die Männer gestern Nacht von Ihnen gewollt?«, fuhr Pia fort. »Weshalb haben sie Ihr Büro und das Lager auf den Kopf gestellt und Sie gefoltert? Was haben sie gesucht?«

Nowak presste die Lippen zusammen und wandte den Blick ab.

»Die Männer hatten es eilig wegzukommen, als Ihre Großmutter die Außenbeleuchtung angemacht hat«, sagte Pia. »Dabei haben sie einen Betonblumenkübel gerammt. Unsere Kollegen haben Lackspuren sichergestellt, die im Augenblick in unserem Labor ausgewertet werden. Wir werden die Kerle kriegen. Es würde nur schneller gehen, wenn Sie uns helfen.«

»Ich habe niemanden erkannt«, beharrte Nowak. »Sie waren maskiert und haben mir die Augen verbunden.«

»Was wollten die von Ihnen?«

»Geld«, antwortete er schließlich nach kurzem Zögern. »Sie haben einen Tresor gesucht, ich habe aber keinen.«

Das war glatt gelogen. Und Marcus Nowak wusste, dass Pia seine Lüge durchschaut hatte.

»Na gut.« Sie stand auf. »Wenn Sie uns nicht mehr erzählen wollen, ist das Ihre Sache. Wir haben versucht, Ihnen zu helfen. Vielleicht kann mir Ihre Frau mehr erzählen. Sie kommt jetzt gleich aufs Kommissariat.«

»Was hat denn meine Frau damit zu tun?« Nowak richtete sich mühsam auf. Der Gedanke, dass die Kriminalpolizei mit seiner Frau sprechen würde, schien ihm Unbehagen zu verursachen.

»Das werden wir schon sehen.« Pia lächelte kurz. »Alles Gute für Sie. Und falls Ihnen doch noch etwas einfällt, hier ist meine Karte.«

»Weiß er wirklich nichts, oder hat er Angst?«, grübelte Bodenstein auf dem Weg ins Erdgeschoss des Krankenhauses.

»Weder noch«, entgegnete Pia bestimmt. »Er verheimlicht uns etwas, das hab ich im Gefühl. Ich hatte gehofft, ich …«

Sie brach ab, ergriff ihren Chef am Arm und zog ihn hinter einen Pfeiler.

»Was ist denn?«, fragte Bodenstein.

»Der Mann da drüben, der mit dem Blumenstrauß«, flüsterte Pia. »Ist das nicht Elard Kaltensee?«

Bodenstein kniff die Augen zusammen und blickte durch die Halle.

»Ja, das ist er. Was macht der denn hier?«

»Ob er zu Nowak will?«, überlegte Pia. »Aber wenn ja – warum?«

»Woher sollte er überhaupt wissen, dass Nowak hier im Krankenhaus ist?«

»Wenn die Kaltensees tatsächlich hinter dem Überfall stecken, dann weiß er es natürlich«, erwiderte Pia. »Er hat gestern Nacht noch mit Nowak telefoniert – vielleicht um ihn so lange hinzuhalten, bis die Schläger da waren.«

»Fragen wir ihn.« Bodenstein setzte sich in Bewegung und

steuerte auf den Mann zu. Elard Kaltensee war in die Hinweisschilder vertieft und fuhr erschrocken herum, als Bodenstein ihn ansprach. Er wurde noch blasser als er ohnehin schon war.

»Sie bringen Ihrer Mutter Blumen mit.« Bodenstein lächelte freundlich. »Da wird sie sich aber freuen. Wie geht es ihr?«

»Meiner Mutter?« Kaltensee wirkte verstört.

»Ihr Bruder hat mir erzählt, dass Ihre Mutter im Krankenhaus liegt«, sagte Bodenstein. »Sie wollen doch sicher zu ihr, oder nicht?«

»N... nein, ich ... ich bin auf dem Weg zu einem ... Bekannten.«

»Zu Herrn Nowak?«, fragte Pia. Kaltensee zögerte einen Moment, dann nickte er.

»Woher wissen Sie, dass er hier im Krankenhaus liegt?«, fragte Pia argwöhnisch. In Bodensteins Gegenwart war ihr Elard Kaltensee längst nicht mehr so unheimlich wie am Samstagnachmittag.

»Von seiner Buchhalterin«, antwortete Kaltensee jetzt. »Sie hat mich heute Morgen angerufen und mir erzählt, was passiert ist. Sie müssen wissen, dass ich Nowak einen großen Auftrag in Frankfurt vermittelt habe, das Sanierungsprojekt der Frankfurter Altstadt. In drei Tagen findet ein wichtiger Termin statt, und Nowaks Leute fürchten, dass ihr Chef bis dahin noch nicht das Krankenhaus verlassen darf.«

Das klang glaubhaft. Allmählich schien er sich von seinem Schrecken zu erholen, in sein wachsbleiches Gesicht kehrte die Farbe zurück. Er sah aus, als ob er seit Samstag nicht mehr geschlafen hätte.

»Haben Sie schon mit ihm gesprochen?«, wollte er wissen.

Bodenstein nickte. »Ja, das haben wir.«

»Und? Wie geht es ihm?«

Pia sah ihn misstrauisch an. War das wirklich nur höfliche Sorge um das Wohlergehen eines Bekannten?

»Man hat ihn gefoltert«, sagte sie. »Dabei wurde seine rechte Hand so zerquetscht, dass sie womöglich amputiert werden muss.«

»Gefoltert?« Kaltensee wurde wieder blass. »O mein Gott!«

»Ja, der Mann hat sehr ernste Probleme«, fuhr Pia fort. »Sie wissen ja sicher, dass Ihre Mutter ihm für die Arbeiten an der Mühle noch einen sechsstelligen Geldbetrag schuldet.«

»Wie bitte?« Kaltensees Überraschung wirkte echt. »Das kann doch nicht sein!«

»Herr Nowak hat es uns eben selbst erzählt«, bestätigte Bodenstein.

»Aber ... aber das gibt's doch gar nicht.« Kaltensee schüttelte fassungslos den Kopf. »Warum hat er nie etwas davon gesagt? Mein Gott, was muss er von mir denken!«

»Wie gut kennen Sie Herrn Nowak eigentlich?«, fragte Pia. Kaltensee antwortete nicht sofort.

»Eher flüchtig«, erwiderte er dann reserviert. »Als er auf dem Mühlenhof gearbeitet hat, haben wir uns gelegentlich unterhalten.«

Pia wartete darauf, dass er weitersprach, aber es kam nichts mehr.

»Sie haben gestern zweiunddreißig Minuten mit ihm telefoniert«, sagte sie. »Um ein Uhr nachts, wohlgemerkt. Eine eigenartige Uhrzeit, um mit einem flüchtigen Bekannten zu plaudern, finden Sie nicht?«

Kurz zeichnete sich Erschrecken auf dem Gesicht des Professors ab. Der Mann hatte etwas zu verbergen, das war offensichtlich. Seine Nerven waren angegriffen. Pia zweifelte nicht daran, dass er in einem ordentlichen Verhör zusammenbrechen würde.

»Wir haben über das Sanierungsprojekt gesprochen«, entgegnete Kaltensee steif. »Das ist eine große Angelegenheit.«

»Um ein Uhr nachts? Nie im Leben!« Pia schüttelte den Kopf.

»Ihre Mutter hat Herrn Nowak außerdem wegen fahrlässiger Körperverletzung angezeigt«, warf Bodenstein ein. »Sie hat drei Prozesse gegen ihn geführt.«

Elard Kaltensee starrte Bodenstein verständnislos an.

»Ja und?« Er schien sich unbehaglich zu fühlen, begriff aber noch immer nicht, worauf sie hinauswollten. »Was hat das alles mit mir zu tun?«

»Finden Sie nicht auch, dass Herr Nowak allen Grund hätte, Ihre Familie aus tiefstem Herzen zu hassen?«

Kaltensee blieb stumm. Ihm stand der Schweiß auf der Stirn. Das sah nicht aus, als ob er ein reines Gewissen hätte.

»Wir fragen uns deshalb«, fuhr Bodenstein fort, »wie weit Herr Nowak wohl zu gehen bereit war, um an sein Geld zu kommen.«

»Was ... was meinen Sie?« Der konfliktscheue Professor war mit der Situation überfordert.

»Hat Marcus Nowak Herrn Goldberg oder Herrn Schneider gekannt? Und vielleicht auch Frau Frings? Ein Auto mit einer Firmenaufschrift, wie Nowak sie in seinem Fuhrpark hat, wurde in der Nacht von Schneiders Ermordung gegen halb eins in dessen Hauseinfahrt gesehen. Herr Nowak hat für diesen Zeitraum kein echtes Alibi, denn er behauptet, zu Hause gewesen zu sein. Allein.«

»Gegen halb eins?«, wiederholte Elard Kaltensee.

»Nowak hat eine ganze Weile auf dem Mühlenhof gearbeitet«, sagte Pia. »Er kannte die drei und wusste, dass sie die engsten Freunde Ihrer Mutter waren. Für Sie mögen hundertsechzigtausend Euro nicht viel Geld sein, aber für Herrn Nowak ist das ein Vermögen. Vielleicht dachte er sich, er könne Ihre Mutter unter Druck setzen, wenn er ihre Freunde tötet. Einen nach dem anderen, um seiner Forderung Nachdruck zu verleihen.«

Kaltensee starrte sie an, als habe sie den Verstand verloren. Er schüttelte heftig den Kopf.

»Aber das ist doch völlig absurd! Was glauben Sie denn von dem Mann? Marcus Nowak ist doch kein Killer! Und das alles ist kein Motiv für einen Mord!«

»Rache und Existenzangst sind sehr starke Mordmotive«, sagte Bodenstein. »Nur die wenigsten Morde werden tatsächlich von Killern verübt. Meistens sind es ganz normale Menschen, die keinen anderen Ausweg mehr sehen.«

»Marcus hat nie und nimmer jemanden erschossen!«, entgegnete Kaltensee überraschend heftig. »Ich frage mich wirklich, wie Sie auf so eine alberne Idee kommen!«

Marcus? Das Verhältnis zwischen den beiden war wohl um einiges weniger flüchtig, als Kaltensee sie glauben machen wollte. Pia kam ein Gedanke. Sie erinnerte sich daran, mit welcher Gleichgültigkeit er vor ein paar Tagen auf die Nachricht vom Tod Herrmann Schneiders reagiert hatte. Möglicherweise deshalb, weil es für ihn überhaupt keine Neuigkeit gewesen war? War es denkbar, dass Kaltensee – ein wohlhabender, einflussreicher Mann – Nowak benutzt, ihn mit einem Millionenauftrag geködert und dafür als Gegenleistung drei Morde eingefordert hatte?

»Wir werden Nowaks Alibi in der Nacht des Mordes an Schneider überprüfen«, sagte Pia. »Und wir werden ihn auch fragen, wo er gewesen ist, als Goldberg und Frau Frings sterben mussten.«

»Sie liegen ganz sicher völlig falsch.« Kaltensees Stimme bebte. Pia betrachtete den Mann aufmerksam. Auch wenn er sich mittlerweile gut unter Kontrolle hatte, so war es doch nicht zu übersehen, wie aufgewühlt er war. Merkte er, dass sie ihm auf der Spur war?

Pias Handy summte, kaum dass sie das Krankenhaus verlassen hatte.

»Ich versuche seit einer Stunde, dich anzurufen.« Ostermann klang vorwurfsvoll.

»Wir waren im Krankenhaus.« Pia blieb stehen, während ihr Chef weiterging. »Da drin war kein Empfang. Was gibt's?«

»Hör zu: Marcus Nowak wurde am 30. April um 23:45 Uhr von einer Polizeistreife in Fischbach kontrolliert. Er hatte keinen Führerschein und keinen Ausweis dabei und sollte beides am nächsten Tag bei den Kollegen in Kelkheim vorlegen. Das hat er allerdings bis heute nicht getan.«

»Ist ja interessant. Wo genau fand die Fahrzeugkontrolle statt?« Pia hörte, wie ihr Kollege auf der Tastatur seines Computers herumtippte.

»Grüner Weg, Ecke Kelkheimer Straße. Er fuhr einen VW-Passat, der auf seine Firma zugelassen ist.«

»Schneider wurde gegen ein Uhr morgens getötet«, überlegte Pia laut. »Von Fischbach nach Eppenhain braucht man mit dem Auto ungefähr fünfzehn Minuten. Danke, Kai.«

Sie steckte ihr Handy ein und ging zu ihrem Chef, der schon sein Auto erreicht hatte und mit abwesender Miene vor sich hin starrte. Pia erzählte ihm, was sie von Ostermann erfahren hatte.

»Er hat also gelogen, was sein Alibi für die Tatzeit betrifft«, stellte sie fest. »Aber warum?«

»Warum sollte er Schneider ermorden?«, fragte Bodenstein zurück.

»Vielleicht auf Betreiben von Professor Kaltensee. Der hat Nowak einen großen Auftrag vermittelt und dafür eine

Gefälligkeit eingefordert. Oder vielleicht wollte Nowak Vera Kaltensee unter Druck setzen, indem er ihre besten Freunde ermordet hat. Und diese Zahl könnte auch ein Hinweis auf die Summe sein, die sie ihm schuldet. Er sagte etwas von hundertsechzigtausend!«

»Dann würde aber mindestens noch eine Null fehlen«, widersprach Bodenstein.

»Na ja.« Pia zuckte die Achseln. »War auch nur eine Idee von mir.«

»Vergessen Sie Elard Kaltensee als Täter oder Anstifter«, sagte Bodenstein. Sein nachsichtiger Tonfall machte Pia plötzlich wütend.

»Nein, das tue ich nicht!«, entgegnete sie heftig. »Dieser Mann hat das stärkste Motiv von allen Leuten, mit denen wir bisher gesprochen haben! Sie hätten ihn neulich erleben sollen, in seiner Wohnung! Er sagte, er *hasst* diejenigen, die ihn daran gehindert hätten, mehr über seine wahre Herkunft zu erfahren! Und als ich ihn fragte, von wem er spräche, da sagte er: *von denen, die Bescheid wissen*. Er hätte sie am liebsten umgebracht. Ich habe nicht lockergelassen und weiter nachgefragt, und da sagte er, jetzt seien sie ja alle drei tot.«

Bodenstein blickte sie über das Autodach nachdenklich an.

»Kaltensee ist Anfang sechzig«, fuhr Pia etwas ruhiger fort. »Viel Zeit bleibt ihm nicht mehr, um herauszufinden, wer sein leiblicher Vater war! Er hat die drei Freunde seiner Mutter erschossen, als sie sich geweigert haben, ihm etwas zu sagen. Oder er hat Nowak dazu angestiftet! Und ich bin sicher, dass er als Nächstes seine Mutter umbringt. Die hasst er nämlich auch!«

»Sie haben keinen einzigen Beweis für Ihre Theorie«, sagte Bodenstein.

»Verdammt!« Pia schlug mit der Faust auf das Autodach.

Lieber noch hätte sie ihren Chef an den Schultern gepackt und geschüttelt, weil er Offensichtliches einfach nicht sehen wollte. »Ich habe das sichere Gefühl, dass Kaltensee etwas damit zu tun hat! Warum gehen Sie nicht zurück ins Krankenhaus und fragen ihn nach seinen Alibis für die Tatzeiten? Ich wette, er sagt Ihnen, er wäre zu Hause gewesen. Allein.«

Statt zu antworten, warf Bodenstein ihr den Autoschlüssel zu.

»Schicken Sie mir einen Streifenwagen, der mich in einer halben Stunde hier abholt«, sagte er und ging zurück zum Krankenhaus.

Christina Nowak wartete im Vorraum der Wache und sprang auf, als Pia eintraf. Sie war sehr blass und sichtlich nervös.

»Hallo, Frau Nowak.« Pia reichte ihr die Hand. »Kommen Sie mit.«

Sie signalisierte dem Beamten hinter der Glasscheibe, sie hereinzulassen. Der Türdrücker summte. Gleichzeitig meldete sich Pias Handy. Es war Miriam.

»Bist du im Büro?« Die Stimme der Freundin klang aufgeregt.

»Ja, gerade eingetroffen.«

»Dann schau deine E-Mails nach. Ich habe die Sachen eingescannt und als Anhang geschickt. Außerdem hat mir die Archivarin noch ein paar Tipps gegeben. Ich unterhalte mich mit ein paar Leuten und melde mich wieder.«

»Okay. Schaue ich mir gleich an. Vielen Dank erst mal.«

Vor ihrem Büro im ersten Stock blieb Pia stehen.

»Würden Sie bitte einen Moment hier warten? Ich komme sofort.«

Christina Nowak nickte stumm und setzte sich auf einen der Plastikstühle im Flur. Von den Kollegen hielt Ostermann als Einziger die Stellung. Hasse war in den *Taunusblick* gefahren, um mit den Bewohnern zu sprechen, Fachinger suchte im Wohnblock in Niederhöchstadt nach möglichen Zeugen, und Behnke tat dasselbe in Königstein. Pia setzte sich an ihren Schreibtisch und rief ihre E-Mails auf. Neben dem üblichen Spam-Schrott, gegen den selbst die Firewall des Polizeiservers machtlos war, fand sie eine E-Mail mit einem polnischen Absender. Sie öffnete die angehängten Dokumente und betrachtete eines nach dem anderen.

»Wow«, murmelte sie und grinste. Miriam hatte wirklich gute Arbeit geleistet. Sie hatte im Stadtarchiv von Wegorzewo Schulfotos aus dem Jahr 1933 gefunden, die die Abschlussklasse des Gymnasiums in Angerburg zeigten, und einen Zeitungsartikel über die Siegerehrung einer Segelregatta, da Angerburg am Mauersee schon damals eine Hochburg des Wassersports gewesen war. Auf beiden Fotos war David Goldberg abgebildet, in der Zeitung wurde er sogar mehrfach erwähnt: als Regattasieger und Sohn des Angerburger Kaufmanns Samuel Goldberg, der den Preis für die Regatta gestiftet hatte. Das war der echte David Goldberg, der im Januar 1945 in Auschwitz sterben musste. Er hatte dunkles lockiges Haar, tiefliegende Augen und war klein und schmächtig, nicht größer als eins siebzig. Der Mann, der in seinem Haus in Kelkheim erschossen wurde, musste in jüngeren Jahren ungefähr eins fünfundachtzig groß gewesen sein. Pia beugte sich über den Zeitungsartikel aus den Angerburger Nachrichten vom 22. Juli 1933. Die siegreiche Mannschaft des Segelbootes mit dem stolzen Namen »Preußenehre« bestand aus vier jungen Männern, die glücklich in die Kamera lachten: David Goldberg, Walter Endrikat, Elard von Zeydlitz-Lauenburg und Theodor von Mannstein.

»Elard von Zeydlitz-Lauenburg«, murmelte Pia und vergrößerte das Bild mit einem Mausklick. Das musste der seit Januar 1945 als vermisst geltende Bruder von Vera Kaltensee gewesen sein. Die Ähnlichkeit zwischen dem knapp Achtzehnjährigen auf dem Foto von 1933 und seinem sechzigjährigen Neffen gleichen Vornamens war nicht zu übersehen. Pia druckte die Dateien aus, dann stand sie auf und bat Christina Nowak in ihr Büro.

»Entschuldigen Sie bitte, dass Sie warten mussten.« Pia schloss die Tür hinter sich. »Darf ich Ihnen einen Kaffee anbieten?«

»Nein danke.« Christina Nowak setzte sich auf die vorderste Kante des Stuhls und stellte ihre Handtasche auf den Knien ab.

»Ihr Mann spricht mit mir leider genauso wenig, deshalb würde ich gerne von Ihnen ein wenig mehr über ihn und sein Umfeld erfahren.«

Christina Nowak nickte gefasst.

»Hat Ihr Mann Feinde?«

Die blasse Frau schüttelte den Kopf. »Nicht dass ich wüsste.«

»Wie steht es in der Familie? Das Verhältnis zwischen Ihrem Mann und Ihrem Schwiegervater scheint nicht besonders gut zu sein.«

»In einer Familie gibt es immer Spannungen.« Frau Nowak schob sich mit einer fahrigen Handbewegung eine Haarsträhne aus dem Gesicht. »Mein Schwiegervater würde aber sicher niemals etwas tun, was Marcus und damit auch mir und den Kindern schaden könnte.«

»Aber er nimmt es Ihrem Mann übel, dass er damals nicht die Baufirma weitergeführt hat, stimmt's?«

»Die Firma war das Lebenswerk meines Schwiegervaters. Die ganze Familie arbeitete dort. Natürlich haben er und mein Schwager gehofft, dass Marcus ihnen aus der Bredouille helfen würde.«

»Und Sie? Was haben Sie davon gehalten, dass Ihr Mann

das nicht getan und sich stattdessen selbständig gemacht hat?«

Christina Nowak rutschte auf ihrem Stuhl hin und her.

»Wenn ich ehrlich sein soll, hätte ich mir auch gewünscht, er hätte die Firma weitergemacht. Im Nachhinein bewundere ich ihn dafür, dass er es nicht getan hat. Die ganze Familie – ich eingeschlossen – hat großen Druck auf ihn ausgeübt. Ich bin leider kein besonders mutiger Mensch und hatte befürchtet, dass Marcus es nicht schaffen und wir alles verlieren würden.«

»Und wie ist es jetzt?«, erkundigte sich Pia. »Ihr Schwiegervater war nicht sehr betroffen über das, was Ihrem Mann gestern Nacht zugestoßen ist.«

»Da täuschen Sie sich«, sagte Christina Nowak schnell. »Mein Schwiegervater ist mittlerweile sehr stolz auf Marcus.«

Das bezweifelte Pia. Manfred Nowak war offensichtlich ein Mensch, dem der Verlust von Einfluss und Reputation schwer zu schaffen machte. Allerdings konnte sie verstehen, dass seine Schwiegertochter nichts Negatives gegen die Eltern ihres Mannes sagen wollte, mit denen sie unter einem Dach lebte. Sie war schon oft Frauen wie Christina Nowak begegnet, die mit aller Macht die Augen vor der Realität verschlossen, jede Veränderung in ihrem Leben fürchteten und krampfhaft die Fassade bester Ordnung aufrechterhielten.

»Können Sie sich vorstellen, warum Ihr Mann überfallen und gefoltert wurde?«, fragte Pia.

»Gefoltert?« Frau Nowak wurde noch blasser und starrte Pia ungläubig an.

»Seine rechte Hand wurde zerquetscht. Die Ärzte wissen noch nicht, ob sie überhaupt zu retten ist. Wussten Sie das gar nicht?«

»Nein ... nein«, gab sie nach kurzem Zögern zu. »Und

ich habe auch keine Ahnung, weshalb jemand meinen Mann *foltern* sollte. Er ist Handwerker, kein ... kein Geheimagent oder so etwas.«

»Warum hat er uns dann angelogen?«

»Angelogen? Wieso?«

Pia erwähnte die Polizeikontrolle, in die Nowak in der Nacht vom 30. April auf den 1. Mai geraten war. Christina Nowak wich ihrem Blick aus.

»Sie müssen mir hier kein Theater vorspielen«, sagte Pia. »Es kommt immer wieder vor, dass ein Mann Geheimnisse vor seiner Frau hat.«

Christina Nowak lief rot an, zwang sich aber zur Ruhe.

»Mein Mann hat keine Geheimnisse vor mir«, sagte sie steif. »Das mit der Polizeikontrolle hat er mir erzählt.«

Pia tat so, als würde sie sich eine Notiz machen, weil sie wusste, dass es die Frau verunsicherte.

»Wo waren Sie in der Nacht vom 30. April auf den 1. Mai?«

»Beim Tanz in den Mai am Sportplatz. Mein Mann hatte an dem Abend noch zu tun und kam später auf das Fest.«

»Wann ist er dort eingetroffen? Vor oder nach der Polizeikontrolle?«

Pia lächelte harmlos. Sie hatte die Uhrzeit der Kontrolle nicht erwähnt.

»Ich ... ich habe ihn gar nicht gesehen. Aber mein Schwiegervater und ein paar Freunde meines Mannes sagten mir, er sei da gewesen.«

»Er war auf dem Fest und hat nicht mit Ihnen gesprochen?«, hakte Pia nach. »Das ist ja komisch.«

Sie merkte, dass sie einen wunden Punkt getroffen hatte. Einen Moment war es ganz still. Pia wartete ab.

»Es ist nicht so, wie Sie denken.« Christina Nowak beugte sich etwas vor. »Ich weiß, dass mein Mann sich nicht mehr viel aus den Leuten im Sportverein macht, deshalb habe ich ihn auch nicht gedrängt, zu diesem Fest zu kommen. Er war kurz da, hat mit seinem Vater gesprochen und ist wieder nach Hause gefahren.«

»Ihr Mann wurde in dieser Nacht um 23:45 Uhr von der Polizei angehalten. Wo ist er danach gewesen?«

»Zu Hause, nehme ich an. Ich bin erst um sechs nach dem Aufräumen vom Sportplatz gekommen, da war er schon joggen. Wie jeden Morgen.«

»Aha. Na gut.« Pia suchte in den Unterlagen auf ihrem Schreibtisch herum und sagte nichts. Christina Nowak wurde zunehmend nervöser. Ihr Blick huschte hin und her, über ihrer Oberlippe glänzten Schweißperlen. Schließlich hielt sie es nicht mehr aus.

»Warum fragen Sie überhaupt immer wieder nach dieser Nacht?«, fragte sie. »Was hat das mit dem Überfall auf meinen Mann zu tun?«

»Ist Ihnen der Name Kaltensee ein Begriff?«, erkundigte sich Pia, statt zu antworten.

»Ja. Natürlich.« Christina Nowak nickte unsicher. »Wieso?«

»Vera Kaltensee schuldet Ihrem Mann eine große Summe Geld. Außerdem hat sie ihn wegen fahrlässiger Körperverletzung angezeigt. Wir haben in seinem Büro eine Ladung zur Polizei gefunden.«

Christina Nowak biss sich auf die Unterlippe. Offenbar gab es einiges, von dem sie nichts wusste. Ab da schwieg sie auf jede von Pias Fragen. »Frau Nowak, bitte. Ich suche nach einem Grund für den Überfall.«

Sie hob den Kopf und starrte Pia an. Ihre Finger umklammerten den Griff ihrer Tasche so fest, dass die Fingerknöchel weiß hervortraten. Eine ganze Weile war es still.

»Ja, mein Mann *hat* Geheimnisse vor mir!«, stieß sie auf

einmal hervor. »Ich weiß auch nicht, wieso, aber seit er vorletztes Jahr in Polen war und Professor Kaltensee kennengelernt hat, hat er sich vollkommen verändert!«

»Er war in Polen? Wieso?«

Christina Nowak schwieg zunächst, doch dann strömte es aus ihr heraus wie Lava aus einem Vulkan.

»Mit mir und den Kindern ist er seit Ewigkeiten nicht mehr in Urlaub gefahren, weil er angeblich keine Zeit hat! Aber er kann zehn Tage mit seiner Oma nach Masuren fahren! Dafür hat er Zeit! Ja, es klingt vielleicht albern, aber manchmal habe ich das Gefühl, er wäre mit Auguste verheiratet und nicht mit mir! Und dann ist auch noch dieser Kaltensee aufgetaucht! Professor Kaltensee hier, Professor Kaltensee dort! Dauernd telefonieren sie und schmieden irgendwelche Pläne, von denen er mir nichts erzählt. Mein Schwiegervater ist explodiert, als er mitbekommen hat, dass Marcus ausgerechnet für die Kaltensees gearbeitet hat!«

»Warum das?«

»Die Kaltensees sind schuld daran, dass mein Schwiegervater damals Bankrott anmelden musste«, erklärte Christina Nowak zu Pias Überraschung. »Er hat für Kaltensees Firma den neuen Bürotrakt in Hofheim gebaut. Sie warfen ihm Pfusch am Bau vor. Es gab zig Sachverständigengutachten, die Sache kam vor Gericht und zog sich über Jahre hin. Meinem Schwiegervater ist irgendwann die Luft ausgegangen, immerhin ging es um sieben Millionen Euro. Als es zu einem Vergleich kam, sechs Jahre später, war die Firma nicht mehr zu retten.«

»Das ist ja interessant. Und weshalb hat Ihr Mann dann wieder für die Kaltensees gearbeitet?«, wollte Pia wissen. Christina Nowak zuckte mit den Schultern.

»Das hat niemand von uns verstanden«, sagte sie bitter. »Mein Schwiegervater hat Marcus immer wieder gewarnt.

Und jetzt wiederholt sich das ganze Spiel: Es gibt kein Geld, stattdessen Prozesse, Gutachten über Gutachten ...«

Sie brach ab und stieß einen tiefen Seufzer aus.

»Mein Mann ist diesem Kaltensee regelrecht hörig. Mich nimmt er überhaupt nicht mehr wahr! Er würde es nicht einmal merken, wenn ich ausziehe!«

Pia konnte aus eigener Erfahrung nachvollziehen, wie es der Frau ging, aber sie wollte keine Details über die Eheprobleme der Nowaks hören.

»Ich bin Professor Kaltensee heute im Krankenhaus begegnet. Er war auf dem Weg zu Ihrem Mann und schien sehr besorgt«, sagte sie mit der Absicht, Frau Nowak noch etwas mehr aus der Reserve zu locken. »Angeblich hat er nicht gewusst, dass seine Mutter Ihrem Mann noch Geld schuldet. Warum hat Ihr Mann ihm das nicht erzählt, wenn er doch mit ihm befreundet ist?«

»Befreundet? So würde ich das sicher nicht nennen! Der Kaltensee nutzt meinen Mann aus, aber Marcus kapiert das einfach nicht!«, erwiderte Frau Nowak heftig. »Alles dreht sich bei ihm nur noch um diesen Auftrag in Frankfurt! Dabei ist das der totale Wahnsinn! Das ist eine Nummer zu groß für ihn, damit übernimmt er sich völlig! Wie soll er das denn wohl bewältigen mit seinen paar Leuten? Sanierung der Frankfurter Altstadt – pah! Dieser Kaltensee hat ihm einen Floh ins Ohr gesetzt! Wenn das schiefgeht, ist alles verloren!«

Bitterkeit und Frustration sprachen aus diesen Worten. War sie eifersüchtig auf die Freundschaft zwischen ihrem Mann und Professor Kaltensee? Fürchtete sie sich vor einem möglichen Bankrott? Oder war es die Angst einer Frau, die spürte, dass ihre kleine, scheinbar heile Welt aus den Fugen geriet und sie die Kontrolle verlor? Pia stützte ihr Kinn in die Hand und betrachtete die Frau nachdenklich.

»Sie helfen mir nicht«, stellte sie fest. »Und ich frage mich, warum nicht? Wissen Sie tatsächlich so wenig über Ihren Mann? Oder ist es Ihnen gleichgültig, was ihm zugestoßen ist?«

Christina Nowak schüttelte heftig den Kopf.

»Nein, das ist es mir nicht!«, erwiderte sie mit bebender Stimme. »Aber was soll ich denn tun? Marcus redet seit Monaten kaum noch mit mir! Ich habe absolut keine Ahnung, wer ihm das angetan hat und warum, weil ich gar nicht weiß, mit was für Leuten er zu tun hat! Aber eins weiß ich ganz sicher: Bei dem Streit mit den Kaltensees ging es nicht um einen Fehler, den Marcus gemacht hat, sondern um irgendeine Kiste, die bei den Arbeiten verschwunden sein soll. Marcus ist damals ein paarmal von Professor Kaltensee und Dr. Ritter, dem Sekretär von Vera Kaltensee, besucht worden. Sie haben stundenlang in seinem Büro gesessen und geheimnisvoll getan. Aber mehr kann ich Ihnen beim besten Willen nicht darüber erzählen!«

In ihren Augen glänzten Tränen. »Ich mache mir wirklich Sorgen um meinen Mann«, sagte sie mit einer Hilflosigkeit, die in Pia unwillkürlich Mitleid erweckte. »Ich habe Angst um ihn und um unsere Kinder, weil ich nicht weiß, in was er da hineingeraten ist und warum er nicht mehr mit mir spricht!«

Sie wandte das Gesicht ab und schluchzte.

»Außerdem glaube ich, dass er ... dass er eine andere hat! Er fährt oft spätabends noch weg und kommt erst am nächsten Morgen zurück.«

Sie wühlte in ihrer Handtasche und vermied es, Pia anzusehen. Die Tränen rannen über ihr Gesicht. Pia reichte ihr ein Kleenex und wartete, bis Frau Nowak sich umständlich die Nase geputzt hatte.

»Das heißt, er könnte auch in der Nacht vom 30. April auf den 1. Mai nicht zu Hause gewesen sein?«, fragte sie leise.

Christina Nowak zuckte mit den Schultern und nickte. Als Pia schon glaubte, sie würde nichts mehr Interessantes erfahren, ließ die Frau eine Bombe platzen.

»Ich ... ich habe ihn neulich mit dieser Frau gesehen. In Königstein. Ich ... ich war in der Fußgängerzone und habe Bücher für den Kindergarten in der Buchhandlung abgeholt. Da habe ich sein Auto gegenüber von der Eisdiele stehen sehen. Gerade, als ich zu ihm hingehen wollte, kam eine Frau aus diesem heruntergekommenen Haus neben dem Lottoladen, und er stieg aus seinem Auto aus. Ich habe beobachtet, wie sie miteinander gesprochen haben.«

»Wann war das?«, fragte Pia wie elektrisiert. »Wie sah die Frau aus?«

»Groß, dunkelhaarig, elegant«, erwiderte Christina Nowak betrübt. »Wie er sie angeschaut hat ... und sie hat die Hand auf seinen Arm gelegt ...«

Sie schluchzte auf, und wieder strömten die Tränen.

»Wann ist das gewesen?«, wiederholte Pia.

»Letzte Woche«, flüsterte Frau Nowak. »Am Freitag, ungefähr um Viertel nach zwölf. Ich ... ich dachte erst, es ginge um einen neuen Auftrag, aber dann ... dann ist sie bei Marcus ins Auto eingestiegen, und sie sind zusammen weggefahren.«

Als Pia in den Besprechungsraum hinüberging, hatte sie das Gefühl, einen Durchbruch erzielt zu haben. Nur ungern setzte sie Menschen so stark unter Druck, bis sie in Tränen ausbrachen, aber manchmal heiligte der Zweck eben die Mittel. Bodenstein hatte für halb fünf eine Besprechung angesetzt, doch bevor Pia ihm berichten konnte, was sie soeben erfahren hatte, betrat Dr. Nicola Engel den Raum. Hasse und Fachinger saßen schon am Tisch, wenig später traf Ostermann mit zwei Ordnern in den Händen ein, gleich darauf erschien Behnke. Pünktlich um halb fünf tauchte Bodenstein auf.

»Wie ich sehe, ist das K11 komplett anwesend.« Nicola Engel setzte sich an das Kopfende des Tisches, an dem üblicherweise Bodenstein saß. Der verlor kein Wort darüber und nahm zwischen Pia und Ostermann Platz. »Die Gelegenheit erscheint mir also günstig, mich Ihnen vorzustellen. Mein Name ist Nicola Engel, und ich werde ab dem 1. Juni die Nachfolge von Kollege Nierhoff antreten.«

Im Raum herrschte Totenstille. Natürlich wusste jeder Beamte der Regionalen Kriminalinspektion in Hofheim längst, wer sie war.

»Ich habe viele Jahre selbst als Ermittlerin gearbeitet«, fuhr die Kriminalrätin unbeeindruckt von der ausbleibenden Reaktion fort. »Die Arbeit des K11 liegt mir besonders am Herzen, deshalb möchte ich gerne – wenn auch inoffiziell – an dem vorliegenden Fall mitarbeiten. Mir scheint, zusätzliche Hilfe kann nicht schaden.«

Pia warf ihrem Chef einen kurzen Blick zu. Bodenstein verzog keine Miene. Er schien in Gedanken ganz woanders zu sein. Während die Kriminalrätin einen Vortrag über ihren Werdegang und ihre Pläne für die Zukunft der RKI Hofheim hielt, beugte Pia sich zu ihm hinüber.

»Und?«, flüsterte sie gespannt.

»Sie hatten recht«, erwiderte Bodenstein leise. »Kaltensee hat keine Alibis.«

»Also«, die Kriminalrätin blickte in die Runde und strahlte, »Hauptkommissar Bodenstein und Frau Kirchhoff kenne ich bereits. Ich würde vorschlagen, die anderen stellen sich in zwangloser Reihenfolge vor. Fangen wir mit Ihnen an, Herr Kollege.«

Sie blickte Behnke an, der sich auf seinem Stuhl fläzte und so tat, als habe er nicht gehört.

»Kriminaloberkommissar Behnke.« Frau Dr. Engel schien die Situation zu genießen. »Ich warte.«

Die Spannung im Raum war greifbar, wie vor einem Gewitter. Pia erinnerte sich daran, wie Behnke mit wachsbleichem Gesicht aus Bodensteins Büro gestürmt war. Hatte sein eigenartiges Verhalten im Zusammenhang mit Frau Dr. Engel gestanden? Behnke war damals beim K11 in Frankfurt Bodensteins Mitarbeiter gewesen. Er musste Nicola Engel also auch von früher kennen. Aber wieso tat die neue Chefin so, als ob sie ihn nicht kennen würde? Während sie noch darüber nachdachte, ergriff Bodenstein das Wort.

»Schluss mit dem Geplänkel«, sagte er. »Wir haben jede Menge Arbeit.«

Mit knappen Worten stellte er seine Mitarbeiter vor, dann ging er sofort dazu über, die neuesten Erkenntnisse mitzuteilen. Pia beschloss, sich in Geduld zu üben und ihre Neuigkeit bis zum Schluss aufzuheben. Die Pistole, die sie in Watkowiaks Rucksack gefunden hatte, war nicht die Waffe, mit der die drei alten Leute erschossen worden waren, das hatte die Kriminaltechnik eindeutig festgestellt. Im *Taunusblick* war man nicht viel weitergekommen. Die Bewohner, mit denen Hasse gesprochen hatte, hatten nichts beobachtet, was für den Fall relevant wäre. Fachinger hatte dagegen in Niederhöchstadt eine Nachbarin von Monika Krämer aufgetan, die einen ihr unbekannten dunkel gekleideten Mann zur Tatzeit im Treppenhaus und später an den Mülltonnen im Hof gesehen haben wollte. Behnke hatte in Königstein einige hochinteressante Dinge herausgefunden: Der Betreiber der Eisdiele, die schräg gegenüber dem heruntergekommenen Gebäude lag, in dem Watkowiaks Leiche gefunden worden war, hatte Robert Watkowiak auf dem Foto erkannt und ausgesagt, dass Watkowiak gelegentlich in dem Haus übernachtete. Außerdem hatte er am vergangenen Freitag den Firmenwagen einer Restaurierungsfirma mit einem sehr auffälligen »N« als Firmenlogo bemerkt, der beinahe eine Dreiviertelstunde vor dem Haus gestanden hatte. Und vor ein paar Wochen hatte Watkowiak mit einem Mann, der sein BMW Cabrio mit Frankfurter Kennzeichen direkt vor der Eisdiele abgestellt hatte, dort fast zwei Stunden an einem der hinteren Tische gesessen und intensiv auf den Fremden eingeredet.

Während die Kollegen spekulierten, was wohl ein Fahrzeug von Nowak vor dem Haus in Königstein gemacht hatte und wer der Unbekannte in der Eisdiele gewesen sein könnte, blätterte Pia in der Akte Goldberg, die ziemlich dünn geblieben war.

»Hört mal«, mischte sie sich ins Gespräch ein. »Goldberg hatte am Donnerstag vor seinem Tod Besuch von einem Mann, der in einem Sportwagen mit Frankfurter Kennzeichen gekommen ist. Das kann kein Zufall sein.«

Bodenstein nickte anerkennend. Nun rückte Pia mit dem heraus, was sie vor einer halben Stunde von Christina Nowak erfahren hatte.

»Was soll in dieser Kiste drin gewesen sein?«, fragte Ostermann.

»Das weiß sie auch nicht. Aber ihr Mann ist auf jeden Fall sehr viel besser mit Professor Kaltensee bekannt, als der uns weismachen will. Kaltensee und ein Mann namens Dr. Ritter, der früher für Vera Kaltensee gearbeitet hat, waren nach diesem Vorfall in der Mühle mehrfach bei Nowak im Büro.«

Pia holte tief Luft.

»Und jetzt kommt das Wichtigste! Nowak war am Freitag ungefähr zu Watkowiaks Todeszeitpunkt, nämlich gegen Viertel nach zwölf, an dem Haus in Königstein, in dem wir Watkowiaks Leiche gefunden haben. Er hat sich dort mit einer dunkelhaarigen Frau getroffen und ist später mit ihr gemeinsam weggefahren. Das weiß ich von seiner Frau, die ihn zufällig gesehen hat.«

Im Raum herrschte Stille. Marcus Nowak rückte damit auf

der Hitliste der Tatverdächtigen wieder auf einen der oberen Plätze. Wer war die dunkelhaarige Frau? Was hatte Nowak an dem Haus gemacht? Konnte er Watkowiaks Mörder sein? Aus jeder Neuigkeit erwuchsen sofort neue Rätsel und Ungereimtheiten.

»Wir fragen Vera Kaltensee nach dieser Kiste«, sagte Bodenstein schließlich. »Aber zuerst werden wir mit diesem Dr. Ritter sprechen. Er scheint eine Menge zu wissen. Ostermann, finden Sie heraus, wo sich der Mann aufhält. Hasse und Frau Fachinger, Sie gehen dem Mord an Frau Frings nach. Befragen Sie morgen weiter die Bewohner des *Taunusblick,* auch die Angestellten, die Gärtner, die Anwohner und Lieferanten. Irgendwer muss gesehen haben, wie die Dame aus dem Gebäude gebracht wurde.«

»Zu zweit brauchen wir dafür Wochen«, beschwerte sich Andreas Hasse. »Auf der Liste stehen über dreihundert Namen, und wir haben bis jetzt erst mit sechsundfünfzig Leuten gesprochen.«

»Ich sorge dafür, dass Sie Verstärkung bekommen.« Bodenstein machte sich eine Notiz und blickte in die Runde. »Frank, Sie nehmen sich morgen noch einmal die Nachbarn von Goldberg und Schneider vor. Zeigen Sie ihnen das Firmenlogo von Nowak, Sie können es sich von seiner Webseite im Internet herunterladen. Außerdem fahren Sie nach Fischbach in das Vereinsheim des SV und fragen nach, ob ihn dort jemand am Abend zum 1. Mai gesehen hat.«

Behnke nickte.

»Dann ist alles klar für morgen. Wir treffen uns am Nachmittag zur gleichen Zeit wie heute. Ach, Frau Kirchhoff. Wir beide fahren jetzt noch mal zu Nowak.«

Pia nickte. Unter dem Scharren der Stuhlbeine auf dem Linoleumboden löste sich die Gruppe auf.

»Und was hast du für mich vorgesehen?«, hörte Pia beim

Hinausgehen Kriminalrätin Dr. Engel fragen. Die vertrauliche Anrede verblüffte sie, deshalb blieb sie im Flur hinter der offenen Tür stehen und spitzte neugierig die Ohren.

»Was sollte dein Auftritt hier eigentlich?« Bodensteins gedämpfte Stimme klang verärgert. »Was bezweckst du mit dieser Masche? Ich hatte dir doch gesagt, dass ich während dieser Ermittlungen keine Unruhe im Team haben will.«

»Ich interessiere mich eben für den Fall.«

»Dass ich nicht lache! Du suchst nur eine Gelegenheit, um mich bei einem Fehler zu erwischen. Ich kenne dich doch!«

Pia hielt den Atem an. Was war das denn? »Du hältst dich für wichtiger, als du bist«, zischte Dr. Engel herablassend. »Warum sagst du mir nicht, dass ich mich zum Teufel scheren und mich aus den Ermittlungen heraushalten soll?«

Gespannt wartete Pia auf die Entgegnung Bodensteins. Unglücklicherweise kamen in diesem Augenblick ein paar Kollegen laut redend den Flur entlang, und die Tür des Besprechungsraumes wurde von innen geschlossen.

»Mist«, murmelte Pia, die zu gerne mehr gehört hätte, und nahm sich vor, Bodenstein bei einer geeigneten Gelegenheit ganz beiläufig zu fragen, woher er Kriminalrätin Dr. Engel kannte.

Dienstag, 8. Mai 2007

Vom Wachpersonal war nichts mehr zu sehen, als Bodenstein und Pia am frühen Vormittag auf dem Mühlenhof eintrafen. Das große Tor stand weit offen.

»Scheinbar hat sie keine Angst mehr«, sagte Pia. »Jetzt, wo Watkowiak tot und Nowak im Krankenhaus ist.«

Bodenstein nickte nur abwesend. Die Fahrt über hatte er keinen einzigen Ton gesagt. Eine drahtige Frau mit praktischem Kurzhaarschnitt öffnete die Tür und teilte ihnen mit, dass von der Familie Kaltensee niemand zu Hause sei. Von einer Sekunde auf die andere war Bodenstein wie verwandelt. Er setzte sein charmantestes Lächeln auf und fragte die Frau, ob sie ein paar Minuten Zeit habe, einige Fragen zu beantworten. Sie hatte, auch durchaus mehr als ein paar Minuten. Pia kannte das schon und überließ in solchen Fällen ihrem Chef das Wort. Seiner geballten Charme-Offensive konnte auch Anja Moormann nicht widerstehen. Sie war die Ehefrau von Vera Kaltensees Faktotum und seit mehr als fünfzehn Jahren in Diensten der »gnädigen Frau«. Diese altmodische Bezeichnung entlockte Pia ein belustigtes Lächeln. Die Moormanns bewohnten ein kleines Häuschen auf dem großen Grundstück und bekamen regelmäßig Besuch von ihren beiden erwachsenen Söhnen mit Familien.

»Kennen Sie eigentlich auch den Herrn Nowak?«, fragte Bodenstein.

»Ja, natürlich.« Anja Moormann nickte eifrig. Sie war sehr schlank, fast sehnig. Unter dem hautengen weißen T-Shirt zeichneten sich winzige Brüste ab, die sommersprossige Haut spannte sich straff über knochige Schlüsselbeine. Pia schätzte ihr Alter auf irgendetwas zwischen vierzig und fünfzig.

»Ich hab ja immer für ihn und seine Leute gekocht, als sie hier gearbeitet haben. Der Herr Nowak ist ein ganz Netter. Und dazu so ein gutaussehender Mann!« Sie stieß ein Kichern aus, das nicht recht zu ihr passte. Ihre Oberlippe schien ein wenig zu kurz oder die Vorderzähne zu groß, was in Pia die Assoziation mit einem atemlosen Kaninchen weckte. »Ich kann bis heute nicht verstehen, warum die gnädige Frau so ungerecht zu ihm war.«

Anja Moormann mochte nicht die Allerhellste sein, aber sie war neugierig und gesprächig. Pia war davon überzeugt, dass auf dem Mühlenhof nur wenig geschah, von dem sie nichts mitbekam.

»Erinnern Sie sich an den Tag, als es zu dem Unfall kam?«, erkundigte sie sich und überlegte gleichzeitig, welche dialektale Färbung die Sprache der Hauswirtschafterin hatte. Schwäbisch? Sächsisch? Saarländisch?

»O ja. Der Herr Professor und der Herr Nowak standen im Hof vor der Mühle und schauten sich irgendwelche Pläne an. Ich hatte ihnen gerade Kaffee gebracht, als die gnädige Frau und Dr. Ritter ankamen. Mein Mann hatte sie am Flughafen abgeholt.« Anja Moormann erinnerte sich minutiös und genoss es ganz offensichtlich, im Mittelpunkt zu stehen, wo das Leben für sie ansonsten eine Statistenrolle vorgesehen hatte. »Die gnädige Frau ist aus dem Auto gesprungen und hat einen Wutanfall bekommen, als sie die Leute in der Mühle gesehen hat. Der Herr Nowak wollte sie noch zurückhalten, aber sie hat ihn weggestoßen und ist schnurstracks in die Mühle rein und die Treppe hoch. Der neue Lehmboden im ersten Stock war noch ganz feucht, sie ist durch den Boden gekracht und hat geschrien wie am Spieß.«

»Was wollte sie denn eigentlich in der Mühle?«, fragte Pia.

»Es ging um irgendetwas auf dem Dachboden«, erwiderte Anja Moormann. »Es hat auf jeden Fall eine Riesenschreierei gegeben. Der Herr Nowak stand nur da und hat nichts gesagt. Die gnädige Frau hat sich dann in die Werkstatt geschleppt, obwohl sie den Arm gebrochen hatte.«

»Wieso in die Werkstatt?«, warf Pia ein, als Frau Moormann Luft holen musste. »Was war denn auf dem Dachboden gewesen?«

»Ach Gott, Unmengen von altem Krempel. Die gnädige Frau hat ja nie etwas weggeworfen. Aber hauptsächlich ging es wohl um die Kisten. Sechs Stück waren es, ganz staubig und voller Spinnweben. Nowaks Leute hatten den ganzen Kram und auch diese Kisten in die Werkstatt gebracht, bevor sie den Boden in der Mühle rausgerissen haben.«

Anja Moormann hatte die Arme vor der Brust verschränkt und bohrte nachdenklich die Daumen in ihre erstaunlich muskulösen Oberarme.

»Eine Kiste hat wohl gefehlt«, sagte sie dann. »Die Herrschaften haben sich angebrüllt, und als Ritter sich eingemischt hat, da ist die gnädige Frau explodiert. Was die alles gebrüllt hat, das kann ich gar nicht wiederholen.«

Anja Moormann schüttelte bei der Erinnerung den Kopf.

»Als der Notarzt kam, schrie die gnädige Frau, wenn die Kiste nicht innerhalb von vierundzwanzig Stunden wieder im Hof stünde, dann könne Ritter sich einen neuen Job suchen.«

»Aber was hatte der denn damit zu tun?«, erkundigte sich Bodenstein. »Er war doch mit der gnä... mit Frau Dr. Kaltensee im Ausland gewesen, oder nicht?«

»Stimmt.« Anja Moormann zuckte die Schultern. »Aber *ein* Kopf musste rollen. Den Herrn Professor konnte sie schlecht rauswerfen. Dafür hat's den armen Nowak erwischt und den Ritter. Nach achtzehn Jahren! Mit Schimpf und Schande hat sie ihn vom Hof gejagt! Er wohnt jetzt in einer schäbigen Einraumwohnung und hat nicht mal mehr ein Auto. Und das alles wegen so einer staubigen Überseekiste!«

Dieses letzte Wort rief in Pia eine vage Erinnerung hervor, aber sie kam nicht darauf, welche.

»Wo sind die Kisten jetzt?«, wollte sie wissen.

»Immer noch in der Werkstatt.«

»Können wir sie mal sehen?«

Anja Moormann überlegte kurz, kam dann aber wohl zu dem Schluss, dass nichts dabei sei, wenn sie der Polizei die Kisten zeigte. Bodenstein und Pia folgten ihr um das Haus herum zu den angebauten flachen Wirtschaftsgebäuden. Die Werkstatt war penibel aufgeräumt. An den Wänden über hölzernen Werkbänken hing jede Menge Werkzeug, dessen jeweiliger Umriss akkurat mit schwarzem Filzstift an die Wand gezeichnet worden war. Anja Moormann öffnete eine Tür.

»Da sind die Dinger«, sagte sie. Bodenstein und Pia betraten den Nebenraum, ein ehemaliges Kühlhaus, wie die gefliesten Wände und die Rohrbahn an der Decke erkennen ließen. Nebeneinander standen fünf staubige Überseekoffer. Auf einmal fiel Pia ein, wo der sechste war. Frau Moormann redete munter weiter und erzählte von ihrer letzten Begegnung mit Marcus Nowak. Kurz vor Weihnachten war er auf dem Mühlenhof erschienen, angeblich um ein Geschenk abzugeben. Nachdem er sich unter diesem Vorwand Zutritt zum Haus verschafft hatte, war er schnurstracks in den großen Salon gegangen, wo die gnädige Frau und ihre Freunde ihren monatlichen »Heimatabend« abhielten.

»Heimatabend?«, hakte Bodenstein nach.

»Ja.« Anja Moormann nickte eifrig. »Sie haben sich einmal im Monat getroffen, Goldberg, Schneider, die Frings und die gnädige Frau. Wenn der Herr Professor verreist war, haben sie sich hier getroffen, sonst bei Schneider.«

Pia warf Bodenstein einen Blick zu. Das war ja aufschlussreich! Aber momentan interessierte sie Nowak.

»Aha. Und was ist dann passiert?«

»Ach so, ja.« Die Haushälterin blieb mitten in der Werkstatt stehen und kratzte sich nachdenklich am Kopf. »Der Herr Nowak hat der gnädigen Frau vorgeworfen, sie würde ihm noch Geld schulden. Das hat er ganz höflich gesagt, ich hab's selbst gehört, aber die gnädige Frau hat ihn ausgelacht und heruntergeputzt wie ...«

Sie brach mitten im Satz ab. Um die Ecke des Hauses glitt die dunkle Maybach-Limousine. Die Reifen knirschten auf dem sauber geharkten Kies, als der schwere Wagen direkt an ihnen vorbeifuhr und ein paar Meter weiter zum Stehen kam. Pia glaubte, hinter den verdunkelten Scheiben im Fond eine Person sitzen zu sehen, aber der pferdegesichtige Moormann, heute in korrekter Chauffeursuniform, stieg alleine aus, verschloss das Auto per Fernbedienung und kam auf sie zu.

»Die gnädige Frau ist leider noch immer unpässlich«, sagte er, und Pia war sicher, dass er nicht die Wahrheit sagte. Sie bemerkte den kurzen Blick, den Moormann und seine Frau wechselten. Wie fühlte es sich wohl an, Dienstbote von reichen Leuten zu sein, für sie lügen und immer den Mund halten zu müssen? Ob die Moormanns ihre Chefin insgeheim hassten? Anja Moormann hatte sich schließlich nicht sonderlich loyal verhalten.

»Dann richten Sie ihr doch bitte herzliche Grüße von mir aus«, sagte Bodenstein. »Ich melde mich morgen noch einmal.«

Moormann nickte. Er und seine Frau blieben vor der Tür der Werkstatt stehen und blickten Bodenstein und Pia nach.

»Ich wette, er lügt«, sagte Pia leise zu ihrem Chef.

»Ja, das glaube ich auch«, erwiderte Bodenstein. »Sie sitzt im Auto.«

»Gehen wir hin und machen die Tür auf«, schlug Pia vor. »Dann ist sie schön blamiert.«

Bodenstein schüttelte den Kopf.

»Nein«, sagte er. »Sie läuft uns schon nicht weg. Soll sie uns ruhig für ein bisschen beschränkt halten.«

Dr. Thomas Ritter hatte als Ort für ihr Treffen das Café Siesmayer im Frankfurter Palmengarten vorgeschlagen, und Bodenstein vermutete, dass er sich seiner Wohnung schämte. Der ehemalige Assistent von Vera Kaltensee saß schon an einem der Tische im Raucherbereich des Cafés, als sie eintraten. Er drückte eine Zigarette im Aschenbecher aus und sprang auf, als Bodenstein direkt auf ihn zusteuerte. Pia schätzte ihn auf Mitte vierzig. Mit den kantigen, ein wenig asymmetrischen Gesichtszügen, einer vorspringenden Nase, tiefliegenden blauen Augen und dichtem, vorzeitig ergrautem Haar war er nicht hässlich, aber auch nicht schön im herkömmlichen Sinn. Trotzdem hatte sein Gesicht etwas, das eine Frau zu einem zweiten Blick veranlassen mochte. Er musterte Pia kurz von Kopf bis Fuß, schien sie uninteressant zu finden und wandte sich Bodenstein zu.

»Möchten Sie lieber an einem Nichtrauchertisch sitzen?«, fragte er.

»Nein, schon in Ordnung.« Bodenstein nahm auf der ledernen Bank Platz und kam gleich zur Sache.

»Im Umfeld Ihrer früheren Arbeitgeberin wurden fünf Menschen ermordet«, sagte er. »Im Laufe der Ermittlungen ist mehrfach Ihr Name gefallen. Was können Sie uns über die Familie Kaltensee erzählen?«

»Über wen möchten Sie etwas wissen?« Ritter hob die Augenbrauen und zündete sich eine neue Zigarette an. Drei Kippen lagen schon im Aschenbecher. »Ich war achtzehn Jahre lang der persönliche Assistent von Frau Dr. Kaltensee. Deshalb weiß ich natürlich eine Menge über sie und ihre Familie.«

Die Bedienung trat an den Tisch, bot ihnen die Speisekarte an und hatte nur Augen für Ritter. Bodenstein bestellte einen Kaffee, Pia eine Cola light.

»Noch einen Latte macchiato?«, fragte die junge Frau. Ritter nickte lässig und streifte Pia mit einem Blick, als wolle er sichergehen, dass sie bemerkt hatte, welche Wirkung er auf das weibliche Geschlecht ausübte.

Blödmann, dachte sie und lächelte ihn an.

»Was hat zu dem Zerwürfnis zwischen Ihnen und Frau Dr. Kaltensee geführt?«, erkundigte sich Bodenstein.

»Es gab kein Zerwürfnis«, behauptete Ritter. »Aber nach achtzehn Jahren verliert auch der interessanteste Job irgendwann seinen Reiz. Ich wollte einfach mal etwas anderes machen.«

»Aha.« Bodenstein tat so, als glaube er dem Mann. »Was machen Sie jetzt beruflich, wenn ich fragen darf?«

»Sie dürfen.« Ritter verschränkte lächelnd die Arme vor der Brust. »Ich bin Redakteur eines wöchentlich erscheinenden Lifestyle-Magazins und schreibe nebenher Bücher.«

»Oh, tatsächlich? Ich habe noch nie einen richtigen Schriftsteller getroffen.« Pia warf ihm einen bewundernden Blick zu, den er mit nicht zu übersehender Befriedigung registrierte. »Was schreiben Sie denn?«

»Vor allem Romane«, erwiderte er vage. Er hatte die Beine übereinandergeschlagen und versuchte vergebens, einen gelassenen Eindruck zu erwecken. Immer wieder wanderte sein Blick zu dem Handy, das neben dem Aschenbecher auf dem Tisch lag.

»Man hat uns erzählt, dass Ihre Trennung von Frau Dr. Kaltensee nicht ganz so einvernehmlich war, wie Sie es schildern«, sagte Bodenstein nun. »Weshalb wurden Sie wirklich nach dem Unfall in der Mühle entlassen?«

Ritter antwortete nicht. Sein Adamsapfel bewegte sich ruckartig auf und ab. Hatte er wirklich angenommen, die Polizei sei so ahnungslos?

»Bei dem Streit, der zu Ihrer fristlosen Entlassung geführt hat, ging es angeblich um eine Kiste mit geheimnisvollem Inhalt. Was können Sie uns darüber sagen?«

»Alles dummes Gerede.« Ritter machte eine wegwerfende Handbewegung. »Die ganze Familie war eifersüchtig auf mein gutes Verhältnis zu Vera. Ich war ihnen ein Dorn im Auge, weil sie fürchteten, ich könnte zu viel Einfluss auf sie haben. Unsere Trennung verlief freundschaftlich.«

Das klang so überzeugend, dass Pia ohne Frau Moormanns gegensätzliche Schilderung nicht im Geringsten an seiner Behauptung gezweifelt hätte.

»Was hat es denn eigentlich mit dieser verschwundenen Kiste auf sich?« Bodenstein nippte an seinem Kaffee. Pia sah ein kurzes Aufflackern in Ritters Augen. Seine Finger spielten unablässig mit dem Zigarettenpäckchen. Am liebsten hätte sie es ihm weggenommen, er steckte sie an mit seiner Nervosität.

»Ich habe keine Ahnung«, antwortete er. »Es stimmt, dass eine Kiste vom Speicher der Mühle verschwunden sein soll. Aber ich habe sie nie zu Gesicht bekommen und weiß nicht, was damit passiert ist.«

Dem jungen Mädchen hinter dem Büfett rutschte plötzlich ein Stapel Teller aus der Hand, und das Porzellan zerbarst krachend auf dem Granitfußboden. Ritter zuckte zusammen, als habe man auf ihn geschossen, und wurde schneeweiß im Gesicht. Um seine Nerven schien es nicht zum Besten bestellt zu sein.

»Haben Sie denn eine Vermutung, was in dieser Kiste gewesen sein könnte?«, wollte Bodenstein wissen. Ritter holte tief Luft, dann schüttelte er den Kopf. Er log ganz offensichtlich – aber warum? Schämte er sich, oder wollte er ihnen keinen Anlass geben, ihn zu verdächtigen? Zweifellos war ihm von Vera Kaltensee übel mitgespielt worden. Die Demütigung seiner fristlosen Entlassung in aller Öffentlichkeit musste für jeden Mann mit einem Rest an Selbstachtung nur schwer zu ertragen sein.

»Was für ein Auto fahren Sie eigentlich?«, wechselte Pia unvermittelt das Thema.

»Wieso?« Ritter starrte sie irritiert an. Er wollte eine weitere Zigarette aus dem Päckchen nehmen, musste aber feststellen, dass es leer war.

»Reine Neugier.« Pia griff in ihre Handtasche und legte ein angebrochenes Päckchen Marlboro auf den Tisch. »Bitte, bedienen Sie sich.«

Ritter zögerte einen Moment, griff dann aber zu.

»Meine Frau hat einen Z3. Den benutze ich gelegentlich.«

»Auch vergangene Woche am Donnerstag?«

»Möglich.« Ritter ließ sein Feuerzeug aufschnappen und sog den Rauch tief in die Lunge. »Wieso fragen Sie?«

Pia wechselte einen raschen Blick mit Bodenstein und entschloss sich zu einem Schuss ins Blaue. Vielleicht war Ritter der Mann mit dem Sportwagen.

»Sie wurden zusammen mit Robert Watkowiak gesehen«, sagte sie und hoffte, dass sie sich nicht irrte. »Was haben Sie mit ihm besprochen?«

Ritters fast unmerkliches Zusammenzucken signalisierte Pia, dass sie richtiglag.

»Weshalb möchten Sie das wissen?«, fragte er argwöhnisch und bestätigte so ihre Vermutung.

»Sie waren womöglich einer der Letzten, der mit Watkowiak gesprochen hat«, sagte sie. »Wir gehen derzeit davon aus, dass er der Mörder von Goldberg, Schneider und Anita Frings ist. Vielleicht wissen Sie schon, dass er sich am vergangenen Wochenende mit einer Überdosis Medikamente das Leben genommen hat.«

Sie bemerkte die Erleichterung, die kurz über Ritters Gesicht huschte.

»Das habe ich gehört.« Er ließ Rauch aus den Nasenlöchern entweichen. »Aber damit habe ich nichts zu tun. Robert hatte mich angerufen. Er hatte mal wieder ein Problem. Ich habe ihm früher in Veras Auftrag oft genug aus der Patsche geholfen, deshalb meinte er wohl, ich könne ihm auch diesmal helfen. Aber das konnte ich nicht.«

»Um ihm das zu sagen, haben Sie zwei Stunden mit ihm in der Eisdiele gesessen? Das glaube ich Ihnen nicht.«

»Es war aber so«, beharrte Ritter.

»Sie waren einen Tag, bevor er erschossen wurde, bei Goldberg in Kelkheim. Warum?«

»Ich habe ihn oft besucht«, log Ritter, ohne mit der Wimper zu zucken, und sah Pia dabei direkt in die Augen. »Ich weiß gar nicht mehr, über was wir an dem Abend gesprochen haben.«

»Sie lügen uns seit einer Viertelstunde an«, stellte Pia fest. »Warum? Haben Sie etwas zu verbergen?«

»Ich lüge nicht«, erwiderte Ritter. »Und ich habe nichts zu verbergen.«

»Warum sagen Sie uns nicht einfach, was Sie wirklich bei Goldberg wollten und worüber Sie mit Watkowiak gesprochen haben?«

»Weil ich mich kaum daran erinnere«, redete sich Ritter heraus. »Es muss etwas Unwichtiges gewesen sein.«

»Kennen Sie übrigens Marcus Nowak?«, mischte sich Bodenstein ein.

»Nowak? Den Restaurator? Nur flüchtig, ich bin ihm mal begegnet. Wieso wollen Sie das wissen?«

»Schon eigenartig.« Pia zog ihren Notizblock aus der Tasche. »Jeder scheint hier jeden nur flüchtig zu kennen.« Sie blätterte ein paar Seiten zurück.

»Ah ja, hier: Seine Frau hat uns erzählt, dass Sie und Professor Kaltensee nach dem Unfall in der Mühle und Ihrer fristlosen Entlassung mehrfach bei Marcus Nowak im Büro gesessen haben. Und das stundenlang.« Sie fixierte Ritter, dem sein Unbehagen anzusehen war. Mit der Überheblichkeit eines Mannes, der sich für intelligenter hielt als den Großteil seiner Mitmenschen, insbesondere als die Polizei, hatte er Pia völlig unterschätzt und wurde sich nun dessen bewusst. Er warf einen Blick auf seine Armbanduhr und entschied sich für einen geordneten Rückzug.

»Ich muss jetzt leider los«, sagte er mit einem gezwungenen Lächeln. »Ein wichtiger Termin in der Redaktion.«

»Bitte.« Pia nickte. »Lassen Sie sich von uns nicht aufhalten. Wir werden Frau Dr. Kaltensee nach dem wahren Grund für Ihre Kündigung fragen. Vielleicht hat sie ja auch eine Vermutung, was Sie mit den Herren Watkowiak und Goldberg zu besprechen hatten.«

Das Lächeln gefror auf Ritters Gesicht, aber er erwiderte nichts. Pia schob ihm ihre Visitenkarte hin.

»Rufen Sie uns an, wenn Ihnen die Wahrheit einfällt.«

»Wie sind Sie darauf gekommen, dass der Mann in der Eisdiele Ritter gewesen sein könnte?«, fragte Bodenstein, als sie durch den Palmengarten zu ihrem Auto zurückgingen.

»Intuition.« Pia zuckte die Achseln. »Ritter ist irgendwie der Typ für einen Sportwagen.«

Eine Weile gingen sie schweigend nebeneinanderher.

»Wieso hat der uns wohl so angelogen? Ich kann mir nicht vorstellen, dass Vera Kaltensee ihren langjährigen Assistenten, der so viel über sie weiß, nach achtzehn Jahren wegen einer verschwundenen Kiste fristlos feuert. Dahinter muss mehr stecken.«

»Aber wer könnte das wissen?«, überlegte Bodenstein.

»Elard Kaltensee«, schlug Pia vor. »Den sollten wir sowieso noch mal besuchen. In seinem Schlafzimmer direkt neben dem Bett steht nämlich die fehlende Kiste.«

»Woher wissen Sie denn, was im Schlafzimmer von Elard Kaltensee steht?« Bodenstein blieb stehen und sah Pia mit gerunzelter Stirn an. »Und wieso haben Sie das nicht eher gesagt?«

»Mir ist es vorhin in der Werkstatt auf dem Mühlenhof eingefallen«, rechtfertigte sich Pia. »Aber jetzt sage ich es ja.«

Sie verließen den Palmengarten und überquerten die Siesmayerstraße. Bodenstein öffnete mit einem Druck auf die Fernbedienung die Zentralverriegelung seines Autos. Pia hatte schon den Griff der Beifahrertür in der Hand, als ihr Blick auf das Haus an der gegenüberliegenden Straßenseite fiel. Es war eines jener vornehmen Stadthäuser aus dem 19. Jahrhundert mit sorgfältig restaurierter Gründerzeitfassade, deren großzügige Altbauwohnungen auf dem Immobilienmarkt hoch gehandelt wurden.

»Schauen Sie mal da drüben. Ist das nicht unser Lügenbaron?«

Bodenstein wandte den Kopf.

»Tatsächlich. Das ist er.«

Ritter hatte sein Handy zwischen Ohr und Schulter geklemmt und hantierte mit einem Schlüsselbund an der Briefkastenanlage des Hauses. Dann schloss er immer noch telefonierend die Haustür auf und verschwand im Innern des Gebäudes. Bodenstein schlug die Autotür wieder zu. Sie überquerten die Straße und begutachteten die Briefkästen.

»Also, eine Zeitungsredaktion gibt's hier nicht.« Pia tippte auf eines der Messingschildchen. »Aber hier wohnt jemand namens M. Kaltensee. Was hat denn das jetzt zu bedeuten?«

Bodenstein blickte an der Fassade hoch. »Das werden wir schon rauskriegen. Fahren wir erst mal zu Ihrem Lieblingsverdächtigen.«

Friedrich Müller-Mansfeld war ein hochgewachsener, schlanker Mann mit einem schneeweißen Haarkranz rings um eine altersfleckige Glatze. Er hatte ein langes faltiges Gesicht und rot umränderte Augen, die von den dicken Gläsern seiner altmodischen Brille unnatürlich vergrößert wurden. Er war am vergangenen Samstagmorgen zu seiner Tochter an den Bodensee gereist und erst gestern Abend wieder zurückgekehrt. Sein Name war einer der letzten auf der langen Liste der Bewohner und Mitarbeiter des *Taunusblicks*, und Kathrin Fachinger hegte keine besonders großen Hoffnungen, von ihm mehr zu erfahren, als von den dreihundertzwölf Personen zuvor. Höflich stellte sie dem alten Herrn die üblichen Routinefragen. Sieben Jahre lang hatte er Tür an Tür mit Anita Frings gewohnt und zeigte sich nun angemessen betroffen, als er vom gewaltsamen Tod seiner Nachbarin erfuhr.

»Ich habe sie am Abend, bevor ich abgereist bin, noch gesehen«, sagte er mit heiserer, zittriger Stimme. »Da war sie recht guter Dinge.«

Er umfasste sein rechtes Handgelenk mit der linken Hand, aber der Tremor war nicht zu übersehen.

»Parkinson«, erklärte er. »Meistens geht es mir gut, nicht wahr, aber die Reise hat mich doch etwas angestrengt.«

»Ich werde Sie auch nicht lange stören«, erwiderte Kathrin Fachinger freundlich.

»Oh, stören Sie mich, solange Sie wollen.« In seinen hellen Augen blitzte der Altherrencharme. »Es ist eine nette Abwechslung, mit einer so hübschen jungen Dame zu sprechen, nicht wahr. Sonst gibt es hier ja nur alte Schachteln.«

Kathrin Fachinger lächelte.

»Gut. Sie haben Frau Frings also noch am Abend des 3. Mai gesehen. War sie allein oder in Begleitung?«

»Allein konnte sie sich ja kaum noch fortbewegen. Hier war viel los, im Park war eine Freiluftaufführung. Bei ihr war dieser Mann, der sie regelmäßig besucht hat, nicht wahr.«

Kathrin Fachinger horchte auf.

»Können Sie sich erinnern, um wie viel Uhr das ungefähr gewesen ist?«

»Natürlich. Ich habe Parkinson, nicht wahr, kein Alzheimer.«

Es sollte ein Scherz sein, aber da sein Gesicht so gut wie unbeweglich blieb, begriff die Beamtin das nicht sofort.

»Wissen Sie, ich stamme aus Ostberlin«, sagte der alte Herr. »Ich war Professor für angewandte Physik an der Humboldt-Universität. Im Dritten Reich durfte ich meinen Beruf nicht ausüben, weil ich mit den Kommunisten sympathisierte, deshalb war ich jahrelang im Ausland, aber später in der DDR ging es mir und meiner Familie immer gut.«

»Aha«, sagte Kathrin Fachinger höflich. Sie wusste nicht ganz, auf was der alte Herr hinauswollte.

»Natürlich kannte ich die ganze Parteispitze der SED persönlich, auch wenn ich nicht gerade behaupten kann, dass sie mir sonderlich sympathisch waren. Aber ich durfte endlich forschen, alles andere spielte für mich keine Rolle. Anitas Mann Alexander war beim MfS, er war Offizier im besonderen Einsatz und zuständig für verdeckte Geschäfte zur Devisenerwirtschaftung ...«

Kathrin Fachinger setzte sich aufrecht hin und starrte den Mann an.

»Sie haben Frau Frings von früher gekannt?«

»Ja, sagte ich das nicht vorhin schon?« Der alte Herr überlegte einen Augenblick, dann zuckte er die Schultern. »Eigentlich kannte ich ihren Mann. Alexander Frings war im Krieg Offizier der Abwehr in der Abteilung Fremde Heere Ost und ein enger Mitarbeiter von General Reinhard Gehlen, vielleicht sagt Ihnen der Name etwas.«

Kathrin Fachinger schüttelte den Kopf. Sie machte sich fieberhaft Notizen und ärgerte sich, dass sie das Diktiergerät auf ihrem Schreibtisch vergessen hatte.

»In seiner Eigenschaft als Abwehroffizier war Frings ein intimer Kenner der Russen, nicht wahr. Und nachdem sich Gehlen und seine gesamte Abteilung bereits im Mai 1945 den Amerikanern gestellt hatten, wurden sie der Vorgängerorganisation der CIA angegliedert. Später gründete Gehlen mit ausdrücklicher Billigung der USA die ›Organisation Gehlen‹, aus der später der Bundesnachrichtendienst wurde.« Fritz Müller-Mansfeld lachte heiser, sein Lachen ging in Husten über. Es dauerte eine Weile, bis er weitersprechen konnte. »Innerhalb kürzester Zeit wurden aus überzeugten Nazis überzeugte Demokraten. Frings ging nicht mit nach Amerika, sondern zog es vor, in der sowjetisch besetzten Zone zu bleiben. Ebenfalls mit Billigung und Wissen der Amerikaner installierte er sich im MfS und war zuständig für Devisenbeschaffung für die DDR, aber er blieb im Kontakt mit der CIC, später CIA und Gehlen in Deutschland.«

»Woher wissen Sie das alles?«, staunte Kathrin Fachinger.

»Ich bin neunundachtzig Jahre alt«, erwiderte Müller-

Mansfeld freundlich. »Ich habe in meinem Leben sehr viel gesehen und gehört und fast genauso viel vergessen. Aber Alexander Frings hat mich beeindruckt, nicht wahr. Er sprach sechs oder sieben Sprachen fließend, war sehr intelligent und kultiviert, und er spielte das Spiel auf beiden Seiten mit. Er war Führungsoffizier für zahllose Ost-Spione, konnte in den Westen reisen, wie er wollte, kannte hochrangige westliche Politiker und alle wichtigen Wirtschaftsführer, vor allem die Waffenlobbyisten waren seine Freunde, nicht wahr.«

Müller-Mansfeld machte eine Pause und rieb nachdenklich sein knochiges Handgelenk.

»Was Frings allerdings an Anita gefunden hat – abgesehen von ihrem Äußeren –, das kann ich bis heute nur schwer verstehen.«

»Wieso?«

»Sie war ein eiskaltes Frauenzimmer«, entgegnete Müller-Mansfeld. »Man hat sich erzählt, dass sie Aufseherin im KZ Ravensbrück gewesen ist, nicht wahr. Sie hatte nicht die Absicht, in den Westen zu gehen, um dort möglicherweise von früheren Lagerinsassinnen identifiziert zu werden. 1945 in Dresden hatte sie Frings kennengelernt, und weil der damals schon Kontakte zu den Amerikanern und den Russen hatte, konnte er sie durch eine Heirat vor weiterer Strafverfolgung bewahren. Mit ihrem neuen Namen hatte sie auch ihre braune Gesinnung abgelegt und ebenfalls Karriere beim MfS gemacht. Allerdings ...« Müller-Mansfeld kicherte boshaft. »Ihr Faible für westliche Konsumgüter hat ihr in Wandlitz den heimlichen Spitznamen ›Miss Amerika‹ eingebracht, über den sie sich sehr geärgert hat.«

»Was können Sie mir über den Mann sagen, der bei ihr war, an dem Abend?«, fragte Kathrin Fachinger.

»Anita hatte ziemlich häufig Besuch. Ihre Jugendfreundin Vera war oft da und gelegentlich auch der Herr Professor.«

Kathrin Fachinger übte sich in Geduld, während der alte Herr in seinen Erinnerungen kramte und mit zittriger Hand sein Wasserglas zum Mund führte.

»Sie nannten sich die vier Musketiere.« Er lachte wieder, heiser und spöttisch. »Zweimal im Jahr trafen sie sich in Zürich, auch nachdem Anita und Vera ihre Männer unter die Erde gebracht hatten.«

»Wer nannte sich die vier Musketiere?«, fragte Kathrin Fachinger verwirrt nach.

»Die vier alten Freunde von früher. Sie kannten sich ja von Kindesbeinen an, nicht wahr, Anita, Vera, Oskar und Hans.«

»Oskar und Hans?«

»Der Waffenhändler und sein Adjutant vom Finanzamt.«

»Goldberg und Schneider?« Kathrin Fachinger beugte sich aufgeregt vor. »Die haben Sie auch gekannt?«

Die Augen von Friedrich Müller-Mansfeld funkelten belustigt.

»Sie haben keine Vorstellung, wie lang die Tage in einem Seniorenheim werden können, selbst wenn es so luxuriös und komfortabel ist wie dieses hier. Anita hat gerne erzählt. Angehörige hatte sie keine, und zu mir hatte sie Vertrauen. Ich bin schließlich auch einer von drüben. Sie war raffiniert, aber längst nicht so gerissen wie ihre Freundin Vera. Die hat es faustdick hinter den Ohren. Sie hat es ja auch weit gebracht, für ein einfaches Mädchen aus Ostpreußen, nicht wahr.«

Er rieb sich wieder nachdenklich die Fingerknöchel.

»Anita war sehr aufgeregt, letzte Woche. Warum, das hat sie mir nicht gesagt. Aber sie hatte dauernd Besuch. Der Sohn von Vera war mehrfach da, der Glatzkopf, und auch seine Schwester, die Politikerin. Sie haben mit Anita unten in der Cafeteria gesessen, stundenlang. Und ›Katerchen‹, der kam regelmäßig. Schob sie im Rollstuhl durch die Gegend ...«

»›Katerchen‹?«

»So hat sie ihn genannt, den jungen Mann.«

Kathrin Fachinger fragte sich, was aus der Sicht eines Neunundachtzigjährigen wohl »jung« bedeuten mochte.

»Wie hat er ausgesehen?«, fragte sie.

»Hm. Braune Augen. Schlank. Mittelgroß, Durchschnittsgesicht. Der ideale Spion, nicht wahr.« Müller-Mansfeld lächelte. »Oder ein Schweizer Bankier.«

»Und der war auch am Freitagabend bei ihr?«, fragte Kathrin Fachinger geduldig, obwohl sie innerlich vor Aufregung bebte. Bodenstein würde sich freuen.

»Ja.« Friedrich Müller-Mansfeld nickte. Sie holte ihr Handy aus der Tasche und suchte im Speicher nach dem Foto von Marcus Nowak, das Ostermann ihr vor einer halben Stunde geschickt hatte.

»Kann es dieser Mann hier gewesen sein?« Sie reichte Müller-Mansfeld ihr Mobiltelefon. Er schob die Brille auf die Stirn und hielt sich das Display dicht vor die Augen.

»Nein, der war das nicht«, sagte er. »Aber den habe ich auch gesehen. Ich glaube, es war sogar am selben Abend.«

Müller-Mansfeld legte nachdenklich die Stirn in Falten.

»Ja, ich erinnere mich«, sagte er schließlich. »Es war am Donnerstag, so gegen halb elf. Die Theateraufführung war gerade zu Ende, und ich ging zum Aufzug. Er stand im Foyer, als ob er auf jemanden warten würde. Mir ist aufgefallen, wie nervös er war. Er schaute dauernd auf die Uhr.«

»Und Sie sind ganz sicher, dass es sich um diesen Mann hier gehandelt hat?«, vergewisserte sich Kathrin Fachinger und hob ihr Handy.

»Hundertprozentig. Ich habe ein gutes Gedächtnis für Gesichter.«

Nachdem sie Professor Kaltensee nicht im Kunsthaus angetroffen hatten, fuhren Bodenstein und Pia zurück aufs Kommissariat. Ostermann begrüßte sie mit der Neuigkeit, dass der Staatsanwalt die Gründe zu dünn fand, um einer kriminaltechnischen Untersuchung von Nowaks Fahrzeugen zuzustimmen.

»Dabei war Nowak zur Tatzeit am Fundort einer Leiche!«, regte Pia sich auf. »Außerdem wurde eines seiner Autos vor Schneiders Haus gesehen!«

Bodenstein schenkte sich eine Tasse Kaffee ein.

»Gibt es Neuigkeiten aus dem Krankenhaus?«, erkundigte er sich. Seit dem frühen Morgen saß vor der Tür von Nowaks Krankenzimmer ein Beamter, der jeden Besucher und die Uhrzeit des Besuches vermerkte.

»Morgens war seine Frau da«, erwiderte Ostermann. »Mittags kamen seine Großmutter und einer seiner Mitarbeiter.«

»Das ist alles?« Pia war enttäuscht. Nichts ging voran.

»Dafür habe ich jede Menge über die KMF herausgefunden.« Ostermann suchte in seinen Unterlagen, bis er die entsprechende Mappe gefunden hatte, und referierte. Eugen Kaltensee hatte sich in den dreißiger Jahren auf eine etwas unfeine, aber damals nicht ungewöhnliche Art der Firma seines jüdischen Chefs bemächtigt, als dieser die Zeichen der Zeit erkannt und mit seiner Familie Deutschland verlassen hatte. Kaltensee hatte die Erfindungen des Vorbesitzers für die Rüstungsindustrie genutzt, im Osten expandiert und ein Vermögen verdient. Als Lieferant der Wehrmacht war er Mitglied der NSDAP und einer der großen Kriegsgewinnler gewesen.

»Woher weißt du das?«, unterbrach Pia ihren Kollegen verwundert.

»Es gab einen Prozess«, erwiderte Ostermann. »Der jüdische Vorbesitzer Josef Stein verlangte nämlich nach dem Krieg seine Firma zurück. Angeblich hatte Kaltensee eine Erklärung unterschrieben, dass er im Falle einer Rückkehr Steins die Firma an ihn zurückgeben müsste. Natürlich war diese Erklärung unauffindbar, es kam zu einem Vergleich, und Stein erhielt Anteile an der Firma. Das alles ging damals groß durch die Presse, denn obwohl Kaltensee in seinen Ostbetrieben nachweislich KZ-Häftlinge ausgebeutet hatte, wurde er als ›entlastet‹ eingestuft und nicht verurteilt.«

Ostermann lächelte zufrieden.

»Ich habe den ehemaligen Prokuristen der KMF ausfindig gemacht«, sagte er. »Er ist vor fünf Jahren in Rente gegangen und auf Vera und Siegbert Kaltensee nicht besonders gut zu sprechen, denn sie haben ihn ziemlich übel ausgebootet. Der Mann kennt den ganzen Laden bis ins kleinste Detail und hat mir alles haarklein erzählt.«

Mitte der achtziger Jahre war es zu einem folgenschweren Krach in der Firma gekommen. Vera und Siegbert wollten mehr Einfluss und schmiedeten Intrigen gegen Eugen Kaltensee, der daraufhin die Struktur der Firma veränderte. Er setzte einen neuen Gesellschaftervertrag auf und verteilte die Stimmrechte nach Gutdünken an einzelne Familienmitglieder und Freunde. Eine fatale Entscheidung, die bis zum heutigen Tag für Krach innerhalb der Familie sorgte. Siegbert und Vera erhielten je zwanzig Prozent, Elard, Jutta, Schneider und Anita Frings jeweils zehn Prozent, Goldberg elf Prozent, Robert Watkowiak fünf Prozent und eine Frau namens Katharina Schmunck vier Prozent. Bevor Kaltensee diesen Vertrag wieder ändern konnte, stürzte er die Kellertreppe hinunter und brach sich dabei das Genick.

In dem Augenblick meldete sich Bodensteins Handy. Es war Kathrin Fachinger. »Chef, ich hab einen Volltreffer!«, rief sie. Bodenstein machte Ostermann ein Zeichen, dass er einen Augenblick warten sollte, und lauschte der aufgeregten Stimme seiner jüngsten Mitarbeiterin.

»Sehr gut, Frau Fachinger«, sagte er schließlich und beendete das Gespräch. Er blickte auf und grinste zufrieden.

»Damit kriegen wir einen Haftbefehl für Nowak und einen Durchsuchungsbeschluss für seine Firma und Wohnung.«

23. August 1942. Diesen Tag werde ich in meinem ganzen Leben niemals vergessen! Ich bin Tante geworden! Was für eine Aufregung! Um zehn Uhr fünfzehn heute Abend hat Vicky einen gesunden Jungen zur Welt gebracht – und ich war dabei! Es ging ganz schnell, dabei dachte ich immer, so etwas dauert Stunden und Stunden! Der Krieg ist so weit weg und doch so nah! Elard hat keinen Fronturlaub bekommen, er ist in Russland, und Mama hat den ganzen Tag gebetet, dass ihm nichts passiert, nicht an diesem Tag! Am Nachmittag haben bei Vicky die Wehen eingesetzt. Papa hat Schwinderke nach Doben geschickt, um die Frau Wermin zu holen, aber die konnte nicht weg. Die Frau vom Bauern Krupski in Rosengarten liegt seit zwei Tagen in den Wehen, und sie ist ja schon fast vierzig! Vicky war ganz tapfer. Ich bewundere sie! Es war schrecklich und gleichzeitig wunderbar! Mama, Edda, ich und die Frau Endrikat haben das auch ohne die Frau Wermin hinbekommen. Papa hat eine Flasche Champagner aufgemacht und mit Endrikat zusammen ausgetrunken – die beiden Großväter! Sie waren ziemlich beschwipst, als Mama ihnen das Baby gezeigt hat. Ich durfte es auch auf dem Arm halten. Unglaublich, wenn man sich vorstellt, dass aus diesem Wesen mit den winzigen Händchen und Füßchen eines Tages ein großer, starker Mann werden soll! Vicky hat ihn nach meinem und ihrem Papa Heinrich Arno Elard genannt – auch wenn Edda sagte, er müsse mindestens mit zweitem Namen Adolf heißen –, und da haben die zwei Großväter vor Rührung ein paar Tränchen zerquetscht und noch eine Flasche Champagner geköpft. Als die Frau Wermin schließlich gekommen ist, hat Vicky das Baby schon gestillt, die Frau Endrikat hatte es gewaschen und gewickelt. Und ich werde Patentante sein!! Ach, das Leben ist so aufregend. Der kleine Heinrich Arno Elard war ganz unbeeindruckt, als Papa ihm ganz ernsthaft erklärt hat, dass er eines Tages der Herr von Gut Lauenburg sein wird, und dann hat er ihm auf die Schulter gespuckt. Was haben wir gelacht! Ein herrlicher Tag, fast so wie früher! Sobald Elard Urlaub bekommt, wird Taufe sein. Und bald auch Hochzeit! Dann wird Vicky wirklich meine Schwester sein, obwohl wir auch jetzt schon die allerbesten Freundinnen sind, die man sich vorstellen kann ...

Thomas Ritter klebte einen gelben Zettel in die Seiten des Tagebuchs und rieb sich die brennenden Augen. Es war unglaublich! Beim Lesen war er in eine lang untergegangene Welt eingetaucht, in die Welt eines jungen Mädchens, das behütet auf dem großen elterlichen Gut in Masuren aufgewachsen war. Allein diese Tagebücher hätten Stoff für einen großartigen Roman hergegeben, ein Requiem auf das versunkene Ostpreußen, nicht viel schlechter als Arno Surminski oder Siegfried Lenz. Ausführlich und sehr aufmerksam hatte die junge Vera Land und Leute geschildert, aber auch die politische Situation aus dem Blickwinkel der Gutsherrentochter, deren Eltern zwei Söhne im Ersten Weltkrieg verloren und sich seitdem auf das ostpreußische Landgut zurückgezogen hatten. Sie hatten Hitler und den Nazis kritisch gegenübergestanden, aber dennoch geduldet, dass Vera und ihre Freundinnen Edda und Vicky zum BDM gingen. Faszinierend auch die Schilderung der Reise der jungen Mädchen mit ihrer BDM-Gruppe zu den Olympischen Spielen nach

Berlin, Veras Aufenthalte in einem Schweizer Mädcheninternat, wo sie ihre Freundin Vicky sehr vermisst hatte. Bei Ausbruch des Krieges war Veras älterer Bruder Elard zur Luftwaffe gegangen und hatte dort durch seine Leistungen schnell Karriere gemacht. Besonders berührend war die Entwicklung der Liebesbeziehung zwischen Elard und Vicky, der Tochter des Gutsverwalters Endrikat.

Weshalb nur war Vera so vehement dagegen gewesen, ihre Jugend in Ostpreußen in den ersten Kapiteln der Biographie zu thematisieren? Sie hatte schließlich nichts getan, für das sie sich hätte schämen müssen, abgesehen vielleicht von ihrer Mitgliedschaft im BDM. Aber gerade auf dem Land, wo jeder jeden kannte, war es damals nahezu unmöglich gewesen, sich auszuschließen, ohne in Schwierigkeiten zu geraten. Ritter hatte immer weiter gelesen, und ganz allmählich hatte er begriffen, warum diese Erinnerungen aus Veras Sicht eher ins Feuer gehört hätten als in die Hände eines Fremden. Vor dem Hintergrund dessen, was er am vergangenen Freitag erfahren hatte, boten diese Tagebücher puren Sprengstoff. Beim Lesen hatte er sich fortwährend Notizen gemacht und im Geiste die ersten Kapitel seines Manuskripts neu geordnet. Im Tagebuch von 1942 hatte er dann den Beweis gefunden. Als er die Schilderung des 23. August 1942 – dem Tag, als Hitler mit seinen Bombern zum ersten Mal Stalingrad angreifen ließ – las, wählte er sich sofort ins Internet ein und rief die Kurzbiographie von Elard Kaltensee auf.

»Das gibt's doch nicht«, murmelte Ritter und starrte auf den Bildschirm seines Laptops. Elard war am 23. August 1943 geboren, stand da. War es möglich, dass Vera auf den Tag genau ein Jahr nach der Geburt ihres Neffen selbst einen Sohn zur Welt gebracht hatte? Ritter suchte nach dem Tagebuch aus dem Jahr 1943 und blätterte bis zum August.

Heini ist ein Jahr alt geworden! So ein süßer, kleiner Kerl –

er ist zum Fressen! Sogar laufen kann er schon ... Er blätterte ein paar Seiten zurück, ein paar Seiten vor. Vera war im Juli aus der Schweiz auf das elterliche Gut zurückgekehrt und hatte dort den Sommer verbracht, einen Sommer, der überschattet wurde vom Tod Walters, des älteren Bruders ihrer Freundin Vicky Endrikat, der in Stalingrad gefallen war. Keine Rede von einem Mann in Veras Leben, geschweige denn von einer Schwangerschaft! Kein Zweifel, dass es sich bei Elard Kaltensee um den Jungen Heinrich Arno Elard handelte, der am 23. August 1942 zur Welt gekommen war. Aber weshalb stand in seiner Biographie das Jahr 1943 als sein Geburtsjahr? Hatte sich Elard aus Eitelkeit ein Jahr jünger gemacht? Ritter fuhr erschrocken zusammen, als sein Handy summte. Marleen erkundigte sich besorgt, wo er bliebe. Es war schon kurz nach zehn. In Ritters Kopf schwirrten die Gedanken, er konnte jetzt unmöglich einfach unterbrechen!

»Es wird leider später, Schatz«, sagte er und bemühte sich um einen bedauernden Tonfall. »Du weißt doch, ich habe morgen Abgabetermin. Ich komme, so schnell ich kann, aber warte nicht auf mich. Geh ruhig schlafen.«

Kaum, dass sie aufgelegt hatte, zog er den Laptop heran und fing an, die Sätze, die er beim Lesen in seinem Kopf formuliert hatte, in die Tastatur zu tippen. Er lächelte dabei. Wenn er seinen Verdacht mit handfesten Beweisen untermauern konnte, dann hatten Katharina und ihre Verlagsmenschen zweifellos die gewünschte Sensation.

»Nowak war also am Donnerstagabend im *Taunusblick*«, sagte Bodenstein, nachdem er Ostermann und Pia von Kathrin Fachingers Gespräch mit Anita Frings' Wohnungsnachbarn berichtet hatte.

»Und das wohl kaum wegen der Theateraufführung«, bemerkte Pia.

»Erzählen Sie weiter von der KMF«, forderte Bodenstein Ostermann auf.

Vera Kaltensee hatte vor Wut gerast, als der neue Gesellschaftervertrag bei der Testamentseröffnung nach dem Tod ihres Mannes verlesen wurde. Sie hatte vergeblich versucht, den Vertrag anzufechten, dann hatte sie Goldberg, Schneider und Frings die Anteile abkaufen wollen, aber das war laut Vertrag nicht möglich.

»Übrigens wurde damals Elard Kaltensee verdächtigt, seinen Stiefvater, mit dem er sich nie gut verstanden hatte, die Treppe hinuntergestoßen zu haben«, sagte Ostermann. »Später wurde aber auf Unfall erkannt, und die Sache kam zu den Akten.« Er blickte auf seinen Notizblock. »Vera Kaltensee hatte es überhaupt nicht gepasst, dass sie ihre alten Freunde, ihren Stiefsohn Robert und eine Freundin ihrer Tochter nun um Zustimmung für jedes geplante Geschäft bitten musste, aber ihr gelang es durch die Unterstützung Goldbergs, Honorarkonsulin von Surinam zu werden, sich die Rechte am Bauxitvorkommen in Surinam zu sichern und so direkt ins Aluminiumgeschäft einzusteigen. Sie wollte nicht länger nur Zulieferer sein. Ein paar Jahre später hat sie diese Rechte an die amerikanische ALCOA verkauft, und die KMF wurde Weltmarktführer für Strangpressen zur Aluminiumverarbeitung. Die Tochtergesellschaften, die das eigentliche Kapital verwalten, sitzen in der Schweiz, in Liechtenstein, auf den British Virgin Islands, Gibraltar, Monaco und was weiß ich, wo. Sie zahlen so gut wie überhaupt keine Steuern.«

»Hatte Herrmann Schneider mit diesen Geschäften zu tun?«, fragte Pia. Allmählich schien sich die ganze Geschichte mit ihren eigenen Erkenntnissen wie ein Puzzle zusammenzufügen! Alles hatte eine Bedeutung, die sich aus dem Gesamtbild ergeben würde.

»Ja.« Ostermann nickte. »Er war Berater der KMF Suisse.«

»Was ist jetzt mit den Firmenanteilen?«, wollte Bodenstein wissen.

»Genau.« Ostermann richtete sich auf. »Jetzt kommt's nämlich: Laut Gesellschaftervertrag waren sämtliche Anteile weder vererblich noch verkäuflich und gehen beim Tod des Inhabers an den geschäftsführenden Gesellschafter über. Und diese Klausel könnte ein echtes Motiv für vier unserer Morde sein.«

»Wie meinen Sie das?«, fragte Bodenstein.

»Laut Einschätzung der Wirtschaftsprüfer ist die KMF etwa vierhundert Millionen Euro wert«, sagte Ostermann. »Es gibt ein Angebot einer englischen Heuschreckenfirma über das Doppelte des derzeitigen Marktwertes. Ihr könnt euch ausrechnen, was das für die einzelnen Anteile bedeutet.«

Bodenstein und Pia wechselten einen kurzen Blick.

»Der Geschäftsführer der KMF ist Siegbert Kaltensee«, sagte Bodenstein. »Er bekommt also die Anteile von Goldberg, Schneider, Watkowiak und Frau Frings nach ihrem Tod.«

»So sieht es aus.« Ostermann legte seinen Notizblock auf den Schreibtisch und blickte triumphierend in die Runde. »Und wenn achthundert Millionen Euro kein Mordmotiv sind, dann fällt mir auch nichts mehr ein.«

Einen Moment lang war es völlig still.

»Da gebe ich Ihnen recht«, bemerkte Bodenstein trocken.

»Siegbert Kaltensee konnte bisher die Firma weder verkaufen noch an die Börse bringen, dafür fehlten ihm die Mehrheiten. Jetzt sieht es ganz anders aus: Er hält, wenn ich richtig rechne, 55 Prozent der Anteile, inklusive seiner eigenen zwanzig.«

»Schon zehn Prozent von achthundert Millionen sind nicht

zu verachten«, sinnierte Pia. »Jeder von denen könnte ein Interesse daran gehabt haben, dass Siegbert die Anteilsmehrheit bekommt und durch einen Verkauf der KMF seine Anteile in klingende Münze verwandelt.«

»Ich kann mir nicht vorstellen, dass da das Motiv für die Morde liegt«, Bodenstein trank den Rest seines Kaffees aus und schüttelte den Kopf. »Viel eher denke ich, dass unser Mörder – ohne es zu wollen – den Kaltensees einen großen Gefallen getan hat.«

Pia hatte sich die Unterlagen von Ostermanns Schreibtisch gefischt und studierte seine Notizen.

»Wer ist eigentlich diese Katharina Schmunck?«, fragte sie. »Was hat die mit den Kaltensees zu tun?«

»Katharina Schmunck heißt heute Katharina Ehrmann«, erklärte Ostermann. »Sie ist die beste Freundin von Jutta Kaltensee.«

Bodenstein legte die Stirn in Falten und dachte nach, dann erhellte sich sein Gesicht. Er erinnerte sich an die Fotos, die er auf dem Mühlenhof gesehen hatte. Doch bevor er etwas sagen konnte, war Pia aufgesprungen und wühlte in ihrer Tasche, bis sie die Visitenkarte gefunden hatte, auf die der Immobilienmakler den Namen der Hausbesitzerin geschrieben hatte.

»Das gibt's doch nicht!«, sagte sie, als sie die Karte gefunden hatte. »Katharina Ehrmann gehört das Haus in Königstein, in dem wir Watkowiaks Leiche gefunden haben! Wie passt das denn jetzt zusammen?«

»Ist doch klar«, behauptete Ostermann, der die Geldgier der Familie Kaltensee für ein äußerst plausibles Mordmotiv zu halten schien. »Sie haben Watkowiak umgebracht und wollten einen Verdacht auf Katharina Ehrmann lenken. Damit hätten sie zwei Fliegen mit einer Klappe geschlagen.«

*

Ritters Augen brannten, sein Kopf dröhnte. Die Buchstaben auf dem Monitor verschwammen vor seinen Augen. In den letzten zwei Stunden hatte er fünfundzwanzig Seiten geschrieben. Er war todmüde und gleichzeitig aufgekratzt vor lauter Euphorie. Mit einem Mausklick speicherte er die Datei und wechselte ins E-Mail-Programm. Katharina sollte morgen früh gleich lesen, was er aus ihrem Material gemacht hatte. Mit einem Gähnen stand er auf und trat ans Fenster. Jetzt musste er noch schnell die Tagebücher in den Banksafe legen, bevor er nach Hause fuhr. Marleen war zwar blauäugig, aber wenn sie das hier in die Finger bekam, dann würde sie alles begreifen. Und im schlimmsten Fall würde sie sich doch auf die Seite ihrer Familie schlagen. Ritters Blick fiel auf den leeren Parkplatz, auf dem neben seinem Cabrio nur noch ein dunkler Kastenwagen stand. Er wollte sich gerade abwenden, als für den Bruchteil einer Sekunde ein Licht im Fahrerbereich des Kastenwagens aufleuchtete und er die Gesichter von zwei Männern wahrnahm. Sein Herz begann, angstvoll zu klopfen. Katharina hatte gesagt, dass die Unterlagen brisant, vielleicht sogar gefährlich seien. Das hatte ihn am helllichten Tag nicht interessiert, aber jetzt, nachts um halb elf im einsamen Hinterhof eines Fechenheimer Gewerbegebietes, hatte dieser Gedanke zweifellos etwas Bedrohliches. Er ergriff sein Handy und wählte Katharinas Nummer. Sie meldete sich nach dem zehnten Klingeln.

»Kati«, Ritter versuchte, gelassen zu klingen, »ich glaube, ich werde beobachtet. Ich bin noch im Büro und arbeite am Manuskript. Unten auf dem Parkplatz steht ein Kastenwagen, in dem zwei Typen sitzen. Was soll ich denn jetzt machen? Wer kann das sein?«

»Beruhig dich«, erwiderte Katharina mit gesenkter Stimme. Im Hintergrund hörte Ritter Stimmengewirr und Klavierspiel. »Das bildest du dir sicher nur ein. Ich ...«

»Das bilde ich mir nicht ein, verdammt!«, zischte Ritter. »Die stehen da unten und warten vielleicht auf mich! Du hast doch selbst gesagt, diese Unterlagen könnten gefährlich sein!«

»So habe ich das doch nicht gemeint«, sagte Katharina besänftigend. »Ich habe nicht an eine konkrete Gefahr gedacht. Es weiß doch niemand von den Sachen. Jetzt fahr nach Hause, und schlaf dich mal ordentlich aus.«

Ritter ging zur Tür und schaltete das Deckenlicht aus. Dann trat er wieder ans Fenster. Der Lieferwagen stand immer noch da.

»Okay«, sagte er. »Aber ich muss die Tagebücher noch auf die Bank bringen. Meinst du, dass mir da was passieren kann?«

»Nein, das ist doch Unsinn«, hörte er Katharinas Stimme.

»Na gut.« Ritter fühlte sich etwas beruhigter. Wenn wirklich Gefahr drohte, würde sie anders reagieren. Er war schließlich ihr Goldesel, sie würde sein Leben nicht leichtfertig aufs Spiel setzen. Plötzlich kam er sich albern vor. Katharina musste ihn für ein Weichei halten!

»Ich hab dir übrigens das Manuskript geschickt«, sagte er.

»Oh, prima«, antwortete Katharina. »Ich lese es mir gleich morgen früh durch. Ich muss jetzt Schluss machen.«

»Alles klar. Gute Nacht.« Ritter klappte sein Handy zu, dann packte er die Tagebücher in die ALDI-Tüte und das Laptop in seinen Rucksack. Seine Knie zitterten, als er den Flur entlangging. »Alles Einbildung«, murmelte er.

Mittwoch 9. Mai 2007

»Du wirst nicht glauben, wer mich gestern angerufen hat«, sagte Cosima aus dem Badezimmer. »Ich sag dir, ich war ganz platt!«

Bodenstein lag im Bett und spielte mit dem Baby, das glucksend nach seinem Finger griff und mit erstaunlicher Kraft festhielt. Es wurde Zeit, dass sie diesen verwickelten Fall lösten, denn er sah seine jüngste Tochter definitiv zu wenig.

»Wer denn?«, fragte er zurück und kitzelte Sophias Bauch. Sie juchzte und strampelte mit den Beinchen.

Cosima erschien in der Tür, nur ein Handtuch um den Körper geschlungen, in der Hand die Zahnbürste.

»Jutta Kaltensee.«

Bodenstein erstarrte. Er hatte Cosima nicht erzählt, dass Jutta Kaltensee ihn in den letzten Tagen mindestens zehnmal angerufen hatte. Zuerst hatte er sich geschmeichelt gefühlt, aber die Gespräche waren für seinen Geschmack zu schnell zu vertraulich geworden. Doch erst, als sie ihn gestern schließlich ganz unverblümt gefragt hatte, ob sie nicht einmal zusammen essen gehen könnten, hatte er begriffen, was sie tatsächlich mit ihren Anrufen bezweckte. Jutta Kaltensee machte ihm eindeutig Avancen, und er wusste nicht, wie er sich ihr gegenüber verhalten sollte.

»Ach ja? Was wollte sie denn?« Bodenstein zwang sich zu

einem beiläufigen Tonfall und fuhr fort, mit dem Baby zu spielen.

»Sie sucht Mitarbeiter für ihre neue Imagekampagne.« Cosima ging ins Bad und kehrte im Morgenmantel zurück. »Sie sagte, sie sei auf mich gekommen, als sie dich bei ihrer Mutter getroffen hat.«

»Tatsächlich?« Bodenstein fühlte sich nicht wohl bei dem Gedanken, dass Jutta hinter seinem Rücken Informationen über ihn und seine Familie eingeholt hatte. Außerdem war Cosima keine Werbefilmerin, sondern produzierte Dokumentarfilme. Das Argument mit der Imagekampagne war eine Lüge. Aber weshalb tat sie das?

»Wir treffen uns heute Mittag zum Essen, und ich höre mir mal an, was sie will.« Cosima setzte sich auf die Bettkante und cremte ihre Beine ein.

»Das klingt doch gut.« Bodenstein wandte den Kopf und sah seine Frau mit einem Ausdruck völliger Arglosigkeit an. »Lass es dir nur ordentlich bezahlen. Die Kaltensees haben Geld wie Heu.«

»Hast du nichts dagegen?«

Bodenstein wusste nicht genau, was Cosima mit dieser Frage meinte.

»Wieso sollte ich?«, fragte er und nahm sich in derselben Sekunde vor, Jutta Kaltensees Anrufe in Zukunft zu ignorieren. Gleichzeitig dämmerte ihm, wie weit er sich schon auf sie eingelassen hatte. Zu weit. Der bloße Gedanke an die scharfsinnige und aufregend attraktive Frau entfachte Phantasien in ihm, die sich für einen verheirateten Mann nicht gehörten.

»Ihre Familie steht doch im Fokus eurer Ermittlungen«, sagte Cosima.

»Hör dir doch einfach mal an, was sie dir anbietet«, schlug er gegen seinen Willen vor. Ihn beschlich ein unangenehmes Gefühl. Der bisher harmlose Flirt mit Jutta Kaltensee konnte leicht zu einem unkalkulierbaren Risiko werden, und so etwas brauchte er überhaupt nicht. Es war Zeit, sie freundlich, aber bestimmt in die Schranken zu weisen. So leid es ihm tat.

Obwohl die Nacht sehr kurz gewesen war, saß Pia am nächsten Morgen schon um Viertel vor sieben an ihrem Schreibtisch. Es war unumgänglich geworden, so bald wie möglich mit Siegbert Kaltensee zu sprechen, so viel war klar. Sie nippte an ihrem Kaffee, starrte auf den Bildschirm und dachte über Ostermanns Bericht und Schlussfolgerungen gestern nach. Sicher, es war denkbar, dass die Geschwister Kaltensee die Morde in Auftrag gegeben hatten. Aber zu viel passte nicht zusammen: Was sollte diese Zahl, die der Mörder an allen drei Tatorten hinterlassen hatte? Weshalb waren die Morde mit einer uralten Waffe und sechzig Jahre alter Munition verübt worden? Ein Auftragsmörder hätte wohl eher eine Waffe mit einem Schalldämpfer benutzt und sich nicht die Mühe gemacht, Anita Frings aus dem Seniorenstift in den Wald zu bugsieren. Hinter den Morden an Goldberg, Schneider und Anita Frings steckte etwas Persönliches, da war sich Pia sicher. Aber wie passte Robert Watkowiak ins Bild? Weshalb hatte seine Freundin sterben müssen? Die Antwort verbarg sich hinter einem Gewirr falscher Fährten und möglicher Tatmotive. Rachsucht war ein starkes Motiv. Thomas Ritter kannte die Familiengeschichte der Kaltensees, er war von Vera zutiefst gedemütigt und verletzt worden.

Und was war mit Elard Kaltensee? Hatte er die drei Freunde seiner Mutter erschossen – oder erschießen lassen –, weil die ihm nichts über seine wahre Herkunft verraten wollten? Er hatte ja zugegeben, dass er sie gehasst und ihnen gegenüber Mordgelüste verspürt hatte. Schließlich gab es noch Marcus Nowak, der eine ganz dubiose Rolle spielte. Sein Firmenwagen war nicht nur zur Tatzeit an Schneiders Haus gesehen worden, er selbst war auch zu der Zeit, als Watkowiak gestorben war, an dem Haus in Königstein gewesen und am Abend von Anita Frings' Ermordung im *Taunusblick*. Das konnten keine bloßen Zufälle mehr sein. Für Nowak ging es immerhin auch um viel Geld. Nowak und Elard Kaltensee waren sehr viel besser befreundet, als Kaltensee es ihnen hatte weismachen wollen. Vielleicht hatten sie beide gemeinsam die drei Morde begangen, waren möglicherweise von Watkowiak dabei gesehen worden ... oder war alles falsch, und es steckten doch die Kaltensees hinter allem? Oder jemand ganz anderes? Pia musste sich eingestehen, dass sie sich im Kreis drehte.

Die Tür ging auf, Ostermann und Behnke betraten das Büro. Im selben Augenblick piepte das Faxgerät neben Ostermanns Schreibtisch und begann zu rattern. Er stellte seine Tasche ab, zog die erste Seite heraus und studierte sie.

»Na endlich«, sagte er. »Das Labor hat Ergebnisse.«

»Lass sehen.« Gemeinsam lasen sie die sechs Seiten, die das Kriminallabor geschickt hatte. Bei der Waffe, mit der Anita Frings erschossen worden war, handelte es sich um dieselbe Waffe, aus der die tödlichen Schüsse auf Goldberg und Schneider abgefeuert worden waren. Auch die Munition war dieselbe. Die DNA, die an einem Glas und an mehreren Zigarettenkippen in Schneiders Heimkino gefunden worden waren, gehörte zu einem Mann, dessen Daten im Computer des BKA gespeichert waren. Neben der Leiche von Herrmann Schneider war mittels eines einzelnen Haares eine weibliche, aber unbekannte DNA-Spur festgestellt worden, am Spiegel aus Goldbergs Haus ein deutlicher Fingerabdruck, der leider auch nicht zugeordnet werden konnte. Ostermann loggte sich in die Datenbank ein und stellte fest, dass es sich bei dem Mann, der im Kino in Schneiders Keller gewesen war, um einen Kurt Frenzel handelte, mehrfach vorbestraft wegen Körperverletzung und Fahrerflucht.

»Das Messer, das bei Watkowiak gefunden wurde, war eindeutig die Waffe, mit der Monika Krämer getötet wurde«, sagte Pia. »Seine Fingerabdrücke waren am Griff des Messers. Aber das Sperma in ihrem Mund stammte nicht von Watkowiak, sondern von einem Unbekannten. Die Tat wurde von einem Rechtshänder ausgeführt. Die Spuren in der Wohnung stammen hauptsächlich von Monika Krämer und Robert Watkowiak, außer einigen Fasern unter ihren Fingernägeln, die nicht zugeordnet werden können, und einem Haar, das noch untersucht wird. Das Blut am Hemd von Watkowiak stammte übrigens von Frau Krämer.«

»Das klingt doch alles sehr eindeutig«, sagte Behnke. »Watkowiak hat seine Alte umgelegt. Die war ja auch nervtötend.«

Pia bedachte ihren Kollegen mit einem scharfen Blick.

»Er kann's nicht gewesen sein«, erinnerte Ostermann ihn. »Wir haben die Bänder der Überwachungskameras aus den Filialen der Taunus-Sparkasse und der Nassauischen Sparkasse, auf denen Watkowiak zu sehen ist, als er die Schecks einlösen wollte. Ich müsste die genaue Uhrzeit nachsehen, aber ich glaube, das war zwischen halb zwölf und zwölf. Monika Krämer starb laut Obduktionsbericht zwischen elf und zwölf Uhr.«

»Ihr glaubt doch wohl nicht diese Profikiller-Scheiße, die sich der Chef ausgedacht hat?«, maulte Behnke. »Welcher Profikiller legt denn so eine dämliche Alte um und wieso?«

»Um den Verdacht auf Watkowiak zu lenken«, erwiderte Pia. »Und derselbe Täter hat auch Watkowiak getötet, ihm die Tatwaffe und das Handy in den Rucksack gesteckt und das blutverschmierte Hemd angezogen.«

In diesem Moment verwarf sie innerlich ihre Nowak-Kaltensee-Theorie. Keinem von beiden traute sie einen brutalen Mord mit vorausgegangener Fellatio zu. Sie hatten es mit zwei Tätern zu tun, so viel stand fest.

»Das könnte so gewesen sein«, räumte Ostermann ein und las die Stelle aus dem Laborbericht über das Hemd vor. Es war falsch zugeknöpft, hatte nicht Watkowiaks Größe und war so neu, dass in einem Ärmel sogar noch eine Nadel steckte, wie bei original verpackten Hemden üblich.

»Wir müssen herausfinden, wo das Hemd gekauft wurde«, ordnete Pia an.

»Ich versuch's.« Ostermann nickte.

»Ach, da fällt mir was ein.« Behnke suchte in den Papierstapeln auf seinem Schreibtisch und reichte Ostermann ein Blatt. Der warf einen Blick darauf und runzelte die Stirn.

»Wann ist das gekommen?«

»Gestern irgendwann.« Behnke schaltete seinen Computer an. »Ich hab's ganz vergessen.«

»Was ist das?«, erkundigte Pia sich.

»Das Bewegungsprofil des Handys, das bei Watkowiak im Rucksack war«, erwiderte Ostermann verärgert und wandte sich an seinen Kollegen, für dessen Nachlässigkeiten er sonst immer eine Entschuldigung fand. Diesmal jedoch war er richtig sauer.

»Mensch, Frank«, rief er scharf. »Das ist wichtig, das weißt du doch! Ich warte seit Tagen darauf!«

»Mach doch keine Staatsaffäre daraus!«, entgegnete Behnke heftig. »Hast du etwa noch nie was vergessen?«

»Was einen Fall betrifft – nein! Was ist bloß los mit dir, Mann?«

Statt zu antworten, stand Behnke auf und verließ das Büro.

»Und?«, erkundigte sich Pia, ohne Behnkes Verhalten zu kommentieren. Wenn jetzt endlich auch Ostermann auffiel, dass mit Behnke irgendetwas nicht stimmte, würde er sich vielleicht darum kümmern und die Sache unter Männern klären.

»Das Handy wurde nur ein einziges Mal benutzt, und zwar zum Verschicken dieser SMS an Monika Krämer«, erwiderte Ostermann nach einem gründlichen Studium des Blattes. »Es waren keine Nummern gespeichert.«

»Ist eine Funkzelle angegeben?«, erkundigte Pia sich neugierig.

»Eschborn und Umgebung.« Ostermann schnaubte. »Ein Radius von ungefähr 3 Kilometern rings um den Sendemast. Hilft uns nicht viel weiter.«

Bodenstein stand vor seinem Schreibtisch und blickte auf die dort ausgebreiteten Tageszeitungen. Hinter ihm lag die erste unerfreuliche Begegnung des Tages mit Kriminaldirektor Nierhoff, der unmissverständlich damit gedroht hatte, eine SoKo einzurichten, sollte Bodenstein nicht sehr bald greifbare Ergebnisse liefern. Der Pressesprecher wurde mit Anrufen bombardiert, nicht nur seitens der Presse: Sogar aus dem Innenministerium hatte es eine offizielle Anfrage nach den Ermittlungsfortschritten gegeben. Die Stimmung im Team war gereizt. In keinem der fünf Mordfälle war auch nur annähernd ein Durchbruch in Sicht. Dass Goldberg, Schneider, Anita Frings und Vera Kaltensee alte Freunde aus Jugendzeiten gewesen waren, half ihnen nicht weiter. Der Mörder hatte an allen drei Tatorten keine erkennbare Spur hinterlassen, ein Täterprofil war unmöglich zu erstellen. Das beste Motiv hatten mittlerweile die Geschwister Kaltensee, aber Bodenstein widerstrebte es, sich Ostermanns Vermutungen anzuschließen.

Er faltete die Zeitungen zusammen, setzte sich hin und stützte seine Stirn in die Hand. Irgendetwas war vor ihren

Augen im Gange, etwas, das sie nicht erkannten. Ihm wollte es einfach nicht gelingen, die Morde in einen sinnvollen Zusammenhang zur Familie Kaltensee und deren Umfeld zu bringen. Falls es hier überhaupt etwas in Zusammenhang zu bringen gab. War ihm seine Fähigkeit, die richtigen Fragen zu stellen, abhandengekommen? Es klopfte an der Tür, und Pia Kirchhoff trat ein.

»Was gibt's?«, fragte er und hoffte, dass seine Kollegin ihm Selbstzweifel und Ratlosigkeit nicht anmerken würde.

»Behnke war eben bei Watkowiaks Kumpel Frenzel, dessen DNA wir in Schneiders Haus gefunden haben«, sagte sie. »Er hat Frenzels Handy mitgebracht. Watkowiak hatte ihm am Donnerstag auf die Mailbox gesprochen.«

»Und?«

»Wir wollten es uns jetzt anhören«, sagte Pia. »Übrigens: In dem Haus in der Siesmayerstraße, das Ritter neulich betreten hat, wohnt eine Frau namens Marleen Kaltensee.« Sie warf ihm einen prüfenden Blick zu. »Was ist los mit Ihnen, Chef?«

Einmal mehr hatte Bodenstein das Gefühl, sie könne ihm direkt ins Gehirn schauen.

»Wir kommen nicht weiter«, entgegnete er. »Zu viele Rätsel, zu viele Unbekannte, zu viele sinnlose Spuren.«

»So ist es doch immer.« Pia setzte sich auf den Stuhl vor seinem Schreibtisch. »Wir haben vielen Leuten viele Fragen gestellt und damit Unruhe verbreitet. Die ganze Sache entwickelt jetzt eine eigene Dynamik, auf die wir momentan zwar keinen Einfluss haben, die aber für uns arbeitet. Ich habe das sichere Gefühl, dass sehr bald etwas geschehen wird, was uns auf die richtige Spur bringt.«

»Sie sind wirklich eine Optimistin. Was, wenn Ihre gerühmte Dynamik uns die nächste Leiche beschert? Nierhoff und das Innenministerium machen mir jetzt schon enormen Druck!«

»Was erwarten die denn von uns?« Pia schüttelte den Kopf. »Wir sind doch keine Fernsehkommissare! Jetzt schauen Sie doch nicht so resigniert! Lassen Sie uns nach Frankfurt fahren, zu Ritter und zu Elard Kaltensee. Wir fragen sie nach der verschwundenen Kiste.«

Sie stand wieder auf und blickte ihn ungeduldig an. Ihre Energie wirkte ansteckend. Bodenstein fiel auf, wie unverzichtbar Pia Kirchhoff innerhalb der letzten beiden Jahre für ihn geworden war. Gemeinsam waren sie ein perfektes Team: sie diejenige, die bisweilen waghalsige Vermutungen anstellte und Dinge energisch vorantrieb, er derjenige, der sich korrekt an die Regeln hielt und sie bremste, wenn sie zu emotional wurde.

»Na kommen Sie schon, Chef«, sagte sie nun. »Keine Selbstzweifel jetzt! Wir müssen unserer neuen Vorgesetzten schließlich beweisen, was wir draufhaben!«

Da musste Bodenstein lächeln.

»Stimmt«, sagte er und erhob sich.

»... ruf mich zurück, Mann!«, ertönte die Stimme von Robert Watkowiak aus dem Lautsprecher. Er klang gehetzt. *»Die sind hinter mir her. Die Bullen glauben, ich hätte einen umgelegt, und die Gorillas von meiner Stiefmutter haben mir vor Monis Wohnung aufgelauert. Ich verschwind für 'ne Weile von hier. Ich ruf dich noch mal an.«*

Es klickte. Ostermann spulte das Band zurück.

»Wann hat Watkowiak auf die Mailbox gesprochen?«, erkundigte sich Bodenstein, der sein Formtief überwunden hatte.

»Am vergangenen Donnerstag um vierzehn Uhr fünfunddreißig«, sagte Ostermann. »Der Anruf kam von einem öffentlichen Fernsprecher in Kelkheim. Wenig später muss er gestorben sein.«

»... *die Gorillas von meiner Stiefmutter haben mir vor Monis Wohnung aufgelauert ...*«, ertönte wieder die Stimme des toten Robert Watkowiak. Ostermann arbeitete an den Reglern und ließ die Ansage noch einmal ablaufen.

»Lassen Sie's gut sein«, sagte Bodenstein. »Was gibt es von Nowak?«

»Liegt in seinem Bettchen«, erwiderte Ostermann. »Heute Morgen von acht bis kurz nach zehn waren Oma und Papa da.«

»Nowaks Vater war bei seinem Sohn im Krankenhaus?«, fragte Pia erstaunt. »Zwei Stunden lang?«

»Ja.« Ostermann nickte. »So hat es der Kollege durchgegeben.«

»Okay.« Bodenstein räusperte sich und blickte in die Runde, in der Kriminalrätin Dr. Engel heute fehlte. »Wir sprechen noch einmal mit Vera Kaltensee und mit ihrem Sohn Siegbert. Außerdem will ich Speichelproben von Marcus Nowak, Elard Kaltensee und Thomas Ritter. Letzteren besuchen wir heute auch noch einmal. Und ich will mit Katharina Ehrmann sprechen. Frank, finden Sie heraus, wo wir die Dame antreffen können.«

Behnke nickte kommentarlos.

»Hasse, Sie machen dem Labor Dampf wegen der Lackspuren des Autos, das den Betonkübel vor Nowaks Firma gerammt hat. Ostermann, ich will mehr Informationen über Thomas Ritter haben.«

»Alles heute noch?«, fragte Ostermann.

»Bis heute Nachmittag, wenn's geht.« Bodenstein erhob sich. »Um fünf Uhr sehen wir uns hier wieder, und dann will ich Ergebnisse haben.«

Eine halbe Stunde später klingelte Pia in der Siesmayerstraße bei Marleen Kaltensee, und nachdem sie ihren Ausweis in die

Kamera über der Sprechanlage gehalten hatte, summte der Türöffner. Die Frau, die ihr und Bodenstein wenig später die Wohnungstür öffnete, war ungefähr Mitte dreißig und hatte ein unscheinbares, etwas aufgeschwemmt wirkendes Gesicht mit bläulichen Augenringen. Ihr stämmiger Körperbau mit kurzen Beinen und einem breiten Hinterteil ließ sie dicker wirken, als sie eigentlich war.

»Ich hatte Sie schon viel früher erwartet«, eröffnete sie die Unterhaltung.

»Wieso?«, fragte Pia erstaunt.

»Na ja«, Marleen Kaltensee zuckte mit den Schultern, »die Morde an den Freunden meiner Großmutter und an Robert ...«

»Deswegen sind wir gar nicht da.« Pia ließ den Blick durch die geschmackvoll eingerichtete Wohnung wandern. »Wir haben gestern mit Herrn Dr. Ritter gesprochen. Den kennen Sie ja sicher, oder?«

Zu ihrer Überraschung kicherte die Frau wie ein Teenager und wurde tatsächlich rot.

»Er hat dieses Haus betreten. Eigentlich wollten wir nur von Ihnen wissen, was er von Ihnen wollte«, fuhr Pia leicht irritiert fort.

»Er wohnt hier.« Marleen Kaltensee lehnte sich gegen den Türrahmen. »Wir sind nämlich verheiratet. Ich heiße nicht mehr Kaltensee, sondern Ritter.«

Bodenstein und Pia wechselten einen verblüfften Blick. Ritter hatte gestern im Zusammenhang mit dem Cabrio zwar von seiner Frau gesprochen, aber nicht erwähnt, dass es sich dabei um die Enkelin seiner ehemaligen Chefin handelte.

»Wir sind erst ganz frisch verheiratet«, erläuterte diese nun. »Ich habe mich noch nicht richtig an meinen neuen Namen gewöhnt. Meine Familie weiß auch noch nichts von unserer

Hochzeit. Mein Mann will auf einen passenden Moment warten, bis sich die Aufregungen gelegt haben.«

»Sie meinen die Aufregungen um die Morde an den Freunden Ihrer ... Großmutter?«

»Ja, genau. Vera Kaltensee ist meine Oma.«

»Und Sie sind wessen Tochter?«, wollte Pia wissen.

»Mein Vater ist Siegbert Kaltensee.«

In diesem Moment fiel Pias Blick auf das engsitzende T-Shirt der jungen Frau, und sie kombinierte richtig.

»Wissen Ihre Eltern, dass Sie in anderen Umständen sind?«

Marleen Ritter wurde zuerst rot, strahlte dann aber stolz, streckte den deutlich sichtbaren Bauch heraus und legte beide Hände darauf. Pia gelang ein Lächeln, obwohl ihr nicht danach zumute war. Noch immer, nach all den Jahren, verspürte sie in der Gegenwart einer glücklichen Schwangeren einen kleinen Stich.

»Nein«, sagte Marleen Ritter. »Wie gesagt, mein Vater hat zurzeit andere Sorgen.«

Jetzt erst schien sie sich auf ihre gute Erziehung zu besinnen.

»Kann ich Ihnen etwas zu trinken anbieten?«

»Danke, nein«, lehnte Bodenstein höflich ab. »Wir wollten eigentlich mit ... Ihrem Mann sprechen. Wissen Sie, wo er sich gerade aufhält?«

»Ich kann Ihnen seine Handynummer und die Adresse der Redaktion geben.«

»Das wäre sehr freundlich.« Pia zückte ihr Notizbuch.

»Ihr Mann hat uns gestern erzählt, dass Ihre Großmutter ihn seinerzeit nach Unstimmigkeiten entlassen hat«, sagte Bodenstein. »Nach achtzehn Jahren.«

»Ja, das ist wahr.« Marleen Ritter nickte bekümmert. »Ich weiß auch nicht genau, was vorgefallen ist. Thomas verliert nie ein schlechtes Wort über Oma. Ich bin ganz sicher, dass sich alles wieder einrenkt, wenn sie erst erfährt, dass wir verheiratet sind und ein Baby erwarten.«

Pia staunte über den naiven Optimismus der Frau. Sie zweifelte sehr daran, dass Vera Kaltensee den Mann, den sie in Schimpf und Schande vom Hof gejagt hatte, wieder mit offenen Armen aufnehmen würde, nur weil er ihre Enkelin geheiratet hatte. Ganz im Gegenteil.

Elard Kaltensee zitterte am ganzen Körper, als er sein Auto Richtung Frankfurt lenkte. Konnte das, was er soeben erfahren hatte, wirklich die Wahrheit sein? Wenn ja – was erwarteten sie von ihm? Was sollte er tun? Immer wieder musste er seine schweißnassen Handflächen an seiner Hose reiben, weil ihm sonst das Lenkrad entglitten wäre. Für einen Augenblick war er versucht, das Auto mit Vollgas direkt gegen einen Betonpfeiler zu lenken, damit alles ein Ende hätte. Aber der Gedanke daran, dass er verkrüppelt überleben könnte, hielt ihn davon ab. Er tastete in der Mittelkonsole seines Autos nach dem vertrauten Döschen, bis ihm einfiel, dass er es vor zwei Tagen voller Euphorie und guter Vorsätze aus dem Fenster geworfen hatte. Wie hatte er nur annehmen können, dass er plötzlich ohne Tavor auskommen könnte? Sein seelisches Gleichgewicht war schon seit Monaten tief erschüttert, jetzt aber fühlte er sich, als ob man ihm den Boden unter den Füßen weggezogen hätte. Er wusste selbst nicht, auf welche Erkenntnis er in all den Jahren des halbherzigen Suchens gehofft hatte, aber ganz sicher nicht auf diese.

»Herrgott im Himmel«, stieß er hervor und kämpfte gegen die widerstreitenden Gefühle, die in seinem Innern ohne die Droge beängstigend heftig tobten. Alles war plötzlich unerträglich klar umrissen und schmerzhaft deutlich. Das war das richtige Leben, und er wusste nicht, ob er es überhaupt noch meistern konnte und wollte. Sein Körper und sein Gehirn verlangten nachdrücklich nach der entspannenden Wirkung des Benzodiazepam. Als er versprochen hatte, es sich abzugewöhnen, hoch und heilig, hatte er noch nicht gewusst, was er jetzt wusste. Sein ganzes Leben, seine ganze Existenz und seine Identität eine einzige Lüge! Warum?, hämmerte es schmerzhaft in seinem Kopf, und Elard Kaltensee wünschte sich verzweifelt den Mut, diese Frage der richtigen Person zu stellen. Doch schon der Gedanke daran erfüllte ihn mit der tiefen Sehnsucht, weit wegzulaufen. Jetzt konnte er noch so tun, als wisse er nichts.

Plötzlich leuchteten vor ihm rote Bremslichter auf, und er trat so heftig auf die Bremse, dass das Antiblockiersystem seines schweren Mercedes ratterte. Der Autofahrer hinter ihm hupte wild und scherte gerade noch rechtzeitig auf den Standstreifen aus, um ihm nicht mit voller Wucht in den Kofferraum zu rauschen. Der Schreck brachte Elard Kaltensee wieder zu sich. Nein, so konnte er nicht leben. Und es war ihm auch egal, wenn alle Welt erkannte, welch jämmerlicher Feigling sich hinter der glatten Fassade des weltmännischen Professors verbarg. Ein Rezept hatte er noch in seinem Koffer. Ein, zwei Tabletten, ein paar Gläser Wein würden alles erträglicher machen. Schließlich hatte er sich zu nichts verpflichtet. Das Beste wäre, jetzt ein paar Sachen einzupacken, direkt zum Flughafen zu fahren und nach Amerika zu fliegen. Für ein paar Tage, nein, besser noch für ein paar Wochen. Vielleicht sogar für immer.

»Redakteur eines Lifestyle-Magazins«, wiederholte Pia spöttisch angesichts des hässlichen Flachbaus im Hinterhof eines Möbelabhollagers im Fechenheimer Gewerbegebiet. Bodenstein und sie stiegen die schmutzige Treppe in den obersten Stock hinauf, in dem sich das Büro von Thomas Ritter befand. Ganz sicher hatte Marleen Ritter ihren Gatten noch nie hier besucht, denn spätestens an der Eingangstür dessen, was dieser euphemistisch als »Redaktion« bezeichnet hatte, wären ihr wohl Zweifel gekommen. An der billigen Glastür, die mit fettigen Fingerabdrücken übersät war, prangte ein poppigbuntes Schild mit dem Schriftzug *Weekend*. Die Rezeption bestand aus einem Schreibtisch, je zur Hälfte eingenommen von einer Telefonanlage und einem altertümlichen Monster von Monitor.

»Sie wünschen?« Die Empfangsdame der *Weekend* sah aus, als habe sie früher selbst einmal für die Titelseiten posiert. Die Schminke täuschte allerdings nicht darüber hinweg, dass dies wohl eine Weile her war. Ungefähr dreißig Jahre.

»Kriminalpolizei«, sagte Pia. »Wo finden wir Thomas Ritter?«

»Letztes Büro auf dem Gang links. Soll ich Sie anmelden?«

»Nicht nötig.« Bodenstein lächelte der Dame freundlich zu. Die Wände des Ganges waren mit gerahmten Titelbildern der *Weekend* gepflastert, die nackten Tatsachen wurden zwar von unterschiedlichen Mädchen präsentiert, die aber eines gemeinsam hatten: mindestens Körbchengröße Doppel D. Die letzte Tür links war geschlossen. Pia klopfte an und trat ein. Es war Ritter sichtlich peinlich, dass Bodenstein und Pia ihn in dieser Umgebung antrafen. Zwischen der luxuriösen Altbauwohnung im Westend und dem engen verqualmten Büro mit Pornofotos an den Wänden lagen Welten. Allerdings lagen auch Welten zwischen der unscheinbaren Ehefrau, die sein Kind erwartete, und der Frau, die neben ihm stand und deren blutroter Lippenstift Spuren an Ritters Mund hinterlassen hatte. Alles an ihr sah stilvoll und teuer aus, angefangen von der Kleidung über Schmuck und Schuhe bis zur Frisur.

»Ruf mich an«, sagte sie und ergriff ihre Handtasche. Sie

streifte Bodenstein und Pia mit einem kurzen, uninteressierten Blick, dann rauschte sie hinaus.

»Ihre Chefin?«, erkundigte Pia sich. Ritter stützte die Ellbogen auf den Schreibtisch und fuhr sich mit allen zehn Fingern durch das Haar. Er wirkte erschöpft und um Jahre gealtert, passend zur Tristesse seiner Umgebung.

»Nein. Was wollen Sie denn noch? Woher wissen Sie überhaupt, dass ich hier bin?« Er griff nach einem Päckchen Zigaretten und zündete sich eine an.

»Ihre Frau war so freundlich, uns die Adresse der *Redaktion* zu geben.« Ritter reagierte nicht auf Pias Sarkasmus.

»Sie haben Lippenstift im Gesicht«, fügte sie hinzu. »Falls Ihre Frau Sie so zu sehen bekommt, könnte sie falsche Schlüsse ziehen.«

Ritter fuhr sich mit dem Handrücken über den Mund. Er zögerte eine Weile mit einer Antwort, aber dann machte er eine resignierte Geste.

»Das war eine Bekannte«, sagte er. »Ich schulde ihr noch Geld.«

»Weiß Ihre Frau davon?«, fragte Pia.

Ritter starrte sie an, beinahe trotzig. »Nein. Das muss sie auch nicht.« Er zog an der Zigarette und ließ den Rauch durch die Nase entweichen. »Ich habe jede Menge zu tun. Was wollen Sie? Ich habe Ihnen doch schon alles gesagt.«

»Ganz im Gegenteil«, erwiderte Pia. »Sie haben uns das meiste verheimlicht.«

Bodenstein hielt sich schweigend im Hintergrund. Ritters Augen wanderten zwischen ihm und Pia hin und her. Gestern hatte er den Fehler gemacht, sie zu unterschätzen. Das würde ihm heute nicht mehr passieren.

»Ach ja?« Er versuchte, gelassen zu wirken, aber das nervöse Flackern in seinen Augen verriet seinen wahren Gemütszustand. »Was denn zum Beispiel?«

»Warum waren Sie am Abend des 25. April bei Herrn Goldberg, einen Tag, bevor er ermordet wurde?«, fragte Pia. »Was haben Sie mit Robert Watkowiak in der Eisdiele besprochen? Und warum hat Vera Kaltensee Sie tatsächlich entlassen?«

Mit einer fahrigen Bewegung drückte Ritter die Kippe aus. Sein Handy, das neben der Tastatur seines Computers lag, schmetterte die ersten Akkorde von Beethovens Neunter, doch er warf nicht einmal einen Blick auf das Display.

»Ach, was soll's«, sagte er plötzlich. »Ich war bei Goldberg, Schneider und der alten Frings, weil ich mit ihnen reden wollte. Vor zwei Jahren kam ich auf die Idee, eine Biographie über Vera zu schreiben. Sie war zuerst ganz begeistert und diktierte mir stundenlang, was sie über sich lesen wollte. Ich merkte nach ein paar Kapiteln, dass das stinklangweilig werden würde. Zwanzig Sätze über ihre Vergangenheit, mehr nicht. Dabei waren gerade die Vergangenheit, ihre adelige Herkunft, die dramatische Flucht mit einem kleinen Kind, der Verlust ihrer Familie und des Schlosses doch das, was den Leser interessiert, nicht irgendwelche Geschäftsabschlüsse und Wohltätigkeitskram.«

Das Handy, das zwischenzeitlich verstummt war, meldete sich mit einem einzelnen Piepton.

»Aber sie wollte nichts davon wissen. Entweder nach ihren Vorstellungen oder gar nicht. Kompromisslos wie eh und je, der alte Geier.« Ritter schnaubte verächtlich. »Ich redete auf sie ein, schlug ihr vor, aus ihrem Leben einen Roman zu machen. Veras Erlebnisse, alle Verluste, Siege, Höhepunkte und Niederlagen im Leben einer Frau, die Weltgeschichte am eigenen Leib erlebt hatte. Wir gerieten darüber in Streit. Sie verbot mir kategorisch, Nachforschungen anzustellen, sie verbot mir zu schreiben, sie wurde immer misstrauischer. Und dann kam die Sache mit der Kiste dazu. Ich machte den Fehler, Nowak zu verteidigen. Da war es aus.« Ritter seufzte.

»Mir ging es ziemlich mies«, gab er zu. »Ich hatte keine Aussicht mehr auf einen anständigen Job, eine schöne Wohnung, eine Zukunft.«

»Bis Sie Marleen geheiratet haben. Da hatten Sie alles wieder.«

»Was wollen Sie damit andeuten?«, fuhr Ritter auf, aber seine Empörung wirkte nicht echt.

»Dass Sie sich an Marleen herangemacht haben, um sich an Ihrer ehemaligen Chefin zu rächen.«

»Unsinn!«, widersprach er. »Wir haben uns rein zufällig getroffen. Ich habe mich in sie verliebt und sie sich in mich.«

»Warum haben Sie uns dann gestern nicht gesagt, dass Sie die Tochter von Siegbert Kaltensee geheiratet haben?« Pia glaubte ihm kein Wort. Im Vergleich mit der eleganten Dunkelhaarigen von vorhin zog die unscheinbare Marleen eindeutig den Kürzeren.

»Weil ich nicht angenommen habe, dass es eine Rolle spielt«, erwiderte Ritter angriffslustig.

»Ihr Privatleben interessiert uns nicht«, mischte sich Bodenstein vermittelnd ein. »Was war mit Goldberg und Watkowiak?«

»Ich wollte Informationen von ihnen.« Ritter wirkte erleichtert über den Themenwechsel und warf Pia einen feindseligen Blick zu, um sie danach völlig zu ignorieren. »Vor einer Weile trat jemand an mich heran und fragte mich, ob ich nicht doch die Biographie schreiben wolle. Allerdings über das wahre Leben der Vera Kaltensee, mit allen schmutzigen Details. Man bot mir sehr viel Geld, Informationen aus erster Hand und die Aussicht auf – Rache.«

»Wer war das?«, fragte Bodenstein. Ritter schüttelte den Kopf.

»Kann ich nicht sagen«, antwortete er. »Aber das Material, das ich bekam, war erstklassig.«

»Inwiefern?«

»Es waren Veras Tagebücher aus den Jahren 1934 bis 1943.« Ritter lächelte grimmig. »Detaillierte Hintergrundinformationen über all das, was Vera unbedingt geheim halten will. Bei der Lektüre bin ich auf jede Menge Unstimmigkeiten gestoßen, aber eins ist mir jetzt klar: Elard kann auf gar keinen Fall Veras Sohn sein. Die Tagebuchschreiberin hatte nämlich bis Dezember 1943 weder einen Verlobten noch einen Verehrer, bis dahin auch noch keinen Geschlechtsverkehr, geschweige denn ein Kind gehabt. Aber …« Er machte eine wirkungsvolle Pause und blickte Bodenstein an. »Veras älterer Bruder Elard von Zeydlitz-Lauenburg unterhielt eine Liebesbeziehung zu einer jungen Frau namens Vicky, der Tochter des Gutsverwalters Endrikat. Sie brachte im August des Jahres 1942 einen Sohn zur Welt, der auf den Namen Heinrich Arno Elard getauft wurde.«

Bodenstein ließ diese Neuigkeit unkommentiert.

»Und weiter?«, fragte er nur. Ritter war über die ausbleibende Begeisterung merklich enttäuscht.

»Die Tagebücher wurden von einer Linkshänderin geschrieben. Vera ist Rechtshänderin«, schloss er knapp. »Und das ist der Beweis.«

»Der Beweis wofür?«, wollte Bodenstein wissen.

»Der Beweis dafür, dass Vera in Wirklichkeit nicht die ist, für die sie sich ausgibt!« Ritter hielt es nicht länger auf seinem Stuhl. »Genau wie Goldberg, Schneider und die Frings! Die vier haben irgendein düsteres Geheimnis geteilt, und ich wollte herausfinden, welches!«

»Deswegen waren Sie bei Goldberg?«, fragte Pia skeptisch. »Haben Sie wirklich gedacht, er würde Ihnen bereitwillig alles erzählen, worüber er mehr als sechzig Jahre geschwiegen hat?«

Ritter achtete nicht auf ihren Einwand.

»Ich war in Polen und habe dort recherchiert. Leider gibt es keine Zeitzeugen mehr, die man fragen könnte. Dann war ich bei Schneider und auch bei Anita – immer dasselbe!«

Er verzog angeekelt das Gesicht.

»Sie haben sich alle drei dumm gestellt, diese selbstgerechten, überheblichen alten Nazis mit ihren Kameradschaftsabenden und den ewiggestrigen Sprüchen! Ich konnte sie schon früher nicht leiden, keinen von ihnen.«

»Und als die drei Ihnen nicht geholfen haben, da haben Sie sie erschossen«, sagte Pia.

»Genau. Mit der Kalaschnikow, die ich immer dabeihabe. Nehmen Sie mich fest«, forderte Ritter sie patzig auf. Er wandte sich an Bodenstein. »Wieso hätte ich die drei umbringen sollen? Sie waren uralt, die Zeit hätte das schon für mich erledigt.«

»Und Robert Watkowiak? Was wollten Sie von dem?«

»Informationen. Ich habe ihn dafür bezahlt, dass er mir mehr über Vera erzählt, außerdem konnte ich ihm sagen, wer in Wirklichkeit sein Vater war.«

»Woher wussten Sie das denn?«, fragte Pia.

»Ich weiß eine Menge«, erwiderte Ritter herablassend. »Dass Robert der uneheliche Sohn von Eugen Kaltensee war, ist ein Märchen. Roberts Mutter war ein siebzehnjähriges polnisches Dienstmädchen auf dem Mühlenhof. Siegbert hatte sich an ihr vergriffen, bis die Ärmste schwanger wurde. Seine Eltern haben ihn sofort auf eine Uni nach Amerika geschickt und sie gezwungen, im Keller heimlich zu entbinden. Danach verschwand sie auf Nimmerwiedersehen. Ich nehme an, dass sie sie abgemurkst und irgendwo auf dem Grundstück verscharrt haben.«

Ritter sprach immer schneller, seine Augen glänzten wie im Fieber. Bodenstein und Pia hörten schweigend zu.

»Vera hätte Robert als Säugling zur Adoption freigeben

können, aber sie ließ ihn gerne darunter leiden, dass er ein bedauerlicher Fehltritt war. Gleichzeitig hat sie es genossen, wie er sie bewundert und angebetet hat! Sie war schon immer überheblich und hält sich für unantastbar. Deshalb hat sie auch die Kisten mit dem ganzen brisanten Inhalt nie vernichtet. Pech für sie, dass Elard ausgerechnet dicke Freundschaft mit einem Restaurator geschlossen hatte und auf die Idee kam, die Mühle umbauen zu lassen.«

Ritters Stimme klang hasserfüllt, und Pia wurde erst jetzt das ganze Ausmaß seiner Rachsucht und Bitterkeit bewusst.

Er lachte boshaft. »Ach ja, und Vera hat Robert auf dem Gewissen. Als Marleen sich nämlich ausgerechnet in Robert – ihren Halbbruder – verliebte, war natürlich Holland in Not! Marleen war erst vierzehn und Robert schon Mitte zwanzig. Nach dem Unfall, bei dem Marleen ihr Bein verlor, flog Robert vom Mühlenhof. Kurz darauf begann seine kriminelle Karriere.«

»Ihre Frau hat ein Bein verloren?«, fragte Pia nach und erinnerte sich daran, dass Marleen Ritter tatsächlich ihr linkes Bein beim Laufen nachgezogen hatte.

»Ja. Wie gesagt.«

Eine ganze Weile war es in dem kleinen Büro ganz still, abgesehen vom Surren des Computers. Pia wechselte einen raschen Blick mit Bodenstein, dem wie üblich nicht anzusehen war, was er dachte. Wenn Ritters Informationen auch nur ansatzweise der Wahrheit entsprachen, dann waren sie tatsächlich Sprengstoff. Hatte Watkowiak sterben müssen, weil er von Ritter die Wahrheit über seine Herkunft erfahren und Vera Kaltensee damit konfrontiert hatte?

»Wird das auch ein Kapitel in Ihrem Buch werden?«, erkundigte sich Pia. »Das hört sich für mich nämlich ziemlich riskant an.«

Ritter zögerte mit einer Antwort, dann zuckte er die Schultern.

»Das ist es auch«, sagte er, ohne sie anzusehen. »Aber ich brauche das Geld.«

»Was sagt Ihre Frau dazu, dass Sie so etwas über ihre Familie und ihren Vater schreiben? Das wird ihr doch kaum gefallen.«

Ritter presste die Lippen zu einem schmalen Strich zusammen.

»Zwischen den Kaltensees und mir herrscht Krieg«, erwiderte er pathetisch. »Und in jedem Krieg gibt es Opfer.«

»Familie Kaltensee wird sich das nicht so einfach gefallen lassen.«

»Sie haben ihre Truppen schon gegen mich in Stellung gebracht«, Ritter lächelte gezwungen. »Es gibt eine einstweilige Verfügung. Und eine Unterlassungsklage gegen mich und den Verlag. Außerdem hat mich Siegbert massiv bedroht. Er sagte, dass ich keine Freude mehr an irgendwelchen Tantiemen haben würde, sollte ich meine lügnerischen Behauptungen jemals publik machen.«

»Geben Sie uns die Tagebücher«, forderte Bodenstein ihn auf.

»Sie sind nicht hier. Außerdem sind diese Tagebücher meine Lebensversicherung. Die einzige, die ich habe.«

»Hoffentlich irren Sie sich da nicht.« Pia zog ein Röhrchen aus der Tasche. »Gegen eine Speichelprobe haben Sie sicherlich nichts einzuwenden, oder?«

»Nein, habe ich nicht.« Ritter steckte die Hände in die Gesäßtaschen seiner Jeans und musterte Pia abfällig. »Auch wenn ich mir nicht vorstellen kann, wozu das gut sein soll.«

»Damit wir Ihre Leiche schneller identifizieren können«,

entgegnete Pia kalt. »Ich fürchte nämlich, Sie unterschätzen die Gefahr, in die Sie sich begeben haben.«

Das Funkeln in Ritters Augen wurde feindselig. Er nahm Pia das Wattestäbchen aus der Hand, öffnete den Mund und fuhr mit dem Stäbchen über die Innenseite seiner Mundschleimhaut.

»Danke.« Pia nahm das Teststäbchen und verschloss die Probe ordnungsgemäß. »Morgen schicken wir unsere Kollegen bei Ihnen vorbei, die Tagebücher abholen. Und falls Sie sich in irgendeiner Weise bedroht fühlen, rufen Sie mich an. Meine Karte haben Sie ja.«

»Ich weiß nicht, ob ich Ritter das alles glaube«, sagte Pia, als sie den Parkplatz überquerten. »Der Mann ist hochgradig rachsüchtig. Sogar seine Ehe ist pure Rache.«

Plötzlich fiel ihr etwas ein, und sie blieb abrupt stehen.

»Was ist?«, fragte Bodenstein.

»Diese Frau in seinem Büro«, sagte Pia und versuchte, sich an ihre Unterhaltung mit Christina Nowak zu erinnern. »Schön, dunkelhaarig, elegant – das könnte dieselbe Frau gewesen sein, mit der Nowak sich in Königstein vor dem Haus getroffen hat!«

»Tatsächlich.« Bodenstein nickte. »Sie kam mir auch irgendwie bekannt vor. Ich komme nur nicht darauf, woher.«

Er reichte Pia den Autoschlüssel.

»Ich bin sofort wieder da.«

Er ging zurück in das Gebäude und lief die Treppen hinauf in den obersten Stock. Vor der Tür wartete er einen Moment, bis er nicht mehr wie ein Walross schnaufte, dann klingelte er. Die Empfangsdame klapperte erstaunt mit den künstlichen Wimpern, als sie ihn erblickte.

»Wissen Sie, wer die Frau war, die vorhin bei Herrn Dr. Ritter war?«, fragte er. Sie musterte ihn von Kopf bis Fuß, legte den Kopf schief und rieb Zeigefinger und Daumen der rechten Hand.

»Kann schon sein.«

Bodenstein verstand. Er zückte seine Brieftasche und holte einen Zwanzigeuroschein heraus. Die Frau zog eine verächtliche Grimasse, die erst ein Fünfziger in ein Lächeln verwandelte.

»Katharina ...« Sie schnappte den Schein und hielt weiterhin die Hand hin. Bodenstein seufzte und reichte ihr auch noch den Zwanziger. Sie ließ beide Geldscheine im Schaft ihres Stiefels verschwinden.

»Ehrmann.« Sie beugte sich vor und senkte verschwörerisch die Stimme. »Aus der Schweiz. Wohnt irgendwo im Taunus, wenn sie in Deutschland ist. Fährt einen schwarzen 5er mit Züricher Kennzeichen. Und falls Sie jemanden kennen, der eine tüchtige Sekretärin sucht, denken Sie an mich. Ich hab den Laden hier nämlich echt satt.«

»Ich hör mich mal um.« Bodenstein, der das für einen Witz hielt, zwinkerte ihr zu und steckte seine Visitenkarte in die Tastatur ihres Computers. »Schicken Sie mir eine E-Mail. Mit Lebenslauf und Zeugnissen.«

Bodenstein ging eilig durch die Reihen abgestellter Autos, während er sein Handy auf inzwischen eingegangene Nachrichten prüfte. Beinahe wäre er dabei gegen einen schwarzen Kastenwagen geprallt. Pia tippte gerade eine SMS, als Bodenstein zu seinem BMW zurückkehrte.

»Miriam soll mal überprüfen, ob das stimmt, was Ritter uns gerade erzählt hat«, erklärte sie und gurtete sich an. »Vielleicht existieren noch Kirchenbücher von 1942.«

Bodenstein startete den Motor.

»Die Frau, die vorhin bei Ritter war, war Katharina Ehrmann«, sagte er.

»Ach? Etwa die mit den vier Prozent Stimmanteilen?« Pia war erstaunt. »Was hat die denn mit Ritter zu tun?«

»Fragen Sie mich was Leichteres.« Bodenstein manövrierte den BMW aus der Parklücke und drückte am Multifunktionslenkrad auf die Rückruftaste des Telefons. Wenig später meldete sich Ostermann.

»Chef, hier ist die Hölle los«, tönte seine Stimme aus dem Lautsprecher. »Nierhoff und die Neue planen eine SoKo Rentner und eine SoKo Monika.«

Bodenstein, der etwas Ähnliches schon viel früher erwartet hatte, blieb gelassen. Er warf einen Blick auf die Uhr. Halb zwei. Von der Hanauer Landstraße brauchte er um diese Uhrzeit ungefähr dreißig Minuten, wenn er den Weg über den Riederwald und den Alleenring nahm.

»Wir treffen uns in einer halben Stunde im Zaika in Liederbach zur Lagebesprechung. Das komplette K11«, sagte er zu Ostermann. »Bestellen Sie mir Carpaccio und Chicken Curry, wenn Sie vor mir da sein sollten.«

»Und mir eine Pizza!«, rief Pia vom Beifahrersitz aus.

»Mit extra Thunfisch und Sardellen«, ergänzte Ostermann. »Geht klar. Bis gleich.«

Eine ganze Weile fuhren sie schweigend, jeder mit seinen eigenen Gedanken beschäftigt. Bodenstein dachte an den Vorwurf, den ihm sein früherer Chef in Frankfurt früher häufig gemacht hatte. Er sei unflexibel und kein Teamplayer, hatte Oberkommissar Menzel behauptet, gerne vor versammelter Mannschaft. Zweifellos hatte er damit recht gehabt. Bodenstein hasste es, unnötig Zeit mit Lagebesprechungen, Kompetenzstreitigkeiten und albernen Machtdemonstrationen zu vergeuden. Nicht zuletzt deshalb war er gerne nach Hofheim gewechselt, in eine mit fünf Leuten überschaubare Abteilung. Nach wie vor war er der Meinung, dass viele Köche den Brei nur zu gründlich verderben konnten.

»Werden Sie sich auf zwei SoKos einlassen?«, fragte Pia in diesem Augenblick. Bodenstein warf ihr einen raschen Blick zu.

»Kommt drauf an unter wessen Leitung«, erwiderte er. »Es ist aber auch alles völlig verfahren. Um was geht es hier eigentlich wirklich?«

»Um die Morde an drei alten Menschen, einer jungen Frau und einem Mann«, überlegte Pia laut.

Bodenstein trat in der Höhe der Berger Straße auf die Bremse und ließ eine Gruppe junger Leute über den Zebrastreifen gehen.

»Wir stellen die falschen Fragen«, sagte er und überlegte, was Katharina Ehrmann mit Ritter zu tun haben mochte. Zwischen den beiden lief etwas, das war klar. Vielleicht kannte sie ihn von früher, als er noch für Vera Kaltensee gearbeitet hatte.

»Ob sie noch mit Jutta Kaltensee befreundet ist?«, fragte Bodenstein. Pia verstand sofort, von wem er sprach.

»Wieso ist das wichtig?«

»Woher hat Ritter die Information über Robert Watkowiaks leiblichen Vater? Das ist garantiert ein Familiengeheimnis, von dem nur sehr wenige wissen.«

»Wie soll dann Katharina Ehrmann davon wissen?«

»Sie war immerhin so vertraut mit der Familie, dass Eugen Kaltensee ihr Firmenanteile übereignet hat.«

»Besuchen wir eben Vera Kaltensee noch einmal«, schlug Pia vor. »Fragen wir sie, was in der Kiste war und weshalb sie uns wegen Watkowiak angelogen hat. Was haben wir zu verlieren?«

Bodenstein schwieg, dann schüttelte er den Kopf.

»Wir müssen sehr vorsichtig sein«, sagte er. »Auch wenn Sie Ritter nicht leiden können, will ich keine sechste Leiche riskieren, nur weil wir unüberlegte Fragen gestellt haben. Sie hatten nicht ganz unrecht damit, dass Ritter sich auf dünnem Eis bewegt.«

»Der Typ hält sich für nicht weniger unantastbar als Vera Kaltensee«, entgegnete Pia heftig. »Der ist blind vor Rachsucht, und ihm ist jedes Mittel recht, um der Familie Kaltensee an den Karren zu fahren. So ein Widerling. Der betrügt seine schwangere Frau mit dieser Katharina Ehrmann. Hundertprozentig.«

»Das glaube ich auch«, räumte Bodenstein ein. »Trotzdem, als Leiche nützt er uns wenig.«

Der größte Ansturm zur Mittagszeit war schon vorbei, als Pia und Bodenstein im Zaika eintrafen, und bis auf ein paar Geschäftsleute hatte sich das Restaurant schon wieder geleert. Die Mitarbeiter des K11 hatten sich um einen der größeren Tische in einer Ecke des mediterran gestalteten Gastraumes versammelt und waren bereits beim Essen. Nur Behnke saß mit säuerlicher Miene daneben und nippte an einem Wasser.

»Ich hab auch ein paar gute Nachrichten, Chef«, begann Ostermann, als sie am Tisch Platz genommen hatten. »Zu dem DNA-Profil, das jeweils an einem Haar bei den Leichen von Monika Krämer und Watkowiak festgestellt wurde, hat der Computer einen Spur-Spur-Treffer ausgespuckt. Bei der Aufarbeitung alter Fälle haben unsere Kollegen vom BKA Spuren ausgewertet und gespeichert. Derjenige hatte irgendetwas mit einem bisher ungeklärten Mord in Dessau am 17. Oktober 1990 und einer gefährlichen Körperverletzung in Halle am 24. März 1991 zu tun.«

Pia bemerkte Behnkes hungrigen Blick. Wieso hatte er sich nichts zu essen bestellt?

»Noch was?« Bodenstein griff nach der Pfeffermühle und würzte das Carpaccio nach.

»Ja. Ich habe was über Watkowiaks Hemd herausgefunden«, fuhr Ostermann fort. »Die Hemden dieser Marke werden in Manufaktur und ausschließlich für einen Herrenausstatter in der Schillerstraße in Frankfurt hergestellt. Die Geschäftsführerin war sehr kooperativ und hat mir Rechnungskopien zur Verfügung gestellt. Weiße Hemden in Größe 41 wurden zwischen dem 1. März und dem 5. Mai genau vierundzwanzigmal verkauft. Unter anderem ...« Er machte eine wirkungsvolle Pause, um sich die volle Aufmerksamkeit aller Anwesenden zu sichern. »... kaufte eine Anja Moormann auf Rechnung von Vera Kaltensee am 26. April fünf weiße Hemden in Größe 41.«

Bodenstein hörte auf zu kauen und richtete sich auf.

»Na, die soll sie uns jetzt mal zeigen.« Pia schob Behnke ihren Teller hin. »Nimm nur. Ich kann nicht mehr.«

»Danke«, murmelte dieser und verputzte die übrige halbe Pizza in weniger als sechzig Sekunden, als habe er seit Tagen nichts mehr gegessen.

»Was war bei den Nachbarn von Goldberg und Schneider?« Bodenstein sah Behnke an, der mit vollen Backen kaute.

»Ich habe dem Mann, der das Auto gesehen hat, drei verschiedene Logos gezeigt«, erwiderte Behnke. »Er hat nicht eine Sekunde gezögert und auf das von Nowak gezeigt. Außerdem hat er die Uhrzeit präzisiert. Er ist um zehn vor eins mit dem Hund rausgegangen, nachdem irgendein Film auf ARTE vorbei war. Um zehn nach eins ist er zurückgekommen, da war das Auto weg und das Tor der Einfahrt zu.«

»Nowak wurde um Viertel vor zwölf von den Kollegen in Kelkheim angehalten«, sagte Pia. »Er kann locker danach nach Eppenhain gefahren sein.«

Bodensteins Handy klingelte. Er warf einen Blick aufs Display und entschuldigte sich für eine Minute.

»Wenn wir morgen immer noch nicht weiter sind, haben

wir zwanzig Kollegen am Hals.« Ostermann lehnte sich zurück. »Da habe ich überhaupt keinen Bock drauf.«

»Das hat keiner von uns«, antwortete Behnke. »Aber wir können den Täter ja nicht herbeizaubern.«

»Wir haben aber jetzt mehr Anhaltspunkte und können konkretere Fragen stellen.« Pia beobachtete durch die großen Fenster ihren Chef, der mit dem Handy am Ohr auf dem Parkplatz hin und her ging. Mit wem sprach er wohl? Normalerweise verließ er zum Telefonieren nie den Raum. »Und wissen wir mehr über das Messer, mit dem Monika Krämer getötet wurde?«

»Ach ja.« Ostermann schob seinen Teller weg und suchte in den mitgebrachten Unterlagen, bis er eine der verschließbaren farbigen Plastikmappen gefunden hatte, die ein wichtiger Bestandteil seines Ablagesystems waren. So salopp er mit Pferdeschwanz, Nickelbrille und lässiger Kleidung auch wirken mochte, war Ostermann doch ein ausgesprochen strukturierter Mensch.

»Bei der Mordwaffe handelt es sich um ein Emerson Karambit Fixed Blade mit einem Skelettgriff, nachgebildetes indonesisches Design, ein taktisches Kampfmesser zur Selbstverteidigung. Emerson ist ein amerikanischer Hersteller, das Messer ist aber in verschiedenen Internetshops bestellbar und in dieser Ausführung seit 2003 auf dem Markt. Es hatte eine Seriennummer, die herausgefeilt wurde.«

»Damit scheidet Watkowiak als Täter völlig aus«, sagte Pia. »Ich fürchte, der Chef hat recht mit dem Profikiller.«

»Womit habe ich recht?« Bodenstein kehrte an den Tisch zurück und machte sich über den Rest seines nur noch lauwarmen Chicken Curry her. Ostermann wiederholte die Info über das Messer.

»Okay.« Bodenstein wischte sich den Mund an der Serviette ab und blickte ernst in die Gesichter seiner Mitarbeiter. »Hört mir zu. Ich erwarte von euch ab sofort hundert Prozent mehr Einsatz! Wir haben von Nierhoff einen Tag Galgenfrist bekommen. Bisher haben wir mehr oder weniger im Trüben gefischt, aber jetzt gibt es ein paar konkrete Spuren, die ...«

Wieder klingelte sein Handy. Diesmal nahm er das Gespräch entgegen und lauschte einen Moment. Seine Miene verfinsterte sich.

»Nowak ist aus dem Krankenhaus verschwunden«, teilte er der Runde mit.

»Er sollte heute Nachmittag noch mal operiert werden«, sagte Hasse. »Vielleicht hat er Schiss gekriegt und sich aus dem Staub gemacht.«

»Woher wissen Sie das?«, fragte Bodenstein.

»Wir haben ihm heute Morgen eine Speichelprobe abgenommen.«

»Hatte er Besuch, als ihr bei ihm wart?«, erkundigte sich Pia.

»Ja«, nickte Kathrin Fachinger. »Seine Oma und sein Vater waren da.«

Pia wunderte sich erneut, dass Nowaks Vater seinen Sohn im Krankenhaus besucht haben sollte.

»So ein Großer, Kräftiger mit Schnauzbart?«, erkundigte sie sich.

»Nein.« Kathrin Fachinger schüttelte verunsichert den Kopf. »Er hatte keinen Schnauzbart, eher einen Dreitagebart. Und graue Haare, bisschen länger ...«

»Na, klasse.« Bodenstein schob ruckartig seinen Stuhl zurück und sprang auf. »Das war Elard Kaltensee! Wann wollten Sie mir das mitteilen?«

»Das konnte ich doch nicht wissen!«, verteidigte sich Kathrin Fachinger. »Hätte ich mir seinen Ausweis zeigen lassen sollen?«

Bodenstein sagte nichts, aber sein Blick sprach Bände. Er legte Ostermann einen Fünfzigeuroschein hin.

»Bezahlen Sie für uns mit«, sagte er und zog sein Jackett an. »Jemand fährt auf den Mühlenhof und lässt sich von der Haushälterin die fünf Hemden zeigen. Dann will ich wissen, wann, wo und von wem dieses Messer gekauft wurde, mit dem Monika Krämer getötet wurde. Und alles über die Pleite von Nowaks Vater vor acht Jahren und ob tatsächlich ein Zusammenhang mit der Familie Kaltensee bestand. Findet Vera Kaltensee. Sollte sie in irgendeinem Krankenhaus sein, postiert zwei Beamte vor ihrem Zimmer, die protokollieren, von wem sie Besuch bekommt. Außerdem beobachten wir rund um die Uhr den Mühlenhof. Ach ja: Katharina Ehrmann geborene Schmunck wohnt irgendwo im Taunus und besitzt möglicherweise die Schweizer Staatsbürgerschaft. Alles klar?«

»Ja, spitze.« Sogar Ostermann, der normalerweise nie murrte, war alles andere als begeistert über das Pensum, das ihm aufgebrummt worden war. »Wie viel Zeit haben wir?«

»Zwei Stunden«, erwiderte Bodenstein, ohne zu lächeln. »Aber nur, wenn eine Stunde nicht reicht.«

Er war schon fast zur Tür hinaus, als ihm noch etwas einfiel.

»Was ist mit dem Durchsuchungsbeschluss für Nowaks Firma?«

»Kriegen wir heute«, antwortete Ostermann. »Samt Haftbefehl.«

»Gut. Das Foto von Nowak geht an die Presse und sollte heute noch im Fernsehen gezeigt werden. Geben Sie keine Information, weshalb wir ihn suchen, denken Sie sich etwas aus. Dass er dringend irgendwelche Medikamente braucht oder so etwas.«

»Wer hat vorhin angerufen?«, erkundigte sich Pia, als sie im Auto saßen. Bodenstein überlegte kurz, ob er es seiner Kollegin sagen sollte.

»Jutta Kaltensee«, antwortete er schließlich. »Sie hat mir angeblich etwas Wichtiges zu sagen und will mich heute Abend treffen.«

»Hat sie gesagt, um was es geht?«, fragte Pia.

Bodenstein sah starr geradeaus und ging vom Gas, als er das Ortsschild von Hofheim passierte. Bisher hatte er Cosima noch nicht erreicht, um sie zu fragen, wie ihr Mittagessen mit Jutta Kaltensee verlaufen war. Was für ein Spiel spielte diese Frau? Er fühlte sich nicht wohl bei dem Gedanken, mit ihr allein zu sein. Allerdings musste er ihr dringend ein paar Fragen stellen. Über Katharina Ehrmann. Und über Dr. Ritter. Bodenstein verwarf den Gedanken, Pia um ihre Begleitung zu bitten. Er würde schon selbst mit Jutta fertig werden.

»Kuckuck!«, rief Pia in diesem Moment, und er zuckte zusammen.

»Wie bitte?«, fragte er irritiert. Er bemerkte den eigenartigen Blick seiner Kollegin, hatte aber ihre Frage nicht mitbekommen.

»Entschuldigung. Ich war in Gedanken. Jutta und Siegbert Kaltensee haben mir Theater vorgespielt, an dem Abend, an dem ich auf dem Mühlenhof mit ihnen gesprochen habe.«

»Wieso sollten sie das tun?« Pia war erstaunt.

»Vielleicht, um mich von dem abzulenken, was Elard vorher gesagt hatte.«

»Und was war das?«

»Ja, was, was, was! Ich weiß es eben nicht mehr genau!«, stieß Bodenstein ungewohnt heftig hervor und ärgerte sich gleichzeitig über sich selbst. Er war nicht hundertprozentig bei der Sache. Und hätte er nicht in den letzten Tagen immer wieder mit Jutta Kaltensee telefoniert, so würde er sich jetzt besser an jenes Gespräch auf dem Mühlenhof erinnern. »Es ging um Anita Frings. Elard Kaltensee hatte mir gesagt, dass seine Mutter um halb acht über deren Verschwinden informiert wurde und gegen zehn über ihren Tod.«

»Das haben Sie mir gar nicht erzählt«, sagte Pia mit deutlichem Vorwurf in der Stimme.

»Doch! Das habe ich!«

»Nein, haben Sie nicht! Das bedeutet nämlich, dass Vera Kaltensee genug Zeit hatte, ihre Leute in den *Taunusblick* zu schicken, um das Zimmer von Anita Frings auszuräumen!«

»Ich hab's Ihnen erzählt«, beharrte Bodenstein. »Ganz sicher.«

Pia schwieg daraufhin und überlegte angestrengt, ob das stimmte.

Am Krankenhaus stellte Bodenstein das Auto im Wendehammer ab, ohne sich um die Proteste des jungen Mannes an der Information zu kümmern. Der Beamte, der Nowak überwachen sollte, gestand mit belämmerter Miene ein, dass er sich zweimal hatte übertölpeln lassen. Vor ungefähr einer Stunde sei ein Arzt aufgetaucht und habe Nowak zu einer Untersuchung abgeholt. Eine der Stationsschwestern hatte ihm sogar noch dabei geholfen, das Bett in den Aufzug zu schieben. Da ihm der Arzt versichert hatte, Nowak sei in etwa zwanzig Minuten vom Röntgen zurück, hatte der Beamte sich wieder auf den Stuhl neben der Zimmertür gesetzt.

»Die Anweisung, ihn nicht aus den Augen zu lassen, war doch wohl eindeutig«, sagte Bodenstein eisig. »Ihre Bequemlichkeit wird für Sie Konsequenzen haben, das kann ich Ihnen versprechen!«

»Was war mit dem Besuch heute Morgen?«, wollte Pia wissen. »Wie sind Sie darauf gekommen, dass der Mann Nowaks Vater war?«

»Die Oma hat gesagt, er wäre ihr Sohn«, antwortete der Beamte mürrisch. »Damit war das für mich klar.«

Die Stationsärztin, die Pia von ihrem ersten Besuch kannte, kam den Flur entlanggelaufen und teilte Bodenstein und Pia besorgt mit, dass Nowak ernsthaft in Gefahr sei, denn außer dem Trümmerbruch an der Hand habe er durch einen Messerstich eine Leberverletzung erlitten, mit der nicht zu spaßen sei.

Leider waren die Angaben des Beamten, der auf Nowak hatte aufpassen sollen, nicht besonders hilfreich.

»Der Arzt hatte so eine Haube auf und grüne Klamotten an«, sagte er lahm.

»Herrje! Wie sah er aus? Alt, jung, dick, dünn, Glatze, Vollbart – irgendetwas muss Ihnen doch aufgefallen sein!« Bodenstein war kurz davor, die Beherrschung zu verlieren. Genau einen solchen Fehler hatte er vermeiden wollen, erst recht, seit Dr. Nicola Engel nur zu begierig auf sein Versagen zu lauern schien.

»Er war so vierzig oder fünfzig, würde ich schätzen«, erinnerte sich der Beamte endlich. »Außerdem hatte er, glaube ich, eine Brille.«

»Vierzig? Fünfzig? Oder sechzig? Vielleicht war es auch eine Frau?«, fragte Bodenstein sarkastisch. Sie standen in der Eingangshalle des Krankenhauses, wo inzwischen die Bereitschaftspolizei eingetroffen war. Vor den Aufzügen gab der Einsatzleiter seinen Beamten Anweisungen. Funkgeräte rauschten, neugierige Patienten drängten sich zwischen die Polizisten, die sich nun formierten, um Stockwerk um Stockwerk nach dem verschwundenen Marcus Nowak abzusuchen. Die Streife, die Pia bei Nowak zu Hause vorbeigeschickt hatte, meldete sich und teilte mit, dass er dort nie eingetroffen sei.

»Ihr bleibt vor dem Firmentor stehen und meldet euch kurz

vor Schichtende, damit wir die Ablösung schicken können«, wies Pia den Kollegen an.

Bodensteins Handy klingelte. Man hatte das leere Krankenbett in einem Untersuchungsraum im Erdgeschoss direkt neben einem Notausgang gefunden. Die letzte Hoffnung, dass sich Nowak noch irgendwo im Gebäude aufhalten könnte, war hinüber: Blutspuren führten aus dem Raum, den Flur entlang bis hinaus ins Freie.

»Das war's dann wohl.« Resigniert wandte sich Bodenstein an Pia. »Kommen Sie, wir fahren zu Siegbert Kaltensee.«

Elard Kaltensee war ein glänzender Theoretiker, aber kein Mann der Tat. Zeit seines Lebens hatte er sich vor Entscheidungen gedrückt und sie anderen Menschen in seinem Umfeld überlassen, doch diesmal hatte die Situation sein sofortiges Handeln erfordert. So schwer es ihm gefallen war, seinen Plan in die Tat umzusetzen: Es ging nicht länger mehr nur um ihn, doch nur er konnte diese Sache ein für alle Mal zu Ende bringen. Mit dreiundsechzig Jahren – nein, vierundsechzig, verbesserte er sich in Gedanken – hatte er endlich den Mut gefunden, die Dinge in die Hand zu nehmen. Er hatte die vermaledeite Kiste aus seiner Wohnung geschafft, das Kunsthaus vorübergehend geschlossen, alle Mitarbeiter nach Hause geschickt, online die Flüge gebucht und gepackt. Und eigenartigerweise ging es ihm plötzlich besser als je zuvor, auch ohne Tabletten. Er fühlte sich um Jahre verjüngt, entschlossen und tatkräftig. Elard Kaltensee lächelte. Vielleicht war es sein Vorteil, dass sie ihn alle für einen Feigling hielten, ihm traute niemand etwas Derartiges zu. Mal abgesehen von dieser Polizistin, aber auch sie hatte sich auf eine falsche Fährte locken lassen. Vor dem Tor des Mühlenhofs stand ein Streifenwagen, aber nicht einmal dieses unerwartete Hindernis konnte ihn erschüttern. Wenn er Glück hatte, kannte die Polizei die Zufahrt zum Hof über Lorsbach durchs Fischbachtal nicht, und er konnte ungesehen ins Haus gelangen. Eine Begegnung mit der Polizei pro Tag reichte ihm voll und ganz, außerdem würde ihn das Blut auf dem Beifahrersitz unweigerlich in Erklärungsnot bringen. Er horchte auf und drehte das Radio lauter. »*... bittet die Polizei um Ihre Mithilfe. Seit dem Nachmittag wird der vierunddreißigjährige Marcus Nowak vermisst. Er ist aus dem Krankenhaus in Hofheim verschwunden und dringend auf lebensnotwendige Medikamente angewiesen ...*« Elard Kaltensee schaltete das Radio ab und lächelte zufrieden. Sollten sie getrost suchen. Er wusste, wo Nowak war. So schnell würde ihn niemand finden, dafür hatte er gesorgt.

Die Konzernzentrale der KMF befand sich in direkter Nähe zum Finanzamt am Hofheimer Nordring. Bodenstein hatte es vorgezogen, sich nicht bei Siegbert Kaltensee anzukündigen, und präsentierte dem Pförtner kommentarlos seinen Ausweis. Ein Mann in dunkler Uniform starrte ausdruckslos ins Auto und ließ den Schlagbaum hoch.
»Ich wette ein Monatsgehalt, dass wir da drüben die Leute finden, die Nowak überfallen haben«, bemerkte Pia und wies auf ein unscheinbares Gebäude mit dem diskreten Firmenschild »K-Secure«. Auf dem eingezäunten Parkplatz daneben parkten mehrere schwarze VW-Busse und Mercedes-Transporter mit verdunkelten Scheiben. Bodenstein verlangsamte die Fahrt, und Pia las auf einigen Fahrzeugen die Werbeaufschrift »*K-Secure – Objekt-, Werk- und Personenschutz, Geld- und Werttransporte*«. Die Kratzer vom Betonblumenkübel vor Auguste Nowaks Haus waren sicher längst repariert worden, aber sie waren auf der richtigen Spur. Das Kriminallabor hatte die Lackspuren eindeutig einem Produkt aus dem Hause Mercedes-Benz zugeordnet.

Die Sekretärin von Siegbert Kaltensee, die problemlos bei *Germany's Next Topmodel* in die letzte Runde gekommen wäre, kündigte ihnen eine längere Wartezeit an – der Chef sei in einer wichtigen Geschäftsbesprechung mit Kunden aus Übersee. Pia erwiderte ihren herablassenden Blick mit einem Lächeln und fragte sich, wie jemand den ganzen langen Tag mit solchen Absätzen herumlaufen konnte.

Siegbert Kaltensee ließ seine Überseekunden offenbar sitzen und erschien innerhalb von drei Minuten.

»Wir haben gehört, dass Sie einige Veränderungen planen, was die Firma anbelangt«, sagte Bodenstein, nachdem die Sekretärin Kaffee und Mineralwasser serviert hatte. »Sie wollen angeblich verkaufen, was Sie bisher nicht konnten, da einige der Anteilsinhaber ihre Sperrminorität ausgeübt haben.«

»Ich weiß nicht, woher Sie diese Informationen haben«, entgegnete Siegbert Kaltensee gelassen. »Außerdem ist die Angelegenheit etwas komplexer, als es wohl dargestellt wurde.«

»Aber es stimmt doch, dass Sie für Ihr Vorhaben keine Mehrheit hatten?«

Siegbert Kaltensee lächelte und stützte die Ellbogen auf die Schreibtischplatte. »Worauf wollen Sie hinaus? Doch nicht etwa darauf, dass ich Goldberg, Schneider und Anita Frings habe umbringen lassen, um als Geschäftsführer der KMF an ihre Anteile zu gelangen?«

Bodenstein lächelte ebenfalls. »Jetzt sind Sie es, der die Sache ein wenig vereinfacht ausgedrückt hat. Aber in diese Richtung zielte meine Frage.«

»Tatsächlich haben wir vor einigen Monaten die Firma von einer Wirtschaftsprüfungsgesellschaft bewerten lassen«, sagte Siegbert Kaltensee. »Natürlich gibt es immer wieder Investoren, die Appetit auf eine gesunde, gut aufgestellte Firma haben, die auch noch Weltmarktführer auf ihrem Gebiet ist und einige hundert Patente besitzt. Die Bewertung fand allerdings nicht aus dem Grund statt, weil wir verkaufen wollen, sondern weil wir in naher Zukunft einen Börsengang planen. Die KMF soll völlig umstrukturiert werden, um sich den Erfordernissen des Marktes anzupassen.«

Er lehnte sich zurück.

»Ich werde im Herbst sechzig. Niemand aus der Familie zeigt Interesse an der Firma, deshalb muss ich früher oder später das Ruder einem Fremden überlassen. Spätestens dann möchte ich die Familie aus der Firma herausnehmen. Sicher wissen Sie über die testamentarische Verfügung meines Vaters Bescheid. Mit Ablauf des Jahres verliert sie an Gültigkeit, dann können wir endlich die Betriebsform der Firma verändern. Aus der GmbH soll eine Aktiengesellschaft werden, und das innerhalb der nächsten zwei Jahre. Niemand von uns wird für seine Anteile Millionen kassieren. Natürlich habe ich alle Anteilseigner persönlich und ausführlich über diese Pläne informiert, selbstverständlich auch die Herren Goldberg und Schneider und Frau Frings.«

Siegbert Kaltensee lächelte wieder.

»Darum ging es übrigens auch bei dem Gespräch letzte Woche im Hause meiner Mutter, als Sie wegen Robert zu uns gekommen sind.«

Das klang alles schlüssig. Das Mordmotiv von Siegbert und Jutta Kaltensee, das weder Bodenstein noch Pia für wirklich relevant gehalten hatten, löste sich damit in Luft auf.

»Kennen Sie Katharina Ehrmann?«, fragte sie.

»Natürlich.« Siegbert Kaltensee nickte. »Katharina und meine Schwester Jutta sind eng befreundet.«

»Weshalb hat Frau Ehrmann von Ihrem Vater damals Firmenanteile erhalten?«

»Das entzieht sich meiner Kenntnis. Katharina ist quasi auf dem Mühlenhof aufgewachsen. Ich nehme an, mein Vater wollte damit meine Mutter ärgern.«

»Wussten Sie, dass Katharina Ehrmann ein Verhältnis mit Dr. Ritter, dem ehemaligen Assistenten Ihrer Mutter, hat?«

Eine steile Unmutsfalte erschien zwischen Kaltensees Augenbrauen.

»Nein, das ist mir nicht bekannt«, räumte er ein. »Es ist mir auch ziemlich egal, was dieser Mann tut. Er hat einen schlechten Charakter. Leider hat meine Mutter viel zu lange nicht erkannt, dass er immer versucht hat, sie gegen die Familie aufzubringen.«

»Er schreibt an einer Biographie über Ihre Mutter.«

»Er *hat* daran geschrieben«, korrigierte Kaltensee kühl. »Unsere Anwälte haben ihm das untersagt. Außerdem hat er sich bei Beendigung des Beschäftigungsverhältnisses vertraglich verpflichtet, über alle Familieninterna Stillschweigen zu bewahren.«

»Was passiert, wenn er dagegen verstößt?«, fragte Pia neugierig.

»Die Konsequenzen werden für ihn ausgesprochen unangenehm sein.«

»Was haben Sie eigentlich gegen eine Biographie Ihrer Mutter einzuwenden?«, erkundigte sich Bodenstein. »Sie ist eine bemerkenswerte Frau mit einer großartigen Lebensleistung.«

»Wir haben überhaupt nichts dagegen einzuwenden«, antwortete Kaltensee. »Aber meine Mutter möchte sich ihren Biographen selbst aussuchen. Ritter hat sich allerhand abstruses Zeug aus den Fingern gesogen, einzig, um sich für vermeintlich erlittenes Unrecht an meiner Mutter zu rächen.«

»Zum Beispiel, dass Goldberg und Schneider früher Nazis waren und mit einer falschen Identität gelebt haben?«, fragte Pia.

Wieder lächelte Siegbert Kaltensee unverbindlich. »In den Lebensläufen zahlreicher erfolgreicher Unternehmer aus der

Nachkriegszeit werden Sie Verbindungen zum Naziregime finden«, entgegnete er. »Auch mein Vater hatte zweifellos vom Krieg profitiert, schließlich war seine Firma ein Rüstungsbetrieb. Darum geht es nicht.«

»Worum dann?«, fragte Bodenstein.

»Ritter stellt wilde Spekulationen an, die den Straftatbestand der Verleumdung und der üblen Nachrede erfüllen.«

»Wie können Sie das wissen?«, erkundigte sich Pia

Siegbert Kaltensee zuckte die Achseln und schwieg.

»Uns ist zu Ohren gekommen, dass man damals Ihren Bruder Elard verdächtigte, Ihren Vater die Treppe hinuntergestoßen zu haben. Schreibt Ritter auch darüber etwas in seinem Buch?«

»Ritter schreibt kein Buch«, entgegnete Siegbert Kaltensee. »Davon abgesehen glaube ich bis heute, dass Elard es war. Er konnte meinen Vater nie leiden. Dass er Firmenanteile bekommen hat, ist der blanke Hohn.«

Seine glatte Fassade der Selbstsicherheit zeigte erste Risse. Woher rührte seine offensichtliche Abneigung gegen den älteren Halbbruder? War es Eifersucht auf dessen Aussehen und seinen Erfolg bei Frauen, oder steckte mehr dahinter?

»Genaugenommen gehört Elard nicht mal zur Familie. Trotzdem profitiert er seit Jahrzehnten wie selbstverständlich von meiner Arbeit, die in seinen Augen nur eine verachtenswerte, sinnentleerte Jagd nach dem schnöden Mammon ist.« Er lachte gallig. »Ich würde meinen hochgeistigen, feinsinnigen Bruder gerne mal ohne Geld erleben, mittellos und auf sich selbst gestellt! Der Herr Kunstprofessor ist nämlich kein besonders lebenstüchtiger Mensch.«

»So ähnlich wie Robert Watkowiak?«, fragte Pia. »Berührt Sie sein Tod eigentlich gar nicht?«

Siegbert Kaltensee hob die Augenbrauen und fand zu seiner gelassenen Haltung zurück.

»Wenn ich ehrlich bin, nein. Ich habe mich oft genug dafür geschämt, dass er mein Halbbruder war. Meine Mutter war lange zu nachsichtig mit ihm.«

»Vielleicht, weil er ihr Enkelsohn war«, bemerkte Bodenstein beiläufig.

»Wie bitte?« Kaltensee richtete sich auf.

»Uns ist in den letzten Tagen so einiges zu Ohren gekommen«, erwiderte Bodenstein. »Unter anderem, dass in Wirklichkeit *Sie* der Vater von Watkowiak waren. Seine Mutter sei ein Dienstmädchen Ihrer Eltern gewesen. Nachdem Ihre Eltern von diesem nicht standesgemäßen Verhältnis Wind bekamen, wurden Sie nach Amerika geschickt, und Ihr Vater hat den Fauxpas auf sich genommen.«

Siegbert Kaltensee verschlug diese Behauptung buchstäblich die Sprache. Er fuhr sich mit der Hand nervös über die Glatze.

»Mein Gott«, murmelte er und erhob sich. »Ich hatte tatsächlich eine Affäre mit dem Dienstmädchen meiner Eltern. Sie hieß Danuta, war ein paar Jahre älter als ich und sehr hübsch.«

Er ging in seinem Büro hin und her.

»Mir war es ernst mit ihr, wie das so ist, wenn man sechzehn ist. Meine Eltern waren natürlich nicht begeistert und schickten mich nach Amerika, damit ich auf andere Gedanken käme.«

Unvermittelt blieb er stehen.

»Als ich nach acht Jahren mit Universitätsabschluss, Frau und Tochter zurückkam, hatte ich Danuta ganz vergessen.«

Er trat an das Fenster und starrte hinaus. Dachte er an all die Zurückweisungen und Versäumnisse, die seinen angeblichen Halbbruder erst in die Kriminalität und dann in den Tod getrieben hatten?

»Wie geht es übrigens Ihrer Mutter?«, wechselte Bodenstein das Thema. »Und wo ist sie? Wir müssen nämlich dringend mit ihr sprechen.«

Siegbert Kaltensee wandte sich um und nahm mit bleichem Gesicht wieder hinter dem Schreibtisch Platz. Geistesabwesend malte er mit einem Kugelschreiber Figuren auf einen Schreibblock.

»Sie ist derzeit nicht ansprechbar«, sagte er leise. »Die Ereignisse der letzten Tage haben sie sehr mitgenommen. Die Morde, die Robert begangen hat, und zuletzt die Nachricht von seinem Selbstmord, das war einfach zu viel für sie.«

»Watkowiak hat die Morde nicht begangen«, erwiderte Bodenstein. »Und sein Tod war auch kein Selbstmord. Bei der Obduktion wurde zweifelsfrei festgestellt, dass er durch Fremdeinwirkung gestorben ist.«

»Durch Fremdeinwirkung?«, fragte Kaltensee ungläubig. Die Hand, mit der er den Kugelschreiber hielt, zitterte leicht. »Aber wer ... und warum? Wer sollte Robert denn ermorden wollen?«

»Das fragen wir uns auch. Wir haben bei ihm die Waffe gefunden, mit der seine Freundin zuvor getötet wurde, aber er war nicht ihr Mörder.«

In das Schweigen klingelte das Telefon auf dem Schreibtisch. Siegbert Kaltensee hob ab, verbat sich barsch jegliche Störung und legte wieder auf.

»Können Sie sich vorstellen, wer die drei Freunde Ihrer Mutter umgebracht hat und was die Zahl 16145 bedeuten könnte?«

»Diese Zahl sagt mir nichts«, erwiderte Kaltensee und dachte kurz nach. »Ich will niemanden zu Unrecht verdächtigen, aber ich weiß von Goldberg, dass Elard ihn in den letzten Wochen massiv unter Druck gesetzt hat. Mein Bruder wollte nicht akzeptieren, dass Goldberg nichts über seine Vergangenheit wusste, schon gar nicht über seinen leiblichen

Vater. Und auch Ritter hatte Goldberg wiederholt besucht. Ihm traue ich drei Morde ohne weiteres zu.«

Pia hatte es nur selten erlebt, dass jemand so deutlich einen Mordverdacht äußerte. Sah Siegbert Kaltensee seine Chance, den beiden Männern, mit denen er jahrelang um die Gunst seiner Mutter rivalisiert hatte und die er aus tiefstem Herzen verabscheute, eins auszuwischen? Was würde geschehen, wenn Kaltensee erfuhr, dass Ritter nicht nur sein Schwiegersohn war, sondern auch der Vater seines Enkelkindes sein würde?

»Goldberg, Schneider und Frings sind mit einer Weltkriegswaffe und alter Munition erschossen worden. Woher sollte Ritter die haben?«, wandte sie nun ein. Kaltensee musterte sie eindringlich.

»Sie haben doch sicher auch die Geschichte von der verschwundenen Kiste gehört«, sagte er. »Ich habe mir Gedanken darüber gemacht, was sie wohl enthalten hat. Was, wenn es Hinterlassenschaften meines Vaters waren? Er war Mitglied der NSDAP und außerdem bei der Wehrmacht gewesen. Vielleicht hat Ritter die Kiste mit seiner Waffe unterschlagen.«

»Wie denn das? Er durfte doch seit diesem Vorfall den Mühlenhof gar nicht mehr betreten«, warf Pia ein. Siegbert Kaltensee ließ sich nicht verunsichern.

»Ritter schert sich nicht um Verbote«, sagte er nur.

»Wusste Ihre Mutter, was in der Kiste war?«

»Davon gehe ich aus. Sie sagt aber nichts. Und wenn meine Mutter etwas nicht sagen will, dann tut sie es nicht.« Kaltensee lachte gehässig. »Schauen Sie sich nur meinen Bruder an, der seit sechzig Jahren verzweifelt auf der Suche nach seinem Erzeuger ist.«

»Gut.« Bodenstein lächelte und erhob sich. »Danke, dass Sie uns Ihre Zeit geopfert haben. Ach, nur noch eine Frage:

Auf wessen Anweisung haben die Leute von Ihrem Werkschutz Marcus Nowak gefoltert und zusammengeschlagen?«
»Wie bitte?« Kaltensee schüttelte irritiert den Kopf. »Wen?«
»Marcus Nowak. Der Restaurator, der damals den Umbau der Mühle vorgenommen hat.«
Kaltensee runzelte nachdenklich die Stirn, dann schien es ihm einzufallen.
»Ach, der«, sagte er. »Mit seinem Vater hatten wir seinerzeit große Probleme. Seine schlampige Arbeit beim Bau des Verwaltungsgebäudes hat uns viel Geld gekostet. Aber was soll unser Werkschutz bei seinem Sohn gewollt haben?«
»Das würde uns auch interessieren«, sagte Bodenstein. »Haben Sie etwas dagegen, wenn sich unsere Kriminaltechniker Ihre Fahrzeuge anschauen?«
»Nein«, erwiderte Kaltensee, ohne zu zögern und ein bisschen amüsiert. »Ich rufe Herrn Améry an, den Geschäftsführer von K-Secure. Er wird Ihnen zur Verfügung stehen.«

Henri Améry war Mitte dreißig, ein gutaussehender südländischer Typ, schlank und braungebrannt, das kurzgeschnittene schwarze Haar nach hinten gekämmt. Er trug ein weißes Hemd, einen dunklen Anzug und italienische Schuhe und hätte gut und gerne Börsenmakler, Anwalt oder Banker sein können. Mit einem zuvorkommenden Lächeln überreichte er Bodenstein eine Liste seiner Mitarbeiter, vierunddreißig an der Zahl inklusive ihm selbst, und beantwortete anstandslos alle Fragen. Seit anderthalb Jahren war er Chef der K-Secure. Den Namen Nowak hatte er nie gehört und schien ehrlich überrascht, als er von einem angeblichen Geheimeinsatz seiner Leute erfuhr. Gegen eine Untersuchung der Fahrzeuge hatte er nichts einzuwenden und legte gleich eine zweite Liste vor, auf denen alle Firmenfahrzeuge mit Kennzeichen, Typ,

Tag der ersten Zulassung und Kilometerstand aufgeführt waren. Während Bodenstein noch mit ihm sprach, meldete sich Miriam auf Pias Handy. Sie war auf dem Weg nach Doba, dem ehemaligen Doben, zu dessen Amtsbereich das Dorf Lauenburg und das Gut gehört hatten.

»Ich treffe mich morgen früh mit einem Mann, der bis 1945 auf dem Gut der Zeydlitz-Lauenburgs als polnischer Zwangsarbeiter gearbeitet hat«, berichtete sie. »Die Archivarin kennt ihn. Er lebt in einem Altersheim in Wegorzewo.«

»Das hört sich gut an.« Pia sah ihren Chef aus dem Büro der K-Secure kommen. »Achte auf die Namen Endrikat und Oskar, denk dran!«

»Klar, mach ich«, erwiderte Miriam. »Bis später.«

»Und?«, erkundigte sich Bodenstein, als Pia das Handy zugeklappt hatte. »Was halten Sie von Siegbert Kaltensee und diesem Améry?«

»Siegbert hasst seinen Bruder und Ritter«, analysierte Pia. »Sie waren in seinen Augen Konkurrenten um die Gunst seiner Mutter. Hat Ihre Schwiegermutter nicht gesagt, Vera habe ihren Assistenten geradezu vergöttert? Und Elard wohnt sogar auf dem Mühlenhof, sieht Klassen besser aus als Siegbert und hatte zumindest früher ein amouröses Abenteuer nach dem anderen.«

»Hm.« Bodenstein nickte nachdenklich. »Und dieser Améry?«

»Hübsches Bürschchen, etwas zu glatt für meinen Geschmack«, urteilte Pia. »Ein bisschen sehr hilfsbereit außerdem. Wahrscheinlich steht das Auto, mit dem seine Leute bei Nowak waren, überhaupt nicht auf der Liste. Die Untersuchung können wir dem Steuerzahler ersparen.«

Im Kommissariat erwartete sie Ostermann mit jeder Menge Neuigkeiten: Vera Kaltensee lag weder in Hofheim noch in Bad Soden im Krankenhaus. Von Nowak gab es keine Spur;

immerhin war der Durchsuchungsbeschluss endlich da. Vor dem Tor des Mühlenhofs und vor Nowaks Firma waren Streifenwagen postiert worden. Die Hemden, die Behnke sich von Frau Moormann hatte zeigen lassen, gehörten Elard Kaltensee. Behnke war mittlerweile in Frankfurt auf der Suche nach dem Professor, doch das Kunsthaus war noch immer geschlossen. Ostermann hatte über Finanzamt, Einwohnermeldeamt und POLAS herausgefunden, dass Katharina Ehrmann, früher Schmunck, geboren am 19. 7. 1964 in Königstein, deutsche Staatsbürgerin mit ständigem Wohnsitz in Zürich/Schweiz, als zweiten Wohnsitz eine Adresse in Königstein angegeben hatte. Sie war selbständige Verlegerin, einkommenssteuerpflichtig in der Schweiz, hatte keine Vorstrafen.

Bodenstein hatte Ostermann schweigend zugehört. Er warf einen Blick auf die Uhr. Gleich Viertel nach sechs. Um halb acht wartete Jutta Kaltensee im Gasthaus Rote Mühle in der Nähe von Kelkheim auf ihn.

»Verlegerin«, wiederholte er. »War sie es vielleicht, die Ritter mit dem Schreiben der Biographie beauftragt hat?«

»Werde ich überprüfen.« Ostermann machte sich eine Notiz.

»Und geben Sie eine Fahndung raus«, fügte Bodenstein hinzu. »Nach Professor Elard Kaltensee und seinem Auto.«

Er bemerkte Pias zufriedenen Gesichtsausdruck. Offenbar hatte sie mit ihrem Verdacht richtiggelegen.

»Morgen früh um sechs Uhr durchsuchen wir Nowaks Firma und Wohnung. Organisieren Sie das, Frau Kirchhoff. Ich will mindestens zwanzig Leute dabeihaben, das übliche Team.«

Pia nickte. Das Telefon klingelte, Bodenstein nahm ab. Behnke hatte den Hausmeister des Kunsthauses aufgetrieben. Dieser hatte Elard Kaltensee am Mittag geholfen, eine Kiste und zwei Reisetaschen ins Auto zu laden.

»Außerdem habe ich erfahren, dass der Professor noch ein Büro an der Universität hat«, schloss Behnke. »Im Campus Westend. Da fahre ich jetzt hin.«

»Was für ein Auto fährt er?« Bodenstein drückte auf die Lautsprechertaste, damit Ostermann mithören konnte.

»Moment.« Behnke sprach mit jemandem, dann wieder in sein Telefon. »Einen schwarzen S-Klasse Mercedes, Kennzeichen MTK-EK 222.«

»Danke. Halten Sie Ostermann und Frau Kirchhoff auf dem Laufenden. Falls Sie Kaltensee antreffen, nehmen Sie ihn fest und bringen ihn hierher«, sagte Bodenstein. »Ich will heute noch mit ihm sprechen.«

»Trotzdem Fahndung?«, erkundigte sich Ostermann, als Bodenstein aufgelegt hatte.

»Natürlich«, antwortete dieser und wandte sich zum Gehen. »Und dass mir von euch heute keiner Feierabend macht, ohne sich telefonisch abzumelden.«

Thomas Ritter blickte erschöpft auf die fertige Rohfassung des Manuskripts. Nach vierzehn Stunden und zwei Schachteln Marlboro, nur unterbrochen von den Kripoleuten und Katharina, hatte er es geschafft. Dreihundertneunzig Seiten schmutzige Wahrheit über die Familie Kaltensee und ihre vertuschten Verbrechen! Dieses Buch war purer Sprengstoff, es würde Vera das Genick brechen, ja sie vielleicht sogar ins Gefängnis bringen. Er fühlte sich völlig ausgelaugt und gleichzeitig so aufgekratzt, als hätte er Kokain geschnupft. Nachdem er die Datei abgespeichert hatte, brannte er sie aus einem Impuls heraus zusätzlich auf eine CD-ROM. Er kramte in seiner Aktentasche nach einer kleinen Audiokassette und steckte diese mit der CD-ROM in einen wattierten Umschlag, den er mit Eddingstift adressierte. Eine Sicherheitsmaßnahme für den Fall, dass sie ihn wieder bedrohen würden. Thomas

Ritter schaltete sein Laptop ab, klemmte es sich unter den Arm und stand auf.

»Auf Nimmerwiedersehen, du Dreckbüro«, murmelte er und warf keinen Blick zurück, als er hinausging. Nichts wie nach Hause und unter die Dusche! Katharina erwartete ihn zwar heute Abend noch, aber vielleicht konnte er das verschieben. Er hatte keine Lust mehr, über das Manuskript zu sprechen, über Verkaufschancen, Marketingstrategien und seine Schulden. Und noch weniger hatte er Lust auf Sex mit ihr. Zu seiner eigenen Überraschung freute er sich ehrlich auf Marleen. Er hatte ihr vor Wochen einen schönen Abend zu zweit versprochen, ein gemütliches Essen in einem netten Restaurant, danach einen Absacker in einer Bar und eine ausführliche Liebesnacht.

»Du grinst ja so zufrieden«, bemerkte Empfangsdame Sina, als er an ihrem Tisch vorbeiging. »Was ist los?«

»Ich freue mich auf meinen Feierabend«, erwiderte Ritter. Plötzlich hatte er eine Idee. Er reichte ihr den wattierten Umschlag. »Sei ein Schatz, und heb den für mich auf.«

»Klar doch. Mach ich.« Sina steckte den Umschlag in ihre gefälschte Louis-Vuitton-Tasche und zwinkerte ihm verschwörerisch zu. »Viel Spaß beim Feierabend ...«

Es klingelte an der Tür.

»Na, endlich.« Sie drückte auf den Türöffner. »Das wird wohl der Kurier mit den Andrucken sein. Der hat sich ja heute Zeit gelassen.«

Ritter zwinkerte zurück und trat zur Seite, um den Fahrradkurier vorbeizulassen. Doch statt des erwarteten Boten trat ein bärtiger Mann in dunklem Anzug ein. Er blieb vor Ritter stehen und musterte ihn kurz.

»Sind Sie Dr. Thomas Ritter?«, fragte er.

»Wer will das wissen?«, entgegnete Ritter misstrauisch.

»Falls Sie es sind, habe ich ein Päckchen für Sie«, antwortete der Bärtige. »Von einer Frau Ehrmann. Soll ich Ihnen aber nur persönlich übergeben.«

»Aha.« Ritter war skeptisch. Allerdings war Katharina immer für eine Überraschung gut. Sie brachte es fertig und schickte ihm irgendein Sexspielzeug, als Einstimmung auf den von ihr geplanten Abend. »Und wo ist das Päckchen?«

»Wenn Sie einen Moment warten, hol ich's gerade. Ich hab es noch im Auto.«

»Nein, lassen Sie nur. Ich bin sowieso auf dem Weg nach unten«, Ritter winkte Sina grüßend zu und folgte dem Mann ins Treppenhaus. Er war froh, das Büro heute bei Tageslicht zu verlassen. Auch wenn er es sich nur ungern eingestand, der Lieferwagen auf dem Parkplatz und die blöde Bemerkung dieser unsympathischen blonden Kripotante hatten ihm Angst eingejagt. Aber jetzt würde er das Manuskript in die Verantwortlichkeit des Verlages übergeben, und wenn es erst einmal gedruckt war, konnten sie sich ihre Drohungen in den Hintern stecken. Ritter nickte dem Mann zu, als der ihm höflich die Tür aufhielt. Plötzlich spürte er einen Stich seitlich im Hals.

»Au!«, stieß er hervor und ließ die Tasche mit dem Laptop fallen. Ritter spürte, wie seine Beine unter ihm nachgaben, als seien sie aus Gummi. Ein schwarzer Lieferwagen stoppte direkt vor ihm, aus der Seitentür sprangen zwei Männer heraus und ergriffen seine Arme. Unsanft wurde er in das Innere des Transporters gestoßen, die Seitentür krachte wieder zu, und es war stockdunkel. Dann ging die Innenbeleuchtung des Transporters an, aber es wollte ihm nicht gelingen, den Kopf zu heben. Speichel tropfte aus seinem Mundwinkel, alles verschwamm vor seinen Augen, und in seinem Inneren öffneten sich die Schleusen der Angst. Dann verlor er das Bewusstsein.

Donnerstag, 10. Mai 2007

Pia stand fröstelnd neben dem Einsatzwagen der Spurensicherung und gähnte, bis ihre Kiefergelenke knackten. Es war kalt und ungemütlich, der Maimorgen dämmerte herauf wie ein Novembertag. Sie hatte gestern Abend erst um halb zwölf das Büro verlassen. Nacheinander trafen auch Behnke, Fachinger und Hasse ein, tranken einen Becher rabenschwarzen Kaffee, den der Einsatzleiter aus Thermoskannen verteilte. Es war Viertel nach sechs, als Bodenstein endlich auftauchte, unrasiert und augenscheinlich übernächtigt. Die Zivilbeamten scharten sich für eine letzte Lagebesprechung um ihn. Alle hatten schon genug Hausdurchsuchungen mitgemacht, um zu wissen, auf was es ankam. Zigaretten wurden ausgetreten, Kaffeereste in die Büsche neben der ARAL-Tankstelle gekippt, an der sie sich getroffen hatten. Pia ließ ihr Auto stehen und stieg bei Bodenstein ein. Er war blass und wirkte angespannt. Im Konvoi fuhren die Beamten hinter Bodensteins BMW die Straße hinunter zu Nowaks Firma.

»Die Empfangsdame aus Ritters Redaktion hat mir gestern Abend noch auf die Mailbox gesprochen«, sagte Bodenstein. »Ich habe es vorhin erst gehört. Ritter hat gestern gegen halb sieben das Büro verlassen, sie musste noch auf einen Kurier warten. Er wurde von einem Mann nach unten begleitet, der ihm ein Päckchen von Frau Ehrmann übergeben sollte. Als sie dann um halb acht aus dem Büro kam, stand Ritters Auto einsam und verlassen auf dem Parkplatz.«

»Da lang.« Pia wies nach rechts. »Das ist ja seltsam.«

»Allerdings.«

»Wie war es übrigens gestern mit Jutta Kaltensee? Haben Sie noch etwas Interessantes erfahren?« Sie registrierte überrascht, wie sich Bodensteins Kiefermuskulatur anspannte.

»Nein. Nichts Besonderes. Verschwendete Zeit«, erwiderte er wortkarg.

»Sie verheimlichen mir etwas«, stellte Pia fest.

Bodenstein stieß einen Seufzer aus und hielt ein paar Meter von Nowaks Firmengebäude entfernt am Straßenrand an.

»Gott bewahre mich vor dem Tag, an dem Sie mir auf den Fersen sind«, sagte er düster. »Ich habe eine Riesendummheit gemacht. Ich weiß wirklich nicht, wie es dazu kommen konnte, aber auf dem Weg zum Auto hat sie mich plötzlich … nun ja … unsittlich berührt.«

»Wie bitte?« Pia starrte ihren Chef ungläubig an, dann lachte sie. »Sie wollen mich auf den Arm nehmen, stimmt's?«

»Nein. Das ist die Wahrheit. Ich hatte alle Mühe, ihr zu entkommen.«

»Sie haben es aber doch geschafft, oder nicht?«

Bodenstein vermied es, sie anzusehen.

»Nicht wirklich«, gab er zu. Pia überlegte angestrengt, wie sie ihre nächste Frage so diplomatisch wie möglich formulieren konnte, ohne ihrem Chef zu nahe zu treten.

»Haben Sie etwa Ihre DNA an ihr hinterlassen?«, fragte sie deshalb vorsichtig. Bodenstein lachte nicht und antwortete auch nicht sofort.

»Ich fürchte, ja«, erwiderte er und stieg aus.

Christina Nowak war schon wieder oder noch immer angezogen, als Bodenstein ihr den Durchsuchungsbeschluss reichte. Sie hatte tiefe Ringe unter den geröteten Augen und sah apathisch zu, wie die Beamten die Wohnung im ersten Stock betraten und mit ihrer Arbeit begannen. Ihre beiden Söhne saßen mit erschrockenen Gesichtern im Schlafanzug in der Küche, der jüngere weinte.

»Haben Sie etwas von meinem Mann gehört?«, fragte sie leise. Pia hatte größte Schwierigkeiten, sich auf ihre Arbeit zu konzentrieren. Sie war über Bodensteins Geständnis noch immer fassungslos. Als Frau Nowak ihre Frage nun wiederholte, kam Pia zu sich.

»Leider nein«, antwortete sie bedauernd. »Es gab auch noch keinen Hinweis auf unseren Fahndungsaufruf.«

Christina Nowak begann zu schluchzen. Im Treppenhaus wurden Stimmen laut, Nowak senior beschwerte sich lautstark, Marcus Nowaks Bruder polterte schlaftrunken die Treppe hinunter.

»Beruhigen Sie sich. Wir werden Ihren Mann schon finden«, sagte Pia, obwohl sie davon selbst gar nicht überzeugt war. Insgeheim war sie sicher, dass sich Elard Kaltensee eines Mitwissers entledigt hatte. Ihm hatte Nowak vertraut, und in seinem Zustand hätte er sich sowieso nicht wehren können. Höchstwahrscheinlich war er längst tot.

Die Durchsuchung der Wohnung verlief ergebnislos. Christina Nowak schloss den Beamten die Tür zum Büro ihres Mannes auf. Seit Pias letztem Besuch war aufgeräumt worden. Die Aktenordner standen wieder in den Regalen, die Papiere lagen sortiert in Ablagekörben. Ein Beamter zog die Stecker des Computers, andere räumten die Regale aus. Zwischen den Männern tauchte die gedrungene Gestalt der alten Frau Nowak auf. Sie hatte kein Wort des Trostes für die Ehefrau ihres Enkelsohnes, die mit verweintem Gesicht wie versteinert im Türrahmen stand, und wollte das Büro betreten, aber zwei Beamte hinderten sie daran.

»Frau Kirchhoff!«, rief sie zu Pia hinüber. »Ich muss unbedingt mit Ihnen sprechen!«

»Später, Frau Nowak«, erwiderte Pia. »Bitte warten Sie draußen, bis wir fertig sind.«

»Na, was haben wir denn da?«, hörte sie Behnke sagen und drehte sich um. Hinter den Aktenordnern befand sich ein Wandtresor.

»Da hat er uns also auch angelogen.« Schade, Marcus Nowak war ihr sympathisch gewesen. »Er hat behauptet, es gebe keinen Tresor in seiner Firma.«

»13-24-08«, diktierte Christina Nowak ungefragt, und Behnke tippte die Zahlenkombination ein. Mit einem Piepton und einem Klacken sprang die Tresortür in dem Augenblick auf, als Bodenstein das Büro betrat.

»Und?«, fragte er. Behnke bückte sich, griff hinein und wandte sich mit einem triumphierenden Grinsen um. In seiner behandschuhten Rechten hielt er eine Pistole, in der Linken ein Pappkästchen mit Munition. Christina Nowak holte scharf Luft.

»Ich schätze, hier haben wir die Tatwaffe.« Er schnupperte am Lauf der Pistole. »Damit wurde vor nicht allzu langer Zeit geschossen.«

Bodenstein und Pia wechselten einen Blick.

»Die Fahndung nach Nowak wird ausgeweitet«, sagte Bodenstein. »Aufrufe im Rundfunk und im Fernsehen.«

»Was ... was hat das alles zu bedeuten?«, flüsterte Christina Nowak. Sie war schneeweiß im Gesicht. »Warum hat mein Mann eine Pistole in seinem Tresor? Ich ... ich verstehe gar nichts mehr!«

»Setzen Sie sich erst einmal.« Bodenstein zog den Schreibtischstuhl heran. Sie gehorchte zögernd. Pia schloss trotz der Proteste von Großmutter Nowak die Bürotür.

»Ich weiß, dass das für Sie nur schwer zu begreifen ist«,

sagte Bodenstein. »Aber wir verdächtigen Ihren Mann des Mordes. Bei dieser Pistole handelt es sich aller Wahrscheinlichkeit nach um die Waffe, mit der drei Menschen erschossen wurden.«

»Nein ...«, flüsterte Christina Nowak fassungslos.

»Sie müssen als Ehefrau keine Aussage machen«, informierte Bodenstein sie. »Aber wenn Sie etwas sagen, dann sollte es die Wahrheit sein, weil Sie sich sonst der Falschaussage strafbar machen.«

Durch die Tür tönte die polternde Stimme von Nowak senior, der mit den Beamten diskutierte.

Christina Nowak achtete nicht darauf und blickte Bodenstein unverwandt an. »Was wollen Sie wissen?«

»Können Sie sich erinnern, wo Ihr Mann in den Nächten vom 27. auf den 28. April, vom 30. April auf den 1. Mai und vom 3. auf den 4. Mai gewesen ist?«

Ihre Augen füllten sich mit Tränen, sie senkte den Kopf.

»Er war nicht zu Hause«, sagte sie mit erstickter Stimme. »Aber ich glaube *niemals*, dass er jemanden umgebracht hat. Warum sollte er das tun?«

»Wo war er dann in diesen Nächten?«

Sie zögerte einen Augenblick, ihre Lippen zitterten. Mit dem Handrücken fuhr sie sich über die Augen.

»Ich vermute«, würgte sie hervor, »er war bei dieser Frau, mit der ich ihn gesehen habe. Ich weiß, dass er mich ... betrügt.«

»Ich hatte kaum etwas getrunken«, sagte Bodenstein später im Wagen, ohne Pia anzusehen. »Nur ein Glas Wein. Trotzdem fühlte ich mich, als hätte ich zwei Flaschen intus. Ich habe kaum mitbekommen, was sie erzählt hat. Bis jetzt kann ich mich an große Teile des Abends nicht erinnern.«

Er machte eine Pause und rieb sich die Augen.

»Irgendwann waren wir die Letzten im Lokal. An der frischen Luft ging es mir etwas besser, aber ich konnte nur mit Mühe geradeaus laufen. Wir haben an meinem Auto gestanden. Die Leute vom Restaurant machten Feierabend und fuhren weg. Das Letzte, woran ich mich erinnern kann, ist, dass sie mich geküsst hat und mir die Ho...«

»Schon gut!«, unterbrach Pia ihn hastig. Der Gedanke, was sich keine acht Stunden zuvor möglicherweise genau auf diesem Sitz abgespielt hatte, war ihr entsetzlich peinlich.

»Das«, Bodensteins Stimme klang gepresst, »hätte mir nicht passieren dürfen.«

»Möglicherweise ist ja gar nichts passiert«, sagte Pia unbehaglich. Natürlich wusste sie, dass ihr Chef auch nur ein Mensch war, aber so etwas hätte sie ihm nicht zugetraut. Vielleicht war es auch seine ungewohnte Offenheit, die sie so verwirrte, denn obwohl sie täglich zusammenarbeiteten, waren intime Details aus dem Privatleben bisher tabu gewesen.

»Das hat Bill Clinton seinerzeit auch behauptet«, sagte Bodenstein frustriert. »Ich frage mich nur, warum sie das getan hat.«

»Na ja«, erwiderte Pia vorsichtig, »Sie sind ja nicht unbedingt hässlich, Chef. Vielleicht hat sie einfach nur ein Abenteuer gesucht.«

»Nein. Jutta Kaltensee tut nichts ohne Grund. Das war geplant. Sie hat mich in den letzten Tagen mindestens zwanzigmal angerufen. Und gestern hat sie sich unter einem fadenscheinigen Vorwand mit Cosima zum Mittagessen getroffen.«

Zum ersten Mal während ihrer Unterhaltung blickte Bodenstein Pia an.

»Sollte ich vom Dienst suspendiert werden, müssen Sie die Ermittlungen alleine weiterführen.«

»So weit sind wir ja noch nicht«, beruhigte ihn Pia.

»So weit werden wir sehr schnell sein.« Bodenstein fuhr sich mit allen zehn Fingern durchs Haar. »Nämlich spätestens wenn Frau Dr. Engel davon Wind bekommt. Auf so etwas hat sie nur gewartet.«

»Aber wie soll sie denn davon erfahren?«

»Von Jutta Kaltensee persönlich.«

Pia begriff, was er meinte. Ihr Chef hatte sich mit einer Frau eingelassen, deren Familie im Mittelpunkt von Mordermittlungen stand. Wenn Jutta Kaltensee aus Berechnung gehandelt hatte, dann war durchaus zu befürchten, dass sie diesen Vorfall irgendwie zu ihrem Vorteil nutzen wollte.

»Hören Sie, Chef«, sagte Pia. »Sie sollten sich Blut abnehmen lassen. Die hat Ihnen sicher irgendetwas in den Wein oder ins Essen getan, um sicher zu sein, dass Sie sich verführen lassen.«

»Wie soll sie das denn gemacht haben?«, Bodenstein schüttelte den Kopf. »Ich saß doch die ganze Zeit neben ihr.«

»Vielleicht kennt sie den Wirt.«

Bodenstein dachte einen Augenblick nach.

»Stimmt. Den kennt sie ganz sicher. Sie war per du mit ihm und hat sich mit einem Riesentrara als Stammgast aufgespielt.«

»Dann kann der Ihnen etwas ins Glas getan haben«, sagte Pia mit mehr Überzeugung, als sie tatsächlich verspürte. »Wir fahren sofort zu Henning. Der kann Ihnen Blut abnehmen und es gleich untersuchen. Und wenn er tatsächlich irgendetwas findet, dann können Sie damit beweisen, dass die Kaltensee Ihnen eine Falle gestellt hat. Einen Skandal kann sie sich nicht leisten, bei ihren Ambitionen.«

Ein Hoffnungsschimmer belebte Bodensteins müdes Gesicht. Er ließ den Motor an.

»Okay«, sagte er zu Pia. »Sie hatten übrigens recht.«

»Womit?«

»Damit, dass die Sache eine eigene Dynamik entwickeln würde.«

Es war halb zehn, als sich das Team wieder zur Lagebesprechung im Kommissariat traf. Die sichergestellte Pistole, eine sehr gut erhaltene Mauser P08 S/42 Baujahr 1938 mit Seriennummer und Abnahmestempel, sowie die Munition aus dem Tresor in Nowaks Büro waren schon auf dem Weg in die Ballistik. Hasse und Fachinger hatten das Telefon übernommen, das nach den Aufrufen um Mithilfe aus der Bevölkerung im Radio beinahe unablässig klingelte. Bodenstein schickte Behnke nach Frankfurt zu Marleen Ritter. Eine Streife hatte gemeldet, dass Ritters BMW noch immer auf dem Parkplatz vor der Redaktion der *Weekend* stand.

»Pia!«, rief Kathrin Fachinger. »Telefon für dich! Ich stell's in dein Büro!«

Pia nickte und stand auf.

»Ich war gestern bei diesem alten Mann«, verkündete Miriam ohne Begrüßung. »Schreib mit, was ich dir erzähle. Das ist der Hammer.«

Pia griff nach einem Block und einem Kuli. Ryszard Wielinski war mit einundzwanzig als Zwangsarbeiter auf das Gut der Familie Zeydlitz-Lauenburg gekommen. Sein Kurzzeitgedächtnis war nicht mehr das beste, aber er erinnerte sich messerscharf an die Ereignisse von vor fünfundsechzig Jahren. Vera von Zeydlitz war auf einem Internat in der Schweiz gewesen, ihr älterer Bruder Elard Pilot bei der Luftwaffe. Beide waren während des Krieges nur selten auf dem elterlichen Gut gewesen, aber Elard hatte eine Liebesbeziehung zu der hübschen Verwaltertochter Vicky, aus der im August 1942 ein Sohn hervorging. Elard hatte Vicky heiraten wollen, aber jedes Mal war er kurz vor dem geplanten Termin von der Gestapo verhaftet worden, zuletzt 1944. Vermutlich hatte ihn

SS-Sturmbannführer Oskar Schwinderke, der Sohn des Zahlmeisters von Gut Lauenburg, denunziert, um die Hochzeit zu verhindern, denn Schwinderkes ehrgeizige jüngere Schwester Edda war ihrerseits heftig in den jungen Grafen verliebt und wahnsinnig eifersüchtig auf Vicky und deren enge Freundschaft mit Elards Schwester gewesen. Schwinderke war während des Krieges häufig auf dem Gut, weil er als Mitglied der Leibstandarte Adolf Hitler in der nahegelegenen Wolfsschanze Dienst getan hatte. Im November 1944 war Elard mit einer schweren Verletzung nach Hause gekommen. Und als am 15. Januar 1945 der offizielle Treckbefehl erging und die gesamte Dobener Bevölkerung am Morgen des 16. Januar 1945 Richtung Bartenstein aufbrach, waren auf dem Gut der alte Freiherr von Zeydlitz-Lauenburg, seine Frau, der verletzte Elard, seine Schwester Vera, Vicky Endrikat mit dem dreijährigen Heinrich, Vickys kranke Mutter, ihr Vater und ihre kleine Schwester Ida zurückgeblieben. Sie hatten so schnell wie möglich dem Treck folgen wollen. In der Nähe von Mauerwald war dem Treck ein Kübelwagen entgegengekommen. Am Steuer hatte SS-Sturmbannführer Oskar Schwinderke gesessen, neben ihm ein anderer SS-Mann, den Wielinski mehrfach auf Gut Lauenburg gesehen hatte, auf der Rückbank Edda und ihre Freundin Maria, die beide seit Anfang 1944 in einem Gefangenenlager für Frauen in Rastenburg gearbeitet hatten, die eine als Aufseherin, die andere als Sekretärin des Lagerleiters. Sie hatten kurz mit Zahlmeister Schwinderke gesprochen und waren dann weitergefahren. Wielinski hatte diese vier an jenem Tag zum letzten Mal gesehen. Am Abend des folgenden Tages hatte die russische Armee den Dobener Treck überrollt, alle Männer waren erschossen, die Frauen vergewaltigt und zum Teil verschleppt worden. Er selbst hatte nur überlebt, weil die Russen ihm geglaubt hatten, dass er polnischer Zwangsarbeiter war. Einige Jahre nach dem Krieg war Wielinski in die Gegend zurückgekehrt. Er hatte oft über das Schicksal der Familien Zeydlitz-Lauenburg und Endrikat nachgedacht, denn man hatte ihn als Zwangsarbeiter sehr gut behandelt, und Vicky Endrikat hatte mit ihm regelmäßig Deutsch gelernt.

Pia bedankte sich bei Miriam und versuchte, ihre Gedanken zu ordnen. In der Vita von Vera Kaltensee hatte sie gelesen, dass ihre gesamte Familie seit 1945 als auf der Flucht gestorben oder vermisst galt. Wenn es stimmte, was der ehemalige Zwangsarbeiter erzählt hatte, dann hatten sie das Gut an jenem 16. Januar 1945 aber gar nicht verlassen! Was hatte Oskar Schwinderke – bei dem es sich zweifellos um den falschen Goldberg handelte – mit seiner Schwester und seinen Freunden dort noch getan, so kurz bevor die russische Armee einrückte? In den Geschehnissen jenes Tages lag der Schlüssel zu den Morden. War Vera in Wirklichkeit die Tochter des Gutsverwalters Endrikat und Elard Kaltensee demzufolge der Sohn des Piloten Elard? Pia ging mit ihren Notizen in den Besprechungsraum. Bodenstein rief auch Fachinger und Hasse dazu. Schweigend lauschten sie Pias Bericht.

»Vera Kaltensee könnte tatsächlich Vicky Endrikat sein«, meldete sich Kathrin Fachinger zu Wort. »Der alte Mann aus dem *Taunusblick* hat gesagt, dass Vera es weit gebracht hätte, für ein einfaches Mädchen aus Ostpreußen.«

»In welchem Zusammenhang hat er das gesagt?«, fragte Pia. Kathrin zog ihren Notizblock hervor und blätterte kurz.

»*Die vier Musketiere*«, las sie vor. »*So haben sie sich genannt. Vera, Anita, Oskar und Hans, die vier alten Freunde von früher, die sich von Kindesbeinen an kannten. Sie haben sich zweimal im Jahr in Zürich getroffen, auch nachdem Anita und Vera ihre Männer unter die Erde gebracht hatten.*«

Es war einen Moment ganz still. Bodenstein und Pia sahen

sich an. Die Puzzlestücke fielen von selbst an die richtigen Plätze.

»Ein einfaches Mädchen aus Ostpreußen«, sagte Bodenstein langsam. »Vera Kaltensee ist Vicky Endrikat.«

»Sie hat damals die Chance gesehen, quasi über Nacht in den Adelsstand aufzusteigen, nachdem ihr Prinz ihr zwar ein Kind gemacht, sie aber nicht geheiratet hatte«, ergänzte Pia. »Und sie ist damit durchgekommen. Bis heute.«

»Aber wer hat die drei umgebracht?«, fragte Ostermann ratlos. Bodenstein sprang auf und griff nach seinem Jackett.

»Frau Kirchhoff hat recht«, sagte er. »Elard Kaltensee muss herausgefunden haben, was damals passiert ist. Und er ist noch nicht am Ende mit seinem Rachefeldzug. Wir müssen ihn aufhalten.«

Die wirkungsvollen drei Worte »Gefahr im Verzug« veranlassten den zuständigen Richter, innerhalb einer halben Stunde drei Haftbefehle und Durchsuchungsbeschlüsse zu unterschreiben. Behnke hatte unterdessen mit einer völlig verzweifelten Marleen Ritter gesprochen. Sie hatte gestern gegen Viertel vor sechs von ihrem Büro aus mit ihrem Mann telefoniert und sich mit ihm für den Abend zum Essengehen verabredet. Als sie um halb acht nach Hause gekommen war, hatte sie ihre Wohnung durchwühlt und verwüstet vorgefunden, von Ritter keine Spur. Er war nicht ans Handy gegangen, und ab Mitternacht war es ausgeschaltet. Marleen Ritter hatte die Polizei verständigt, aber dort hatte man ihr gesagt, es sei zu früh für eine Vermisstenanzeige, ihr Gatte sei immerhin ein erwachsener Mann und erst seit sechs Stunden abgängig. Außerdem wusste Behnke zu berichten, dass vor der Abflughalle des Frankfurter Flughafens der Mercedes von Elard Kaltensee gefunden worden war. Beifahrersitz und

Innenseite der Tür waren voller Blut, das vermutlich von Marcus Nowak stammte und gerade im Labor untersucht wurde.

Bodenstein und Pia fuhren auf den Mühlenhof, wieder verstärkt von Durchsuchungsbeamten sowie zusätzlich unterstützt von Kriminaltechnikern mit einem Bodenradargerät und Leichenspürhunden. Zu ihrer Überraschung trafen sie dort Siegbert und Jutta Kaltensee mitsamt ihrem Anwalt Dr. Rosenblatt an. Sie saßen umgeben von Aktenbergen am großen Tisch im Salon. Der Duft von frisch aufgebrühtem Tee hing in der Luft.

»Wo ist Ihre Mutter?«, fragte Bodenstein ohne Begrüßungsfloskeln.

Pia betrachtete unauffällig die Landtagsabgeordnete, die sich ebenso wenig wie Bodenstein anmerken ließ, was am Abend zuvor geschehen war. Sie wirkte nicht wie eine Frau, die es mit einem verheirateten Mann nachts auf dem Parkplatz trieb, aber man konnte sich in Menschen täuschen.

»Ich habe Ihnen doch gesagt, dass sie nicht ...«, begann Siegbert Kaltensee, aber Bodenstein fiel ihm scharf ins Wort.

»Ihre Mutter ist in höchster Gefahr. Wir gehen davon aus, dass Ihr Bruder Elard die Freunde Ihrer Mutter erschossen hat und nun auch sie töten will.«

Siegbert Kaltensee erstarrte.

»Außerdem haben wir einen Durchsuchungsbeschluss für das Haus und das Grundstück.« Pia reichte Kaltensee das Dokument, das dieser mechanisch an seinen Anwalt weitergab.

»Wieso wollen Sie das Haus durchsuchen?«, mischte sich der Anwalt ein.

»Wir suchen Marcus Nowak«, erwiderte Pia. »Er ist heute aus dem Krankenhaus verschwunden.«

Bodenstein und sie hatten sich darauf geeinigt, den Geschwistern Kaltensee vorerst noch nichts von dem Haftbefehl gegen ihre Mutter zu sagen.

»Warum soll Herr Nowak denn hier sein?« Jutta Kaltensee nahm dem Anwalt den Beschluss aus der Hand.

»Der Mercedes Ihres Bruders wurde am Flughafen gefunden«, erklärte Pia. »Er war voller Blut. Solange wir Marcus Nowak und Ihre Mutter nicht gefunden haben, müssen wir davon ausgehen, dass es ihr Blut sein könnte.«

»Wo sind Ihre Mutter und Ihr Bruder?«, wiederholte Bodenstein. Als er keine Antwort bekam, wandte er sich an Siegbert Kaltensee.

»Ihr Schwiegersohn ist seit gestern Abend ebenfalls spurlos verschwunden.«

»Aber ich habe gar keinen Schwiegersohn«, antwortete Kaltensee verwirrt. »Sie müssen sich irren. Ich verstehe wirklich nicht, was das hier alles soll.«

Durchs Fenster beobachtete er die Polizeibeamten mit Hunden und dem Bodenradargerät, die in breiter Phalanx über die gepflegten Rasenflächen stapften.

»Sie wissen ja wohl, dass Ihre Tochter vor vierzehn Tagen Thomas Ritter geheiratet hat, weil sie ein Kind von ihm erwartet.«

»Wie bitte?« Siegbert Kaltensee wich das Blut aus dem Gesicht. Er stand da wie vom Donner gerührt und fand keine Worte. Sein Blick glitt zu seiner Schwester, die sich verblüfft gab.

»Ich muss telefonieren«, sagte er plötzlich und zückte sein Handy.

»Später«, Bodenstein nahm ihm das Gerät aus der Hand, »erst will ich wissen, wo Ihre Mutter und Ihr Bruder sind.«

»Mein Mandant hat das Recht zu telefonieren!«, protestierte der Anwalt. »Was Sie hier machen, ist Willkür!«

»Halten Sie die Klappe«, sagte Bodenstein scharf. »Also, wird's bald?«

Siegbert Kaltensee zitterte am ganzen Leib, sein bleiches Mondgesicht glänzte vor Schweiß.

»Lassen Sie mich telefonieren«, bat er mit heiserer Stimme. »Bitte.«

Auf dem Mühlenhof war weder eine Spur von Marcus Nowak noch von Elard oder Vera Kaltensee zu finden. Bodenstein hatte nach wie vor den Verdacht, dass Elard Kaltensee Nowak getötet und die Leiche irgendwo versteckt hatte, wenn nicht hier, dann an einem anderen Ort. Thomas Ritter war bisher auch nicht wiederaufgetaucht. Bodenstein rief bei seiner Schwiegermutter an und erfuhr von ihr, wo die Kaltensees Häuser und Wohnungen besaßen.

»Am wahrscheinlichsten erscheinen mir die Häuser in Zürich und im Tessin«, sagte er zu Pia, als sie zurück zum Kommissariat fuhren. »Wir bitten die Schweizer Kollegen um Amtshilfe. Herrgott, ist das alles verfahren!«

Pia schwieg, denn sie wollte ihrem Chef nicht noch Salz in die Wunden streuen. Wenn er auf sie gehört hätte, wäre Elard Kaltensee längst in Untersuchungshaft und Nowak möglicherweise noch am Leben. Ihre Theorie der Ereignisse war folgende: Elard hatte die Kiste mit den Tagebüchern und der .08 an sich gebracht. Da er kein Mann von schnellen Entschlüssen war und vielleicht erst eine Weile gebraucht hatte, um die Bedeutung der Tagebücher zu erfassen, hatte er noch Monate gezögert, bevor er zur Tat geschritten war. Er hatte Goldberg, Schneider und Anita Frings mit der Waffe aus der Kiste erschossen, weil diese ihm nichts über die Vergangenheit hatten erzählen wollen. Der 16. Januar 1945 war der Tag der Flucht, der Tag, an dem etwas Einschneidendes passiert war, an das sich Elard Kaltensee womöglich doch dunkel erinnern konnte, weil er damals nicht zwei, sondern bereits drei Jahre alt gewesen war. Und Marcus Nowak, der von den drei Morden gewusst oder sogar dabei geholfen hatte, musste verschwinden, weil er Elard Kaltensee gefährlich werden konnte.

Ostermann rief an. Die Fingerabdrücke von Marcus Nowak und Elard Kaltensee auf der Tatwaffe waren für niemanden eine Überraschung. Außerdem hatte sich eine Dame aus Königstein gemeldet, die Nowaks Bild in der Zeitung gesehen hatte. Sie hatte den Restaurator als den Mann erkannt, der am späten Vormittag des 4. Mai auf dem Parkplatz am Luxemburgischen Schloss mit einem grauhaarigen Mann in einem BMW Cabrio gesprochen hatte.

»Nowak hat mit Ritter gesprochen, sich kurz zuvor aber mit Katharina Ehrmann getroffen. Wie passt denn das zusammen?«, dachte Bodenstein laut nach.

»Das frage ich mich auch«, erwiderte Pia. »Die Aussage der Frau bestätigt aber, dass Christina Nowak nicht gelogen hat. Ihr Mann war ungefähr zu der Zeit, als Watkowiak gestorben ist, in Königstein.«

»Also haben er und Elard Kaltensee womöglich nicht nur etwas mit den drei Morden an den Alten zu tun, sondern auch mit dem Tod von Watkowiak und Monika Krämer?«

»Ich würde inzwischen gar nichts mehr ausschließen«, sagte Pia und gähnte. Sie hatte in den letzten Tagen definitiv zu wenig Schlaf bekommen und sehnte sich nach einer ruhigen Nacht. Vorerst sah es aber nach dem genauen Gegenteil aus, denn Ostermann rief wieder an: Unten auf der Wache warte eine Auguste Nowak, die dringend mit Pia reden wolle.

»Hallo, Frau Nowak.« Pia reichte der alten Frau die Hand, die sich von dem Stuhl im Wartebereich erhob. »Können Sie uns sagen, wo Ihr Enkelsohn ist?«

»Nein, das nicht. Aber ich muss dringend mit Ihnen sprechen.«

»Wir haben leider sehr viel zu tun«, sagte Pia. In diesem Moment summte ihr Handy; auch Bodenstein telefonierte schon wieder. Sie warf Nowaks Großmutter einen entschuldigenden Blick zu und nahm das Gespräch entgegen. Ostermann berichtete aufgeregt, dass Marcus Nowaks Handy für ein paar Minuten hatte geortet werden können. Pia spürte den Adrenalinstoß im ganzen Körper. Vielleicht lebte der Mann ja doch noch!

»In Frankfurt, zwischen der Hansaallee und der Fürstenberger Straße«, sagte Ostermann. »Genauer ging es nicht, das Gerät war nur sehr kurz eingeschaltet.«

Pia gab ihm die Anweisung, sich mit den Kollegen in Frankfurt in Verbindung zu setzen und das Gebiet sofort weiträumig absperren zu lassen.

»Chef«, sie wandte sich an Bodenstein, »Nowaks Handy wurde in Frankfurt an der Hansaallee geortet. Denken Sie, was ich denke?«

»Allerdings.« Bodenstein nickte. »Kaltensees Büro in der Uni.«

»Entschuldigen Sie bitte.« Auguste Nowak legte ihre Hand auf Pias Arm. »Ich muss Ihnen wirklich ...«

»Ich habe jetzt leider keine Zeit, Frau Nowak«, erwiderte Pia. »Vielleicht finden wir Ihren Enkelsohn noch lebend. Wir unterhalten uns später. Ich rufe Sie an. Soll jemand Sie nach Hause fahren?«

»Nein danke.« Die alte Frau schüttelte den Kopf.

»Es kann länger dauern. Tut mir leid!« Pia hob die Arme in einer Geste des Bedauerns und folgte Bodenstein, der schon sein Auto erreicht hatte. Sie hatten keine Zeit mehr zu verlieren und bemerkten deshalb auch nicht die dunkle Maybach-Limousine, deren Motor in dem Augenblick angelassen wurde, als Auguste Nowak aus dem Tor der Regionalen Kriminalinspektion trat.

Als Bodenstein und Pia im ehemaligen IG-Farben-Haus am Grüneburgplatz eintrafen, in dem sich der neue Campus Westend der Frankfurter Universität befand, hatten uniformierte Beamte bereits den Eingangsbereich abgeriegelt. Die unvermeidbaren Schaulustigen sammelten sich hinter den Absperrbändern; im Innern des Gebäudes diskutierten verärgerte Studenten, Professoren und Mitarbeiter der Universität mit den Polizisten, doch die Anweisung war eindeutig: Niemand durfte das Gebäude betreten oder verlassen, bis man Nowaks Handy und im besten Fall dessen Besitzer gefunden hatte.

»Da ist Frank«, sagte Pia, der beim Anblick des neunstöckigen und etwa zweihundertfünfzig Meter breiten Gebäudes der Mut sank. Wie sollten sie hier ein Handy finden, das schon wieder ausgeschaltet war und sich ebenso gut irgendwo auf dem vierzehn Hektar großen Gelände, im Park oder in einem geparkten Auto befinden konnte? Behnke stand mit dem Einsatzleiter der Frankfurter Polizei zwischen den vier Säulen vor dem imposanten Haupteingang des IG-Farben-Gebäudes. Als er Bodenstein und Pia erblickte, kam er auf sie zu.

»Fangen wir mit dem Büro von Kaltensee an«, schlug er vor. Sie betraten den prunkvollen Eingangsbereich, aber niemand von ihnen hatte einen Blick für die Bronzeplatten und kunstvollen Kupferfriese, mit denen Wände und Fahrstuhltüren verkleidet waren. Behnke führte Bodenstein, Pia und eine Gruppe martialisch aussehender Beamter in Kampfanzügen vom MEK hinauf in den vierten Stock. Dann wandte er sich nach rechts und ging zielsicher den langen, leicht gebogenen Flur entlang. Pias Handy summte, und sie ging dran.

»Das Handy wurde wieder eingeschaltet!«, rief Ostermann aufgeregt.

»Und? Ist es hier im Haus?« Pia blieb stehen und hielt sich ein Ohr zu, um den Kollegen besser zu verstehen.

»Ja, ganz sicher.«

Die Tür zu Kaltensees Büro war abgeschlossen – eine weitere Verzögerung entstand, bis endlich jemand den Hausmeister mit einem Zentralschlüssel aufgetrieben hatte. Der Mann, ein älterer Herr mit einem schneeweißen Schnauzer, hantierte umständlich mit seinem Schlüsselbund. Als die Tür endlich aufging, stürmten Behnke und Bodenstein ungeduldig an ihm vorbei.

»Scheiße«, fluchte Behnke. »Keiner da.«

Der Hausmeister stand in einer Ecke des Büros und verfolgte die hektischen Bemühungen der Polizei mit großen Augen.

»Was ist hier eigentlich los?«, fragte er nach einer Weile. »Ist etwas mit Professor Kaltensee?«

»Glauben Sie, sonst würden wir hier mit hundert Leuten und dem Mobilen Einsatzkommando auftauchen? Allerdings ist etwas mit ihm!« Pia beugte sich über den Schreibtisch und studierte die vollgekritzelte Schreibtischunterlage in der Hoffnung auf einen Namen, eine Telefonnummer oder irgendeinen Hinweis auf den Verbleib von Nowak, aber Kaltensee schien beim Telefonieren einfach gerne zu zeichnen. Bodenstein wühlte im Papierkorb, Behnke durchsuchte die Schreibtischschubladen, während die MEK-Leute auf dem Flur warteten.

»Er war auch gestern ganz anders als sonst«, äußerte der Hausmeister nachdenklich. »Irgendwie ... aufgekratzt.«

Bodenstein, Behnke und Pia hielten gleichzeitig inne und starrten ihn an.

»Sie haben Professor Kaltensee gestern gesehen? Warum sagen Sie das nicht gleich?«, fuhr Behnke den Mann ärgerlich an.

»Weil Sie mich nicht gefragt haben«, erwiderte der würdevoll. Das Funkgerät des Einsatzleiters knisterte und rauschte, dann ertönte eine Stimme, kaum verständlich durch die atmosphärischen Störungen, die von den dicken Betondecken im Gebäude verursacht wurden. Der Hausmeister zwirbelte nachdenklich ein Ende seines Schnauzers.

»Er war richtig euphorisch«, erinnerte er sich. »Was sonst eigentlich nie der Fall ist. Er kam aus dem Keller im Westflügel. Darüber habe ich mich noch gewundert, weil sein Büro ja ...«

»Können Sie uns dorthin führen?«, unterbrach Pia ihn ungeduldig.

»Natürlich.« Der Hausmeister nickte. »Aber was hat er denn eigentlich gemacht, der Herr Professor?«

»Nichts Schlimmes«, erwiderte Behnke sarkastisch. »Vermutlich nur ein paar Menschen ermordet.«

Dem Hausmeister klappte der Mund auf.

»Meine Leute halten mehrere Personen fest, die sich unbefugt Zutritt zum Gebäude verschafft haben«, meldete der Einsatzleiter nun in gestelztem Beamtendeutsch.

»Wo?«, fragte Bodenstein gereizt.

»Im Untergeschoss. Im Westflügel.«

»Na, dann los«, sagte Bodenstein knapp.

Die sechs Männer in den schwarzen Uniformen der K-Secure standen mit dem Rücken zu den Polizisten, die Beine gespreizt, die Hände an der Wand.

»Umdrehen!«, kommandierte Bodenstein. Die Männer gehorchten. Pia erkannte Henri Améry, den Geschäftsführer des Kaltensee'schen Werkschutzes, auch ohne Anzug und Lackschuhe.

»Was tun Sie und Ihre Leute hier?«, fragte Pia.

Améry schwieg und lächelte.

»Sie sind vorläufig festgenommen.« Sie wandte sich an einen der MEK-Beamten. »Bringt sie hier raus. Und stellt fest, woher sie wussten, dass wir hier sind.«

Der Mann nickte. Handschellen schnappten, die sechs Schwarzgekleideten wurden abgeführt. Bodenstein, Pia und Behnke ließen sich vom Hausmeister jeden Raum aufschließen – Aktenarchive, Abstellräume, Elektrotechnik- und Heizungsräume, leere Keller. Im vorletzten Raum wurden sie schließlich fündig. Auf einer Matratze auf dem Boden lag eine Gestalt, daneben standen Wasserflaschen, Lebensmittel, Medikamente und eine Überseekiste. Pia drückte auf den Lichtschalter. Ihr schlug das Herz bis zum Hals. Mit einem leisen Sirren leuchtete die Neonröhre an der Decke auf.

»Hallo, Herr Nowak.« Sie ging neben der Matratze in die Hocke. Der Mann blinzelte benommen in das helle Licht. Er war unrasiert, tiefe Furchen der Erschöpfung hatten sich in sein übel zugerichtetes Gesicht gegraben. Mit seiner gesunden Hand umklammerte er ein Handy. Er sah krank aus, aber er lebte. Pia legte ihre Hand auf seine fieberheiße Stirn und sah, dass sein T-Shirt blutdurchtränkt war. Sie drehte sich zu Bodenstein und Behnke um.

»Ruft sofort den Notarzt her.«

Dann wandte sie sich wieder dem Verletzten zu. Egal, was er getan haben mochte, er tat ihr leid. Er musste schlimme Schmerzen haben.

»Sie gehören ins Krankenhaus«, sagte sie. »Warum sind Sie hier?«

»Elard ...«, murmelte Nowak. »Bitte ... Elard ...«

»Was ist mit Professor Kaltensee?«, fragte sie. »Wo ist er?«

Der Mann richtete mühsam seinen Blick auf sie, dann schloss er die Augen.

»Herr Nowak, helfen Sie uns!«, bat Pia eindringlich. »Wir haben das Auto von Professor Kaltensee am Flughafen gefunden. Er und seine Mutter sind wie vom Erdboden verschwunden. Und wir haben im Tresor in Ihrem Büro die Pistole gefunden, mit der vor kurzem drei Menschen erschossen wurden. Wir nehmen an, dass Elard Kaltensee diese drei Morde verübt hat, nachdem er die Pistole in der Kiste gefunden hatte ...«

Marcus Nowak öffnete die Augen. Seine Nasenflügel bebten, er holte keuchend Luft, als wolle er etwas sagen, aber nur ein Stöhnen kam über seine aufgeplatzten Lippen.

»Ich muss Sie leider verhaften, Herr Nowak«, sagte Pia nicht ohne Bedauern. »Sie haben keine Alibis für die Mordnächte. Ihre Frau hat uns heute bestätigt, dass Sie in keiner der betreffenden Nächte zu Hause waren. Wollen Sie dazu etwas sagen?«

Nowak antwortete nicht, stattdessen ließ er das Handy los und griff nach Pias Hand. Sichtlich verzweifelt rang er um Worte. Schweiß rann über sein Gesicht, ein Anfall von Schüttelfrost ließ ihn erschauern. Pia erinnerte sich an die Warnung der Ärztin im Hofheimer Krankenhaus, Nowak habe bei dem Überfall eine Leberverletzung erlitten. Offenbar hatte der Transport hierher die innerliche Verletzung verschlimmert.

»Ganz ruhig«, sagte sie und streichelte seine Hand. »Wir bringen Sie jetzt erst mal ins Krankenhaus. Wenn es Ihnen bessergeht, reden wir.«

Er sah sie an wie ein Ertrinkender, die dunklen Augen panisch geweitet. Wenn Marcus Nowak nicht bald Hilfe bekam, würde er sterben. War das Elard Kaltensees Plan gewesen? Hatte er ihn deshalb hierhergebracht, wo ihn niemand finden würde? Aber wieso hatte er ihm dann nicht das Handy abgenommen?

»Der Notarzt ist da«, unterbrach eine Stimme ihre Gedanken. Zwei Sanitäter schoben eine fahrbare Trage in den Kellerraum, ein Arzt mit einer orangefarbenen Weste und Rot-

Kreuz-Koffer in der Hand folgte ihnen. Pia wollte aufstehen, um dem Arzt Platz zu machen, aber Marcus Nowak ließ ihre Hand nicht los.

»Bitte ...«, flüsterte er verzweifelt. »Bitte ... nicht Elard ... meine Oma ...«

Er brach ab.

»Meine Kollegen werden auf Sie aufpassen«, sagte Pia leise. »Machen Sie sich keine Sorgen. Professor Kaltensee wird Ihnen nichts mehr tun, das verspreche ich Ihnen.«

Sie löste sich sanft aus Nowaks Umklammerung und erhob sich.

»Er hat eine Leberverletzung«, informierte sie den Notarzt, dann wandte sie sich ihren Kollegen zu, die mittlerweile die Kiste untersucht hatten. »Und, was habt ihr gefunden?«

»Unter anderem die SS-Uniform von Oskar Schwinderke«, erwiderte Bodenstein. »Den Rest schauen wir uns auf dem Kommissariat an.«

»Ich habe die ganze Zeit gewusst, dass Elard Kaltensee ein Mörder ist«, sagte Pia zu Bodenstein. »Er hätte Nowak in dem Kellerloch elendig verrecken lassen, nur um sich selbst nicht die Finger schmutzig machen zu müssen.«

Sie waren auf dem Weg zurück nach Hofheim. Auf dem Kommissariat wartete Katharina Ehrmann, in den Arrestzellen saßen die sechs K-Secure-Leute.

»Wen hat Nowak zuletzt angerufen?«, erkundigte sich Bodenstein.

»Keine Ahnung, das Handy ist ausgeschaltet. Wir müssen die Einzelverbindungsnachweise anfordern.«

»Warum hat Kaltensee ihm das Handy nicht abgenommen? Er musste doch damit rechnen, dass Nowak jemanden anrufen würde.«

»Ja, das habe ich mich auch schon gefragt. Wahrscheinlich

hat er nicht gewusst, dass wir das Handy orten könnten.« Pia zuckte zusammen, als das Autotelefon schrillte. »Oder er hat überhaupt nicht daran gedacht.«

»Hallo«, tönte eine Frauenstimme aus dem Lautsprecher. »Herr Bodenstein?«

»Ja«, Bodenstein warf Pia einen ratlosen Blick zu und zuckte die Schultern, »wer spricht denn da?«

»Sina. Ich bin die Sekretärin von der *Weekend*.«

»Ah ja. Was kann ich für Sie tun?«

»Herr Ritter hat mir gestern Abend einen Umschlag gegeben«, sagte sie. »Ich sollte ihn aufbewahren. Aber jetzt, wo er verschwunden ist, habe ich mir gedacht, dass das für Sie wichtig sein könnte. Da steht nämlich Ihr Name drauf.«

»Tatsächlich? Wo sind Sie jetzt?«

»Noch hier, im Büro.«

Bodenstein zögerte.

»Ich schicke einen Kollegen vorbei, der den Umschlag holt. Bitte warten Sie so lange.«

Pia griff schon nach ihrem Handy und wies Behnke an, in die Redaktion nach Fechenheim zu fahren. Seinen wütenden Fluch angesichts der Aussicht, um diese Uhrzeit quer durch die Stadt fahren zu müssen, überhörte sie.

»Ja, das stimmt«, nickte Katharina Ehrmann. »Mein Verlag wird die Biographie von Vera Kaltensee herausbringen. Ich fand Thomas' Idee großartig und habe ihn in seinem Vorhaben unterstützt.«

»Sie wissen, dass er seit gestern Abend verschwunden ist, oder?« Pia betrachtete die Frau, die ihr gegenübersaß. Katharina Ehrmann war ein bisschen zu schön, um echt zu sein. Ihr ausdrucksloses Gesicht zeugte entweder von mangelndem Mitgefühl oder zu viel Botox.

»Wir waren gestern Abend verabredet«, erwiderte sie. »Als

er nicht kam, habe ich versucht, ihn anzurufen, aber er ging nicht dran. Später war sein Handy dann ausgeschaltet.«

Das deckte sich mit der Aussage von Marleen Ritter.

»Warum haben Sie sich am Freitag letzter Woche mit Marcus Nowak in Königstein getroffen?«, wollte Bodenstein wissen. »Nowaks Frau hat Sie in das Auto ihres Mannes einsteigen und wegfahren sehen. Haben Sie ein Verhältnis mit ihm?«

»So schnell geht's bei mir dann doch nicht.« Katharina Ehrmann schien ehrlich amüsiert. »Ich habe ihn an dem Tag zum ersten Mal gesehen. Er hatte mir von Elard die Tagebücher und die anderen Unterlagen, um die ich ihn gebeten hatte, gebracht und war dann noch so freundlich, mich ein Stück mitzunehmen, bevor er sich mit Thomas getroffen hat.«

Pia und Bodenstein wechselten einen überraschten Blick. Das waren ja interessante Neuigkeiten! So war Ritter also an die Informationen gekommen. Elard selbst hatte seine Mutter ans Messer geliefert.

»Das Haus, vor dem Sie sich mit Nowak getroffen haben und in dem Watkowiaks Leiche gefunden wurde, gehört Ihnen«, sagte Pia. »Was sagen Sie dazu?«

»Was soll ich dazu sagen?« Katharina Ehrmann wirkte nicht sonderlich betroffen. »Das ist mein Elternhaus, ich will es seit Jahren verkaufen. Der Makler hat mich letzten Samstag angerufen und mir auch schon Vorwürfe gemacht. Als ob ich etwas dafür könnte, dass Robert beschlossen hat, sich ausgerechnet dort das Leben zu nehmen!«

»Wie ist Watkowiak in das Haus hineingekommen?«

»Mit einem Schlüssel, vermute ich«, erwiderte Katharina Ehrmann zu Pias Überraschung. »Ich habe ihm erlaubt, das Haus zu benutzen, als er mal wieder einen Unterschlupf brauchte. Wir waren einmal ziemlich gut befreundet, Robert, Jutta und ich. Er hat mir damals leidgetan.«

Das wagte Pia zu bezweifeln. Katharina Ehrmann machte keinen sonderlich mitfühlenden Eindruck.

»Er hat sich übrigens nicht das Leben genommen«, sagte sie. »Er wurde ermordet.«

»Ach?« Auch diese Information brachte die Frau nicht aus der Fassung.

»Wann haben Sie das letzte Mal mit ihm gesprochen?«

»Das ist noch nicht so lange her.« Sie überlegte. »Ich glaube, es war letzte Woche. Er rief an und sagte, die Polizei würde ihn wegen der Morde an Goldberg und Schneider suchen. Aber er sei es nicht gewesen. Ich sagte ihm, dann sei es das Klügste, wenn er zur Polizei gehen und sich stellen würde.«

»Das hat er leider nicht getan. Sonst würde er unter Umständen noch leben«, erwiderte Pia. »Denken Sie, Ritters Verschwinden könnte etwas mit dieser Biographie zu tun haben, an der er schreibt?«

»Möglich.« Katharina Ehrmann zuckte mit den Schultern. »Das, was wir über die Vergangenheit von Vera erfahren haben, könnte sie ins Gefängnis bringen. Und zwar für den Rest ihres Lebens.«

»Der Tod von Eugen Kaltensee war kein Unfall, sondern Mord?«, vermutete Pia.

»Unter anderem«, erwiderte Katharina Ehrmann. »Aber in erster Linie geht es wohl darum, dass Vera und ihr Bruder damals in Ostpreußen mehrere Menschen erschossen haben sollen.«

Der 16. Januar 1945. Die vier Musketiere im Kübelwagen auf dem Weg nach Gut Lauenburg. Die Familie Zeydlitz-Lauenburg, die seither als verschollen galt.

»Wie hat Ritter davon erfahren?«, erkundigte Pia sich.

»Von einer Augenzeugin.«

Eine Augenzeugin, die das Geheimnis der vier alten Freunde gekannt hatte. Wer war sie, und wem hatte sie noch davon erzählt? Pia fühlte sich wie elektrisiert. Sie waren nur noch Millimeter von der Aufklärung der drei Morde entfernt!

»Halten Sie es für möglich, dass jemand von der Familie Kaltensee Ritter entführt hat, um das Erscheinen des Buches zu verhindern?«

»Ich traue denen alles zu«, bestätigte Katharina Ehrmann. »Vera geht über Leichen. Und Jutta ist nicht viel besser.«

Pia warf ihrem Chef einen Blick zu, aber der trug eine unbeteiligte Miene zur Schau.

»Aber wie können Kaltensees davon erfahren haben, dass Elard Thomas Ritter diese Informationen zugespielt hatte?«, fragte er nun. »Wer wusste darüber Bescheid?«

»Eigentlich nur Elard, Thomas, Elards Freund Nowak und ich«, erwiderte Katharina Ehrmann nach kurzem Nachdenken.

»Haben Sie am Telefon darüber gesprochen?«, forschte Bodenstein.

»Ja«, sagte Katharina Ehrmann zögernd. »Nicht über Details, aber darüber, dass Elard uns den Inhalt dieser Kiste zur Verfügung stellen würde.«

»Wann war das?«

»Am Freitag.«

Am Sonntagabend darauf war Nowak überfallen worden. Das passte.

»Mir fällt gerade ein, dass Thomas mich vorgestern Abend aus dem Büro angerufen hat. Er machte sich Sorgen, weil auf dem Parkplatz ein Lieferwagen stand, in dem zwei Männer saßen. Ich habe das nicht ganz ernst genommen, aber vielleicht ...« Katharina Ehrmann verstummte. »Großer Gott! Meinen Sie, dass die unsere Telefongespräche abgehört haben?«

»Das halte ich für möglich.« Bodenstein nickte besorgt. Die Leute von K-Secure waren gut ausgerüstet, sie hatten den Polizeifunk abgehört und so erfahren, wo man Nowaks Handy geortet hatte. Für sie war es vermutlich ein Leichtes, auch andere Telefongespräche abzuhören. Es klopfte an der Tür, Behnke trat ein und reichte Pia den wattierten Umschlag, den sie gleich öffnete.

»Eine CD-ROM«, stellte sie fest. »Und eine Kassette.«

Sie angelte nach ihrem Diktiergerät, legte die Kassette ein und drückte die Play-Taste. Sekunden später ertönte die Stimme von Ritter.

»*Heute ist Freitag, der 4. Mai 2007. Mein Name ist Thomas Ritter, vor mir sitzt Frau Auguste Nowak. Frau Nowak, Sie möchten etwas erzählen. Bitte.*«

»Stopp!«, unterbrach Bodenstein. »Danke, Frau Ehrmann. Sie können jetzt gehen. Bitte informieren Sie uns, wenn Sie etwas von Herrn Dr. Ritter hören.«

Die dunkelhaarige Frau verstand und erhob sich.

»Schade«, sagte sie. »Gerade jetzt, wo es spannend wird.«

»Machen Sie sich eigentlich überhaupt keine Sorgen um Herrn Ritter?«, fragte Bodenstein. »Immerhin ist er ja Ihr Autor, der Ihnen einen Bestseller liefern soll.«

»Und Ihr Liebhaber«, fügte Pia hinzu.

Katharina Ehrmann lächelte kühl.

»Glauben Sie mir«, sagte sie. »Er wusste, worauf er sich einlässt. Kaum jemand kennt Vera besser als er. Außerdem hatte ich ihn gewarnt.«

»Eine Frage noch«, hielt Bodenstein sie zurück, bevor sie ging. »Warum hat Ihnen Eugen Kaltensee Firmenanteile überschrieben?«

Ihr Lächeln verschwand.

»Lesen Sie die Biographie«, sagte sie. »Dann wissen Sie's.«

»*Mein Vater war ein großer Verehrer des Kaisers*«, klang die Stimme von Auguste Nowak aus dem Lautsprecher des

Kassettenrekorders, der mitten auf dem Tisch stand. »*Deshalb ließ er mich nach der Kaiserin Auguste Viktoria taufen. Früher nannte man mich Vicky, aber das ist lange her.*«

Bodenstein und Pia wechselten einen raschen Blick. Das ganze Team des K11 hatte sich um den großen Tisch im Besprechungsraum versammelt, neben Bodenstein saß Kriminalrätin Dr. Nicola Engel mit ausdrucksloser Miene. Die Uhr zeigte Viertel vor neun, aber nicht einmal Behnke dachte an Feierabend.

»*Ich wurde am 17. März 1922 in Lauenburg geboren. Mein Vater Arno war Gutsverwalter auf dem Gut der Familie Zeydlitz-Lauenburg. Wir waren drei Mädchen: Vera, die Tochter des Freiherrn, Edda Schwinderke, die Tochter des Zahlmeisters, und ich. Wir waren alle drei gleich alt und sind fast wie Schwestern aufgewachsen. Edda und ich schwärmten als junge Mädchen für Elard, Veras älteren Bruder, aber der konnte Edda nicht leiden. Sie war schon als Mädchen furchtbar ehrgeizig und sah sich insgeheim schon als Herrin auf Gut Lauenburg. Als Elard sich in mich verliebt hat, hat sich Edda schrecklich geärgert. Sie dachte, Elard wäre beeindruckt, weil sie schon mit sechzehn Führerin der Mädelgruppe beim BDM war, aber das Gegenteil war der Fall. Er hat die Nazis verachtet, auch wenn er das nie laut gesagt hat. Edda hat das nicht gemerkt, hat immer mit ihrem Bruder Oskar geprotzt, weil er bei der Leibstandarte Adolf Hitler war.*«

Auguste Nowak machte eine Pause. Niemand in der Runde sagte ein Wort, bis sie weitersprach.

»*1936 waren wir mit den Jungmädels in Berlin bei der Olympiade. Elard hat damals in Berlin studiert. Er hat Vera und mich abends zum Essen ausgeführt, und Edda ist vor Eifersucht beinahe geplatzt. Sie schwärzte uns an, weil wir uns unerlaubt von der Gruppe entfernt hatten, und es gab richtigen Ärger deswegen. Seit dem Tag hat sie mich schikaniert, wo sie nur konnte, mich vor den anderen Mädchen bei den wöchentlichen Heimabenden lächerlich gemacht, einmal hat sie sogar behauptet, mein Vater sei ein Bolschewik. Als ich neunzehn war, wurde ich schwanger. Niemand hatte etwas gegen eine Heirat einzuwenden, auch Elards Eltern nicht, aber es war Krieg und Elard an der Front. Als der Hochzeitstermin feststand, wurde er von der Gestapo verhaftet, obwohl er Offizier der Luftwaffe war. Der zweite Hochzeitstermin musste auch verschoben werden, weil Elard wieder verhaftet wurde. Es war übrigens Oskar gewesen, der Elard bei der Gestapo angeschwärzt hatte.«*

Pia nickte. Diese Aussage bestätigte, was der ehemalige polnische Zwangsarbeiter Miriam erzählt hatte.

»Am 23. August 1942 kam unser Sohn zur Welt. Edda hatte Gut Lauenburg mittlerweile verlassen. Sie und Maria Willumat, die Tochter vom NSDAP-Ortsgruppenleiter aus Doben, hatten sich zum Dienst in einem Frauen-Gefangenenlager gemeldet. Seit sie weg war und nicht mehr herumschnüffeln konnte, haben Elard und Vera heimlich Geld, Schmuck und Wertgegenstände hinüber ins Reich beziehungsweise in die Schweiz geschmuggelt. Elard war davon überzeugt, dass der Krieg verloren war, und wollte, dass wenigstens Vera, Heini und ich in den Westen gehen. Die Familie seiner Mutter besaß ein Anwesen in der Nähe von Frankfurt, da wollte er uns hinbringen.«

»Der Mühlenhof«, bemerkte Pia leise.

»Aber dazu kam es nicht mehr. Elard wurde im November 44 abgeschossen und kam schwer verletzt nach Gut Lauenburg. Vera hatte heimlich ihr Schweizer Mädchenpensionat verlassen und war auch über Weihnachten zu Hause. Wir haben Elard geholfen, die Flucht vorzubereiten, aber die Treckerlaubnis kam erst am 15. Januar. Viel zu spät, die Russen waren nur noch zwanzig Kilometer entfernt. Der Treck ist

am Morgen des 16. Januar in aller Frühe aufgebrochen. Ich wollte nicht ohne Elard und meine Eltern gehen, und weil ich blieb, blieb auch Vera. Wir dachten, dass es später noch die Möglichkeit geben würde, in den Westen zu gelangen.«

Auguste Nowak stieß einen tiefen Seufzer aus.

»Elards Eltern wollten lieber sterben als das Gut verlassen. Sie waren beide schon weit über sechzig und hatten ihre ältesten Söhne im Ersten Weltkrieg verloren. Meine Eltern waren schwer krank, Tuberkulose. Auch meine jüngere Schwester Ida lag mit über vierzig Fieber im Bett. Wir versteckten uns im Keller des Schlosses, versorgt mit Lebensmitteln und Bettzeug, und hofften, dass die Russen uns nicht entdecken und weiterziehen würden. Es war gegen Mittag, als ein Auto in den Hof fuhr, ein Kübelwagen. Veras Vater glaubte, dass Schwinderke jemanden geschickt hatte, um die Kranken zu transportieren, aber das stimmte nicht.«

»Wer ist denn gekommen?«, fragte Ritter nach.

»Edda und Maria, Oskar und dessen SS-Kamerad Hans.«

Wieder deckten sich Auguste Nowaks Schilderungen mit der Aussage des ehemaligen Zwangsarbeiters. Pia hielt den Atem an und beugte sich gespannt vor.

»Sie kamen ins Schloss, fanden uns im Keller. Oskar bedrohte uns mit einer Pistole und zwang Vera und mich, eine Grube zu graben. Der Boden war zwar sandig, aber so fest, dass wir es nicht schafften, deshalb griffen Edda und Hans zu den Schaufeln. Niemand sagte einen Ton. Der Freiherr und die Freifrau knieten sich hin und ...«

Die Stimme von Auguste Nowak, bis dahin ruhig und unbeteiligt, begann zu zittern.

»... fingen an zu beten. Heini schrie die ganze Zeit. Meine kleine Schwester Ida stand nur da, die Tränen liefen ihr über die Backen. Ich sehe sie heute noch vor mir. Wir mussten uns in einer Reihe aufstellen, mit dem Gesicht zur Wand. Maria

riss mir Heini vom Arm und zerrte ihn weg. Der Junge hat geschrien und geschrien ...«

Es war so still im Besprechungsraum, dass man eine Stecknadel hätte fallen hören können.

»Oskar tötete zuerst den Freiherrn und die Freifrau mit einem Genickschuss, danach meine kleine Schwester Ida. Sie war erst neun Jahre alt. Dann gab er die Pistole Maria, sie schoss meiner Mutter in beide Knie und dann in den Kopf, danach erschoss sie meinen Vater. Elard und ich hielten uns an den Händen. Edda nahm Maria die Pistole ab. Ich habe ihr in die Augen gesehen, sie waren voller Hass. Sie hat gelacht, als sie erst Elard, dann Vera in den Kopf schoss. Zum Schluss schoss sie auf mich. Ich höre sie heute noch lachen ...«

Pia konnte es kaum fassen. Welche Kraft musste es die alte Frau gekostet haben, so nüchtern und sachlich über dieses Massaker an ihrer Familie zu sprechen! Wie konnte man mit solchen Erinnerungen weiterleben, ohne verrückt zu werden? Pia dachte an das, was Miriam ihr über die Schicksale der Frauen nach dem Zweiten Weltkrieg im Osten erzählt hatte, die sie im Rahmen ihres Forschungsprojektes befragt hatte. Unsägliches hatten diese Frauen erlebt und ihr ganzes Leben lang nicht darüber gesprochen. Wie auch Auguste Nowak.

»Ich überlebte den Kopfschuss wie durch ein Wunder, die Kugel war durch den Mund wieder ausgetreten. Ich weiß nicht mehr, wie lange ich ohne Bewusstsein war, aber irgendwie gelangte ich aus eigener Kraft aus der Grube. Sie hatten Sand über uns geschaufelt, und ich hatte wohl nur deshalb atmen können, weil ich halb unter Elards Leiche gelegen hatte. Ich schleppte mich nach oben, auf der Suche nach Heini. Das Schloss brannte lichterloh, und ich lief vier russischen Soldaten in die Arme, die mich trotz meiner Verletzung vergewaltigten und erst danach in ein Krankenlager brachten. Als ich einigermaßen bei Kräften war, wurde ich

mit anderen Mädchen und Frauen in einen Viehwaggon gepfercht. Es war zu eng, um sich hinzusetzen, und nur, wenn die Posten mal gute Laune hatten, gab es einen Eimer Wasser für vierzig Menschen. Wir kamen nach Karelien, mussten am Onegasee Gleise verlegen, Holz fällen und Gräben ziehen, bei minus vierzig Grad. Um mich herum starben sie wie die Fliegen, manche Mädchen waren gerade mal vierzehn oder fünfzehn. Ich überlebte fünf Jahre Arbeitslager nur deshalb, weil mich der Lagerleiter zu mögen schien und mir mehr zu essen gab als den anderen. Ich kam erst 1950 aus Russland zurück, auf dem Arm ein Baby, das Abschiedsgeschenk des Lagerleiters.«

»Der Vater von Marcus«, folgerte Pia. »Manfred Nowak.«

»Im Lager Friedland lernte ich meinen Mann kennen. Wir bekamen Arbeit auf einem Bauernhof im Sauerland. Die Hoffnung, meinen ältesten Sohn wiederzufinden, hatte ich längst aufgegeben. Gesprochen habe ich darüber nie. Ich kam auch später nie auf den Gedanken, dass es sich bei der berühmten Vera Kaltensee, von der man hin und wieder hörte oder las, um Edda handeln könnte. Erst als mein Enkelsohn Marcus und ich im Sommer vor zwei Jahren eine Reise nach Ostpreußen unternahmen und wir in Gizycko, dem ehemaligen Lötzen, Elard Kaltensee begegneten, begriff ich, wer er war und wer seit meinem Umzug nach Fischbach ganz in meiner Nähe gelebt hatte.«

Auguste Nowak machte wieder eine Pause.

»Ich behielt mein Wissen für mich. Ein Jahr später arbeitete Marcus auf dem Mühlenhof, und eines Tages brachten er und Elard einen alten Überseekoffer mit. Es war ein Schock, als ich all diese Sachen sah, die SS-Uniform, die Bücher, die Zeitungen von damals. Und diese Pistole. Ich wusste sofort, dass es genau diese Pistole gewesen sein musste, mit der sie

meine ganze Familie erschossen hatten. Sechzig Jahre lang hatte sie in der Kiste gelegen, Vera hatte sie nie weggeworfen. Und als Sie, Dr. Ritter, Marcus und Elard von Vera und ihren drei alten Freunden erzählt haben, wusste ich gleich, wer sie in Wirklichkeit waren. Elard nahm die Kiste an sich, aber Marcus legte die Pistole und die Patronen in seinen Tresor. Ich fand heraus, wo sie lebten, die Mörder, und als Marcus eines Abends weggefahren war, nahm ich die Pistole und fuhr zu Oskar. Ausgerechnet er hatte sich all die Jahre als Jude getarnt! Er hat mich sofort erkannt und bettelte um sein Leben, aber ich erschoss ihn so, wie er Elards Eltern damals erschossen hat. Dann kam ich auf die Idee, Edda eine Nachricht zu hinterlassen. Ich wusste, dass sie sofort verstehen würde, was die fünf Zahlen bedeuten, und war mir sicher, dass sie Todesangst bekommen würde, weil sie ja keine Ahnung hatte, wer davon wissen konnte. Drei Tage später habe ich Hans erschossen.«

»Wie sind Sie zu Goldberg und Schneider hingekommen?«, unterbrach Ritter.

»*Mit einem Lieferwagen meines Enkelsohnes*«, antwortete Auguste Nowak. »*Das war auch das größte Problem bei Maria. Ich hatte herausgefunden, dass in dem Altersheim eine Theateraufführung mit Feuerwerk stattfinden sollte. An dem Abend hatte ich aber kein Auto, deshalb fuhr ich mit dem Bus und musste meinen Enkelsohn bitten, mich dort abzuholen. Der Junge hat sich nicht einmal gewundert, was ich im vornehmen Taunusblick wollte, er war zu sehr mit sich selbst und seinen Problemen beschäftigt. Ich habe Maria in ihrer Wohnung mit einem Strumpf geknebelt und dann im Rollstuhl durch den Park in den Wald geschoben. Niemand hat uns beachtet, und beim Feuerwerk hat keiner die drei Schüsse gehört.*«

Auguste Nowak verstummte. Im Raum war es totenstill.

Die tragische Lebensgeschichte der alten Frau und ihr Geständnis erschütterten selbst die erfahrensten Kriminalpolizisten.

»Ich weiß, dass in der Bibel steht ›Du sollst nicht töten‹«, sprach Auguste Nowak weiter, ihre Stimme klang mit einem Mal brüchig. *»Aber in der Bibel steht auch ›Auge um Auge, Zahn um Zahn‹. Als ich begriffen hatte, wer sie waren, Vera und ihre Freunde, da wusste ich, dass ich dieses Unrecht nicht ungesühnt lassen durfte. Meine kleine Schwester Ida wäre heute einundsiebzig, sie könnte noch leben. Daran musste ich die ganze Zeit denken.«*

»Professor Elard Kaltensee ist also Ihr Sohn?«, fragte Thomas Ritter nach.

»Ja. Er ist der Sohn von mir und meinem geliebten Elard«, bestätigte Auguste Nowak. *»Er ist der Freiherr von Zeydlitz-Lauenburg, denn Elard und ich wurden am Weihnachtstag 1944 von Pastor Kunisch in der Bibliothek von Gut Lauenburg getraut.«*

Die Mitarbeiter des K11 saßen eine Weile schweigend um den Tisch herum, als das Band zu Ende war.

»Sie war heute hier und wollte mit mir sprechen«, sagte Pia in die Stille. »Ganz sicher wollte sie mir genau das erzählen, damit wir nicht länger ihren Enkelsohn verdächtigen.«

»Und ihren Sohn«, fügte Bodenstein hinzu. »Professor Kaltensee.«

»Haben Sie sie etwa gehen lassen?«, fragte Dr. Nicola Engel verständnislos.

»Ich konnte ja nicht wissen, dass sie unsere Mörderin ist!«, entgegnete Pia heftig. »Das Handy von Nowak war gerade geortet worden, wir mussten nach Frankfurt.«

»Sie wird nach Hause gefahren sein«, sagte Bodenstein. »Wir werden sie abholen. Wahrscheinlich weiß sie, wo Elard jetzt ist.«

»Viel wahrscheinlicher ist, dass sie erst noch Vera Kaltensee tötet«, meldete sich Ostermann zu Wort. »Wenn sie das nicht schon längst getan hat.«

Bodenstein und Behnke fuhren nach Fischbach, um Auguste Nowak zu verhaften, während Pia am Bildschirm die Biographie von Vera Kaltensee las, auf der Suche nach einer Erklärung für Katharina Ehrmanns Beziehung zu Eugen Kaltensee. Die Lebensgeschichte von Auguste Nowak hatte sie tief erschüttert, und obwohl sie als Polizistin und Exfrau eines Rechtsmediziners die düstere Seite der Menschheit zur Genüge kannte, war sie fassungslos über die eiskalte Grausamkeit der vier Mörder. Mit Überlebenswillen in einer Ausnahmesituation war diese Tat nicht zu rechtfertigen, vielmehr hatten sie sich sogar in Lebensgefahr begeben, um ihre Gräueltat zu begehen. Wie konnte man so etwas verdrängen, mit einer solchen Bluttat auf dem Gewissen weiterleben? Und Auguste Nowak, was hatte sie durchgemacht! Vor ihren Augen waren ihr Mann, ihre Eltern, ihre beste Freundin, ihre kleine Schwester erschossen worden. Ihr Kind entführt, sie selbst verschleppt! Pia konnte nicht nachvollziehen, woher die Frau diese Kraft genommen haben mochte, Arbeitslager, Erniedrigung, Vergewaltigungen, Hunger und Krankheit zu überleben. War es die Hoffnung, ihren Sohn wiederzufinden, die sie am Leben erhalten hatte, oder der Gedanke an Rache? Auguste Nowak würde sich auch mit fünfundachtzig Jahren vor Gericht als dreifache Mörderin verantworten müssen, so sah es das Strafgesetzbuch vor. Ausgerechnet jetzt, wo sie ihren verloren geglaubten Sohn wiedergefunden hatte, würde sie ins Gefängnis gehen müssen. Und es gab keine Beweise, die ihre Taten irgendwie rechtfertigen konnten. Pia hielt beim Lesen inne. Vielleicht doch! Die Idee erschien ihr zunächst wahnwitzig, aber bei genauerem Nachdenken durchaus realistisch.

Gerade als Pia die Nummer von Hennings Privatanschluss wählte, betrat Bodenstein ihr Büro mit düsterer Miene.

»Wir müssen Auguste Nowak zur Fahndung ausschreiben«, verkündete er.

Pia legte einen Zeigefinger an die Lippen, denn Henning meldete sich am anderen Ende der Leitung.

»Was gibt's?«, fragte er übellaunig. Pia achtete nicht darauf, sondern erzählte ihm in Kurzfassung die Geschichte von Auguste Nowak. Bodenstein blickte Pia fragend an. Sie stellte das Telefon laut und informierte Henning darüber, dass ihr Chef mithörte.

»Kann man noch nach über sechzig Jahren aus Knochen DNA extrahieren?«, fragte sie.

»Unter Umständen schon.« Der gereizte Tonfall war aus Hennings Stimme verschwunden, er klang neugierig. »Was hast du vor?«

»Ich habe das noch nicht mit meinem Chef abgesprochen«, erwiderte Pia und sah Bodenstein dabei an. »Aber du und ich, wir sollten nach Polen fahren. Fliegen wäre natürlich noch besser. Miriam könnte uns abholen.«

»Wie? Jetzt gleich?«

»Das wäre am besten. Die Zeit drängt.«

»Ich habe nichts mehr vor heute Abend«, entgegnete Henning mit gesenkter Stimme. »Im Gegenteil. Du würdest mir einen Gefallen tun.«

Pia verstand die Andeutung und grinste. Staatsanwältin Löblich saß ihm im Nacken.

»Mit dem Auto brauchen wir etwa achtzehn Stunden nach Masuren.«

»Ich habe an Bernd gedacht. Der hat doch seine Cessna noch, oder?«

Bodenstein schüttelte den Kopf, aber Pia achtete nicht auf ihn.

»Ich rufe ihn an«, sagte Henning Kirchhoff. »Ich melde mich gleich wieder. Ach – Bodenstein?«

Pia hielt ihrem Chef den Hörer hin.

»Bei der Schnellanalyse Ihrer Blutprobe habe ich Spuren von 4-Hydroxybutansäure, kurz GHB, gefunden. Man nennt es auch Liquid Ecstasy. Meinen Berechnungen zufolge müssten Sie etwa gegen 21:00 Uhr des Vorabends eine Dosis von ungefähr zwei Milligramm zu sich genommen haben.«

Bodenstein blickte Pia an.

»Bei einer Dosis in dieser Höhe tritt eine Einschränkung der motorischen Kontrolle auf, ähnlich wie bei einem Alkoholrausch. Unter Umständen kommt eine aphrodisierende Wirkung hinzu.«

Pia registrierte, dass ihr Chef tatsächlich rot wurde.

»Was schließen Sie daraus?«, fragte er und wandte Pia den Rücken zu.

»Wenn Sie es nicht selbst eingenommen haben, hat Ihnen jemand etwas verabreicht. Wahrscheinlich in einem Getränk. Liquid Ecstasy ist eine farblose Flüssigkeit.«

»Alles klar«, sagte Bodenstein knapp. »Vielen Dank, Dr. Kirchhoff.«

»Keine Ursache. Ich melde mich gleich wieder.«

»Na also.« Pia war zufrieden. »Jutta hatte Ihnen eine Falle gestellt.«

»Sie können nicht nach Polen fahren«, sagte Bodenstein, statt darauf einzugehen. »Sie wissen doch gar nicht, ob es dieses Schloss überhaupt noch gibt. Außerdem werden die polnischen Behörden nicht begeistert sein, wenn wir sie jetzt mitten in der Nacht um Amtshilfe bitten.«

»Dann tun wir das eben nicht. Henning und ich fliegen als Touristen rüber.«

»Sie stellen sich das so einfach vor.«

»Das *ist* einfach«, sagte Pia. »Wenn Hennings Freund Zeit

hat, kann er uns morgen früh nach Polen fliegen. Der fliegt dauernd irgendwelche Geschäftsleute in den Osten und kennt sich mit den Bestimmungen aus.«

Bodenstein legte die Stirn in Falten. Es klopfte, und Dr. Engel trat ein.

»Glückwunsch«, sagte sie. »Sie haben drei Mordfälle aufgeklärt.«

»Danke«, erwiderte Bodenstein.

»Wie geht es weiter? Warum haben Sie die Frau nicht verhaftet?«

»Weil sie nicht zu Hause war«, sagte Bodenstein. »Ich gebe jetzt eine Fahndung raus.«

Nicola Engel hob die Augenbrauen und blickte argwöhnisch zwischen Bodenstein und Pia hin und her.

»Sie führen doch irgendetwas im Schilde«, folgerte sie scharfsinnig.

»Stimmt.« Bodenstein holte tief Luft. »Ich werde Frau Kirchhoff und einen forensischen Anthropologen nach Polen zu diesem Schloss schicken. Sie sollen, wenn möglich, Knochen sicherstellen, die wir dann hier analysieren lassen können. Wenn sich herausstellt, dass Auguste Nowak die Wahrheit sagt – wovon ich überzeugt bin –, haben wir genug in der Hand, um Vera Kaltensee wegen Mordes vor Gericht zu bringen.«

»Das kommt gar nicht in Frage. Wir haben mit der Schauergeschichte dieser Frau nichts zu tun.« Dr. Engel schüttelte energisch den Kopf. »Es besteht überhaupt keine Notwendigkeit, dass Frau Kirchhoff nach Polen reist.«

»Aber man könnte doch ...«, begann Pia.

»Sie haben hier zwei weitere Morde aufzuklären«, würgte die Kriminalrätin ihren Einwand ab. »Außerdem ist Professor Kaltensee noch immer flüchtig, und jetzt auch diese Frau Nowak, eine geständige Mörderin. Und wo sind die Tagebücher, die Ritter von Nowak erhalten hat? Wo ist Ritter? Weshalb sitzen sechs Männer unten in den Arrestzellen? Sprechen Sie lieber mit denen, bevor Sie aufs Geratewohl nach Polen fahren!«

»Das hat doch alles noch einen Tag Zeit«, versuchte Pia zu argumentieren, aber ihre zukünftige Chefin zeigte sich unnachgiebig.

»Dr. Nierhoff hat mich befugt, in seinem Namen Entscheidungen zu treffen, und die treffe ich hiermit. Sie fahren *nicht* nach Polen. Das ist ein Dienstbefehl.« Dr. Engel hielt einen Abhefter in ihrer sorgfältig manikürten Hand. »Hier gibt es nämlich schon neue Probleme.«

»Aha.« Bodenstein zeigte wenig Interesse.

»Der Anwalt der Familie Kaltensee hat eine offizielle Beschwerde wegen Ihrer Verhörmethoden an das Innenministerium gerichtet. Er bereitet derzeit eine Anzeige gegen Sie beide vor.«

»So ein Quatsch«, schnaubte Bodenstein verächtlich. »Die wollen uns mit allen Mitteln einschüchtern, weil sie merken, dass wir ihnen auf den Fersen sind.«

»Sie haben noch ein weitaus gravierenderes Problem am Hals, Herr von Bodenstein. Der Anwalt von Frau Kaltensee bezeichnet das hier bisher nur als Nötigung. Wenn er Ihnen übelwill, wird daraus schnell eine Vergewaltigung.« Sie schlug den Abhefter auf und hielt ihn Bodenstein hin. Der wurde knallrot.

»Frau Kaltensee hat mich in eine Falle gelockt, um ...«

»Machen Sie sich nicht lächerlich, Herr Hauptkommissar«, unterbrach Dr. Engel ihn scharf. »Sie haben sich mit der Landtagsabgeordneten Kaltensee zu einem Tête-à-Tête getroffen und sie anschließend zu sexuellen Handlungen genötigt.«

Die angeschwollene Ader an Bodensteins Schläfe zeigte

Pia, dass es ihm nur noch mit äußerster Mühe gelang, nicht die Beherrschung zu verlieren.

»Sollte *das* in irgendeiner Weise publik werden«, sagte die Kriminalrätin, »wird mir nichts anderes übrigbleiben, als Sie vom Dienst zu suspendieren.«

Bodenstein starrte sie grimmig an. Sie hielt seinem Blick stand.

»Auf wessen Seite stehst du eigentlich?«, fragte er. Offenbar hatte er Pias Anwesenheit ganz vergessen. Auch Nicola Engel achtete nicht mehr auf Zuhörer.

»Auf meiner«, erwiderte sie kalt. »Das solltest du mittlerweile begriffen haben.«

Es war Viertel nach elf, als Henning mit Reisetasche und seiner kompletten Ausrüstung auf dem Birkenhof eintraf. Bodenstein und Pia saßen in der Küche am Tisch und aßen Thunfischpizza aus Pias eiserner Tiefkühlreserve.

»Wir können morgen früh um halb fünf fliegen«, verkündete Henning und beugte sich über den Tisch. »Bah, dass du dieses Zeug immer noch essen kannst.«

Erst dann schien ihm die gedrückte Stimmung aufzufallen.

»Was ist denn los?«

»Wie begeht man den perfekten Mord?«, fragte Bodenstein düster. »Sie haben doch sicher ein paar gute Tipps für mich.«

Henning warf Pia einen fragenden Blick zu.

»Oh, da würde mir sicherlich etwas einfallen. Vor allen Dingen sollten Sie vermeiden, dass Ihr Opfer auf meinem Tisch landet«, sagte er dann leichthin. »Um wen geht's?«

»Um unsere zukünftige Chefin. Dr. Nicola Engel«, sagte Pia. Bodenstein hatte ihr mittlerweile unter dem Siegel der Verschwiegenheit erzählt, woher Nicola Engels Abneigung gegen ihn kam. »Sie hat mir verboten, nach Polen zu fahren.«

»Na ja, genaugenommen fahren wir ja auch nicht. Wir fliegen.«

Bodenstein blickte auf. »Stimmt.« Er grinste zögerlich.

»Damit wäre das geklärt.« Henning nahm sich ein Glas aus dem Regal und goss sich einen Schluck Wasser ein. »Bringt mich mal auf den neuesten Stand.«

Bodenstein und Pia berichteten abwechselnd von den Ereignissen der letzten vierundzwanzig Stunden.

»Wir brauchen unbedingt Beweise für das, was angeblich am 16. Januar 1945 passiert ist«, schloss Pia. »Sonst können wir eine Mordanklage gegen Vera Kaltensee vergessen. Im Gegenteil: Sie wird uns mit Anzeigen und Klagen überziehen. Und kein Gericht der Welt wird sie aufgrund der Aussage von Auguste Nowak verurteilen; schließlich kann sie immer noch behaupten, dass sie selbst damals keinen Schuss abgegeben hat. Außerdem wissen wir nicht, wo die Tagebücher sind, und Ritter ist bisher auch nicht wiederaufgetaucht.«

»Auch Vera und Elard Kaltensee sowie Auguste Nowak sind verschwunden«, fügte Bodenstein hinzu. Er unterdrückte mit Mühe ein Gähnen und warf einen Blick auf die Uhr.

»Wenn Sie morgen früh nach Polen fliegen, lassen Sie bitte Ihre Dienstwaffe hier«, sagte er zu Pia. »Nicht dass es noch irgendwelche Schwierigkeiten gibt.«

»Klar.« Pia nickte. Im Gegensatz zu ihrem Chef war sie hellwach. Bodensteins Handy klingelte. Er nahm das Gespräch entgegen, während Pia die benutzten Teller in die Spülmaschine räumte.

»Auf dem Grundstück des Mühlenhofs wurde ein weibliches Skelett gefunden«, berichtete er kurz darauf mit müder Stimme. »Und die Schweizer Kollegen haben sich gemeldet. Vera Kaltensee ist weder in ihrem Haus in Zürich noch im Tessin.«

»Hoffentlich ist es nicht schon zu spät«, sagte Pia. »Ich würde alles darum geben, sie vor Gericht zu bringen.«

Bodenstein erhob sich von seinem Stuhl.

»Ich fahre nach Hause«, sagte er. »Morgen ist auch noch ein Tag.«

»Warten Sie, ich mache das Tor hinter Ihnen zu.« Pia folgte ihm hinaus, begleitet von den vier Hunden, die an der Haustür gelegen und auf das Signal zur letzten Abendrunde gewartet hatten. An seinem Auto blieb Bodenstein stehen.

»Was sagen Sie der Engel morgen, wenn sie nach mir fragt?«, wollte Pia wissen. Sie hatte ein ungutes Gefühl, schließlich stand Bodenstein ohnehin schon haarscharf vor einer Suspendierung.

»Mir fällt schon etwas ein.« Er zuckte mit den Schultern. »Machen Sie sich deswegen keine Gedanken.«

»Sagen Sie doch, dass ich einfach geflogen bin.«

Bodenstein sah sie nachdenklich an, dann schüttelte er den Kopf.

»Das ist nett gemeint, aber das werde ich ganz sicher nicht machen. Was Sie tun, das tun Sie mit meiner vollen Rückendeckung. Ich bin schließlich Ihr Chef.«

Sie standen da und blickten sich im Licht des Hofscheinwerfers an.

»Passen Sie bloß auf sich auf«, sagte Bodenstein mit rauer Stimme. »Ich wüsste echt nicht, was ich ohne Sie anfangen sollte, Pia.«

Es war das erste Mal, dass er sie beim Vornamen nannte. Pia wusste nicht ganz, was sie davon halten sollte, aber irgendetwas hatte sich in den letzten Wochen zwischen ihnen verändert. Bodenstein hatte seine Distanz aufgegeben.

»Uns passiert schon nichts«, versicherte sie. Er öffnete die Fahrertür, stieg aber nicht ein.

»Zwischen Dr. Engel und mir stehen nicht nur die Vorkommnisse bei diesen Ermittlungen damals«, rückte er endlich heraus. »Wir hatten uns beim Jurastudium in Hamburg kennengelernt und waren zwei Jahre lang zusammen. Bis mir Cosima über den Weg gelaufen ist.«

Pia hielt den Atem an. Woher kam plötzlich dieses Mitteilungsbedürfnis?

»Nicola hat mir nie verziehen, dass ich mit ihr Schluss gemacht und nur drei Monate später Cosima geheiratet habe.« Er verzog das Gesicht zu einer Grimasse. »Sie trägt mir das bis heute nach. Und ich Idiot liefere ihr auch noch eine solche Steilvorlage!«

Jetzt erst verstand Pia, was ihr Chef befürchtete.

»Sie meinen, sie könnte Ihrer Frau von dem ... äh ... Vorfall erzählen?«

Bodenstein stieß einen Seufzer aus und nickte.

»Dann sagen Sie ihr selbst, was passiert ist, bevor sie es von der Engel erfährt«, riet Pia. »Sie haben doch die Laborergebnisse als Beweis dafür, dass die Kaltensee Sie in eine Falle gelockt hat. Ihre Frau wird das verstehen, da bin ich sicher.«

»Ich leider nicht«, erwiderte Bodenstein und stieg ins Auto. »Also, passen Sie auf sich auf. Gehen Sie keine unnötigen Risiken ein. Und melden Sie sich regelmäßig.«

»Das mache ich«, versprach Pia und hob grüßend die Hand, als er davonfuhr.

Bodenstein saß an seinem Laptop, in den er eine Kopie der CD-ROM mit dem Manuskript der Vera-Kaltensee-Biographie geschoben hatte, und versuchte, sich zu konzentrieren. Selbst eine halbe Packung Aspirin hatte nichts gegen seine quälenden Kopfschmerzen ausrichten können. Der Text verschwamm vor seinen Augen, seine Gedanken waren ganz woanders. Er hatte gelogen, als er Cosima vorhin gesagt hatte, dass er vor dem Schlafengehen noch das Manuskript lesen müsse, weil es wichtig für seine Ermittlungen sei, und sie hatte es ihm ohne zu zögern geglaubt. Seit geschlagenen zwei Stunden überlegte er nun, ob er ihr von dem Vorfall erzählen und wenn ja, wie er anfangen sollte. Er war es nicht gewöhnt, Geheimnisse vor Cosima zu haben, und fühlte sich entsetzlich elend dabei. Mit jeder Minute, die verstrich, sank ihm der Mut. Was, wenn sie ihm nicht glaubte, wenn sie in Zukunft immer misstrauisch sein würde, wenn er mal länger wegblieb?

»Verdammt«, murmelte er und klappte den Laptop zu. Er knipste die Schreibtischlampe aus und ging mit schweren Schritten die Treppe hoch. Cosima lag im Bett und las. Als er eintrat, legte sie das Buch zur Seite und blickte ihn an. Wie schön sie war, wie vertraut ihr Anblick! Unmöglich, ein solches Geheimnis vor ihr zu haben! Stumm sah er sie an und suchte nach den richtigen Worten.

»Cosi«, sein Mund war trocken wie Papier, er zitterte innerlich, »ich ... ich ... muss dir etwas sagen ...«

»Na endlich«, erwiderte sie.

Er starrte sie wie vom Donner gerührt an. Zu seiner Überraschung lächelte sie sogar ein wenig.

»Das schlechte Gewissen steht dir ins Gesicht geschrieben, mein Lieber«, sagte Cosima. »Ich hoffe nur, dass es nichts mit deiner alten Flamme Nicola zu tun hat. Und jetzt erzähl schon.«

Freitag, 11. Mai 2007

Siegbert Kaltensee saß am Schreibtisch im Arbeitszimmer seines Hauses und starrte das Telefon an, während seine Tochter sich in der Küche die Augen ausweinte. Thomas Ritter war seit nunmehr sechsunddreißig Stunden wie vom Erdboden verschluckt, und Marleen hatte in ihrer Verzweiflung keinen anderen Ausweg mehr gesehen, als sich ihrem Vater anzuvertrauen. Siegbert hatte sich nicht anmerken lassen, dass er bereits über alles Bescheid wusste. Sie hatte ihn um Hilfe angefleht, aber er hatte ihr nicht helfen können. Inzwischen war ihm bewusst geworden, dass nicht er die Fäden in der Hand hielt, wie er es die ganze Zeit angenommen hatte. Die Polizei hatte mit dem Bodenradargerät auf dem Mühlenhof Reste eines menschlichen Skeletts gefunden. Siegbert ging die Behauptung der Kripoleute nicht aus dem Kopf, er sei der leibliche Vater von Robert gewesen, und seine Mutter habe Danuta kurz nach der Geburt des Kindes getötet. Konnte das wahr sein? Und wo war seine Mutter tatsächlich? Er hatte am Mittag noch mit ihr gesprochen. Sie hatte beschlossen, sich von Moormann in ihr Haus im Tessin fahren zu lassen, aber bis jetzt hatte sie sich noch nicht bei ihm gemeldet. Siegbert Kaltensee griff nach dem Telefon und wählte die Nummer seiner Schwester. Jutta hatte keinen Gedanken an die Mutter verschwendet oder an Elard, der ebenso verschwunden war wie Ritter. Ihre einzige Sorge galt ihrer Karriere, die durch die unseligen Ereignisse Schaden nehmen könnte.

»Hast du mal auf die Uhr geguckt?«, meldete sie sich nun ungehalten.

»Wo ist Ritter?«, fragte Siegbert seine Schwester. »Was hast du mit ihm gemacht?«

»Ich? Sag mal, spinnst du?«, empörte sie sich. »Du warst es doch, der Mutters Vorschlag so begierig aufgegriffen hat!«

»Ich habe ihn für eine Weile aus dem Verkehr ziehen lassen, mehr nicht. Hast du etwas von Mutter gehört?«

Siegbert bewunderte und verehrte seine Mutter, hatte von Kindesbeinen an um ihre Liebe und Anerkennung gekämpft und war ihren Wünschen, Anordnungen und Bitten stets nachgekommen, auch dann, wenn er selbst nicht von deren Richtigkeit überzeugt gewesen war. Sie war seine Mutter, die große Vera Kaltensee, und wenn er ihr nur gehorchte, dann würde sie ihn eines Tages so lieben, wie sie Jutta liebte. Oder Elard, der sich wie eine Zecke auf dem Mühlenhof festgesetzt hatte.

»Nein«, sagte Jutta. »Dann hätte ich dir schon Bescheid gesagt.«

»Sie müsste doch längst angekommen sein. Moormann meldet sich auch nicht auf seinem Handy. Ich mache mir Sorgen.«

»Hör zu, Berti.« Jutta senkte die Stimme. »Mutter wird es schon gutgehen. Glaub nicht den Mist, den die Polizei erzählt hat, von wegen Elard wäre hinter ihr her. Du kennst Elard doch! Wahrscheinlich hat er sich aus dem Staub gemacht, der Feigling, zusammen mit seinem kleinen Freund.«

»Mit wem?«, fragte Siegbert konsterniert.

»Sag bloß, du weißt es nicht?« Jutta lachte boshaft. »Elard steht der Sinn neuerdings nach hübschen jungen Männern.«

»So ein Unsinn!« Siegbert verabscheute seinen älteren Halbbruder aus tiefstem Herzen, aber mit dieser Behauptung ging Jutta sicher zu weit.

»Wie auch immer.« Juttas Stimme wurde kalt. »Ich frage mich, ob ihr das alle mit Absicht tut, um mir zu schaden. Mutter mit ihren Nazifreunden, ein schwuler Bruder und ein Skelett auf dem Mühlenhof! Wenn die Presse davon Wind bekommt, bin ich erledigt.«

Siegbert Kaltensee schwieg verwirrt. In den vergangenen Tagen hatte er seine Schwester von einer Seite kennengelernt, die ihm bis dahin fremd gewesen war, und allmählich begriffen, dass ihr ganzes Tun von eisenharter Berechnung bestimmt wurde. Ihr war es herzlich gleichgültig, wo Vera steckte, ob Elard drei Menschen erschossen hatte und wessen Skelett die Polizei gefunden hatte – solange man nur ihren Namen nicht damit in Verbindung brachte.

»Verlier jetzt bloß nicht die Nerven, hörst du, Berti?«, beschwor sie ihn. »Egal, was die Polizei uns fragt: Wir wissen nichts. Und das stimmt sogar. Mutter hat in ihrem Leben Fehler gemacht, die ich nicht ausbaden möchte.«

»Dich interessiert gar nicht, was mit ihr ist«, stellte Siegbert mit tonloser Stimme fest. »Dabei ist sie unsere Mutter …«

»Werd bloß nicht sentimental! Mutter ist eine alte Frau, die ihr Leben gelebt hat! Ich habe noch Pläne, und die will ich mir nicht von ihr verderben lassen. Und auch nicht von Elard oder Thomas oder …«

Siegbert Kaltensee legte den Hörer auf. Von ferne hörte er das Schluchzen seiner Tochter und die beruhigende Stimme seiner Frau. Er starrte blicklos vor sich hin. Woher kamen mit einem Mal die Zweifel, die seit dem Gespräch mit den beiden Kripoleuten an ihm nagten? Er hatte all das doch tun *müssen*, um die Familie zu schützen! Die Familie war schließlich das höchste Gut, das war das Credo seiner Mutter. Weshalb nur fühlte er sich plötzlich von ihr im Stich gelassen? Warum meldete sie sich nicht?

Miriam erwartete sie wie verabredet um halb neun vor dem Regionalflughafen nahe Szczytno-Szymany, dem einzigen Flughafen in der Woiwodschaft Ermland-Masuren, dessen Tage allerdings gezählt waren. Der Flug in der erstaunlich komfortablen Cessna CE-500 Citation hatte knappe vier Stunden gedauert, die Passkontrolle drei Minuten.

»Ah, Dr. Frankenstein.« Miriam reichte Henning Kirchhoff die Hand, nachdem sie Pia herzlich umarmt hatte. »Willkommen in Polen!«

»Sie sind wirklich nachtragend«, stellte Henning fest und grinste. Miriam setzte die Sonnenbrille ab und musterte ihn, dann grinste sie auch.

»Ich habe ein Gedächtnis wie ein Elefant«, bestätigte sie und ergriff eine von Kirchhoffs Taschen. »Kommt mit. Bis nach Doba sind es ungefähr hundert Kilometer zu fahren.«

In einem gemieteten Ford Focus brausten sie über Landstraßen Richtung Nordosten ins Herz Masurens. Miriam und Henning unterhielten sich über die Schlossruine und stellten Vermutungen an, ob der Keller nach sechzig Jahren Vernachlässigung überhaupt noch zugänglich sein würde. Pia saß auf der Rückbank, hörte mit einem Ohr zu und blickte stumm aus dem Fenster. Sie hatte keine Beziehungen zu diesem Land und seiner wechselhaften und traurigen Vergangenheit. Ostpreußen war bisher für sie nur ein abstrakter Begriff gewesen, nicht mehr als ein immer wiederkehrendes Thema von Fernsehdokumentationen und Spielfilmen. Flucht und Vertreibung hatte ihre Familie nicht gekannt. Vor den Fenstern huschten im dunstigen Licht des Morgens Hügel, Wälder und Felder vorbei, noch lagen über den vielen kleinen und größeren Seen wattige Nebelschwaden, die sich nur allmählich unter den warmen Strahlen der Maisonne auflösten.

Pias Gedanken wanderten zu Bodenstein. Sein Vertrauen berührte sie tief. Er hätte ihr das alles nicht erzählen müssen, wollte aber offenbar ehrlich zu ihr sein. Dr. Engel hatte es aus rein persönlichen Gründen auf ihn abgesehen, das war ungerecht, aber nicht zu ändern. Die einzige Möglichkeit, ihm zu helfen, bestand darin, hier und heute keinen Fehler zu machen. Bei Mragowo bog Miriam auf eine unwegsamere schmale Landstraße ab, die sie an verschlafenen Gehöften und kleinen Dörfern vorbeiführte. Idyllisch, die alten Alleen! Und zwischen den dunklen Wäldern blitzte immer wieder blaues Wasser auf. Masuren, hatte Miriam erklärt, sei die größte Seenplatte Europas. Eine Weile später fuhren sie am Kisajno-See vorbei, durch die kleinen Orte Kamionki und Doba. Pia wählte Bodensteins Nummer.

»Wir sind gleich da«, verkündete sie. »Wie ist die Stimmung?«

»Bis jetzt noch gut«, erwiderte er. »Ich habe Frau Dr. Engel noch nicht gesehen. Allerdings ist Auguste Nowak bisher nicht wiederaufgetaucht, und auch die anderen sind ... le ... erschwun ... eu ... Morgen ... mit Améry ... sprochen, mit ... nichts ... bekommen ... sie ...«

»Ich kann Sie nur ganz schlecht hören!«, rief Pia, dann riss die Verbindung ganz ab. In den Weiten des ehemaligen Ostpreußens gab es nicht viele Sendemasten, das Mobilfunknetz brach regelmäßig zusammen, wie Miriam schon erwähnt hatte. »Mist«, fluchte sie.

Miriam stoppte an einer Kreuzung und bog nach rechts in einen asphaltierten Waldweg ein. Die Fahrt ging ein paar hundert Meter durch einen lichten Laubwald, und das Auto holperte von einem Schlagloch zum nächsten, so dass Pia unsanft mit dem Kopf gegen das Seitenfenster knallte.

»Passt auf«, sagte Miriam, »jetzt verschlägt's euch gleich den Atem!«

Pia beugte sich vor und blickte zwischen den Lehnen der Vordersitze hindurch, als sie den Wald hinter sich ließen. Zur Rechten lag dunkel und glitzernd der Dobensee, links dehnten sich weite Hügel, hin und wieder von Baumgruppen und Wäldern unterbrochen.

»Diese Ruinen links, das war früher das Dorf Lauenburg«, erklärte Miriam. »Beinahe alle Einwohner arbeiteten auf dem Gut. Es gab eine Schule, einen Laden, eine Kirche und natürlich eine Dorfkneipe.«

Von Lauenburg war fast nur noch die Kirche übrig. Auf dem halbeingestürzten Kirchturm aus rotem Backstein thronte ein Storchennest.

»Man hat das Dorf quasi als Steinbruch benutzt«, wusste Miriam. »Auch die meisten Wirtschaftsgebäude des Gutes und die Schlossmauer sind auf diese Weise verschwunden. Vom Schloss selbst ist dagegen noch ziemlich viel erhalten.«

Aus der Ferne war noch die Symmetrie des Gutshofes zu erkennen: das Schloss in der Mitte direkt am Ufer des Sees, u-förmig umgeben von den inzwischen abgetragenen Gebäuden, deren Grundmauern durch leuchtendes Grün schimmerten. Früher musste eine gepflegte Allee auf das Hauptportal des Schlosses zugeführt haben, aber nun wuchsen Bäume in wildem Durcheinander an Stellen, an denen man sie früher sicherlich nicht geduldet hätte.

Miriam steuerte durch den Torbogen, der im Gegensatz zum Rest der Mauer noch erhalten war, und hielt vor der Schlossruine. Pia blickte sich um. Vögel zwitscherten in den Ästen der mächtigen Bäume. Aus der Nähe betrachtet, wirkten die Überreste der einstigen Gutsanlage deprimierend, das leuchtende Grün entpuppte sich als Unkraut und Gestrüpp,

Brennnesseln wucherten meterhoch, Efeu bedeckte beinahe jede freie Fläche. Was für ein Gefühl musste es für Auguste Nowak gewesen sein, als sie nach sechzig Jahren der Verdrängung und des Vergessenwollens wieder hierhergekommen war und den Ort der glücklichsten und schrecklichsten Momente ihres Lebens in diesem Zustand vorgefunden hatte? Vielleicht hatte sie genau an dieser Stelle beschlossen, für das, was man ihr angetan hatte, Rache zu nehmen.

»Was diese Mauern wohl erzählen könnten«, murmelte Pia und stapfte über das weitläufige Gelände, das nach Jahrzehnten der Vernachlässigung beinahe vollständig von der Natur zurückerobert worden war. Hinter der brandgeschwärzten Ruine des Schlosses glitzerte silbrig der See. Hoch am tiefblauen Himmel flogen Störche, und auf den zerbrochenen Stufen des Schlosses räkelte sich in der Sonne eine fette Katze, die sich wohl als legitime Nachfolgerin der Zeydlitz-Lauenburgs fühlte. Vor Pias innerem Auge erstand das Gut, wie es einmal ausgesehen haben mochte. Das Schloss in der Mitte, Verwalterhaus, Schmiede, Stallungen. Auf einmal konnte sie nachvollziehen, weshalb die Menschen, die aus diesem wunderschönen Land vertrieben worden waren, den endgültigen Verlust ihrer Heimat bis heute nicht akzeptieren wollten.

»Pia!«, rief Henning ungeduldig. »Kannst du wohl mal herkommen?«

»Ja, ich komme.« Sie wandte sich um. Aus dem Augenwinkel nahm sie ein Aufblitzen wahr. Sonnenlicht auf Metall. Neugierig umrundete sie einen von Brennnesseln überwucherten Schutthaufen und erstarrte. Der Schreck fuhr ihr bis in die Fingerspitzen. Vor ihr stand die dunkle Maybach-Limousine von Vera Kaltensee, verstaubt von einer langen Fahrt, die Windschutzscheibe von Insekten verklebt. Pia legte die Hand auf die Motorhaube. Sie war noch warm.

»Katharina Ehrmann war die einzige Freundin, die Jutta Kaltensee je gehabt hatte. Sie hat in allen Ferien bei Eugen Kaltensee im Büro gejobbt, und er mochte sie.« Ostermann sah übernächtigt aus, was kein Wunder war, denn er hatte das komplette Manuskript in der vergangenen Nacht durchgelesen. »An dem Abend, als Juttas Vater starb, war sie auf dem Mühlenhof und wurde so zufällig Augenzeugin des Mordes.«

»Tatsächlich Mord?«, vergewisserte Bodenstein sich. Er saß an seinem Schreibtisch und hatte in den Akten nach dem Protokoll gesucht, das Kathrin Fachinger nach ihrem Gespräch mit Anita Frings' Nachbarn aus dem *Taunusblick* angefertigt hatte, als Ostermann hereingekommen war. Zu seiner unendlichen Erleichterung hatte Cosima ihm gestern Nacht keine Szene gemacht und ihm auch geglaubt, dass er unschuldig in eine Falle getappt war. Sie hatte schon beim Mittagessen mit Jutta Kaltensee gemerkt, dass die angebliche Imagekampagne nur ein lahmer Vorwand gewesen war. Alles andere würde er schon bewältigen, auch Nicolas Bestrebungen, ihn loszuwerden. Pia Kirchhoff gegen ihre ausdrückliche Anweisung nach Polen reisen zu lassen war – nüchtern betrachtet – in seiner derzeitigen Lage beruflicher Selbstmord. Aber im Keller des Schlosses in Masuren lag der Schlüssel für die Ereignisse, die ihnen in zehn Tagen fünf Leichen beschert hatten. Bodenstein hoffte inständig, dass Pias Unternehmung von Erfolg gekrönt war, sonst konnte er seinen Hut nehmen.

»Ja, es war zweifellos Mord«, erwiderte Ostermann nun. »Warten Sie, ich lese Ihnen die Stelle aus dem Manuskript vor: *Vera stieß ihn die steile Kellertreppe hinunter und lief hinterher, als ob sie ihm helfen wollte. Sie kniete neben ihm, legte ihr Ohr an seinen Mund, und als sie bemerkte, dass er noch atmete, erstickte sie ihn mit seinem eigenen Pullover. Danach ging sie ungerührt nach oben und setzte sich an ihren*

Schreibtisch. Erst zwei Stunden später fand man die Leiche. Ein Verdächtiger war schnell zur Hand: Elard hatte nach einem heftigen Streit mit seinem Stiefvater am späten Nachmittag in großer Eile den Mühlenhof verlassen, um noch am selben Abend mit dem Nachtzug nach Paris zu fahren.«

Bodenstein nickte nachdenklich. Thomas Ritter musste sehr naiv oder wahrhaftig blind vor Rachsucht sein, ein solches Buch zu schreiben! Clever von Katharina Ehrmann, ihr Wissen auf diese Weise öffentlich zu machen. Er wusste nicht, aus welchem Grund Katharina die Kaltensees hasste; dass sie einen hatte, war allerdings kaum zu übersehen. Eins war sicher: Sollte dieses Buch jemals erscheinen, würde der Skandal einige Mitglieder der Familie Kaltensee in den Abgrund reißen.

Das Telefon klingelte. Entgegen seiner Hoffnung war es nicht Pia, sondern Behnke. Die Beschreibung des Mannes, der Ritter vorgestern aus der Redaktion begleitet hatte, konnte auf einen Mitarbeiter der K-Secure zutreffen, aber Améry und seine fünf Kollegen schwiegen wie die sizilianische Mafia.

»Ich will mit Siegbert Kaltensee sprechen«, sagte Bodenstein auf die Gefahr hin, eine weitere Anzeige wegen Polizeiwillkür zu kassieren. »Holen Sie ihn hierher. Und auch die Empfangsdame der *Weekend*. Wir machen eine Gegenüberstellung mit den K-Secure-Leuten. Vielleicht erkennt sie den Paketboten wieder.«

Wo war Vera Kaltensee? Wo war Elard? Waren sie noch am Leben? Weshalb hatte Elard Kaltensee Nowak in den Keller der Universität gesperrt? Man hatte Marcus Nowak gestern Abend noch operiert, er lag nun auf der Intensivstation des Bethanien-Krankenhauses, und es war noch nicht abzusehen, ob er überleben würde. Bodenstein schloss die Augen und stützte den Kopf in die Hand. Elard war im Besitz der Kiste und der Tagebücher gewesen. Auf Bitten von Katharina Ehrmann hatte er die Tagebücher Ritter gegeben, und irgendwie mussten die Kaltensees davon erfahren haben. Unkonzentriert blätterte er das Protokoll durch. Plötzlich hielt er inne.

»›Katerchen‹, der kam regelmäßig«, las er. »*Schob sie im Rollstuhl durch die Gegend ... ›Katerchen‹? ... So hat sie ihn genannt, den jungen Mann ... Wie hat er ausgesehen? ... Braune Augen. Schlank. Mittelgroß, Durchschnittsgesicht. Der ideale Spion, nicht wahr. Oder ein Schweizer Bankier.*«

Irgendetwas regte sich in Bodensteins Gedächtnis. Spion, Spion ... Dann fiel es ihm ein! »Furchtbar, dieser Moormann!«, hatte Jutta Kaltensee gesagt und war ganz blass geworden, als der Chauffeur ihrer Mutter plötzlich hinter ihr aufgetaucht war. »Schleicht überall lautlos herum und erschreckt mich jedes Mal fast zu Tode, dieser alte Spion!«

Das war an dem Tag gewesen, als er ihr auf dem Mühlenhof zum ersten Mal begegnet war. Bodenstein dachte an das Hemd, das Watkowiak getragen hatte. Moormann hätte ohne größere Probleme ein Hemd von Elard Kaltensee an sich nehmen können, um damit eine falsche Spur zu legen!

»Großer Gott«, murmelte Bodenstein. Wieso hatte er nicht viel eher daran gedacht? Moormann, der Dienstbote, dessen ständige unauffällige Anwesenheit im Haus so selbstverständlich war, wusste sicherlich bestens über alles Bescheid, was sich in der Familie abspielte. Hatte er von der Übergabe der Tagebücher an Ritter erfahren, hatte er vielleicht ein Telefonat von Elard belauscht? Zweifellos war der Mann seiner Chefin treu ergeben, zumindest log er für sie. Mordete er auch für sie? Bodenstein klappte die Akte zu und nahm seine Dienstwaffe aus der Schreibtischschublade Er musste sofort zum Mühlenhof fahren. Gerade, als er sein Büro verlassen wollte, erschienen im Türrahmen Kriminaldirektor Nierhoff mit bedrohlicher Gewittermiene und eine ziemlich zufrieden blickende Nicola Engel. Bodenstein zog sein Jackett an.

»Frau Dr. Engel«, sagte er, bevor einer von ihnen den Mund aufmachen konnte, »ich brauche dringend Ihre Hilfe.«

»Wo ist Frau Kirchhoff?«, fragte Nierhoff scharf.

»In Polen.« Bodenstein sah Nicola Engel an. »Ich weiß, dass ich damit eine Dienstanweisung missachtet habe, aber ich hatte meine Gründe.«

»Wobei brauchen Sie Hilfe?« Die Kriminalrätin überging seine Rechtfertigung und erwiderte seinen Blick mit einem unergründlichen Ausdruck in den Augen.

»Mir ist gerade klargeworden, dass wir die ganze Zeit jemanden übersehen haben«, sagte Bodenstein. »Ich glaube, dass Vera Kaltensees Chauffeur Moormann der Mörder von Monika Krämer und Robert Watkowiak ist.« Eilig erläuterte er ihr die Verdachtsmomente.

»Wir haben einen Spur-Spur-Treffer, den wir bisher nicht zuordnen konnten. Ich brauche die DNA von Moormann und möchte, dass Sie mich zum Mühlenhof begleiten. Außerdem brauchen wir eine Gegenüberstellung von Ritters Sekretärin und den K-Secure-Leuten. Ich kann sie nur noch bis heute Abend festhalten.«

»Ja, aber so geht das nicht …«, protestierte Nierhoff, doch Dr. Engel nickte.

»Ich komme mit«, sagte sie entschlossen. »Fahren wir.«

Pia ging langsam um das dunkle Auto herum, das achtlos zwischen Disteln und Schutthaufen abgestellt worden war. Die Türen waren nicht abgeschlossen. Derjenige, der mit dem Auto hierhergekommen war, hatte es eilig gehabt. Leise entfernte sie sich und berichtete Henning und Miriam von ihrem Fund. Nach wie vor hatte keines ihrer Handys Empfang, aber Bodenstein hätte ihnen jetzt ohnehin nicht helfen können.

»Vielleicht sollten wir besser die polnische Polizei einschalten«, überlegte Pia.

»Quatsch.« Henning schüttelte den Kopf. »Was willst du denen erzählen? Da steht ein Auto, können Sie bitte mal herkommen? Die lachen dich doch aus.«

»Wer weiß, was sich da unten in dem Keller abspielt«, gab Pia zu bedenken.

»Das werden wir schon sehen«, erwiderte Henning und marschierte entschlossen los. Pia hatte ein ungutes Gefühl, aber es war Unsinn, so kurz vor dem Ziel umzukehren. Wer konnte den Maybach von Deutschland hierhergefahren haben und warum? Nach kurzem Zögern folgte sie Miriam und ihrem Exmann.

Das einstmals prachtvolle Schloss war beinahe völlig eingestürzt. Die äußeren Mauern standen noch, aber das Erdgeschoss war verschüttet und bot daher keinen Zugang zum Keller.

»Hier!«, rief Miriam mit halblauter Stimme. »Hier ist vor kurzem jemand entlanggegangen!«

Zu dritt folgten sie einem schmalen Pfad durch Brennnesseln und Gestrüpp Richtung See. Niedergetretene Gräser ließen darauf schließen, dass der Weg erst vor kurzer Zeit benutzt worden war. Sie bahnten sich einen Weg durch das mannshohe Schilf, das leise im Wind rauschte. Ihre Füße quatschten im Morast, Henning fluchte erschrocken, als direkt neben ihnen mit lautem Geschnatter zwei Wildenten aufflogen. Pias Nerven waren zum Zerreißen gespannt. Es war heiß geworden, der Schweiß rann ihr in die Augen. Was erwartete sie im Keller des Schlosses? Wie sollte sie sich verhalten, wenn sie tatsächlich auf Vera oder Elard Kaltensee trafen? Sie hatte Bodenstein versprochen, kein Risiko einzugehen. Wäre es nicht doch klüger, die polnische Polizei zu verständigen?

»Ah ja«, sagte Miriam. »Hier sind Treppenstufen.«

Die brüchigen Stufen schienen ins Nichts zu führen, da der rückwärtige Teil des Schlosses in Schutt und Asche lag. Die

Marmorplatten der einstigen Terrasse mit spektakulärem Seeblick waren längst verschwunden. Miriam blieb stehen und wischte sich mit dem Unterarm den Schweiß vom Gesicht. Sie wies auf ein Loch, das zu ihren Füßen gähnte. Pia schluckte und kämpfte einen Augenblick mit sich, bevor sie als Erste hinabkletterte. Sie wollte nach ihrer Pistole greifen, als ihr einfiel, dass sie sie auf Bodensteins Anweisung in Deutschland gelassen hatte. Innerlich fluchend, tastete sie sich über einen Berg von Schutt abwärts in die Dunkelheit.

Die Keller des Schlosses Lauenburg hatten Feuer, Krieg und den Zahn der Zeit erstaunlich gut überstanden, die meisten Räume waren noch vorhanden. Pia versuchte, sich zu orientieren. Sie hatte keine Ahnung, an welcher Stelle des weitläufigen Kellers sie sich befanden.

»Lass mich vorgehen«, sagte Henning, der eine Taschenlampe eingesteckt hatte. Eine Ratte huschte über das Geröll und verharrte einen Moment im Lichtkegel. Pia verzog angeekelt das Gesicht. Nach ein paar Metern blieb Henning unvermittelt stehen und knipste die Lampe aus. Pia stieß unsanft gegen ihn und taumelte.

»Was ist?«, flüsterte sie angespannt.

»Da redet jemand«, erwiderte er leise. Sie standen ganz still und lauschten, aber außer ihren Atemzügen war eine ganze Weile nichts zu hören. Pia zuckte erschrocken zusammen, als beinahe direkt neben ihr eine herrische Frauenstimme ertönte.

»Mach mir jetzt die Fesseln ab, sofort! Was fällt dir ein, mich so zu behandeln?«

»Sag mir, was ich hören will, dann mach ich dich los«, erwiderte ein Mann.

»Ich sage überhaupt nichts. Und hör endlich auf, mit diesem Ding herumzufuchteln!«

»Erzähl mir, was hier passiert ist, am 16. Januar 1945! Sag, was ihr getan habt, du und deine Freunde, und ich mache dich sofort los.«

Pia schob sich mit klopfendem Herzen an Henning vorbei und blickte mit angehaltenem Atem um die Ecke. Ein tragbarer Scheinwerfer warf einen grellen Lichtstrahl an die Decke und erhellte den niedrigen Kellerraum. Elard Kaltensee stand hinter der Frau, die er sein Leben lang für seine Mutter gehalten hatte, und drückte ihr den Lauf einer Pistole ins Genick. Sie kniete auf dem Boden, die Hände auf dem Rücken gefesselt. Nichts erinnerte mehr an die vornehme Dame von Welt. Ihr weißes Haar stand wirr von ihrem Kopf ab, sie war nicht geschminkt, und ihre Kleider waren staubig und zerknittert. Pia sah die Anspannung in Elard Kaltensees Gesicht. Er zwinkerte mit den Augen, befeuchtete seine Lippen nervös mit der Zunge. Ein falsches Wort nur, eine falsche Bewegung konnte ihn dazu veranlassen zu schießen.

Als Bodenstein und Dr. Engel unverrichteter Dinge vom Mühlenhof zurückkehrten, weil dort offenbar alle ausgeflogen waren, wartete Siegbert Kaltensee bereits auf dem Kommissariat.

»Was willst du eigentlich von ihm?«, fragte Nicola Engel, als sie die Stufen zum Büro hinaufgingen.

»Erfahren, wo Moormann und Ritter sind«, entgegnete Bodenstein mit grimmiger Entschlossenheit. Viel zu lange hatte er sich auf das Offensichtliche konzentriert und das Naheliegende dabei übersehen. Siegbert, der sein Leben lang im Schatten Elards gestanden hatte, war von seiner Mutter genauso benutzt worden wie jeder andere Mensch in ihrer Umgebung.

»Wieso sollte er das wissen?«

»Er ist der verlängerte Arm seiner Mutter, und die hat das alles befohlen.«

Nicola Engel blieb stehen und hielt ihn zurück.

»Wie kommst du eigentlich darauf, dass Jutta Kaltensee dich in eine Falle locken wollte?«, fragte sie ernst. Bodenstein sah sie an. In ihren Augen lag aufrichtiges Interesse.

»Jutta Kaltensee ist eine sehr ehrgeizige Frau«, sagte er. »Sie hat erkannt, dass die Morde im Umfeld ihrer Familie ausgesprochen schädlich für ihre Karriere sein könnten. Eine aufsehenerregende Biographie, die Negativschlagzeilen macht, ist das Letzte, was sie braucht. Wer von ihnen den Mord an Robert Watkowiak und seiner Freundin befohlen hat, weiß ich noch nicht, aber die beiden mussten sterben, um uns auf eine falsche Fährte zu locken. Die Spuren zu Elard Kaltensee wurden gelegt, um ihn ebenfalls unglaubwürdig zu machen. Als wir immer noch weiterbohrten, entschloss sie sich in einem verzweifelten Schritt, mich zu kompromittieren. Der leitende Ermittler, der ein Mitglied der Familie Kaltensee zu sexuellen Handlungen zwingt – was kann es Besseres geben?«

Nicola Engel sah ihn nachdenklich an.

»Sie hat sich mit mir verabredet, um mir angeblich etwas zu erzählen«, fuhr Bodenstein fort. »Ich kann mich an den Abend kaum noch erinnern, obwohl ich nur ein Glas Wein getrunken hatte. Ich war wie benebelt. Deshalb habe ich mir gestern eine Blutprobe entnehmen lassen. Dr. Kirchhoff hat festgestellt, dass man mir heimlich Liquid Ecstasy verabreicht hat. Verstehst du? Sie hat das geplant!«

»Um dich kaltzustellen?«, vermutete Nicola Engel.

»Anders kann ich es mir nicht erklären«, Bodenstein nickte. »Sie will Ministerpräsidentin werden, aber das wird sie kaum schaffen mit einer Mörderin als Mutter und einem Skelett auf dem Grundstück des Familienanwesens. Jutta wird sich von der Familie distanzieren, um zu überleben. Und mit dem, was sie mit mir getan hat, will sie mich im Notfall erpressen.«

»Sie hat doch keine Beweise, oder?«

»Ganz sicher hat sie die«, erwiderte Bodenstein bitter. »Sie ist clever genug, um irgendetwas aufzuheben, an dem meine DNA nachweisbar ist.«

»Du könntest wirklich recht haben«, räumte Nicola Engel nach kurzem Nachdenken ein.

»Ich *habe* recht.« Bodenstein ging weiter. »Du wirst sehen.«

Eine Weile war es ganz still im Gewölbe. Pia holte tief Luft und machte einen Schritt nach vorne.

»Sie können es ruhig erzählen, Edda Schwinderke«, sagte sie laut und trat mit erhobenen Händen ins Licht. »Wir wissen nämlich, was hier passiert ist.«

Elard Kaltensee fuhr herum und starrte sie an wie einen Geist. Auch Vera alias Edda war erschrocken zusammengezuckt, erholte sich aber schnell von ihrer Überraschung.

»Frau Kirchhoff!«, rief sie mit der zuckersüßen Stimme, die Pia an ihr kannte. »Sie schickt der Himmel! Helfen Sie mir, bitte!«

Pia beachtete sie nicht und ging zu Elard Kaltensee.

»Machen Sie sich jetzt nicht unglücklich. Geben Sie mir die Waffe.« Sie streckte die Hand aus. »Wir kennen die Wahrheit und wissen, was sie getan hat.«

Elard Kaltensee richtete den Blick wieder auf die vor ihm kniende Frau.

»Das ist mir egal.« Er schüttelte nachdrücklich den Kopf. »Ich bin nicht tausend Kilometer gefahren, um jetzt aufzugeben. Ich will eine Aussage von dieser mörderischen alten Hexe. Jetzt.«

»Ich habe einen Spezialisten mitgebracht, der hier nach den Überresten der erschossenen Menschen suchen wird«, sagte Pia. »Man kann auch nach sechzig Jahren noch DNA-

Proben nehmen und die Personen identifizieren. Wir können Vera Kaltensee in Deutschland wegen mehrfachen Mordes vor Gericht bringen. Die Wahrheit wird auf jeden Fall herauskommen.«

Kaltensee wandte nicht den Blick von Vera.

»Gehen Sie, Frau Kirchhoff. Das hier ist nicht Ihre Sache.«

Plötzlich löste sich aus dem Schatten der Mauer eine kräftige kleine Gestalt. Pia zuckte erschrocken zusammen, sie hatte nicht bemerkt, dass noch jemand im Raum war. Erstaunt erkannte sie Auguste Nowak.

»Frau Nowak! Was tun Sie denn hier?«

»Elard hat recht«, sagte diese anstelle einer Antwort. »Es geht Sie nichts an. Diese Frau hat meinem Jungen tiefe Wunden zugefügt, die sechzig Jahre lang nicht heilen konnten. Sie hat ihm sein Leben gestohlen. Es ist sein gutes Recht, von ihr zu erfahren, was sich hier abgespielt hat.«

»Wir haben die Geschichte gehört, die Sie Thomas Ritter erzählt haben«, sagte Pia mit gedämpfter Stimme. »Und wir glauben Ihnen. Trotzdem muss ich Sie jetzt festnehmen. Sie haben drei Menschen erschossen, und ohne Beweise für Ihre Beweggründe werden Sie wohl im Gefängnis sterben müssen. Selbst wenn Ihnen das egal ist, dann halten Sie wenigstens Ihren Sohn von der Dummheit ab, jetzt einen Mord zu begehen! Das ist diese Person doch gar nicht wert!«

Auguste Nowak blickte nachdenklich auf die Waffe in Elards Händen.

»Übrigens haben wir Ihren Enkelsohn gefunden«, sagte Pia. »Wohl gerade noch rechtzeitig. Ein paar Stunden später, dann wäre er innerlich verblutet.«

Elard Kaltensee hob den Kopf und sah sie mit flackerndem Blick an.

»Wieso verblutet?«, fragte er rau.

»Er hatte bei dem Überfall innere Verletzungen davongetragen«, erwiderte Pia. »Dadurch, dass Sie ihn in diesen Keller geschleppt haben, ist er in Lebensgefahr geraten. Warum haben Sie das getan? Wollten Sie, dass er stirbt?«

Elard Kaltensee ließ unvermittelt die Pistole sinken, sein Blick glitt zu Auguste Nowak, dann zu Pia. Er schüttelte heftig den Kopf.

»Mein Gott, nein!«, stieß er betroffen hervor. »Ich wollte Marcus in Sicherheit wissen, bis ich wieder zurückkomme. Ich würde doch niemals etwas tun, was ihm schaden könnte!«

Seine Bestürzung erstaunte Pia, dann erinnerte sie sich an die Begegnung mit Kaltensee im Krankenhaus und glaubte zu verstehen.

»Sie und Nowak kennen sich nicht nur flüchtig«, sagte sie.

Elard Kaltensee schüttelte den Kopf.

»Nein«, gab er zu. »Wir sind sehr gut befreundet. Eigentlich ... sogar sehr viel mehr als das ...«

»Stimmt«, Pia nickte. »Sie sind verwandt. Marcus Nowak ist Ihr Neffe, wenn mich nicht alles täuscht.«

Elard Kaltensee drückte ihr die Pistole in die Hand und fuhr sich mit beiden Händen durchs Haar. Im Licht des Scheinwerfers war zu erkennen, dass er totenbleich geworden war.

»Ich muss sofort zu ihm«, murmelte er. »Das habe ich nicht gewollt, wirklich nicht. Ich wollte doch nur, dass ihm niemand etwas tut, bis ich wieder zurück bin. Ich ... ich konnte doch nicht ahnen, dass er ... Großer Gott! Er wird doch wieder gesund?«

Er blickte auf. Seine Rache schien ihm mit einem Mal völlig egal zu sein, in seinen Augen stand nackte Angst. Und da begriff Pia, welcher Art die Beziehung zwischen Elard Kaltensee und Marcus Nowak war. Ihr fielen die Fotos an den Wänden in seiner Wohnung im Kunsthaus ein. Die Rückansicht eines nackten Mannes, die dunklen Augen in Großaufnahme. Die Jeans auf dem Boden des Badezimmers. Marcus Nowak hatte seine Ehefrau tatsächlich betrogen. Aber nicht mit einer anderen Frau, sondern mit Elard Kaltensee.

Siegbert Kaltensee saß zusammengesackt auf dem Stuhl in einem der Verhörräume und starrte vor sich hin. Seit dem Vortag schien er Bodenstein um Jahre gealtert. Alles Rosige und Joviale war verschwunden, sein Gesicht war grau und eingefallen.
»Haben Sie in der Zwischenzeit etwas von Ihrer Mutter gehört?«, begann Bodenstein das Gespräch. Kaltensee schüttelte stumm den Kopf.
»Wir haben mittlerweile sehr interessante Dinge erfahren. Zum Beispiel, dass Ihr Bruder Elard in Wirklichkeit gar nicht Ihr Bruder ist.«
»Wie bitte?« Siegbert Kaltensee hob den Kopf und starrte Bodenstein an.
»Wir haben die Mörderin von Goldberg, Schneider und Frau Frings gefasst, sie war geständig«, fuhr Bodenstein fort. »Die drei hießen in Wirklichkeit Oskar Schwinderke, Hans Kallweit und Maria Willumat. Schwinderke war der Bruder Ihrer Mutter, die eigentlich Edda Schwinderke heißt und die Tochter des ehemaligen Zahlmeisters von Gut Lauenburg ist.«
Kaltensee schüttelte ungläubig den Kopf, auf seinem Gesicht zeichnete sich Fassungslosigkeit ab, als Bodenstein ihm nun ausführlich vom Geständnis Auguste Nowaks berichtete.
»Nein«, murmelte er. »Nein, das kann doch nicht sein.«
»Es ist leider so. Ihre Mutter hat Sie Ihr Leben lang belogen. Der rechtmäßige Besitzer des Mühlenhofs ist Freiherr Elard von Zeydlitz-Lauenburg, dessen Vater von Ihrer Mut-

ter am 16. Januar 1945 erschossen wurde. Auf diesen Tag bezog sich die geheimnisvolle Zahl, die wir an allen Tatorten gefunden haben.«

Siegbert Kaltensee barg das Gesicht in den Händen.

»Wussten Sie, dass Moormann, der Chauffeur Ihrer Mutter, früher bei der Stasi gewesen ist?«

»Ja«, sagte Kaltensee dumpf. »Das habe ich gewusst.«

»Wir gehen davon aus, dass er Ihren Sohn Robert und dessen Freundin Monika Krämer umgebracht hat.«

Siegbert Kaltensee blickte auf.

»Ich Idiot«, stieß er mit plötzlicher Verbitterung hervor.

»Wie meinen Sie das?«, fragte Bodenstein.

»Ich hatte keine Ahnung.« Der verlorene Ausdruck auf Siegbert Kaltensees Gesicht zeigte, dass gerade seine ganze Welt in Stücke fiel. »Ich hatte überhaupt keine Ahnung, um was es die ganze Zeit gegangen ist. Mein Gott. Was habe ich getan!«

Bodenstein spannte unwillkürlich jeden Muskel an, wie ein Jäger, der unverhofft die Beute vor sich sieht. Um ein Haar hätte er noch den Atem angehalten. Doch er wurde enttäuscht.

»Ich will meinen Anwalt sprechen.« Siegbert Kaltensee straffte die Schultern.

»Wo ist Moormann?«

Keine Antwort.

»Was ist mit Ihrem Schwiegersohn passiert? Wir wissen, dass Thomas Ritter von Leuten Ihrer Sicherheitsfirma entführt wurde. Wo ist er?«

»Ich will meinen Anwalt sprechen«, wiederholte Kaltensee heiser, die Augen schienen ihm aus dem Kopf zu quellen. »Sofort.«

»Herr Kaltensee«, Bodenstein tat so, als habe er nicht gehört, »Sie haben den Männern von K-Secure den Auftrag gegeben, Marcus Nowak zu überfallen, um an die Tagebücher zu gelangen. Und Sie haben auch Ritter entführen lassen, damit er die Biographie nicht schreiben kann. Sie haben wie immer die Drecksarbeit für Ihre Mutter gemacht, stimmt's?«

»Mein Anwalt«, murmelte Kaltensee. »Ich will meinen Anwalt sprechen.«

»Lebt Ritter noch?«, insistierte Bodenstein. »Oder ist es Ihnen gleichgültig, dass Ihre Tochter vor Sorge um ihn beinahe den Verstand verliert?« Bodenstein registrierte, wie der Mann zusammenzuckte. »Anstiftung zum Mord ist strafbar. Dafür gehen Sie ins Gefängnis. Ihre Tochter und Ihre Frau werden Ihnen das niemals verzeihen. Sie werden *alles* verlieren, Herr Kaltensee, wenn Sie mir jetzt nicht antworten!«

»Ich will meinen ...«, begann Kaltensee wieder.

»Hat Ihre Mutter Sie darum gebeten, diese Dinge in die Hand zu nehmen?« Bodenstein ließ nicht locker. »Haben Sie ihr damit einen Gefallen getan? Falls das so ist, sollten Sie uns das jetzt sagen. Ihre Mutter wird sowieso ins Gefängnis gehen, wir haben Beweise für ihre Tat und außerdem eine Zeugenaussage, die den angeblichen Unfalltod Ihres Vaters als Mord enthüllt. Begreifen Sie denn nicht, um was es hier geht? Wenn Sie uns sofort sagen, wo Thomas Ritter ist, haben Sie noch eine Chance, einigermaßen glimpflich aus der Sache herauszukommen!«

Siegbert Kaltensee holte keuchend Luft. Ein gehetzter Ausdruck lag auf seinem Gesicht.

»Wollen Sie wirklich für Ihre Mutter, die Sie Ihr Leben lang nur angelogen und ausgenutzt hat, auch noch ins Gefängnis gehen?«

Bodenstein ließ seine Worte wirken, wartete noch eine Minute, dann stand er auf.

»Sie bleiben hier«, sagte er zu Kaltensee. »Denken Sie noch einmal in Ruhe über alles nach. Ich komme gleich wieder.«

Während Henning und Miriam sich daranmachten, den Fußboden des Raumes Zentimeter um Zentimeter auf menschliche Überreste zu untersuchen, verließ Pia mit Elard, Vera und Auguste Nowak den Keller.

»Ich hoffe, Sie haben eben nicht übertrieben«, sagte Elard Kaltensee, als sie das Tageslicht erreicht hatten und die ehemalige Terrasse überquerten. Auguste Nowak wirkte nicht sonderlich angestrengt, aber Vera Kaltensee brauchte eine Pause. Noch immer an den Handgelenken gefesselt, setzte sie sich erschöpft auf einen Steinhaufen.

»Nein, es stimmt.« Pia hatte Elard Kaltensees Pistole gesichert und in ihren Hosenbund gesteckt. »Wir wissen, was damals hier geschehen ist. Und wenn wir Knochenreste finden und DNA extrahieren können, haben wir auch einen Beweis.«

»Ich meinte eigentlich Marcus«, entgegnete Elard besorgt. »Geht es ihm wirklich so schlecht?«

»Gestern Abend war sein Zustand kritisch«, antwortete Pia. »Aber sie werden sich im Krankenhaus schon gut um ihn kümmern.«

»Es ist alles meine Schuld.« Elard legte beide Hände über Mund und Nase und schüttelte ein paarmal den Kopf. »Hätte ich nur die Finger von dieser Kiste gelassen! Dann wäre das alles nicht passiert!«

Damit hatte er zweifellos recht. Einige Menschen würden noch leben, und alle Familiengeheimnisse der Kaltensees wären nach wie vor wohlgehütet. Pias Blick wanderte zu Vera, die eine ausdruckslose Miene aufgesetzt hatte. Wie konnte ein Mensch mit einer solchen Schuld leben, so kalt und gleichgültig sein?

»Warum haben Sie den Jungen damals eigentlich nicht auch noch erschossen?«, fragte Pia. Die alte Frau hob den Kopf und starrte sie an. In ihren Augen loderte auch nach sechzig Jahren noch der blanke Hass.

»Er war mein Triumph über diese Person«, zischte sie und nickte in Augustes Richtung. »Wenn sie nicht gewesen wäre, dann hätte er *mich* geheiratet!«

»Niemals«, warf Auguste Nowak ein. »Elard konnte dich nicht ausstehen. Er war nur zu wohlerzogen, um dich das spüren zu lassen.«

»Wohlerzogen!«, schnaubte Vera Kaltensee. »Das ist doch lächerlich! Ich habe ihn sowieso nicht mehr gewollt. Wie konnte er nur die Tochter jüdischer Bolschewiken schwängern? Er hatte sein Leben sowieso verwirkt, auf Rassenschande stand die Todesstrafe.«

Elard Kaltensee starrte die Frau, die er zeit seines Lebens »Mutter« genannt hatte, fassungslos an. Auguste Nowak hingegen blieb erstaunlich gelassen.

»Stell dir vor, wie Elard sich amüsiert hätte, Edda«, entgegnete sie spöttisch, »hätte er gewusst, dass sich ausgerechnet dein Bruder, der Obersturmbannführer, sechzig Jahre lang als Jude verkleiden würde, um seine Haut zu retten! Der strammste Nazi von allen hat eine jüdische Mamme geheiratet und musste jiddisch sprechen!«

Vera Kaltensees Augen schleuderten wütende Blitze.

»Schade, dass du nicht hören konntest, wie jämmerlich er um sein Leben gebettelt hat«, fuhr Auguste Nowak fort. »Er ist gestorben, wie er gelebt hat, ein armseliger, feiger Wurm! Meine Familie ist dagegen aufrecht in den Tod gegangen, ohne zu jammern. Sie waren keine Feiglinge, die sich hinter einem falschen Namen verkrochen haben.«

»Deine *Familie*, dass ich nicht lache!«, giftete Vera Kaltensee.

»Ja, meine Familie. Pastor Kunisch hat Elard und mich an Weihnachten 1944 in der Bibliothek des Schlosses getraut. Das konnte Oskar nicht verhindern.«

»Das ist nicht wahr!« Vera rüttelte an ihren Fesseln.

»Doch.« Auguste Nowak nickte und ergriff Elards Hand. »Mein Heinrich, den du als deinen Sohn ausgegeben hast, ist der Freiherr von Zeydlitz-Lauenburg.«

»Ihm gehört also der Mühlenhof«, stellte Pia fest. »Auch die KMF gehört von Rechts wegen nicht Ihnen. Sie haben sich Ihr ganzes Leben nur zusammengestohlen, Edda. Wer im Weg war, der wurde beseitigt. Ihren Mann Eugen, den haben Sie selbst die Kellertreppe hinuntergestoßen, nicht wahr? Und die Mutter von Robert Watkowiak, das bedauernswerte Dienstmädchen, musste auch sterben. Übrigens haben wir ihre Überreste auf dem Gelände des Mühlenhofs gefunden.«

»Was blieb mir schon anderes übrig?« Vera Kaltensee war sich in ihrem Zorn nicht darüber im Klaren, dass sie mit ihren Worten ein Geständnis ablegte. »Siegbert wollte diese ordinäre Person tatsächlich heiraten!«

»Vielleicht wäre er mit ihr glücklicher geworden, als er es jetzt ist. Aber Sie haben das verhindert und gedacht, Sie kommen mit allen Morden davon«, sagte Pia. »Womit Sie nicht gerechnet haben, war, dass Vicky Endrikat das Massaker überleben würde. Haben Sie Angst bekommen, als Sie von der Zahl erfuhren, die neben den Leichen Ihres Bruders, von Hans Kallweit und Maria Willumat gefunden wurde?«

Vera zitterte am ganzen Körper vor Wut. Nichts erinnerte mehr an die vornehme, freundliche Dame, mit der Pia einmal sogar Mitleid empfunden hatte.

»Wessen Plan war es eigentlich damals gewesen, die Endrikats und die Zeydlitz-Lauenburgs zu erschießen?«

»Meiner.« Vera Kaltensee lächelte mit offensichtlicher Befriedigung.

»Sie hatten Ihre große Chance gesehen, nicht wahr?«, fuhr Pia fort. »Ihren Aufstieg in den Adelsstand. Aber der Preis dafür war ein Leben in ständiger Angst vor Entdeckung. Sechzig Jahre ging alles gut, dann holte Sie die Vergangenheit ein. Und Sie *hatten* Angst. Nicht um Ihr Leben, aber um Ihr Ansehen, das Ihnen schon immer wichtiger war als alles andere. Deshalb haben Sie Ihren Enkelsohn Robert und dessen Freundin umbringen lassen und eine Spur zu Elard gelegt. Sie und Ihre Tochter Jutta, der an ihrem Ruf genauso viel gelegen ist. Aber jetzt ist es vorbei. Die Biographie wird erscheinen. Mit einem ersten Kapitel, das alle erschüttern wird. Der Mann Ihrer Enkelin Marleen hat sich nämlich nicht von Ihnen einschüchtern lassen.«

»Marleen ist geschieden«, entgegnete Vera Kaltensee herablassend.

»Möglich. Aber vor vierzehn Tagen hat sie Thomas Ritter geheiratet. Heimlich. Und sie bekommt ein Kind von ihm.« Pia genoss die ohnmächtige Wut in den Augen der Frau. »Tja, schon der zweite Mann, der Ihnen eine andere vorgezogen hat. Erst Elard von Zeydlitz-Lauenburg, der lieber Vicky Endrikat geheiratet hat, und nun auch noch Thomas Ritter ...«

Bevor Vera etwas erwidern konnte, tauchte Miriam aus dem Keller auf.

»Wir haben etwas gefunden!«, rief sie atemlos. »Jede Menge Knochen!«

Pia begegnete dem Blick von Elard Kaltensee und lächelte. Dann wandte sie sich an Vera.

»Ich nehme Sie vorläufig fest«, sagte sie. »Wegen des Verdachts der Anstiftung zu siebenfachem Mord.«

Die Empfangsdame Sina hatte Henri Améry eindeutig als den Mann identifiziert, der am Mittwochabend in der Redaktion gewesen war. Nicola Engel stellte ihn nun vor die Entscheidung: Mund aufmachen oder eine Anzeige wegen Freiheitsberaubung, Behinderung der Polizei und Mordverdacht. Der Geschäftsführer der K-Secure war nicht auf den Kopf gefallen und entschied sich nach zehn Sekunden für Alternative eins. Améry hatte mit Moormann und einem Kollegen Marcus Nowak besucht und Dr. Ritter auf Anweisung von Siegbert Kaltensee seit ein paar Tagen überwacht. Dabei hatte er herausgefunden, dass Ritter mit Siegberts Tochter Marleen verheiratet war. Jutta hatte darauf bestanden, diese Tatsache ihrem Bruder zu verschweigen. Die Anweisung, Ritter »zu einem Gespräch abzuholen«, wie Améry es ausdrückte, war schließlich von Siegbert gekommen.

»Wie lautete der Auftrag genau?«, erkundigte sich Bodenstein.

»Ich sollte Ritter ohne großes Aufsehen an einen bestimmten Ort bringen.«

»Wohin?«

»Ins Frankfurter Kunsthaus. Am Römerberg. Das haben wir getan.«

»Und dann?«

»Wir haben ihn in einen der Kellerräume gebracht und dort zurückgelassen. Was danach mit ihm passiert ist, weiß ich nicht.«

Ins Kunsthaus. Eine clevere Idee, denn mit einer Leiche im Keller des Kunsthauses würde sofort Elard Kaltensee in Verbindung gebracht werden.

»Was hat Siegbert Kaltensee von Ritter gewollt?«

»Keine Ahnung. Ich frage nicht nach, wenn ich einen Auftrag kriege.«

»Und bei Marcus Nowak? Sie haben ihn gefoltert, um etwas zu erfahren? Was war das?«

»Moormann hat die Fragen gestellt. Es ging um eine Kiste.«

»Was hat denn Moormann mit der K-Secure zu tun?«

»Eigentlich nichts. Aber er weiß, wie man Leute zum Reden bringt.«

»Aus seiner Stasizeit.« Bodenstein nickte. »Aber Nowak hat nicht geredet, nicht wahr?«

»Nein«, bestätigte Améry. »Der hat keinen Ton gesagt.«

»Was war mit Robert Watkowiak?«, fragte Bodenstein.

»Ich habe ihn laut Anweisung von Siegbert Kaltensee auf den Mühlenhof gebracht. Mittwoch letzte Woche. Meine Leute hatten ihn überall gesucht, in Fischbach war er mir dann über den Weg gelaufen.«

Bodenstein dachte an die Nachricht, die Watkowiak auf dem Anrufbeantworter von Kurt Frenzel hinterlassen hatte. *Die Gorillas meiner Oma haben mir aufgelauert ...*

»Haben Sie auch schon Aufträge von Jutta Kaltensee bekommen?«, mischte sich nun Nicola Engel ein. Améry zögerte, dann nickte er.

»Welche?«

Der selbstsichere und aalglatte Werkschutzleiter schien tatsächlich verlegen zu werden. Er druckste herum.

»Wir warten!« Nicola Engel pochte mit dem Fingerknöchel ungeduldig auf die Tischplatte.

»Ich sollte Fotos machen«, gab Améry schließlich zu und blickte Bodenstein an. »Von Ihnen und Frau Kaltensee.«

Bodenstein spürte, wie ihm das Blut ins Gesicht schoss, gleichzeitig durchflutete ihn die Erleichterung. Er fing den Blick von Nicola Engel auf, die ihre Gedanken jedoch hinter einer ausdruckslosen Miene verbarg.

»Wie lautete in diesem Fall der Auftrag?«

»Sie sagte mir, ich solle mich zur Verfügung halten, um später zur Roten Mühle zu kommen und Fotos zu machen«, erwiderte Améry unbehaglich. »Um halb elf bekam ich eine SMS, dass es in zwanzig Minuten so weit wäre.«

Er warf Bodenstein einen kurzen Blick zu und lächelte zerknirscht.

»Tut mir leid. War nichts Persönliches.«

»Haben Sie Bilder gemacht?«, fragte Dr. Engel.

»Ja.«

»Wo sind die?«

»In meinem Handy und auf meinem Rechner im Büro.«

»Den werden wir beschlagnahmen.«

»Von mir aus.« Améry zuckte wieder die Achseln.

»Welche Weisungsbefugnis hat Jutta Kaltensee Ihnen gegenüber?«

»Sie hat mich für Sonderaufträge extra bezahlt.« Henri Améry war Söldner und kannte keine Loyalität, zumal ihn die Familie Kaltensee in Zukunft nicht mehr bezahlen würde. »Gelegentlich war ich ihr Bodyguard, hin und wieder ihr Liebhaber.«

Nicola Engel nickte zufrieden. Genau das hatte sie hören wollen.

»Wie haben Sie Vera eigentlich über die Grenze bekommen?«, erkundigte sich Pia.

»Im Kofferraum.« Elard Kaltensee lächelte grimmig. »Der Maybach hat ein Diplomatenkennzeichen. Ich hatte darauf gezählt, dass man uns an der Grenze einfach durchwinken würde, und so war es auch.«

Pia dachte an die Äußerung von Bodensteins Schwiegermutter, Elard sei kein tatkräftiger Mensch. Was hatte ihn veranlasst, schließlich doch die Initiative zu ergreifen?

»Vielleicht hätte ich mich weiterhin mit Tavor zugedröhnt, um der Realität nicht ins Auge sehen zu müssen«, erläuterte Kaltensee. »Wenn sie nicht das mit Marcus gemacht hätte. Als ich von Ihnen erfahren habe, dass Vera ihm nie Geld für seine Arbeit gegeben hat, und als ich ihn dann da habe liegen sehen, so … so misshandelt und verletzt, da ist irgendetwas mit mir passiert. Ich war plötzlich so wütend auf sie, darüber, wie sie mit Menschen umspringt, wie verächtlich und gleichgültig! Und ich wusste, dass ich sie stoppen muss und mit allen Mitteln daran hindern, wieder alles zu vertuschen.«

Er hielt inne, schüttelte den Kopf.

»Ich hatte mitbekommen, dass sie sich heimlich, still und leise über Italien nach Südamerika absetzen wollte, und konnte deshalb nicht länger warten. Am Tor stand ein Polizeiauto, also bin ich auf einem anderen Weg zum Haus gefahren. Den ganzen Tag ergab sich keine Gelegenheit, aber dann fuhr Jutta mit Moormann weg und wenig später auch Siegbert, da konnte ich meine Mu... ich meine ... diese *Frau* überwältigen. Der Rest war ein Kinderspiel.«

»Wieso haben Sie Ihren Mercedes am Flughafen abgestellt?«

»Um eine falsche Spur zu legen«, erklärte er. »Dabei habe ich weniger an die Polizei gedacht als an die Werkschutzleute meines Bruders, die mir und Marcus ja dicht auf den Fersen waren. *Sie* musste leider so lange im Kofferraum des Maybach ausharren, bis ich zurück war.«

»Sie haben sich im Krankenhaus bei Nowak als dessen Vater ausgegeben.« Pia blickte ihn an. Er wirkte so entspannt wie nie zuvor, endlich im Reinen mit sich und seiner Vergangenheit. Sein persönlicher Alptraum war zu Ende, nachdem er sich von der Bürde der Ungewissheit befreit hatte.

»Nein«, mischte sich Auguste Nowak ein. »Ich habe gesagt, er sei mein Sohn. Und damit hatte ich ja auch nicht gelogen.«

»Stimmt.« Pia nickte und sah Elard Kaltensee an. »Ich habe Sie die ganze Zeit für den Mörder gehalten. Sie und Marcus Nowak.«

»Ich kann's Ihnen nicht verdenken«, erwiderte Elard. »Wir haben uns ja auch ziemlich verdächtig verhalten, ohne es zu wollen. Ich habe diese Morde gar nicht richtig wahrgenommen, ich war viel zu sehr mit mir selbst beschäftigt. Marcus und ich, wir waren beide völlig durcheinander. Eine ganze Weile wollten wir uns das beide nicht eingestehen, es war ... es war irgendwie undenkbar. Ich meine, weder er noch ich hatten jemals zuvor etwas mit einem ... Mann.«

Er stieß einen tiefen Seufzer aus.

»Die Nächte, für die wir keine Alibis hatten, haben Marcus und ich gemeinsam in meiner Frankfurter Wohnung verbracht.«

»Er ist Ihr Neffe. Sie sind blutsverwandt«, bemerkte Pia.

»Na ja«, ein Lächeln huschte über Elard Kaltensees Gesicht, »wir werden wohl kaum zusammen Kinder haben.«

Da musste Pia auch lächeln.

»Schade, dass Sie mir das alles nicht viel eher gesagt haben«, sagte sie. »Sie hätten uns sehr viel Arbeit erspart. Was werden Sie jetzt tun, wenn Sie nach Hause kommen?«

»Tja«, der Freiherr von Zeydlitz-Lauenburg holte tief Luft, »die Zeit des Versteckspielens ist vorbei. Marcus und ich haben beschlossen, unseren Familien die Wahrheit über unsere Beziehung zu sagen. Wir wollen nicht länger heimlich tun. Für mich ist das nicht so schlimm, mein Ruf ist sowieso zweifelhaft, aber für Marcus ist das ein schwerer Schritt.«

Das glaubte ihm Pia aufs Wort. Marcus Nowaks Umfeld brächte niemals auch nur einen Funken von Verständnis für diese Liebe auf. Sein Vater und die ganze Familie würden wahrscheinlich kollektiv Harakiri begehen, wenn in Fischbach bekannt wurde, dass ihr Sohn, Ehemann oder Bruder seine Familie für einen dreißig Jahre älteren Mann verlassen hatte.

»Ich möchte mit Marcus noch einmal hierherfahren.« Elard Kaltensee ließ seinen Blick über den See schweifen, der im Sonnenlicht glitzerte. »Vielleicht kann man das Schloss wieder aufbauen, wenn die Besitzverhältnisse geklärt sind. Marcus kann das besser beurteilen als ich. Aber es wäre doch ein herrliches Hotel, direkt am See.«

Pia lächelte und warf einen Blick auf die Uhr. Es war höchste Zeit, Bodenstein anzurufen!

»Ich schlage vor, wir bringen Frau Kaltensee zum Auto«, sagte sie. »Und dann fahren wir alle zusammen ...«

»Niemand fährt irgendwohin«, ertönte plötzlich eine Stimme hinter ihr. Pia fuhr erschrocken herum und blickte direkt in den Lauf einer Waffe. Drei schwarzgekleidete Gestalten mit Sturmhauben vor den Gesichtern und gezogenen Pistolen kamen die Treppenstufen hinauf.

»Na endlich, Moormann«, hörte sie Vera Kaltensee sagen. »Das wurde aber auch langsam Zeit.«

»Wo ist Moormann?«, fragte Bodenstein den Chef der K-Secure.

»Falls er mit einem Auto unterwegs ist, kann ich das feststellen.« Henri Améry war nicht scharf auf eine Vorstrafe und daher die Hilfsbereitschaft in Person. »Alle Fahrzeuge der Familie Kaltensee und der K-Secure sind mit einem Chip ausgestattet, durch den man sie mit Hilfe einer Software orten kann.«

»Wie geht das?«

»Wenn Sie mich an einen Computer lassen, zeige ich es Ihnen.«

Bodenstein zögerte nicht lange und brachte den Mann aus dem Verhörraum zu Ostermann in den ersten Stock.

»Bitte.« Er wies auf den Schreibtisch. Bodenstein, Ostermann, Behnke und Dr. Engel verfolgten interessiert, wie Améry den Namen einer Webseite namens Minor Planet eingab. Er wartete, bis sich die Seite aufgebaut hatte, dann loggte er sich mit Benutzernamen und Passwort ein. Eine Landkarte von Europa erschien, darunter waren sämtliche Fahrzeuge mit Kennzeichen aufgelistet.

»Wir haben dieses Überwachungssystem damals eingeführt, damit ich jederzeit sehen kann, wo meine Mitarbeiter sind«, erklärte Améry. »Und für den Fall, dass irgendein Auto gestohlen werden sollte.«

»Mit welchem Auto könnte Moormann unterwegs sein?«, fragte Bodenstein.

»Weiß ich nicht. Ich versuche eines nach dem anderen.«

Nicola Engel bedeutete Bodenstein, ihr hinaus auf den Flur zu folgen.

»Ich besorge einen Haftbefehl für Siegbert Kaltensee«, sagte sie mit gesenkter Stimme. »Mit Jutta Kaltensee wird es Probleme geben, weil sie als Landtagsabgeordnete Immunität genießt, aber ich werde sie auf jeden Fall zu einem Gespräch abholen und hierherbringen.«

»Okay.« Bodenstein nickte. »Ich fahre mit Améry zum Kunsthaus. Vielleicht finden wir dort Ritter.«

»Siegbert Kaltensee weiß, was passiert ist«, vermutete Nicola Engel. »Er hat ein schlechtes Gewissen wegen seiner Tochter.«

»Das glaube ich auch.«

»Ich hab's«, meldete sich Améry aus dem Büro. »Er muss den M-Klasse-Mercedes vom Mühlenhof genommen haben, denn der ist an einem Ort, an dem er nicht sein dürfte. In Polen, in einem Ort namens ... Doba. Das Fahrzeug steht seit dreiundvierzig Minuten.«

Bodenstein spürte, wie ihm eiskalt wurde. Moormann, der mutmaßliche Mörder von Robert Watkowiak und Monika Krämer, war in Polen! Am Telefon hatte Pia ihm vor ein paar Stunden gesagt, dass sie gleich am Ziel seien und Dr. Kirchhoff den Keller gründlich untersuchen würde. Es war also nicht anzunehmen, dass sie das Schloss schon wieder verlassen hatten. Was wollte Moormann überhaupt in Polen? Und ganz plötzlich begriff er, wo Elard Kaltensee war. Er wandte sich dem Chef der K-Secure zu.

»Überprüfen Sie den Maybach«, sagte er mit belegter Stimme. »Wo ist der?«

Améry klickte auf das Kennzeichen der Limousine.

»Auch dort«, sagte er wenig später. »Nein, Moment. Der Maybach ist seit einer Minute in Bewegung.«

Bodensteins Blick begegnete dem von Nicola Engel. Sie verstand sofort.

»Ostermann, Sie behalten die beiden Fahrzeuge im Blick«, sagte die Kriminalrätin entschlossen. »Ich werde die Kollegen in Polen verständigen. Und dann fahre ich nach Wiesbaden.«

Einer der schwarzgekleideten Männer, die so unerwartet aufgetaucht waren, war mit Vera Kaltensee weggefahren. Ihr letzter Befehl war eindeutig gewesen: Elard Kaltensee, Auguste Nowak und Pia sollten gefesselt und im Keller erschossen werden. Pia überlegte verzweifelt, wie sie sich aus dieser ausweglosen Lage befreien und Miriam und Henning warnen konnte. Von den Schwarzgekleideten war keine Gnade zu erwarten, sie würden einfach nur ihren Auftrag erfüllen und danach zurück nach Deutschland fahren, als sei nichts geschehen. Pia wusste, dass sie die Verantwortung für Henning und Miriam trug, immerhin hatte sie die beiden in diese furchtbare Situation gebracht! Mit einem Mal überkam sie wilder Zorn. Sie hatte keine Lust, sich wie ein Opfer zur Schlachtbank führen zu lassen! Es konnte nicht sein, dass sie sterben sollte, ohne Christoph noch einmal wiedergesehen zu haben. Christoph! Sie hatte versprochen, ihn am Flughafen abzuholen, wenn er heute Abend aus Südafrika zurückkehrte! Vor dem Loch, das in den Keller führte, blieb Pia stehen.

»Was haben Sie mit uns vor?«, fragte sie, um Zeit zu gewinnen.

»Das hast du doch gehört«, erwiderte der Mann. Seine Stimme klang durch die Sturmmaske dumpf.

»Aber warum ...«, begann Pia. Der Mann versetzte ihr einen groben Stoß in den Rücken, sie verlor das Gleichgewicht und stürzte kopfüber den Schutthaufen hinunter. Durch die Handfesseln behindert, konnte sie sich nicht abstützen. Etwas Hartes bohrte sich schmerzhaft in ihr Zwerchfell, keuchend drehte sie sich auf den Rücken und schnappte nach Luft. Hoffentlich hatte sie sich nichts gebrochen! Der andere Mann trieb Elard Kaltensee und Auguste Nowak vor sich her. Auch ihnen hatte man die Hände auf den Rücken gefesselt.

»Aufstehen!« Schon war der Vermummte über ihr und zerrte an ihrem Arm. »Los, los!«

In dem Augenblick fiel Pia ein, was ihr beinahe die Rippen gebrochen hätte: Elards Pistole, die in ihrem Hosenbund steckte! Sie musste Henning und Miriam warnen!

»Au!«, schrie sie, so laut sie konnte. »Mein Arm! Ich glaube, er ist gebrochen!«

Einer der Killer fluchte leise, zerrte Pia mit Hilfe seines Kumpanen auf die Füße und stieß sie den Gang entlang. Wenn nur Henning und Miriam ihren Schrei gehört und sich versteckt hatten! Die beiden waren ihre einzige Hoffnung, denn Vera Kaltensee hatte nicht daran gedacht, den Schwarzgekleideten von ihnen zu erzählen. Während sie den Gang entlangstolperte, versuchte sie vergeblich, die Fesseln an ihren Handgelenken zu lockern. Dann hatten sie den Keller erreicht. Der Scheinwerfer brannte noch, aber von Henning und Miriam war nichts zu sehen. Pias Mund war staubtrocken, das Herz hämmerte gegen ihre Rippen. Der Mann, der sie das Loch hinuntergestoßen hatte, zog sich nun die Sturmhaube vom Gesicht, und Pia entgleisten die Gesichtszüge.

»Frau Moormann!«, stieß sie fassungslos hervor. »Ich dachte ... Sie ... ich meine ... Ihr Mann ...«

»Sie hätten in Deutschland bleiben sollen«, sagte die Haushälterin des Mühlenhofs, die offenbar etwas mehr als nur eine Haushälterin war, und richtete die Pistole mit dem Schalldämpfer direkt auf Pias Kopf. »Selbst schuld, dass Sie jetzt in Schwierigkeiten sind.«

»Aber Sie können uns doch jetzt nicht einfach hier erschießen! Meine Kollegen wissen, wo wir sind und ...«

»Klappe halten.« Das Gesicht von Anja Moormann war ausdruckslos, ihre Augen wirkten kalt wie Glasmurmeln. »In einer Reihe aufstellen.«

Auguste Nowak und Elard Kaltensee rührten sich nicht.

»Die polnischen Kollegen sind auch informiert und werden in Kürze hier sein, wenn ich mich nicht bald wieder melde«, wagte Pia einen letzten Versuch. Hinter dem Rücken wand sie verzweifelt die Handgelenke. Ihre Finger waren schon ganz taub, trotzdem glaubte sie zu spüren, dass sich die Fesseln lockerten. Sie musste nur Zeit gewinnen!

»Ihre Chefin wird spätestens an der Grenze verhaftet!«, stieß sie hervor. »Warum tun Sie das jetzt noch? Das ist doch alles sinnlos!«

Anja Moormann beachtete sie nicht. »Los, Herr Professor«, sie richtete ihre Pistole auf Elard Kaltensee, »auf die Knie, wenn ich bitten darf.«

»Wie können Sie das nur tun, Anja«, sagte Elard Kaltensee erstaunlich ruhig. »Ich bin sehr enttäuscht von Ihnen, wirklich.«

»Hinknien!«, kommandierte die vermeintliche Haushälterin.

Pia brach der Schweiß am ganzen Körper aus, als der Strick plötzlich nachgab. Sie ballte die Hände zu Fäusten und öffnete sie wieder, um Gefühl in die Finger zu bekommen. Ihre einzige Chance war der Überraschungseffekt. Elard Kaltensee machte mit resignierter Miene einen Schritt auf das Loch zu, das Henning und Miriam in den Boden gegraben hatten, und ging gehorsam auf die Knie. Bevor Anja Moormann oder ihr Komplize reagieren konnten, zog Pia die Pistole aus dem Hosenbund, entsicherte sie und drückte ab. Der Schuss krachte ohrenbetäubend und zerfetzte den Oberschenkel des zweiten Schwarzgekleideten. Anja Moormann zögerte keine Sekunde. Sie hatte ihre Waffe noch immer auf Elard Kaltensees Kopf gerichtet und schoss. Gleichzeitig machte Auguste Nowak eine Bewegung nach vorne und warf sich vor ihren am Boden knienden Sohn. Der Schalldämpfer ließ nicht mehr als ein dumpfes Ploppen hören, die Kugel traf die alte Frau in der Brust und schleuderte sie nach hinten. Bevor Anja Moormann ein zweites Mal schießen konnte, hechtete Pia nach vorne und prallte mit ihrem ganzen Gewicht gegen sie. Sie stürzten zu Boden. Pia lag auf dem Rücken, Anja Moormann kniete auf ihr, ihre Hände schlossen sich um Pias Hals. Pia wehrte sich mit allen Kräften, versuchte, sich an Tricks aus Selbstverteidigungskursen zu erinnern, aber sie hatte in der Realität noch nie eine zu allem entschlossene durchtrainierte Berufskillerin abwehren müssen. Im schwächer werdenden Licht des batteriebetriebenen Scheinwerfers nahm sie das vor Anstrengung verzerrte Gesicht Anja Moormanns nur noch verschwommen wahr. Sie bekam keine Luft mehr und hatte das Gefühl, die Augen würden ihr jeden Augenblick aus dem Kopf springen. Bei vollständiger Unterbrechung der Sauerstoffzufuhr zum Gehirn würde sie nach etwa zehn Sekunden das Bewusstsein verlieren, nach weiteren fünf bis zehn Sekunden würden sämtliche Hirnfunktionen irreversibel erlöschen. Der Gerichtsmediziner würde bei der Leichenschau punktförmige Unterblutungen in ihren Bindehäuten feststellen, einen Bruch des Zungenbeins und Stauungsblutungen in

Mund- und Rachenschleimhaut. Aber sie wollte nicht sterben, nicht jetzt und nicht hier in diesem Keller! Sie war doch nicht einmal vierzig! Pia bekam eine Hand frei und krallte ihre Finger mit einer Kraft, die ihr die Todesangst verlieh, in Anja Moormanns Gesicht. Die Frau keuchte auf, sie fletschte die Zähne und knurrte wie ein Pitbull, und ihr Griff lockerte sich bereits. Da traf Pia etwas Hartes an der Schläfe, und sie verlor das Bewusstsein.

Jutta Kaltensee saß auf ihrem Platz inmitten ihrer Fraktionskollegen in der dritten Reihe im Plenarsaal des Hessischen Landtags gegenüber der Regierungsbank und lauschte mit einem Ohr dem ewig gleichen Wortgefecht, das sich der Ministerpräsident und der Vorsitzende der Fraktion DIE GRÜNEN/Bündnis 90 unter Punkt 66 der Tagesordnung über das Thema »Flughafenausbau« lieferten, war aber in Gedanken ganz woanders. Egal wie oft ihr Dr. Rosenblatt versicherte, dass die Polizei nichts gegen sie in der Hand hatte und sich alle Verdächtigungen und Beschuldigungen ausschließlich gegen Siegbert und ihre Mutter richteten, sie war beunruhigt. Die Sache mit dem Kommissar und den Fotos war ein Fehler gewesen, darüber war sie sich mittlerweile im Klaren. Sie hätte sich ganz aus der Sache heraushalten sollen. Aber Berti, dieser Schwächling, hatte Nerven gezeigt, nachdem er jahrelang ohne einen Hauch von Gewissensbissen und ohne Fragen zu stellen Veras Anweisungen ausgeführt hatte. Jutta konnte es sich an diesem Punkt ihrer Karriere überhaupt nicht leisten, mit Mordermittlungen und düsteren Familiengeheimnissen in Verbindung gebracht zu werden. Auf dem nächsten Landesparteitag würde ihre Partei sie zur Spitzenkandidatin für den Landtagswahlkampf im kommenden Januar aufstellen, und bis dahin musste sie die Lage irgendwie in den Griff bekommen.

Immer wieder blickte sie auf das Display ihres stumm geschalteten Handys. So bemerkte sie auch nicht gleich die Unruhe, die sich im Plenarsaal ausbreitete. Erst als der Ministerpräsident seine Rede unterbrach, hob sie den Kopf und sah zwei uniformierte Polizisten und eine rothaarige Frau vor der Regierungsbank stehen. Sie sprachen leise mit dem Minister- und dem Landtagspräsidenten, die konsterniert wirkten, und blickten sich suchend im Saal um. Jutta Kaltensee spürte das erste Prickeln echter Panik im Genick. Es gab keine Spur zu ihr. Unmöglich. Henri würde sich eher vierteilen lassen, als den Mund aufzumachen. Nun kam die Rothaarige mit entschlossenem Schritt direkt auf sie zu. Obwohl ihr die Angst wie Eiswasser durch die Adern kroch, bemühte sich Jutta Kaltensee um eine gelassene Miene. Sie besaß Immunität, man konnte sie nicht einfach verhaften.

Der Kellerraum roch klamm und unbenutzt. Bodenstein tastete nach dem Lichtschalter und verspürte tiefe Erleichterung, als er im aufflackernden Licht der Neonröhre Thomas Ritter gefesselt auf einem mit Farbklecksen beschmierten Metalltisch liegen sah. Eine junge Japanerin hatte der Polizei nach wiederholtem Klingeln die Eingangstür des Kunsthauses auf dem Römerberg geöffnet. Sie war eine der Künstlerinnen, die von der Eugen-Kaltensee-Stiftung gefördert wurden, und lebte und arbeitete seit einem halben Jahr im Kunsthaus. Verwirrt und stumm hatte sie zugesehen, wie Bodenstein, Behnke, Henri Améry und vier Beamte der Frankfurter Polizei an ihr vorbei zur Kellertür strebten.

»Hallo, Herr Dr. Ritter«, sagte Bodenstein und trat an den Tisch. Es dauerte ein paar Sekunden, bis sein Gehirn akzeptierte, was seine Augen bereits erfasst hatten. Thomas Ritter lag mit weit geöffneten Augen da und war tot. Man hatte ihm eine Kanüle in die Halsschlagader gebohrt, und sein Herz hatte mit jedem Schlag das Blut aus seinem Körper in einen Eimer gepumpt, der unter dem Tisch stand. Bodenstein verzog angewidert das Gesicht und wandte sich ab. Er hatte die Nase voll von Tod und Blut und Mord. Er hatte es unendlich satt, den Verbrechern immer einen halben Schritt hinterherzuhetzen und nichts, aber auch gar nichts verhindern zu können! Warum nur hatte Ritter nicht auf ihre Warnungen gehört? Wie hatte er die Drohungen der Familie Kaltensee derart überheblich auf die leichte Schulter nehmen können? Für Bodenstein war es nicht nachzuvollziehen, dass der Wunsch nach Rache stärker sein konnte als jede Vernunft. Hätte Thomas Ritter die Finger von dieser unseligen Biographie und von den Tagebüchern gelassen, so wäre er in ein paar Monaten Vater geworden und hätte ein langes, glückliches Leben vor sich haben können! Das Handyklingeln riss Bodenstein aus seinen Gedanken.

»Auch der M-Klasse-Mercedes hat Doba jetzt verlassen«, teilte ihm Ostermann mit. »Ich kann Pia aber immer noch nicht erreichen.«

»Verdammt.« Bodenstein fühlte sich so elend wie selten zuvor in seinem Leben. Er hatte wirklich alles falsch gemacht. Hätte er Pia doch nur diese Reise nach Polen verboten! Nicola hatte recht: Es ging sie nichts an, was dort vor sechzig Jahren geschehen war. Ihre Aufgabe war es, die Mordfälle aufzuklären, mehr nicht.

»Was ist mit Ritter?«, fragte Ostermann. »Haben Sie ihn gefunden?«

»Ja. Er ist tot.«

»Oh, Scheiße! Seine Frau sitzt unten und will nicht gehen, bevor sie nicht mit Ihnen oder Pia gesprochen hat.«

Bodenstein starrte auf die Leiche und auf den Eimer mit geronnenem Blut. Sein Magen zog sich zu einem Knoten zusammen. Was, wenn Pia etwas passierte? Er verdrängte den Gedanken.

»Versuchen Sie es noch mal bei Pia und auch auf dem Handy von Henning Kirchhoff«, wies er Ostermann an und beendete das Gespräch.

»Lassen Sie mich jetzt gehen?«, fragte Henri Améry.

»Nein.« Bodenstein würdigte den Mann keines Blickes. »Vorerst stehen Sie unter Mordverdacht.«

Ohne auf Amérys Proteste zu achten, verließ er den Keller. Was war in Polen passiert? Weshalb waren beide Autos auf dem Rückweg? Warum, zum Teufel, meldete Pia sich nicht wie versprochen? Um seinen Kopf legte sich der Schmerz wie ein eiserner Ring, er hatte einen widerwärtigen Geschmack im Mund. All das erinnerte ihn daran, dass er heute noch nichts gegessen, aber zu viel Kaffee getrunken hatte. Er atmete tief durch, als er auf den Römerberg trat. Die ganze Situation war außer Kontrolle geraten, er sehnte sich nach einem langen einsamen Spaziergang, um die in seinem Kopf kreisenden Gedanken sortieren zu können. Stattdessen musste er nun Marleen Ritter schonend beibringen, dass er ihren toten Mann gefunden hatte.

Als Pia zu sich kam, schmerzte ihr Hals, und sie konnte nicht schlucken. Sie öffnete die Augen und erkannte im dämmerigen Licht, dass sie sich noch immer im Keller befand. Aus dem Augenwinkel nahm sie eine Bewegung wahr, jemand trat hinter sie. Sie hörte angestrengte Atemzüge, und schlagartig kehrte die Erinnerung zurück. Anja Moormann, die Pistole, der Schuss, der Auguste Nowak in die Brust getroffen hatte! Wie lange war sie ohnmächtig gewesen? Ihr gefror das Blut in den Adern, als sie das Klicken hörte, mit dem hinter ihr die Pistole entsichert wurde. Pia wollte schreien, aber aus ihrem Mund kam nur ein heiseres Gurgeln. Ihr Innerstes verkrampfte sich, und sie schloss die Augen. Wie würde es sein, wenn die Kugel den Schädelknochen durchschlug? Würde sie es spüren? Würde es weh tun? Würde ...

»Pia!« Jemand packte sie an der Schulter, sie riss die Augen auf. Eine Welle der Erleichterung durchflutete ihren Körper, als sie in das Gesicht ihres Exmannes blickte. Pia hustete und griff sich an die Kehle.

»Wie ... was ...«, krächzte sie verständnislos. Henning war leichenblass. Zu ihrer Überraschung schluchzte er auf und riss sie heftig in seine Arme.

»Ich hatte so eine Angst um dich«, murmelte er in ihr Haar. »O Gott, du blutest ja am Kopf.«

Pia zitterte am ganzen Körper, ihr Hals schmerzte, aber das Bewusstsein, dem Tod in letzter Sekunde entkommen zu sein, erfüllte sie mit einem beinahe hysterischen Glücksgefühl. Dann erinnerte sie sich an Elard Kaltensee und Auguste Nowak. Sie befreite sich aus Hennings Armen und richtete sich benommen auf. Kaltensee saß im Sand zwischen den Knochen seiner ermordeten Vorfahren und hielt seine Mutter in den Armen. Die Tränen strömten über sein Gesicht.

»Mama«, flüsterte er. »Mama, du darfst jetzt nicht sterben ... bitte!«

»Wo ist Anja Moormann?«, flüsterte Pia heiser. »Und der Kerl, den ich angeschossen habe?«

»Der liegt da drüben«, erwiderte Henning. »Ich habe ihn mit der Taschenlampe niedergeschlagen, als er auf dich schießen wollte. Und dann ist die Frau abgehauen.«

»Wo ist Miriam?« Pia wandte sich um und blickte in die schreckgeweiteten Augen ihrer Freundin.

»Mir geht's gut«, flüsterte sie. »Aber wir sollten für Frau Nowak einen Notarzt rufen.«

Auf allen vieren kroch Pia zu Auguste Nowak und ihrem

Sohn hinüber. Hier würde jeder Notarzt zu spät kommen. Auguste Nowak lag im Sterben. Ein schmaler Blutfaden rann aus ihrem Mundwinkel. Sie hatte die Augen geschlossen, atmete aber noch.

»Frau Nowak«, Pias Stimme klang noch immer rau, »können Sie mich hören?«

Auguste Nowak schlug die Augen auf. Ihr Blick war erstaunlich klar, ihre Hand tastete nach der ihres Sohnes, den sie damals genau an diesem Ort verloren hatte. Elard Kaltensee ergriff ihre Hand, sie seufzte tief. Nach mehr als sechzig Jahren hatte sich ein Kreis geschlossen.

»Heini?«

»Ich bin hier, Mama«, sagte Elard mit mühsam beherrschter Stimme. »Ich bin bei dir. Du wirst wieder gesund. Alles wird gut.«

»Nein, mein Junge«, murmelte sie und lächelte. »Ich sterbe ... Aber ... du darfst ... nicht weinen, Heini. Hörst du? Nicht weinen. Es ist ... gut so. Hier ... bin ich ... bei ihm ... bei meinem ... Elard.«

Elard Kaltensee streichelte das Gesicht seiner Mutter.

»Pass ... pass auf Marcus auf ...«, flüsterte sie und hustete. Blutiger Schaum trat auf ihre Lippen, ihr Blick wurde verschwommen. »Mein lieber Junge ...«

Sie holte noch einmal tief Luft, dann seufzte sie. Ihr Kopf sank zur Seite.

»Nein!« Elard hob ihren Kopf, zog den Körper der alten Frau fester in seine Arme. »Nein, Mama, nein! Du darfst doch jetzt nicht sterben!«

Er schluchzte wie ein kleines Kind. Pia spürte, dass auch sie den Tränen nahe war. In einem Anfall von Sympathie legte sie Elard Kaltensee die Hand auf die Schulter. Er blickte auf, ohne seine Mutter loszulassen, das tränennasse Gesicht vom Schmerz verwüstet.

»Sie ist in Frieden gestorben«, sagte Pia leise. »In den Armen ihres Sohnes und im Kreise ihrer Familie.«

Marleen Ritter tigerte in dem kleinen Raum neben dem Verhörzimmer auf und ab wie ein Raubtier im Zoo. Hin und wieder blickte sie zu ihrem Vater hinüber, der durch eine Glasscheibe von ihr getrennt im Nachbarraum saß, reglos, mit leerem Blick und um Jahre gealtert. Er wirkte wie eine Marionette, der man die Fäden durchgeschnitten hatte. Erschüttert hatte Marleen begriffen, was sie all die Jahre nicht hatte erkennen wollen. Ihre Großmutter war nicht die gütige alte Dame, für die sie sie immer gehalten hatte, im Gegenteil! Sie hatte gelogen und betrogen, ganz nach Belieben. Marleen blieb vor der Glasscheibe stehen und starrte den Mann an, der ihr Vater war. Sein ganzes Leben lang hatte er den Launen seiner Mutter gehorcht, hatte alles getan, um sie zufriedenzustellen und ihre Anerkennung zu bekommen. Vergeblich. Für ihn musste die Erkenntnis, schamlos ausgenutzt worden zu sein, am bittersten sein. Dennoch brachte Marleen kein Mitleid für ihn auf.

»Setz dich doch einen Moment hin«, sagte Katharina hinter ihr. Marleen schüttelte den Kopf.

»Dann werde ich verrückt«, erwiderte sie. Katharina hatte ihr alles erzählt: die Sache mit der Kiste, Thomas' unheilvolle Idee mit der Biographie und wie ihn die Tagebücher darauf gebracht hatten, dass Vera nicht die war, für die sie sich ausgab.

»Wenn Thomas etwas zugestoßen ist, werde ich das meinem Vater niemals verzeihen«, sagte sie dumpf. Katharina antwortete nicht, denn in diesem Moment wurde Jutta Kaltensee, ihre ehemals beste Freundin, in das Verhörzimmer geführt. Siegbert Kaltensee hob den Kopf, als seine Schwester eintrat.

»Du hast das alles gewusst, hab ich recht?«, tönte seine Stimme durch den Lautsprecher. Marleen ballte die Hände zu Fäusten.

»Was soll ich gewusst haben?«, erwiderte Jutta Kaltensee auf der anderen Seite der Scheibe kühl.

»Dass sie Robert hat ermorden lassen, damit er den Mund hält. Und dann auch seine Freundin. Und du wolltest genau wie sie, dass Ritter verschwindet, weil ihr beide Angst davor hattet, was er in seinem Buch über euch schreiben würde.«

»Ich weiß überhaupt nicht, wovon du redest, Berti.« Jutta setzte sich auf einen Stuhl und schlug gelassen die Beine übereinander. Selbstsicher und im festen Glauben an ihre Unantastbarkeit.

»Ganz die Mutter«, murmelte Katharina leise.

»Du hast gewusst, dass Marleen Thomas geheiratet hat«, warf Siegbert Kaltensee seiner Schwester vor. »Du wusstest auch, dass Marleen schwanger ist!«

»Und wenn es so gewesen wäre?« Jutta Kaltensee zuckte mit den Schultern. »Ich konnte ja nicht ahnen, dass ihr so weit gehen würdet, ihn zu entführen!«

»Ich hätte es nicht zugelassen, wenn ich das alles gewusst hätte.«

»Ach, komm schon, Berti!«, Jutta lachte spöttisch auf. »Jeder weiß, dass du Thomas hasst wie die Pest. Er war dir schon immer ein Dorn im Auge.«

Marleen stand wie gelähmt an der Scheibe. Es klopfte an der Tür, und Bodenstein trat ein.

»Sie haben meinen Mann entführen lassen!«, rief Marleen. »Mein Vater und meine Tante! Sie haben …«

Sie erstarrte, als sie Bodensteins Gesicht sah. Noch bevor er ein Wort sagen konnte, wusste sie Bescheid. Die Beine gaben unter ihr nach, sie sackte in die Knie. Und dann begann sie zu schreien.

Pia fühlte sich wie jemand, der aus langer Geiselhaft befreit worden war, als sie am späten Abend die Stufen zum Kommissariat hinaufging. Keine zwanzig Minuten nach dem Tod von Auguste Nowak waren die polnischen Kollegen aufgetaucht. Sie hatten Henning, Miriam, Elard Kaltensee und Pia auf die Polizeistation in Gizycko gefahren. Es hatte einiger Telefonate mit Frau Dr. Engel in Deutschland bedurft, um die Lage so weit zu klären, dass man Pia und Elard Kaltensee schließlich hatte gehen lassen. Henning und Miriam waren in Gizycko geblieben, um gleich am nächsten Morgen mit Unterstützung polnischer Spezialisten im Keller der Schlossruine die Knochen zu bergen. Am Flughafen hatte Behnke sie bereits erwartet und den Professor zuerst nach Frankfurt ins Krankenhaus zu Marcus Nowak gefahren. Nun war es zehn Uhr, Pia ging den verwaisten Flur entlang und klopfte an die Tür von Bodensteins Büro. Bodenstein kam hinter seinem Schreibtisch hervor und schloss sie zu ihrer Verblüffung kurz und heftig in die Arme. Dann ergriff er sie bei den Schultern und blickte sie auf eine Weise an, die sie verlegen machte.

»Gott sei Dank«, sagte er mit rauer Stimme. »Ich bin heilfroh, dass Sie wieder da sind.«

»So schlimm kann Ihre Sehnsucht nach mir wohl kaum sein. Ich war ja keine vierundzwanzig Stunden weg«, versuchte Pia mit Ironie ihrer plötzlichen Befangenheit Herr zu werden. »Sie können mich auch ruhig wieder loslassen, Chef. Mir geht's gut.«

Zu ihrer Erleichterung ging Bodenstein auf ihren Tonfall ein.

»Vierundzwanzig Stunden waren eindeutig zu lang«, grinste er und ließ sie los. »Ich habe schon befürchtet, ich müsste den ganzen Schreibkram selbst erledigen.«

Pia grinste auch und schob sich eine Haarsträhne aus dem Gesicht.

»Alle Fälle geklärt, oder?«

»Sieht so aus.« Er nickte und bedeutete ihr, sich zu setzen. »Dank dieser Fahrzeugüberwachungssoftware konnten die Kollegen Vera Kaltensee und auch Anja Moormann an der polnisch-deutschen Grenze festnehmen. Anja Moormann hat übrigens schon gestanden. Sie hat nicht nur Monika Krämer und Watkowiak, sondern auch Thomas Ritter umgebracht.«

»Das hat sie einfach so gestanden?« Pia rieb sich die schmerzende Beule an der Schläfe, die der Lauf von Anja Moormanns Automatik hinterlassen hatte, und dachte mit einem Schaudern an die Kälte in den Augen der Frau.

»Sie war eine der besten Spioninnen der DDR und hat einiges auf dem Kerbholz«, erklärte Bodenstein. »Mit ihrer Aussage hat sie Siegbert Kaltensee schwer belastet. Er war es nämlich, der ihr die Mordaufträge erteilt hat.«

»Tatsächlich? Ich hätte gewettet, dass Jutta das getan hat.«

»Jutta war dafür zu schlau. Siegbert hat auch schon alles gestanden. Wir konnten die persönliche Habe von Anita Frings auf dem Mühlenhof sicherstellen, bis auf die Dinge, die man Watkowiak untergejubelt hatte, um ihn mordverdächtig zu machen. Außerdem hat uns Frau Moormann geschildert, wie sie Watkowiak getötet hat. Übrigens in der Küche ihres Hauses.«

»Mein Gott, was für ein eiskaltes Monster.« Pia wurde bewusst, wie leicht ihre Begegnung mit Anja Moormann auch für sie ein tödliches Ende hätte nehmen können. »Aber wer hat seine Leiche in das Haus gebracht? Das war nämlich ein Dilettant. Hätten sie nicht saubergemacht und ihn oben auf seine Matratze gelegt, wäre ich wahrscheinlich gar nicht misstrauisch geworden.«

»Das waren Amérys Leute«, erwiderte Bodenstein. »Viel Grips haben die wohl nicht.«

Pia unterdrückte nur mit Mühe ein Gähnen. Sie sehnte sich nach einer heißen Dusche und vierundzwanzig Stunden ungestörtem Schlaf. »Ich verstehe trotzdem noch immer nicht, wieso Monika Krämer sterben musste.«

»Ganz einfach: Um Watkowiak noch etwas verdächtiger zu machen. Das Bargeld, das wir bei ihm gefunden haben, stammte aus dem Safe von Anita Frings.«

»Was ist mit Vera Kaltensee? Siegbert hat doch sicher nur in ihrem Auftrag gehandelt?«

»Das können wir ihr nicht nachweisen. Und wenn, nützt es ihm nichts. Aber die Staatsanwaltschaft wird den Tod von Eugen Kaltensee neu untersuchen und außerdem wegen Mordes an Danuta Watkowiak gegen Vera Kaltensee ermitteln. Das Mädchen war damals illegal in Deutschland, deshalb hat sie niemand als vermisst gemeldet.«

»Ob Moormann gewusst hat, was seine Frau so treibt?«, fragte Pia. »Wo war der eigentlich die ganze Zeit?«

»Seine Frau hatte ihn in dem Kühlhaus eingesperrt, in dem die Kisten gestanden haben«, antwortete Bodenstein. »Er kannte natürlich die Vergangenheit seiner Frau, er war ja selbst auch bei der Stasi. Wie seine Eltern.«

»Seine Eltern?« Pia rieb sich verwirrt die schmerzende Schläfe.

»Anita Frings war seine Mutter«, erklärte Bodenstein. »Bei Moormann handelt es sich nämlich um ›Katerchen‹, den Mann, der sie so oft besucht und mit dem Rollstuhl durch die Gegend gefahren hat.«

»Ach, schau einer an.«

Eine Weile saßen sie schweigend da.

»Aber der Spur-Spur-Treffer«, Pia runzelte nachdenklich die Stirn, »die ungeklärten Fälle im Osten. Das war doch eine männliche DNA. Wie kann Anja Moormann das gewesen sein?«

»Sie ist ein Vollprofi«, entgegnete Bodenstein. »Bei ihren Aufträgen trug sie eine Echthaarperücke und hat mit Absicht an jedem Tatort ein Haar zurückgelassen. Zur Irreführung.«

»Nicht zu fassen.« Pia schüttelte den Kopf. »Dr. Engel hat sich übrigens bei den polnischen Kollegen ziemlich für mich ins Zeug gelegt. Die waren alles andere als begeistert von unserer eigenmächtigen Aktion.«

»Ja«, bestätigte Bodenstein. »Sie hat sich sehr fair verhalten. Vielleicht kriegen wir doch eine ganz anständige Chefin.«

Pia zögerte kurz und sah ihn an. »Und das ... hm ... andere Problem?«

»Hat sich erledigt«, sagte Bodenstein leichthin. Er erhob sich, ging zu seinem Schrank und holte eine Flasche Cognac und zwei Gläser hervor.

»Wenn Nowak und Elard Kaltensee von Anfang an ehrlich gewesen wären, hätte es alles nicht so weit kommen müssen.« Pia beobachtete, wie ihr Chef zwei Gläser exakt zwei Fingerbreit mit Cognac füllte. »Aber auf die Idee, dass die beiden ein Liebespaar sind, wäre ich im Leben nicht gekommen. Ich lag mit meinem Verdacht wirklich meilenweit daneben.«

»Ich auch.« Bodenstein reichte ihr ein Glas.

»Auf was trinken wir dann?« Pia lächelte schief.

»Wenn man es genau nimmt, haben wir mindestens ... hm ... fünfzehn Morde aufgeklärt, dazu auch noch die beiden Fälle aus Dessau und Halle. Ich finde, wir waren ziemlich gut.«

»Na denn!« Pia hob ihr Glas.

»Moment«, hielt Bodenstein sie zurück. »Ich finde, es ist allmählich an der Zeit, dass wir uns so benehmen wie alle Kollegen in ganz Deutschland. Was halten Sie davon, wenn wir uns in Zukunft duzen? Ich heiße übrigens Oliver.«

Pia legte den Kopf schief und grinste.

»Aber Sie wollen hier jetzt nicht Brüderschaft trinken mit Küssen und so, oder?«

»Gott bewahre!« Bodenstein grinste auch, dann stieß er mit ihr an und trank einen Schluck. »Ihr Zoodirektor würde mir wahrscheinlich den Hals umdrehen.«

»Ach du Scheiße!« Erschrocken ließ Pia ihr Glas sinken. »Ich habe Christoph vergessen! Ich wollte ihn doch um halb neun am Flughafen abholen! Wie spät ist es?«

»Viertel vor elf«, sagte Bodenstein.

»Verdammt! Ich weiß seine Nummer nicht auswendig, und mein Handy liegt wahrscheinlich irgendwo in einem masurischen See!«

»Wenn Sie mich nett bitten, gebe ich Ihnen meins«, bot Bodenstein großzügig an. »Ich habe seine Nummer noch gespeichert.«

»Ich dachte, wir wären jetzt per du«, entgegnete Pia.

»Sie haben ja noch nicht getrunken«, erinnerte Bodenstein sie. Pia blickte ihn an, dann stürzte sie den Cognac in einem Zug herunter und verzog angeekelt das Gesicht.

»So, Oliver«, sagte sie, »dann sei so nett, und gib mir bitte dein Handy.«

Christophs Töchter blickten überrascht, als Pia um halb zwölf bei ihnen klingelte. Sie hatten nichts von ihrem Vater gehört und angenommen, Pia habe ihn abgeholt. Annika versuchte, ihn auf dem Handy anzurufen, das jedoch noch immer ausgeschaltet war.

»Vielleicht hatte der Flug Verspätung.« Christophs zweitälteste Tochter war wenig besorgt um ihren Vater. »Er wird sich schon melden.«

»Danke.« Pia fühlte sich elend und tief deprimiert. Sie setzte sich in ihren Nissan und fuhr von Bad Soden zum Birkenhof. Bodenstein war jetzt bei seiner Cosima, die ihm seinen Ausrutscher verziehen hatte. Henning und Miriam waren zusammen in einem Hotel in Gidzyko; es war nicht zu übersehen gewesen, dass es bei diesem Abenteuer zwischen ihnen gefunkt hatte. Elard Kaltensee hielt im Krankenhaus Händchen mit Marcus Nowak. Nur sie war allein. Ihre vage Hoffnung, Christoph wäre vom Flughafen aus direkt zu ihr gefahren, erfüllte sich nicht. Der Birkenhof lag im Dunkeln, kein Auto stand vor der Tür. Pia kämpfte mit den Tränen, als sie ihre Hunde begrüßte und die Haustür aufschloss. Wahrscheinlich hatte er gewartet, vergeblich versucht, sie auf dem Handy anzurufen, und war dann mit seiner attraktiven Berliner Kollegin noch etwas trinken gegangen. Verdammt! Wie hatte sie das auch nur vergessen können? Sie schaltete das Licht ein und ließ die Tasche auf den Boden fallen. Plötzlich machte ihr Herz einen Satz. Der Tisch in der Küche war gedeckt, mit Weingläsern und dem guten Geschirr. In einem Sektkühler mit inzwischen geschmolzenem Eis steckte eine Flasche Champagner, auf dem Herd standen abgedeckte Töpfe und Pfannen. Pia lächelte gerührt. Im Wohnzimmer fand sie Christoph tief und fest schlafend auf der Couch. Eine heiße Welle des Glücks strömte durch ihren Körper.

»Hey«, flüsterte sie und ging neben dem Sofa in die Hocke. Christoph öffnete die Augen und blinzelte verschlafen ins Licht.

»Hey«, murmelte er. »Tut mir leid, jetzt ist das Essen wohl kalt.«

»Mir tut's leid, dass ich vergessen habe, dich abzuholen. Mein Handy ist weg, ich konnte dich nicht anrufen. Aber wir haben alle Fälle gelöst.«

»Das klingt gut.« Christoph streckte seine Hand aus und berührte liebevoll ihre Wange. »Du siehst ziemlich mitgenommen aus.«

»Ich hatte ein bisschen Stress in den letzten Tagen.«

»Aha.« Er betrachtete sie aufmerksam. »Was ist passiert? Deine Stimme klingt irgendwie komisch.«

»Nicht der Rede wert.« Sie zuckte die Achseln. »Die Haushälterin von Kaltensees wollte mich im Keller einer Schlossruine in Polen erwürgen.«

»Ach so.« Christoph schien das für einen Scherz zu halten und grinste. »Aber sonst ist alles in Ordnung?«

»Klar.« Pia nickte.

Er setzte sich auf und breitete die Arme aus.

»Du glaubst gar nicht, wie sehr ich dich vermisst habe.«

»Wirklich? Hab ich dir gefehlt in Südafrika?«

»O ja!« Er schloss sie fest in die Arme und küsste sie. »Und wie.«

Epilog
September 2007

Marcus Nowak betrachtete die rußgeschwärzten Reste der Backsteinfassade, die leeren Fensterhöhlen und das eingestürzte Dach. Er sah nicht die Tristesse der Ruine, vor seinem inneren Auge erstand das Bild des Schlosses, wie es einmal ausgesehen hatte. Die klassizistische Fassade, wunderschön in ihrer schlichten Symmetrie, der schmale Mittelrisalit von zweistöckigen Seitenflügeln eingefasst, die wiederum von mächtigen Pavillons mit Haubendächern und darüberliegenden durchbrochenen Türmchen flankiert waren. Schlanke dorische Säulen vor dem Hauptportal, eine schattige Allee, die zum Schloss führte, ein weitläufiger Park mit herrlichen hundertjährigen Rotbuchen und Ahornbäumen. Die Weite der ostpreußischen Landschaft, der Zusammenklang von Wasser und Wäldern hatten ihn schon bei seinem ersten Besuch vor zwei Jahren tief berührt. Dies war das Land seiner und Elards Vorfahren, und die Ereignisse im Keller dieses Schlosses vor nunmehr dreiundsechzig Jahren hatten letztendlich Einfluss auf ihrer beider Leben genommen. In den vergangenen vier Monaten hatte sich viel verändert. Marcus Nowak hatte seiner Frau und seiner Familie die Wahrheit gesagt und war zu Elard auf den Mühlenhof gezogen. Seine Hand war nach zwei weiteren Operationen beinahe wieder so beweglich wie früher. Elard war ganz und gar verändert. Die Geister der Vergangenheit quälten ihn nicht mehr, die Frau, die er für seine Mutter gehalten hatte, saß im Gefängnis, ebenso ihr Sohn Siegbert und auch Anja Moormann, die Profikillerin. Elard hatte von Marleen Ritter die Tagebücher seiner Tante Vera zurückerhalten. In ein paar Wochen, pünktlich zur Buchmesse, würde die Biographie erscheinen, die ihrem Verfasser den Tod und der Familie Kaltensee schon im Voraus wochenlang Schlagzeilen eingebracht hatte.

Ungeachtet dessen war Jutta Kaltensee von ihrer Partei als Spitzenkandidatin für die Landtagswahl im kommenden Januar aufgestellt worden und hatte gute Chancen, die Wahl für sich zu gewinnen. Marleen Ritter hatte vorübergehend die Geschäftsführung der KMF übernommen und war nun dabei, mit Unterstützung des Vorstandes die Firma in eine Aktiengesellschaft umzuwandeln. In den Kisten auf dem Mühlenhof war sogar die Urkunde gefunden worden, die Josef Stein, dem jüdischen Vorbesitzer der KMF, die Rückübereignung der Firma im Falle seiner Rückkehr nach Deutschland bestätigt hatte. Vera/Edda hatte in ihrer Überheblichkeit tatsächlich nie etwas vernichtet.

Aber das alles war Vergangenheit. Marcus Nowak lächelte, als er Elard, den Freiherrn von Zeydlitz-Lauenburg, auf sich zukommen sah. Alles hatte sich zum Besseren gewendet. Er hatte sogar den Vertrag als verantwortlicher Restaurator bei der Sanierung der Frankfurter Altstadt in der Tasche. Außerdem würden sie gemeinsam ihren Lebenstraum in Masuren verwirklichen. Der Bürgermeister von Gizycko hatte dem Verkauf des Schlosses an Elard bereits mündlich zugestimmt; ihren Plänen stand nicht mehr viel im Weg. Sobald der Kaufvertrag unterschrieben war, würden die sterblichen Überreste von Auguste Nowak gemeinsam mit den Knochen aus dem Keller, die man anhand von DNA-Vergleichen zum Teil hatte identifizieren können, auf dem alten Familienfriedhof am Seeufer beigesetzt werden. So würde Auguste gemeinsam mit ihrem geliebten Elard, ihren Eltern und ihrer Schwester die letzte Ruhe in ihrer Heimat finden.

»Und?« Elard blieb neben ihm stehen. »Was denkst du?«

»Es ist machbar.« Marcus Nowak runzelte nachdenklich die Stirn. »Aber ich fürchte, es wird wahnsinnig teuer werden und Jahre dauern.«

»Na und?« Elard grinste und legte einen Arm um seine Schulter. »Wir haben doch alle Zeit der Welt.«

Marcus lehnte sich an ihn und blickte wieder zum Schloss hinüber.

»Hotel Auguste Viktoria am See«, sagte er und lächelte versonnen. »Ich kann es schon vor mir sehen.«

Danksagung

Ich danke Claudia und Caroline Cohen, Camilla Altvater, Susanne Hecker, Peter Hillebrecht, Simone Schreiber, Catrin Runge und Anne Pfenninger für Probelesen und Feedback zum Manuskript.

Ganz herzlichen Dank an Prof. Dr. Hansjürgen Bratzke, den Direktor des Instituts für Rechtsmedizin in Frankfurt, für die ausführliche Beantwortung meiner zahlreichen Fragen zu rechtsmedizinischen Details. Für Fehler in fachlicher Hinsicht bin allein ich verantwortlich.

Danke auch an Kriminalhauptkommissar Peter Deppe vom K11 der Regionalen Kriminalinspektion Hofheim, der alle meine Fragen zu Ermittlungsabläufen und zur Arbeit der Kriminalpolizei erschöpfend beantwortet und mich unter anderem darauf aufmerksam gemacht hat, dass sich alle Kripobeamten in ganz Deutschland duzen.

Ein ganz besonderer Dank gilt meiner Lektorin Marion Vazquez. Die gemeinsame Arbeit an *Tiefe Wunden* hat mir große Freude gemacht.

Nele Neuhaus,
im Februar 2009